AF151617

Rowohlt Verlag GmbH, Kirchenallee 19, 20099 Hamburg

Kontaktadresse nach EU-Produktsicherheitsverordnung:
produktsicherheit@rowohlt.de

Roman Rausch, 1961 in Mainfranken geboren und aufgewachsen, arbeitete nach dem Studium der Betriebswirtschaft im Medienbereich und als Journalist. Für seine Würzburger Kommissar-Kilian-Krimis wurde er 2002 auf der Leipziger Buchmesse und 2011 mit dem Weintourismuspreis ausgezeichnet. 2015 folgte der Bronzene HOMER für «Die letzte Jüdin von Würzburg». Er lebt als Autor und Schreibcoach in Würzburg und Berlin.

Roman Rausch

Die Brücke
über den Main

Historischer Roman

Rowohlt Taschenbuch Verlag

5. Auflage Mai 2023

Originalausgabe
Veröffentlicht im Rowohlt Taschenbuch Verlag,
Reinbek bei Hamburg, April 2017
Copyright © 2017 by Rowohlt Verlag GmbH, Reinbek bei Hamburg
Redaktion Tobias Schumacher-Hernández
Umschlaggestaltung any.way, Barbara Hanke / Cordula Schmidt
Umschlagabbildungen ullstein bild – Süddeutsche Zeitung Photo / Scherl;
TairA, julias / shutterstock.com
Satz Kis Antiqua Pro OTF (InDesign) bei
Pinkuin Satz und Datentechnik, Berlin
Druck und Bindung BoD - Books on Demand, Bad Hersfeld
ISBN 978 3 499 27283 7

Er wußte, was brücken wissen: Sie verbinden
über wasser, was unter wasser
verbunden ist.
Doch das eine ufer war sumpf,
das andere feuer.

Reiner Kunze, «Erasmus von Rotterdam»

HERBIPOLIS Würtzburg

Rechtsmainische Stadt
mit Dom und Rathaus

Heidingsfeldt.

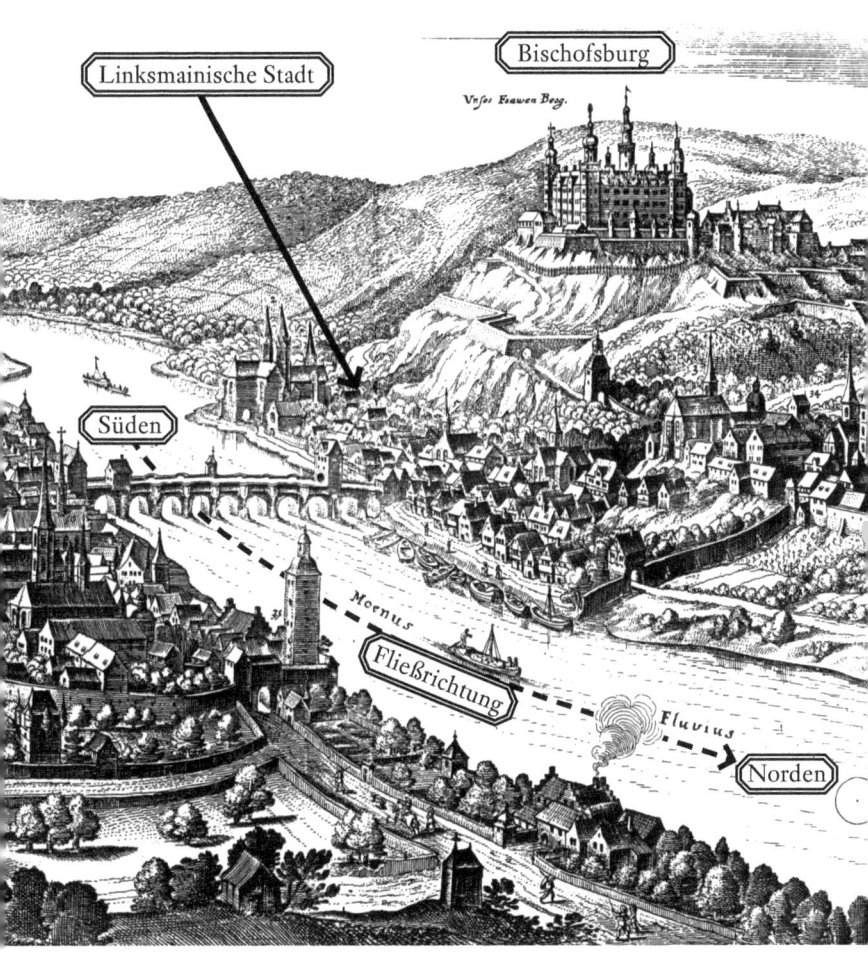

Bischofsburg

Vnser Frawen Berg.

Linksmainische Stadt

Süden

Moenus

Fließrichtung

Fluvius

Norden

Vor der Zeit

*L*ange bevor die Dinge von den Menschen ihre Namen bekamen, lange bevor es Menschen gab, war das Tal schon da. Es weitet sich ungefähr an der Mitte eines langen Flusslaufes, der dort entspringt, wo die Sonne am Horizont den Tag ankündigt, und in einen anderen, größeren Strom mündet, wo die Sonne wieder untergeht.

Gespeist wird dieser Fluss von zwei unscheinbaren Quellen, die sich zu Anfang orientierungslos durch die gebirgige Landschaft winden, um dann, wie durch unsichtbare Hand geleitet, zueinanderzufinden. Gemeinsam folgen sie dem Gang der Sonne, gewinnen Nachahmer und Unterstützer, schaukeln sich kraftstrotzend auf, reißen Ufer, Buschwerk und Bäume mit sich, bis sie sich endlich zu einem einzigen, stolzen Flusslauf vereinigt haben.

Geradlinigkeit kann man dem Fluss dann noch immer nicht unterstellen, er bleibt Jux und Tollerei treu, so abenteuerlich ist sein Weg, der sogar eine Schleife zieht, ein Drei- und ein Viereck formt.

Wenn der Fluss in unser namenloses Tal kommt, hält er eine weitere Spielerei bereit. Ist viel Regen vom Himmel gefallen oder der Schnee an den Hängen geschmolzen, tritt er über die seichten Ufer und ergießt sich weit ins Land hinein, befruchtet mit seinem Wasser und allem, was er mit sich führt, die Erde, sodass Pflanzen aller Art üppig gedeihen. Fällt hingegen lange wenig Regen, scheint er sich seiner Quellen zu erinnern und geizt mit seinem Wasser. Kleine Inseln aus Sand und Geröll tauchen dann auf, verwandeln sein Bett in einen Flickenteppich beklagenswerter Pfützen.

Seine Eskapaden sind mannigfaltig und unberechenbar. Im Winter gefriert er zu Eis und macht alle glauben, von ihm ginge keine Gefahr mehr aus, man könne ihm vertrauen. Im Frühling aber erhebt er sich grollend zu neuem Leben, poltert mit Eisschollen, dick wie Baumstämme, durch sein ungeliebtes Bett und überrascht die verschlafenen und sorglosen Tiere, vertreibt sie und bringt vielen den Tod.

Hätte der Fluss eine Seele, er wäre ein böser, hinterhältiger Schalk.

Die Tiere kannten seine Launen, und doch kehrten sie immer wieder zu ihm zurück. Zum einen, weil sie ihren Durst löschen konnten, zum anderen, weil es sich hier trefflich jagen ließ. Eine Stelle hatte es ihnen besonders angetan. Sie lag an der Flussbiegung gleich unterhalb eines Hügels, wo ein Bach hinzukam und eine Tränke entstanden war. Dort weideten Pferde, Bisons und Nashörner, sogar Mammuts fanden hierher, gesellten sich friedlich zu Hirschen, Rehen, Hasen und Bibern, stets Nasen und Ohren im Wind, denn die Gefahr lauerte hinter Büschen und Bäumen in diesem fruchtbaren Schwemmgebiet. Wölfe, Hyänen und Höhlenlöwen stellten ihnen nach, kein Ort in der Nähe war so reich an Beute wie dieser. Über ihnen kreisten Vögel am Himmel, sie sicherten sich, was die satten Raubtiere zurückließen.

Im Wasser tummelten sich Fische, genauso wie ihre Jäger, die Reiher, Fischotter und Bären. Kröten, Lurche und Enten suchten an der Uferböschung oder im Schilf Schutz vor Mardern und Füchsen, wenig weiter wachten Schlangen über ihr Gelege und räuberten in anderen.

Wer seinen zahlreichen Feinden entkommen wollte oder neue Nahrungsquellen suchte, dem blieb nichts anderes übrig, als auf die andere Uferseite zu wechseln. Bei niedrigem Wasserstand war das für die Nichtschwimmer unter den Tieren einfach, bei hohem jedoch breitete sich der Fluss hemmungslos zu einem seengleichen, morastigen Gelände aus, in dem man sich leicht verlor, unterging oder versumpfte und für die Nachwelt konserviert wurde.

Die vielen Tiere und ein nie ganz versiegender Wasserlauf mochten auch die frühen Menschen dazu bewogen haben, ein ständiges Lager in diesem freundlichen Tal aufzuschlagen. Nach langem Umherstreifen und Flucht vor reißerischem Getier und mörderischen Artgenossen fanden sie im Schutz der Hügel ein Zuhause. Wer nicht in einer Höhle unterkam, baute sich aus Ästen und Schilf eine einfache, niedrige Hütte, worin er aß, schlief und den Nachwuchs aufzog. Die Lebensbedingungen waren gut, Nahrung gab es in der Nähe der Tränke im Überfluss, und man jagte in der Gruppe selbst große Tiere. Die handwerklichen Fertigkeiten entwickelten sich, Steine dienten als Schab- und Schneidewerkzeuge für Holz und Tierhäute, aus einem Elchgeweih ließ sich trefflich ein Hammer herstellen, und wenn feindlich gesinnte Artgenossen auftauchten, kämpfte man im Verband für das Überleben aller.

Geriet man in Unterzahl, blieb nur noch eins: die Flucht.

Wie es ihnen die Tiere vormachten, wählten sie eine seichte

Stelle im Flusslauf, um ans andere Ufer zu gelangen. Dort erhob sich ein steiler Berg, der leichter zu verteidigen war als ihre Schilfhütten im Tal. Dieser Berg war auch mehr als nur ein Fluchtort, hier schauten sie über das ganze Tal, entzündeten Feuer und priesen den Wind, die Sonne und den Regen.

Doch all dies wollte nicht helfen, als es begann immer kälter zu werden. Weit oben im Norden legte sich ein dicker Eispanzer über die Erde, südlicher verstoppte die Vegetation, eine Tundralandschaft breitete sich aus und vertrieb Mensch und Tier.

Es dauerte viele Jahrtausende, bis die Natur wieder gastfreundlicher wurde und eine neue Menschenart die Vorzüge des Tals erkannte. Wo auch immer sie herkamen, diese Menschen hatten mit ihren Vorfahren nur noch wenig gemein. Sie kannten eine Sprache, die über die Lautmalerei hinausging, waren sich ihrer sozialen und kulturellen Bindungen bewusst. Sie unterschieden sich durch das, was sie taten – es gab die Bandkeramiker, Rössener, Schnurkeramiker und Glockenbecherleute.

Aus diesem Stammesgewirr traten rund tausend Jahre vor unserer Zeitrechnung die Kelten hervor. Mit ihnen beginnt die Geschichte jenes Ortes, der einmal *Virei-* oder *Virteburg* und noch viel später Würzburg heißen wird. Der Fluss, der diesen Ort wegen seines Reichtums viel öfter teilen als vereinen sollte, trägt heute den Namen *Main*, die Kelten nannten ihn *Moin* oder *Mogin*, andere wollen das indogermanische Wort *mei* mit der Bedeutung *Wasser* darin erkennen, im baltischen Raum ist *maina* oder *maiva* bekannt, Letzteres heißt so viel wie Sumpf. Nicht zu vergessen das lateinische Wort *moenia* für Ringmauer.

Wer die Spielarten des Mains kennt, findet in all diesen Erklärungen Antworten.

Ein Fluss ist immer auch eine Grenze, und der Mensch wäre

nicht Mensch, wenn er nicht versuchte, Grenzen zu überwinden. Gemeinhin tut er das mit Hilfe einer Brücke. Sie verbindet, was zusammengehört, oder sie ist ein weithin sichtbares Zeichen der Unvereinbarkeit, je nachdem, wie die Bewohner an den gegenüberliegenden Ufern zueinander stehen.

Die Alte Mainbrücke in Würzburg ist eine der ältesten und berühmtesten im Land, in ihren zum Teil erhaltenen Fundamenten reicht sie weiter zurück als die Regensburger, Frankfurter oder die Drususbrücke bei Bingen.

Würzburg wäre ohne sie nicht zu dem geworden, was es heute ist: eine florierende Metropole, die auf eine schicksalsträchtige Vergangenheit zurückblicken kann. Die Alte Mainbrücke ist ihr pulsierendes Herz. Niemand kehrt ihr den Rücken, ohne sie gesehen, bestaunt oder beschritten zu haben. Mit dem Segen der Brückenheiligen genießen heute Einheimische und Weitgereiste friedlich nebeneinander den Frankenwein darauf, bestaunen den purpurfarbenen Abendhimmel und wiegen sich in manch sommerlich sanfter Brise.

Nur wenig erinnert noch an die Katastrophen, Kämpfe und persönlichen Schicksale, an die Eroberungskämpfe der Kelten, den Zwist des ersten Bischofs mit einem Fährmann oder den kometenhaften Aufstieg zu einer der reichsweit wichtigsten Städte im Mittelalter – aber auch an den Sündenfall von Hexenwahn und Glaubenskrieg.

Die weiten Brückenbögen tragen Fälschung und Verrat in sich, Hochmut und Bescheidenheit, Liebe und Niedertracht. Es gibt nichts, was ihr und den Würzburgern über die Jahrhunderte erspart geblieben wäre. Und doch ist das eine ohne das andere kaum vorstellbar, sie gehören unweigerlich zusammen, wie die zwei Seiten eines Flusses.

Die Geschichte der Alten Mainbrücke, und damit der Stadt, Region und ihrer Menschen, muss jedoch ohne sie beginnen. Vor dreitausend Jahren gab es hier nur eine Furt.

Untiefen

Von Süden zogen Nebelschwaden den Fluss herauf. Bäume und Büsche verblassten darin wie von Geisterhand verwischt. Das Wasser breitete sich weit über die flachen Ufer aus und überflutete die Sümpfe am rechten Ufer in einem großen, stetig anwachsenden See. Schilfhaine erwehrten sich der Landnahme, ebenso wie Sträucher, die auf morastigem Untergrund ein Auskommen fanden. In einem Bogenschuss Entfernung war das neue, oft wechselnde Ufer zu erkennen. Dort erhob sich sachte ein Steinplateau zu zwei bewaldeten Bergen hin, sodass das fruchtbare Tal gegen Winde aus dem Osten geschützt war.

Im Tal war Ruhe eingekehrt, seit die Vögel gen Süden aufgebrochen waren. Ihre Schwärme hatten wehende Fahnen an den Herbsthimmel gezeichnet, ständig in Bewegung, alarmiert, denn es war höchste Zeit geworden, ein früher Frost war in den vorigen Nächten über sie hereingebrochen.

Die Kröten atmeten befreit auf, Mäuse und Lurche schlugen sich unbehelligt durch die Gräser, Fische tummelten sich im seichten Sumpfwasser. Nur die Wölfe beäugten den Landverlust misstrauisch. Wo sie gestern noch mit nassen Pfoten durch eine Furt gewatet waren, trafen sie nun auf eine unüberwindbare Wasserfläche. Aufgeregt schlichen sie an der Böschung des höher liegenden linken Ufers entlang, unfähig, zu ihren angestammten Jagdgründen zurückzukehren. Ihr Heulen klang elend. Sie riefen das Rudel um Hilfe, das in den Wäldern jenseits des Ufers zurückgeblieben war. Doch eine Antwort blieb aus, ihre Klage konnte die weite Strecke nicht überwinden. So versuchten sie es ein Stück weiter flussabwärts.

Um die an der Böschung festgemachten Boote und Kähne machten sie einen Bogen, mussten aufpassen, ob nicht jemand hinter den Palisaden auf sie lauerte. Hier roch es nach Mensch und obendrein nach Feuer. Erst zögernd, hasteten sie dann geduckt über den Vorplatz und fanden Schutz in den Büschen. Gerade rechtzeitig, denn das Palisadentor öffnete sich unter einem langgedehnten Knarzen. Heraus trat Oda mit ihrer Tochter Juna.

«Wie fängt man eine Ente?», fragte Oda. In der Hand trug sie einen Speer, vorsichtshalber, denn in letzter Zeit waren Fremde am anderen Ufer gesichtet worden. Vielleicht waren es nur Herumtreiber, vielleicht aber auch Kundschafter eines feindlichen Stammes. Es war besser, ihnen nicht schutzlos zu begegnen.

«Mit viel Geduld», antwortete Juna.

«Sehr gut. Und was noch?»

«Wenn sie aus dem Schilf kommen, mit einem Wurfnetz.»

«Und wenn sie im Schilf bleiben?»

Juna überlegte. «Mit den Händen?»

«Wenn du der Ente wirklich so nahe kommst, ist das eine Möglichkeit. Besser aber, du nimmst einen Kescher.»

Sie gingen über den Vorplatz, der vom Regen der letzten Tage aufgeweicht war, die Böschung hinunter zu den Booten. Oda wählte für ihren Jagdausflug ein flaches Boot mit wenig Tiefgang, damit sie im sumpfigen Gelände nicht aufsetzten und beweglich blieben. Ein Wurfnetz und einen Kescher holte sie aus einem anderen dazu, den Speer postierte sie griffbereit.

«Nimm ein Ruder», befahl Oda und deutete zum Bug. Dann löste sie die Leine vom Pflock und nahm im Heck Platz. Das Messer an ihrem Gürtel drückte, sie schob es nach hinten und stieß das Boot ab. Die Strömung nahm sie mit sich, sodass sie schnell dagegen arbeiten mussten, um nicht abgetrieben zu werden.

«Zugleich», rief Oda ihrer Tochter zu. «Zieh, zieh ...», und bei jedem Kommando stachen sie die Ruder ins Wasser und zogen sie lange nach hinten durch.

Juna, obwohl gerade mal zehn Jahre alt, machte ihre Sache erstaunlich gut. Gegen einen Fluss zu arbeiten erforderte Kraft, Ausdauer und Harmonie, das hatte sie frühzeitig von ihrem Vater Virdis gelernt, der sie schon als Kleinkind auf die Jagd nach Fisch und Federvieh in die Sümpfe mitgenommen hatte. Vor vielen Nächten war er mit den Männern losgezogen, um einen Stamm jenseits der Berge anzugreifen. Es hieß, sie plünderten, mordeten und schändeten; verbrannte Erde sei alles, was sie zurückließen. Es war daher besser, sie weit von ihrer Siedlung entfernt zu stellen, als einen Kampf auf eigenem Gebiet zu riskieren.

«Wann kommt endlich Vater zurück?», fragte Juna und beobachtete dabei das Treibgut, das ihren Weg kreuzte. Darunter waren an diesem Morgen nicht wie gewöhnlich nur Äste, Wurzelwerk und geschlagenes Holz. Oda erkannte einen abgebrochenen Speer auf der Wasseroberfläche, einen zertrümmerten Schild, Pfeile ... Sie lehnte sich hinaus, griff nach dem Schild und zog ihn ins Boot.

«Wem gehört er?», fragte Juna.

«Ruder weiter», erwiderte Oda. Es war nicht mehr weit hinüber ins Sumpfland, Juna würde es ohne ihre Hilfe schaffen.

In dem roten Schild steckte eine Pfeilspitze. Es war eine gute Arbeit auf den ersten Blick, der Waffenschmied musste versiert sein. Der Schild war an einer Seite mit einem Schwert abgeschlagen, ein wuchtiger Hieb war es gewesen, gemessen an der Dicke des Holzes. Doch weitaus rätselhafter waren die Zeichen, die den Schild schmückten. Mit gelber Farbe war eine Streitaxt aufgetragen, die Fratze eines Dämons, die Faust eines Kriegers. Derlei Zeichen hatte Oda noch nicht gesehen. Die anderen Stämme entlang des Flusses orientierten sich an den Tieren und ...

«Mutter!», rief Juna. «Dort!» Sie zeigte auf etwas im Wasser, es schien schwer zu sein, trieb nur langsam mit der Strömung, aber geradewegs auf sie zu. Oda kniff die Augen zusammen – ein Baumstamm, eine Hand, die einen Ast umklammert, ein Arm, nasse, schwarze Haare. Das Gesicht kaum zu erkennen. Freund oder Feind? Tot oder lebendig?

Odas Hand tastete nach dem Messer am Gürtel.

«Er bewegt sich», sagte Juna. Sie streckte bereits die Hand aus, suchte den Baumstamm, den Körper zu fassen.

«Nicht!»

«Aber Mutter ...»

Oda griff zum Speer. Mit der Spitze nach vorne stach sie in den Arm. Er zuckte, gefolgt von einem erstickten Aufschrei.

«Wir müssen ihm helfen», sagte Juna. «Er ist verletzt.»

«Vielleicht eine Falle.» Oda blickte zum sicheren Ufer, mit ein paar schnellen Schlägen konnten sie es erreichen und sich hinter den Palisadenzaun in Sicherheit bringen. Der Flusslauf hingegen lag im Nebel. Nur wenige Bootslängen entfernt lagen vielleicht feindliche Krieger auf der Lauer und warteten nur darauf, sie gefangen zu nehmen. Es war ein Spiel mit dem Feuer.

«Mutter, er ertrinkt.»

Die Kraft des Fremden schien tatsächlich am Ende zu sein. Sein Schopf sank unter Wasser, sein Griff löste sich. Wenn sie ihn jetzt nicht fasste, würde die Strömung ihn mitreißen.

Oda legte den Speer zur Seite. Bei allen Göttern, sagte sie sich, lasst es keine Falle sein. Dann lehnte sie sich hinaus, packte den Arm und zog den Fremden aus dem Wasser.

**

Bevor Turon die Augen öffnete, erwachten seine Ohren. Frauen plapperten, Kindern tollten herum, ein Feuer knisterte. Er lag weich und warm, es fühlte sich fast so sicher an wie in seiner eigenen Hütte. In der Luft lag der Geruch nach gebratenem Fisch. Jemand sang. Eine Frauenstimme, klar, hell und tröstlich, dazu eine Flöte. War er in der Anderen Welt? Er seufzte.

«Mutter! Er ist aufgewacht.»

Die Stimme hämmerte in seinem Schädel. Er öffnete die Augen und sah ein rothaariges Mädchen zu ihm herunterschauen, es winkte die anderen heran und strahlte über alle Maßen, genau wie Khina, seine kleine Schwester, wenn er von der Jagd nach Hause kam.

«Geh weg von ihm!»

Dieses Gesicht war dem ersten ähnlich, wenngleich es einer Frau gehörte, die ihre rote Haarpracht mit einem silbernen Stirnband fasste. Ihr Blick aus grünen Augen war alles andere als freundlich, eine Narbe zog sich vom Wangenknochen bis zu ihrem Ohr, in der Hand hielt sie eine Klinge von beeindruckender Länge.

Turon fuhr auf, suchte sich in Sicherheit zu bringen, doch die Frau drückte ihn spielend leicht zurück, als wäre er nichts weiter als ein Grashalm und sie der Wind. Ein Schmerz in der Brust nahm ihm den Atem, darauf das Bewusstsein.

Als Turon wieder erwachte, war es still und dunkel, kein Laut drang an sein Ohr, kein Feuerschein fiel an die Decke. Sein Lager war kalt und feucht, es roch nach Eiter und verwestem Fleisch. Sein Herz schlug schnell, er glaubte zu ertrinken.

Da schob sich rotglühend ein Eisen in sein Blickfeld. Die Hand, die es führte, war alt und zittrig, an einem Finger ein silberner Ring mit einem Symbol, das er noch nie zuvor gesehen hatte – die Fratze eines Dämons mit herausgestreckter Zunge und gierigen Augen.

«Oda, hilf mir.»

Neben diesen alten Teufel mit seinen grauen Haaren und dem langen Bart trat die rothaarige Frau mit der Narbe auf der Wange. Sie nahm ihm das glühende Eisen aus der Hand. Ihre Augen entschlossen, sie kannte keine Gnade. Verfluchtes Teufelsweib.

«Haltet ihn fest.»

Er spürte Hände auf sich, die ihn tiefer auf sein Lager pressten, hinein in die Hölle, die ihm dieses Teufelsweib gleich bereiten würde.

Als das Eisen seine Brust berührte, bäumte er sich auf und schrie. Dann fiel all der Schmerz von ihm ab, und wieder verschluckte ihn ein schwarzes Loch.

Aus der Dunkelheit kehrte Turon ein drittes Mal zurück. Schatten an der Decke, mit Köpfen und Armen. In den Händen Messer, daran Fleisch, das sie genüsslich aßen. Gelächter, ein Hund bettelte und bellte. Eine Kinderstimme befahl ihm, sich auf zwei Beine zu stellen. Wieder dieses Lachen, dann klatschten welche in die Hände. Sie redeten und tranken, eine Frau stand auf, ihr Schatten war der einer Riesin.

«Lasst uns den Göttern danken.» Sie erhob ihren Becher und stimmte einen Sprechgesang an, dem alle folgten. Turon hörte nur Frauenstimmen. Eine seltsame Sprache war das, ganz anders als seine, wenngleich er viele Worte verstand. Von einem mächtigen Hirsch war da die Rede, den unendlichen Weiten der Wälder, der Jagd, dem Töten und dem Überleben des Stammes. Er hörte aufmerksam zu, versuchte sich ein Bild zu machen, wer diese Menschen waren, die ihn folterten und gefangen hielten.

Wieso hatte er es nur mit Frauen zu tun? Wo waren ihre Männer, die Krieger dieses Stammes? Bei der Jagd, auf einem Beutezug ... tot?

Was auch der Grund dafür sein mochte, es brauchte ihn nicht zu interessieren. Er würde sich nun erheben, die erste Waffe greifen, die er zu fassen bekam, und dieser Frauenherrschaft ein blutiges Ende bereiten. Sie sollten für all die Schmerzen büßen, die sie ihm zugefügt hatten. Danach würde er ihren Besitz rauben und als reicher Mann zu seinem Stamm zurückkehren. Was für eine närrische Geschichte würde er ihnen erzählen können ... Er grinste, denn seine Hände waren nicht gefesselt, genauso wenig wie seine Füße. Törichtes Weibervolk. Das würde eine schnelle und blutige Angelegenheit werden.

An seiner Seite lag ein Bündel Zweige, eine Holzschale, ein Fell ... Wo zum Teufel waren ihre Waffen? Vorsichtig blickte er zur anderen Seite, wo sie im Kreis um die Feuerstelle saßen. Alles nur Frauen, zwei Dutzend mindestens, dazwischen lärmende Kinder ... und ein bärtiger Mann mit langen grauen Haaren. Seine Augen waren müde, die Hände zitterten. Er war kein Problem. Ihnen gegenüber, leicht erhöht, ein großer Stuhl, das Fell eines Bären darüber und, wenn er es richtig erkannte, diese Hexe mit den roten Haaren. Sie spielte sich als ihre Königin auf, zu ihren Füßen zwei Kinder und dieser Hund, der auf seinen Hinterbeinen stand und um Fressen winselte.

Verfluchte Brut! Gleich wird der Köter euer Blut saufen.

Er war ausgeruht und würde sie mit den Fäusten erschlagen, doch kaum hatte er die Füße auf den Boden gesetzt, überkam ihn Schwindel. Er atmete tief, etwas stach in seiner Brust. Schmerzen würden ihn nicht aufhalten, Schmerzen war er seit seiner Kindheit gewohnt. Sie gehörten zum Leben eines Kriegers. So drückte er sie weg und stellte sich auf die Beine. Er wankte, suchte Halt und taumelte voran.

«Mutter! Er ist aufgewacht.»

Das Geplapper erstarb, alle Köpfe reckten sich nach ihm.

Den Überraschungsangriff konnte er vergessen. Turon musste schnell handeln, bevor sie zu ihren Waffen griffen. Das rothaarige Mädchen aus seinen Träumen rannte auf ihn zu.

«Juna, nicht!»

Dann sollte sie eben die Erste sein. Er holte aus, doch mitten in der Bewegung lähmte ihn der Schmerz, er schoss ihm durch die Schulter zur Brust, dass er glaubte, die Besinnung zu verlieren.

Er sah dieses grinsende Kind, dahinter das erschrockene Gesicht der rothaarigen Hexe, die auf ihn zueilte. Ihre Hand fuhr zum Gürtel, wo sie eine Klinge trug. Wie ein Baumstamm zu Boden kracht, so fiel er vor ihre Füße, keuchte und schnappte nach Luft.

«Er ist gefährlich. Geht weg von ihm.»

Damit mochte sie recht haben, er war ein Büffel in vollem Lauf … gewesen. Jetzt war er nur noch ein bemitleidenswertes Elend, das vor einer Frau im Staub kroch. Ihr verfluchten Götter. Wieso straft ihr mich so?

Jemand half ihm auf. Er versuchte sich dagegen zu wehren,

aber selbst dafür fehlte ihm die Kraft. Seine Brust schmerzte wie Feuer, seine Schulter ein nutzloses Ding. Als er endlich stand, trat ihm die Hexe entgegen. Sie war gut einen Kopf kleiner als er, hatte eine schmale Taille, um die locker ein Gürtel mit Metallscheiben hing, darauf die Zeichen ihres Stammes.

«Wer bist du?», fragte sie herausfordernd. Sie schien sich ihrer Sache sicher.

«Turon», erwiderte er.

«Woher kommst du?»

«Aus dem Westen.»

«Woher genau?»

«Von einem Berg, der in meiner Sprache Runi genannt wird.»

Sie blickte fragend in den Kreis der Frauen. Offenbar hatte niemand von diesem Berg gehört. Auch der Alte schüttelte den Kopf.

«Was willst du dann hier?»

Dir den Schädel spalten, hätte er am liebsten gesagt, doch er musste an sich halten, warten, bis seine Kraft zurückgekehrt war.

«Handel treiben», antwortete er.

«Nach einem Händler siehst du aber nicht aus.» Sie ging um ihn herum, begutachtete seinen von Narben gezeichneten Oberkörper.

«Wie kommt es dann», fuhr sie fort, «dass wir eine Pfeilspitze aus deiner Schulter schneiden mussten? Auch hat der Hieb einer Streitaxt deine Brust verletzt.»

Er schaute an sich hinunter. Zwischen seinen Brustmuskeln klaffte ein Riss, der mit einem Faden zusammengehalten wurde, an seiner linken Schulter ein Loch, das Fleisch vom glühenden Eisen notdürftig verschlossen.

«Ich bin überfallen worden», antwortete er.

«Von wem?»

Er zuckte die Schultern.

«Sie kamen in der Nacht, überfielen mich im Schlaf, raubten mein Boot, alle meine Waren.»

«Welche Waren?»

Verfluchte Hexe! Sie ließ nicht locker.

«Wein aus dem fernen Osten, Felle…»

«Dann sprichst du fremde Sprachen?»

Erneut zuckte er nur die Schulter.

«Sag ein paar fremde Worte, damit wir dir glauben.»

Er kannte kein einziges, wie auch? Er war ein Krieger und kein Händler.

«Ich habe Durst», antwortete er stattdessen, «gebt mir Wein zu trinken. Ich kann dir sagen, ob es welcher aus dem Osten ist.»

Einige Frauen lachten, mit dieser Schlagfertigkeit hatten sie nicht gerechnet.

Oda ging darauf ein. «Wein für unseren Händler.» Sie gab einer Frau ein Zeichen. «Aus den besonderen Schläuchen. Du weißt schon welche.»

Die Frau nickte verschlagen, füllte ein Horn und reichte es ihm. Turon zögerte. War das eine Falle? Würden sie ihn vergiften? Alle Augen ruhten auf ihm, und er roch an dem Getränk. Vielleicht war es Wein, vielleicht auch nicht, und so nahm er einen Schluck, spuckte ihn aber sogleich wieder aus. Dieses Gesöff war ekelhaft und bitter.

«Willst du mich vergiften? Das schmeckt nach Ziegenpisse!»

Wieder lachten ein paar Frauen, und selbst die rothaarige Hexe konnte sich ein Grinsen nicht verkneifen, wenngleich es mehr nach Schadenfreude aussah.

«Zumindest weißt du, wie Ziegenpisse schmeckt.»

Fürs Erste schien sie zufrieden und setzte sich wieder auf ihren Bärenfellstuhl. Darüber befand sich ein Schild mit den Zeichen des Stammes – zwei Fische, die sich gegenseitig in die Schwanzflosse bissen. Das Bild traf ihn wie Donner. In seinem letzten Kampf war er Kriegern mit diesem Symbol auf den Schilden gegenübergestanden. Sie hatten mutig gekämpft, waren aber gnadenlos unterlegen. Kein Einziger war mit dem Leben davongekommen, und Turon hatte ihren Anführer erschlagen.

***

Das Wasser war zurückgegangen und floss wieder in seinem alten Bett, das an dieser Stelle flach war. Vereinzelt schauten Sandbänke hervor, auf ihnen sammelte sich Treibgut. Für die Kinder war es ein Heidenspaß, zu entdecken, was vor ihrer Haustür gestrandet war.

Die späte Herbstsonne stand über den beiden Bergen jenseits des Sumpfes und spiegelte sich im stillen und seichten Wasser. Oda hatte die Nacht schlecht geschlafen, die Sorge um ihren Mann Virdis trieb sie hinunter zur Uferböschung, ließ sie auf die beiden Berge starren, wo er mit seinen Männern in die tiefen Wälder eingetaucht war. Beim Abschied hatte Virdis ihr versprochen, noch vor dem ersten Schnee wieder bei ihr zu sein.

Doch nun war das Gras braun geworden, die Bäume ohne Laub, die Nächte frostig. Der Schnee würde in diesem Jahr früher kommen als sonst, dessen war sich Oda sicher. Wo um alles in der Welt blieben die Männer?

Ob sie einen Kundschafter losschicken sollte? Nach Virdis' Fortgang waren nur noch Frauen und alte Männer in der

Siedlung, Kinder und Kranke. Sie brauchte jede Hand, um den Stamm durch den Winter zu bringen und sich gegen Angriffe zu wehren. Jemanden alleine in die Wildnis zu schicken war ausgeschlossen.

Das Palisadentor hinter ihr knarrte. Heraus kam dieser sonderbare Fremde, der sich in den vergangenen Tagen so weit erholt hatte, dass er keine so große Bürde mehr war wie in den Wochen zuvor. Noch immer hatte er nicht preisgegeben, wer er wirklich war, beharrte darauf, ein Händler zu sein. Doch Oda glaubte ihm nicht. Er hatte den Körper eines Kriegers. Seine Arbeit bestand im Töten und Erobern, nicht im Handel mit Wein und Fellen. Das konnte jeder sehen, der bei klarem Verstand war. Doch die Frauen sahen in ihm nur einen stattlichen Mann, einen Reisenden, der von fremden Orten berichten konnte, und davon hatte er reichlich Gebrauch gemacht. Jeden Abend saßen sie ihm zu Füßen und hörten seine Geschichten von großen Flüssen und weiten Meeren, von reichen Siedlungen und starken Anführern, und von ihm natürlich, wie er sie alle schon bereist und gute Geschäfte gemacht hatte.

«Was schaust du so grimmig, Oda?», fragte er. «Machst du dir Sorgen?»

Er kam an ihre Seite, folgte ihrem Blick zu den Bergen.

«Warum belügst du uns?», fragte sie unumwunden.

«Ich lüge nicht.»

«Seitdem du die Augen aufgemacht hast und mit deinem süßen Geschwätz die Sinne der Frauen vernebelst, kommen aus deinem Mund nur Lügen.»

«Du tust mir Unrecht.»

«Wir beide wissen, dass du kein Händler bist. Du bist ein Krieger.»

«Wäre ich es, wärt ihr schon längst tot.»

«Du kannst deinen Arm noch immer nicht heben. Habe ich recht?»

Er blickte hinunter auf seine Hand, ballte sie zur Faust und versuchte sie zu heben. Auf Höhe der Brust war Schluss. Mit diesem Arm konnte er kein Schwert führen.

«Es stimmt.»

«Könntest du es», fuhr sie fort, «hättest du uns längst im Schlaf die Kehlen durchgeschnitten.»

«Warum sollte ich das tun?»

«Du willst unser Land.»

Turon antwortete nicht darauf, stattdessen kamen Worte über seine Lippen, die er sofort bereute. «Wo ich herkomme, gibt es noch viel mehr von meiner Sorte.»

«Was meinst du?»

Er zögerte und schalt sich einen Verrückten, dass er davon angefangen hatte, warum auch immer. «Entlang des großen Flusses, der von Süden nach Norden fließt, sammeln sie sich. Sie suchen neues Land, wo sie leben können, und sie kennen keine Gnade. Besser, ihr bereitet euch darauf vor.»

«Wie viele sind es?»

«Hundert, vielleicht mehr.»

Oda seufzte. «So viele.»

«Ich rate euch zu flüchten, solange ihr noch die Gelegenheit dazu habt.»

«Wo sollen wir hin?»

«Weiter, einfach weiter.»

«Und dann?»

«Werdet ihr euch neues Land nehmen.»

«Das ergibt keinen Sinn.»

«Es ist das Gesetz der Götter. Nur der Starke überlebt.»

Oda griff an den Gürtel, zückte ihr Messer und hielt ihm die

Klinge an die Kehle. «Ich könnte dich jetzt töten, wenn ich es wollte, obwohl ich nur eine Frau bin.»

Turon ließ sich davon nicht beeindrucken. «Ja, du bist stark. Deswegen wirst du leben. Die anderen aber», er nickte zur Seite, wo Frauen mit den Kindern spielten und fröhliches Gelächter erschallte, «sie werden in ihrem Blut ertrinken, wenn sie sich nicht fügen.»

«Auch sie können kämpfen, und sie werden es, denn es ist ihr Land.»

«Sie rennen beim ersten Kampfgeschrei davon.»

«Du täuschst dich.»

Oda steckte die Klinge in den Gürtel zurück. «Außerdem werden unsere Männer bald zurückkommen. Niemand wird es dann mehr wagen, uns anzugreifen.»

Turon setzte zum Widerspruch an, unterließ es aber. «Wie lange sind sie schon fort?»

«Sie werden noch vor dem ersten Schnee zurück sein. So viel ist sicher.»

Damit ließ sie ihn stehen und ging zurück. Turon hätte ihr nachgehen und sie von ihrem verrückten Vorhaben abbringen können, aber er hatte ihr schon weit mehr verraten, als gut für ihn war.

Ein kühler Wind strich das Tal herauf und erinnerte ihn daran, dass seine Waffenbrüder nicht mehr weit waren. Das war der Plan seines Anführers Car. Er wollte das ganze Gebiet überrennen. So viel Land nehmen wie möglich. Wer sich ihm anschloss, konnte auf sein eigenes Stück Land und einige Reichtümer hoffen. Diese Siedlung wäre ganz nach seinem Geschmack. Sie lag an einer Furt, und wenn man den Fluss überqueren, von Norden nach Süden gelangen wollte, musste man hier durch.

Turon hatte viele Handelsplätze gesehen, und sie alle hatten eines gemeinsam: Sie befanden sich am Wasser, und zwar an einer Stelle, wo sich alle trafen, wo alle hindurchmussten. Wer über so einen Ort herrschte, war ein reicher und mächtiger Mann, ohne einen Finger dafür krumm machen zu müssen.

Die Kinder standen trockenen Fußes auf Sandbänken, dazwischen Wasser, das nicht sonderlich tief war. Karren und Fuhrwerke würden darüber fahren können, und jeder müsste dafür etwas geben. Und wenn ein Boot oder ein Schiff kam und wegen des niedrigen Wassers nicht weiter konnte, würde es ankern müssen – auch dafür hätten sie etwas zu entrichten. Bei dem Gedanken wurde ihm schwindelig. Wehe, wenn Car davon erfuhr. Er würde alle anderen Siedlungen liegen lassen und mit seinen Kriegern hierher reiten.

Wie sollte Turon sich nun verhalten? Einfach abwarten und die Siedlung für Car ausspähen oder …? Er war sich unschlüssig. Dabei hatte er noch vor ein paar Tagen nichts anderes im Sinn gehabt, als zu tun, wozu er bestimmt war. Kämpfen und erobern zum Wohle des Stammes, zum Wohle von Car. Als Dank würden ihm ein Stück Land, eine Frau und vielleicht ein paar Tiere geschenkt werden. Car jedoch würde sich den größten Anteil sichern und Herr dieser Siedlung und der Furt werden, ohne einen Finger dafür gerührt zu haben. War das gerecht?

«Turon!»

Juna winkte ihm zu. Sie stand auf einer Sandbank mit einem Becher in der Hand, den sie gefunden hatte. Er winkte zurück, tat so, als würde es ihn interessieren.

Aber noch im selben Moment ertappte er sich dabei, dass es ihn tatsächlich interessierte, ob Juna etwas Wertvolles gefunden hatte. Es war ein Zeichen, dass er an der richtigen Stelle war.

In der Nacht war Schnee gefallen. Von Virdis und den Männern gab es noch immer keine Nachricht, und Oda ahnte, was das zu bedeuten hatte.

Sie stand auf dem Umlauf des hohen Palisadenwalls und blickte in Gedanken versunken ins Tal hinunter. Der Schnee hatte das Tal und die umliegenden Wälder und Berge unter einer weißen Decke begraben. Lediglich der Fluss trotzte der Einvernahme, still und scheinbar reglos lag er da, vor Kälte erstarrt.

Die Siedlung am Ufer hatten Oda und die Frauen rechtzeitig verlassen. Hier oben war der Winter zwar ein Stück frostiger als im Tal, doch dafür war man gegen Feinde besser geschützt.

Das Leben im Tal war nach der Schneenacht nun gänzlich zum Erliegen gekommen, einzig die Krähen ließen sich nicht vertreiben. Sie saßen in den kahlen Baumkronen und beobachteten die Geisterlandschaft unter ihren Krallen. Hin und wieder flog eine auf und zog einen weiten Bogen über das Tal, bis sie auf einem anderen Baum einen besseren Aussichtspunkt fand.

Hier oben auf dem Berg war es still geworden. Die Tiere hatten ausreichend Futter und ein Dach über dem Kopf. Die Frauen zeigten den Kindern in der großen Halle, wie sie Kleidung anfertigten und Ritzen im Dach und in den Wänden stopften.

Die Kranken wurden von Rudio, dem alten Druiden versorgt. Ihm zur Seite stand Neva, die Seherin, was auch dringend notwendig war, denn der alte Rudio würde den Winter nicht überleben. Er war schon jetzt mehr in der Anderswelt als hier bei ihnen. Dann würden sie einen neuen Druiden benötigen – noch ein Problem, das Oda zu lösen hatte. Der kalte Wind fuhr ihr in den Nacken. Sie zog das dicke Fell enger um sich und verließ den Umlauf. Sie würde Neva um Rat fragen.

Auf dem Weg zur Hütte der Seherin kam ihr Turon entgegen, ebenfalls in ein dickes Fell gewickelt, die schwarzen, lockigen

Haare von Schneeflocken bedeckt. Er ging entschlossen auf sie zu.

«Gib mir ein Schwert, Oda.»

«Warum?»

«Ich muss üben.»

«Wofür?»

«Für den Kampf. Was sonst?»

Oda seufzte. «Sag mir endlich, wer du bist und was du hier willst. Dann denke ich darüber nach.» Sie ging weiter, aber er ließ nicht locker.

«Du weißt, dass sie kommen werden.»

«Woher willst du das wissen?»

«Weil...» Er zögerte. «... ich sie unterwegs gesehen habe.»

Sie blieb stehen, schaute ihm fest in die Augen. «Du meinst die, die dich überfallen haben.»

«Ja.»

«Was willst du gegen sie ausrichten?»

«Ich kann kämpfen ... wie jeder andere Mann. Und du brauchst meine Hilfe, das weißt du.»

Oda musterte ihn. Er hatte recht, sie konnte jede Hand gebrauchen, mehr noch, wenn es stimmte, was er da behauptete.

«Gut, du kannst ein Schwert haben. Aber dann reden wir. Ich will die Wahrheit hören.»

Zögernd stimmte er zu.

«Komm mit», sagte sie, und gemeinsam stapften sie durch den Schnee zu Nevas Hütte.

Der Raum war von einer kleinen Feuerstelle schummrig erhellt. Von den Balken hingen Skelette von Tieren herunter. Es stank nach Aas, giftigen Kräutern und vergorenen Flüssigkeiten. An einer Wand war eine beeindruckende Sammlung von Schädeln angebracht – die abgeschlagenen Häupter der Feinde, die Virdis und die Männer in den Schlachten getötet hatten. Eigentlich sollten sie als Trophäen an den Pferden befestigt sein und dem Feind Angst und Schrecken einflößen, aber in den letzten Jahren waren es zu viele geworden. Nun dienten sie der Abschreckung von Bösem aus Ost und West, andere waren für das Heiligtum des Stammes von Neva präpariert und dort aufgestellt worden.

Die Seherin saß mit geschlossenen Augen am Feuer. Um den Hals trug sie eine Kette aus Knochen, die schwarzen Haare hingen ihr ins Gesicht. Sie brabbelte Unverständliches, während sie getrocknete Blätter und Früchte in die Flammen rieseln ließ. Rauch hüllte sie ein, den sie tief einsog.

Oda näherte sich ihr mit Bedacht, Turon hatte für derlei Hokuspokus nichts übrig. «Die Götter werden uns nicht helfen», brummte er, «wir verschwenden wertvolle Zeit.»

«Schweig!», zischte sie. «Und setz dich.»

So ließen sie sich Neva gegenüber am Feuer nieder und warteten, bis sie angesprochen wurden. Es dauerte, für Turon eine halbe Ewigkeit, doch Oda zwang ihn auszuharren, vorher würde er kein Schwert erhalten.

«Oda, was willst du?» Neva hob den Kopf, schaute sie missbilligend an. Ihre Augen waren blutunterlaufen, auf der Stirn und den Wangen trug sie heilige Zeichen.

«Sag mir, Neva, sind wir in Gefahr?»

«Darauf brauchst du keine Antwort.»

«Ich meine, ist der Feind nah?»

Neva senkte das Haupt, streute weitere Blätter und getrocknete Früchte in die Flammen. Rauch quoll auf, sie versank in einer anderen Welt.

«Ein Sturm wird aufziehen», begann sie, «und was verloren ist, wird hinweggefegt. Ein neuer Same wird erwachsen, gemacht aus dem Alten und dem Neuen, dem Guten und dem Bösen, der Erde und dem Wasser. Sei bereit, Oda, aus deinem Schoß wird die neue Frucht geboren.»

«Was hat das zu bedeuten?», fragte sie.

«Stell nicht in Frage, was die Götter für dich bereithalten», antwortete Neva. «Gib dich ihnen hin.»

«Genug damit», ging Turon dazwischen. «Wir müssen uns wappnen.» Er stand auf. «Gib mir endlich das Schwert.»

«Und du, Fremder», sprach Neva weiter, «wirst töten müssen, was dich geboren hat, um zu leben.»

«Wirres Gewäsch», widersprach Turon. «Meine Mutter ist längst tot.»

«Was ist mit Virdis und den Männern?», fragte Oda.

«Was gegangen ist, wird nicht wiederkehren.»

«Dann sind sie tot?»

«Sie sind das Ende, du der Anfang.»

***

Der frühe Wintereinbruch brachte viel Schnee mit sich. Seit Tagen schneite es, und ein Ende war nicht abzusehen. Oda hieß diese tristen und wolkenverhangenen Tage willkommen, an denen der Blick nicht weiter reichte als bis zum Fuß des Berges. Was jenseits des Flusses und der Sümpfe lag, verschwand hinter einer dichten Schneewand, einzig vom Westwind aufgescheucht, der die Flocken tanzen ließ, einen Sturm entfachte und die Sicht nahm.

Der Schnee verbarg auch die Siedlung auf der Bergkuppe, nur die wenigen verlassenen Häuser unten am Ufer fielen auf. Dort würden sich die Eindringlinge vergewissern können, dass der Ort verlassen war, dass es nicht lohnte, hier zu verweilen und um irgendetwas zu kämpfen. Woanders würde man reichere Beute machen. Zieh weiter, verdammtes Räubervolk, dachte Oda, lass uns in Frieden die Rückkehr unserer Männer abwarten.

Doch die Männer blieben fort. Inzwischen wäre ihr Proviant zur Neige gegangen, in den verschneiten Wäldern und Auen waren die Tiere jetzt nur noch schwer aufzuspüren, außerdem war es nicht Virdis' Art, sein Wort zu brechen. Er wusste doch, dass er sie schutzlos zurückgelassen hatte, auch wenn die Frauen sich tapfer schlagen würden, wenn es darauf ankam. Mit ihnen war nicht zu spaßen, sie kämpften für ihre Kinder, ihr Haus und ihr Stück Land, eine jede von ihnen würde das bis zum letzten Blutstropfen verteidigen.

Und doch waren sie nur Frauen, die die Arbeit auf dem Feld und im Haus gewohnt waren, sich um die Kinder und Alten kümmerten. Eine Streitaxt oder ein Schwert gegen blutrünstige Krieger zu führen, war eine andere Herausforderung.

Virdis und die Männer mussten vor dem Eis zurückkehren. Wenn der Fluss erst mal zugefroren war, würde er sie nicht länger gegen Eindringlinge aus dem Osten schützen. Dann wäre der steile Berg mit seinem Pfahlwall das einzige Hindernis zwischen ihnen und den Angreifern. Sie brauchte Gewissheit, andernfalls … Oda blickte hinunter in den Hof, wo dieser fremde Krieger mit einem stumpfen Schwert auf einen Holzpfahl eindrosch, immer und immer wieder, wie besessen, als müsste er heute noch in den Kampf ziehen. Seine Wunden waren einigermaßen verheilt, aber es fehlte ihm an Kraft und Geschicklichkeit, es würde noch Zeit brauchen, bis er seine alte Stärke zurückgewonnen hatte. Oda sah es mit gemischten Gefühlen. Sosehr sie es auch guthieß, dass sie zumindest einen echten Krieger unter sich hatten, so wenig traute sie ihm. Egal, was er sonst noch war, er war ein Lügner, so viel war klar. Was verheimlichte er?

Der Wind pfiff frostig durch den Wachturm. Oda zog den Pelz enger um Kopf und Gesicht. Sie wollte hier oben ausharren, bis sie eine Antwort auf ihre Fragen gefunden hatte. So lange beobachtete sie Turon, wie er nicht müde wurde, ein ums andere Mal das Schwert gegen den Pfahl zu schwingen. Links, rechts, zurück in die Verteidigung, ein Ausfallschritt, die nächste Attacke. Immer wieder.

«Oda!»

Sie fuhr herum. Draußen vor dem Tor stand Erka im Schneetreiben und winkte ihr aufgeregt zu. Eigentlich sollte Erka am Ufer Ausschau halten, dabei die verlassenen Hütten und die versteckten Boote überprüfen, und erst bei Anbruch der Dunkelheit zurückkommen.

«Was ist?», rief Oda hinunter.

«Öffne das Tor. Schnell!»

Oda eilte die Leiter hinab und schob den schweren Riegel des Tores zur Seite. Turon sah es und half ihr.

«Sie kommen!», keuchte Erka vom langen und steilen Anstieg außer Atem.

«Virdis und die Männer?» Das Herz pochte ihr bis zum Hals. Endlich! Sie waren gerettet.

«Nein! Fremde Krieger.»

«Wie viele sind es?», fragte Turon.

«Zwanzig, mindestens.»

***

Es waren deutlich mehr Krieger. Turon zählte allein am Lagerfeuer achtundzwanzig. Wer fehlte, war ihr Anführer – Car. Er musste sich in einem der Zelte aufhalten.

Oda und Turon hatten sich bei Anbruch der Nacht aufgemacht, um das Lager der Fremden auszukundschaften. Leise hatten sie mit dem Boot übergesetzt, die Ruder vorsichtig ins Wasser getaucht, damit die Hunde, die die Gruppe mit sich führte, nicht anschlugen.

Sie waren alle ums Feuer versammelt, auch die Hunde, die hofften, etwas von dem Wildschwein abzubekommen, das da über den Flammen briet. Oda und Turon lagen im Hinterhalt, Messer, Schwert und Streitaxt im Gürtel, die Augen nur knapp über dem Schneegrat eines Hügels. Sie hatten Glück, der Wind kam aus Osten, die Hunde konnten sie nicht wittern.

«Woher stammen diese Krieger?», flüsterte Oda.

«Still!», befahl Turon. Sein Blick huschte über die Senke, in der die Männer ihr Lager aufgeschlagen hatten. Wo waren ihre Pferde, die Spieße, Äxte und Schwerter?

Das Licht des Lagerfeuers reichte nicht weit, zumal der Wind die Flammen beugte. Hinter den Zelten begann die Dunkelheit. Dort mussten die Pferde rasten.

«Kannst du die Zeichen auf ihren Schilden erkennen?», fragte Oda.

«Nein, und nun schweig endlich. Sie hören uns noch.»

«Das Einzige, das sie hören, ist das Knurren ihrer Mägen.»

Turon achtete nicht weiter auf sie, wichtiger war, wie er an die Pferde kam und die Hunde überlistete. Ohne sie wäre ihre Kampfkraft halbiert. Den Rest würden die Kälte und der Hunger übernehmen. Es war in den letzten Stunden empfindlich kalt geworden, die Wolken waren weitergezogen, jetzt funkelten Sterne an einem frostigen Firmament.

«Hast du etwas zu essen dabei?», fragte Turon.

«Das ist nicht der richtige Zeitpunkt –»

«Für die Hunde», unterbrach Turon.

Oda griff nach dem Beutel an ihrem Gürtel. Normalerweise

hatte sie immer etwas Dörrfleisch dabei, wenn sie auf die Jagd ging oder in diesem Fall auf Erkundung, nur ausgerechnet heute nicht. Aber sie hatte eine Idee. Sie schnitt aus dem leeren Beutel einen Fetzen heraus. Wenn die Nasen der Hunde nicht völlig eingefroren waren, würden sie das Fleisch noch riechen. Sie reichte ihm den Stoff.

«Bleib hier», sagte Turon, «und halte die Augen offen.»

«Was hast du vor?»

«Ich kümmere mich um die Pferde.»

Ein Hund bellte, und Turon lag schneller wieder im Schnee als er aufgestanden war. Die anderen Hunde stimmten mit ein und rannten hinter die Zelte.

«Was ist da los?», fragte Oda, als ein Krieger aus der Dunkelheit in den Feuerschein ritt. Er saß auf einem Pferd, das an Hals und Brust mit zahlreichen abgeschlagenen Köpfen von Feinden geschmückt war. Grausige Fratzen schnitten sie, waren mit den langen Haaren an einer Schnur festgemacht, die wie eine Kette Ross und Reiter zur Ehre gereichte. Der Krieger selbst steckte im wärmenden Fell eines Wisents, auf dem Kopf ein Helm aus dem Schädel eines Wolfs. Er saß ab, übergab einem seiner Krieger die Zügel, und mit dem Messer schnitt er sich ein gutes Stück aus dem Braten.

Turon starrte auf dieses Monstrum von Mann, der gut einen Kopf größer war als er und bullig wie ein Ochse. Es gab keinen Zweifel, es war Car, ihr Anführer und Turons ärgster Albtraum. Mit ihm an der Spitze würden sie es doppelt schwer haben, die Siedlung zu verteidigen. Wer in Reichweite seiner Streitaxt kam, war hoffnungslos verloren. Kein Schild würde dieser Wucht standhalten.

«Zu spät», sagte er. «Lass uns zurückgehen.»

«Warum?»

«Wir haben die Gelegenheit verpasst.»

«Unsinn.» Sie nahm ihm den Stofffetzen mit dem Fleischgeruch aus der Hand. «Wenn du Angst hast, werde ich das erledigen.»

«Du kommst niemals an den Hunden vorbei.»

Sie zückte das Messer. «Das werden wir noch sehen.»

All die Tapferkeit verlor sich in einem Knurren hinter ihnen. Zwei Augen waren auf sie gerichtet, darunter die geifernd gekrümmte Schnauze eines Kampfhundes mit beängstigend langen Zähnen.

Oda reagierte als Erste. Sie warf ihm den Stofffetzen hin, in der anderen Hand das Messer, bereit zuzustechen, wenn das Tier sich auf den verlockenden Geruch einließ. Doch es wollte nicht gelingen. Entweder war der Fleischgeruch schon so weit verflogen, dass dieses blöde Vieh ihn nicht mehr roch, oder die Nase war ihm eingefroren.

«Geh zurück», flüsterte Turon.

«Nicht in tausend Jahren.»

«Geh weg von ihm. Ich meine es ernst.»

Turon erhob sich vorsichtig und ging auf das Vieh zu, hielt ihm die Hand entgegen.

«Bist du verrückt geworden?», schimpfte Oda gepresst. «Er wird dir die Hand abreißen.»

Aber was machte dieses riesengroße, zottelige Vieh, dessen Zähne kaum kleiner waren als Dolche? Es hörte auf zu knurren, zog den Kopf ein, wedelte mit dem Schwanz und begab sich mit einem wohligen Wimmern in Turons Arme.

***

Die Holzscheite knackten im Feuer, es wärmte die klammen Finger. Turons Blick verlor sich in der Glut, während Oda ihm ungeduldig gegenübersaß.

«Es war der Kampfhund von Car», sagte Turon schließlich.

«Car?», fragte Oda.

«Der Anführer.»

«Dann», giftete Oda, «ist das dein Stamm.»

Turon nickte, sinnlos, es zu leugnen.

«Ihr seid auf Beutezug», folgerte sie. «Ihr sucht neues Land.» Turon schwieg und starrte weiter ins Feuer. «Und nun sind wir an der Reihe.»

«Euer Tal, die Furt und der Berg sind genau das, was wir … was sie suchen.»

Oda spuckte ihn an. «Zum Teufel mit dir und deiner Brut.» Sie stand auf, ihre Streitaxt lag griffbereit. Was hinderte sie noch daran, diesen Verräter auf der Stelle zu erschlagen? Er hatte ihr Vertrauen und ihre Gastfreundschaft ausgenutzt, hatte diese Totschläger direkt zu ihnen geführt. Hätte sie ihn doch nur im Fluss ersaufen lassen.

Auf die Wut folgte der Zweifel. Etwas stimmte an seinem Verhalten nicht.

«Warum bist du vorhin nicht zu ihnen gegangen?»

«Weil ich nicht wollte.»

«Du hättest nur aufstehen und dich zu erkennen geben müssen. Es ist dein Stamm.»

«Ja und nein.»

«Was heißt das?» Es reichte ihr mit der Geheimniskrämerei. Sie setzte sich wieder ans Feuer. «Entweder du sagst mir, was mit dir los ist, oder ich lasse dich noch heute Nacht rauswerfen.»

Er lächelte gequält. «Von deinen Frauen etwa?»

«Täusch dich nicht. Jede von ihnen kann ein Schwert führen, besonders, wenn ihre Kinder in Gefahr sind.»

«Das ist gut, denn genau das werden sie tun müssen. Wenn der Fluss an Wasser verliert, werden sie kommen.»

«Zu dieser Jahreszeit haben wir eher mehr Wasser als wenig. Warum überqueren sie den Fluss nicht mit Booten?»

«Weil Car Boote hasst. Einmal wäre er fast ertrunken, außerdem kann er nicht schwimmen. Nur bei Niedrigwasser wird er es wagen.»

Ein furchtbarer Gedanke schoss Oda quer. «Oder wenn der Fluss gefriert.»

«Richtig», stimmte Turon zu. «Die Nacht wird kalt und Eis wird sich bilden.»

«Zu dünn für Reiter und Pferde.»

Turon nickte. «Wir müssen die Zeit nutzen, bevor es trägt.»

«Wieso sagst du *wir*? Warum willst du dich gegen deinen eigenen Stamm erheben?»

Ein langes und tiefes Seufzen. «Der Stamm hat mich nicht geboren. Ich wurde von ihm geraubt. Als ich noch ein Junge war, fiel Car mit seinen Kriegern über uns her. Sie erschlugen die Männer, die Alten und die Kinder. Die Frauen schändeten sie, bevor sie sie töteten. Auch meine Eltern und Geschwister fielen ihnen zum Opfer. Sie ließen keinen am Leben. Ich werde ihm das nie vergessen.»

«Und wie hast du überlebt?», fragte Oda ungläubig.

«Ich habe Car ein Messer ins Bein gerammt.»

«Dafür hätte er dich erschlagen können.»

«Ja, aber er war gut gelaunt, nachdem er meine Mutter vor meinen Augen geschändet hatte. Er meinte, er könne furchtlose Jungen für seine Beutezüge gebrauchen. Ich wuchs in seinem Zelt und unter seinem Schutz auf. Er wurde mir zum Vater.»

Oda spuckte vor Ekel zur Seite aus. «Pah, ich hätte ihn noch in derselben Nacht im Schlaf erwürgt.»

«Ich habe es oft versucht. Doch jedes Mal, wenn ich scheiterte, band er mich an einem Baum fest und ließ mich hungern und dürsten, von den anderen verprügeln, ich wurde verspottet und verlacht ... Er sagte: Wenn du ein guter Krieger werden willst, musst du siegen. Andernfalls wirst du besiegt und stirbst.»

Sosehr Oda diese Worte auch anwiderten, auf diese Art wurden furcht- und reuelose Krieger geschaffen. Virdis hatte es mit den Jungen aus ihrem Stamm nicht anders gemacht.

«Was nun?», fragte sie. «Fliehen oder kämpfen?»

«Listig wie die Krähen sollten wir sein», antwortete Turon.

Das frostige Wetter hielt Wort. Am nächsten Morgen waren alle Wolken verschwunden, der Himmel klar, die Luft schneidend kalt. Das Wasser in den Eimern war mit einer dicken Schicht Eis überzogen, der Schnee knirschte unter den Füßen. Oda hatte noch vor Sonnenaufgang die Frauen wecken lassen und ihnen von der lauernden Gefahr jenseits des Ufers berichtet. Auf den anfänglichen Schock folgte eine stille Gewissheit unter den Frauen, dass es nun an ihnen lag, die Siedlung zu verteidigen. Auf die Rückkehr der Männer konnten sie sich nicht länger verlassen, Oda musste das niemandem mehr erklären.

Jeder, der ein Schwert, eine Axt oder einen Spieß halten konnte, übte damit im Hof, während sich auf dem Wall die Bogenschützen einfanden. Oda ließ Steine hinauftragen, mit denen sie den anstürmenden Kriegern den Schädel brechen würden.

Turon hingegen war bei Tagesanbruch hinunter zum Ufer gegangen. In seiner Begleitung war Juna, sie trug ein Bündel Pfeile, er die langen Spieße. Der hohe Holzwall, der die Siedlung zum Ufer hin schützte, stellte die erste Verteidigungslinie dar. Hier würde der Kampf beginnen, und wenn alles nach Plan verlief, der Feind um die Hälfte dezimiert sein, bevor er in die Siedlung eindrang. Was darauf folgte, wollte sich Turon gar nicht vorstellen, auch nicht auf Junas bohrende Fragen antworten. Viel Blut würde fließen. Eine Schar Frauen und Kinder trat gegen eine Horde blutrünstiger Krieger an. Mit etwas Glück und Geschick würde er die Verluste gering halten können, danach zählte nur noch eins: schnell den Berg hinaufkommen. Der Schnee war knietief, er würde Reiter und Pferd gehörig Kraft kosten. Erschöpft vom langen Aufstieg und dem bereits geleisteten Blutzoll, würden die verbliebenen Krieger Cars von den Bogenschützen empfangen.

Wenn alles so ablief, wie er es sich ausrechnete, stünden sie letztlich noch einem Dutzend Krieger gegenüber, vielleicht weniger, und dennoch waren es immer noch zu viele. Sie würden unter den Frauen ein furchtbares Gemetzel anrichten, die Alten abschlachten, die noch lebenden Kinder erschlagen oder verschleppen.

Turon hieß Juna die Spieße und Pfeile in den Hütten bereitzulegen, er setzte sich ans Ufer und blickte auf die andere Seite, wo eine graue Rauchfahne in den blauen Himmel stieg. Gemessen an den Pferden mussten es etwa dreißig Krieger sein, hinzu kamen die Hunde und vielleicht ein paar Männer Fußvolk. Von ihnen ging keine große Gefahr aus, sie waren Kriegsbeute, wurden zum Kampf gezwungen. Sie würden jede sich bietende Möglichkeit zur Flucht ergreifen.

Um das Lagerfeuer scharten sich rund ein Dutzend Männer, die anderen waren in den Zelten oder auf Nahrungssuche. Spuren im tiefen Schnee führten in den Wald, weitere zum Sumpf und von dort im Bogen zum Ufer. An der Böschung zu beiden

Seiten hatte sich Eis gebildet. Es reichte bereits einen Steinwurf in den Fluss hinein, war aber mit Sicherheit noch zu dünn. Spätestens morgen jedoch wäre die Eisdecke geschlossen. Ob sie Ross und Reiter trug, würde sich zeigen, Turon konnte nur hoffen, dass ihm der Kriegsgott noch etwas länger gewogen war, dann hätten er und die Frauen noch mehr Zeit, um sich auf das Unausweichliche vorzubereiten.

Es würde ein unehrenhafter Kampf werden, so viel war sicher, mit Harken, Pflugscharen und Äxten gegen hochgerüstete Menschenschlächter, die nichts anderes als Blut, Gold und Schändung im Sinn hatten. Car würde sich an ihre Spitze setzen, und nachdem seine Lust gestillt war, den Berg übernehmen, der ihm ein neues Reich mit viel fruchtbarem Land an einer Furt bescherte. Es wäre der Gipfel seiner skrupellosen und blutigen Beutezüge, von hier aus würde er den Fluss beherrschen und seine Truhen füllen, zig Bastarde zeugen und seiner Sippe bis ans Ende der Zeiten ein sicheres und ruhmhaftes Auskommen sichern.

Da öffnete sich ein Zelt, heraus trat Car. Er trug den dicken schwarzen Pelz eines Bären, den er seinerzeit mit einem Spieß erlegt hatte. Er ging zu seinem Pferd, schwang sich auf und galoppierte um den Sumpf zum Ufer, wo er angsteinflößend auf und ab ritt. Sein Kampfschrei trug den weiten Weg herüber.

Das Versteckspiel war vorbei. Turon erhob sich, zog sein Schwert und reckte es in die Höhe. Aus voller Brust antwortete er Car mit seinem Kampfgeheul. Blut würde fließen, und wenn ihm der Kriegsgott hold war, würde er dieses Mal Cars Herz nicht verfehlen.

***

«Sie sammeln sich!», gellte es über den Hof.

Aus der großen Halle strömten die Frauen und Kinder herbei und liefen zum Wall. Oben auf dem Turm stand die Wache mit Helm und Bogen, sie zeigte auf das Tal, in ihren Augen war der Schrecken zu Hause.

«Es sind ... viele!»

Oda und Turon bahnten sich einen Weg durch die Menge und stiegen die Leiter hinauf. Die Wache hatte recht: Es waren viele, viel mehr als die, die sie noch vor zwei Tagen gezählt hatten. Bestimmt fünfzig, wenn nicht mehr.

«Car hat alle Reiter zusammengezogen», sagte Turon grimmig, «auch die aus den anderen Lagern. Er weiß, dass er es mit uns nicht leicht haben wird.»

«Aber», rätselte Oda, «wie sollen wir gegen so viele –?»

«Still!», unterbrach Turon mit Blick auf die ängstliche Wache und all jene, die sie von unten aus beobachteten. «Wir sind gut vorbereitet. Zeig deinen Frauen, dass sie keine Angst haben müssen. Du bist ihre Anführerin. Sie müssen an dich glauben.»

Oda nickte. Turon hatte recht. Sie musste jetzt ein Vorbild für alle sein, Angst war ein schlechter Waffenbruder.

«Wir machen alles so, wie wir es besprochen haben», sagte Turon. «Kann ich mich auf dich verlassen?»

Wieder nickte Oda. «Pass auf meine Juna auf, hörst du?»

Turon stieg die Leiter hinunter und sammelte die Frauen und Kinder um sich, die er für die Abwehr der ersten Angriffswelle benötigte.

«Folgt mir!»

Es waren fünf Frauen und ein gutes Dutzend Kinder, überwiegend Jungen, die bereits einen Bogen spannen und schnell rennen konnten. Auch die Frauen hatten Hosen zu tragen, damit sie im Schnee nicht über die eigenen Beine fielen. Zusammen ging es den Berg hinunter, und bereits jetzt zeigte sich, wie schwierig es war, die Beine aus dem Schnee zu kriegen, der bis zu den Schenkeln reichte. An der Ufersiedlung angekommen, besetzten die Kinder mit Pfeil und Bogen den Umlauf des Holzwalls. Die Frauen eilten in eine Hütte, eine führte einen Ochsen zum Tor. Dort wartete bereits Turon mit einem starken Seil in der Hand und machte es am Ochsen fest. Am anderen Ende war ein Anker befestigt, der tief im Eis in der Mitte des Flusses steckte.

«Du kennst das Kommando», schwor er die Frau ein, «wenn ich rufe, führst du den Ochsen mit aller Kraft voran.»

Sie nickte.

«Lass nicht locker», fuhr er fort, «du wirst damit viele Krieger töten.»

Sie versicherte es, und Turon ging vors Tor, folgte dem Seil, das unter dem Schnee verborgen lag. Letzte Nacht war er heruntergekommen und hatte noch einmal alles überprüft – den Anker, die Lederriemen, das Seil. Wenn alles nach Plan lief, würde die Angreifer ein eisiger Tod erwarten.

Drüben, auf der anderen Seite des Flusses, hatte Car seine Krieger und die ausgehungerten Hunde um sich geschart, so wie er es immer vor einer Schlacht mit ihnen tat, damit sie nicht mehr zwischen Freund, Frau oder Kind unterschieden. Dieses Mahl würde Turon ihnen gründlich versalzen.

Ihr Kampfgeschrei polterte herüber, die Spieße in die Luft gereckt, saßen sie stolz auf ihren Pferden und schickten ein paar der Hunde aufs Eis. Turon trat an die Uferböschung, zückte sein Schwert. Sollten sie nur kommen, er würde sie willkommen heißen. Die Köter rannten los, ihre Krallen kratzten über das Eis. Den ersten erwischte Turon am Kopf, Blut spritzte, den zweiten erledigte er in der Rückwärtsbewegung, nur der dritte kam überraschend schnell. Turon hob den Arm schützend vor den Kopf, hatte das Knurren des Hundes schon im Ohr, da fiel das Tier dumpf zu Boden, im Hals einen Pfeil. Turon blickte zurück, auf dem Wall stand ein Junge mit dem Bogen in der Hand.

Der erste Angriff war damit abgewendet, nun kamen die Reiter. Vorsichtig wagten sie sich aufs Eis, bereit, vom Pferd zu springen, wenn es sie nicht tragen sollte. Doch es hielt, und so folgte Reiter auf Reiter, einer nach dem anderen, mit wachsendem Vertrauen auf die Tragfähigkeit des Eises. Turon ließ sie unbehelligt bis zur Mitte des Flusses kommen, es waren schon fünfzehn, weitere würden folgen. Er blickte über die Schulter zum Tor, versicherte sich der Aufmerksamkeit der Frau, die den Ochsen hielt. Sie nickte ihm zu, wartete auf sein Zeichen.

Achtzehn, neunzehn … Der vorderste Reiter war nun weniger als einen Steinwurf entfernt, die anderen schlossen schnell zu ihm auf, damit sie endlich vom Eis kamen und diesen Verrückten am Ufer angreifen konnten, der sich ihnen alleine entgegenstellte. Sie verhöhnten ihn, stimmten ihr Schlachtgeschrei an.

Zwanzig, das sollte reichen. Turon gab das Zeichen, und kurz darauf hörte er das Kommando der Frau, die Stockschläge auf die Hinterbacken des Zugtieres. Das Seil schnellte unter dem Schnee hervor, geriet in die Beine der Pferde, brachte sie aus der Balance. Die ersten Reiter stürzten, das Eis knarrte.

«Weiter!», schrie Turon nach hinten. «Mit aller Kraft.»

Noch mehr Stockschläge folgten und die lauten Befehle an das störrische Vieh wurden eindringlicher. Reichte seine Kraft nicht aus, um das Eis zu brechen? Er hatte es doch vom Ankerpunkt aus in einer Linie zurück aufgeschlagen, damit es schneller brach. Doch nun zeigte sich der Frost von letzter Nacht in all seiner Härte. Es krachte im Eis, doch es hielt dem Seil stand wie auch dem Gewicht der Pferde und Reiter.

Turon wich zurück, gab den Jungen den Befehl, auf die zu Fuß anstürmenden Krieger zu schießen. Eine Salve flog über ihn hinweg, die Vorderen fielen getroffen zu Boden. Noch mehr Reiter kamen aufs Eis, jetzt im Galopp, um den Ansturm zu unterstützen.

«Sie kommen!», schrie Turon nach hinten. «Jetzt oder nie!»

Das Seil knackte und knarzte, erste Fäden rissen. Das konnte doch nicht wahr sein ... Er eilte ans Ufer, griff zur Streitaxt am Gürtel und schlug wie besessen auf die Fuge im Eis ein, die in kerzengerader Linie zum Loch in der Mitte des Flusses führte. Über ihm surrten die Pfeile jetzt in beide Richtungen. Das dumpfe Hufgeklapper und das Kampfgeschrei kamen näher. Es mussten an die dreißig Reiter auf dem Eis sein.

«Taranis, hilf», beschwor Turon den keltischen Wettergott, «brich das Eis!», und endlich wurde seine Bitte erhört.

Die Fuge riss, das Seil verlor an Spannung und das Eis brach in Schollen auseinander.

«Weiter», schrie Turon, «treib den Ochsen weiter!»

Das Seil zog wieder an, und der Anker riss die Fuge vollends auf, sodass das Eis zu beiden Seiten und bis zu seinem Ufer hin klaffte. Reiter und Pferde rutschten in den Schlund und wurden verschluckt. Den Rest übernahm die Strömung. Das Geheul der Krieger und das Wiehern der Pferde verebbte schnell.

Übrig blieben ganze zwei Krieger, die sich auf allen vieren in Sicherheit brachten. Siegesgeschrei aus Kindermund wurde laut, sie hatten Cars Streitmacht mit einem Streich halbiert.

Welch ein grandioser Sieg, und was für eine bittere Niederlage für Car, der am jenseitigen Ufer auf und ab ritt, fluchte, schrie und seinen Augen nicht trauen wollte.

Was würde er jetzt tun?, fragte sich Turon. Wenn er schlau war, würde er seine Krieger sammeln und ein neues Vorgehen besprechen, notfalls noch einen Tag warten, bis der Fluss an der Furt wieder zugefroren war. Aber so eine Niederlage hatte Car noch nie einstecken müssen, und das gegen einen Mann und eine Handvoll Kinder. Turon ahnte, wie die Geltungssucht an dem stolzen Krieger nagte, er konnte gar nicht klein beigeben, er musste die Schmach auf der Stelle sühnen. Und so kam es, dass er seine Krieger absitzen ließ und sie im weiten Bogen um die Bruchstelle aufs Eis schickte.

Turon eilte hinter den Holzwall und begab sich auf den Umlauf. Ein Bogen mit Pfeilen stand für ihn bereit. Für die Kinder wurde es hier zu gefährlich, er schickte sie hinter einen Hügel, wo sie Pfeile auf die anstürmenden Feinde verschießen sollten. Den wartenden Frauen gab er das Zeichen, ihre Spieße und Streitäxte bereitzuhalten und jedem, der durch dieses Tor kam, einen tödlichen Empfang zu bereiten. Die erfolgreiche List hatte sie kampflustig gestimmt, nun würden sie ihren Teil dazu beitragen, das Blut der Feinde zu vergießen. Sie verschanzten sich hinter Türen und Häuserecken, hielten die Waffen im Anschlag.

Turon spannte einen Pfeil in die Bogensehne. Noch war es nicht so weit, Cars Krieger bewegten sich langsamer und vorsichtiger über das Eis als ihre Vorgänger, auch ihr Kriegsgeheul war verstummt. Sie hatten miterlebt, wie trickreich der Feind war. Jetzt galt es, umsichtig vorzugehen.

Car hingegen hatte offensichtlich andere Pläne. Er stieß seinem Pferd in die Flanken und preschte das Ufer entlang, gefolgt von einer Handvoll Getreuer, bis sie hinter der nächsten Biegung verschwanden. Turon wusste, wonach Car suchte: einen sicheren Übergang und ein flacheres Ufer, das er mit seinem

Pferd überwinden konnte, denn Car kämpfte mit Vorliebe auf dem Rücken seines Pferdes. Für den Kampf auf den eigenen Beinen war er zu unbeweglich, ein flinker Krieger würde ihn schnell verletzen oder gar besiegen.

Der erste Krieger kam in Schussweite. Turon zielte, dieser Schuss musste sitzen. Wenn die anderen sahen, dass sie auf weiter Fläche gegen einen einzelnen Bogenschützen ohne Schutz waren, würden sie es sich vielleicht anders überlegen.

Der Pfeil flog lange durch die Luft, und als er sich senkte, traf er das Bein des Mannes. Damit war er zwar nicht ausgeschaltet, aber für den nächsten Schuss ein leichteres Ziel. Wieder flog der Pfeil, und dieses Mal traf er tödlich. Die anderen Krieger sahen, was ihnen drohte, und hoben ihre Schilde schützend über die Köpfe.

Turon konnte noch ein paar weitere Treffer landen, aber gegen die Schilde kam er mit dem Bogen nicht an. So eilte er die Leiter hinunter und begab sich an die Seite der Frauen.

«Wie viele sind übrig?», fragte eine.

«Vielleicht zwanzig», antwortete er, «und sie sind wild entschlossen.»

«Das sind wir auch.»

«Wir haben sie gedemütigt. Jeder von ihnen wird für zwei kämpfen.»

«Und wir für unsere Kinder.»

Turon seufzte, denn ab jetzt würden sie Auge in Auge kämpfen müssen.

Am Tor krachte es, der Riegel würde nicht lange standhalten, dann galt es. In der einen Hand die Streitaxt, in der anderen das Schwert, bereitete sich Turon auf den Kampf vor. Sein Arm musste halten in dieser kurzen, aber heftigen Auseinandersetzung mit mordlüsternen Kriegern, an deren Seite er so manche

Schlacht geschlagen hatte. Heute waren es keine Waffenbrüder, sondern Feinde, und doch kämpften sie für dasselbe Ziel: Herr über die Siedlung und den Berg zu werden. Gleich würde sich zeigen, ob Turon aus diesem tödlichen Wettstreit als Sieger oder als ein toter Verräter hervorgehen würde.

Da brach der Riegel am Tor.

Oben auf dem Berg verfolgte Oda das Kampfgeschehen. Turons Plan war aufgegangen. Er allein hatte über zwanzig Feinde getötet. Er war ein kluger Kopf, der die Schwächen des Feindes erkannt und die Kräfte der Natur gegen sie gerichtet hatte. Sie kam nicht umhin, ihn dafür zu bewundern. Nicht viele Krieger verfügten über solche Weitsicht und strategisches Talent. Wenn sie nicht schon mit Virdis zusammen wäre, dieser junge Mann wäre geeignet für sie – ein starker Kämpfer an der Seite seiner Herrin.

Aber Oda sah auch, dass die Schlacht noch mehr Blut kosten würde. Zwischen den Hütten im Unterdorf tobte das Hauen und Stechen, und am anderen Ufer suchten die verbliebenen Krieger eine Furt. An der nächsten Flussbiegung wurden sie fündig.

Sie befahl die Frauen und Kinder an die Nordseite des Walls. Oda zählte acht Frauen und noch einmal so viele Kinder, die einen Bogen spannen und vermutlich auch ein Ziel damit treffen konnten. Die Alten und Kleinkinder verschanzten sich in der Halle. Wenn der Berg fiel, war es an den Alten, eine Entscheidung zu treffen – Tod durch eigene oder fremde Hand. Bis dahin galt es, eine Schlacht zu schlagen.

Durch den tiefen Schnee quälten sich Rosse und Reiter den steilen Berg herauf. Hoffentlich büßten sie so viel Kraft ein, dass sie im Kampf erschöpft waren.

Die Rechnung ging nur teilweise auf, ihr Anführer war nicht

dumm. Einer ritt voraus, die nachfolgenden Pferde stapften in die Spuren des Vorgängers. Das kostete zwar auch Kraft, aber nicht so viel. Im Gegenteil, sie schafften es überraschend schnell.

«Macht euch bereit!», rief Oda ihren Kämpferinnen zu. «Zielt auf die Pferde und auf die Beine. Ein humpelnder Krieger ist ein schwacher Gegner.»

Doch Cars Männer hatten dazugelernt, sie hielten die Schilde vor sich, sodass nur noch die Hälse und Läufe der Pferde als Ziele übrig blieben. Oda griff zum Bogen, wartete, bis sich eine gute Gelegenheit ergab.

Der Pfeil surrte davon und verfehlte sein Ziel. Sie musste tiefer ansetzen, zielte erneut und gab den Pfeil frei. Dieses Mal traf sie den Schild.

«Spannt eure Bögen», rief sie den Frauen zu, «und zielt auf den ersten Reiter! Alle, gemeinsam.»

Auf das Kommando schossen die Pfeile los, die meisten landeten im Schnee, doch einer saß. Er traf das Pferd in die ungeschützte Brust, es bäumte sich auf und warf den Reiter ab. Blut spritzte über den weißen Schnee, das Pferd wankte davon, bis es schließlich zusammenbrach.

Die Feinde mobilisierten die letzten Kräfte unter den wütenden Befehlen ihres Anführers in seinem schwarzbraunen Pelz und dem Schädel eines Wolfs als Helm. Die abgeschlagenen Köpfe der getöteten Feinde baumelten an der Brust seines Pferdes. Es waren viele, und Oda konnte kaum den Blick abwenden. Wenn es dieses Monstrum in den Hof schaffte, dann gab es ein Blutfest.

«Schießt auf den Anführer!», rief sie, und erneut flogen die Pfeile.

Sie regneten auf Car herab, einer bohrte sich in seinen dicken Pelz, ein zweiter in den Hals seines Pferdes. Doch was tat er?

Anstatt zu Boden zu gehen, brach er die Pfeile ab und trieb das Pferd an.

«Noch mal!», rief Oda. «Schießt, was ihr habt. Der Anführer muss fallen. Schnell, bevor er das Tor erreicht.»

Die Frauen gehorchten, aber die Eile war kein guter Schütze. Viele Pfeile verfehlten ihr Ziel oder prallten einfach ab, es mangelte an Durchschlagskraft oder an der Kaltschnäuzigkeit, in Ruhe zu zielen.

Schon verfing sich das erste Seil in den Palisaden und ein Krieger arbeitete sich hinauf. Was er sah, als er den Umlauf betrat, ließ ihn triumphieren.

«Es sind nur Frauen und Kinder!», rief er seinen Gefährten zu.

Mit einem Satz war er am Boden und eilte zum Tor. Oda schaltete schnell, sie griff einen Spieß und warf ihn dem Krieger in den Rücken – zu spät, das Tor stand offen, und die Übrigen drangen unter lautem Geschrei herein.

«Haltet sie auf!», rief Oda und war die Erste, die mit einem Spieß in der Hand auf den Hof stürmte und den nächstbesten Reiter vom Pferd holte. Ein Hieb mit der Axt, und es blieben nur noch drei.

Der Anführer thronte hoch auf seinem Streitross mitten auf dem Hof, während seine letzten beiden Krieger sich gegen die Frauen erwehrten.

Oda stellte sich ihm entgegen. Mit dem Spieß voran ging sie auf ihn zu. Noch nie war sie so einem Riesen begegnet. Wenn man nicht wusste, dass sich unter dem Fell tatsächlich ein Mensch befand, hätte man leicht auf einen leibhaftigen Bären schließen können. Wie um alles in der Welt sollte sie gegen ihn bestehen?

Da ritt er auf sie zu, schwang sein mächtiges Schwert und

holte aus, um ihr den Kopf abzuschlagen. Oda wich zurück, die Augen vor Schreck weit aufgerissen, das Herz pochte ihr bis zum Hals, die Hände zittrig, unfähig, ihren Angriff fortzusetzen. Er würde sie in zwei Teile spalten.

Aber wenn sie schon sterben musste, dann als furchtlose Kriegerin. Sie nahm allen Mut zusammen und rannte mit dem Spieß voraus gegen den heranstürmenden Koloss. Im letzten Augenblick sah sie nichts anderes mehr als die Brust des Pferdes mit den Totenköpfen. Der Spieß bohrte sich hinein, ein lautes Wiehern, dann wurde sie unter dem zentnerschweren Tier begraben.

Es drückte schwer auf ihre Beine. War es der Schmerz oder das Gewicht, das ihr den Atem nahm? Sie wollte schreien, sich befreien, den Kampf zu Ende führen, aber sie konnte sich nicht bewegen. Stattdessen starrten die abgeschlagenen Köpfe sie aus hohlen Augen an, die Zähne eingeschlagen, Kiefer und Schädeldecke zertrümmert. Manche Trophäen besaßen Augen und Ohren, an denen Blut klebte. Und einer dieser verfluchten Schädel lag ihr auf der Brust, als hätte ihn der Krieger extra für sie dort hingelegt. Lange rotbraune Haare, die Nase schwarz, die Augen halb geschlossen, aber das Entscheidende war der Ring, den dieser Kopf am Ohr trug. Sie kannte ihn nur zu gut, sie hatte ihn Virdis geschenkt als Talisman für ihre ewige Liebe…

Noch bevor sie ihren Schmerz in den kristallklaren, frostig blauen Himmel schreien konnte, trat der Riese in ihr Blickfeld. Er blutete an der Stirn und aus der Nase, die Augen zornig, die gelben Zähne gefletscht.

«Du verfluchtes Weib», grollte er, «hast mein treues Pferd getötet.»

Er holte mit dem Schwert aus, Oda sah es unter Tränen nur noch verschwommen, als ein Pfeil in seinen massigen Körper einschlug.

Turon senkte den Bogen und gab ihn Juna. Sie hatte noch drei Pfeile im Köcher. «Geh zu den Frauen», sagte er.

«Aber wir müssen Mutter helfen», erwiderte sie mit erstickter Stimme.

«Um Car kümmere ich mich.» Er schob sie voran. «Los, geh schon.»

Unschlüssig setzte sie sich in Bewegung. Oda lag noch immer unter dem Pferd begraben, während Car vergeblich versuchte, an den Pfeil zu kommen, der in seiner Schulter steckte.

Turon zog mit blutiger Hand sein Schwert. Es war wie erwartet eine Metzelei gewesen. Die Frauen hatten tapfer gekämpft, genauso wie die Kinder. Überlebt hatten nur Juna und zwei weitere Kinder. Nun war es an ihm, die Sache zu beenden.

Oda hatte gute Vorarbeit geleistet, Car thronte nicht mehr auf seinem Pferd und war verwundet. Unterschätzen durfte er ihn dennoch nicht. Wenn er zuschlug, brach jeder Schild und jedes Schwert. Turon musste beweglich bleiben, was nicht einfach war, sein Arm schmerzte, und in seinem Oberschenkel klaffte eine Wunde.

«Car!», rief er über den Platz. «Hat dich etwa ein Weibsbild zu Fall gebracht?» Er lachte lauthals.

Der Hohn und der überraschende Zuruf fanden ihr Ziel. Car blickte auf, suchte zu erkennen, wer sich ihm da näherte. Er glaubte seinen Augen nicht zu trauen.

«Du?»

«Ja, Car. Ich bin es.»

«Zum Teufel mit dir. Wir dachten, du seist tot.»

«So schnell stirbt man nicht. Das hast du mir doch beigebracht.»

«Bei allen Göttern ... Wie kommst du hierher?»

«Der Tod war mir gnädig. Er will mich noch nicht.»

Car lachte aus voller Brust. «Du warst schon immer verrückt, deshalb warst du mir auch immer am nächsten. Aber was machst du hier unter all den Frauen? Hilf mir, den Pfeil herauszuziehen.»

«Ich habe nicht vergessen, was du meiner Mutter angetan hast.»

Langsam begriff Car, dass sein Ziehsohn nicht länger auf seiner Seite stand. «Hast du etwa den Pfeil auf mich geschossen?»

«Anders ist deine Aufmerksamkeit ja nicht zu gewinnen.»

«Verfluchter Bastard einer Hure! Ist das der Dank, dass ich dir das Leben gerettet habe?»

«Du hast mir alles genommen. Und dafür wirst du jetzt zahlen.»

Turon holte mit dem Schwert aus und schlug zu. Car wehrte den Hieb ohne Mühe ab.

«Du kannst nicht gegen mich gewinnen. Niemand kann das.» Er schlug zurück, und Turon parierte, wenngleich er dabei ins Stolpern geriet. «Wer herrschen will, braucht mehr als ein großes Maul, Turon, und du bist noch lange nicht so weit.»

Car ging wieder zum Angriff über. Er deckte Turon mit mächtigen Hieben ein, die er abwehrte und die Car Kraft kosteten, da der Pfeil noch tief in seiner Schulter steckte. Das war Turons Chance. Er wich den wuchtigen Schlägen aus, setzte seine Angriffe gegen Cars verletzte Schulter fort, bis der endlich eine Schwäche zeigte und keuchend nach diesem verfluchten Pfeil griff, um ihn aus dem Fleisch zu ziehen.

Dieser eine Moment der Unachtsamkeit … Turon legte seine ganze verbliebene Kraft in den einen Stich.

***

Oda erwachte von Junas Lachen. Die Schatten an der Wand spielten Wolf und Schäfchen, über dem Feuer brutzelte ein Stück Fleisch am Spieß und die Alten tranken Met aus Schläuchen. Es gab nichts, was sich Oda anders gewünscht hätte, als sie ins Leben zurückkehrte. Sie spürte ihre Beine wieder, hieß den Schmerz willkommen, denn es bedeutete, dass sie bald wieder wohlauf sein würde. Es war ein Labsal, wenngleich ein bittersüßes.

Turon hatte Car getötet. Die Ehre, ihm den Kopf abzuhacken, hatte er Oda überlassen. Nun schmückte er Nevas Sammlung, den Blick nach Osten gerichtet, um Feinde abzuwehren.

Virdis und die Männer waren tot, sie würden nicht mehr zurückkehren. Übrig blieben Oda, die Alten und ein paar Kinder. Wie sollte sie mit den wenigen den Stamm weiterführen, ihnen eine Heimat und Zukunft bieten?

Aber da war ja auch noch Turon. Er war als Feind gekommen und als Retter geblieben. Sie würde ihn zum Mann nehmen, so wie es Neva vorhergesagt hatte, und mit ihm einen neuen, starken Stamm begründen. Die Götter sollten ihren Willen haben. Oda gebar dem Turon vier Kinder, drei Jungen und ein Mädchen. Der Älteste erhielt den Namen Virdis, in Erinnerung an den gefallenen Vater. Im Alter von sechzehn Jahren wurde er Herr des Bergs, nachdem Oda dem Fieber erlegen und Turon am jenseitigen Ufer im Kampf gegen einen feindlichen Stamm sein Leben gelassen hatte.

Virdis der Jüngere schickte seine beiden Brüder auf Beutezug, der eine ward nie wieder gesehen, der andere kehrte mit Weib und deren Schwestern und Brüdern ins Tal zurück. Das erwies sich als Segen, denn sie zeugten viele Nachkommen, wie auch Virdis' Schwester Birgith, die einen tapferen Krieger mainaufwärts zum Mann nahm und mit ihm auf dem Berg des Virdis lebte.

Es dauerte einige Jahrzehnte, bis sich der Stamm vom großen Kampf der Oda und des Turon gegen Car, den Koloss, erholt hatte. In dieser Zeit wurden sie immer wieder angegriffen, doch Virdis' Krieger kämpften mit Oda und Turon im Herzen, und schon bald galten sie als unbezwingbar. Im Schutz des Virdis-Berges lebte es sich gut und sicher, und so kamen Männer und Frauen auch in friedlicher Absicht, um zunächst diesseits, allmählich aber auch jenseits des Mains ihre Hütten und Häuser zu errichten.

8. Jahrhundert nach Christus
Die Christianisierung des Maintals

Ungefähr vor zweitausend Jahren, zu Beginn unserer Zeitrechnung, drängten von Süden her germanische Stämme ins Maintal. Sie vertrieben die Nachkommen von Oda und Turon und sorgten dafür, dass das Römische Reich eine Tagesreise entfernt am Limes endete. Nie hat ein römischer Krieger den Virdis-Berg erobert, gleichwohl kamen ihre Waren in die schnell wachsende germanische Siedlung am Fuß des Berges, der für die Verteidigung strategisch wichtig war und als Fluchtort ausgebaut wurde.

Der einträgliche Handel mit Freund und Feind machte die Furt mit ihrer Siedlung weit über ihre Grenzen hinaus bekannt. Begehrlichkeiten wurden geweckt und beförderten das Hauen und Stechen um die Vorherrschaft im fruchtbaren und günstig gelegenen Maintal. Es folgten Sweben und Markomannen, Hermunduren, Burgunder und Chatten, mit dem Fall des unweit von Würzburg entfernten Limes um das Jahr 260 kamen die Alemannen und schließlich die mächtigen Thüringer.

Sie herrschten, bis der fränkische Merowingerfürst Chlodwig I. die Alemannen 496 besiegte und schließlich die Thüringer aus *Uburzis* vertrieb, wie es der sogenannte Geograph von Ravenna bezeichnete. Die *fränkische Landnahme* führte zu einem wehrhaferen Ausbau des Virdis-Bergs und einer Ausdehnung der Siedlungen auf das überwiegend sumpfige rechtsmainische Gebiet. Festen Grund für den Hausbau fanden die Neuankömmlinge auf einem hochwasserfreien Kalksteinplateau, wo sich der Herzogshof befunden haben soll. Drum herum scharten sich die am Hof beschäftigten Diener, Stallknechte, Wachen und Boten, daraufhin Kaufleute, Bäcker, Schmiede und Wagenbauer.

Mit den Franken kam auch ein neuer Glaube – das Christentum. Die junge Religion hatte keinen leichten Stand gegen die Anhänger von Naturgottheiten, der alte Glaube war tief im Bewusstsein und dem Alltag der Menschen verankert. Drei irische Missionare, Kilian, Kolonat und Totnan, sollten Abhilfe schaffen, doch ihr Wirken war nur von kurzer Dauer. Der Legende nach fielen sie der Rachsucht der Herzogsfrau Geilana zum Opfer, die kopflosen Leichen sollen in einem Stall des Herzogshofs verscharrt worden sein.

Im Jahr 704 tauchte erstmals urkundlich nachweisbar der Name *Virciburc* auf, der in Zusammenhang mit einem *Castellum* auf dem Berg genannt wird, zwei Jahre später die erste Kirche innerhalb des Kastells und eine erste Klostergründung.

Der christliche Re-Missionierungseifer war damit noch lange nicht gestillt. Aus dem fernen Britannien kam Wynfreth – lateinisch: Bonifatius – auf den Kontinent und gründete in Windeseile Bistümer, so auch im Maintal. Er machte einen seiner Vertrauten, den Angelsachsen Burkard, im Jahr 742 zum ersten Bischof von *Virciburc* oder *Virt(h)eburg* – beides abgeleitet vom Berg des Virdis.

Bonifatius und die Franken hatten große Pläne für das Maintal. Im östlichsten Teil ihres Reichs sollte eine Bastion gegen die Thüringer und andere Feinde entstehen, die das fränkische Reich bedrohten. Die zahlreichen Wege, die hier zusammenliefen, und der Main als bedeutende Wasserstraße machten den Ort zu einem wichtigen Handelsplatz. Nun galt es, ihm schnell auch politische und religiöse Bedeutung zu verleihen, damit das gemeinsame Ziel von Franken und Christen erreicht werden konnte: die Gründung einer Stadt von reichsweiter *und* christlicher Bedeutung.

Aber es gab ein Problem: Der amtierende fränkische Merowingerkönig Childerich III. hatte die faktische Macht längst an seine

Hausmeier, die Karolinger, verloren, war offiziell aber noch immer Herrscher im Frankenreich und vor allem vom christlichen Oberhaupt Papst Zacharias anerkannt.

Den ehrgeizigen und für die Missionierung eingesetzten Bischof Burkard stellte das vor eine Gewissensfrage: Wem gehörte seine Treue? Dem Papst und den Merowingern oder dem zum neuen König aufstrebenden Karolinger Pippin?

Glaube

Ȿährmann, bring mich ans andere Ufer.»
Ero drehte sich um. Vor ihm stand dieser Priester, ein Bischof oder wie man ihn nannte, er wusste es nicht genau, denn Ero betete zu den einzig wahren Göttern, nicht zu dem, den sie ans Kreuz geschlagen hatten. Seine Götter waren groß und mächtig, außerdem viele an der Zahl und nicht so bemitleidenswert wie dieser ausgemergelte Christengott.

Dieser Priester ließ sich Burkard rufen und kam aus einem fernen Land. Er sprach zwar ihre Sprache, doch irgendwie war er unheimlich. Es mochte daran liegen, dass er im verlassenen Kloster auf dem Berg lebte und mit den ansässigen Bauern und Handwerkern nur wenig Kontakt hatte, auch war er eine Ehrfurcht einflößende Gestalt – ganz in Schwarz oder eher ein sehr dunkles Braun gekleidet, um die Hüfte einen Lederriemen, die Füße steckten in Sandalen. Sein Haupt verbarg er unter einer schwarzen Kapuze, die ineinander verschränkten Hände verschwanden in weiten Ärmeln. Vom Gesicht konnte Ero nicht viel erkennen, außer einer markanten Nase und hohen, kantigen Wangenknochen.

«Sofort», antwortete Ero.

Mit schmerzendem Rücken und erschöpften Armen erhob er sich. Er hatte den ganzen Morgen Arbeiter und Material über den Fluss gebracht, jetzt war eigentlich der Zeitpunkt für eine Pause gekommen. Doch diesem weitgereisten Christenprediger wollte er nicht widersprechen, wer wusste schon, über welchen Zauber er verfügte.

Ero reichte ihm die Hand, damit er beim Zustieg auf den Schelch nicht das Gleichgewicht verlor, aber die Schwarzkutte schlug das Angebot aus und setzte sich wortlos in den Bug des schmalen Boots. Ero war es recht. Wussten alle bösen Geister des Waldes, was mit diesem Kerl nicht stimmte, er musste ihn nicht berühren und damit einen Fluch auf sich ziehen. So stieß er mit der langen Stange den Schelch vom Ufer ab. Leicht beladen glitt das Boot über den ruhigen Fluss, einzig durch ein paar Kähne gestört, die von Süden kamen, um ihre Waren hier zu löschen.

Am Morgen war die Wolkendecke endlich aufgebrochen, nachdem es so lange bedeckt und dunkel gewesen war. Nun würde mit der Sonne der Frühling kommen und das hohe Wasser allmählich zurückdrängen. Der Gesang der Vögel hatte Ero geweckt und durch den langen Vormittag begleitet, nun flogen Schwalben halsbrecherische Manöver über den Büschen und dem Schilf, als wollten sie ihn mahnen, die Zeichnung des armen Wandersmanns nicht zu vergessen. Sie war Eros Lohn für die Passage gewesen.

Eine Brücke war darauf zu erkennen, länger, größer und schöner als alles, was er je zu träumen gewagt hatte. Die Römer hätten sie über einem Fluss erbaut, der so mächtig und breit war wie dieser hier, ein unvorstellbares Meisterwerk der Baukunst.

«Fährmann, mach schneller!», riss ihn der Priester aus seinen Träumen. «Ich will noch vor dem Abendbrot zurück sein.»

«Ja, Herr», erwiderte Ero pflichtbewusst.

«Ich bin kein Herr.»

«Was seid Ihr dann?»

«Ich bin dein Bischof.»

«Ihr mögt zwar Bischof sein, aber bestimmt nicht meiner.»

Burkards dunkle Augen unter der Kapuze verhießen nichts Gutes. «Glaubst du etwa nicht an Jesus Christus, den Erlöser?»

«Meine Götter tragen andere Namen, Herr, und das Wichtigste: Sie leben noch.»

Das war reichlich frech. Wäre Burkard ein Krieger gewesen, er hätte ihm den Schädel gespalten für so viel Unverfrorenheit. Stattdessen senkte Burkard den Blick, vergrub sich in die dunkle Abgeschiedenheit seiner Kapuze und murmelte wenig Schmeichelhaftes.

«Verzeiht mir, ich wollte Euch nicht beleidigen.»

«Der Herr sei deiner verlorenen Seele gnädig.»

«Welcher Herr?»

«Gott Vater im Himmel, der Allmächtige.»

Ero blickte in den Himmel, während er das Boot mit dem Stab weiterstieß. «Ich habe ihn noch nicht zu Gesicht bekommen.»

«Versündige dich nicht, Fährmann. Das wahre Göttliche ist für das Menschenauge nicht sichtbar, und schon gar nicht für einen Heiden wie dich.»

«Ich bin kein Heide. Die Götter sind um uns herum, jederzeit, an jedem Ort.»

«Es gibt nur einen Gott, und sein eingeborener Sohn heißt Jesus Christus. Und jetzt schweig, ich muss nachdenken.»

Für einen Moment gestattete es ihm Ero, doch dann gewann die Neugier wieder Oberhand.

«Worüber grübelt Ihr?»

Burkard seufzte. «Ich muss eine Kirche errichten, dem heiligen Martin zu Ehren, und ich suche nach einem geeigneten Standort.»

«Wer ist das? Ein tapferer Krieger?»

Überrascht blickte Burkard auf. «Richtig, er ist ein Krieger gewesen, zuerst in Diensten eines Cäsaren, dann als Soldat Jesu Christi. Wie es scheint, ist unser Gespräch doch nicht vergebens, wie auch dein Seelenheil noch nicht gänzlich verloren ist.»

Ero lächelte zufrieden, ein Lob bekam er selten zu hören. «Und was ist eine Kirche?»

«Ein geweihtes Haus, in dem wir zu Gott beten und um die Vergebung unserer Sünden bitten.»

So war das also. Seltsam, Eros Götter lebten nicht in Häusern, sondern im Wind, den Wäldern oder im Fluss. Ein merkwürdiger Gott war das, der ein Haus benötigte, damit man ihn verehren konnte.

«Was ist eine Sünde?»

So wohlmeinend sich ihr Gespräch entwickelt hatte, so frostig klang Burkards Antwort.

«Ihr, die ihr nicht ans Kreuz glaubt, seid Sünder.»

«Warum sollte ich denn? Ist ein besonderer Zauber darin?»

Burkard antwortete nicht, sondern zog die Kapuze tief ins Gesicht.

Die letzten Stabstiche verliefen wortlos. Ero legte am Ufer an, und Burkard stapfte trockenen Fußes an ihm vorbei an Land.

«Mein Fährgeld!», rief Ero ihm nach, aber der Priester schritt unbeirrt voran. Ero legte den Stab beiseite, hievte den Schelch ans Ufer und folgte ihm. «Herr, so gebt mir doch mein Fährgeld. Ich bin ein armer Mann.»

«Geld ist das Letzte, was ich habe», gab Burkard missmutig zurück.

«Aber wenn Ihr eine Kirche bauen wollt ...»

«Ich muss es mir erbetteln, bin auf die Barmherzigkeit anderer angewiesen. Geh zu deinem König, dem Merowinger, er ist ein Mann mit vielen Reichtümern.»

Burkard stapfte den morastigen Weg weiter, geradewegs auf das verfallene große Haus zu, das einst der Hof des letzten Herrschers gewesen sein soll. Drum herum die nicht weniger armseligen Hütten und Ställe derjenigen Bauern, Wald- und Bauarbeiter, Händler und Handwerker, die auf der anderen Flussseite keinen Platz gefunden hatten. Darunter war auch Eros Hütte, sie stand auf Pfählen, dazwischen steckten Schweine ihre Rüssel in den feuchten Untergrund, wühlten nach Nahrung, grunzten aufgeschreckt, als Burkard und Ero sich näherten.

«Wie kann ich von einem König mein Fährgeld verlangen?», fragte Ero.

«Indem du zu ihm hingehst und ihn darum bittest», antwortete Burkard.

Endlich hatten sie den Morast hinter sich gelassen und betraten festen, steinernen Grund, der sich bis zum Rand des nahen Waldes erstreckte. Von dort drangen die Schläge von Äxten zu ihnen, von Hämmern und Meißeln, die auf Stein prallten. «Was wird dort gearbeitet?», fragte der Bischof.

«Sie brechen Steine aus dem Boden und schlagen Bäume für neue Häuser», sagte Ero.

Burkard seufzte. «Wenigstens etwas.» Er nahm die Kapuze ab, schaute sich lange und in Gedanken versunken um. Die grauen Haare, die bleiche Tonsur und das eingefallene, ausgezehrte Gesicht offenbarten einen alten Mann, dessen Aussehen gar nicht zu seinem forschen Auftreten passen wollte.

«Was denkt Ihr jetzt?», fragte Ero, der nicht müde wurde herauszufinden, was den Priester so beschäftigte. Hier gab es nichts zu holen, außer nasse Füße und juckende Mückenstiche. Zur Rechten lag der weite, mit Schilfhainen durchsetzte Sumpf, wo Enten nisteten und Reiher staksten, ein Stück weiter stellten Otter den Fischen nach, und selbst Wölfe trieben sich in letzter Zeit dort herum. Linker Hand zog sich eine Sandbank hin, die regelmäßig überspült wurde und nichts gedeihen ließ.

Einzig die Wege, die sich von Süden, Norden und Osten hier trafen, konnten von Interesse sein. Darüber lief all der Verkehr mit Karren und Zugtieren, Händlern und Reisenden, sie alle trafen an der Furt zusammen, wenn sie den Fluss überqueren wollten. Das war auch gut so, es sicherte Eros Auskommen und das der anderen Fährleute.

«Wie häufig tritt der Fluss hier über seine Ufer?», fragte Burkard.

«Viel zu oft. Der Damm, den sie gebaut haben, müsste viel höher sein.» Ero streckte seine Hand weit über den Kopf und stellte sich auf die Fußspitzen. «Mindestens so hoch.»

«Wie weit kommt das Wasser herauf?»

«Bis zum Stein, manchmal darüber.»

Burkard nickte, die Sache war entschieden. «Dann werden wir St. Martin hier oben bauen.» Er streifte die Kapuze wieder über und machte sich auf den Weg zur Furt. «Komm, Fährmann. Ich will zurück.»

Ero hastete ihm nach. «Einfach so eine Kirche bauen?»

«Warum nicht.»

«Das muss nicht jedem gefallen.»

Burkard blieb stehen und starrte ihn an. «Was hast du da gesagt?»

«Nun ja», Ero suchte nach den richtigen Worten, «die Christen sind bei uns nicht gerne gesehen.»

«Wen meinst du damit?»

«Wir einfachen Leute glauben nicht an deinen Gott.»

«Ihr werdet es lernen. Notfalls mit Feuer und Schwert.»

«Die letzten Priester, die das versucht haben, sind spurlos verschwunden.»

«Welche Priester?»

«Die aus ... ich weiß nicht woher. Fremde jedenfalls.»

«Meinst du etwa den irischen Missionar und seine Gefährten?»

«Mein Vater hat mir davon erzählt. Es gab Streit ihretwegen.»

«Wer hatte Streit mit ihnen?»

«Die Herren vom Fürstenhof oder sonst jemand, dem nicht gefiel, was sie hier machten. Besser, Ihr überlegt Euch das noch mal mit der Kirche.»

«Ich habe von ihnen gehört», sagte Burkard, «sie waren echte Apostel, die euch die Heilsbotschaft unseres Herrn Jesus Christus bringen wollten. Zum Teufel mit denen, die ihnen Böses getan haben, und gesegnet sei ihr Tun für die heilige Sache. Sie sind ins Himmelreich eingekehrt.» Er schlug das Kreuzzeichen. «Kein Christenmensch kann höhere Weihen erwarten.»

Damit konnte Ero nun gar nichts anfangen. Diese Christen sagten und taten seltsame Dinge, so wie dieses ... Kreuzschlagen. So nannte man es auf der anderen Seite des Flusses. Ihr Gott sei an einem Kreuz gestorben. Wie konnte man überhaupt an einen Gekreuzigten glauben, der schwach und vor allem tot war? Eros Götter hingegen waren stark und ließen sich nicht fangen.

Die Rückfahrt verlief wortlos. Ero entließ den Priester an der Anlegestelle, wo bereits andere auf eine Passage warteten. Natürlich verweigerte Burkard ihm erneut das Fährgeld, aber dieses Mal verzichtete Ero freiwillig darauf. Zu viele Dinge gingen ihm durch den Kopf. Was, wenn der Priester tatsächlich eine Kirche jenseits des Sumpfes bauen ließ? Das würde noch mehr Christen in die Siedlung bringen, und mit ihnen Streit, Mord und Totschlag. Das Ende des Friedens.

***

Die Tage gingen ins Land, und Burkard plagten noch immer die gleichen Gewissensbisse. Wem gehörte seine Treue? Childerich, dem rechtmäßigen, aber schwachen König, oder Pippin, der zwar stark war, aber nicht den Segen des Papstes hatte?

Hatte er überhaupt eine Wahl?

Im Grunde nicht. Er hatte sich bedingungslos dem Wort des Heiligen Vaters zu beugen und sich aus weltlichen Dingen herauszuhalten.

Nur, Childerich war schwach und Pippin stark ... Herrgott, er drehte sich im Kreis. Pippin war die einzig sinnvolle Wahl. Wann würde das der Heilige Vater endlich begreifen und ihn als neuen König bestätigen? Hier und jetzt brauchte er einen wahren *König* und keinen Schwächling, der sich zwar König nannte, aber längst keiner mehr war.

Eine Entscheidung musste her, und wenn sie nicht in Rom gefällt wurde, dann eben am Königshof, wo längst die Karlmänner herrschten und kein Childerich. Aber würden sie überhaupt mit ihm sprechen? Sie waren die neue Macht und er ein unbedeutender Bischof eines fernen und vor allem verwaisten Herzogssitzes in Childerichs Reich, das vom Heiligen Vater bestätigt wurde. Andererseits war Virciburg die letzte Bastion gegenüber den angrenzenden Reichen der Thüringer und Sachsen. Diesen Wehrturm galt es zu stärken. Seine Chancen, Gehör zu finden, standen gar nicht so schlecht. Einzig der Heilige Vater stand ihm dabei im Weg. Burkard brauchte einen Fürsprecher, jemanden von Rang und Namen, den die gleichen Sorgen umtrieben. Wer konnte das sein?

Unterdessen gingen die Arbeiten im Tal voran. Am anderen Ufer nahm die Kirche von St. Martin Form an, diesseits stockte aber sein Lieblingsprojekt – ein Kloster, in dem er Priester ausbilden und für die Missionierung des ostfränkischen Reichs vorbereiten wollte.

Kirchen und Klöster waren eine Sache, aber eine schnelle, erfolgreiche Missionierung brauchte mehr als Gotteshäuser und Kruzifixe. Es musste etwas Zwingendes her, etwas, mit dem seine Missionare arbeiten und Eindruck auf diese Heiden machen konnten.

Das Gespräch mit dem Fährmann war ihm noch lebhaft in Erinnerung, es hatte ihm gezeigt, dass gute Worte allein nicht zum Erfolg führten, und solange der hiesige Thron unbesetzt war, gab es auch keinen Herrscher, der ihnen das Christentum befehlen konnte. Das war ohnehin schon einmal gescheitert. Was war geblieben von den irischen Mönchen, die vor mehr als fünfzig Jahren hier gewirkt hatten? Nichts, außer einer schwindenden Erinnerung. Das Volk war wieder ins Heidentum zurückgefallen, obwohl überall im Land Klöster und Kirchen gebaut wurden. Er musste mehr leisten als seine Glaubensbrüder und -schwestern, und das in kurzer Zeit, er war nicht mehr der Jüngste, seine Kräfte schwanden.

Mühselig schleppte sich Burkard den Umlauf des Walls hinauf und schaute auf die beiden Ansiedlungen beiderseits des Flusses hinunter.

Am Fuß des Berges hatte sich die alte Siedlung prächtig entwickelt. Sie war mit Steinhäusern der reichen Kaufleute bebaut und mit Handwerker- und Fischerhütten. Das Nebeneinander verlief überwiegend friedlich, denn man machte gemeinsam gute Geschäfte und betete den einen, wahren Gott an. Ganz anders auf der anderen Seite. Solange es keinen wirksamen Schutz vor den Wassermassen gab, würde die Siedlung niemals aufblühen. Der Damm musste ein beträchtliches Stück höher gebaut werden, am besten mit Mauern auf festen Fundamenten, weniger würde wieder fortgespült und das Erreichte zerstören. Es war ein ständiger Kampf gegen die Natur, eine Quelle der Unzufriedenheit und des Neids auf die höher gelegene Siedlung der anderen Seite – alles Gründe für ihr unbeirrbares Festhalten an den heidnischen Göttern des Windes, Wassers und Feuers. Aber vermutlich war der Gott des Neids sein größter Widersacher.

Die zwei Seiten dieser gottgegebenen Furt galt es gleichberechtigt zu entwickeln, das war der Schlüssel zu einer Hauptstadt des Christentums im östlichen Frankenreich. Nur, wie sollte er das anstellen? Er war kein Flussbezwinger und kein Baumeister von Dämmen, sondern ein Bote des wahren Glaubens, ein Apostel Gottes, ein Streiter für das Seelenheil und gegen die Verdammnis...

Da kam ihm ein Gedanke. Den Sumpf des Heidentums von diesem Berg aus trockenzulegen war ein aussichtsloses Aufbäumen gegen Sturm, Hochwasser und Feuersbrunst, auch gegen den Neid auf die andere Seite. Stattdessen musste er in ihre Mitte gelangen und dort ein Licht entzünden, das die Benachteiligung aufhob, bestenfalls sie an erste Stelle setzte.

***

Ein in Talg getauchter Holzspan diente als Kerze, das Feuer schenkte leidlich Wärme in dieser kühlen Frühlingsnacht. Durch die fingerbreiten Ritzen in den Bodendielen drangen

Kälte und Feuchtigkeit herauf und ließen Ero zittern. In das dünne Fell eines Esels gewickelt saß er am wackligen Tisch, eine Holzschale mit erkaltetem Brei darauf, im Becher noch ein Schluck Met. Vor ihm lag die Zeichnung der Brücke aus einem fremden, fernen Land. Ein Meisterwerk der Baukunst, wie Ero fand. Noch nie hatte er Ähnliches gesehen. Auf fünf steinernen Pfeilern, die um die vielfache Breite eines Schelchs auseinander standen, befand sich eine Fahrbahn, die Karren, Vieh und Menschen zugleich tragen konnte – Dutzende, vielleicht sogar Hunderte. Boote fuhren unter dieser Brücke hindurch, manche sogar mit Segeln, ohne dass sie eingeholt werden mussten, so hoch erhob sich die Brücke über das Wasser.

Glaubte er dem Mann, der ihm die Zeichnung gegeben hatte, existierten im Reich der Römer viele solcher Brücken. Ihre Armeen und Händler hatten so die ganze Welt bereisen können, ohne auch nur einmal nasse Füße zu bekommen.

Für Ero klang das wie ein Märchen. Er war Fährmann, er überquerte einen Fluss mit Hilfe eines Schelchs, eine Brücke aber, die so lang war, dass Heere darauf Platz fanden und die dem Hochwasser trotzte, war schlichtweg ein Hirngespinst. Und dennoch musste es sie einst gegeben haben.

Könnte so eine Brücke auch an seiner Furt stehen, wo er bei Niedrigwasser wie bei einer Flut arbeitslos war, nichts mehr verdiente und hungern musste?

Würde eine Brücke an seinem miserablen Leben etwas ändern?

Sicher, denn niemand bräuchte dann mehr einen Fährmann, und er würde erst recht hungern.

Was aber, wenn er der Herr über die Brücke wäre?

Bei dem Verkehr, der an manchen Tagen an der Furt herrschte, würde er so viel Geld verdienen, wie er nicht zu träumen wagte.

Nur, wie konnte man so eine Brücke bauen? Wer hatte all das Geld für Steine, Holz und Arbeiter?

Würde man es ihm überhaupt erlauben?

Wenigstens darüber brauchte er sich keine Sorgen zu machen. Seit langem herrschte kein Herzog mehr über das Tal, und der König lebte in der Ferne. Allein der Christen-Priester könnte ihm in die Quere kommen. Der hatte zwar keine Macht und keine Krieger, aber irgendwie gelang es ihm dennoch, Geld für seine Kirche und sein Kloster zu beschaffen.

Woher bekam der nur all das Geld?

Ero seufzte. Zu viele Fragen, auf die er keine Antworten hatte. Die Brücke würde ein Wunder der Römer bleiben und er ein armer Fährmann bis zu seinem Lebensende.

Die Arme und der Rücken schmerzten. Von Sonnenaufgang bis Sonnenuntergang war er auf dem Schelch gestanden. Wie lange würde er die kräftezehrende Arbeit noch verrichten können? Was, wenn er krank würde oder der Fluss länger als sonst nicht zu überqueren war? Er hatte weder Weib noch Kinder, die ihm über diese Zeit helfen konnten. Wenn er nicht arbeitete, blieb sein Magen leer. Das war keine gute Aussicht für die kommenden Jahre.

Er ging vor die Tür. Der Himmel war klar, Sterne, wohin er blickte. Drüben im Schilf des Sumpfs raschelte es, ein Fuchs oder ein Wolf stellte Enten und ihrem Gelege nach, ein kurzer Tumult, dann war es entschieden und Ruhe kehrte ein. Über den Dächern der benachbarten Hütten stiegen Rauchfahnen auf, es roch nach Gebratenem. Die Waldarbeiter und Steinbrecher hatten vermutlich einen Hasen oder ein Reh erbeutet und ein Festmahl bestritten, während er sich mit einer Schale kalten Breis zufriedengeben musste. Er wollte es ihnen nicht neiden, sie arbeiteten hart.

In der Siedlung jenseits des Flusses brannten Lichter, Mütter und Väter saßen mit den Kindern am Tisch, aßen, tranken und redeten miteinander. Warm wurde es ihm bei dem Gedanken – eine Familie, und er der Herr und der Vater, ein Ehemann, ein wohlhabender Mann. Sie würden lachen und feixen, sich aneinander erfreuen, den Göttern danken, dass sie es so gut erwischt hatten. Einmal im Monat würde er mit seinem Ältesten in die Wälder auf Jagd gehen, dem Hirsch nachstellen, Vater und Sohn, Meister und Gehilfe, während seine Frau zu Hause mit dem Töchterchen die Stube wärmte, das Kraut zubereitete und einen Krug Met auf den Tisch stellte ... Er wäre der glücklichste Mensch auf Erden.

Ihr Götter des Winds und des Wassers: Warum bin ich nicht einer von ihnen? Habe ich euch nicht genug geehrt und Opfer dargebracht? Ich habe nichts mehr, das ich euch ...

Das zornige Grunzen eines Schweins schnitt ihm die Klage ab. Vor seiner Hütte im aufgewühlten Morast setzte es sich gegen ein anderes zur Wehr, das ihm die Beute streitig machen wollte. Im fahlen Mondlicht war kaum etwas zu erkennen, wahrscheinlich Knochen der Jagdbeute aus den Nachbarhütten.

Ärger und Wut erfüllten ihn, sogar den Schweinen ging es besser als ihm, und so schleuderte er dem verdammten Vieh den nächstbesten Stein entgegen.

«Los, verschwinde!»

Ein mürrischer Protest war die einzige Reaktion, was Ero noch wütender machte. Er eilte zur Feuerstelle in seiner Hütte, entzündete einen Span, einen zweiten, ach, eine ganze Handvoll und stieg damit die Leiter hinunter. «Verfluchtes Viehzeugs», grollte er, «euch werd ich's zeigen.»

Das Feuer tat seine schmerzhafte Wirkung, die Schweine trollten sich empört und aufgeschreckt ins nächste dunkle

Loch der vergammelten Hütten. Für Ero war der kurze Kampf eine Genugtuung, ein Sieg über das Schicksal, Labsal für seine geschundene Seele.

Er bückte sich nach dem Knochen, vielleicht ließ er sich noch auskochen, eine schmackhafte Suppe daraus gewinnen, als ihm der Schreck in die Glieder fuhr. «Bei allen Göttern ...»

«Dort hat also der Herzog gewohnt?»

Burkard zeigte auf den verfallenen Bau eines ehemals großen Hauses, wo sich jetzt Schweine tummelten und Knechte mit Schaufeln am Werk waren. Drei Skelette hatten sie bisher aus dem Morast befreit und ans Tageslicht befördert. Ihnen allen war der Kopf abgeschlagen worden, doch Knochen und Schädel waren zusammen in einer Grube verscharrt worden. Das Ganze sah nach einer Grabstätte aus. Von den Kleidern, die sie getragen hatten, war nicht mehr viel übrig. Entweder waren sie verfault oder von den Schweinen zerrissen worden. Ein vergammeltes Holzkreuz mit einem Ring darum lag ihnen zur Seite, niemand konnte sagen, ob es zu den drei Leichen gehört oder ob es jemand bei ihrem Begräbnis dazugelegt hatte.

Ero nickte. «So hat es mir mein Vater erzählt.»

«Wer weiß noch von diesem Herzogshof?»

«Auf dieser Seite des Flusses niemand mehr. Ich lebe seit meiner Kindheit hier, die anderen sind entweder gestorben oder erst später hergekommen.»

«Und auf der anderen Seite?»

«Da gibt es bestimmt noch ein paar Alte, die sich erinnern. Ansonsten aus den Erzählungen der Väter.»

Burkard dachte nach. Auf jeden Fall müsste etwas in den Aufzeichnungen des Schreibers stehen, der dem Herzog damals gedient hatte. Aber seine Schriften waren verloren oder zerstört. Niemand wusste also etwas Genaues. Das konnte hilfreich sein.

Damit blieben nur noch die Äbtissin und ihre Schwestern übrig, die lange im Bergkloster gelebt hatten. Aber die Oberin sollte weder des Schreibes noch des Lesens mächtig gewesen sein, hatte es eine ihrer Schwestern gekonnt? Falls ja, keine von ihnen war so alt, dass sie jene Zeit erlebt hatte, als die drei irischen Missionare im Tal gewirkt und von einem Tag auf den anderen verschwunden waren. Auch sie hätten die Geschichte nur vom Hörensagen gekannt.

«Was hat dir dein Vater noch erzählt?», wollte Burkard wissen.

«Was meint Ihr?», fragte Ero.

«Von den drei irischen Mönchen.»

«Was jeder weiß.»

«Und das ist?»

«Dass sie in diesem Tal gelebt und gepredigt haben, bis sie plötzlich verschwanden. Keiner weiß, warum und wohin.»

«Und niemand hat nach ihnen gesucht, auch nicht der Herzog? Sie standen doch unter seinem Schutz.»

«Davon weiß ich nichts.»

«Könnte es denn auf der anderen Flussseite noch jemand geben, der etwas weiß?»

Ero dachte nach. «Nein, ich glaube nicht. Wir hatten vor Jahren eine Hungersnot. Viele Alte sind gestorben.»

«Kam es denn zum Streit zwischen den Mönchen und dem Herzog? Hatte irgendjemand eine Erklärung für ihr Verschwinden?»

«Manche erzählen die Geschichte, dass ihr Anführer mit jemandem am Herzogshof über Kreuz lag. Der hätte daraufhin die Knechte losgeschickt, um die Mönche einzufangen und zu beschuldigen.»

«Wie lautete die Anklage?»

«Sie seien Unruhestifter gewesen.»

«Und weiter?»

«Nichts weiter. Dann waren sie plötzlich verschwunden.»

Was für eine seltsame Geschichte. Burkard wusste nicht so recht, was er darauf geben sollte. Wenn die Knochen tatsächlich die der irischen Glaubensbrüder Kilian und seiner Begleiter waren, dann hätte er ... er mochte es sich gar nicht vorstellen – die Gebeine von Märtyrern in seinem Besitz.

Allmächtiger Herr im Himmel, was für ein Geschenk!

Das war mehr, als er erhofft hatte. Märtyrer, und das waren sie, wenn sie wegen ihres Glaubens getötet worden waren, standen in unmittelbarer Nähe zum Allmächtigen – an seiner göttlichen Seite! Sie zu verehren hieß Gott zu verehren.

Die Tragweite des Funds machte ihn schwindelig, er suchte Halt und fand ihn in Ero.

«Was ist mit Euch?»

«Nichts, nichts ... Es ist gleich vorbei.»

«Wollt Ihr Euch setzen?»

In aller Dreifaltigkeit Namen, das war das Letzte, wonach ihm zumute war. Vor Euphorie wäre er am liebsten in den Himmel aufgestiegen. Er gab den Knechten Anweisung, die Knochen auf die Burg zu bringen, außerdem ordnete er an, dass die Fundstelle von keinem anderen als ihm betreten werden durfte. Dann wandte er sich an Ero.

«Sprich mit jedem, der hier vorbeikommt, über den Fund», sagte er.

«Warum? Es sind nur Knochen.»

«Es sind die heiligen Gebeine von Märtyrern.»

«Märtyrer? Was ist das?»

«Das musst du nicht wissen. Erzähl nur jedem davon.»

Ero willigte ein, doch bevor er den Priester gehen ließ, hielt er ihm die Hand hin. Burkard schaute ihn fragend an.

«Was ist?»

«Schließlich habe ich die Knochen der Märtyrer gefunden.»

«Ich sagte dir doch, ich habe kein Geld.»

«Ihr baut Kirchen. Ihr müsst Geld haben.»

«Du irrst dich. Kirchen baut man mit dem Glauben, nicht mit Geld.»

***

Burkard hatte die richtige Entscheidung getroffen, er war sich sicher, auch wenn sie auf Lüge und Verrat begründet war.

Nicht den zweifelhaften Knochenfund betreffend, es gab eine viel wichtigere Entscheidung herbeizuführen: Wer sollte der künftige und vom Heiligen Vater anerkannte König sein?

Mit Abt Fulrad aus Saint-Denis bei Paris war Burkard nach Rom gereist, um für Pippin als neuen König vorzusprechen.

Die Frage an Ihre Heiligkeit lautete: *Ob derjenige König der Franken sein soll, der die wirkliche Macht inne habe oder derjenige, der nur dem Namen nach König sei?* Das päpstliche Urteil war salomonisch ausgefallen: *Derjenige solle König sein, der König ist.* Und damit war Childerich gemeint.

Doch Pippin war schlau. Er sperrte Childerich ins Kloster und bestieg den Thron der Franken als neuer König. Damit war der Weg frei für Burkard und sein ehrgeiziges Vorhaben, die Heiden zum Christentum zu bekehren. Nur das zählte.

Von nun an ging es schnell. Am Fuß des Bergs entstand das Andreaskloster und eine Bibliothek, deren Schriften die Ausbildung der Brüder ermöglichten, sie waren Grundlage für den Gottesdienst und das Kirchenrecht. Ein zweites Bergkloster sollte folgen, als geistliches Zentrum des noch jungen Bistums, in dessen unmittelbarer Nähe die Gebeine der irischen Mönche aufbewahrt wurden. Im Umland sprach sich Eros Fund schnell herum, die Nachricht von Märtyrerreliquien ging von Mund zu Mund, bald schon wurden ihnen wundersame Heilkräfte zugesprochen, das Wasser eines nahen Brunnens sollte gegen Gicht und Rheuma helfen. Auf die ersten Wallfahrer und Pilger folgten weitere und noch mehr, sodass Burkard an der Stelle des Stalls eine hölzerne Pilgerkirche errichten ließ. Hier, unweit des Sumpfes und der Sandbank, wuchs die Gemeinde in einer nicht für möglich gehaltenen Geschwindigkeit. Häuser und Hütten wurden gebaut, Handwerker und Händler mit ihren Familien zogen ein und verlagerten so Schritt für Schritt das geistliche wie auch wirtschaftliche Zentrum auf die rechtsmainische Seite.

Für Ero brachte der Aufschwung viel Arbeit, denn immer mehr Menschen wollten den Fluss überqueren, Baumaterial musste hin- und hergeschafft werden, Pilger zur Märtyrerkirche kamen aus allen Himmelsrichtungen an die Furt und verlangten eine Überfahrt ... Aber die viele Arbeit machte ihn bucklig, sodass er kaum noch die schweren Körbe und Säcke verladen konnte. Dafür hatte er einen jungen, kräftigen Kerl angestellt, Aris, der zunehmend auch das Boot durch das mal hohe, mal seichte Wasser steuerte, denn der Fluss hatte in all den Jahren seine Launen nicht aufgegeben. Noch immer war er unberechenbar. Wenn die Schneeschmelze einsetzte oder es lange regnete, reichte das Hochwasser bis zu seiner Hütte; wenn der Regen ausblieb und der Sommer heiß war, blieb von dem stolzen Fluss nur noch ein Rinnsal übrig, das man in Stiefeln durchqueren konnte.

Ero hatte über die Jahre versucht, Burkard für den Bau einer Brücke zu gewinnen, doch für ein so waghalsiges und vor allem teures Unterfangen hatte der vielbeschäftigte Bischof keinen Sinn.

So blieb Ero nichts anderes übrig, als seinen Plan mit Hilfe von Waldarbeitern und Handwerkern auszuführen, die er von den reichen Einnahmen eines Brückenzolls hatte überzeugen können. Die ersten schweren Pfosten wurden in den Ufergrund getrieben. Sie dienten als Rampen für eine erhöhte Fahrbahn, deren Grundpfeiler noch gesetzt werden mussten.

Das war der schwierigste Teil. Wie konnte man Pfeiler im Flussgrund verankern, die dem steten Anrennen des Wassers standhielten? Seine Zeichnung sagte darüber nichts aus, sie zeigte nur eine fertige Brücke mit stabilen Pfeilern in der Flussmitte.

Viele Versuche scheiterten, und ebenso viel Spott schüttete man über Ero aus. Die beiden Rampen an den Ufern wurden von Kindern als Klettergerüste missbraucht, von Fischern zum Trocknen der Netze herangezogen, und selbst die Gerber weideten daran die Tiere aus, aber Ero ließ sich davon nicht beirren. So ging sein erster Blick am Morgen immer zum Fluss. War der Pegel niedrig genug, um mit Hacke und Schaufel ein tiefes Loch zu graben, den Baumstamm hineingleiten zu lassen, ihn mit Steinen und Verstrebungen so standhaft zu machen, dass das rückfließende Wasser ihm nichts anhaben konnte?

Heute war kein solcher Tag. Der Fluss führte Normalwasser, war also rund eine Mannshöhe tief. Das war schlecht für den Brückenbau, aber gut für das Fährgeschäft. Sein junger Helfer kam bereits den Weg vom Ufer hoch. Er lebte auf der anderen Seite des Flusses in einer Hütte mit seinen Eltern und Geschwistern. Sie waren Fischer, die den Fluss und seine Launen kannten, und sie hielten Eros Brückenpläne schlichtweg für verrückt.

«Guten Morgen, Meister», grüßte Aris, ein fröhlicher Bursche mit kräftigen Armen und Beinen, blondem Haar bis zu den Schultern und einem Lächeln, dass es jeder Frau flau im Magen wurde.

«Nenn mich nicht Meister», erwiderte Ero mürrisch. «Solange die Brücke nicht steht, bin und bleibe ich nur ein bedauernswerter Fährmann.»

«Es kommt der Tag, an dem Ihr über alle triumphieren werdet.»

«Wie kommst du darauf?»

«Weil ich es spüre, nein, weiß, dass Eure Brücke eines Tages stehen wird. Das muss sie einfach.» Er lächelte breit, und seine weißen Zähne überstrahlten das schmutzige Gesicht.

«Ich wünschte, ich hätte deine Zuversicht. Nun, bist du bereit? Wir haben viel Arbeit vor uns.»

Es war der wichtigste Tag auf Burkards Weg zur Missionierung des Tals. Heute würde er die drei irischen Märtyrer feierlich zu Bistumsheiligen erheben. Wenn man ihnen nahe sein, auf ihren heiligen Spuren wandeln wollte, dann war die kleine hölzerne Kirche über dem Fundort ihrer Gebeine die richtige Adresse.

Bereits in der Nacht zuvor waren Hunderte aus dem Umland ins Tal geströmt, hatten sich unter freiem Himmel niedergelassen, beteten, priesen und besangen das bevorstehende Ereignis. Der Platz in den Hütten war eng geworden, für eine Münze oder einen Becher Met ließ man die Pilger herein ans Feuer, wo sie sich wärmen konnten.

Auch Ero hatte in seiner Hütte Platz geschaffen für Pilger aus Ochsenfurt und teilte mit ihnen Wasser und Brot. Ihre Begeisterung konnte er allerdings nicht teilen. Was sollte an irgendwelchen Knochen heilig sein. Allein das Wort heilig ging ihm nicht in den Kopf, und außerdem war ja noch lange nicht geklärt, ob es tatsächlich die Knochen dieser drei Mönche waren. Von jeher wurden die Toten im weichen, morastigen Untergrund begraben. Im Sumpf würde man Dutzende Leiber finden, auch die von Hingerichteten und Ermordeten.

«Dann lass uns gehen», sagte Ero, nahm den langen Stab und ging mit Aris an den schlafenden Pilgern vorbei hinunter zur Furt.

«Es wird ein wunderbarer Tag werden», sagte Aris. «Unser allmächtiger Herr blickt auf uns herunter.»

Ero hatte eine andere Meinung vom wolkenverhangenen Himmel. «Ich frage mich eher, ob es heute noch regnet. Hast du deinen Mantel dabei?»

«Liegt im Schelch, Meister. Aber freut es Euch denn gar nicht, dass wir von nun an unsere eigenen Heiligen haben?»

«Wozu sollen sie gut sein?»

«Aber Meister, versteht Ihr denn nicht, welch große Gnade uns zuteilwird? Das heilige Wunder des Martyriums wirkt unter uns, und nicht an einem weit entfernten Ort.»

«Was soll an Totschlag heilig sein?»

«Die Verbundenheit mit Gott wird durch die Heiligen für uns ganz besonders spürbar.»

«Das sind wohl kaum deine eigenen Worte. Hat dir das der Bischof oder einer seiner Priester eingetrichtert?»

«Sie alle sprechen von einem Wunder, das uns zu besseren Menschen macht. Im Angesicht der Gebeine der heiligen Mönche werden wir Gnade vor den Augen des Herrn finden.»

«Aris, denk nach. Die Knochen sind oben auf der Burg. Du wirst sie nie zu Gesicht bekommen.»

«Weil sie so unermesslich wertvoll sind. Aber das macht nichts. Sie strahlen auf uns herab, so wie der Heilige Geist auf jeden Gläubigen in unserem Tal.»

Ero schüttelte den Kopf über seinen jungen Helfer und schritt voran. Auch wenn es noch früh am Morgen war, es herrschte bereits Betrieb an der Furt. Diesseits standen die Karren in einer langen Reihe, darauf saßen Händler, die ihre Waren auf die andere Seite bringen wollten. Eros Konkurrenten luden Körbe und Säcke auf ihre Schelche, andere kamen mit Pilgern herüber, die zur Grabkirche der heiligen drei Mönche wollten, um dort am Gottesdienst teilzunehmen.

«Beeil dich», sagte Ero, «bevor uns das Geschäft flöten geht. Verlang ruhig eine Münze mehr. Es sind so viele.»

«Keine Angst, Meister, heute werden wir uns eine goldene Nase verdienen.»

Aris ging an die Spitze der langen Reihe und half, Körbe in seinen Schelch zu tragen, dann sprang er auf und stieß sich kraftvoll vom Ufer ab.

Ero blickte ihm lange nach, was nicht einfach war in dem Getümmel. Schelche, Boote und Flöße, schwer beladen mit Karren und Vieh, lagen im Wasser, und auch die Fischer kamen an diesem wunderlichen Morgen noch dazu.

Einen Steinwurf entfernt stand Eros hölzerne Rampe verlassen und halbfertig am Ufer. Wenn er sie doch nur mit der anderen auf dem jenseitigen Ufer verbinden könnte, gerade heute wäre sie eine sprudelnde Geldquelle. Aber noch immer wollte Burkard nichts davon wissen, auch Eros Helfer verließ allmählich die Zuversicht auf die Reichtümer, die sie sich mit dem Brückengeld erhofft hatten. So blieb nur noch Ero übrig.

«Was schaut Ihr so betrübt?», fragte ihn eine greise Stimme.

«Es ist ein Tag der Freude, lobpreiset den Herrn, dass er uns drei Heilige geschenkt hat.»

Neben Ero stand ein alter Mann mit grauen, verfilzten Haaren und einer Decke über den Schultern, die er mit seinen knochigen Fingern vor der Brust zusammenhielt. Es mochte ein Pilger sein, den der rege Verkehr an der Furt geweckt hatte und der jetzt staunend auf die vielen Boote und Schelche blickte, das Gezeter der Händler verfolgte, die nicht schnell genug hinüberkamen, das Schnauben der Rösser und Maulen der Zugochsen. Und jetzt redete er auch noch über diese Heiligen, die nach Eros Überzeugung nichts anderes waren als eine Hinterlist Burkards, um neue Siedler ins Tal zu locken.

«Ich glaube nicht an deinen Gott», erwiderte Ero verschnupft. Viel zu viele Christen lebten inzwischen auf seiner Seite des Flusses. Sollten sie zu dem neuen Kloster hinübergehen oder gleich auf Burkards Berg. Dort würden sie auf viele Gleichgesinnte treffen.

«Dann begeht Ihr einen großen Fehler», antwortete der Alte unbeeindruckt. «Unser Heiland ist gütig und gerecht. Er kann Euch helfen, Euer Seelenheil zu finden.»

«Mein Seelenheil?» Ero musste an sich halten. «Ihr Christen glaubt an einen toten Gott. Was soll das wert sein?»

«Jesus Christus ist nicht tot ... nicht wirklich. Er lebt in unseren Herzen fort.»

«Unsinn. Wer am Kreuz hängt, ist und bleibt tot. Und jetzt einen guten Tag. Ich habe zu arbeiten.» Ero ließ ihn stehen, stapfte durch den Morast hinüber zu seiner Rampe, die sich im Licht des frühen Morgens gleich einem Spinnennetz über das Ufer erhob. Die Verstrebungen waren immer noch fest, die Pflöcke im Wasser trotzten der Strömung, warteten nur darauf, genutzt zu werden.

«Das ist ein stolzes Bauwerk», sagte der Alte, der Ero gefolgt war. «Früher habe ich auch so etwas gebaut. Stabil und fest sollte es sein, für die Ewigkeit.»

Ero fuhr herum. «Du warst ein Brückenbauer?»

Der Alte winkte ab. «Nein, um Gottes willen. Ich war Zimmermann. Ich habe Häuser gebaut.»

Die anfängliche Begeisterung verflog so schnell, wie sie gekommen war. Ero wandte sich wieder seiner Rampe zu. «Häuser kann jeder bauen, aber eine Brücke … das ist etwas ganz anderes.» Er fuhr mit der Hand über die starken Pfeiler, als streichelte er ein liebgewordenes Ross.

«Das mag wohl stimmen, aber besonders weit seid Ihr nicht gekommen.»

Ero schenkte ihm einen mürrischen Blick. «Dieses verfluchte Wasser, es lässt sich einfach nicht bändigen.»

Der Alte nickte. «Ja, das kann ich mir vorstellen. Dort, wo ich aufgewachsen bin, hat der Fluss alles zerstört, was sich ihm in den Weg stellte. Und dennoch gab es einst welche, die ihn zähmen konnten.»

Mit einem Mal war Ero wieder ganz Ohr. «Wer hat den Fluss gezähmt?»

«Die Römer. Sie wussten, wie man Brücken baut. Groß und lang, weiter als ein Pfeil fliegt. Viel weiter.»

«An welchem Fluss war das?»

«Am Rhein, dem größten und stärksten Strom in unseren Landen.»

«Und wie haben sie das geschafft?»

Der Alte seufzte. «Das ist die große Frage. Niemand hat seitdem mehr solche Brücken gebaut. Viele haben es versucht, doch keinem ist es gelungen.»

«Stehen ihre Bauwerke heute noch?»

«Vielleicht gibt es Überreste.»

«Wieso hat niemand sie wieder aufgebaut?»

«Wenn eine Brücke bricht, zerstört das Wasser alles.»

Der Alte hatte recht. Ero konnte ein Lied davon singen. Rund ein Dutzend Mal im Jahr trat der Fluss über die Ufer und walzte alles nieder, was sich ihm entgegenstellte. Im Wasser lebten Götter, und nichts und niemand konnte es mit ihnen aufnehmen.

«Komm mit», sagte er zu dem Alten, «ich will dir etwas zeigen.»

Vorbei an den Pilgern, Händlern, Karren und Tieren bahnte sich Ero einen Weg zu seiner Hütte. An der Furt stauten sich der Fährverkehr und die Pilgerströme, und da kam auch noch Burkard mit seinen Priestern, gefolgt von Nonnen aus den umliegenden Klöstern. Der Bischof sah nicht gut aus, war alt geworden und ging gebeugt. Keine Spur mehr vom Tatendrang, den er noch ein paar Jahre zuvor ausgestrahlt hatte. Die Mission hatte ihn viel Kraft gekostet, sein Blick war müde, die Haut fahl und das Haar schütter. Einer seiner Priester musste ihn beim Verlassen des Schelchs stützen. Aber trotz Alter und Gebrechlichkeit, Burkard hatte seine Ziele erreicht, heute würde er mit der Erhebung der Gebeine sein Lebenswerk krönen.

Burkard und Ero tauschten einen kurzen Blick, dann ging Ero weiter. Er hatte mit dem Christenfest nichts zu schaffen, stattdessen hoffte er, nun endlich ein altes Rätsel zu lösen. Um die Grabeskirche herum standen sie zu Hunderten, erwarteten den Bischof und jubelten ihm zu. Ero ließ sie links liegen, hastete auf sein Pfahlhaus zu. Der Alte hatte Mühe ihm zu folgen.

«Nicht so schnell», keuchte der, aber Ero kannte kein Erbarmen.

«Komm jetzt, alter Mann. Wir haben keine Zeit zu verlieren.»

Er half ihm die Leiter hinauf in den kargen Raum. Es gab eine in Stein gefasste Feuerstelle, ein paar Töpfe in einem verrußten Holzregal, eine Bettstatt mit zerknautschter Decke auf Stroh, einen Tisch und zwei Stühle. Durch den Holzladen des Fensters drang etwas frische Luft herein, mit ihr die Gesänge der Christen.

Der Alte schaute sich verwundert um. Hier hauste ein Eremit, ein Eigenbrötler, der mit der Welt da draußen nichts zu tun haben wollte.

«Setz dich», sagte Ero und wies auf einen Stuhl. Mit einem Holzspan holte er eine Flamme aus der Glut der Feuerstelle und entzündete ein Talgkerze, auf den Tisch legte er die mittlerweile abgegriffene und speckige Lederhaut, auf der die Brücke gezeichnet war. Drumherum befanden sich Eros Kritzeleien, wie er dem Geheimnis der Brücke auf die Spur kommen wollte.

«Hast du so eine Brücke schon mal gesehen?», fragte er.

Im schummrigen Licht versuchte der Alte etwas zu erkennen. Die Striche waren verblasst, zum Teil verschmiert, aber dass es sich hier um eine mächtige Brücke über einen ebenso großen Fluss handelte, war unverkennbar.

«Ja», sagte der Alte, «so eine Brücke habe ich schon gesehen.»

«Wo?», fragte Ero aufgeregt. «Wo steht so eine Brücke? Kann ich sie mir ansehen?»

«Wie ich schon sagte, die Brücken der Römer, oder was von ihnen übrig ist, findest du viele Tagesreisen von hier, im Frankenreich jenseits des Rheins. Sie trugen Karren und Vieh, Menschen in großer Zahl, und alles zur gleichen Zeit, ohne dass sie zusammenbrachen.»

«Bei den Göttern», sagte Ero, «wie haben sie es nur geschafft, dicke und feste Pfähle in den Flussgrund zu treiben, die bestehen können gegen die Fluten und das Eis im Winter? Ich habe es selbst versucht, aber beim ersten Hochwasser wurden sie aus dem Grund gespült, oder das Eis riss sie mit sich.»

«Das ist die Frage», sinnierte der Alte. «Als ich ein Junge war, hat mein Großvater mir erzählt, dass seine Ahnen an den Brücken mitgearbeitet haben. Es war eine schwere Arbeit mit vielen Toten.»

Ero merkte auf. «Und wie haben sie es nun vollbracht?»

«Lass mich nachdenken», sagte der Alte und forderte von Ero ein Stück Kohle aus den verbrannten Scheiten. Damit kritzelte er auf dem Lederfetzen herum. Seltsame Konstruktionen und Verstrebungen entstanden, die er als Zimmermann früher selbst entworfen hatte, um Stabilität in seine Bauten zu bringen. Ero schaute ihm begeistert zu, brachte seine Ideen mit ein, diskutierte mit ihm, verwarf und entwarf neu, sodass die Zeit an ihnen vorüberstrich und sie gar nicht mehr an die Feierlichkeiten unweit der ärmlichen Hütte dachten.

Es wurde Abend. Die Lederrolle hatte schon bald nicht mehr ausgereicht, um all die Ideen zu fassen. Im flackernden Licht des Feuers waren Gerätschaften und Brückenkonstruktionen entstanden, auf dem Boden und an den Wänden, die zum Teil abenteuerlich anmuteten.

«So könnte es gehen», sagte der Alte schließlich, und Ero stimmte zu. Ja, so könnte es funktionieren. Diese Vorrichtung war erstaunlich einfach in der Idee. Wieso war er nicht früher darauf gekommen?

***

Im Grunde genommen war die Konstruktion nichts anderes als ein überdimensionierter Hammer, der einen Meißel in den

Grund trieb. Auf jeder noch so kleinen Baustelle war dieses Prinzip zu sehen, es gehörte zu den ältesten Techniken der Handwerker.

Auf den Brückenbau übertragen hatte Ero das Prinzip, indem er den Hammer durch eine eisenverstärkte Ramme ersetzte und sie auf eine schräge, ins Wasser übergehende Rinne platzierte. In die Führung der Rinne wurden Zwillingspfähle gelegt, ebenfalls an Kopf und Spitze mit Eisen verstärkt. Das Ganze stand auf einem Floß aus massiven Baumstämmen und konnte mit Stricken, Rudern und Riemen gegen die Strömung gehalten und manövriert werden.

Mit Booten wurden Baumstämme herangeführt, hochgezogen und in die Verstrebung der Zwillingspfähle gelegt. Auf dieses Gerüst ließen sich dann leicht weitere Balken legen und dienten als Untergrund für die nachfolgende Fahrbahn, die mit einem Gemisch aus Reisig und gestampftem Lehm verfugt wurde.

Den ganzen Sommer und Herbst über hatte Ero experimentiert. Es gab viele Schwierigkeiten zu bewältigen: die passenden Baumstämme finden, das viele Eisen herbeischaffen und die Schmiede instruieren, wie sie die geforderten Bestandteile zu formen hatten. Die Pfähle mussten gewaltige Schläge der Ramme aushalten, damit sie in den Flussgrund getrieben werden konnten, ohne zu splittern oder zu brechen. Gerade wenn sie auf Stein trafen, musste der Meißel ihn brechen können. Etliche Versuche scheiterten, doch mit jedem Mal wurde das System ausgereifter, sodass Ero noch vor Anbruch des Winters die ersten Pfähle jenseits der Rampe setzen konnte.

Das Unterfangen nahe der Furt erregte Aufmerksamkeit, insbesondere die Ramme, die mit ihren nimmermüden Schlägen die eisengefassten Pfähle Stück für Stück in den Grund trieb, und zwar von einem schwimmenden Floß aus, das den Strömungen trotzte und mit Stricken und Ochsen an Ort und Stelle gehalten wurde.

Die einen staunten über so viel technisches Geschick, andere schüttelten nur mitleidig den Kopf – beim nächsten Hochwasser würde alles in sich zusammenbrechen –, Dritten wurden die andauernden Schläge der Ramme zu viel, sie verursachten Unbehagen und schließlich Widerstand gegen das unheimliche Tun eines gottlosen Heiden. Es konnte sich nur um Teufelswerk handeln, und sie riefen Bischof Burkard herbei, dem Spuk ein Ende zu machen.

Aber Ero hielt stur an seinem eingeschlagenen Weg fest. Die ersten Pfähle waren gesetzt, schwere Stämme verbanden sie, sodass weitere Balken aufgelegt werden konnten, die als Fundament für die Fahrbahn dienten. Mit dieser Vorgehensweise kam er nur langsam voran, aber die Brücke sollte stabil sein und lange Zeit halten.

Die Mitte des Flusses blieb sein Ziel. Wenn er es bis dorthin schaffte, würde ihn nichts mehr aufhalten – auch das demonstrative Desinteresse Burkards nicht, der sich seit ihrem kurzen Aufeinandertreffen an der Furt nicht mehr gezeigt hatte. Einige behaupteten, es ginge ihm nicht gut – das Alter, die Gicht, die vielen Auf- und Abstiege von der Burg ins Tal machten ihm zu schaffen –, andere meinten, er wäre mehr tot als lebendig, jetzt würde er seinen verdienten Lebensabend in einem ruhigen Kloster verbringen oder gleich in seine Heimat auf die englische Insel zurückkehren.

Ero glaubte nicht daran. Burkard verfolgte sein Tun aufmerksam, verwünschte und verfluchte ihn, weil Ero neben ihm in die Geschichte eingehen würde als erster großer Brückenbauer im gesamten Frankenland.

«Was schaut Ihr so grimmig, Meister?», fragte Aris. «Geht auf der Burg des Bischofs etwas vor?» Er folgte Eros Blick den steilen Berg hinauf zum Holzwall, wo auf Wachtürmen Späher übers Land schauten.

«Dieser selbstverliebte Bischof glaubt», grollte Ero, «ich würde nicht bemerken, dass er mich beobachtet.»

Aris schaute genauer hin. «Tut er das? Ich kann nichts erkennen.»

«In all den Jahren hat er mir immer wieder gesagt, eine Brücke sei unmöglich, und jetzt sieht er, es ist doch möglich. Er würde es nie zugeben, aber jetzt muss er es.»

«Noch ist die Brücke nicht fertig.»

«Das wird sie, Aris, das wird sie. Komm jetzt, wir wollen heute noch einen Pfahl setzen.»

Aris schaute in den Himmel, wo von Osten her dunkle Wolken aufzogen. «Es sieht nach Regen aus, Meister.»

«Ein bisschen Regen kann mich nicht aufhalten. Nichts kann mich mehr aufhalten, weder dieser neidische Bischof noch sein Gott. Meine Götter werden sie bezwingen, einen nach dem anderen, bis die Burg zusammenbricht und die Christen aus dem Tal verschwunden sind.»

«Aber, Meister. Warum zürnt Ihr uns Christen? Wir haben Euch nichts getan.»

«Oh doch, das habt ihr. Von Anfang an. Mit den Christen zogen Neid und Missgunst in unser schönes Tal.»

«Das gab es schon vorher.»

«Lügen und Betrügen sind euer Glaube.»

«Das stimmt doch nicht, Meister. Nächstenliebe und Vergebung…»

«Ihr nennt uns Heiden, weil wir nicht an euren Schwindel glauben. Ihr vertreibt uns aus den Hütten, nehmt uns unser

Land, zerstört unsere Heiligtümer. Ihr seid eine Krankheit, die man nicht mehr loswird, ohne den Verstand zu verlieren.»

Aris schlug das Kreuzzeichen. «Meister, Ihr versündigt Euch.»

Ero lachte in den aufkommenden Regen. «Sünde?! Wo ist euer Gott, der mich dafür straft? Soll er doch kommen.» Er breitete die Arme aus, ergab sich gespielt seinem Schicksal. «Lass einen Blitz auf mich herunterfahren, du verfluchter Christengott, und strafe mich für mein schändliches Wort.» Doch nichts geschah. «Siehst du, Aris? Meine Götter stellen sich vor deinen Gott, um mich zu schützen. Sie werden euren Bischof, seine Priester und Nonnen wegschwemmen. Erst wenn dieses Tal frei von Christen ist, ist es wieder ein gutes Tal. Glaub mir, ich weiß es.»

Aris schaute ihn lange an. Seine naturgegebene gute Laune wie sein Lächeln verblassten. Wortlos stapfte er zur Furt, stieg in den Schelch und setzte im strömenden Regen über.

«Ja, lass mich nur allein!», rief Ero ihm nach. «Ihr verfluchten Christen seid alle gleich. Nur keine anderen Götter dulden … eifersüchtig und vernarrt.»

Grummelnd bestieg er das Floß mit der Ramme, während der Himmel grollte und die Wolken sich öffneten.

***

Seit zwei Tagen regnete es nun ohne Unterlass. Das Wasser war erwartungsgemäß über die verstärkten, aber noch immer zu niedrigen Ufer getreten und hatte bis zur Grabkirche des heiligen Kilian und seiner Gefährten alles überflutet. Gut ein Dutzend Pfahlhütten spiegelten sich im Wasser, während andere überlegter und zurückhaltender gebaut worden waren. Sie reihten sich hinter und neben der Grabeskirche ein, sodass man sie wenigstens trockenen Fußes verlassen konnte. Der Fährverkehr war zum Erliegen gekommen, auf der rechten Seite gab es keinen Weg mehr, der zur Furt führte, und linkerseits gab es keinen Grund, überzusetzen – alles eine weite Wasserfläche ohne Halt und Orientierung, mit gefährlichen Tiefen und Strudeln.

Der Fluss riss alles auf seinem Weg mit sich: Karren, Tierkadaver, Äste und so manche eingestürzte Hütte, die zu nah am Ufer gebaut worden war. Nun galt es abzuwarten.

Für Ero war die Flut eine existenzielle Katastrophe. Von der Brücke war nicht mehr viel zu sehen außer den Köpfen der Pfähle, die er mit viel Mühe in den Flussgrund getrieben hatte. Auch die beiden Rampen standen unter Wasser. Im feinen Holzgespinst sammelte sich Unrat, und nun drohte sogar das Floß mit der Ramme weggerissen zu werden. Mit Stricken am Ufer festgemacht, schlingerte es in der Strömung wie ein willenloses Fähnlein im Wind.

Vom Pfahlhaus stieg er hinunter in den Schelch, nahm die lange Stange zur Hand und stieß das schmale Boot über den ewig weiten See, der in den vergangenen Tagen entstanden war. Es regnete Bindfäden, und niemand bei gesundem Verstand würde vor die Tür gehen. Doch Ero hörte nicht auf die Schmährufe der Nachbarn, so wie er es in all den Wochen und Monaten nicht getan hatte, als noch keiner für möglich gehalten hatte, was er imstande war zu vollbringen.

Einem furchtlosen Noah gleich hielt er auf das Floß zu, das unruhig in der Strömung schwankte. Und je näher er kam, desto stärker wurde der schmale Schelch vom reißenden Wasser gebeutelt, sodass er alle Kraft aufbringen musste, um nicht weggetrieben zu werden. Im Kampf gegen die übermächtigen Gewalten der Natur schwand die Zuversicht, wandelte sich in

Sorge, letztlich zur Einsicht, dass die Götter nicht länger auf seiner Seite waren.

«Du verfluchter Fluss», grollte er den Fluten, und den flehenden Blick zum wolkenschweren Himmel gerichtet: «Helft mir, ihr Götter! Befehlt den Wassern zu weichen!»

Der Donner rollte, und in den Fluten krachten berstende Äste, das andere Ufer verblasste im Regenwind, kein Mensch war zu sehen. Ein Boot trieb kielüber an ihm vorbei.

«Hört ihr mich, ihr Götter?! Du mächtiger Flussgott? Lass die Fluten weichen.»

Unter der dünnen Wand des Schelchs knarrte und polterte es, Steine und Äste schlugen daran, drohten, das grazile Gefährt zu zerreißen oder es geradewegs aus dem tobenden Wasser zu katapultieren.

So kurz vor dem Ziel durfte er nicht scheitern. Ero war der Günstling der Götter in diesem Tal. Sie hatten ihm die Kraft gegeben, nicht vor den Christen zu weichen. Nun sah sein Werk der Vollendung entgegen, es brauchte nur noch wenig…

Da durchschlug etwas die Wand des Schelchs, der sich jäh im Wasser aufstellte und Ero hinausschleuderte. Die wütenden Wogen hießen ihn willkommen, Strudel umarmten und zogen ihn zum Grund. Ein Rauschen und Gurgeln, das Poltern von Steinen und Geröll schluckten seine Schreie.

Der Fluss spielte mit ihm nach Belieben, strafte seinen Hochmut mit Verachtung und schließlich mit dem Tod.

Eros zerschmetterter Körper trieb mit der geborstenen Rampe und dem Floß stromabwärts, zurück blieb nichts als ein gescheiterter Traum von einem ersten Übergang über diesen Fluss, der keine Götter und keine Gnade kannte.

12. Jahrhundert
Der Aufstieg Würzburgs

Der Main hatte jede Erinnerung an Ero und seinen gescheiterten Brückenbau fortgetragen. Auch von den vielen heidnischen Gebräuchen, die einst im Maintal gepflegt wurden, wusste bald kaum jemand mehr zu berichten. Dafür erlebte das Christentum einen schwindelerregenden Aufstieg, den selbst Bischof Burkard, der um 753 in einem Kloster starb, nicht für möglich gehalten hätte.

Burkards Nachfolger auf dem Bischofssitz wurde Megingoz, der bald von Berowelf, einem Bruder aus Burkards Kloster St. Andreas, verdrängt wurde, um dessen Werk im selben Tempo und mit der gleichen Kompromisslosigkeit fortzuführen.

In Berowelfs Amtszeit wurde anstelle der hölzernen Grabkirche Kilians und seiner Gefährten ein erster, teils steinerner Dom errichtet, zu dessen Einweihung kein Geringerer als Pippins Sohn Karl, der später der Große genannt werden sollte, mit großer Entourage anreiste. Die Karlmänner hatten nicht vergessen, wem sie ihre Krone verdankten, und hatte bereits Burkard aus der Verbindung zu den karolingischen Hausmeiern entscheidende Vorteile gezogen, so vertiefte sie Berowelf nun mustergültig. Karl sollte wieder kommen und dem aufstrebenden Dombischof gar das rechtsmainische Siedlungsgebiet zusprechen, woraufhin der gesamte Klerus aus dem Andreaskloster in das Areal um den neuen Dom übersetzte.

Was aus der Verlegung ins Rechtsmainische folgte, war für das weitere Wachstum der noch jungen Gemeinde, die nun auch bald das Attribut *Stadt* erhielt, atemberaubend.

Zu Beginn des 11. Jahrhunderts wurde linksmainisch ein Pfahl-wall gegen die gefürchteten Einfälle der Magyaren errichtet, wenig später eine hohe und vor allem dicke Mauer am rechten Ufer. Die damit verbundene Zurückdrängung des Mains in ein engeres Bett legte das ehemals sumpfige Schwemmland nahezu ganzjährig tro-cken. Rund um den Dom, den angrenzenden Markt und die zur Furt strebende Marktstraße entstanden neue Wohnviertel.

In der Marktstraße fanden Handwerker und Händler ein neues Zuhause. Sie profitierten von der Lage der Stadt, denn noch immer liefen an der Furt wichtige Handels-, Heer- und Pilgerwege zusam-men: zum einen der Südoststrom von Regensburg in Richtung Mit-tel- und Niederrhein, zum anderen der Südwestweg in den Norden. Wer also von Nord nach Süd oder umgekehrt reisen wollte, wählte den Weg durch Virciburg, begab sich zur Furt und musste mitunter lange warten, bis er mit Floß, Boot oder Fähre übersetzen konnte.

Die Handelsschifffahrt tat das Übrige. In Virciburg fanden die Händler einen lohnenden Umschlagplatz für ihre Waren, und umge-kehrt verschifften ansässige Handwerker und vor allem Weinhändler ihre Erzeugnisse in die ganze Welt.

Neben dem wirtschaftlichen Aufstieg zur Handelsmetropole machte das rasant wachsende Bistum von sich reden. Im Mittelpunkt stand der erste Dom, der aber schon bald abbrannte und wieder aufgebaut werden musste, erneut abbrannte und wiederum errichtet wurde, dieses Mal bleibend. Federführend war Bischof Bruno, Spross einer hochadeligen Familie, der auch Kaiser Otto I., der Salierkaiser Kon-rad II. und Papst Gregor V. angehörten. Bruno hielt engen Kontakt zu Kaiser und Reich und wurde in Virciburg wie ein Heiliger verehrt.

Die Bischöfe und ihre Domkapitel – die Kiliansbrüder – ließen sich von Unglück und Katastrophen nicht mehr schrecken. Was zer-stört war, wurde binnen kürzester Zeit wieder aufgebaut, prächtiger und größer als zuvor, wie das abgebrannte St.-Andreas-Kloster, das nach seinem Gründer Burkard umbenannt wurde. Aus dem gemeinsamen Bruderhof, wo noch alle unter einem Dach lebten und in aller Abgeschiedenheit des Mönchseins beteten und arbeiteten, gingen schon bald viele einzelne Domherrenhöfe hervor, die ein eigenes, ummauertes Viertel herrschaftlicher Höfe innerhalb der gemeinsamen Stadtmauer bildeten. Dort wurde sicherlich auch gebetet, aber mehr noch residiert und viel getrunken. Letztlich war auch ihnen der Aufstieg Virciburgs zu einer Weinhandelsmacht zu verdanken, Weine von den Hängen um die Stadt wurden sogar am englischen Hof getrunken.

Und noch etwas musste man ihnen anrechnen: Die Verwendung eines neuen Baustoffs für die rasch wachsende Zahl von Kirchen und Höfen. Gebaut wurde nicht länger mit Holz, Stein war der bevorzugte Baustoff, und mit ihm hielten neue Bautechniken und Konstruktionen Einzug, die vorher nicht vorstellbar gewesen waren. Die Spannweiten mancher Kirchenportale und Gewölbe wurden größer und imposanter, und schon bald liebäugelten die aus aller Welt stammenden Steinmetze, Maurer und Baumeister mit dem Zuschlag für ein gewaltiges Projekt, das vermutlich von reichen Stadtbürgern und dem Bischof vorangetrieben wurde: eine steinerne Brücke über den Main.

Bis es so weit war, gab es einige Hindernisse zu überwinden, zuvorderst die Finanzierung dieses kolossalen Bauvorhabens. Nicht einmal die kaiserliche Krönungsstadt Frankfurt verfügte über eine steinerne Brücke, auch das wohlhabende, an der Handelsstraße zwischen Venedig und Köln gelegene Regensburg nicht. Und selbst in London, Prag und Avignon dachte man erst Jahrzehnte später darüber nach.

War das junge, aufstrebende Virciburg schon so weit?

Der stolze und inzwischen weit über seine Bistumsgrenzen hinaus einflussreiche und umworbene Bischof war davon überzeugt, wollte für das Vorhaben aber kein Geld ausgeben, und wenn, dann nur Steuergelder und Zolleinnahmen, die er bereit war, für das gemeinsame Projekt mit den Bürgern abzuzweigen.

Dass von einem gemeinsamen Projekt überhaupt die Rede sein konnte, lässt erahnen, wie sich der Wohlstand, aber auch das Selbstbewusstsein der Bürger entwickelt hatten. Die Stadt und mit ihr viele Handwerker und Händler waren durch den rasanten Aufstieg Virciburgs zwar nicht reich, aber doch vermögend und nicht weniger mutig geworden. Sie trauten es sich zu, den Löwenanteil zu übernehmen, durch Brückenzoll und weitere Abgaben den Bau einer steinernen Brücke zu finanzieren – ein Projekt über zwölf bis dreizehn Jahre, an dem Tausende teurer Fachkräfte und das Zigfache an einfachen Arbeitern mitarbeiten würden und Unmengen an Material herbeigeschafft werden mussten.

Nicht nur ein Wunderwerk nachrömischer Brückenbaukunst sollte entstehen, sondern auch ein weit ins Reich strahlendes Zeichen an Kaiser, Könige und Fürsten, dass mit Virciburg künftig zu rechnen war. Und das, während an zig anderen Stellen eifrig weitergebaut wurde, auch jenseits der Stadtmauer, wo Stifte, Spitäler, Kirchen und Höfe entstanden. Wer in diesen Jahren nach Virciburg kam, musste den Eindruck gewinnen, auf einer riesigen Baustelle gelandet zu sein, wie sie sonst nur in den großen Reichsstädten oder Metropolen wie Rom, Paris oder London zu finden waren, wo, aus allen Reichsteilen herbeigerufen, unzählige Arbeiter, Handwerker und Baumeister eine prächtige neue Stadt entstehen ließen. Die sonst übliche fränkische Ruhe und Bescheidenheit war in diesen Jahrzehnten vergessen, es regierte der Stolz und das Streben nach reichsweiter Bedeutung.

An Schlaf war nicht zu denken, allerorten wurde gehämmert, gebohrt, gefräst und in fremden Sprachen kommandiert. Dutzende

Kräne bewegten schweres Baumaterial, Karren entließen krachend Steine und Kies, während an frischem Mörtel stets Mangel herrschte.

Nach der engen Verbindung Virciburgs zum salischen Kaiserhof stand die Stadt nun kurz davor, zu einem wichtigen Ort im staufischen Reich zu werden, und ein kleiner Junge sollte darin eine Hauptrolle spielen.

Macht

Komm zurück!», rief der ehrwürdige Bruder Johannes seinem Schüler Friedrich nach. «Es gibt noch viel zu lernen.» Doch Friedrich stand nicht der Sinn nach Buchstaben und Zahlen, sie kümmerten ihn einfach nicht, solange jenseits der Klostermauern so viel Interessanteres zu entdecken war. Das hatte er allen anderen Lehrern vor Bruder Johannes schon gesagt, so würde es auch dieses Mal sein. Sollte seine Mutter eine andere Schule für ihn finden, die mehr Einsicht hatte als dieser verknöcherte, bleiche Bruder, der ihn mit Mathematik und Schreiben den lieben langen Tag quälte.

Er musste raus aus den muffigen und kühlen Schreibstuben an die frische Luft, wo die Sonne ihn wärmte und neues Leben schenkte, wo er sich auf die wirklich wichtigen Dinge des Lebens besinnen konnte. Mochte der Vater ihn schimpfen, ihn abermals ermahnen, dass ohne Wissen und eine gute Ausbildung kein Herrscherthron zu erringen war, eines Tages, wenn er erwachsen war, würde er ihm das Gegenteil beweisen. Sagte man nicht auch von Karl, dem ersten und größten Kaiser des Reichs, dass er weder lesen noch schreiben konnte? Waren die großen römischen Cäsaren etwa Philosophen und Schulmeister gewesen? Hatten Achill und Odysseus mit Rechensätzen das als uneinnehmbar geltende Troja erobert? Mit Gedichten? Mit lateinischer Grammatik? Mit Gesetzen, Verordnungen und Vorschriften?

Er lachte laut, damit sie seinen Spott in den kahlen Klostergängen und Lernstuben hörten. Nein, er würde seinen eigenen Weg gehen, sich von niemandem davon abbringen lassen, keine Schelte und Pein fürchten, stattdessen das Schwert in die Hand nehmen und tun, was ihm sein flammendes Herz befahl.

Die Sonne stand prall am Himmel und blendete ihn, als er die schwere Pforte aufstieß. Mit dem Licht drang ein Schwall warmer Luft herein, sie schmeckte nach Erlösung von der Marter des Schreibpults. Stimmengewirr gesellte sich dazu, das Wiehern von Pferden, das Blöken von Schafen und das Maulen von Rindern. Hunde kläfften gegen die lauten Rufe der Maurer und Zimmerleute an, während die Steinmetze mit klingenden Hämmern und unermüdlichem Eifer den Takt des Tages vorgaben. Jenseits der Klostermauer standen Kräne am blauen Himmel, an langen, dicken Seilen und Netzen hingen Steine und schwere Balken, die Arbeiter in den noch offenen Dachstühlen winkten sie heran, dirigierten sie an die richtige Position, bis die schwere Fracht entladen werden konnte.

Friedrich seufzte zufrieden. Dieser Tag war wie gemacht für eine Erkundungstour durch das quirlige Treiben dieser wunderbaren, aufregenden Stadt. Er rannte geradewegs auf das Portal der Mauer zu, die den geistlichen Bezirk einfasste und ihn vom Treiben der Welt abschirmte. Zwei fromme Brüder kreuzten seinen Weg, unsicher, was der Knabe um diese Uhrzeit auf dem Hof verloren hatte.

«Junger Herr», fragte einer von ihnen, «was macht Ihr hier? Solltet Ihr nicht in der Schreibstube sein?»

«Heute nicht», erwiderte Friedrich frei von jeglichem Schuldgefühl und ebenso frohgemut. «Heute ist ein Tag fürs Leben.»

«Aber der Bischof wird es nicht gerne sehen, wenn Ihr dem Unterricht fernbleibt.»

«Das überlasst besser mir. Ich und der Bischof sind …»

Er kreuzte Mittel- und Zeigefinger übereinander, was so viel bedeutete wie: Beste Freunde, was auch stimmte. Bischof Gebhard von Henneberg war dem staufischen Herzogsspross besonders zugetan. Unter seinem Schutz wuchs der adelige Zögling zu einem würdigen Nachfolger seines Vaters heran, der eines nicht so fernen Tages die Geschicke des Reichs bestimmen sollte. Henneberg würde immer an seiner Seite sein und vom Aufstieg des jungen Staufers profitieren.

Vom Bruder Portarius, der über das Tor wachte, ließ sich Friedrich gar nicht erst ansprechen und wünschte ihm einen schönen Tag, sodass er, ohne weiter unnütze Zeit zu verplempern, hinaus ins Freie eilte.

Heute muss das ganze Reich auf den Beinen sein. Die breite Straße vor dem geistlichen Bezirk war voller Menschen unterschiedlichster Herkunft, darunter Reisende mit schwerem Beutel über der Schulter und Wanderstab in der Hand, Kaufleute mit wackligen Karren, auf denen Töpfe gegeneinanderschlugen oder dicke Weinfässer zum Verladen an den Fluss gebracht wurden, vornehme Reiter hoch zu Ross, aber auch Knappen, die Wein, Brot und Wurst für ihre Ritter an den nahe gelegenen Marktständen einkauften, und natürlich flinke Finger, die in all dem Trubel nach einem passenden Kandidaten Ausschau hielten, um ihn von der Last seines Geldbeutels zu befreien. Beherzt reihte sich Friedrich in den Strom ein und ließ sich vor den hohen Dom treiben, unter dessen Portal und Treppe die Marktstände aufgereiht waren.

Hier gab es alles, was sich ein von der Schwere des Schreib-zimmers befreites Herz nur wünschen konnte. Leckere Fleisch-spieße brutzelten über den Feuerstellen, Weinhändler priesen in gebrochenem Deutsch den Rebsaft ihrer Herkunftsländer an und Bäckerjungen brachten Frischgebackenes und Süßspeisen unter die hungrigen Pilger und Reisenden. So manches spa-nische, italienische und französische Wort bereicherte das Stimmengewirr, und selbst Früchte aus fernen Landen lagen aufpoliert neben einheimischen Äpfeln und Birnen. Gleich daneben präsentierte ein Waffenschmied stolz seine glänzen-den Schwerter und ebenso funkelnden Dolche, die Hutmacher jonglierten mit Mützen und Kappen, auf die wohlhabenden Bürgerfrauen und jungen Burgfräuleins warteten Seide und Stoffe aus dem fernen Italien, die Schuhmacher und Schnei-der nahmen Maß, kurz: Auf diesem Markt blieb kein Wunsch offen.

Friedrich genehmigte sich einen Apfel und einen Becher Wein.

«Junger Herr», sprach ihn ein Händler an, «eine Mütze gefäl-lig? Die Sonne scheint heiß heute, Ihr könntet Euch leicht einen Brand holen.»

Das mochte zutreffen. Die Sonne schien tatsächlich an die-sem Morgen so kräftig, dass er sich mit seiner hellen, von Som-mersprossen gezeichneten Haut schützen musste.

«Nun gut», antwortete er, «was habt Ihr anzubieten?»

Der Händler musterte ihn, dann griff er ins Gestänge nach einer grünen Mütze mit einer Feder daran. «Die könnte Euch gut stehen.»

Und das tat sie wohl. Das Grün mit den rotblonden Haaren war stimmig. Friedrich zahlte den verhandelten Preis und ging weiter die zum Ufer führende Marktstraße hinunter, wo die

Handwerker die Vorbeiströmenden aufforderten, ihr Geschäft zu betreten.

Auch wenn der Wein nicht besonders kräftig gewesen war, so entfaltete er doch seine Wirkung. Er ließ Friedrich noch ein Stück beschwingter werden, fast schon übermütig. Ihm stand der Sinn nach Abenteuer. Da vorne, die riesige Baustelle mit den vielen hundert Arbeitern, die an dem nächsten Weltwunder arbeiteten, wäre eines: eine Brücke aus Stein, groß und mächtig, wie es keine zweite gab. Beherzt rannte er darauf zu.

Sachte stieg die Straße zur Brücke hin an. Auf einer Seite entstand eine kleine Kapelle, die dem heiligen Gotthard geweiht werden sollte, gleich dahinter erhob sich eines der beiden großen Brückentore, alles noch unfertig, im Werden begriffen, die Maurer standen hoch auf den Gerüsten und setzten Steine, während sich Friedrich einen Weg durch dieses Gewusel an Karren und Arbeitern bahnte. Wäre er nicht von Stand gewesen und hätte er nicht die vornehme Kleidung getragen, der erste Polier hätte ihm wohl eine Ohrfeige verpasst und ihn auf direktem Weg wieder zurückgeschickt. So aber hatte er freien Zugang unter den abwägenden, unsicheren Blicken, was dieser Edeljunge hier wollte.

Friedrich kümmerte es nicht, er stieg auf die Mauerbrüstung und balancierte seinen Weg immer weiter auf die Mitte des Flusses zu, wo Boote und Flöße im Wasser standen, darauf Arbeiter mit Schaufeln und Stangen, andere hantierten mit Brettern an einem großen Schacht, der bis zum Grund reichte. Wasser wurde mit Eimern herausgeschöpft, mit Sand und Lehm verschmierte Gesichter zeigten sich am oberen Rand dieser seltsamen Konstruktion, man mochte meinen, es seien Muselmänner.

«Zum Kampf!», rief er ihnen zu und zog sein imaginäres Schwert, mit dem er drei wuchtige Hiebe setzte und den ungleichen Kampf mit einem gezielten Stich beendete. Zufrieden steckte er die Klinge in die Scheide zurück.

Ach, dieser Tag schmeckte nach Abenteuer und Wagemut. Unter ihm lagen die Fluten eines weiten Meeres, wo Höllenvolk und Ungeheuer wüteten, wo Leitern und Gerüste himmelwärts strebten, um die Mauern Jerusalems zu überwinden, wo Steine für die Katapulte herangekarrt wurden und die Feldherren über das Kampfgetümmel befahlen.

«Hinauf! Herüber! Der Stein muss sitzen! Kaiser und Könige werden darauf schreiten!»

Die Sonne stach kräftig auf den jungen Friedrich, die Strahlen glitzerten auf dem Wasser gleich makellosen Edelsteinen, und er liebte ihren Glanz, dass ihm schwindelig wurde. Leichter Wind kam auf, was eine Wohltat war, seine Wangen glühten vom roten Traubensaft aus Italien und auf der Stirn perlte der Schweiß.

«Steigt besser herab, junger Herr», riet ihm jemand, «bevor Ihr in die Fluten stürzt. Euer Vater würde mich verantwortlich halten.»

Es war Meister Enzlin, der Brückenbauer, besser: der Herr über alle Arbeiten. Er sollte den reibungslosen Ablauf sicherstellen, vor allem darauf achten, dass kein Schindluder mit den teuren Baumaterialien getrieben wurde. Die wertvollen Steinquader waren unter großem Aufwand und Kosten aus den Felsen am nahe gelegenen Bronnberg gebrochen worden. Sie stellten das Herzstück der Brücke dar, bildeten die Pfeiler, die die Fahrbahn tragen würden, vor allem waren sie das Bollwerk gegen die reißenden Wassermassen bei Überschwemmungen und die urgewaltigen Eisschollen. Nur wenn sie fest im Flussbett verankert waren, würden sie den enormen Belastungen standhalten.

«Sorgt Euch nicht», erwiderte Friedrich, «ich kann das gut. Seht her, sogar auf einem Bein.»

Mit den Armen das Gleichgewicht haltend, schwankte er auf dem schmalen Grat, unter ihm die Ausschachtung für den Pfeiler. Wenn er da hineinfiele, würde er sich mehr als nur ein paar Knochen brechen.

«Um Himmels willen», kam Enzlin zu Hilfe, «stürzt Euch und mich nicht ins Unglück.» Er fasste ihn an der Hüfte, zog ihn herunter.

«Ihr seid ein Angsthase, Meister Enzlin», spottete Friedrich.

«Besser in Angst als in Ketten. Macht so etwas nicht wieder, wenn ich dabei bin.»

Friedrich versprach es ihm. «Nun denn, was gibt es Neues von Eurer Brücke zu berichten?»

Auch wenn Enzlin dem Herzogssohn keine Rechenschaft schuldig war, so genoss er es doch, ihm Bericht zu erstatten. Es konnte nicht schaden, wenn die Baufortschritte auch in der einflussreichen Herrscherfamilie besprochen wurden. Damit würde er sich für das nächste Vorhaben empfehlen. Enzlin steckte seinen Daumen in den engen Gürtel, der seinen Bauch wie ein Rettungsring umspannte, während er mit der anderen Hand über sein Reich befahl.

«Heute setzen wir den vierten Pfeiler. Die Steinquader sind von guter Qualität, ich habe sie eigens inspiziert, sodass sie mit gutem Gewissen gesetzt werden können. Sollten keine Schwierigkeiten auftauchen, wird der Pfeiler bis zum Sonntag fertiggestellt.»

«Was für Schwierigkeiten könnten das sein?», hakte Friedrich nach.

«Vieles kann passieren. Die Schachtwand kann brechen oder Wasser eindringen, auch wenn wir größte Vorsicht walten lassen.»

Er nahm Friedrich mit an die Mauerbrüstung und zeigte in einen mehrere Meter langen und ebenso breiten Aushub mitten im Wasser hinunter, der ringsum mit starken Holzbohlen verkleidet und verfugt war, sodass kein Wasser eindringen konnte. Unten mühten sich mehrere Arbeiter, mit Eimern und Schaufeln den Schlamm heraufzuschaffen, damit am Flussgrund das Fundament gesetzt werden konnte. Allein die Holzplanken hielten das Wasser davon ab, über die Arbeiter hereinzubrechen und alles zu zerstören.

«Ihr müsst wissen», fuhr Enzlin fort, «das Wasser ist unberechenbar und sehr mächtig. In einem Moment scheint noch alles in Ordnung, dann ist plötzlich ein Riss in der Verschalung, und schon nimmt das Unglück seinen Lauf.»

Wohl wahr. Friedrich wurde bei dem Gedanken, in einem finsteren, metertiefen Schacht zu stecken, mulmig, nicht wissend, ob die Holzplanken hielten.

«Genau das ist uns beim zweiten Pfeiler dort drüben passiert.» Enzlin zeigte auf die andere Flussseite, wo die Rampe fertiggestellt war und zwei Steinpfeiler aus dem Wasser ragten. «Das hat mich sechs Arbeiter gekostet.» Er schlug das Kreuzzeichen. «Der Herr sei ihren Seelen gnädig. Wir mussten ganz von vorne beginnen. Ein Monat Arbeit umsonst … das viele Geld … ich mag gar nicht daran denken. Eine Katastrophe.»

Es war nicht mehr weit bis zum zweiten Pfeiler, dann war dieses Wunderwerk fertig und die beiden Teile der Stadt miteinander verbunden. Diese Brücke würde weit ins Reich hinein wirken, den staunenden Menschen Ehrfurcht und zugleich Respekt abfordern, was die fleißigen Bürger von Virciburg und ihr kluger Bischof vollbracht hatten. Die Könige und Fürsten würden neidisch ihre Baumeister fragen: Warum haben wir nicht so eine Brücke? Muss ich euch erst nach Virciburg schicken, um die hohe Kunst des Brückenbaus zu erlernen? Dann würde der Fürst seinen Kummer mit Wein ertränken, aber nicht mit irgendeinem, sondern dem von den Hängen in Virciburg, der in aller Welt getrunken und wegen seines Geschmacks und seiner Reinheit gelobt wurde. Ach, wäre er doch selbst der Bischof von Virciburg … Welchen Glanzes könnte er sich rühmen.

«Habt Ihr so etwas schon einmal gebaut?», fragte Friedrich.

Enzlin hakte seine Daumen in seinen Gürtel. «Du meinst eine Brücke mit acht Pfeilern aus massivem Stein, rund hundertachtzig Meter lang und mehr als sechs Meter breit?»

Friedrich nickte.

«Nein, so eine riesige Brücke aus Stein hat noch niemand gebaut. Wir sind die Ersten. Außer den Römern natürlich», schob er zögerlich nach. «Aber das ist etwas anderes. Diesseits des alten Limes gibt es nichts Vergleichbares. Wir können stolz auf unsere Brücke sein.»

«Und auf Euch, Meister Enzlin.»

«Lob und Ehre gebühren Bruder Frederico, dem wahren Baumeister. Ich achte nur darauf, dass alles mit rechten Dingen zugeht.»

«Stellt Euer Licht nicht unter den Scheffel. Jeder weiß um Eure Arbeit.»

Enzlin winkte ab, wenngleich das Lob ihm guttat. In der letzten Zeit waren kritische Stimmen laut geworden, dass die Brücke Unsummen verschlang und nicht die erhofften Zölle einbringen würde. Das Ganze sei ein Wahnsinnsunterfangen, die Stadt und der Bischof würden ewig daran zu zahlen haben. Besser, man höre sofort auf und reiße alles wieder ein. Mit den Fähren und den Flößen ließe sich der viele Verkehr ebenso gut bewältigen. Wieso etwas Bewährtes aufgeben, wenn man nur Unsicherheit und Angst daraus gewänne?

Außerdem gehe es bei der ganzen Sache ohnehin nicht mit rechten Dingen zu. Eine Steinbrücke dieser Länge würde vom erstbesten Hochwasser eingerissen und die gefürchteten Eisschollen würden die Pfeiler knicken wie Strohhalme. Nur wer im Bunde mit dem Teufel stehe, könne sich an so etwas überhaupt herantrauen. So oder so: Das ruinöse Bauwerk müsse wieder abgerissen und zugeschüttet werden, bevor noch Schlimmeres über die Stadt hereinbrach.

«Macht Euch keine Sorgen, Meister Enzlin», beruhigte ihn Friedrich. «Eines Tages werde ich als König über diese Brücke schreiten und Euch ein Denkmal errichten, damit niemand Euren Namen je vergisst.»

***

Vor dem Hintergrund eines blutfarbenen Abendhimmels verloren sich die aufeinander zustrebenden Brückenteile in der aufkommenden Dunkelheit. Der letzte Pfeiler war gesetzt und aufgemauert, nur der verbindende Brückenbogen fehlte. Wie unheilsschwangere Krallenfüße standen sich die zwei Teile gegenüber, um jeden zu packen, der sich in ihre Nähe wagte. Der Teufel ginge dort um, hieß es, und Meister Enzlin grauste vor so viel Aberglauben.

Müde und erschöpft setzte er sich ans Ufer, nachdem er die Wachen instruiert hatte, niemand auch nur in die Nähe der Baustelle kommen zu lassen. Noch immer steckten ihm die Unfälle des heutigen Tags in den Knochen. Am Morgen hatte das gerissene Seil eines Krans einen Steinquader freigegeben, der zwei Steinmetze und den Flößer das Leben gekostet hatte, und am Nachmittag war abermals ein Boot unter der Brücke gekentert, ausgerechnet an der Stelle, die mittlerweile «das Teufelsloch» genannt wurde. Die teure Ladung ging verloren, der Bootsführer konnte sich ans Ufer retten, doch statt dem Herrn im Himmel und allen Schutzheiligen zu danken, zeterte er gegen die Brücke und ihren Bauleiter Enzlin. Ein tödlicher Strudel befände sich unter dem Brückenbogen, der geradewegs in die Hölle führe. Enzlin sei des Teufels Handlanger.

Seit Baubeginn ging das schon so, und zu keiner Zeit war es schlimmer gewesen als in den vergangenen Monaten. Jeder Verletzte und Tote, ach, jedes Kreuzleiden, Schwindel und Unwohlsein wurde mit der Brücke in Verbindung gebracht, als gäbe es bei den zig anderen Baustellen keine Unfälle, Verletzungen oder Tote zu beklagen. Die ganze Stadt war eine riesige Baustelle, die wie Unkraut wucherte und einen hohen Blutzoll forderte. Kein Tag verging, ohne dass jemand von herabfallenden Steinen erschlagen, in Baugruben von nachrutschendem Geröll verschüttet wurde, vom Gerüst fiel oder schlicht unter der Last der Arbeit zusammenbrach. Es traf Arbeiter wie Schaulustige, spielende Kinder und neugierige Priester, Übermütige und Betrunkene – der Tod hieß jeden willkommen, der sich in die Nähe einer Baustelle begab.

Wo war da das Geschrei vom Teufel?

Stattdessen sprach man Gebete und bat um Aufnahme in den Himmel für das gottesfürchtige Werk des Verunglückten, der sein Blut für die Herrlichkeit Gottes und seiner Kirche vergossen hatte. Keine Minute später durfte sich ein weiterer Märtyrer um die Gunst der Himmelfahrt bewerben.

Es schien, als habe sich der Teufel ausschließlich die Brücke für sein widerwärtiges Werk vorgenommen, und zugegeben: Er hatte in den vergangenen zehn Jahren reiche Ernte eingefahren. Einige Baugruben, in denen später die Brückenpfeiler errichtet worden waren, hatten dem Druck des Wassers nicht standgehalten, Wasserschöpfer, Maurer und Zimmerleute fanden darin ein nasses Grab. Erst als Enzlin die Arbeiter mit Seilen um die Brust in die «Höllenlöcher» hinunterschickte, um sie bei Bruch der Spundwände schnell heraufziehen zu können, waren die Todesfälle zumindest reduziert worden.

So mancher Brückenbogen war bei Sturm, Regen und Überschwemmung zusammengebrochen und musste unter viel Materialeinsatz wiedererrichtet werden, jedes Mal ein Stück besser und belastbarer, dass selbst die gefürchteten Eisgänge im Januar und Februar keinen großen Schaden mehr anrichteten.

Wie konnte ein Menschengebilde aus Stein und Mörtel den Urgewalten der Natur überhaupt standhalten? Das war unmöglich, und wenn doch, dann war der Teufel im Spiel.

Dem Bischof und einflussreichen Bürgern war es gedankt, dass die Bauarbeiten trotz der Hetze weitergeführt werden konnten. Sie erkannten den Wert und die Bedeutung dieses Wunderwerks, wie sie es beschwichtigend, aber auch zögernd nannten, denn noch war die Brücke nicht fertig und konnte nicht beweisen, dass sie der Last der vielen Fuhrwerke standhielt. Die Feuertaufe war aber nicht mehr fern, und Enzlin schloss das Gelingen in seine Gebete ein.

«Herr im Himmel, steh mir bei. Halte deine schützenden Hände über uns und die Brücke. Sie muss gelingen. Sie muss!»

In wenigen Tagen würde er sein Flehen in der kleinen Kapelle sprechen können, die er gleich nach der rechtsmainischen Rampe hatte bauen lassen. Noch fehlte ihr das Dach, aber wem sie geweiht werden sollte, war Enzlin schon lange klar: dem erst kürzlich zum Heiligen erhobenen und allseits beliebten Gotthard, dem Patron der Maurer, der auch bei Steinleiden, Gicht, Rheumatismus, Blitz und Hagel angerufen wurde. Der Bischof hielt das für eine gute Wahl, mit Hilfe Gotthards würden die Zweifler und Hetzer besänftigt und der Teufel von der Brücke verjagt. So versicherte er es ihm. Würde er recht behalten?

Im Licht der Fackeln machten die letzten Fährleute ihre Schelche und Flöße am Ufer fest. Sie waren guter Laune und ihre Säckel gefüllt. Die beiden Unfälle stimmten sie hoffnungsfroh, dass ihr Geschäft noch lange gut laufen würde. Jeder Tote trieb einen Kunden mehr auf ihre wackligen Schelche und löchrigen Flöße. Diese Konstruktion war wahrlich kein Teufelswerk, spotteten sie, sondern eine sündhaft teure Narretei von Anfang an.

«Warum so betrübt, Meister Enzlin? Kostet die Brücke etwa mehr Blut als Geld?» Sie lachten und schlugen sich bekräftigend auf die Schulter.

Enzlin nahm den Hohn nicht weiter wahr, den sie bei einem Krug Wein im nächsten Gasthaus begießen wollten, seine Aufmerksamkeit gehörte der Brücke und den Arbeiten am nächsten Morgen. Für den letzten Bogen brauchte es wieder die exakt behauenen, an den Seiten abgeschrägten Keilsteine, die aneinandergereiht sich zu einem Halbkreis formten. Sie leiteten die enormen Lasten, die die Bögen zu tragen hatten, auf die massiven Brückenpfeiler weiter. Wenn man das Prinzip der Ableitung senkrechter Kräfte auf die Waagrechte verstanden hatte, war es verblüffend einfach. Man hätte sich nur die alten römischen Brücken im Frankenreich, in Italien oder die weite Kuppel des Pantheons in Rom genauer ansehen müssen, dann hätte man schon viel früher eine Bogenbrücke bauen können.

Nur war das Wissen mit dem Untergang des Römischen Reichs verloren gegangen, gottlob hatte es Bruder Frederico wieder zurückgeholt. Auf seinen Ideen fußten die Bögen und Gewölbe der Kirchen und Portale im geistlichen Bereich um den Dom, nach seinem Plan war diese Brücke gebaut.

Frederico, treuer Kamerad und Freund über all die Jahre, die sie nun gemeinsam an der Brücke arbeiteten, wirst du mich im Stich lassen? Seit Tagen war er nicht aus dem Bett gekommen, er fühle sich nur ein wenig schwach, wiegelte er ab, dabei war für jeden ersichtlich, wie es um ihn stand.

Aus dem Dunkel trat jemand mit einer Fackel auf ihn zu. Es war sein Hausdiener. «Verzeiht, Meister Enzlin», sagte er, «Ihr solltet kommen. Es geht zu Ende mit ihm.»

Enzlin seufzte. Sollte dieser verfluchte Tag tatsächlich einen weiteren Toten fordern? Er erhob sich mit schmerzendem Rücken und folgte ihm an den Hütten der Steinmetze und Maurer vorbei, sah die vielen erschöpften Tagelöhner an den Lagerfeuern ihre karge Brotsuppe löffeln, die Gerüstbauer, Zimmerleute und Fuhrleute, die Werkzeugmacher und Schmiede, ihre Frauen und Kinder, die alle mithalfen, um aus dem Teufelswerk ein Wunderwerk zu machen.

So weit das Auge reichte, zogen sich die Hütten und Zelte der Arbeiter an beiden Ufern des Mains entlang, und er konnte nicht sagen, ob sie morgen noch da sein würden, sobald sich die Nachricht von Fredericos Tod herumgesprochen hatte. Frederico war die Seele der Brücke, ihr geistiger Vater und der geistliche Hirte der Arbeiter. Wenn er nicht mehr war, würde alle Last auf den Schultern Enzlins liegen. Es schauderte ihm bei dem Gedanken.

Die Kammer Fredericos war mit Kerzen spärlich erleuchtet, die vielen Bauzeichnungen zu den Bögen und Pfeilern an den Wänden verloren sich im fahlen Licht. In der Mitte stand ein Tisch, darauf lagen weitere Pläne, Zeichenwerkzeuge, Lineale und ein kleines, hölzernes Modell der Brücke. Am Bett saß wie erwartet Bruder Stephanus, Fredericos Beichtvater, und spendete ihm die letzte Ölung. Enzlin wartete in einer Ecke, bis es so weit war, dann kam er vorsichtig ans Bett und nahm Fredericos bleiche Hand in die seine. Die Augen feucht, rang er nach Worten.

«Sorge dich nicht, treuer Freund», kam ihm Frederico zu Hilfe, das schmale Gesicht blass und von der Arbeit ausgezehrt, «es ist Zeit für mich.»

«Wie soll ich die Brücke nur ohne dich fertigstellen?», erwiderte Enzlin.

«Du hast den Mut und die Kraft. Es wird gelingen.»

«Jeder sieht in mir nur einen Handlanger des Teufels.»

Frederico hustete und rang nach Luft. «Heißt es nicht: Verbrüdere dich mit dem Teufel, bis du über die Brücke bist?»

Ein dünnes, bitteres Lächeln trat auf Enzlins Lippen. «Du hast nie den Glauben an unsere Sache verloren. Ich aber bin voller Zweifel und Furcht. Was, wenn die Brücke nicht hält? Sie werden mich aus der Stadt jagen.»

«Die schwierigste Brücke ist die zwischen den Menschen. Sie müssen Vertrauen schöpfen, erst dann werden sie dich lieben und ehren.»

«Allein dir gebühren Ruhm und Ehre. Ich bin nur ...» Er stockte, denn er spürte den schwachen Protest von Fredericos Hand.

«Sprich nicht so», erwiderte der Alte, hustete, und Blut trat aus seinem Mund. «Zweifle nicht, fürchte nichts, es wird dir gelingen. Hab Vertrauen. Denk immer daran: Ein guter Mensch ist zuverlässiger als eine steinerne Brücke ...»

Noch ein ersticktes Husten, gefolgt von einem letzten Aufbäumen, dann wich alles Leben aus dem alten Mann. Still lag er da, die Hand schlaff.

«In pace in idipsum dormiam et requiescam», sprach Stephanus das Totengebet – *In Frieden möge ich schlafen und ruhen* – und Enzlin musste an sich halten, um seiner Verzweiflung nicht zu erliegen. Er stand auf und wischte sich die Tränen aus den Augen. *Gnädiger Herr im Himmel, was soll nun werden?* Noch in der

Nacht würde er den Bischof informieren müssen, morgen die Arbeiter, bevor sie es aus anderem Mund erfuhren. Würden sie Vertrauen zu ihm haben? Was, wenn unvorhergesehene Probleme auftraten, die nur von einem Baumeister zu lösen waren? Morgen sollte der letzte, gleichwohl der schwierigste Brückenbogen gemauert werden. Ausgerechnet.

«Wartet, Meister Enzlin», sagte Stephanus. «Frederico hat mich gebeten, Euch das Brückengebilde ans Herz zu legen», und er meinte das kleine Modell aus Holz, das auf dem Tisch stand.

«Habt Dank», erwiderte Enzlin nebenbei, er hätte es ohnehin wie einen Schatz bewahrt. Er musste nun zum Bischof.

«Ihr versteht nicht. Frederico drang darauf, dass alle Antworten darin zu finden seien. ‹Macht es Euch zu eigen›, sagte er, ‹und Ihr werdet nicht fehlgehen›.»

Das Brückenmodell hatte er mit Frederico schon tausend Mal studiert, er würde nichts Unbekanntes darin entdecken. Was hatte seine letzte Bitte demnach zu bedeuten? Er machte kehrt, nahm zwei Kerzen und stellte sie zu beiden Seiten des kleinen Wunderwerks auf. Die Rampen, Pfeiler und Bögen ... alles wie gehabt, filigran gebaut und von Meisterhand komponiert. Doch ein paar winzige Details waren neu, und die waren am letzten, noch zu errichtenden Brückenbogen angebracht. Er stand in der Höhe über den anderen und er würde die größte Last tragen. Von ihm hing alles ab.

Frederico hatte in den vergangenen Wochen immer wieder an diesem einen Bogen gearbeitet und gerechnet, während Enzlin über die Bauarbeiten wachte. Nun waren auf dem Modell Zahlen und Buchstaben aufgezeichnet, Pfeile offenbarten die enormen Spannungen und Kräfte, die das Material und die Konstruktion auszuhalten hatten. Die Steinmetze, Maurer und Zimmerleute benötigten diese Angaben, um ihrem Tun Grundlage und Ziel zu geben. Stets war es ein Berechnen, Überdenken und Neuberechnen gewesen, das Frederico an die Grenzen seines Wissens und seiner Zuversicht gebracht hatte. War es ihm gelungen, das Rätsel zu lösen?

***

Der Sonntagmorgen brach die Wolkendecke entzwei, der Regen versiegte und die Sonne trat endlich wieder hervor. Tagelang hatte es geregnet und der Main war über seine Ufer getreten, allein die Stadtmauer hatte das Wasser aufgehalten, es daran gehindert, in die Stadt zu strömen. Zu Beginn der Regentage glaubte Enzlin ein schadenfrohes Lächeln in den Gesichtern der Fährleute zu erkennen, die in höchster Not den Teufel für eine Flut angerufen hatten. Und ja, er hatte sie erhört, denn das Wasser stieg mit jedem verfluchten Tag, später jedoch höher als gewünscht – ihre Schelche, Boote und Flöße konnten den Main nicht mehr überqueren.

Der Teufel musste ein bösartiges Spiel mit ihnen treiben, nur noch die Brücke würde eine unbeschadete, ganzjährige Überfahrt bieten, die schneller und bequemer war als in einem wackligen, der Strömung und den Launen des Mains ausgelieferten Boot, das bei Hochwasser und Eisgang ohnehin nicht eingesetzt werden konnte.

In dieser Zeit stauten sich die Fuhrwerke in den Straßen der Stadt, die Lebensmittel verdarben oder wurden gestohlen, die Lieferungen kamen nicht an, und die Geschäftspartner wichen auf andere Anbieter aus. Kurz: Eine durchgehend und sicher zu befahrende Brücke war ein Segen für jeden, außer den Fährleuten, die mussten sich nun eine andere Arbeit suchen oder in eine andere Stadt ausweichen, wo es noch keine Brücke gab.

Nun standen sie weit abseits und verfolgten mit grimmigen Mienen die feierliche Eröffnung der Brücke durch den Bischof, an dessen Seite Enzlin stand, und um sie herum das selten vollzählige Domkapitel, dahinter die Äbte und Stiftsherren, die Edlen aus Stadt und Land, reiche Bürger, geschäftstüchtige Händler und Handwerker, und selbst neugierige Stadtherren mit ihren Baumeistern waren angereist, um dieses Wunderwerk in Augenschein zu nehmen. Das Gerede vom Teufelswerk war mit der Fertigstellung des letzten Brückenbogens und der Fahrbahn verebbt, aber erst vollends verstummt, als die Pfeiler den Wassermassen und angeschwemmten Ästen, Bäumen, havarierten Booten und Karren widerstanden hatten. Was auch immer unter großem Getöse gegen die Pfeiler prallte und sich auftürmte, es fügte der Brücke keinen Schaden zu. Sie trotzte der Natur standhaft und selbstbewusst.

Die ganze Stadt war für diesen Tag beflaggt, die Straßen und Gassen aufgeräumt und die Häuser herausgeputzt worden. Die Bürger strömten seit dem Morgen in die Kirchen, hörten die Predigten nur zu einem einzigen Thema – die Brücke –, sprachen Gebete und bekreuzigten sich zum Segen, bevor sie hinunter zum Fluss gingen. Auf ihrem Weg standen Zelte und Hütten eng beieinander, wo Essen und Trinken angeboten wurden, Spielleute musizierten und Gaukler und Akrobaten ihr Können unter Beweis stellten. Niemals zuvor hatte man so viele Menschen in der Stadt gesehen, war man ausgelassener und freudiger gewesen, konnte man Fürsten, Edlen, Rittern und hohen Damen ungestraft so nahe kommen wie an diesem Tag. Die Stadttore mussten geschlossen werden, um dem Andrang und dem friedlichen Miteinander gerecht zu werden, davor protestierten die Zuspätgekommenen, die Diebe, Bettler und auch so mancher Reisende und Pilger.

Enzlin harrte gedankenversunken im Kreis der hohen Herren und Würdenträger aus, während der Bischof keine geringeren Worte für ihn und die Brücke fand als großartig, unermesslich und schließlich: ein wahres Wunderwerk. Nie zuvor und nirgendwo anders habe man ein schöneres und erhabeneres Bauwerk gesehen als dieses. Auch wenn der Stolz mit dem Bischof durchging und er die vielen, aber alten und teils verfallenen Steinbrücken der Römer im Frankenreich und in Italien unterschlug, so hatte er doch mit einem recht: So eine lange Steinbrücke mit ihren wunderbaren Bögen gab es selbst am vielbefahrenen Rhein und an der Donau nicht, noch nicht mal in den gesamten deutschen Landen. Sie war einzigartig und bewundernswert, sie weckte Begehrlichkeiten.

Dass sich Enzlin damit nicht irrte, erkannte er an den neidischen Blicken der Herren aus Frankfurt am Main und Regensburg an der Donau – zwei der wichtigsten Handelsstädte zwischen Venedig und Köln. Sie mochten reicher und größer sein, aber sicherlich nicht länger fortschrittlicher und damit glänzender als die aufstrebende Bischofsstadt, in der König Lothar bald seinen nächsten Hoftag abhielt. Mit dem Erfolg war Enzlin eine neue, nicht weniger vertrauensvolle Aufgabe übertragen worden: Der Dom war in einem bemitleidenswerten Zustand, er benötigte umfangreiche Ausbesserungen.

Doch im Moment interessierte ihn das nicht. Jetzt und hier hatte er seine Sternstunde, vielleicht die strahlendste seines Lebens überhaupt. Die erste neue Steinbrücke seit den Römern war nach über zwölf Jahren Bauzeit endlich fertiggestellt und hatte bereits der Herausforderung eines Hochwassers standgehalten. Zu beiden Seiten ragten Brückentore in den Himmel, die den Zugang regelten, und ein kleines Häuschen auf der Brüstung war die Heimat eines Zöllners geworden. Er würde mit Hilfe der Torwachen das viele Geld wieder hereinholen, das sie gekostet hatte, Bischof und Stadt zu noch mehr Wohlstand und Bedeutung verhelfen.

Jubel brauste auf, es war so weit. Der Bischof hatte die Brücke und die kleine Gotthard-Kapelle gesegnet, in der sich fortan jeder seiner Nachfolger demütig besinnen sollte, bevor er im Büßerhemd sein Amt im Dom antrat. Schulterklopfen prasselte auf Enzlin ein, Hände wurden ihm entgegengestreckt, Gratulationen, Lob und Dank für seine wunderbare Arbeit ausgesprochen.

Ja, er sei dankbar für das Vertrauen, das man von Anfang an in ihn gesetzt habe, auch für den Beistand in schwierigen Zeiten, und doch sagte er es nur, weil man es von ihm erwartete. Man möge sich aber auch an Bruder Frederico erinnern, schickte er eilfertig hinterher ... aber da war das Zeichen für die Öffnung der Brückentore schon gegeben, und das ungeduldige Volk strömte auf die Brücke. Die hohen Herren verloren sich im Gedränge, während Enzlin ihnen den Rücken zukehrte und sich auf die Brüstung lehnte.

Die Wasser des Mains standen hoch und gefährlich, und doch konnten sie den starken Pfeilern nichts anhaben. Dort unten gurgelte und sprudelte es, vielleicht sann der Teufel auf Rache, doch bis es so weit war, glaubte Enzlin, sein Freund Frederico würde ihm zuflüstern:

Die Brücke, die Bögen, das Wasser / dunkel mein Schatten dort in der Tiefe / wie mein Herzschlag die Wellen am Ufer.

Mitte 12. Jahrhundert
Das Reich zu Gast in Würzburg

Wer den Main mit schwerem Gerät oder Fuhrwerk überqueren wollte, nutzte nun die Brücke statt die gefährliche und langsame Überfahrt mit einem Floß. Der Plan der Bauherren war aufgegangen, ihre gewagte Investition machte sich mit stetig fließenden Brückenzöllen bezahlt. Noch mehr Händler kamen nach Würzburg und mit ihnen Wohlstand und politischer Einfluss. Auch das Volk wusste die anfänglichen Zweifel in Bewunderung umzumünzen. Ein Lied ging landauf landab von Mund zu Mund:

Es führt über den Main, eine Brücke von Stein,
wer darüber will geh'n, muss im Tanze sich dreh'n …

Als Pufferzone zwischen den Herzogtümern Sachsen und Bayern nahm Würzburg stets eine wichtige geopolitische und damit strategische Stellung im Reich ein. Königen und Kaisern war daher daran gelegen, in den Würzburger Bischöfen loyale Unterstützer ihrer Politik zu finden. Sie kamen oft und gerne nach Würzburg, hielten Hof- und Reichstage ab, die Staufer machten es zu einem Zentrum des Reichs.

Bereits der erste Staufer Konrad III. wählte Würzburg mit den meisten Besuchen jener Zeit (siebzehn) zum bevorzugten Aufenthaltsort. Besonders eng fühlte sich Friedrich I. (Barbarossa) mit achtzehn Königsaufenthalten und kaiserlichen Hoftagen an die Stadt gebunden. Für den Würzburger Bischof, der als Lehensnehmer des Reichs als Gastgeber auftrat, war das auf Dauer eine enorme finanzielle Belastung.

1156 fand hier ein Ereignis von reichsweiter Bedeutung statt: die Hochzeit Kaiser Friedrich Barbarossas mit der sündhaft jungen Beatrix von Burgund – unterschiedlichen Quellen zufolge soll sie zwischen zwölf und sechzehn Jahren alt gewesen sein, Barbarossa war Mitte dreißig. Die vorangegangene Ehe Friedrichs war wegen Kinderlosigkeit und damit dem Ausbleiben eines dringend erwarteten Thronfolgers geschieden worden.

Die bildschöne Kindfrau Beatrix mit dem *blonden Engelsgesicht*, wie Chronisten sie allenthalben rühmten, brachte neben der Freigrafschaft Burgund auch ein stehendes Heer von fünftausend gut ausgebildeten Rittern mit in die Ehe. Mit ihr gelangte eine gebärfreudige (zehn Kinder), politisch kluge und auch in den feinen Sitten versierte Regentin an die Seite des Rotbarts.

Und einen weiteren Gefährten hatte Friedrich hinzugewonnen – Gebhard von Henneberg, der ehemalige Bischof von Würzburg, der nun in sein zweites Pontifikat gekommen war. Seit seiner Unterstützung Friedrichs zum deutschen König konnte er sich eines hervorragenden Verhältnisses zum jetzigen Kaiser rühmen.

Aber die Sache hatte einen Haken: Als Lehensmann war der Bischof zur Unterstützung des Kaisers verpflichtet, wann und vor allem wo auch immer der es für notwendig erachtete. Als Reichsbischof hatte Henneberg zu fern der Heimat stattfindenden Königswahlen, Krönungen und politischen Beratungen zu erscheinen, musste Hoftage auf seine Kosten ausrichten oder teure Heerfahrten mitfinanzieren.

Diese Verpflichtungen rissen mit der Zeit ein beträchtliches Loch in den Staatshaushalt des Bischofs, sodass er sich alsbald ernsthafte Gedanken machen musste, ob er sich das noch länger leisten konnte. Andererseits war es höchste Zeit, eine Gegenleistung für den aufopfernden Dienst am Reich zu erwarten. Auch wenn Würzburg zwischenzeitlich eine vom Kaiser favorisierte Stadt geworden war, ein Privileg war dem Bischof bisher verwehrt geblieben: Er war kein weltlicher Herrscher über seine Untertanen, sondern nur ein geistlicher. Und das schmeckte ihm gar nicht.

Sämtliche Glocken läuteten an diesem freundlichen Junimorgen – von St. Burkard und St. Stephan über Stift Haug, Neumünster und natürlich im bischöflichen Kiliansdom wurde um die Aufmerksamkeit der vielen tausend Bürger, Gäste und Schaulustigen gebuhlt. Heute heiratete der Kaiser seine bezaubernde und sagenhaft schöne Beatrix aus dem Land der Burgunder. Möge die Verbindung von Gott gesegnet sein und dem Reich viele erhoffte Thronfolger schenken, sagte sich Bischof Henneberg. Die Häuser und Türme und auch die wunderbare Steinbrücke waren mit dem Zeichen des Staufers ausgeflaggt – ein schwarzer Adler auf goldgelbem Grund.

Ein warmer Wind von Süden her ließ die Banner der vielen herrschaftlichen Fürsten und edlen Ritter unruhig flattern. Nicht wenige von ihnen hatten mit Friedrich Barbarossa in Italien gekämpft und bezogen nun Spalier entlang der Marktstraße, um dem Einzug des Kaisers beizuwohnen. Ritter und Pferde waren herausgeputzt wie schon lange nicht mehr. Die farbenfrohen Turnierlanzen in die Höhe gereckt, den Wappenschild vor der Brust, erwarteten sie ihren Herrn und Kaiser, der schon bald von seiner Kaiserpfalz jenseits des Flusses über die steinerne Brücke reiten und im Bischofsdom seine zweite und hoffentlich gesegnetere Verbindung mit einer Frau eingehen würde. Unter den Rittern des Kaisers waren auch burgundische im Zeichen und den Farben der Freigrafschaft – ein silberner Adler auf rotem Grund.

Zwei Adler würden nun zusammen ein Nest bauen. Allmächtiger Herr im Himmel, schenk ihnen Kraft und Fruchtbarkeit, damit das Warten und Bangen ein Ende hat.

Bischof Gebhard von Henneberg stand im festlichen Ornat auf den Stufen des Doms, in der Hand den Bischofsstab, das Haupt mit der Bischofsmütze geschmückt. Sein Blick ging über die vielen Köpfe und Fahnen hinweg in Richtung der Brücke, die sich am Ende der langen Straße über den Fluss erhob. Dort, am mächtigen Brückentor, wehten die schwarzen Adler auf goldenem Grund, als gäbe es nichts anderes in dieser Stadt.

Von all dem Lärm der Glocken und dem Jubel der Bürger bekam Gebhard kaum etwas mit. Er wirkte müde, dem Trubel um die Kaiserhochzeit enthoben, den Sinn im Vergangenen. Welch weiten Weg war er gegangen, um an diesem Tag den Kaiser vermählen zu dürfen. Davongejagt im ersten Pontifikat, verschmäht und verstoßen von den eitlen Pfaffen dieser Stadt, hatte er sich auf die Burg der Familie zurückgezogen, deren Mitglieder seit knapp einhundert Jahren den Bischöfen als Burggrafen und der Stadt als oberste Richter dienten. Nun war er ins Amt zurückgekehrt als stolzer, wenngleich gebeugter Mann am Ende seines Lebens. Wahre Genugtuung fühlte sich anders an.

Doch weit mehr machte ihm zu schaffen, welches Erbe er seiner stolzen Familie hinterließ.

Diese verdammten Adler auf goldenem Grund.

Als hätte Friedrich alles alleine zuwege gebracht. Als hätte allein seine vornehme Herkunft ihm den Weg zum Kaiserstuhl geebnet. Als gäbe es niemand anderen als ihn, den strahlenden Befrieder eines geeinten, heiligen Reichs, der es verdient hätte, von den Enkeln besungen werden.

Was aber würde von Gebhard bleiben?

Würde er als derjenige in die lange Reihe der Bischöfe eingehen, der als Einziger den Dom und den Bischofsstuhl zweimal erobert hatte? Als Bischof, der den Kaiser vermählt hatte? Von Anfang an hatte er an dessen Seite gestanden, ihn als jungen Herzogssohn protegiert, ihm zu seinem Königstitel verholfen. Hatte ihn als spendierfreudiger Vasall willkommen geheißen, den Kaiser und sein Gefolge ausgehalten und war ihm nachgereist, wohin es Friedrich beliebte. Hatte dessen Heer aufgestockt, mit ihm gekämpft, mit ihm gelitten.

War es das? Gäbe es über ihn nicht mehr zu berichten?

Dieser verfluchte goldene Grund.

Gebhards ganzes Vermögen steckte darin. Er hatte alles für das Reich gegeben. Sein Amt, sein Geld, sein Ansehen. Es machte aus ihm einen Wanderer am Bettelstab. Würde er nur eine Randnotiz in den Geschichtsbüchern sein?

Sei kein eifersüchtiger Narr!

Alles, was du bist, hast du dem Kaiser zu verdanken, hörte er sich sagen. Ohne ihn stündest du nicht hier, ohne ihn wärst du nur ein Bischof unter vielen oder noch nicht einmal das. So aber gehörst du zu den Ersten des Reichs. Bist ein enger Berater, Freund und Vertrauter, Waffenbruder und, ja, auch Gastgeber von Hof- und Reichstagen – und nicht zuletzt: der Kaiserhochzeit mit einer Braut, die dem Reich noch mehr Macht und vor allem eine Zukunft bringt. Wer kann das schon für sich in Anspruch nehmen?

Ehre, die Friedrich ja so wichtig war, Ehre hatte er genug gewonnen, doch was war sein Lebenswerk, das ihn für die Nachwelt unvergesslich machte?

Die Fanfaren ertönten, ließen den Jubel der Massen zu einem ohrenbetäubenden Lärm anschwellen, wurden von den engstehenden Häusern entlang der Marktstraße hundertfach zurückgeworfen, sodass man meinen konnte, nicht ein sterblicher Kaiser, sondern der allmächtige Herr im Himmel käme geradewegs durch das Brückentor Jerichos geritten.

Stolz saß der Kaiser auf einem Schimmel, um die Schultern einen burgunderfarbenen Umhang, vermutlich ein diskreter Hinweis auf die Herkunft und die Noblesse seiner Braut, auf dem Haupt die goldene, mit Edelsteinen besetzte Krone. Friedrich wirkte erhaben, kein Zweifel, er nickte sogar den edlen Fürsten zu, was ein gutes Zeichen war, er hatte Hoffnung, dass sein Leidensweg mit einer unfruchtbaren Frau nun endlich zu Ende war. Von diesem Tag an war er mächtiger denn je geworden, und vor allem würde ihm niemand mehr nachsagen können, sein Reich ende mit ihm.

An seiner Seite die Jungfrau, auf der die Hoffnungen ruhten – Beatrix, die Kindfrau aus dem Hause Burgund. Im Vergleich zum Ritter Barbarossa wirkte sie zart und zerbrechlich, eine junge Prinzessin, wohlbehütet und erzogen. Wer nicht wusste, wozu sie bestimmt war, hätte sie für seine Tochter halten können. Aber das war nur der erste, oberflächliche Eindruck. Wer ihr in die blauen Augen schaute, konnte darin eine Gewissheit erkennen, wie sie erst älteren Frauen zuteilwurde. Diese junge Frau wusste offenbar genau, worauf sie sich einließ. Schon bald würde sie die Königskrone tragen, danach die Erhebung zur Kaiserin erleben und damit einen ewigen Platz in den Annalen der Geschichte erringen.

Allein heute brauchte sie diese Insignien der Macht noch nicht, sie bezauberte durch ihre Erscheinung die vielen jubelnden Gäste. Der Wind spielte mit ihrem blonden Haar, gab Blicke auf die helle, gepflegte Haut frei und ließ erahnen, welcher irdischen Genüsse sich der Kaiser bald erfreuen durfte. Um sie herum verblasste der Pomp der Inszenierung einer kaiserlichen Hochzeit mit kunterbunten Fahnen, den Fanfaren und stolzen Rittern, selbst Barbarossa, der Kaiser, vermochte ihrem Licht nicht standzuhalten. Die staunenden Blicke aller ruhten auf ihr.

Gebhard sah sie näher kommen. Ihr weißes Kleid, die blonden Haare und ihre kindlich unberührte Ausstrahlung ließen sie im Sonnenlicht unantastbar und majestätisch erscheinen, einer jungen Muttergottes gleich. War dies die Frau, die dem Reich den langersehnten Thronfolger schenken würde? Jung war sie, keine Frage, aber würde ihr Schoß auch den Erwartungen genügen? Morgen um diese Zeit würden sie es wissen. Nach vollzogener Hochzeitsnacht würden die fiebrigen Blicke nach dem Blut auf dem Laken suchen ebenso wie nach einem zufriedenen Lächeln im Gesicht des Bräutigams.

Barbarossa saß an der Treppe zum Dom ab, half seiner jungen Braut aus dem Sattel, und Seite an Seite nahmen sie die Stufen.

«Guten Morgen, mein Kaiser.» Der Braut schenkte Gebhard ein zaghaftes Lächeln.

«Nicht so förmlich, mein lieber Gebhard», erwiderte Barbarossa, «heute ist der Tag, auf den wir alle so lange gewartet haben. Von nun an wendet sich das Blatt. Ich sehe blühende Landschaften und ein fruchtbares Reich.»

«Gewiss, Eure Hoheit.»

«Darf ich Euch meine Braut vorstellen?» Er nahm Beatrix an die Hand, führte sie einen Schritt nach vorne. «Heißt meinen treuen Freund und Berater willkommen, Gebhard von Henneberg, ein unermüdlicher Streiter für den rechten Glauben und eine Stütze unseres heiligen Reichs.»

Beatrix bedachte ihn mit einem Lächeln, so verzaubernd unschuldig und offen, dass es dem alten Griesgram unbehaglich wurde. Diese makellose Erscheinung konnte nicht von dieser Welt sein, da sie selbst einen alten Bischof in Verlegenheit bringen konnte.

«Ich freue mich, Euch kennenzulernen», antwortete Beatrix mit dem gleichen französischen Zungenschlag, wie ihn Gebhard während seiner Studienzeit in Paris kennen- und schätzen gelernt hatte. Die Edlen dort waren von feinster Sitte, versiert und schmeichelnd im Umgangston, eine zwanglose Unterhaltung mit ihnen konnte so erfrischend sein wie ein Frühlingsmorgen oder so unheilschwanger wie der Racheschwur eines betrogenen Weibs. Man musste nur den Unterschied erkennen oder die Motivation, die dahinter steckte.

«Enchanté, das Vergnügen ist ganz meinerseits», erwiderte Gebhard, ein kleines Nicken unterstrich die Ehrerbietung.

Ein kurzer Anflug der Überraschung huschte über ihr Gesicht, mehr inszeniert als ernst gemeint. «Ich hörte bereits von meinem Gemahl, dass Ihr ein weit gereister und an höchsten Stellen gebildeter Mann seid.»

«Meine Zeit in Paris wird mir unvergesslich bleiben.»

«Das freut mich zu hören, ehrwürdiger Bischof. Dann lasst uns gemeinsam etwas burgundische Lebensart in diese wunderbare Stadt bringen, auf dass sie gedeihen möge und Zentrum der Kunst und der feinen Sitte werde. Wollt Ihr mir dabei helfen?»

«Avec grand plaisîr, es wird mir eine große Freude sein.»

«Wenn das geklärt ist», schaltete sich Barbarossa ein, der dem Geplänkel zwar wohlwollend gelauscht hatte, nun aber endlich in den Dom wollte. Die Fürsten und Gesandten aus den fernsten Teilen des Reichs warteten, sie würden bald hungrig und durstig sein. «Macht uns endlich zu Mann und Frau.»

Die Trauung verlief kurz. Der Jubel übertönte sogar die Glocken der Kirchen und die Fanfaren, als Barbarossa mit seiner jungen Gemahlin Beatrix vor die wartende Menge am Dom trat. Eine Welle an Farben, Fahnen, Händen und Zurufen schwappte ihnen entgegen. Gebhard von Henneberg hielt sich dezent im Hintergrund. Aus den Schriften der römischen Autoren kannte er die Begeisterung, wenn ruhmreiche Cäsaren und Feldherren die Ovationen der Bürger entgegennahmen, hier hatte er sie nicht für möglich gehalten. Aber Virciburg war eine kaisertreue Stadt, auch wenn der Kaiser das Jahr über im fernen Reich unterwegs war und sich nur zu Hof- und Reichstagen hier aufhielt. Seltsam war dieser Wunsch, nur dem Höchsten im Reich untertan sein zu wollen, dabei hätte ihnen ein Bischof mit Herzogsmacht, ein Fürstbischof, vor Ort weitaus mehr gedient. Das mussten sie endlich einsehen, und falls nicht, müsste er dafür sorgen, denn es ging nicht auf ewig so weiter wie bisher.

Der Dienst am Reich hatte Gebhard und sein Bistum an den Rand des Ruins gebracht. Allein für die anstehende Woche, in der die Kaiserhochzeit mit fünfhundert erlesenen Gästen gefeiert wurde, würden unvorstellbare Mengen an feinsten Lebensmitteln und Getränken benötigt – und die wurden nicht aus der Kasse des Kaisers bezahlt, sondern aus dem Säckel des Gastgebers.

Allein für heute standen auf der Rechnung: Zehn Kühe, hundertdreißig Schweine und Ferkel, ein Dutzend Pfauen, über zweihundert Hühner und Gänse, tausend Eier, hundert Käselaibe, fünf Tonnen Getreide und Hafer – auch die Pferde der Gäste und ihr Gefolge mussten verpflegt werden –, zweitausend Liter Wein, mindestens, dazu die gleiche Menge an Bier – und das für jeden einzelnen Tag der anstehenden Festwoche.

Gebhard wurde schwindelig bei dem Gedanken. Wie sollte er das bezahlen? Am Ende der Woche würden all die hohen Herrschaften, Ritter und Grafentöchter samt Pferden mit vollen Bäuchen die Heimreise antreten und ein verwüstetes, bis in die letzten Speicher und Keller geplündertes Bistum zurücklassen. Das konnte, nein, das durfte nicht so weitergehen. Es musste eine Gegenleistung erbracht werden, und zwar nicht irgendeine. Heute Abend würde er mit dem Kaiser darüber sprechen, ihn inständig bitten, sein Flehen zu erhören.

Mit dem Hochzeitspaar an der Spitze setzte sich der lange

Lindwurm aus Gefolge in Bewegung. Sein Ziel: der eigens für diesen Tag zur Verfügung gestellte Hof zum Katzenwicker, der als Amtssitz des Burggrafen diente.

So erheiternd der Name auch klang, er hatte mit dem gegen Mäuse nützlichen wie auch anschmiegsamen Krallentier nichts zu tun, sondern er bezog sich auf ein ummauertes Fort innerhalb der Stadtmauern, wo die Katzen, große Katapulte, verwahrt wurden. Der Katzenwicker war demnach ein Arsenal für Kriegsgerät, das an der östlichen Stadtmauer lag. Rund neuntausend Quadratmeter nahm der Bereich ein, in dem sich neben Wohnhäusern auch Wirtschaftsgebäude und vor allem ein großer Hof befanden. Dieser Hof wurde für die Dauer der Festlichkeiten zweckentfremdet, zum einen schlugen hier viele ihre Zelte auf, zum anderen sollten vor den Augen des Kaiserpaars und der Fürsten gleich mehrere Turniere stattfinden.

Die edlen Fürsten und nicht minder hohen Geistlichen verbrachten die lauschigen Sommernächte natürlich nicht unter einem Zeltdach. Sie fanden Aufnahme bei den vielen Domherren in deren prächtigen Höfen, die rings um den Dom und den Katzenwicker in den letzten Jahren aus dem Boden geschossen waren. Hier ließ sich standesgemäß residieren, essen und trinken, und vor allem konnte verhandelt werden, insbesondere die Erlasse des Kaisers, die während des Hoftags und der Feierlichkeiten getroffen beziehungsweise vorbereitet wurden.

Die weit gereisten Ritter bereiteten sich derweil im Hof auf den anstehenden Turniertag vor. Es wurde gelacht, geprostet, die neueste Heldengeschichte weitererzählt, während die heiratsfähigen Burgfräulein zwischen den Wappenschilden umherflanierten und die liebestrunkenen Barden ihre Favoritinnen mit Laute, Flöte und süßen Reimen preisten.

Auf dem weiten Gelände, umringt von den Wohnhäusern

und den Wirtschaftsgebäuden, wo die Dienstboten rund um die Uhr mit der Bewirtung der Gäste beschäftigt waren, standen blumengeschmückte schwere Holztische und Bänke im Schatten einiger Bäume, an denen Schaukeln schwangen und in deren Ästen Heiterkeit herrschte. Hier konnte man trefflich essen und trinken, die wunderschönen Tage genießen, tanzen, singen und neue Bekanntschaften schließen. Wer aus den Fenstern auf den Hof blickte, musste unzweifelhaft den Eindruck gewinnen, dass das sagenumwobene Römische Reich mit seiner zügellosen Lebensart wiederauferstanden war.

Nur einer konnte dem Frohsinn nichts abgewinnen. Gebhard saß in einer Reihe mit angesehenen Fürsten des Reichs – Friedrichs mächtiger Vetter Heinrich der Löwe, Herzog Welf VI. von Spoleto, Markgraf Wilhelm von Montferrat, Friedrich (ein weiterer Vetter Barbarossas), dessen Bruder Konrad, Herzog Matthäus von Lothringen, Markgraf Albrecht der Bär, Graf Otto von Wittelsbach mit seinem Bruder Friedrich und Herzog Wladislaw von Böhmen, des weiteren zwei Erzbischöfe und sieben Bischöfe.

Gebhard musste mitansehen, wie der Kaiser Geschenke verteilte, seinen Getreuen Wünsche erfüllte, sie mit Ländereien, seinem Schutz und seiner Gunst beglückte und im Gegenzug deren Treue und Unterstützung einforderte, wenn es bald wieder gegen die aufständischen oberitalienischen Städte ging.

Eine besondere Rolle kam dabei seinem Vetter Heinrich dem Löwen zu, dem Herzog von Sachsen, der für seine Dienste nun auch noch mit dem Herzogtum Bayern belohnt wurde. Was für eine Auszeichnung! Der Löwe wurde noch mächtiger, als er durch seine familiäre Verbindung zum Kaiser ohnehin schon war. Er nahm damit das fränkische Herzogtum von Norden und Süden in die Zange, das konnte auf Dauer nicht gutgehen. Die anderen Landesfürsten würden neidisch, vielleicht auch feindlich darauf blicken. Und Gebhard? Was hielt er davon, dass des Kaisers Vetter nun mächtigster Landesfürst geworden war?

Er wartete ab. Noch war der Tag nicht zu Ende. Sicherlich hatte sich Barbarossa Gebhards Erhebung zum Herzog über Franken bis zum Schluss aufgehoben, als krönenden Beweis und weithin sichtbares Zeichen der Dankbarkeit für seine aufopfernde Unterstützung.

Der Nächste folgte, ihm wurden Besitzungen zugesprochen, umfangreiche Einkünfte winkten dem Glückspilz. Er beugte das Knie vor dem Kaiser und erhielt die Lehensurkunde dafür. Ein Lehen gegen Verdienste und zukünftige Teilnahme an Heerzügen. Kniefall, Urkunde. Darauf folgte noch einer und noch einer, immer wieder das gleiche Ritual. Gebhard schaute sich im Saal um. Wie viele würden noch kommen und belohnt werden?

Durch das offene Fenster drang das Spiel der Barden herein, Frauen lachten, Ritter prosteten ihm zu, sogar die Vögel fanden Gefallen an dem lustigen Treiben und sangen ihr Lied. Unter den anwesenden Fürsten und Bischöfen war nun fast ein jeder bedacht worden, sogar der Kaiser durfte sich eines neuen, prächtigen Zelts erfreuen, das ihm der englische König durch seine Gesandten überbracht hatte. Es war so groß, dass eigens Kräne dafür entworfen und gebaut werden mussten.

«Genug für heute», entschied Barbarossa. «Mein Magen knurrt und die Kehle ist trocken. Mir steht der Sinn nach Spiel und Tanz.»

«Recht so», lautete die vielkehlige Antwort der Gäste, auch sie hatten lange genug besprochen, versprochen und beraten, jetzt war es Zeit für einen Teller Spanferkel, Ochsenfleisch und einen Becher Wein, den guten und teuren von den hiesigen Hängen. Man erhob sich, beglückwünschte sich für das erhaltene Lehen, die Ausweitung der Macht und das Einheimsen von Zöllen und Abgaben.

Lediglich Gebhard blieb sitzen. Niemand gratulierte ihm, niemand ging ihm um den Bart, um sich lieb Kind mit dem neuen Herzog des Frankenlandes zu machen, niemand beachtete ihn.

Oder waren nicht die anderen, sondern er der Niemand?

Als die Tür ins Schloss gefallen war und der letzte Gast den Saal verlassen hatte, verfinsterte sich die ohnehin schon stoische Miene des übergangenen Bischofs.

Sein Blick ging reihum und traf auf die goldenen kaiserlichen Wappen. Selbst vom Fenster fiel das Sonnenlicht golden herein, mit ihm das ausgelassene Singen und Tanzen seiner Gäste, das Spiel der Lauten und Fideln, das stolze Klirren der Schwerter und die Anweisungen des Mundschenks, Wein und Bier aufzutragen, die hohen Herrschaften kamen zu Tisch. Die Kammern waren voll. Kommt nur alle, ihr Schmarotzer und falschen Freunde, esst, trinkt und singt dem dummen Bischof ein Lied, der euch so bereitwillig und uneigennützig aushält und stopft. Kommt nur, ziert euch nicht! Es ist genug für alle da.

Ein bitterer Zorn wuchs in Gebhards Brust.

Bin ich des Kaisers Narr? Der gutmütige Tollpatsch der Fürsten? Ist das mein verdienstvolles Lehen?

Bei Jesus Christus und seinen zwölf Aposteln, genug war genug. Gebhard erhob sich, der Rücken schmerzte, und in die Knie fuhr ein Stich. Verfluchte Tatterigkeit. Sie war das Letzte, was er jetzt gebrauchen konnte. Rückgrat und Entschlossenheit waren gefragt, wenn er dem Kaiser gegenübertrat und ihm seine Forderung entgegenschleuderte.

Die Tafel um den Kaiser und seine angetraute Gemahlin war mit den fürstlichen Speichelleckern bereits besetzt, ihnen zur Seite die vielen hundert anderen Schmarotzer, deren einziges

Verdienst ihre hohe Geburt oder eine glückliche Vermählung mit einem Reichsritter war. Die einen begafften die beiden aufgeblasenen Gockel in den lächerlich bunten Gewändern von Rittern, die sich mit Schwert und Streitaxt beharkten, die anderen die Gaukler und Spielleute, die Feuerspeier, Schwertschlucker, Jongleure und Akrobaten.

Beatrix sah ihn als Erste, ihre Hand ging sachte zum Arm Barbarossas, drückte ihn, bis er begriff, wer da auf ihn zukam.

«Gebhard, treuer Freund», hieß Barbarossa ihn willkommen, «wo wart Ihr so lange? Ich wollte schon nach Euch suchen lassen.»

«Mein Kaiser», erwiderte Gebhard, «ich muss Euch sprechen.»

«Nur zu, sprecht. Was liegt Euch am Herzen?»

«Unter vier Augen, wenn es Euch beliebt.»

Das war nicht nach dem Geschmack Barbarossas. «Mein Magen knurrt –»

«Es wäre besser, Ihr gewährt ihm den Wunsch», riet Beatrix, die ein weitaus sichereres Gespür für den Moment zu haben schien.

Barbarossa seufzte. «Nun gut», sprach er und stand auf, «gehen wir ein paar Schritte. Ein wenig Bewegung kann nicht schaden, nachdem wir uns den ganzen Tag die Hintern platt gesessen haben.» Er lachte verhalten und ahnungslos.

«Möchtet Ihr, dass ich Euch begleite?», schickte Beatrix nach, und meinte den aufgebrachten Bischof. Doch der verneinte.

«Habt Dank, aber das ist eine Angelegenheit zwischen uns.»

«Wird es denn lange dauern?», fragte Barbarossa mit Blick auf seinen randvoll gefüllten Teller.

«Ein einziges Wort von Euch wird genügen», erwiderte Gebhard und begab sich an die Seite Barbarossas. Er steuerte auf den steinernen Rundbogen des Hoftores zu, wo es ruhiger war und sie niemand hören konnte.

«Mein Kaiser», begann Gebhard, und seine Stimme bebte vor Aufregung und Zorn, «gab ich Euch jemals Anlass zur Klage?»

«Ihr? Um Himmels willen, nein. Ihr seid mir immer ein treuer Freund und Verbündeter gewesen, all die Jahre, seit wir uns kennen.» Doch so richtig war der Kaiser nicht bei der Sache, die kämpfenden Ritter interessierten ihn mehr, die gewagten Kunststücke der Akrobaten und Jongleure, die sommerlich leicht gekleideten und hübschen Töchter der Fürsten ... alles, nur kein ernsthaftes Gespräch.

«Wieso behandelt Ihr mich dann so?»

«Was meint Ihr?»

«Habt Ihr nicht jedem einzelnen Fürsten und Bischof heute ein Geschenk gemacht, ihn für seine Treue mit Ländereien und Titeln belohnt, sogar einem Abt eine Burg und die Einnahmen aus den Feldern zugesprochen? Nur mich habt Ihr leer ausgehen lassen.»

So langsam begriff Barbarossa, worum es hier ging, dennoch war er sich keines Versehens bewusst.

«Aber liebster und treuester Gebhard, das sollte doch keine Zurückweisung sein. Um das Reich zu erhalten, muss ich die Fürsten und Bischöfe an mich binden, ihnen etwas geben, das ich ihnen wieder wegnehmen kann, wenn sie abtrünnig werden. Das ist alles.»

Das mochte stimmen, ja, im Grunde war dem auch so. *Do ut des* – ich gebe, damit du gibst. Das war die Leitlinie des Kaisers, das Fundament seiner Reichspolitik und seines Erfolgs. Aber durfte er darüber die Verdienste Gebhards vergessen, die ruinöse Ausbeutung seines Amts und seines Besitzes?

«Mein Kaiser, habt Ihr eine Vorstellung, was diese Hochzeit mich kostet? All die reichen Fürsten nebst ihrem Gefolge für eine Woche auszuhalten, als hätten sie keine einzige Münze in der Tasche? Und wenn es wieder gegen Italien geht oder ich Euch in eine andere Stadt folgen muss?» Er schüttelte verzweifelt den Kopf, öffnete seine leeren Hände. «Meine Kassen sind erschöpft. Ich werde all die Besitztümer meiner Kirche versetzen, die Messgewänder verkaufen, die Herren des Domkapitels um einen Kredit bitten müssen ... und wenn das alles noch nicht reicht, an die Tür der Juden klopfen müssen. Ich flehe Euch an, erspart mir dieses Schicksal.»

Barbarossa hatte aufmerksam zugehört. «Was erwartet Ihr nun von mir?»

Gebhard fasste allen Mut zusammen. «Gebt mir den Herzogstitel.»

Das war eine Überraschung. «Aber Ihr nennt Euch doch schon Herzog.»

«Wenngleich ich noch kein richtiger bin.»

«All das Land, die Zölle und Abgaben, Ihr lasst Recht sprechen, habt Eure eigene Münze, das Marktrecht ... Nichts geschieht hier ohne Eure Zustimmung.»

Doch Gebhard beharrte darauf. «Der Titel. Aus Eurer Hand, mit Eurem Namen unterzeichnet. Nichts wünsche ich mir sehnlicher.»

Der Wunsch hallte nach, Barbarossa legte die Stirn in Falten. Der Herzogstitel von Franken gehörte ihm, seiner kaiserlichen Familie von Schwaben, ihn aus der Hand zu geben, wäre ein Wagnis. «Ich weiß nicht, Gebhard, das ist ein Lehen von entscheidender Bedeutung. Ich habe meinen Vetter Heinrich jetzt nicht nur im Norden, sondern auch im Süden sitzen. Obwohl ich ihm vertraue, kann ich nicht wissen, ob er sich eines Tages gegen mich stellt. Wenn ich Franken aus der Hand gebe ...»

Hufgetrappel jenseits des Tors wurde laut, die Wachen befahlen dem Reiter, Namen und Anliegen zu nennen.

«Zum Kaiser, schnell. Ich bringe wichtige Nachricht aus Byzanz.»

Die Stimme war Barbarossa vertraut. Es war Wibald von Stablo, der Abt der sächsischen Reichsabtei Corvey und ein Berater des Kaisers. Er kehrte von einer diplomatischen Mission aus Byzanz zurück. Barbarossa hatte ihn längst erwartet.

«Wir sprechen später weiter», versprach er Gebhard. «Ich muss mich jetzt darum kümmern.»

«Aber …»

Zu spät, Barbarossa hieß seinen wichtigen Gast willkommen und ließ Gebhard in der anbrechenden Dämmerung stehen. Gebhard seufzte. Die Chance war vertan.

Ernüchtert blickte er hinüber zur Tafel des Kaisers, wo die Fürsten den sächsischen Abt willkommen hießen, sich dann in geheimer Runde von dessen Mission berichten ließen. Eigentlich hätte Gebhard daran teilnehmen sollen, aber es war ihm nicht länger danach. Er konnte sich jetzt nicht unter die Fürsten begeben und so tun, als wäre er ein gleichwertiges Mitglied. Stattdessen hatte der Kaiser ihm klargemacht, worin er seine Aufgabe und den Dienst am Reich verstand und als was er ihn brauchte: als tölpelhaften Wirt und Gefolgsmann, der keine Rechnung stellen durfte.

Gebhard kehrte den Feierlichkeiten den Rücken. Er wollte alleine sein, ungestört über alles nachdenken.

Er passierte die prächtigen Domherrenhöfe, ließ den Dom achtlos liegen und ging die lange Marktstraße entlang, geradewegs auf die Brücke zu.

Die Torwachen glaubten ihren Augen nicht zu trauen, als sie den gramgebeugten Bischof anhielten. Die Stadttore waren verschlossen, auf die Brücke kam eigentlich niemand mehr, und daher war es der beste Ort in der Stadt, um ungestört zu sein.

«Lasst keinen mehr durch», befahl er ihnen.

Er ging bis zur Mitte der Brücke und ließ sich von der heraufziehenden Dunkelheit einnehmen. Einzig die Wachen auf den Schiffen der Fürsten, die am rechten Ufer neben den mächtigen Handelsschiffen lagen, störten die Ruhe. Auch dort wurde gefeiert, gesungen, getrunken und sich verbrüdert.

Es schien ihm, als sei er an diesem Tag der einzige Verlierer in Stadt und Reich. Wie hatte er dem Kaiser nur so lange vertrauen können? Friedrich hatte ihn getäuscht, entehrt, vor allen gedemütigt. Am liebsten hätte sich Gebhard aus Zorn über seine Einfalt an Ort und Stelle ersäuft.

Mit List und Tücke
Der Reichstag 1168 in Würzburg

Der Kaiser dachte nicht daran, das strategisch wichtig gelegene und nicht minder wirtschaftsstarke Virciburg aus der Hand zu geben, auch wenn er mit zehn Königsurkunden versuchte, einen Ausgleich für die großen Lasten des Reichsdienstes zu schaffen. Darunter die Beseitigung der Zölle auf dem Main, was als wirtschaftspolitische Maßnahme zu werten war, doch die Herrschaft über Würzburg blieb in der Familie.

Barbarossa kam in den folgenden Jahren noch oft und gerne in die Stadt am Main und ließ sich seine Aufenthalte fürstlich ausrichten. Gebhard blieb nichts anderes übrig, als seiner Dienstpflicht nachzukommen, alles, was noch im Besitz des Bistums war, zu beleihen und auch von den Juden Geld anzunehmen. Er folgte Barbarossa auf den zweiten Kriegszug nach Oberitalien, wo er an der Seite seines Herrn kämpfte und an der Belagerung von Mailand teilnahm, bis die erschöpften Verteidiger ihren Widerstand endlich aufgaben und sich Barbarossa unterwarfen.

Noch im Winter trat Gebhard die beschwerliche Heimreise über die Alpen an, erkrankte und starb sieben Tage nach Ankunft, am 17. März 1159, im Maintal. Barbarossa muss der Tod seines langjährigen Gefährten doch länger und nachhaltiger getroffen haben, als mancher vermutete. Zur Anerkennung des Hennebergers und seiner Leistungen ließ er festhalten, dass Gebhard sein Bistum *aus Notwendigkeit und dem Dienst am Reiche teilweise verschleudert* habe.

Das ehrte den Henneberger, war aber zugleich Mahnung für

seinen Nachfolger, wie der begehrte Herzogstitel auf jeden Fall nicht zu erringen war. Wer treu und redlich seine Arbeit tat, konnte posthum zwar auf ein paar warme Worte hoffen, doch zu Lebzeiten würde sich der große Erfolg nicht einstellen. Daher galt es, ideen- und erfindungsreich zu sein.

In der Person Herolds von (Veits-) Höchheim war 1165 derjenige als Nachfolger Gebhards gefunden, der nach außen hin treu und fleißig auftrat, nach innen aber auch kein Mittel unversucht ließ, das Ziel der Herzogschaft über Franken zu erreichen. Herold konnte dabei auf den ausgezeichneten Ruf des Skriptoriums von Neumünster zurückgreifen, wo von Notaren alle Arten von Urkunden erstellt und kopiert wurden. So übernahm Herold zusammen mit den entsprechenden Befugnissen eines Kanzlers die Aufsicht über die kaiserliche Kanzlei, während der Kaiser – wie so oft – im Reich unterwegs war.

Im Archiv von Neumünster muss ihm dabei etwas in die Hände gefallen sein, was sein Vorgänger Heinrich von Stühlingen im Geheimen hatte anfertigen lassen. Ein alter Archivar wurde zur Klärung des Sachverhaltes einbestellt. Der oberste Notar der Reichskanzlei – dessen Aufgabe unter anderem die leitende Schriftführung über die kaiserlichen Dokumente war und der die Beurkundungsgebräuche bestens kannte – sei angewiesen worden, *bestimmte* Urkunden anzufertigen.

In mühevoller Fälscherarbeit hätten die Kaiser Heinrich II., Konrad II. und Heinrich III. beurkundet, dass niemand außer dem Bischof von Würzburg in seinem Gebiet Recht sprechen dürfe. Das zog weitreichende Konsequenzen nach sich, denn die Grenzen des vermeintlichen Herzogtums würden weit über die aktuell geltenden Grenzen hinausgehen, was Gebiete, die an Bamberg, Fulda, Mainz und Hohenlohe verlorengegangen waren, wieder nach Würzburg zurückgeholt hätte.

Stühlingen hatte seinerzeit die Urkunden Barbarossa nicht zur Vorlage gebracht und um Erneuerung der verbrieften, aber vergessenen Rechte gebeten. Vielleicht wollte er sie in den Regalen erst altern und verstauben lassen, damit sie glaubwürdiger erschienen. Nun aber hielt Herold den rechten Zeitpunkt für gekommen, sie hervorzuholen.

Als der Kaiser 1168 einen Hoftag in Würzburg abhielt, kam Herold ein Rechtsstreit mit Bamberg gerade recht. Die drei Urkunden fanden Eingang auf die Tagesordnung, was das Pendel zugunsten Herolds ausschlagen ließ und zu hitzigen Diskussionen führte, denn einige Fürsten hatten mit der Erhebung Herolds zum Herzog Nachteile zu erwarten.

Bevor ein Urteil gefällt werden konnte, sollte die Echtheit der Urkunden geprüft werden. Damit hatte Herold zwar gerechnet, um sich abzusichern, suchte er dennoch eine Person auf, die ihm helfen konnte, zu gewährleisten, dass die Prüfung in seinem Sinne ausfiel.

Seit Tagen herrschte eine unerträgliche Hitze im Tal. Die Sonne stand hoch am wolkenlosen Himmel und drohte die Früchte auf dem Felde zu versengen. Vor allem die teuren Weinreben litten unter der Dürre, sodass ein Ausfall des wichtigsten Handelsguts und damit der Haupteinnahmequelle der Stadt und des Bischofs befürchtet werden musste, wenn nicht bald ein erlösender Regenschauer herunterkam. Da sauberes Trinkwasser ohnehin knapp war, leerten sich die Weinkeller zusehends, man trank, was man ausschwitzte, und das war nicht wenig. Einzig in den Wäldern auf den umliegenden Hügeln ließ sich befreit aufatmen, oder hinter den dicken Klostermauern der königlichen Kurie. Dort hielt der Kaiser seinen Hoftag ab.

Obwohl der Saal angenehm temperiert war, erhitzten sich die Gemüter an den drei kaiserlichen Urkunden, die Herold dem Kaiser zur Erneuerung vorgelegt hatte. Wo kamen die so plötzlich her, und warum hatte nie jemand von ihnen gehört? Die Urkunden gingen reihum, Grafen, Herzöge, Berater und Notare beugten ihre Köpfe darüber, prüften eingehend Schrift, Siegel und Inhalt.

Auf den ersten Blick gab es nichts zu beanstanden, aber das sprach keiner laut aus. Das waren Urkunden, wie man sie aus den Kanzleien gewohnt war, und dennoch: Es konnte nicht sein, was nicht sein durfte. Diese Urkunden mussten gefälscht sein. Selbst Barbarossa rieb sich die Stirn. Er hatte nie von ihnen gehört. Das konnte nicht sein, sein Vater und vor allem sein Onkel Heinrich, der vor ihm König gewesen war, hätten ihm davon erzählt. Besser, er ließ die Urkunden eingehend prüfen, bevor er darüber entschied, und das sollten ausnahmsweise nicht die geschätzten Notare aus Neumünster erledigen, in deren Archiven die Urkunden unvermittelt aufgetaucht waren, sondern auswärtige Schriftkundige. Er hatte Reiter nach Mainz, Frankfurt, Fulda und Bamberg geschickt. Sie sollten bald eintreffen. Bis dahin gab es andere Dinge zu besprechen.

Die kaiserliche Gemahlin Beatrix, die ein Jahr zuvor in Rom gekrönt worden war und den Titel nun offiziell trug, wollte oder besser konnte an diesem heißen Tag nicht an den Beratungen teilnehmen, was sie sonst gerne und aufmerksam tat, schätzte der Kaiser doch ihren weisen Rat und ihre freundliche, aber bestimmte Art, ausufernde Diskussionen wieder auf den Boden der Tatsachen zurückzuführen. Die ehemals unterschätzte Kindfrau hatte sich in den letzten zwölf Jahren als verlässliche und mutige Partnerin des Kaisers erwiesen, reiste mit ihm durchs Reich, nahm an Kriegszügen teil und überraschte durch ihre klugen und vorausschauenden Ratschläge. An Beatrix führte kein Weg mehr vorbei, mitunter war es sogar klüger, sie um Rat und Hilfe zu bitten, bevor man sich an den Kaiser, seine Berater oder seinen Kanzler wandte.

Beatrix war nun zum fünften Mal schwanger, im nahen Herbst würde das Kind auf die Welt kommen. Aus dem zierlichen Mädchen war eine robuste und erwachsene Frau Ende zwanzig geworden, die schmale Taille hatte sich zugunsten eines weiteren Thronfolgers geweitet, ansonsten war sie eine hübsche und anmutige Frau geblieben, mit blondem, langem Haar und den allseits gepriesenen, schönen Händen. Die Verse und Lieder, die ihr zu Ehren gedichtet und gesungen wurden, füllten mittlerweile Regale, ihre feine Etikette und vor allem ihr scharfsinniger, diplomatischer Umgang mit Menschen und Konflikten waren legendär.

Die Hitze machte ihr zu schaffen. Am liebsten hätte sie sich in die angenehme Kühle der Wälder zurückgezogen, wäre ein paar Schritte gegangen, um den schmerzenden Rücken wie auch das Kind in ihrem Bauch zu beruhigen, doch heute wollte sie nur entspannen, eine erfrischende Brise genießen, sich am Gesang der Vögel erfreuen.

Der Fluss versprach etwas Abkühlung, von Süden her wehte ein leichter Wind, der die Hitze im Tal aufscheuchte, den Atem befreite. Sie ließ ein Boot fertigmachen, ein Segel als Sonnenschutz darüber spannen und einen kräftigen jungen Mann ans Ruder setzen. Der drückte das Boot hinaus auf den Fluss, während Beatrix, auf weichen Kissen gebettet, im Schatten des Segels den Wind in ihren Haaren genoss und erleichtert seufzte.

«Wohin soll ich das Boot für Euch steuern, Herrin?», fragte der Bursche.

Sie befanden sich nördlich der Brücke, gegenüber der Anlegestelle, wo heute nur wenige Schiffe vor Anker lagen. Der Fluss hatte viel Wasser verloren, jetzt konnte nur noch fahren, wer leicht beladen war. Dafür hatte der Verkehr zu Lande zugenommen. Auf der Brücke standen Karren und Pferde Schnute an Ladefläche, dazwischen schimpfende Kutscher, denen es nicht schnell genug ging. An den Rampen vor den Brückentoren stauten sich die Fußgänger, Reiter und weitere Fuhrwerke, auch sie mussten sich in Geduld üben.

Wie hatte die Stadt nur all den Verkehr bewältigt, als es noch keine Brücke gab? Ihr Gemahl Friedrich hatte ihr einmal erzählt, wie er als Junge beim Bau der Brücke auf der Brüstung balanciert und fast in einen der Pfeilerschächte gefallen war. Damals seien die Fuhrwerke, Reiter und Fußgänger noch mit Flößen und Fähren hinübergebracht worden. Unvorstellbar.

«Fahr hinauf zur Brücke», antwortete Beatrix. «Geradewegs hindurch.»

«Sehr wohl, Herrin.»

Die Ruder tauchten ins Wasser, was ein angenehmes Geräusch war, ganz anders als die Rufe, die an ihr Ohr drangen.

Dort, an der Anlegestelle, stand der Bischof, neben ihm einer seiner Knechte, der rief und sie heranwinkte. Nein, das war das Letzte, was sie vorhatte. Sollte sich der Bischof gedulden. Sie winkte zurück, vertröstete ihn auf später. Jetzt galt es die Bootsfahrt zu genießen.

Je näher sie der Brücke kamen, desto lauter schwoll der Lärm, das Wiehern und Klagen an, und in dem Moment, als sie durch eine dieser riesigen Wölbungen glitten, der Schatten wohltuend auf sie herabfiel, dröhnte und donnerte es gleich einem tausendfachen Echo, wie sie es in den oberitalienischen Tälern erlebt hatte, wenn die Hufe der Pferde und die Rufe der Reiter von den steilen Felshängen zurückgeworfen wurden.

«Halt an», befahl sie dem Burschen, «ich will das hören.»

Das Boot hielt an, über ihr im Halbrund die mächtigen Quadersteine, moosbewachsen und mit Schwalbennestern verziert. Das spitze Gezwitscher der Brut schnitt in das tiefe Grollen der Räder auf Stein.

Beatrix erhob sich, was nicht einfach war. Das Boot schwankte gefährlich, mit ihrem schwangeren Leib suchte sie die Balance.

«Nicht, Herrin», entfuhr es dem jungen Burschen, und er fürchtete auch um sein eigenes Leben, sollte die Kaiserin ins Wasser fallen.

«Sorg dich nicht», erwiderte sie mit einem Lächeln, und ihre Stimme wurde hohl hin- und hergeworfen. «Das macht Spaß.»

«Aber wenn Ihr stürzt ...»

«Das werde ich nicht.»

Und um die missliche Angelegenheit noch schlimmer zu machen, beförderte sie das Schwanken auch noch, indem sie ihre Beine im Rhythmus des Boots abwechselnd belastete, einem spielenden Kind gleich, das sich an der Angst der Mutter ergötzt.

Sie schloss die Augen, breitete die Arme aus und summte ein Lied aus ihrer Heimat Burgund, wo sie im Schatten der Bäume schaukelte, die Welt um sie herum vom tiefen Blau des Himmels in den farbenprächtigen Garten stürzte, und das Ganze wieder zurück, die mahnenden Rufe der Amme als Anfeuerung verstand, weiter, höher und wilder hinauf ins Blau geschleudert wurde, wie niemals zuvor ... und niemals danach.

«Herrin, Ihr werdet stürzen!»

Sie lachte ausgelassen. Da mischte sich eine andere Stimme in den schwankenden Rausch der Kindheitserinnerungen.

«Um Himmels willen, Euer Majestät!»

Es war Bischof Herold in einem Boot, an den Rudern sein Knecht. Der Schreck war in sein fahles Gesicht gefahren, als hätte es nie einen Sonnenstrahl empfangen. Mit beiden Händen hielt er sich an der Bootswand fest, obwohl kein Wellengang herrschte.

«Bischof, was wollt Ihr denn hier?»

Beatrix seufzte zufrieden über die unverhoffte Erinnerung an Burgund. Sie setzte sich zur Erleichterung aller.

«Mit Euch sprechen, Majestät.» Herolds Stimme verfing sich unter dem Brückenbogen, was ihn sichtlich beeindruckte.

«Nicht jetzt.»

«Es duldet keinen Aufschub.»

Und wieder seufzte sie. «Nun gut, dann kommt näher.»

«Das, was ich Euch zu sagen habe, ist nur für Euch bestimmt.»

«Dann steigt in mein Boot.»

«Wie ...?»

«Helft ihm herüber», befahl sie den Ruderern, die ihren Befehl sogleich ausführten, was aber nicht leicht war. Der alte

Chorknabe hätte nie vollbringen können, was den Aposteln auf dem See Genezareth gelungen war. Schließlich schafften sie es doch, und die Kaiserin befahl ihnen, mit dem zweiten Boot auf Abstand zu gehen. Nun, allein mit ihm in einem Boot, unter der schattenspendenden Brückenwölbung, schaute sie ihn fragend an. «Also, was gibt es so Dringendes, das nicht warten kann?»

Herold senkte die Stimme, damit das verräterische Echo seine Bitte nicht öffentlich machte.

«Es handelt sich um eine Urkunde», begann er flüsternd und rückte ihr so nahe, wie er es sich sonst niemals erlaubt hätte, «genauer: drei an der Zahl.»

Beatrix wich unwillkürlich zurück, es ziemte sich nicht, der Kaiserin so nahe zu kommen, aber sie nickte zustimmend, zugleich abwartend, da sich der Bischof zierte weiterzusprechen. «Was ist mit diesen Urkunden?»

«Sagen wir, rein hypothetisch, sie würden nicht ganz der Wahrheit entsprechen.»

«Sie sind also gefälscht.»

«Nicht wirklich, eher ist es so, dass sie einen Umstand beurkunden, der eigentlich seit vielen, vielen Jahren bekannt ist, aber bisher durch den Kaiser oder einen seiner Vorgänger nicht offiziell bestätigt worden ist.»

Beatrix stutzte. «Sind sie nun echt oder gefälscht? Beides dürfte wohl kaum zutreffen.»

«Das ist der Grund, wieso ich mit Euch sprechen wollte.» Und Herold erzählte ihr, was sein Vorgänger, Bischof von Stühlingen, damals angestellt hatte und dass die Urkunden nun durch eine Verquickung «unglücklicher Umstände», wie er es nannte, dem Kaiser vorgelegt worden waren, er sie aber nicht zurückziehen könnte, da die Herzogschaft des Bischofs im Grunde genommen schon seit vielen Jahren bestand und ... und ... und ...

Langsam begriff Beatrix, welches Spiel der Bischof spielte. Die hinzugerufenen Schriftkundigen könnten die Urkunden als Fälschungen identifizieren, und er hätte als Lügner und Betrüger die Strafe Barbarossas zu fürchten. Andererseits würde der Herzogstitel, wenngleich nicht offiziell bestätigt, dem Bischof aufgrund seines beispiellosen Einsatzes für Reich und Kaiser längst zustehen.

Kurz: Herold suchte eine mächtige Fürsprecherin, wenn der schlimmste aller Fälle eintreten sollte: die öffentliche Überführung und Demütigung des Bischofs als Fälscher. Das konnte nicht im Interesse von Kaiser und Reich sein. Es wäre ein fatales Zeichen, ausgerechnet den Treuesten aller Getreuen öffentlich als Lügner und Betrüger zu brandmarken und zu bestrafen – auch wenn die Tat an sich nicht entschuldbar war.

Sie musste darüber nachdenken, denn wenn es zur befürchteten Offenlegung der Lüge kam, musste ihr Gemahl umsichtig und diplomatisch vorgehen. Das würde nicht einfach werden, schließlich würden die getäuschten Fürsten nach Vergeltung rufen. Doch so weit war es noch nicht, zuvor galt es die Gegenleistung zu besprechen.

«Gesetzt den Fall», begann sie, «ich würde mich für Euch einsetzen, was würdet Ihr mir im Gegenzug anbieten?»

Herold seufzte erleichtert, die Kaiserin hatte ihn nicht wie befürchtet des Boots verwiesen und dem harten Gericht ihres Gemahls überlassen. Andererseits waren seine Kassen leer, was es zu versetzen gab, war beliehen, das Bistum hoch verschuldet. Er war nackt, hatte nichts, was er noch geben konnte.

«Ich trete als Bettler vor Euch, meine Kaiserin. Zeigt Barmherzigkeit. Ich bitte Euch. Zu Ehren Eurer Großmütigkeit, zu Ehren des Reichs.»

«Großmut kennt zwei Seiten», antwortete sie ungerührt,

aber auch verständnislos über Herolds kindliches Unterfangen. «Ich soll Euch Lüge und Verrat vergeben, ohne dass Ihr uns Buße leistet?»

Lüge, Verrat, Buße… Die Worte schmerzten nach allem, was sie seit Burkards Zeiten zusammen erreicht hatten.

Er seufzte. Sie ließ ihm keine andere Wahl. «Nichts ist je vergessen.»

***

Es kam, wie es kommen musste. Der Kaiser war alles andere als erfreut über den Schwindel.

«Ich sollte ihn ins nächstbeste Kloster stecken», zürnte Barbarossa, «oder ihn gleich in seinen eigenen Kerker sperren. Dann hätte er Gelegenheit, über seine Unverschämtheit nachzudenken.»

«Es besteht kein Zweifel an der Niedertracht seines Tuns», pflichtete ihm Beatrix bei. «Ihr habt allen Grund, ihn hart zu strafen.» Sie schenkte Wein ein, reichte ihm den Becher. Der Tag war lang und anstrengend gewesen, die Forderungen der erbosten Fürsten eindeutig. Nach allem, was Barbarossa ihr berichtet hatte, forderten sie, Herold vom Hoftag auszuschließen und Beschwerde beim Papst gegen ihn zu führen. Des Weiteren sollte er nicht länger in der Gunst des Kaisers stehen, er habe alle seine Rechte verwirkt, am besten, man teile sein Land noch heute unter den Fürsten auf. Sie würden vertrauensvoller darüber herrschen als der lügnerische Herold.

Barbarossa trank den Becher in einem Zug aus. «Blamiert und bloßgestellt hat er mich, mein Wohlwollen missbraucht. Glaubte er denn, er käme damit durch?»

«Er weiß von Eurer Schwäche.»

«Dem Lesen, Schreiben und dem Lateinischen?»

Sie nickte, worauf er selbst zum Krug griff und sich nachschenkte. Der edle Wein von den bischöflichen Hängen rann seine Kehle hinunter. Wenn er in dieser Geschwindigkeit weitermachte, wäre er im Handumdrehen betrunken.

«Zu viel Vertrauen ist gefährlich», grummelte er. «Ich muss die Zügel anziehen.»

«Niemand darf Unsere Ehre in Frage stellen, auch und gerade der Bischof nicht.»

«Er muss bestraft werden.»

«Was schwebt Euch vor?»

«Ich werde …» Barbarossa grübelte. Welche Strafe war angemessen? «… ihm einen Teil seiner Einkünfte nehmen, Land, Besitz, und es einem anderen geben, der es mehr verdient als dieser verräterische Pfaffe. Außerdem werde ich ihn von diesem und allen weiteren Hoftagen ausschließen, so wie es die Fürsten gefordert haben. Er soll spüren, was es heißt, seinen Kaiser zu hintergehen.»

«Eine gerechte Strafe.» Beatrix kam an seine Seite. «Welchen Fürsten wollt Ihr damit belohnen?»

«Ich …» Wieder zögerte er. Einfach so konnte und durfte er niemanden derart reich beschenken. Es musste einen Anlass geben. «Es fällt mir schon noch jemand ein.»

Beatrix kam zu Hilfe. «Der Bamberger vielleicht?»

«Er wäre ein Kandidat, allerdings fehlt der Anlass.»

«Der Mainzer?»

«Ist schon mächtig genug.»

«Euer Vetter, der Löwe?»

Barbarossa lachte. «Um Himmels willen, nein. Damit ziehe ich den Groll aller anderen auf mich, außerdem brauche ich zwischen Sachsen und Bayern ein Gebiet unter meiner Kontrolle.»

«Dann bleibt es also bei Euch. Niemand bekommt es.»

Er nickte. «Es ist und bleibt mein Land.»

«Aber wer wird es regieren, wenn Ihr nicht da seid?»

Eine gute Frage. Er war mitunter jahrelang im Reich unterwegs, führte Krieg gegen die oberitalienischen Städte und musste konkurrierende Landesfürsten besänftigen, darauf achten, dass die Verhältnisse ausgeglichen waren. Einen Teil seiner Macht an einen verlässlichen Bischof abzugeben, war einer der Grundpfeiler seiner Regierungsstrategie. So konnte er über die Alpen auf Kriegszug gehen, ohne ständig fürchten zu müssen, dass jemand hinter seinem Rücken gegen ihn taktierte.

«Erinnert Ihr Euch noch an Gebhard?», fragte Beatrix.

«Den Henneberger? Sicher. Er war ein treuer und aufrechter Diener des Reichs.»

«Aber auch ein zutiefst enttäuschter, der bis zu seinem Tod auf den Titel hoffte.»

Barbarossa seufzte.

«Hatte er ihn Eurer Meinung nach verdient? Ich meine, im Vergleich zu den anderen Fürsten.»

«Er hat nie eine Schlacht für mich gewonnen ...»

«Obwohl er mit Euch vor Mailand gekämpft hat.»

«Das haben andere auch.»

«Und sie wurden dafür belohnt.»

«Wollt Ihr mir ein schlechtes Gewissen einreden?»

«Nein, mein teurer Gemahl. Was ich damit sagen will, ist, dass Gebhard und seine Vorgänger Schlachten für Euch in der Heimat gewonnen haben, während Ihr an anderen Fronten kämpftet.»

«Das ist ihre Pflicht und Schuldigkeit. Sonst bräuchte ich sie nicht.»

«Und Ihr wisst, wie wichtig ein treues Virciburg für Euch

ist, allein Eures Vetters und der vielen anderen Stammesfürsten wegen, die allein darauf sinnen, Euer Lehen in Familienbesitz zu behalten, ihren Reichtum und Einfluss zu mehren, anstatt dem Wohl des Reiches zu dienen. Es ist Zeit für eine Reform. Lasst sie spüren, dass Euer Lehen nicht selbstverständlich ist, dass sie es sich jeden Tag neu verdienen müssen. Ordnet das Reich neu, so wie Ihr Österreich von Bayern abgetrennt habt. Gebt Euren Fürsten einen Anlass, für ihren Besitz wieder etwas zu tun. Nehmt ihnen die Bequemlichkeit, fördert ihren Ehrgeiz, nicht ihre Selbstliebe. Zu Ehren des Reichs, zur Würdigung Eurer Großmut.»

Das waren forsche Gedanken. Barbarossa hatte gut zugehört, ihre Worte hallten nach. Er spürte, dass sie recht hatte. Seine Fürsten sonnten sich schon zu lange in seinem Licht. Blieb die Frage, was nun mit dem hinterlistigen Bischof Herold geschehen sollte. Die Fürsten drängten auf Vergeltung.

«Soll ich Herold etwa für seinen Betrug noch belohnen?»

«Nehmt ihn stärker in die Pflicht. Er und seine Nachfolger sollen Euch noch in tausend Jahren dankbar sein. Erfüllt ihm aber nicht alle Forderungen, er muss einen Anreiz haben, Euch zu dienen. Nur ein Zweifler bleibt eifrig und bemüht.»

Barbarossa seufzte. «Ihr verlangt viel.»

«Ich bin auch bereit, viel zu geben.» Sie nahm seine Hand und legte sie auf ihren schwangeren Bauch.

«Aber wie soll ich das den Fürsten erklären?», fragte er.

«Überrascht sie mit Eurem Urteil, nehmt ihnen die Sicherheit, zu wissen, wie Ihr Euch entscheidet.»

***

Mit Spannung wurde der Urteilsspruch erwartet. Die Fürsten standen im weitläufigen Saal in Gruppen beisammen und diskutierten die Bestrafung des betrügerischen Bischofs. Würde der Kaiser sein Land unter ihnen aufteilen? Wer bekäme den größten Batzen, wer die Erträge aus dem sprudelnden Weinhandel, dem Getreideanbau, den Anteil aus dem Brückenzoll, das Geschäft mit den Pilgern und den Marktständen und, zu guter Letzt, die wichtigste Frage: Wer hätte zukünftig das Sagen im Tal?

Schwindelerregend war die Vorstellung vom Regentendasein an diesem florierenden Ort, der mit treuen und emsigen Untertanen bevölkert und so wichtig für das Reich war, dass der Kaiser gar nicht umhinkonnte, sich der Freundschaft des Metropoliten von Virciburg zu versichern.

Abseits stand Bischof Herold in ängstlicher Erwartung, inwieweit sein Gespräch mit Beatrix erfolgreich war. Sie hatte ihm wortlos zugehört, ihre erhitzten Wangen waren zunehmend erblasst, dann war er gegangen, ohne eine Antwort abzuwarten. Hatte er den Bogen überspannt, als er ihr von Bischof Burkards Romreise erzählte und der eigentlichen Bedeutung der päpstlichen Antwort, wer König sein solle? Mit jedem einzelnen Wort war ihr die Tragweite des Betrugs offenbar geworden. Oder würde Barbarossa ihn dafür strafen?

Gemessen an dem höhnischen Gelächter und den gierigen Augen der Fürsten, wussten sie es vor ihm, waren bei der Spruchfindung zugegen gewesen, nun rieben sie sich die Hände voller Vorfreude auf die Vergrößerung ihrer Ländereien und Kassen.

Räudiges Pack, zischte Herold in seinen Bart, und euch habe ich jahrelang ausgehalten, als ihr bei mir zu Gast wart, habt euch die Mägen auf meine Kosten vollgeschlagen, große Töne gespuckt. Wenn ihr nur die Hälfte dessen geleistet hättet, was ich in die Waagschale geworfen habe, stünden wir nicht hier.

Die Tür zu den angrenzenden Räumen des Kaisers ging auf, jemand rief zur Aufmerksamkeit, der Kaiser war bereit, das Urteil zu verkünden. Die Fürsten und Herold sammelten sich vor dem Thron und neigten das Haupt.

Heraus trat Barbarossa, festlich gekleidet mit Krone auf dem Haupt, an seiner Seite die schwangere Beatrix, ebenfalls in einer überraschend festlichen Robe und bekrönt, im Nachgang ein für Herold berufener Stellvertreter als Kanzler sowie ein Notar. Letzterer trug zwei Schriftrollen und der Kanzler ein Schwert. Es würde also feierlich werden. Ein zufriedenes Lächeln ging reihum und endete bei Herold, der immer noch mit gesenktem Kopf ganz außen stand.

Der Kanzler ergriff das Wort. «Edle Fürsten unseres Reichs, habet Acht. Euer Kaiser...»

Herold hörte nicht hin. Das Einzige, was er zu erwarten hatte, drehte sich um Verlust und Schmähung – und das als Gastgeber des Hoftages. Welch eine Ironie. Sie würden ihn rupfen wie eine Gans, all seine Ländereien, Einkünfte und Vorrechte unter sich aufteilen. Er würde sich aus der Reichspolitik verabschieden und in ein Kloster gehen. Wenn er Glück hatte. Auf Geheimnisverrat konnte auch der Tod stehen.

«Das kann nicht sein», hörte er einen Fürsten klagen. Die anderen sahen aus, als sei ihnen gerade der Leibhaftige erschienen, bleich, bar jeglichen Lebens.

«Wollt Ihr etwa dem Kaiser widersprechen?!», zürnte der Kanzler.

«Nein, niemals...»

«Dann schweigt und gehorcht.»

«Aber», kam ihm ein anderer Fürst zu Hilfe, «Herold wollte Euch, mein Kaiser, und auch uns betrügen.»

Barbarossa lachte laut. «Betrug nennt Ihr das? Ich für meinen Teil freue mich immer wieder, wenn ich etwas Altes in den Archiven entdecke.»

«Alt?» Die Gesichter waren gezeichnet von Unverständnis, manche schüttelten nur den Kopf.

«Im Grunde genommen sollten wir Bischof Herold dankbar sein», sagte die Kaiserin. «Er hat auf ein Versäumnis aufmerksam gemacht, das uns seit vielen Jahren anhängt. Ich bin froh, dass wir nun endlich Abhilfe schaffen können.»

«Die Bischöfe von Virciburg waren uns und dem Reich immer treue Diener», fügte Barbarossa hinzu, «sie klagten und murrten nicht, forderten nicht, sondern gaben, auch wenn ihnen lange Zeit der Lohn dafür verwehrt blieb. Ich wünschte, es gäbe mehr von ihrer Sorte, dann wäre mir um unser Reich nicht bange.»

Sein herausfordernder Blick ging durch die Reihen der Fürsten. Wer bisher noch mit Verwunderung und Unverständnis auf die Ankündigung reagiert hatte, Bischof Herold in den Stand eines Herzogs zu erheben, sah nun mit versteinerter Miene, dass es der Kaiser tatsächlich ernst meinte.

Der Kanzler forderte den erleichterten Herold auf, vor den Thron zu treten, der Notar begab sich an die Seite des Kanzlers, entrollte das mitgebrachte Schriftstück und las laut vor, sodass es auch der widerspenstigste Fürst im Saal hören und verstehen musste.

«Euch, Bischof Herold, wollen wir heute für Eure Verdienste danken …»

Der Text war lang und für die anwesenden Fürsten kaum zu ertragen. Herold wurde darin die hohe Gerichtsbarkeit übertragen, er war damit faktisch der weltliche Herr über alle Grafschaften und sein Bistum, einem Herzog gleich.

Der einfachen Urkunde wurde eine besonders festliche Abschrift angefügt, die ein goldenes Siegel trug. Schließlich überreichte der Kaiser Herold als äußerliches Zeichen seiner weltlichen Herrschaft das Schwert.

«Nun erhebt Euch, Fürst und Bischof zugleich», forderte Barbarossa den vor ihm knienden Herold auf. «Ich hoffe, Ihr erweist Euch der Ehre würdig.»

*　*　*

Am Abend des zweiten Dezember im Jahre des Herrn 1202 pfiff der Wind giftig um die Ecke am Marmelsteiner Hof. Fackeln ächzten unter seiner Schärfe. Durch die Fenster der Domherrenhöfe schimmerten wohlig warme Kaminfeuer, mitunter war ein Lachen und ein Prosten zu vernehmen.

In den Gemächern von Bischof Konrad von Querfurt brannte kein Kaminfeuer, und es war auch niemand zu Gast. Zu gefährlich war die Lage, als dass man jemanden in die Nähe des Bischofs hätte lassen dürfen. Wachen standen auf jedem Stockwerk des weitläufigen und verwinkelten Baus, bereit, die Pike oder das Schwert zu gebrauchen, wenn der Besucher sich nicht umgehend zu erkennen gab. Und selbst dann war Vorsicht angezeigt. Der Ravensburger konnte einen Diener oder eine Zofe zum Meuchelmord angestiftet haben.

Bischof Querfurt sammelte im kargen Schein eines Kerzenleuchters hastig alle notwendigen Dokumente zusammen, die er für sein Vorhaben benötigte. Ihm zur Seite stand sein letzter Vertrauter, sein Sekretär und Leibdiener Melchior, ein ebenso kluger wie lebenserfahrener Mann, mit dem er seit seiner Zeit in Barbarossas Reichskanzlei zusammenarbeitete. Gemeinsam waren sie an der Seite von Kaiser Heinrich VI. und Philipp von Schwaben – dem jüngsten Sohn Barbarossas – gestanden, hatten die Launen von Querfurts Studienfreund Papst Innozenz III. ausgestanden und selbst den Verrat Heinrich von Kaldens verwunden – wenngleich nicht schmerz- und folgenlos.

All die Kaiser, Päpste und vermeintlichen Freunde hatte er für den Bischofsstuhl in Würzburg zurückgelassen, um in Ruhe seinen umfassenden Studien nachzugehen. Und nun trachtete ihm ausgerechnet ein naher Verwandter seines alten Freundes und Wegbegleiters von Kalden, ein hemmungsloser Raubritter namens Bodo von Ravensburg, nach dem Leben. Der glaubte, die Verwandtschaft zu von Kalden würde ihn vor der Strafverfolgung wegen der Ermordung des Schultheißen Graf Eckart verschonen. Querfurt hatte ihn eines Besseren belehrt, ließ seinen Würzburger Hof zerstören und nach ihm suchen. Jetzt drohte ihm die Rache des Ravensburgers.

«Seid Ihr sicher, Eure Eminenz?», fragte Melchior, dessen fahle Haut und tiefe Gesichtszüge im Kerzenschein jeder gottesfürchtigen Seele einen teuflischen Schrecken eingejagt hätten.

«Es muss sein», antwortete Querfurt über die Truhe gebeugt, die seine wichtigsten Dokumente beinhaltete.

«Danach wird nichts mehr so sein wie vorher», gab Melchior zu bedenken. «Kirche und Krone zerbrechen...»

«Auch wenn du es mir hundert Mal vorhältst, es wird dadurch nicht besser.»

Endlich hatte er das silberne Kästchen gefunden, darin ein vergilbter und arg mitgenommener Brief mit dem päpstlichen Siegel. Er steckte es in die Satteltasche zu den anderen Schriften und Gegenständen, die er beim Ausbau des alten Karolingerkastells zu einer riesigen und mit dicken Mauern umfassten Wehrburg gefunden hatte. Der Inhalt war brisant und geheim. Die Entscheidung um die Veröffentlichung musste der Bischof nach reiflicher Befragung seines Gewissens treffen, bisher war er dazu nicht in der Lage gewesen. Jetzt mussten die Dokumente an einen sicheren Ort gebracht werden, bevor sie in fremde Hände fielen, die von einem niederträchtigen Geist gelenkt wurden. Die damit verliehene Macht wäre für einen einzelnen Mensch nicht zu beherrschen.

«Der Schlüssel?», fragte Querfurt, der jetzt in den dünnen Kerzenschein getreten war. Sein Gesicht war überraschend jungenhaft, obwohl er bereits im zweiundvierzigsten Lebensjahr war. Dunkle, leicht gelockte Haare lagen ihm auf der Stirn, die Augen waren klar und vermittelten Entschiedenheit, sein messerscharfer Verstand stand dem in nichts nach.

Melchior hielt eine Schatulle ins Licht, die er mit einem kleinen Schlüssel öffnete. Darin ein zweiter, weitaus auffälligerer und größerer Schlüssel.

«Ich habe den Schlüsselbauer auf seine alten Tage in ein abgelegenes Kloster in den Alpen bringen lassen», sagte Melchior. «Abt Corrado ist sein Beichtvater, ich kenne ihn gut und er ist absolut verlässlich.»

«Gibt es ein Duplikat?»

«Während er den Schlüssel angefertigt hat, war er mit Bruder Anselm allein in der Werkstatt. Alle Zeichnungen sind vernichtet. Den Schlüssel gibt es nur einmal, und er ist nicht wieder herzustellen.»

Ein zufriedenes Nicken Querfurts. «Gut, dann lass uns gehen.»

Der Bischof ging vor, Melchior folgte mit den Satteltaschen und der Schatulle.

Drei schwer bewaffnete Reiter saßen auf, als der Bischof in

den dunklen Hof trat. Keine Fackel brannte, niemand sollte von ihrem Ausritt erfahren. Zwei Diener schickten sich an, Querfurt und Melchior in den Sattel zu helfen, das starke Hoftor öffnete mit einem Knarren, Wachen sicherten die Straße. Querfurt trug einen schweren Mantel und hatte sich einen Schal ums Gesicht gebunden, damit ihn niemand erkannte.

Ein kurzes Nicken zum Kommandanten, dann ging es hinaus und im Galopp die einsame, windumpeitschte Marktstraße hinunter zum Brückentor. Die Wache war kurz vorher informiert worden, das Tor stand offen, der Tross ritt hindurch auf die Brücke.

Im Festungshof empfing sie der Burggraf mit einem Dutzend ausgewählter Männer, die in keinerlei Verbindung zum Ravensburger standen. Ein mit Fackeln erleuchtetes Spalier führte Querfurt und Melchior zum Eingang, der Burggraf ging mit einer Fackel voran. Der Weg führte glitschige Stufen hinunter, durch einen Saal in einen Gang mit mehreren Abzweigungen, bis sie endlich den Schacht erreicht hatten, den Querfurt in den Berg hatte treiben lassen.

«Von hier aus gehen wir alleine», bestimmte Melchior und forderte die Fackel des Burggrafen. Widerwillig gab er sie aus der Hand. «Ihr wartet auf uns. Keiner darf uns stören.»

Mit Fackel, Satteltasche und Schatulle ging Melchior voran, sein Bischof folgte ihm. Der Weg war abschüssig und gewunden, mehrere Abzweigungen liefen ins Nichts oder führten zurück auf den Hauptpfad, sodass man leicht die Orientierung verlieren konnte. Ein uralter Bauplan aus Griechenland war die Vorlage gewesen, und es brauchte aufmerksame Augen und ein gutes Erinnerungsvermögen, um den einzig richtigen Weg zu finden.

Schließlich gelangten sie zu einer schweren Eichentür, die mit robusten Scharnieren und Verstrebungen im Mauerwerk verankert war. Querfurt prüfte aufmerksam die Arbeit. Schloss alles dicht ab, gab es irgendwo eine Lücke für ein Eisen? Er konnte nichts entdecken, und damit stand fest: Wer gewaltsam durch diese Tür wollte, hatte schweres Gerät aufzubieten. Wahrscheinlicher war, er ließ es gleich sein.

Melchior holte den Schlüssel aus der Schatulle, und Querfurt wollte auch dazu alles wissen. «Was ist mit dem Schloss?»

«Wie mit dem Schlüssel. Alles vernichtet, und der Schlosser hat das Schließwerk unbesehen ins Gehäuse eingebaut.»

Melchior führte den Schlüssel in den Lauf. Zwei kräftige Drehungen, und der Riegel rutschte satt zurück. Die Angeln waren gut geschmiert, die schwere Tür öffnete sich erstaunlich leicht. Melchior betrat mit der Fackel den Raum und entzündete zwei weitere, die an der Wand befestigt waren. Darunter befand sich ein beeindruckend massiver Holzstuhl mit wattierten Lehnen und einer ebensolchen Sitzfläche, davor ein schmaler Tisch mit Tintenfass und Feder darauf, frische Pergamente lagen bereit.

Querfurt betrat die Kammer zum ersten Mal. Sie war nicht größer als die eines Dienstboten. Sie kam ihm recht feucht vor.

«Eine Wasserader», kam Melchior der Frage zuvor. Er hatte die geheimen Schacht- und Bauarbeiten überwacht, vorwiegend alleinstehende, alte Arbeiter gewählt, deren größter Wunsch es war, ihren Lebensabend in einem Kloster mit drei Mahlzeiten am Tag verbringen zu dürfen. Er hatte ihnen den Wunsch erfüllt und abgelegene Klostergemeinschaften mit einem Schweigegelübde ausgewählt. «In Anbetracht der Eile war es zu spät...»

«Schon gut.» Querfurt inspizierte die große, mit Eisenbändern verstärkte Truhe, die an der Wand stand. Er brauchte die Hilfe Melchiors, um den Deckel anzuheben. Die Seiten waren mit Wachs gegen die Feuchtigkeit ausgekleidet, das Holz dick genug und gebrannt, um Jahrhunderte zu überdauern.

Ja, sagte er sich, Melchior hatte die Anweisungen zu seiner Zufriedenheit in diesem wahrlich schaurigen Raum ausgeführt. Einzig die Feuchtigkeit machte ihm zu schaffen. Aber vielleicht mussten die Geheimnisse gar nicht so lange verschlossen bleiben. Bis zum Sommer gab er sich Zeit, darüber zu entscheiden.

«Lass mich nun allein», sagte er, und Melchior gehorchte widerspruchslos. Draußen vor der Tür hielt er so lange Wache, bis sein Herr die unselige Arbeit vollendet hatte.

Es war kühl im Berg, und Querfurt war froh um den dicken Mantel, einzig die Finger froren, und sein Herz schien wie erstarrt. Gramgebeugt setzte er sich in den Stuhl.

Querfurt seufzte. Wie um alles in der Welt konnte er noch länger Stillschweigen bewahren? In diesen Pergamenten war alles festgehalten, es gab keinen Zweifel mehr am Verrat der Passion Christi und an der diabolischen Vermählung der Wölfe mit dem göttlichen Agnus Dei.

Doch war es an ihm, die Säulen der Welt zum Einsturz zu bringen? Hatte er die Kraft für das Martyrium, oder sollte er besser schweigen und die Entscheidung einer stärkeren Seele überlassen?

Er wusste es nicht. Wort- und haltlos starrte er auf die leeren Pergamente vor ihm, bis ihm ein Impuls befahl, seine Sorgen und Nöte aufzuschreiben. Vielleicht half es ihm bei der Entscheidungsfindung. Er tauchte die Feder ins Tintenfass.

Was waren seine ersten Worte? Galten sie Karl dem Großen und seiner Krönung durch Papst Leo III. zum römischen Kaiser, dem Beginn dieser teuflischen Vermählung, oder musste er früher ansetzen? Karl war nur durch seinen Vater König Pippin möglich geworden, König Pippin nur durch Bischof Burkard.

Herr, im Himmel, steh mir bei, ich bin im Begriff, die erste und wichtigste Säule dieser Welt zu zertrümmern.

Und noch bevor er die Feder zu Pergament führte, schoss ihm ein Gedanke quer. Er durfte diese Worte nicht für jedermann verständlich aufschreiben. Nur Gott wusste, was der morgige Tag brachte. Was, wenn die Neugier des Burggrafen seine Schwüre auf Stillschweigen übertraf?

Diese Zeilen durften nur wenige Auserwählte lesen. Jemand, der die Schriften studiert hatte, jemand, der es aufgrund dieses Studiums zu den höchsten Weihen gebracht hatte und die Dimension seiner Enthüllung überhaupt begreifen konnte, jemand, der geheime Schriftzeichen deuten konnte.

Die Stunden verrannen, und der Burggraf war beim Eingang zum Schacht längst auf den Hosenboden gesunken und eingeschlafen. Auch Melchior kämpfte gegen die Müdigkeit an, allein die klamme Kälte ließ ihn nicht in den Schlaf fallen, sodass er eisern und treu vor der Tür seines Herrn mit offenen Augen und Ohren wachte.

Dann endlich, der Tag musste schon angebrochen sein, befahl ihn Bischof Querfurt in die geheime Kammer.

Auf dem Tisch lag ein gerolltes Pergament, am Boden die zahlreichen gescheiterten Versuche seiner Beichte. Und während Melchior noch versuchte zu begreifen, packte Querfurt die mitgebrachten Gegenstände aus der Satteltasche in die Truhe, darunter das silberne Kästchen, die Pergamente und schließlich das vom Tisch.

«Hilf mir», befahl Querfurt, und gemeinsam verschlossen sie die Truhe. Den Schlüssel übergab er Melchior. «Du bist der Einzige, dem ich vertraue. Bewahre die Schlüssel zur Truhe und zu dieser Kammer in der Schatulle auf. Niemand darf davon wissen. Hörst du? Es sei fortan dein heiliger Auftrag, dass nur ich oder ein Bischof oder ein Papst Zutritt zu dieser Kammer und zu den Dokumenten erhalten dürfen. Hast du das verstanden?»

Melchior nickte erschöpft. «Ja, Eure Eminenz.»

«Schwöre es bei allem, was dir heilig ist.»

Er legte die Hand aufs Herz. «Ich schwöre es.»

«So sei es, jetzt und für alle Ewigkeit. Du und alle deine Nachfahren sollen an diesen heiligen Eid gebunden sein.»

Danach löschten sie die Fackeln und verschlossen die Tür. Die Schlüssel wurden in der kleinen Schatulle aufbewahrt. «Hüte sie wie dein Seelenheil», ermahnte Querfurt seinen Diener.

Als die beiden und der Burggraf aus den Tiefen des Bergs in den Burghof traten, war es bereits helllichter Tag. Die Wachen lehnten schlafend an der Wand. Erst ein donnernder Befehl des Burggrafen weckte sie, und die Pferde wurden aus dem Stall geholt.

Der Ritt zurück in die Stadt verlief ereignislos, bis auf die Tatsache, dass Querfurt nicht länger sein Gesicht verhüllte. Über die Brücke gelangten sie zum Marmelsteiner Hof, wo Melchior und Querfurt absaßen. Die Nacht war lang und anstrengend gewesen, es war Zeit für ein paar Stunden Schlaf. Doch Querfurt trieb seine Seelenpein um. Er schickte Melchior zu Bett, während er hinüber zum Dom ging, um die Entscheidung mit seinem Herrn und Gott auszumachen. Niemand konnte ihn davon abbringen, nur zwei Wachen gestattete er, ihn bis zu den Treppen zu begleiten.

Im weiten und hohen Kirchenschiff war Querfurt ganz alleine mit sich und versunken im Gebet. Tränen liefen ihm über die Wangen, ein Seufzen und ein Flehen hallte von den kahlen Mauern wider. Dann, als die Dombrüder die Messe vorbereiteten, raffte er sich auf und ging vors Portal.

Der Wind hatte sich gelegt, Schneeflocken taumelten zu Boden. Ganz weit vorne an der Brücke stauten sich die Karren und Fuhrwerke, das Gezeter der Torwachen verblasste angesichts dieser wunderbaren weißen Pracht, die vom Himmel fiel.

In Gedanken versunken nahm er die Stufen, achtete weder auf links noch rechts.

Da traten vier Gestalten aus den Schatten, in den Händen Dolche und Schwerter.

«Verfluchter Hundsfott!», rief der Ravensburger, und Bischof Konrad von Querfurt spürte eine kalte Klinge in seine Brust fahren.

1250
Brückenzoll und Bürgerzorn

Die Brücke war in die Jahre gekommen und sie hatte viel aushalten müssen. Nach einhundertdreißig Jahren machte sie einen bemitleidenswerten Eindruck – überall Schlaglöcher, fehlende Steine, aufgesprengte Risse durch Regen und Eis. Tag für Tag wurde sie von Hunderten Fußgängern beschritten, bot Reitern einen standesgemäßen Überritt, und schwer beladene Fuhrwerke von Handwerkern und Händlern ratterten über sie hinweg, schrammten an der Seitenbefestigung entlang und schütteten ihre Fracht zum Ärger der anderen vor ihnen aus. Der Bischof verschob seine Kriegsmaschinen darüber, je nachdem wo in seinem Land er gerade gegen Widersacher und Eindringlinge kämpfen musste, dazu kamen Hunderte, Tausende Soldaten, und die andauernden Bauarbeiten an der Burg brachten noch mehr Lasten für die Brücke.

An den acht massiven Pfeilern aus Stein und den beiden Rampen sah es nicht viel besser aus. Unaufhaltsam nagte die Witterung an den Verfugungen. Wo das Wasser eine Lücke fand, drang es ein. Tonnenschwere Eisplatten schoben sich unter hohem Druck gegen die Pfeiler, Boote und Schiffe gerieten aus dem Ruder und trieben dagegen, es knirschte und krachte an allen Ecken.

Kurz: Mit Fertigstellung der Brücke hatten die Reparaturen begonnen und fanden kein Ende. Ein Heer von Arbeitern, Maurern und Steinmetzen war übers Jahr damit beschäftigt, die Brücke, die nach wie vor die einzige im Umkreis war, am Leben zu erhalten. Würde der Brückenverkehr zusammenbrechen, drohten der Stadt hohe Verluste aus Handel und Zöllen.

Um die Finanzierung der Reparaturen sicherzustellen, war Brückenzoll zu zahlen, ein Silberpfennig aus der Münzpresse des Bischofs, Reiter und Fuhrwerke zahlten mehr, zudem gab es an Markttagen einen Aufschlag. Ein Zöllner trieb mit Hilfe der Torwachen die Gebühr ein, verwahrte die Tageseinnahmen in einer schweren, verschließbaren und in der Mauer verankerten Truhe, bis er die Wocheneinnahmen ablieferte und Rechenschaft über seine Arbeit ablegen musste.

Er genoss das Vertrauen des Bischofs, war dessen Vogt zur Rechenschaft verpflichtet und ein allseits geachteter Mann. Von seiner Ehrlichkeit und seiner Disziplin hing der wirtschaftliche Erfolg der Brücke ab und von der Brücke wiederum die wirtschaftliche und politische Balance zwischen Bischof und Bürgerschaft. Denn die von Kaiser Barbarossa an den Bischof verliehene Herzogswürde gefiel den wenigsten. Sie wollten als Herrn nur einen König oder einen Kaiser, und Herolds späterer Nachfolger Hermann von Lobdeburg, seit 1225 Fürstbischof von Würzburg, hatte alle Schwierigkeiten, den neu gewonnenen Titel durchzusetzen. Insbesondere seitdem sich Konrad von Querfurt von den Staufern zurückgezogen hatte. Nicht wenige sahen darin Verrat an den Staufern, die der Stadt zu so viel Ansehen und Wohlstand verholfen hatten.

Auch Hermann von Lobdeburg war keine Ausnahme, was das Taktieren mit neuen Reichsregenten betraf. Er brachte dadurch die Bürger gegen sich auf. Ein offen ausgetragener Machtkampf hatte sich in den letzten Jahren zwischen Stadt und Bischof entwickelt. Die Zahlung des Zehnten wurde verweigert, der Bischof antwortete mit dem Verbot von Handwerkszünften. Frondienste wurden angeordnet, welche die Bürger missachteten. Der Bischof schickte daraufhin seine Amtmänner los, um die Bürger zu disziplinieren, woraufhin die Bürger sie verprügelten. Der Bischof schlug mit seinen Knechten zurück, die Knechte wurden getötet. Eine Spirale der Gewalt.

Das Verhältnis zwischen Bischof und Stadt konnte vergifteter nicht sein. Es schien, als reiche ein Funken, und beide Parteien stünden sich in einem offenen Krieg gegenüber. Im Grunde genommen war dies schon der Fall, nur fehlte bisher der Anlass, gemeinsam die Burg zu stürmen beziehungsweise die Stadt mit Rittern anzugreifen.

Das sollte sich nun ändern.

Zwist

Über den Lärm der Karren und Fuhrwerke und das Schnauben der Pferde erhob sich am linken Brückentor lautes Gezänk. Craft blickte von der Liste auf, die er akribisch pflegte. Heute Abend hatte er die Wocheneinnahmen aus dem Brückenzoll beim Vogt abzugeben. Es war eine beträchtliche Summe, höher als die der vorangegangenen Wochen.

«Den Zoll», hörte er seinen Sohn Azzo fordern, «sonst wirst du nicht über diese Brücke gehen.»

«Aber Herr», klagte eine Frauenstimme, «ich habe nichts, das ich Euch geben kann.»

«Es ist des Bischofs Gesetz, nicht meines.»

«So habt Erbarmen.»

Craft ging zum Fenster. Am Brückentor stand Azzo mit der Blechbüchse in der Hand, ihm gegenüber eine ergraute Frau, umringt von Volk.

«Azzo! Was ist los?»

Die Frau blickte mit gefalteten Händen zu Craft hinauf, als wäre er ein Säulenheiliger.

«Habt Erbarmen», flehte sie ihn an. «Ich bin eine arme Pilgerin auf dem Weg zum Münster. Mein Mann ist erblindet.

Das Wasser aus dem Kiliansbrunnen soll ihn wieder sehen lassen.»

Craft seufzte. Schon die dritte Pilgerin an diesem Tag, die vorgab, kein Geld zu besitzen, aber die Brücke überqueren wollte. Wenn es so weiterging, würde er ein Schild anbringen, auf dem stand: *Auch Pilger müssen zahlen*. Aber das war natürlich unsinnig. Wer von ihnen konnte schon lesen?

«Tretet beiseite», rief Craft ihr zu, «ich komme hinunter.»

Der Tisch in seiner Dienstwohnung war übervoll mit kleinen silbernen Münzen, auf die das Konterfei des Bischofs geprägt war. Konnte er den Schatz unbeaufsichtigt lassen? An welcher Stelle hatte er das Zusammenzählen abgebrochen? Herrgott, es half nichts, er würde noch einmal von vorne beginnen müssen.

Er nahm den schweren Schlüsselbund vom Haken und verschloss die Tür. Die Knie knackten bei jedem Schritt, ins Kreuz stach der bekannte Schmerz vom langen, gebeugten Sitzen, und die Augen waren auch nicht mehr die besten. Die ausgetretenen Stufen der Treppe versanken in fahlem Licht.

«Macht Platz, geht beiseite!», rief Craft, während er sich einen Weg durch die Menge bahnte. Es waren inzwischen so viele, dass nur noch ein Nadelöhr für die Fuhrwerke und Reiter geblieben war. Crafts erster Blick galt Azzo, der sich zurückgezogen hatte und wieder den Zoll einsammelte. Azzo zeigte sich verstimmt, weil er sich schon wieder mit einer mittellosen Person herumschlagen musste. Wenn sie das Geld nicht aufbrachte, musste sie eben jemanden finden, der für sie bezahlte oder sie mit einem Boot übersetzte, aber auch dafür brauchte sie Geld.

Die Frau war alt und dünn, die Kleider zerrissen, das graue Haar war aufgelöst und hing ihr in fettigen Strähnen ins ungewaschene Gesicht. Sie weinte, sah sich so kurz vor dem Ziel gescheitert.

Craft führte sie ein paar Schritte beiseite. «Kommt, lasst uns reden, wo es ruhiger ist.»

«Ich habe meinen letzten Pfennig für Brot ausgegeben», schluchzte sie. «Seit zwei Tagen habe ich nichts mehr gegessen.»

«Aber Ihr wisst doch, dass Ihr Brückenzoll zahlen müsst. Sonst darf ich Euch nicht hinüberlassen.»

«Habt Erbarmen.» Sie faltete die schmutzigen Hände, flehte ihn aus verheulten Augen an. «Ich habe nichts, was ich Euch geben kann. Bitte, lasst mich auf die Brücke. Ich muss zum Kiliansbrunnen und heiliges Wasser für meinen kranken Mann holen.»

Geschichten dieser Art hörte Craft dutzendfach am Tag. Wenn er darauf einginge, spräche es sich herum, dass sich der Brückenzöllner auf Jammergeschichten einließ. Er hatte einen Eid geleistet, hatte geschworen, jedem den Zoll abzuverlangen, egal, um wen es sich dabei handelte. Wenn er nachgab, könnte es ihn die Anstellung kosten, zumal die Situation nicht unbeobachtet geblieben war. Die Leute gafften noch immer zu ihnen herüber.

«Aus dem Weg!»

Hoch zu Ross saß ein Mann, den Craft gut kannte. Es war ein stolzer Domherr, ein Ritter im Gewand eines Geistlichen, der in einem der stattlichen Höfe hinter dem Dom residierte. Er kam von der Burg des Bischofs, zu der er einmal am Tag hinaufritt, vermutlich um die Bauarbeiten zu verfolgen. In letzter Zeit wählten erstaunlich viele Ritter den steilen Aufstieg, etwas ging dort oben vor sich.

«Ehrwürdiger Domherr», erwiderte Craft und verneigte sich, «verzeiht.» Er machte Platz, damit das Pferd vorbeitraben konnte. Auch am Brückentor musste der edle Domherr nicht warten, Azzo machte ihm beflissen den Weg frei.

«Warum zahlt er keinen Brückenzoll?», fragte einer aus der Menge.

«Weil das ein edler Domherr ist», antwortete Azzo gereizt, und man konnte ihm ansehen, wie schwer ihm die Worte fielen.

«Warum zahlt ein Domherr nicht?»

«Weil es das Gesetz so will.»

«Welches Gesetz?»

«Das des Bischofs, und nun zahl deinen Zoll oder geh zurück.»

«Aber, Herr», fragte nun auch die alte Frau, «warum lasst Ihr mich nicht über die Brücke gehen, wenn dieser Ritter es tun darf?»

Es war sinnlos, es der Alten zu erklären, sie hätte es nicht verstanden. Wirzburg, wie die Stadt nun genannt wurde, war nicht nur eine Bischofsstadt, sondern auch eine Stadt mit vielen Klöstern, Kirchen, Stiften und Stiftsschulen. Ihre Angehörigen waren allesamt von Steuern und Abgaben befreit, während jeder andere, vom einfachen Tagelöhner bis zum stolzen Ritter, zahlen musste. Dieser Umstand war eine stete Quelle von Ärgernissen, Protesten und Auflehnung gegen die unberechtigte Besserstellung der Geistlichkeit – so empfanden es die Bürger. Jedes Mal, wenn ein Wall zum Schutz der Stadt errichtet, eine Straße ausgebessert, neues Baumaterial für die Brücke gekauft und die Arbeiter entlohnt werden mussten, so hatte jeder dafür zu zahlen, nur eben die Geistlichkeit nicht.

Und waren die Kassen leer, was nicht selten vorkam, dann berief sich der Bischof auf die Frondienste, die seine Untertanen ihm zu leisten hatten.

«Kommt mit», sagte Craft zu der Alten und führte sie zum Brückentor. «Wenn Ihr bereit seid, mir einen kleinen Dienst zu erweisen, dann will ich Euch dafür bezahlen.»

Die Alte schaute ihn mit großen Augen an. Was könnte sie schon für ihn tun?

«Bringt mir doch etwas vom heiligen Wasser aus der Kiliansquelle mit», sagte er und reichte ihr eine Flasche und einen Pfennig. «Meine Knie schmerzen und meine Augen sind müde. Ihr würdet mir einen großen Gefallen tun.»

Dann steckte er einen weiteren Silberpfennig in die Büchse, die ihm Azzo hinhielt. Es war nicht das erste Mal, dass sein Vater den Eid auf diese Weise umging. Er seufzte und schüttelte schmunzelnd den Kopf. «Vater, du ruinierst uns noch.»

«Der Pfennig ist gut angelegt», widersprach Craft. «Meine alten Knie würden auf dem weiten Weg brechen. Diese hilfsbereite Frau, und Gott möge sie und ihren Mann segnen, bewahrt mich vor dem Medicus, der mich teurer käme.»

Die Alte pflichtete ihm eifrig und dankbar bei. Sie würde auch ein Gebet für ihn und seine Familie sprechen, auf dass es noch mehr gute Seelen wie ihn in dieser Stadt gebe.

Die hohe Glocke von St. Jakob schlug zur vollen Stunde, ihr Klang erinnerte Craft daran, dass bald Torschluss war und er die Abrechnung noch fertigstellen musste. Auch die Arbeiter würden dann kommen, um an der Brücke die dringend notwendigen Ausbesserungen vorzunehmen. Er musste sich sputen.

Doch zuvor wollte er sehen, wie die Arbeiten an den Pfeilern vorangingen. Das gehörte zwar nicht zu seinen Aufgaben, aber der Vogt würde ihn heute Abend danach fragen. Besser, er hatte eine zufriedenstellende Antwort, bevor ihn der Griesgram rügte. Die Stimmung war ohnehin schon aufgeladen, da brauchte es nicht noch einen weiteren Grund.

Er reihte sich in den Strom der Fußgänger und Gespanne ein. Hier und da krachte es bedenklich, wenn ein Rad in ein Schlagloch sackte, die Ladung verrutschte, der Kutscher schimpfte und die Peitschen knallten. An der Mauerbrüstung splitterte der Stein, das musste ausgebessert werden, bevor der Frost kam, wie so vieles, das seit einiger Zeit unbearbeitet blieb.

Craft lehnte sich über die Brüstung und blickte hinunter. Am Pfeiler Nummer sechs war ein Holzgerüst angebracht, darauf standen Maurer und warfen Mörtel in die aufgesprengten Fugen, neben ihnen Steinmetze, die besorgt den Zustand der mächtigen Steinquader in den weiten Bögen begutachteten, die die Brücke stützten. Und das waren nur die offensichtlichen Mängel, viel spannender war es, unter die Wasseroberfläche zu tauchen und dort zu prüfen, inwieweit die Fundamente noch in Ordnung waren.

«Das wird nicht wenig kosten», sagte eine Stimme neben ihm.

Es war Emanuel, Weinhändler und Ratsmitglied der jüdischen Gemeinde, die sich am Rigol eingerichtet hatte. Das ehemalige Sumpfgebiet zwischen Marktstraße und der nördlichen Stadtmauer war jetzt dicht bebaut. Emanuel nutzte die Brücke mehrmals am Tag. Er lebte unter den Glaubensbrüdern am Rigol, hatte aber seinen Weinkeller in der Nähe des Zeller Tors in direkter Nachbarschaft zu den Herren vom Deutschhausorden und den Fischern und Gastwirten.

Wenn man nicht wusste, dass er Jude war, keiner wäre darauf gekommen. Craft kannte ihn gut, und sie waren so etwas wie Freunde, was er nicht von vielen sagen konnte. Seitdem die Juden nicht mehr ausschließlich dem Kaiser unterstanden, sondern auch dem Bischof, traute man ihnen noch weniger. Aber dafür konnte Emanuel nichts, genauso wenig wie seine Brüder und Schwestern vom Rigol. Sie waren zu einem lohnenden Handelsgut geworden, und der Bischof ließ sich für ihren Schutz teuer bezahlen.

«Da magst du recht haben», erwiderte Craft und reichte ihm die Hand. «Die Frage ist, wer dafür aufkommen muss.»

«Ich fürchte, die Gleichen wie immer.» Damit hatte er den Finger in die Wunde gelegt. Die Maurer und Steinmetze, die an der Brücke arbeiteten, waren zum Frondienst eingeteilt, genauso wie die vielen Arbeiter an der Stadtmauer, die die Schäden des letzten Gewitters beseitigten, Erweiterungen durchführten, neue Durchbrüche schafften. Während sie hier schufteten, verdienten sie nichts, und wenn sie bei Sonnenuntergang müde und erschöpft nach Hause trabten, warteten dort ihre Frauen und Kinder vor halbvollen Töpfen und Schüsseln.

«Das geht nicht mehr lange gut», klagte Craft. «Der Bischof hat das Augenmaß verloren.»

Emanuel erwiderte nichts darauf, denn seinen Schutzherrn sollte man in der Öffentlichkeit nicht rügen.

«Wenn es dir mit dem Brückenzoll mal zu viel wird», sagte Emanuel, «bei mir ist immer ein Platz für dich.»

Gemeint war die Aufsicht und die Registratur über die Weinfässer, die soeben am Hafen verladen wurden. Er hatte dort sein eigenes Schiff liegen.

«Wo geht die Ladung heute hin?», fragte Craft.

«Den Rhein hinab. Köln, Nimwegen und ein paar Fässer für die Insel. Unser guter Frankenwein schmeckt den Grafen und Fürsten. Ich könnte noch eine ganze Schiffsladung mehr verkaufen, wenn –»

Craft winkte ab, er ahnte, worauf Emanuel hinauswollte. «Schlag dir das aus dem Kopf. Ich betrete keinen Keller mehr.»

«Du hast früher den besten Wein gemacht», widersprach Emanuel. «Es ist wirklich eine Schande ...»

«Meine Knie», unterbrach Craft, wie so oft, wenn er darauf angesprochen wurde, «die Kälte, die Feuchtigkeit ... es geht einfach nicht mehr. Ich bin jetzt Brückenzöllner, und das ist gut so.»

Emanuel seufzte. «Wie du willst.»

Ein Pferd wieherte hinter ihnen.

«Aus dem Weg, Jude!»

Es war Ortwin, ein grobschlächtiger Kerl, der mit seinem Fuhrwerk Steine hinauf zur Burg des Bischofs transportierte. Er war Dauergast auf der Brücke und glaubte, damit irgendwelche Vorrechte zu haben. Überdies gehörte er zu den leicht entflammbaren Gemütern, die sich ständig benachteiligt fühlten und das auch jeden wissen ließen. Craft mochte diesen Krakeeler nicht, hatte ihn schon mehrfach zur Ordnung gerufen und ihm mit den Torwachen gedroht, was aber nie fruchtete. Ortwin war Azzos bester Freund.

«Ortwin», fuhr Craft ihn an, «du hast genug Platz zum Ausweichen!»

«Wieso sollte ich ausweichen, wenn der dreckige Jude beiseitegehen kann?»

«Es ist schon gut», beschwichtigte Emanuel, «ich war ohnehin auf dem Weg zum Hafen.» Er grüßte Craft zum Abschied, dann ging er los.

Für Craft war die Sache damit noch nicht geklärt, in ihm gärte die Wut über das ewige Großmaul. «Wenn ich so etwas noch einmal von dir höre», ging er Ortwin an, «dann schmeiß ich dich von der Brücke.»

Der Gescholtene lachte laut. «Übernimm dich nicht, alter Mann. Es ist nicht deine Brücke, du bist nur der Zöllner.»

«Der Vogt wird dich züchtigen, wenn ich ihm sage, wie du mit den Juden des Bischofs umgehst. Denk daran: Keiner darf einem Juden etwas zuleide tun, sonst landet er im Kerker.»

Ein weiteres Gesetz des Bischofs, das Juden unter Strafandrohung gegen die Bürger in Schutz nahm und sie damit über sie erhob.

«Ach, geh zur Seite», grollte Ortwin und ließ die Peitsche über den Rücken der Pferde knallen. Der Karren zog an, schwer rollten die eisenbeschlagenen Räder über die Steine und sackten ins nächste Schlagloch.

Craft sah es mit einem Seufzen, ging ins Zollhaus zurück und kümmerte sich wieder um die Abrechnung. Der Tisch ächzte unter der Last der vielen silbernen Münzen. Wie sollte er nur bis heute Abend fertig werden, wenn er ständig gestört wurde? Manchmal fragte er sich, wie es wäre, mit den Wocheneinnahmen zu türmen, irgendwohin, wo die Häscher des Bischofs ihn nicht aufspüren konnten. Ein sorgenfreies Leben in Wohlstand führen ... Aber da war ja noch Azzo, der sein ganzes Leben noch vor sich hatte. Der Junge war ungestüm und leicht beeinflussbar, schlimmer zu hüten als ein Sack voll Flöhe.

Schritte hallten den engen Toraufgang herauf. Müde von der langen Arbeit stellte Azzo den Spieß in die Ecke und die Büchsen voller Silberpfennige auf den Tisch.

«Torschluss», sagte er knapp. «Die Arbeiter sind auf der Brücke.» Dann schenkte er sich einen Becher Wein ein und trank ihn in einem Zug leer, während Craft die Büchsen öffnete und die vielen Silberlinge auf den Tisch kippte. Klang und Anblick der Münzen fesselten Azzos Aufmerksamkeit.

«Hast du nie daran gedacht, was wir mit all dem Geld anfangen könnten?»

Craft blickte besorgt auf. «Schlag dir das schnell wieder aus dem Kopf.»

«Aber Vater», er nahm den Weinkrug und setzte sich zu Craft, «nie wieder frieren, den ganzen Tag herumstehen und über den Zoll streiten müssen, nie wieder –»

«Schweig! Ich habe einen Eid geleistet.»

«Was hat ein Eid schon zu bedeuten?»

«Ehre, Azzo. Unsere Ehre als treue Diener unseres Herrn, des Bischofs.»

«Pah!» Er warf den leeren Becher in die Ecke. «Der Bischof ist genauso ein Verbrecher wie die reichen Händler und die gierigen Juden.»

«Azzo!» Seine Faust ließ die Münzen auf dem Tisch tanzen. «Ich will so etwas nie wieder von dir hören. Die Juden haben dir nichts getan.»

«Die Juden sind ebensolche Schmarotzer wie die Pfaffen.»

«Das stimmt nicht. Die Juden zahlen viel Geld dafür, dass sie unter uns leben dürfen, und wir verdienen gut an ihnen. Es würde anders in unserer Stadt aussehen, wenn sie nicht da wären.»

«Ihr Geld geht an den Bischof. Wir haben nichts davon.»

«Das ist nicht ihre Schuld.»

«Aber die des Bischofs.»

«Willst du etwa gegen ihn aufbegehren?»

Azzo zögerte, doch dann: «Warum nicht?»

«Hast du deinen Verstand verloren?!»

«Der Bischof und seine Pfaffen sind Halsabschneider und Blutsauger. Sie pressen uns aus, wo sie nur können.»

«Das ist die Ordnung der Welt.»

«Nicht überall. In reichsfreien Städten wie Nürnberg und –»

«Nürnberg ist weit weg, du aber lebst hier.»

«Das muss nicht sein.»

«Was meinst du?» Craft schaute ihn durchdringend an. Bisher hatte er nur eine diffuse Ahnung gehabt.

«Wir sollten das Geld nehmen und verschwinden.»

Craft zwang sich auf die schmerzenden Beine. «Hat dir Ortwin das eingeflößt?»

«Ortwin hat nichts damit zu tun. Aber ja, er wäre dabei.»

«Also doch. Hat dir der Taugenichts den Kopf verdreht?»

Azzo schwieg.

«Jetzt sag schon», drängte Craft, «wollt ihr mich ins Unglück stürzen?»

«Im Unglück», erwiderte Azzo bissig, «leben wir seit Jahren. Wir müssen uns woanders eine Zukunft aufbauen, Vater. Notfalls mit diesem Schatz.» Sein Blick fixierte den Berg von Münzen. In der Truhe war noch viel mehr. «Wir könnten leben wie die Fürsten, wie ein Bischof.»

Jetzt war es heraus. Craft wandte sich dem kleinen Fenster zu, schaute hinaus auf die Brücke, wo die Arbeiter die Löcher mit Sand zuschütteten, lose Steine festklopften und Risse an der Brüstung stopften. Rufe von den Steinmetzen an den Pfeilern schallten herauf, das Schiff von Emanuel legte soeben ab.

Was hatte er nur falsch gemacht? Sein eigener Sohn war dabei, ihm Ehre und ein sicheres Auskommen zu nehmen. Er hätte vor Scham im Boden versinken können.

«Und, Vater, bist du dabei?»

«Schweig!», herrschte er ihn an. «Ich will nichts mehr davon hören. Und jetzt geh, ich muss nachdenken.»

«Du machst einen Fehler», sagte Azzo leise, erhob sich und ging hinaus.

Craft blieb am Fenster zurück. Was in aller Welt hatte er da nur großgezogen? Wann war ihm Azzo entglitten, und vor allem, warum? Hatte er nicht immer darauf gedrungen, Azzo zu einem anständigen Menschen zu erziehen? Warum war es ihm nicht gelungen? Er seufzte. Craft war auch mal jung gewesen, aber hätte er sich je am Geld des Bischofs vergriffen?

Solch irrsinnige Gedanken durften sich alte Männer machen,

die gerade noch ein paar Jahre zu leben hatten, aber nicht junge Kerle wie Azzo. Im Rausch des plötzlichen Reichtums würde die Beute schneller schwinden als Schnee unter der Sonne. Man musste unauffällig bleiben, Schmarotzer und allzu Neugierige meiden, im Verborgenen leben ... Er hielt inne. War er nun selbst verrückt geworden? Was machte er da? Einen Fluchtplan schmieden?

Er setzte sich wieder an den Tisch, vor ihm der Berg Münzen, den er zu bewältigen hatte. Geld verdirbt den Charakter, sagte er sich. Azzo darf nicht länger der Versuchung ausgesetzt sein. Gleich nach der Abrechnung mit dem Vogt würde er zu Emanuel gehen und ihn um Rat fragen. Vielleicht hatte der eine Beschäftigung für Azzo. Der Junge musste raus aus der Stadt, weg von diesem Ortwin, der ihn nur auf dumme Gedanken brachte.

Der Vogt war sehr zufrieden mit Craft, die Woche war außerordentlich einträglich gewesen. Doch es gab noch etwas zu klären.

«Wir haben ein altes Weibsbild am Kiliansbrunnen aufgegriffen», begann er. «Sie behauptete, in deinem Auftrag das heilige Wasser zu schöpfen.»

«Das stimmt», gab Craft zu, «die Knie schmerzen wieder, und ich musste die Abrechnung noch machen.»

«Sie wollte für das Wasser nicht zahlen, sagte, du würdest dafür aufkommen.»

«Ich habe ihr doch Geld gegeben.»

«Sie hatte nichts in der Tasche, meine Knechte haben sie durchsucht.»

«Dann muss sie es –»

«Das ist nicht der Punkt», unterbrach der Vogt, «entscheidend ist, dass sie kein Brückengeld gezahlt hat.» Er hob abwehrend die Hand, um Crafts Einspruch zuvorzukommen. «Ich weiß, du hast für sie bezahlt, sie hat es gestanden.»

Craft atmete erleichtert auf. «Damit ist dem Gesetz Genüge getan.»

«Bei jedem anderen würde ich mir darüber auch keine Gedanken machen, nur bist du nicht irgendjemand. Du bist der Zöllner, du hast einen Eid geschworen, jedem den Brückenzoll abzuverlangen.»

«Was ich auch tue. Jeder zahlt, bis auf die Geistlichkeit.»

«Wie kann ich deinen Worten noch länger glauben?» Der Vogt sah Craft scharf an. «Um wie viel Geld hast du unseren Bischof schon betrogen?»

«Herr, ich schwöre, niemand passiert die Brücke, ohne zu zahlen.»

«Dein Schwur ist nichts wert, du hast gerade eben zugegeben, dass das alte Weibsbild nicht gezahlt hat. Ich kann mich nicht länger auf dich verlassen.»

«Aber Herr, es ist nur ein einziges Mal geschehen ... ein einziger Silberpfennig.»

«Wer einmal lügt, dem glaubt man nicht. Ich habe dich für einen anständigen und ehrenhaften Mann gehalten, Craft, dessen Wort noch etwas gilt.»

«So ist es auch, Herr.»

«Ich habe mich heute bei den Torwachen über dich erkundigt. Sie sagen, dass du immer mal wieder jemanden passieren lässt, der nicht zahlen kann.»

«Wer hat das behauptet? Sie lügen!»

«Nein, Craft», der Vogt stand auf, «du lügst, und ich kann dir nicht länger vertrauen.»

«Ihr könnt mir ...»

«Du lässt mir keine andere Wahl, denn auch ich habe einen

Eid geschworen, stets treu und redlich zu sein.» Er seufzte. «Es tut mir leid, aber ich muss dich von deiner Aufgabe als Brückenzöllner entbinden. Der Bischof wird darüber entscheiden, welche Strafe du zu erwarten hast. Und nun geh. Du bist eine große Enttäuschung.»

«Aber … seid barmherzig mit einer treuen Seele.»

«Hinaus!»

Gedemütigt und seines Amtes enthoben, stolperte Craft mit schmerzenden Knien und geraubter Ehre in die Dunkelheit. Neumünster und der Dom des Bischofs stachen mächtig in den schwarzen Himmel, der Mond ließ ein paar Wolken passieren, ohne dass sie seine Strahlkraft mindern konnten. Es war eine laue Spätsommernacht, hier und da das Grölen Betrunkener, eine Dirne machte ihr letztes Geschäft im Fackelschein eines Gasthauses, ein Mann mit Laterne und Spieß schleppte sich um die Ecke.

Wohin sollte er gehen? Zurück in seine kleine Behausung auf der Brücke? Er war nicht länger der Zöllner. Morgen früh würden die Wachen kommen und ihn wie einen Verbrecher verhöhnen und über die Brücke jagen. Das konnte er Azzo nicht antun. Der Vater ein ehrloser Lump und Betrüger, der Sohn würde nicht besser sein, genau das würden sie sagen.

Was konnte er jetzt noch tun? Gegenüber ging es durch eine enge, windschiefe Gasse zum Rigol, dem Judenviertel. Sollte er gleich bei Emanuel vorsprechen und auf das Angebot eingehen, das er ihm heute gemacht hatte? Es war nicht spät, und sein Freund schlief bestimmt noch nicht. Einen Versuch war es wert. Egal, was dabei herauskam, er musste jetzt mit jemandem über sein Unglück sprechen.

So überquerte er die Straße und tauchte in den Schatten der Gasse ein. Hinter ihm ging knarrend eine Tür, eine hingeworfene Aufforderung, die er nicht verstand, schnelle Schritte. Das Letzte, was er sah, war eine Fratze, ein Knüppel, dann wurde ihm schwarz vor Augen.

***

Mittlerweile war es Herbst geworden. Nässe, Kälte und Hunger waren Crafts stete Begleiter in der dunklen und von Ungeziefer bevölkerten Kerkerzelle geworden, die er mit fünf anderen teilte. Allesamt waren sie ehrenwerte Bürger, die unter die Räder der bischöflichen Justiz geraten waren, die sich zuweilen wie Willkür ausnahm. In den anderen Zellen sah es genauso aus. Sicher waren unter ihnen auch Mörder und Vergewaltiger, lichtscheues Gesindel, Diebe und Betrüger, aber überwiegend hauste hier normales Bürgervolk, das bisher treu und redlich seiner Beschäftigung nachgegangen war.

Die Auseinandersetzungen zwischen Bischof und der Stadt hatten in den vergangenen Wochen zugenommen, sie waren unerbittlicher und brutaler geworden. Neuankömmlinge berichteten von Sühneangriffen der bischöflichen Knechte und Ritter gegen die Bürger, worauf jene mit Überfällen auf bischöfliche Beamte, gar auf den Bischof selbst, seinen Amtssitz in der Stadt und bald auch auf seine Burg antworteten. Von vielen Toten und Verletzten war die Rede, das einst friedliche Miteinander war nun endgültig zerstört. Die Stadt stand kurz vor dem Aufstand.

Für Craft war dieses Brodeln bis hinunter in die Kerkerzellen zu spüren, wenngleich ein anderer Schmerz tiefer saß und ihn in seinem Glauben an Recht und Ordnung verzweifeln ließ. In jener Nacht, als er die bischöfliche Kanzlei verlassen hatte, war er in der dunklen Gasse niedergeschlagen worden, von wem, wusste er bis heute nicht. Es musste sich um eine Verwechslung gehandelt haben, denn das eigentliche Ziel war offenbar der Vogt gewesen, der kurz darauf einem Mordanschlag glücklich entronnen war.

Die Truhe mit den Wocheneinnahmen aus dem Brückenzoll war angeblich das eigentliche Ziel der Räuber gewesen, sie blieb seit jener Nacht verschwunden. Mit ihr Ortwin und Azzo, die bei dem Tumult von einem Diener des Bischofs im angrenzenden Palais beobachtet und erkannt worden waren. Niemand hatte ihrer habhaft werden können, vermutlich waren sie mit einem Boot den Fluss hinab getürmt und im Rheinischen untergetaucht, wo sie nun wie die Herren lebten. Von Azzo war der Verdacht schnell auf Craft gefallen. Man beschuldigte ihn, Teil der Räuberbande gewesen zu sein, auch wenn keine Beweise dafür vorlagen. Aber mit seiner Untreue beim Eintreiben des Brückenzolls war schnell ein Aufhänger für die Anklage gefunden.

Es war allein Emanuel zu verdanken gewesen, dass Craft nicht dem Henker überstellt worden war. Er hatte von Crafts Eintreten gegen den Zorn der Bürger auf die Juden berichtet und damit von der Gefährdung der Judensteuer. Das hatte Eindruck gemacht, denn nichts fürchtete der Bischof mehr als den Ausfall dieser sprudelnden Einnahmequelle.

Und so hatte Craft zunächst zwei Dutzend Stockschläge und sieben Tage Pranger über sich ergehen lassen müssen, das war die Strafe für einen untreuen Brückenzöllner, bevor er in den Kerker gesteckt worden war.

«Craft!», herrschte ihn der Kerkerknecht an. «Du kannst gehen.»

In der Tür stand der finstere Kerl, der ihn in den vergangenen Wochen nach Herzenslust gedemütigt, geschlagen und verhöhnt hatte. Erschöpft und ausgehungert zwang er sich auf die schmerzenden Beine, auch sein Rücken war in der kalten Feuchte nicht besser geworden, von seinen Augen ganz zu schweigen. Wie ein Blitz traf ihn die Helligkeit, als er auf die Straße kam, obwohl der Himmel grau und schmutzig war. Der Wind blies eisig und kräftig, er wirbelte das Laub auf und die Mützen und Hauben von den Köpfen der Bürger. Ein wärmendes Feuer, ein Schluck warmer Wein, ein Stück Brot, Wurst oder Käse, danach stand ihm jetzt der Sinn.

Doch wovon sollte er das bezahlen? Und wo sollte er überhaupt hin? Sein kleines Zuhause auf der Brücke war dahin, ein anderer trieb nun den Zoll ein, und Azzo war mit dem Schatz des Bischofs über alle Berge. Wieder blieb nur Emanuel. Der würde ihn sicher aufnehmen, ein warmes Plätzchen in seinem Haus für ihn bereitstellen, ihm zu essen geben, ihn pflegen und ihm vielleicht eine neue Aufgabe in seinem Weinhandel anbieten. Notfalls ginge er auch in die Keller zurück.

Er schleppte sich die breite Marktstraße hinauf, der steife Wind ging ihm unter die Haut, dass es ihn fröstelte. Wenigstens war die Luft frisch und frei vom Gestank der Fäkalien im Kerker. Fuhrwerke und Reiter kreuzten seinen Weg, Reisende und Händler, Pilger und Bürger, sie alle strebten zur Brücke, warfen einen Silberling in die Büchse und überquerten den Fluss. Es würde lange dauern, bis auch er die Brücke wieder erhobenen Hauptes beschreiten konnte, dann, wenn er einen Silberpfennig verdient und sich vom Ruf eines untreuen Zöllners reingewaschen hatte – bis dahin wollte er sie meiden.

In den verwinkelten Gassen der Holzhütten am Rigol suchte Craft nach Emanuels Haus. Er war noch nie hier gewesen, und niemand war zu sehen, den er ansprechen konnte.

«Emanuel?!», rief er hilflos und heiser gegen den Wind an.

Ein Fensterladen öffnete sich.

«Wer bist du?», fragte eine Frau, um den Kopf trug sie einen schwarzblauen Schleier, am unteren Fensterrand schauten neugierige Kinderaugen heraus.

«Ich bin Craft und suche meinen Freund Emanuel. Wo kann ich ihn finden?»

«Emanuel? Er lebt nicht mehr hier. Er ist fortgezogen.»

Craft schluckte schwer. «Warum?»

«Er ist verprügelt worden, hat ein Auge verloren.»

«Von wem?»

«Er sagte, ein Knecht des Bischofs habe ihm das angetan.»

«Aus welchem Grund?»

«Er hat wohl für einen am Gerichtstag ausgesagt, einen Betrüger und Gauner.»

Damit konnte nur er gemeint sein. Craft seufzte.

«Wo ist er jetzt?»

«Frankfurt, glaube ich, vielleicht aber auch Mainz.»

Dann schloss sie den Laden wieder und ließ einen enttäuschten und schuldbewussten Craft zurück. Der Einzige, der sich für ihn eingesetzt hatte, ein Jude und erfolgreicher Geschäftsmann, der der Stadt viel Geld und dem Bischof einen Sack voll Steuern eingebracht hatte, war geflüchtet. Nun war er wirklich alleine. Verwandte und Freunde hatte er ohnehin keine, die letzten Jahre hatte er fast ausschließlich auf der Brücke verbracht, sein einziger Sohn Azzo war geflohen, hatte ihn entehrt und seines Berufs beraubt. Wo sollte er jetzt noch hin? Was tun?

Gesenkten Hauptes schlurfte er weiter. Die Wolken über ihm öffneten sich und hießen ihn einen armen Tropf.

***

Der Frühling ließ auf sich warten, die Glocken der Kirchen schlugen zum Morgengebet. Halb erfroren, die verfilzten Kopf- und Barthaare seit Monaten nicht geschnitten, kauerte Craft am Aufgang zur Brücke auf dem kalten Stein. Neben ihm die Torwache, ein junger Kerl, den er seinerzeit noch befehligt hatte, nun befahl er über ihn. Bettler hatten in der Nähe des Torhauses eigentlich nichts verloren, doch der neue Kommandant hatte Mitleid mit dem alten Mann, der einst hier die Befehle erteilt hatte. Sie ließen ihn dort sitzen und die Hand nach einem Almosen ausstrecken.

Gesprochen hatte Craft nie mehr ein Wort. Kein Danke, kein Bitte und keinen guten Morgen. Er war, seit er den Kerker verlassen hatte, verstummt. Die Kinder nannten ihn nur noch den Grambus – einen stillen, knorrigen alten Schrat, wie man ihn aus den Gruselgeschichten über den Wald und seine Gefahren kannte. Verlaust, verdreckt und zottelig saß er in sich versunken Tag und Nacht vor der Brücke, die er nicht mehr betrat, selbst wenn ihm der eine oder andere eine Münze vor die Füße warf. Craft, der ehemalige Brückenzöllner, war ein Gespenst seiner selbst, eine verblasste Erinnerung an einen treuen Diener seines Herrn, des Bischofs, der nun wie ein Untoter am Ort seiner Schande ausharren musste, bis er Erlösung fand.

Von Azzo war keine Rettung zu erwarten. Es hieß, er sei bei einer Prügelei in Köln umgekommen und seinem Komplizen Ortwin sei mit der restlichen Beute die Flucht gelungen. Ein jeder wartete nun darauf, dass Craft endlich zur Seite kippte und man ihn in einem Loch auf dem Gottesacker verscharren konnte.

In dem alten Wrack steckte aber noch Leben, und er erfasste alles, was um ihn herum vor sich ging. Der Winter hatte die Bauarbeiten an der Burg des Bischofs zum Erliegen gebracht, die Maurer und Steinmetze sprachen von starken Mauern, die schweren Geschossen aus Wurfmaschinen standhalten würden.

In der Mitte der Burg stand jetzt ein hoher Turm, von dem der Blick weit ins Tal reichte, der aber auch als ein gefürchteter Kerker mit meterdicken Mauern ausgebaut worden war. Wer dort eingesperrt wurde, kam nicht mehr lebend heraus. Des Weiteren arbeiteten sie an Wehrtürmen, die Angreifer aufhalten sollten, lange bevor sie auch nur in die Nähe der Mauern kamen. Von Geheimgängen war die Rede.

Alles deutete darauf hin, dass der Bischof sein Stadtpalais bald aufgeben und auf seine Burg umsiedeln würde. Wenn er erst mal dort oben saß, war er unangreifbar. Es musste also vorher geschehen, so flüsterte man hinter vorgehaltener Hand.

In den vergangenen Monaten hatte Craft ausgiebig Zeit gehabt, über sein Schicksal nachzudenken. Seine Gutmütigkeit war ihm zum Verhängnis geworden, das hinterhältige Weibsbild hatte ihn an den Vogt verraten. All die Jahre, in denen er den Brückenzoll eingetrieben hatte, waren plötzlich nichts mehr wert gewesen, stattdessen hatten sie ihn verprügelt, gedemütigt und weggesperrt, seiner Ehre und, ja, auch seines einzigen Sohns beraubt. Hätte der Vogt Nachsicht gezeigt, wäre er nicht in die Gasse gegangen und niedergeschlagen worden. Er hätte Azzo von der wahnwitzigen Tat abbringen können und Ortwin als einzig wahren Schurken bloßstellen können. So aber war eins zum anderen gekommen ...

Wegen eines einzigen Silberpfennigs!

Zwei Handwerksmeister unterhielten sich in der Nähe, ohne ihn zu beachten, sie wähnten ihn betrunken oder schlafend. Im Grunde war es egal, ob sie jemand hörte. An jeder Ecke wurde geschimpft und geklagt, längst nicht mehr hinter vorgehaltener Hand. Das Unrecht war himmelschreiend.

«Solange der Bischof uns regiert, werden wir nie frei und stark sein. Er ist schlimmer als die Pest.»

«Davonjagen sollten wir ihn.»

«Seit einer Woche habe ich meinen Lehrling schon nicht mehr gesehen, statt für mich arbeitet er jetzt für den Bischof, ohne Bezahlung, ohne Dank.»

«Auf unsere Kosten mästet er sich. Ich hätte gute Lust, ihm den fetten Wanst aufzuschneiden.»

«Die Juden hegt und pflegt er, als wären sie sein wertvollster Besitz.»

«Keinen Pfennig zahlen sie an uns, obwohl sie mitten unter uns leben. Das muss aufhören.»

Pferdegetrappel wurde laut, Kommandos geschrien, die Torwachen schafften Platz für die Reiter des Bischofs. Den Tross führte der Vogt an, gefolgt von drei starken Kerlen mit Knüppeln und Schwertern. Ihren Mienen nach zu schließen, waren sie auf Krawall gebürstet, vermutlich galt es, zahlungsunwilligen Bürgern auf die Sprünge zu helfen.

Vor der Werkstatt eines Schusters saßen sie ab. Die Tür stand offen, zu dritt gingen sie hinein, der vierte Mann sicherte sie gegen überraschenden Besuch. Der martialische Auftritt des bischöflichen Kommandos blieb nicht unbemerkt, Nachbarn eilten herbei, wollten sehen, was der Vogt da wieder anstellte. Man war einiges von ihm und seinen rauen Kerlen gewohnt. Wenn sie auftauchten, lag Ärger in der Luft. Die beiden Handwerksmeister eilten hinzu. Craft hatte derlei in den vergangenen Monaten schon oft beobachtet. Es würde nicht lange dauern, bis sich Geschrei und Fäuste erhoben.

Und so war es auch. Aus der Werkstatt drangen Rufe, etwas ging zu Bruch, die Menschenmenge stellte sich auf die Seite des Schusters, man stachelte sich gegenseitig auf, die Ersten griffen zu den Dolchen am Gürtel.

Der Vogt hatte guten Grund, gleich mit drei Mann anzurücken. Die Schuster hatten sich in einer mächtigen Zunft organisiert, und der Bischof setzte alles daran, sie schnell wieder aufzulösen. Doch das war Wunschdenken. Mittlerweile hatten auch andere sich zusammengeschlossen, die Häcker, die Bäcker, Fleischer, Kürschner, um gemeinsam ihre Interessen zu vertreten.

Aus der Judengasse, die vom Rigol auf die Marktstraße führte, strömten mit einem Mal junge Burschen, gefolgt von ihren Meistern. Ein jeder hatte ein Werkzeug in der Hand, mit dem er dem Kollegen zu Hilfe eilen wollte. Der vierte Knecht, der vor der Werkstatt Wache hielt, wurde überrannt, niedergeschlagen, verprügelt und getreten, so lange, bis er sich in seinem Blut nicht mehr rührte.

In der Schusterwerkstatt ging es ebenso brachial zur Sache, Schreie gellten heraus, ein verletzter Geselle humpelte davon, gefolgt von einem Knecht mit der blutigen Klinge in der Hand.

Der Zwischenfall blieb von den Torwachen nicht unbemerkt, sie stürmten hinüber und mischten sich in den erbitterten Kampf ein. Noch mehr Blut floss, Craft nahm es aufmerksam zur Kenntnis. Die Scharmützel endeten mit einem Dutzend Verletzter und Toter, der Schuster wurde unter Tritten und Hieben herausgetrieben, blutüberströmt, die Hände in Eisen. Seine Frau flehte den Vogt an, Gnade walten zu lassen, aber dafür war es zu spät. Kerker und Pranger warteten, der Schuster würde nun erfahren, was es hieß, gegen das Gesetz des Bischofs zu verstoßen. Zurück blieben eine verwüstete Werkstatt, wütende Schuster- und Zunftbrüder, Verwundete und Tote, darunter auch der Junge des Schusters. Das Klagegeschrei der Mutter erfüllte die Marktstraße.

Auf die blutige Aktion des Vogtes sollte eine Antwort folgen, darin war man sich schnell einig. Wo war der Bischof? Man würde ihn auf der Stelle zur Verantwortung ziehen, egal, wie viel Blut und Menschenleben es kostete. Jetzt, ein für alle Mal, musste er aus der Stadt gejagt werden, besser, man knöpfte ihn und seinen Vogt gleich am nächsten Baum auf.

Holt alle herbei! Tod dem Bischof! Tod dem Bischof!

Craft mühte sich auf die schmerzenden Knie. Das war der Augenblick, auf den er so lange gewartet hatte. Humpelnd begab er sich hinüber zu den selbst ernannten Anführern des Aufstandes.

«Hört mich an!», rief er heiser. «Hört mich an!»

War es die Überraschung, dass der alte, zottelige Grambus doch sprechen konnte? Die aufrührerischen Stimmen versiegten.

«Ihr könnt den Bischof nicht töten», sagte Craft, «nicht so.»

«Red keinen Unsinn.»

«Der alte Narr.»

«Hört nicht auf ihn.»

«Tod dem Bischof!»

«Seine Ritter werden euch in Stücke hauen», beschwichtigte Craft. «Ihr müsst klug und vorausschauend gegen sie vorgehen.»

Seine Worte zeigten Wirkung. Natürlich, die Ritter. Die anfängliche Euphorie wich Bestürzung.

«Die Ritter … heilige Muttergottes, hilf!»

«Wir sind viele!»

«Aber gegen die Ritter?»

«Wir schaffen das.»

«Tod dem Bischof und seinen Rittern!»

Craft ließ sie plärren, einige jedoch sahen die Gefahr, sie mäßigten die anderen, bis sie endlich verstummten und Craft weitersprechen konnte. «Ich weiß, wie ihr die Ritter besiegen könnt.»

Der Vorfall sorgte für helle Aufregung auch im bischöflichen Hof, der nur einen Steinwurf entfernt an der Seite des Doms lag. Zwei tote Knechte und ein verletzter Vogt. Das war der Tropfen, der das Fass zum Überlaufen brachte. Ein für alle Mal mussten sie begreifen, wer das Sagen in der Stadt hatte, die Ungeheuerlichkeit würde mit Blut vergolten werden.

«Schickt nach meinen Rittern!», befahl Bischof Hermann von Lobdeburg. «Alle sollen sie kommen. Keiner darf fehlen.»

«Sehr wohl», erwiderte sein Sekretär und Leibdiener, doch bevor er den Befehl weitergab, gab er zu bedenken: «Zu Eurem Schutz, Eure Eminenz, sollten wir Vorkehrungen treffen.»

«Welche Vorkehrungen?», erwiderte Lobdeburg unwirsch. Am liebsten hätte er gleich selbst zum Schwert gegriffen.

«Der Hof lässt sich nur schwer verteidigen.»

Richtig. Der bischöfliche Hof war ein Wohnhaus. Türen, Riegel und Fenster waren schnell eingeschlagen, auch wenn Gitter sie schützten. Nichts, was ein starker Gaul nicht herausreißen konnte. Der Zorn Lobdeburgs schwand angesichts der gefährlichen Lage.

«Lass alles verschließen», ordnete der Bischof an. «Die Kuriere sollen hinten raus entweichen und reiten, als sei der Teufel hinter ihnen her.»

Der Diener versprach es.

«Und schick nach den Torwachen.»

«Kann man ihnen trauen?»

Eine gute Frage. Lobdeburg fand keine Antwort darauf. Nur durfte er nicht mehr lange zögern. «Versprich jedem doppelten Lohn. Los jetzt. Beeil dich!»

Eine kurze Verbeugung, und der Diener huschte zur Tür hinaus. Lobdeburg begab sich zum Fenster, vorsichtig schaute er hinaus. Niemand durfte ihn hier sehen, sonst war es um ihn geschehen. Zum Teufel, warum war er nicht schon längst auf seiner Burg? Dort könnten sie ihn ruhig besuchen kommen. Mit Feuer und Pech würde er sie willkommen heißen. Aber hier war er ihnen schutzlos ausgeliefert. Auf der Straße rotteten sie sich zusammen, immer mehr kamen herbeigerannt, Hämmer und Sicheln in den Händen.

«Heilige Mutter Maria.» Er schreckte zurück, die Hände zitterten.

Er würde nicht ungesehen durch die Marktstraße auf die Brücke und von dort auf die rettende Burg kommen. Die Ritter mussten ihm Geleitschutz geben, anders war das nicht zu schaffen. Doch zuvor sollten sie jeden Bürger erschlagen, der ihnen vor das Schwert kam, egal, wen sie antrafen – Mann, Frau, Kind. Sie alle hatten sich schuldig gemacht, heute tagte für sie das Letzte Gericht. Mit bebender Lippe sprach er eine Fürbitte, eine ganze Litanei sollte es werden.

Die Bürger ahnten davon nichts. Sie wähnten den Bischof auf seiner Burg oder sonst wo, aber nicht mitten unter ihnen. Auch von seinem eiligen Hilferuf erfuhren sie erst mal nichts. Es würde dauern, bis vom Bischof eine Reaktion zu erwarten war, so lange konnte man überlegen, ob Crafts Vorschlag etwas taugte. Viele trauten ihm nicht. Der ehemalige Brückenzöllner war jahrelang in Diensten des Bischofs gestanden. Wieso sollte ausgerechnet er gegen ihn vorgehen wollen? Ja, er war schmachvoll seines Amtes enthoben und in den Kerker geworfen worden, lebte seitdem das Leben eines Bettlers auf den Straßen, darin war er nicht der Einzige. Wer die Macht und Unerbittlichkeit des Bischofs zu spüren bekommen hatte, war gemeinhin für alle Zeiten kuriert, ein böses Wort gegen ihn vorzubringen.

Aber als die Nachricht von der Mobilisierung der Ritter

eintraf, verflogen die Zweifel. Jetzt konnte es sich nur noch um Stunden handeln, bis die Ritter über sie herfielen. Vom anfänglichen Wagemut, mit Hämmern, Sicheln und Äxten gegen schwer gerüstete Ritter mit Schwertern und Lanzen vorzugehen, war nichts mehr zu spüren. Angst und Panik schafften sich Raum. Von Flucht und Verstecken war die Rede, ein heil- und kopfloses Durcheinander. Es würde zu einem Blutbad kommen. Sie waren verloren.

Da stellte sich Craft vor sie. «Verzagt nicht, steht in Eintracht zusammen. Wir können die Ritter besiegen.»

«Wie soll das gehen?»

«Hört nicht auf den Narren.»

«Er will uns ins Verderben stürzen.»

«Ich kenne die Ritter», widersprach Craft, «ich habe sie unzählige Male beobachtet, wenn sie über meine Brücke gekommen sind.»

«Er will uns nur Sand in die Augen streuen.»

«Was will ein alter Vagabund schon gegen einen Ritter ausrichten?»

«Gegen fünfzig.»

«Oder hundert.»

«Wir sind verloren.»

«Nein, wir können es schaffen», hielt Craft ihnen entgegen. «Wir können die Ritter besiegen und obendrein den Bischof gefangen nehmen. Steht zusammen, kämpft Seite an Seite. Ich führe euch.»

«Du?»

«Ein verlauster alter Schrat, der seine Sinne nicht mehr beisammenhat. Wie willst du uns gegen die Ritter führen?»

«Ich kenne ihre Schwachstelle», erwiderte er. «Es ist ganz einfach.»

Spätestens jetzt hatte Craft auch den letzten Befürworter zum Zweifler gemacht, die anderen schauten sich fragend an, ob Craft nun völlig verrückt geworden war.

Die Knappen hatten ihren Rittern in Windeseile in die schweren Rüstungen geholfen, die Streitrösser gesattelt und gezäumt, Lanze, Schwert und Morgenstern bereitgestellt. Es gab keine Zeit zu verlieren. Der Bischof war in höchster Gefahr, von dem räudigen Pack auf die schlimmste Weise massakriert zu werden. Man hatte von seinen blutigen Kämpfen mit den Bürgern schon einiges erfahren, mitunter war man Teil seiner Strafaktionen gewesen, nun stand die Entscheidung an.

An der Ernsthaftigkeit und Dringlichkeit des Auftrags gab es nichts zu deuten, denn die Alternative war furchteinflößend. Nicht auszudenken, wenn die Bürger die Oberhand gewännen. Was wurde dann aus ihren Lehen? Würden auch die Knechte und Mägde auf der eigenen Burg, auf dem eigenen Land sich dadurch ermutigt fühlen? Würden die stolzen Landritter die Nächsten sein, die die Herrschaft aus der Hand geben mussten?

Es gab nur eine Antwort darauf: ein gnadenloses Blutgericht. Wer ihnen vor das Schwert oder den Morgenstern kam, würde sterben. Besser, einen zu viel erschlagen als einen zu wenig.

Im Galopp hasteten die Ritter gegen die Stadt. Die Knappen, die im Kampf sonst an ihrer Seite blieben, hatten Mühe, ihnen zu folgen, manche blieben gleich ganz zurück. Jetzt galt es schnell zu handeln, jeden weiteren Aufruhr, jede Zusammenrottung im Keim zu ersticken, bevor sich weitere Wirrköpfe aus den umliegenden Dörfern den Wirzburgern anschlossen. Über die Felder und Straßen kamen sie aus allen Richtungen herbei, die Torwachen machten ihnen den Weg frei, wiesen die Händler, Reisenden und Bauern auf ihren Fuhrwerken und Pferden zurück. Die Stadt war ab sofort abgeriegelt. Nur noch die Ritter kamen hinein, niemand mehr heraus. Wehe dem, der sich noch auf den Straßen herumtrieb oder gegen den Bischof aufbegehrte, er würde in seinem eigenen Blut ertrinken.

Als die Ritter durch die Stadttore galoppierten, machten sie sich auf heftigen Widerstand gefasst. Die Hand an Schwert und Morgenstern, bereit, sich einen Weg durch die Reihen der Aufständischen zu schlagen. Doch kaum hatten sie die Tore passiert, bot sich ihnen ein völlig unerwartetes Bild. Das Bürgervolk hielt keine Steine, Spieße und Messer in den Händen. Die Menschen säumten die Straßen und begrüßten die Ritter mit Jubel und Applaus. Niemand erhob die Hand gegen sie, rief ein schlimmes Wort oder machte Anstalten, gegen sie vorzugehen.

Was war hier los?

War der eilige Hilferuf des Bischofs, dass es um sein Leben ging, ein Irrtum gewesen? Waren sie falschen Boten aufgesessen, die Schindluder mit ihnen treiben wollten?

Doch halt! Spielten die Bürger nur die treuen Untertanen und wiegten die Ritter in falscher Sicherheit? Lauerte hinter der nächsten Ecke ein Bogenschütze, ein Spieß, ein Schwert auf sie?

Vorsicht war geboten. Zu beiden Seiten der Straße winkten Frauen und Kinder ihnen zu, ein paar Alte waren auch darunter, die Männer fehlten hingegen, was in der ganzen Verwunderung unterging.

Die Gasse, die für die Ritter gebildet wurde, führte sie geradewegs zur Brücke. Den Rittern auf der anderen Seite des Flusses rief man zu, der Bischof sei in seinem Stadthof, und so ging auch ihr Weg auf die Brücke.

Hier schien alles unverdächtig. Fußgänger, Karren und Fuhrwerke schoben sich aneinander vorbei, eine Kuh wurde vorangetrieben, eine Herde Schafe und Gänse kam sich in die Quere, das übliche Gezeter der Viehhirten darüber blieb aber aus. Es ging auffallend friedlich zu, was die Ritter hätten bemerken können. Normalerweise herrschte lauter Betrieb, ein Streit über den Vorrang auf der engen Fahrbahn fand allenthalben statt. Und noch etwas wäre dem aufmerksamen Auge nicht entgangen: Auf der Brücke waren nur Männer zu sehen, keine Frauen oder Kinder. Ein jeder von ihnen machte einen angespannten Eindruck, keiner sprach mit dem anderen, jeder ging ausschließlich seiner Tätigkeit nach – eine unwirkliche Situation.

Die kriegserfahrenen Ritter sahen nur den kleinen Ausschnitt, den der Schlitz des Helms ihnen bot, nicht das ganze Bild. Sie hatten genug damit zu tun, ihre schweren Rösser durch dieses Gewusel zu führen, liegengebliebene Fuhrwerke zu umreiten, die Pferde ruhig zu halten, während Gänse unter ihren Läufen hindurchwatschelten. Es war ungewohnt eng für sie, die Brücke gerade mal zwei Pferdelängen breit, und sie konnten nicht reiten, wie sie wollten, sondern mussten sich dem Strom des Verkehrs überlassen.

Craft hatte sich in der Mitte der Brücke positioniert und hielt Augenkontakt zu seinen Mitstreitern, die sich entlang der Mauerbrüstung aufhielten. Es war eine lange Befehlskette, über knapp zweihundert Meter, von einem Brückentor zum anderen. Wenn der Zeitpunkt gekommen war, musste es schnell gehen, kein Ritter durfte ihnen entkommen. Und einer nach dem anderen scherte in den langsam dahinfließenden Strom ein, ließ sich notgedrungen von ihm treiben, bis die Ritter in der Mitte des Flusses zusammentrafen.

Wo reitet Ihr hin? Der Bischof ist in seinem Palais!

Nein, Ihr irrt euch, er ist auf der Burg!

Craft hatte sie nun genau dort, wo er sie haben wollte. Der

Augenblick war gekommen. Er gab das Zeichen. Von Mann zu Mann lief es nach beiden Seiten, die schweren Brückentore fielen ins Schloss, die Riegel krachten in die Halterungen. Es gab kein Entweichen mehr. Jetzt und hier würde sich ihrer aller Schicksal entscheiden.

«Zu den Waffen!», rief Craft.

Die Planen wurden von den Fuhrwerken und den Karren gerissen, darunter verbargen sich Stangen, Spieße, Äxte, Hämmer und Messer, alles, was man in einer Werkstatt oder auf dem Hof finden konnte.

Die Ritter wurden völlig überrascht. Ein ohrenbetäubendes Geschrei verfing sich unter den Helmen, Pferde wieherten bei den Schlägen gegen ihre Läufe, bäumten sich auf und warfen die Ritter zu Boden. Unter der Last der Eisenrüstungen kamen sie nicht mehr selbständig auf die Beine, während Schläge und Hiebe auf sie herabprasselten und die ungeschützten Stellen trafen.

Die wenigen Ritter, die sich noch in den Sätteln halten konnten, versuchten gegen die Feinde zu reiten, was aber in dem dichten Gedränge unmöglich war. Sie wurden ein leichtes Ziel der Stangen und Spieße, die sie aus den Sätteln hoben und zu Boden oder gleich über die Mauerbrüstung stießen. Die schweren Rüstungen zogen sie schnell unter Wasser.

Die Ritter kämpften tapfer, aber chancenlos. Die langen Schwerter waren für den Nahkampf untauglich, mit ihnen musste man weit ausholen, einen festen Stand finden und halten können. Ein kräftiger Tritt oder Stoß beförderte sie zu Boden, danach war es um sie geschehen.

Der Morgenstern war die einzige brauchbare Waffe, er schlug tiefe Breschen in die anstürmenden Angreifer, doch letztlich hatte er nicht die Reichweite der Spieße und Stangen. Wenn ein Ritter stürzte, und sie stürzten alle, war sein Schicksal besiegelt.

Die Schlacht um die Vorherrschaft in der Stadt war heftig und kurz. Das Blut der getäuschten Ritter lief in Strömen. Jubelgeschrei schallte durchs Tal. Es war ein großer Sieg der Bürger über die gefürchteten Ritter des Bischofs, die durch List und Tücke eines einzelnen Mannes gefallen waren.

Craft wurde gefeiert und auf die Schultern gehoben, was ihn freute, aber seinen schmerzenden Gliedern nicht guttat.

«Genug!», rief er. «Die Schlacht ist noch nicht geschlagen. Der Bischof! Wir müssen ihn finden und strafen.»

«Der Bischof!» Hundertfach ging der Ruf über die Brücke, die blutigen Spieße und Äxte in die Höhe gereckt, zu ihren Füßen die erschlagenen Ritter. «Holen wir uns den Bischof!»

«Er soll büßen für seine Schandtaten.»

«Hinauf zur Burg!»

«Zu seinem Hof in der Stadt!»

«Er ist auf der Burg!»

«Im Stadthof!»

Niemand wusste, wo sich der Bischof zur Stunde aufhielt, niemand außer einem jungen Mann. Gezeichnet vom Kampf, das Gesicht blutig, hielt er einen Hammer in der Hand, mit dem er den Helm eines Ritters zertrümmert hatte.

«Er hat sich in seinem Stadthof verkrochen. Ich weiß es genau, eine Küchenmagd hat es mir verraten.»

«Dann auf», rief Craft ihnen zu, «zum Stadthof! Holen wir uns den Schurken.»

Gemeinsam zogen sie los, stiegen über die blutigen Leichen der Edlen, hinaus auf die Marktstraße, wo die Frauen und Kinder ihre Männer und Väter ängstlich erwarteten. Wer hatte das Gemetzel überlebt, war alles heil? Mit Tränen in den Augen fielen sie den Liebsten in die Arme, nur für einen Moment, um sich gegenseitig zu versichern, dass alles in Ordnung war, dann mussten sie weiter, der Teufel hockte noch in seiner Höhle, es war Zeit, ihn ans Tageslicht zu zerren.

Craft führte den Zug der Männer an, verbiss sich die Schmerzen, die ihm seine Knie bereiteten. Er hörte die Rufe nach Vergeltung und den Schwur an die Muttergottes, dass am Ende des Tages ein Pharisäer weniger unter ihnen weilen würde. Am besten, man weitete das Strafgericht auf die nicht weniger verdorbenen Domherren aus, ach was, auf die gesamte Pfaffenschaft. Die Blutsauger und Schmarotzer hatten sie die längste Zeit heimgesucht, sie ausgepresst und schikaniert. Heute tagte das Letzte Gericht, und sie waren seine Vollstrecker.

Der Stadthof des Bischofs tauchte vor ihnen auf. Einige hatten nichts anderes im Sinn, als ihn zu stürmen und zu plündern, doch Craft hielt sie zurück.

«Wartet! Geduldet euch! Bringt den Bischof nicht um. Er soll die gleiche Demütigung erfahren wie wir die vielen Jahre hindurch.»

«Was schlägst du vor?»

«Er soll sich vor unserem Gericht verantworten.»

«Welchem Gericht?»

«Uns allen! Hier an Ort und Stelle.»

Der Vorschlag fand Gefallen. Den Bischof vor ihnen auf den Knien zu sehen, war mehr wert als eine schnelle Hinrichtung. Davon würden ihre Kindeskinder noch erzählen.

«Ja, stellt ihn vor Gericht!», hieß es aus der Menge.

Craft ließ die Tür aufbrechen und schickte drei starke Kerle hinein, mit Widerstand war zwar nicht mehr zu rechnen, aber ein lebensmüder Diener mochte doch noch an sein Treueversprechen glauben und sich schützend vor seinen Herrn stellen.

Es dauerte nicht lange, da kamen sie mit ihm heraus. Der

Bischof zitterte am ganzen Körper, das Gesicht bleich, ängstlich blinzelnd. Er verstand noch immer nicht, wie ihm geschah.

«Was wollt ihr von mir?»

Höhnisches Gelächter ergoss sich über ihn.

«Heute werdet Ihr Euch vor uns verantworten», wies ihn Craft zurecht.

«Vor euch?» Der Bischof blickte ihn zweifelnd an. «Wer bist du überhaupt?»

«Ihr erkennt mich nicht?»

«Nein.»

«Ich bin Craft, ehemals in Euren Diensten als Brückenzöllner. Ich habe für Euch Säcke voll Geld», er winkte ab, «ach, ganze Fuhrwerke als Brückenzoll eingetrieben, und Ihr erkennt mich nicht?!»

«Vermutlich habe ich dich schon mal gesehen», gab er kleinlaut bei.

«Sagt, wer von Euren Untertanen hat mehr für Euch getan als ich?»

«Ich weiß nicht.»

«Wegen eines Silberpfennigs habt Ihr mich den Kerkerknechten ausgeliefert. Das ist Euer Lohn für Treue und Redlichkeit.» Er spuckte vor ihm aus. «Schande über Euch, Ihr seid ein schlechter Herr und ein noch schlechterer Bischof.»

Die Umstehenden pflichteten ihm bei.

«Er hat mir mein Land genommen.»

«Mein Geld.»

«Zwanzig Peitschenhiebe, weil ich die Steuern nicht zahlen konnte.»

«Mein Haus hat er sich unter den Nagel gerissen.»

«Den Bruder hat er umbringen lassen.»

«Er ist ein Halunke.»

«Schurke.»

«Der Teufel.»

«Damit ist es bewiesen!», rief Craft in die Menge. «Der Bischof soll genau so gestraft werden, wie er uns gestraft hat. Das ist nur gerecht.»

«Hängt ihn auf!»

«Schlagt ihm den Kopf ab!»

«Aufs Rad mit ihm!»

«Ins Feuer!»

Es hagelte Todeswünsche und Schmähungen, sodass es dem Bischof angst und bange wurde. «Das könnt ihr nicht tun», versetzte er. «Ich bin euer Herr. Der König und der Kaiser werden euch strafen. Der Papst nimmt euch die Sakramente ... die ewige Hölle ist euch sicher.»

Die ewige Verdammnis in der Hölle machte bei einigen Eindruck, vor König und Kaiser fürchteten sie sich hingegen nicht mehr.

«Was willst du uns geben, wenn wir dich am Leben lassen?», rief einer.

«Unsinn! In den Kerker mit ihm.»

«Er soll uns seine Schätze geben.»

«Erschlagt ihn!»

«Die Burg, er soll uns die Burg geben.»

Wenn der Bischof seiner Burg beraubt war, hatte er keinen Schutz, war damit jederzeit angreifbar. Der Vorschlag fand breite Zustimmung, von Erschlagen und Erhängen war plötzlich nicht mehr die Rede.

«Ja, die Burg!»

Nur einer wollte dem nicht zustimmen. «Was wollt ihr mit der Burg?», hielt Craft dagegen. «Ihr könnt sie nicht bewohnen und ihr könnt sie nicht verteidigen, wenn andere Ritter kommen, um Vergeltung an euch zu üben. Ich sage: Richtet ihn mit dem Schwert, so wie er es mit euren Vätern und Brüdern gemacht hat. Dann ist der Gerechtigkeit Genüge getan.»

«Zuerst die Burg!»

«Töten können wir ihn immer noch.»

«Wenn ich euch die Burg gebe», ereiferte sich der Bischof, «lasst ihr mich dann leben?»

Craft wollte dem nicht zustimmen. «Nein, nicht die Burg. Es ist eine Falle.»

«Er kann uns nicht mehr schaden.»

«Wir haben ihn in der Hand.»

Es war vergebens. Die Burg, als weithin sichtbares Zeichen für die Macht des Bischofs, war zu verlockend, um sie auszuschlagen. Wenn die Burg ihnen gehörte, dann waren sie die Herren über das Tal, die Stadt, die Zölle und Abgaben. Manche verloren darüber den Verstand, sie krakeelten am lautesten.

«Übergib uns die Burg und du sollst leben!»

Der Bischof stimmte zu. Einen besseren Handel hätte er nicht erzielen können. «Nun gut, lasst uns hinaufgehen. Ich händige euch die Schlüssel aus.»

«Nein», rief Craft dazwischen, «er wird euch betrügen!»

Doch niemand hörte mehr auf ihn. Der Triumph vernebelte ihnen die Sinne, und so fesselten sie den Bischof und gingen mit ihm den weiten Weg hinauf.

«Bleibt hier», rief Craft ihnen nach, «es ist eine List.»

Als das Gejohle verebbte und die Letzten hinter dem Brückentor verschwanden, zog sich Craft in eine Ecke zurück, entsetzt über so viel Einfalt. Binnen weniger Stunden hatte sich die Stadt von ihrem Herrn befreit und genauso schnell wieder in seine Fänge begeben.

Noch bevor es Abend wurde, kamen die Aufständischen in die Stadt zurück – mit leeren Händen, ohne die Schlüssel zur Burg und ohne den Bischof. Die Burgmänner hatten die Aufständischen überlistet, sagten, von einem gefesselten Bischof ließen sie sich nicht befehlen, erst wenn er frei von den Fesseln sei, würden sie auf sein Wort hören und die Burg aufgeben.

So lösten die Einfältigen die Fesseln, die Burgmänner nahmen ihren Herren eilends in ihre Mitte, schlossen die Tore und ließen die verdutzten Aufständischen draußen. Die wehrhafte Burg gewaltsam einzunehmen, hätte schon ein Ritterheer kaum geschafft, noch weniger die leicht bewaffneten Bürger. So ergoss sich Hohn und Spott von den Burgmauern über sie, und sie mussten gedemütigt den Rückweg antreten.

Aus dieser kurzen und blutigen Episode hatte der Bischof aber eines gelernt: Er würde seine schützende Burg nicht mehr so schnell verlassen, den Stadthof gab er auf.

Und Craft? Er hörte die Flüche und Verwünschungen noch, als die Gedemütigten an ihm vorbeizogen. Er ließ sie zetern und Rache schwören, es nutzte nichts, der Bischof hatte sich als der Klügere erwiesen.

Einige Tage später – die Brücke war längst von den Toten gesäubert – ging alles wieder seinen gewohnten Gang. Der neue Brückenzöllner war ein enger Vertrauter des Bischofs, niemand kam an ihm vorbei, der nicht einen Silberling in die Büchse steckte.

Craft war eines Morgens von seinem Platz am Brückentor verschwunden. Man sagte, er sei in der Nacht von der Brücke gesprungen und nicht mehr aufgetaucht. Dort unten – so erzählte man es den Kindern –, auf dem Grund des Flusses, würde er nun für immer über seine Brücke wachen und von den toten Rittern den Brückenzoll einfordern.

22. Juli 1342
Die Jahrtausendflut

Nach einem kalten und schneereichen Winter hatte die Schnee-schmelze bereits im Februar eingesetzt und damit ein erstes, kleineres Hochwasser verursacht. Darauf folgte ein verregneter Frühsommer, wodurch der Wasserstand des Mains hoch blieb. Der Sommer brachte keine Abwechslung, es regnete viel, sodass die Böden im Tal kaum ihr Wasser abgeben konnten. Überall im Reich war es ähnlich, von den Alpen bis hoch zur Küste, niemand konnte sich daran erinnern, wann es jemals so feucht gewesen war. Als dann innerhalb von nur zwei Tagen ungefähr die Hälfte der üblichen Niederschläge eines Jahres fiel, kam es zu einer Katastrophe, wie sie sich niemand hatte vorstellen können.

Die schwarzen Wolken entließen ihre schwere Fracht, nicht langsam und stetig, sondern mit einem Donnerknall. Die Wucht schwemmte die wertvollen Böden weg, mit ihnen die mickrigen Früchte. Äste stürzten herab und erschlugen ahnungslose Bauern. Die Böen wehten Schindeln und Dachziegel davon, Bäume ächzten und brachen, aus Rinnsalen erwuchsen Bäche, aus Bächen reißende Ströme. Sie alle trugen ertrunkenes Vieh, abgerissene Äste, Schlamm und zerschmetterte Boote bergab, wo sie im großen und weiten Bett des Mains zusammenkamen.

Über Nacht schwoll der Flusslauf an und drohte seinerseits eine Gefahr für die Schiffer, Häfen und Anlieger des Mains zu werden. In den Morgenstunden des 22. Juli, dem Maria-Magdalena-Tag, trat das Wasser des Mains über die Ufer und Befestigungen, riss auf seinem zerstörerischen Weg alles mit sich und flutete die mainnahen

Gebiete. Mauern brachen und stürzten ein, die dahinter liegenden Häuser wurden unterspült, mitgerissen und verschwanden in den Wassermassen.

Der Pegel stieg immer weiter, eine Hochwassermarke nach der anderen fiel, bis an die zehn Meter über dem Normalstand erreicht waren.

Von Kitzingen und Ochsenfurt herauf schoben sich die braunen Fluten, längst nicht mehr im Bett des Flusslaufs eingezwängt, sondern weit auf die Wiesen und Auen, die Dörfer und Städte ausgreifend – ein auf das Zwei- bis Dreifache seiner normalen Breite angewachsener Strom, der entwurzelte Bäume, Balken und Bretter mit sich riss, ganze Dachstühle von Häusern, zerborstene Boote und Schiffe, ertrunkene Kühe, Schweine und Schafe.

Von der Würzburger Maininsel war bis auf die Baumwipfel nichts mehr zu sehen. Das Treibgut verfing sich darin, es knarrte und knirschte, bis die Äste brachen und zur nächsten Barriere, der Mainbrücke, weiter getrieben wurden. Dort stand das Wasser nah dem Scheitel der Brückenbögen. Was nicht hindurchgepresst wurde, staute sich an den Brückenpfeilern, die, einem Rechen gleich, Treibgut aus dem Wasser filterten und zu einer todbringenden Falle für alles noch Lebende geworden waren.

Niedertracht

An einem grauen, regendurchpeitschten Tag schlingerte ein mit Fässern und Kisten beladenes Boot auf dem wild gewordenen Strom geradewegs auf die Brücke zu. Am Ruder stand ein Mann, der durchnässt, erschöpft und verzweifelt gegen die Urgewalt ankämpfte. Auf und ab ging der Höllenritt durch die tosenden Fluten, der Regen nahm ihm jede Sicht, und irgendwo dort oben ritten Hexen auf heulenden Winden.

Tand, Tand ist das Gebilde von Menschenhand.

Zu seinen Füßen kauerte ein Mädchen von ungefähr zehn Jahren, sie hieß Lena und sie weinte bitterlich.

«Vater, bring uns ans Ufer.»

«Hab keine Angst, mein Kind, da vorne ist Wirzburg, gleich sind wir sicher.»

Von Sicherheit konnte keine Rede sein, das Boot war weit vom rettenden Ufer entfernt, zu groß war die Wasserfläche und zu stark die Strömung. Auf den Türmen und Dächern saßen die Bürger und schauten totenbleich auf die Flut, wie sie an der Stadtmauer nagte. Wenn dieser Damm brach, waren sie verloren.

Zur Linken stand die Kirche von St. Burkard bereits zur

Hälfte unter Wasser, auf dem First des Langhauses saßen die Mönche, die sich vorerst hatten retten können. Sie beteten und flehten mit gefalteten Händen den Himmel an, während unter ihnen die Häuser mitgerissen wurden. Die Balken und geborstenen Dachstühle trieben geradewegs auf die Mainbrücke zu.

«Heilige Mutter Maria, hilf», entfuhr es dem Schiffer, als er sah, was ihn und seine Tochter erwartete. Berstendes Holz, das sich dort verfangen hatte, Strudel, die alles mit sich in den Abgrund zogen, die splitternden Steine der Brücke ... Wenn sie dort hineingerieten, war es um sie geschehen. Auf der Brücke sah er Männer mit langen Stangen, die das Treibgut von den Pfeilern zu lösen suchten. Doch gegen diese Gewalten konnten sie nichts ausrichten.

Er musste eine schmerzhafte Entscheidung treffen, jetzt, bevor sie der Brücke zu nahe kamen und sie an den Pfeilern zerschellten. Wenn er seine Fracht aufgab, hatten sie zumindest noch eine kleine Chance.

«Komm!», schrie er, gab das Ruder frei und stürzte sich mit Lena ins Wasser. Sie krallte sich an seinem Hals und am Rücken fest, während der Vater gegen die Strömung ankämpfte. Äste, Gestänge und Tierkadaver kreuzten ihren Weg und konnten sie jederzeit mit sich reißen.

Der Vater schwamm, was er nur konnte, und das war nicht viel. Es mochte daran liegen, dass er es nie richtig gelernt hatte und dass die Strömung einfach zu stark war – das Ufer, in diesem Fall die Stadtmauer, an der man sich hätte hochziehen können, blieb für sie unerreichbar. Immer weiter wurden sie abgetrieben, auf die Brücke zu, wo das Wasser mittlerweile den Scheitel der Brückenbögen erreicht hatte, sich aufstaute und die Männer mit ihren Stangen davonspülte. Sie versanken in den Fluten und wurden nicht mehr gesehen.

Das gleiche Schicksal drohte der kleinen Lena und ihrem Vater. Ein ums andere Mal gerieten sie unter Wasser, ruderten panisch mit den Armen, schnappten nach Luft, um gleich darauf von einem Ast erfasst und nach unten gezogen zu werden. Lenas Griff löste sich vom Vater. Sie bekam wieder Oberwasser, holte Luft, sah, wie diese große Mauer vor ihr plötzlich brach und der Sog sie mitriss. Der Stadtmauer folgten die Häuser, die dahinter standen, in den Fenstern und auf den Dächern ihre Bewohner, schreiend, in den Wogen verstummend.

Doch über allem stand das letzte Aufbäumen der Brücke über die nicht enden wollende Flut. Der Druck des Wassers sprengte die Fahrbahn entzwei, sodass die Joche und Steine durch die Luft flogen wie Spielzeug, knirschend und krachend folgten die Brückentore, die tödlich getroffen zur Seite knickten und in den Fluten untergingen. Zurück blieben einzig ein paar Pfeiler, deren Spitzen wie faule Zähne aus dem Wasser ragten.

Die unter so viel Arbeit, Mühsal und Geld errichtete Brücke Enzlins existierte nun nicht mehr, und damit war auch der Pfropfen an dieser engen Furt über den Main gelöst. Das Wasser konnte sich befreit ausdehnen, strömte in die Stadt hinein und spülte die kleine Lena bis an den angrenzenden Rigol, wo die Juden lebten.

Bevor dem Mädchen die Sinne schwanden, spürte sie Hände auf sich, die sie aus den Fluten zogen.

«Sie lebt!», hörte sie jemanden sagen. «Kommt, helft mir.»

14. Jahrhundert
Pest, Pogrome und Wiederaufbau

Die Jahrtausendflut von 1342 hatte die altehrwürdige Brücke zerstört. Der Main hatte eine Scheitelhöhe von zehn Metern erreicht, und seine Wasser hatten an der Treppe des Doms geleckt. Flussauf und flussab hatten die Wassermassen jede Brücke mit sich gerissen, und so setzten der Bischof und seine Untertanen in ungewohnter Eintracht alles daran, ihre Brücke wiederaufzubauen. Das Ergebnis war nicht so mächtig und akkurat wie Enzlins Vorgängerbau, aber ausreichend belastbar, um wieder täglich von schweren Fuhrwerken und Tausenden Reitern und Fußgängern benutzt zu werden.

In den hundertachtzig Jahren, seitdem Kaiser Friedrich Barbarossa dem Bischof und seinen Nachfolgern das Herzogsschwert und damit die weltliche Macht über seine Untertanen übertragen hatte, hatte die Stadt viel von ihrer Leistungsfähigkeit eingebüßt. Die andauernden Scharmützel zwischen den Bürgern und dem Bischof, die gegenseitigen Belagerungen, Rache und Gegenrache, die Rechtsunsicherheit und auch so mancher Bann ließen viele in andere Städte abwandern, wo sie ungestörter und freier ihrem Schaffen nachgehen konnten. Die *Güldene Freiheit* (Ernennungsurkunde zum Fürstbischof mit goldenem Siegel) hatte sich nachträglich als ein Klotz am Bein erwiesen, das einst so florierende Maintal war ins Hintertreffen geraten, und nun drohte die nächste Katastrophe: Von Süden her schwappte die Pest ins Kernland des Reichs, und mit ihr Angst und Panik.

Was einst ein verwirrter Prediger im Wahn der Kreuzzüge in die Welt gesetzt hatte – dass die Juden für alles Unglück in diesem und früheren Leben verantwortlich seien –, strebte seinem bitteren Höhepunkt entgegen. Brunnenvergifter seien die Juden und verantwortlich dafür, dass Abertausende gottesfürchtige Christen dem Schwarzen Tod anheimfielen. Dass auch Juden der Pest erlagen, fiel dabei nicht ins Gewicht.

Zwei Pogrome hatten die mainfränkischen Juden seit dem Hochwasser erleiden müssen, und nur wenige hatten überlebt. Eine blühende Kultur und eine florierende Wirtschaft, von der die Stadt und im Besonderen der Bischof profitiert hatten – einfach ausradiert. Der Kaiser, ihr eigentlicher Schutzherr, der sie in die Obhut seiner Landesfürsten gegeben hatte, hatte sie verraten.

In Wirzburg war es Bischof Albrecht II. von Hohenlohe, der die Augen verschloss und seine Soldaten in den Unterkünften beließ, als die aufgestachelten Bürger am Morgen des 21. April 1349 mit Messern, Äxten und Sicheln über die Juden herfielen. Damit war zwar die Angst vor den vermeintlichen Brunnenvergiftern besiegt, aber noch lange nicht die Pest, die überall im Land viele Todesopfer forderte. Nach der Exekution der Juden hatte der Bischof freien Zugriff auf ihre Hinterlassenschaft und das zentrale Stadtgelände am Rigol, was der wahre Grund für den Pogrom war, nicht die Abwehr der Seuche, die Wirzburg mehrmals heimsuchen sollte.

Lena gehörte zu den wenigen, die den Blutmorgen überlebt hatten. Der Jude Samuel hatte sie damals aus dem Wasser gezogen, und sie war seine Frau und die Mutter seines Kindes geworden. Jahre später rettete Samuel sie ein weiteres Mal vor der Raserei der aufgebrachten Bürger, schaffte sie und das Kind in der Nacht hinunter zur Mainbrücke, während er mit seinen Glaubensbrüdern den Tod fand.

Für ein paar Gulden gelangten Lena und das Kind dann in die Obhut des alten Krämers Ambrosius, der auf der Brücke ein kleines Ladengeschäft besaß. Winzig und schmal war es und auf die Mauerbrüstung gebaut, hing über dem Wasser wie ein Schwalbennest und schloss zur Fahrbahn bündig ab, damit es den Verkehr auf der Brücke nicht behinderte.

Solche kleinen Verkaufshütten gab es einige, sie begannen bereits auf den Rampen zu beiden Seiten des Mains und reichten ein Stück auf die Brücke hinauf, allerdings nicht zu weit, die schmale Fahrbahn und die Fuhrwerke setzten den begehrten Verkaufsständen eine natürliche Grenze. Wenn zwei Fuhrwerke aneinander vorbei mussten, kam es oft vor, dass Stände in Mitleidenschaft gezogen wurden, was nicht nur zu Streit führte, sondern auch zu zahlreichen Beschwerden und gerichtlichen Auseinandersetzungen über die Rechtmäßigkeit der Verkaufsstände.

Dass die Händler nicht weichen wollten, lag auf der Hand. Jeder, der die Brücke überquerte, kam an diesen Ständen und ihren lauthals werbenden Verkäufern vorbei. Aus den Hütten wurde alles verkauft, was Reisende, Pilger und Kaufleute brauchen konnten – Schuhe, Kleidung, Wein, Wasser, Brot, Wurst und Käse, Obst, Gemüse und tausend andere Dinge mehr. Ein solcher Stand war eine Goldgrube. Und die Händler und Handwerker in der Stadt schauten neidisch auf ihre Konkurrenten.

Das lange Stehen auf der Brücke, das Anpreisen der Waren bei Wind und Wetter, die permanenten Auseinandersetzungen mit den Kutschern, den Konkurrenten und Dieben hatten dem Krämer Ambrosius über die Jahre zugesetzt. Er war seines Geschäfts müde geworden, kümmerte sich nur noch um den Ankauf und die Anlieferung der Waren, während Lena und ihr Sohn Elias den Verkauf übernahmen.

«Äpfel! Leckere Äpfel!»

Elias' Stimme trug weit, in der einen Hand den Korb mit den aufpolierten, roten Äpfeln, die andere Hand am Mund, damit er in dem Trubel Gehör fand.

Obwohl Lena ihn zwischen all den Menschen und Karren nicht sehen konnte, hörte sie, dass er dort stand. Die Mitte der Brücke markierte die Grenze zwischen den Händlern von beiden Seiten der Stadt. Solange sich jeder daran hielt und man die unsichtbare Linie nicht überschritt, um seine Waren anzupreisen, herrschte Einvernehmen. Andernfalls hagelte es Beschimpfungen und Fäuste.

Der Tag war überraschend mild, von Süden her wehte ein leichter Wind, am Himmel standen nur ein paar Wolken und die Sonne wärmte angenehm. In der Nacht hatte es geregnet, die Luft war wieder frisch und klar, nachdem am Tag zuvor eine Fuhre mit Mist einen Achsenbruch erlitten hatte und sich die stinkende Fracht über die Brücke verteilt hatte, ausgerechnet vor Lenas Bude. Natürlich war niemand mehr stehen geblieben, dem sie ihre frischen Feldfrüchte hätte anbieten können, jeder wollte nur noch schnell an dem Haufen Kuhdung vorbei. Das hatte sie die halben Tageseinnahmen gekostet. Der alte Ambrosius musste ein paar Pfennige springen lassen, damit die Sauerei von den Brückenarbeitern beseitigt wurde, die nach Torschluss kamen, um die stets in Mitleidenschaft gezogene

Fahrbahn zu flicken. Löcher, herausgesprengte Steine und Risse allerorten, kein Wunder, dass alle naselang ein Wagenrad brach, jemand stürzte und sich verletzte oder die Pferde sich die Läufe brachen. Lena fand, es war höchste Zeit, dieses Provisorium von einer Brücke abzureißen und komplett neu aufzubauen.

Lena schloss die Augen und wandte sich gen Süden. Von dort war sie einst mit ihrem Vater auf die Brücke zugetrieben worden. Sein zerschmetterter Körper war nie gefunden worden, vermutlich wurde er von den herabstürzenden Steinen der Brücke auf dem Grund begraben, oder er war bis nach Frankfurt und darüber hinaus in den Rhein getrieben.

Die Stadtmauer, die von der Flut eingerissen worden war, stand inzwischen wieder, dahinter waren neue Häuser gebaut worden, neue Familien eingezogen, das nächste Kapitel vom Leben an einem unberechenbaren Fluss wurde geschrieben. Genauso wie ein paar Meter weiter am Rigol, wo in ihrem ehemaligen Haus mittlerweile ein städtischer Kaufmann eingezogen war. Er und seine Brüder machten keinen Hehl daraus, dass sie dem «pestinfizierten Judenpack» den Garaus gemacht hätten. Dafür hatte er ihr Haus zu einem Spottpreis erhalten, wie viele andere auch, die mittlerweile dort lebten.

Die Rache für den Frevel hatte die Mörder und die teilnahmslosen Zuschauer letztes Jahr endlich eingeholt, als die Pest tatsächlich in die Stadt gekommen war.

Wo waren da die Juden, denen sie die Schuld geben konnten? Es waren keine mehr da – außer Lena und ihrem Sohn Elias. Aber davon wusste nur Ambrosius, für alle anderen waren sie fromme Christen.

Zu Hunderten waren die Bürger elend auf ihrem Raubgut zugrunde gegangen, zum Wohle der vielen Ratten, die sich einer unerwarteten Nahrungsquelle erfreuten. Lena fühlte sich ein Stück erleichtert über die späte Gerechtigkeit. Aber die Erinnerung schmerzte. Wo war Samuel? Wo die Tanten und Onkel, die Neffen und Nichten, die Nachbarn und Freunde? Sie alle hatten kein Grab gefunden, wo Lena sie hätte beweinen können. Stattdessen waren sie am Ufer des Mains erschlagen und verbrannt worden, ihre Asche vom Wind verweht. Nichts war von ihnen geblieben.

«Einen Becher Wein.»

Eine alte Frau stand vor ihr, das Haar grau, die Haut bleich, aber für einen normalen Wochentag war sie überraschend gut gekleidet.

«Wollt Ihr einen süßen oder –»

«Egal!» Sie drückte ihr eine Münze in die Hand. «Hauptsache, Wein.»

Lena griff hinter sich ins Regal, wo neben dem Obst und dem Gemüse die Krüge standen. Sie schenkte ein und reichte der Alten den Becher.

«Wohl bekomm's.»

Die Alte trank den Becher in zwei Zügen leer.

«Habt Ihr so großen Durst?», fragte Lena lächelnd, doch die Alte war für Späße nicht zu haben.

«Nur Sorgen hat man. Nichts als Sorgen.»

«Was ist Euch zugestoßen?»

«Ach, der Engelhard», sie winkte mit ihrer knochigen Hand ab, «erwischt haben sie ihn beim Zündeln. Die Nachbarscheune ist abgebrannt und mit ihr zwei Stück Vieh. Dafür kommt er jetzt unters Rad.»

Richtig, heute tagte das Brückengericht. Raub, Mord und Blutrache wurden hier einmal im Monat verhandelt, bei gutem Wetter unter freiem Himmel, bei schlechtem im Schwarzen Saalhaus gleich an der linken Rampe. Auf Brandstiftung stand der Tod, je nach Auffassung des Richters durch Erhängen, Erwürgen oder, wenn er gnädig war, durchs Schwert. Die Zertrümmerung der Glieder durch ein Wagenrad fand vorher statt, schließlich sollte die Strafe schmerzhaft sein und abschrecken.

«Das tut mir leid für Euch», sagte Lena.

«Es ist ein Kreuz ... Wer soll denn hinaus aufs Feld gehen, wenn der Engelhard nimmer ist?»

Die Sorgen der Frau waren verständlich, wenngleich Lena wenig Sympathie für den Sohn aufbrachte.

«Ich hab's ihm tausend Mal gesagt», fuhr sie fort, «lass die Finger vom Zündeln», und während sie redete und redete, sah Lena, wie sich zwei Kerle am Verkaufsstand gegenüber daran machten, den Schuster zu bestehlen. Der eine ließ sich Schuhe zeigen und probierte sie an, während der andere unbemerkt Paar um Paar in einen Beutel steckte.

In solchen Fällen galt es nicht lange zu zögern. Lena griff hinter sich zu einer Weidenrute und ging auf den Langfinger los. Der erste Schlag erwischte ihn am Arm, er jaulte auf, der zweite galt der anderen Hand, die den Beutel hielt.

«Konrad!», rief Lena und meinte den ahnungslosen Schusterlehrling, der neu war auf der Brücke und die Tricksereien der Diebe noch nicht kannte. «Mach die Augen auf.»

«Du närrisches Weibsbild», fluchte der Erste und duckte sich unter den Schlägen, der Beutel mit dem Diebesgut fiel zu Boden, sein Komplize nahm die Beine in die Hand.

Jetzt verstand auch der Schusterlehrling, was da hinter seinem Rücken vor sich ging, und gab dem Dieb noch einen Schlag mit, bevor der in der Menge verschwand.

«Verfluchtes Rattenpack!», rief er ihnen hinterher. «Lasst euch bloß nicht mehr hier blicken.»

Vorfälle wie diese waren an der Tagesordnung, es galt stets ein wachsames Auge zu haben, nicht nur auf die eigenen Waren, sondern auch auf die der Nachbarn. Man half sich gegenseitig, sofern man sich nichts neidete, anders war der Plage nicht beizukommen.

«Danke», sagte der Schuster.

«Es wird immer schlimmer mit dem Gesindel», erwiderte Lena. «Wenn der Bischof nicht bald etwas dagegen unternimmt, bleibt uns gar nichts mehr.»

«Kein Wunder, es hat sich alles zum Schlechten gewandt. Das spricht sich herum.»

«Was meinst du?»

«Hast du noch nicht gehört? Das kaiserliche Hofgericht hat entschieden: Unser Stadtrat soll aufgelöst und die Zünfte verboten werden. Dann kann der Bischof wieder schalten und walten, wie es ihm beliebt.»

Das war wahrlich eine Nachricht, gleichwohl kam sie nicht überraschend, nachdem sich die Bürger wieder einmal gegen den Bischof erhoben hatten und es zur offenen Schlacht gekommen war. Die Soldaten des Bischofs hatten als Vergeltung Bürgerhäuser, Mühlen und Weingärten zerstört, die Bürger antworteten mit Angriffen auf die Klöster und Stifte. Der Kaiser selbst hatte schließlich die Streitparteien befrieden müssen.

«Damit ist es mit unserer Freiheit und Selbstbestimmung vorbei», fuhr er fort. «Mein Meister sagt, er hat die Nase voll. Er wird die Werkstatt verkaufen und nach Nürnberg ziehen.»

«Einfach so?»

«Viele wollen Wirzburg den Rücken kehren. Woanders herrscht kein Bischof über sie, sondern nur der Kaiser.»

«Was wird dann aus ihren Häusern, den Werkstätten, den Geschäften? Was wird aus Wirzburg, wenn sie alle gehen?»

«Keine Sorge», antwortete er und warf einen Blick über ihre Schulter, «die Geier wetzen schon die Schnäbel.»

Lena schaute zurück und verstand, wen er damit meinte. Meister Seytz kam des Weges, den Wanst über den goldgestärkten Gürtel hängend, breitbeinig und aufgeblasen wie immer kommandierte er die Torwachen und Händler herum, als gehörten die Brücke und die Verkaufsbuden bereits ihm – was zum Teil auch zutraf, in den vergangenen Monaten hatte er einen nach dem anderen vertrieben, ausbezahlt oder aus seiner Bude gepresst. Er gehörte zu jenen angesehenen Bürgern, die vom Blutmorgen am meisten profitiert hatten. Die jüdische Konkurrenz im Fernhandel war er mit einem Schlag losgeworden, jetzt unterhielt er am Rigol Lagerhäuser, baute sich auf dem vergossenen Blut von Samuel und seinen Brüdern ein Handelsimperium auf.

Der Zorn schlug Lena aufs Gemüt, die Hand an der Rute zitterte. Wenn einer die Stadt verlassen sollte, dann war es dieser niederträchtige Mörder, der «König vom Rigol», wie manche ihn nannten. In ihren Augen war er ein bösartiger Halunke, der unters Rad gehörte.

«Habt ihr nichts zu tun?!», kläffte er die bedauernswerten Verkäufer an, deren Buden ihm gehörten. «Los! An die Arbeit. Heute Abend will ich einen vollen Säckel sehen. Wehe, wenn ihr mich enttäuscht. Dann könnt ihr unten im Hafen Säcke schleppen.»

Weder Lena noch Konrad verspürten Lust, sich mit dem Kerl anzulegen, so ging jeder wieder zu seiner Bude. Doch Seytz konnte man nicht so leicht aus dem Weg gehen, er hielt geradewegs auf Lena zu.

«Du, Weib», er baute sich vor ihr auf, «wo ist dein Meister? Ich habe etwas mit ihm zu bereden.»

Ungefragt griff er in die Kiste mit den Äpfeln, nahm einen heraus und biss hinein.

«Da müsst Ihr Euch gedulden. Meister Ambrosius ist im Lager.» Sie hielt ihm die Hand hin. «Einen Pfennig, wenn's recht ist.»

«Wofür?»

«Für den Apfel.»

«Pah!» Er spuckte aus und warf den Apfel über die Brüstung. «Der ist keinen halben Pfennig wert. Mehlig und sauer ist er. Ich sollte dich dafür verklagen.»

«Das könnt Ihr wohl, aber davor zahlt Ihr mir den Apfel.»

«Hüte dich, Weib. Weißt du nicht, wer ich bin?»

«Ein Betrüger, wenn Ihr nicht zahlt.»

«Hat man so etwas schon gehört? Nennt mich einen Betrüger, das liederliche Weibsbild. Deine Frechheiten werden dir bald vergehen, wenn die Bude erst mal mir gehört.»

«Da könnt Ihr lange warten. Meister Ambrosius verkauft nicht.»

«Närrisches Weib. Was glaubst du denn, warum ich hier bin?»

Lena stockte der Atem. «Meister Ambrosius hat Euch herbestellt?»

Er ging nicht weiter darauf ein. «Wo ist er? Ich habe nicht den ganzen Tag Zeit für diese Narretei.»

Seytz schien sich seiner Sache sicher. Wenn Ambrosius tatsächlich seinen Verkaufsstand losschlagen wollte, dann hätte er ihr doch etwas davon gesagt, ihr einen Vorschlag unterbreitet, bevor er sich an diesen Halsabschneider wandte.

Zum Glück kam Elias. «Schaut, Mutter. Ich habe alle Äpfel verkauft.» Er hielt ihr die Hand mit Münzen hin. Lena nahm sie und steckte sie in den Säckel für die Tageseinnahmen, was Seytz nicht entging.

«Guter Junge», erwiderte Seytz lächelnd, «ich glaube, dich kann ich gebrauchen.»

«Geh schnell zu Meister Ambrosius», beauftragte sie Elias, «er soll kommen. Meister Seytz wartet auf ihn.»

Doch das war nicht nötig. Ein klappriger alter Esel kam auf sie zu, er zog einen Karren mit Obst- und Gemüsekisten, dahinter Ambrosius, keuchend, selbst der langsame Esel war ihm zu schnell geworden.

«Da ist er ja», tönte Seytz, und im Handumdrehen veränderte er seinen Ton und sein Auftreten. Er ging auf den gebeugten Ambrosius zu, nahm ihn in den Arm, führte ihn wie ein treuer Sohn den Vater. «Komm, setz dich, alter Freund.» Er nahm eine leere Kiste und stellte sie Ambrosius hin, der sich dankbar und erschöpft darauf niederließ. «Das ist wahrlich keine Arbeit mehr für dich. Auf deine alten Tage solltest du zu Hause am Feuer sitzen und den Herrn einen guten Mann sein lassen. Eine warme Suppe löffeln, einen wohlverdienten Schoppen trinken. Du holst dir auf der zugigen Brücke noch den Tod.»

Ambrosius winkte ab. «Der Tod, ein untreuer Gesell ist er geworden. Ich bin ihm viel zu alt.»

Ein gespieltes Lachen drang aus Seytz' Brust. «Gut gesprochen, alter Freund. Ich sehe, du hast deinen Humor nicht verloren.»

Lena konnte mit dem Geplänkel nichts anfangen.

«Stimmt es, Meister Ambrosius», platzte es aus ihr heraus, «dass Ihr verkaufen wollt?»

Ein giftiger Blick kam von Seytz, der sich die Gesprächsführung nicht aus der Hand nehmen lassen wollte.

Ambrosius nickte bedächtig. «Deswegen habe ich Meister Seytz hierher gebeten. Ich möchte nämlich, dass du ihm genauso treu dienst wie mir, und Ihr, Meister Seytz: Behandelt sie gut.

Sie ist ein wahrer Schatz – treu, ehrlich, und sie weiß zu verkaufen.»

«Aber, Meister», erwiderte Lena, «wieso habt Ihr denn nicht vorher mit mir gesprochen? Ihr kennt mich, Ihr wisst, dass ich Euer Geschäft führen kann.»

«Ein Weib will ein Geschäft führen?!», plusterte sich Seytz auf. «Das wäre Euer Ruin.»

«Ich mache es seit Jahren», hielt Lena dagegen. «Schaut doch, wie voll der Säckel ist.» Demonstrativ zeigte sie auf die Tageseinnahmen. «Elias und ich –»

«Unsinn!» Seytz ließ nicht locker. «Ein Weib gehört an den Herd oder aufs Feld.»

«Verkauft mir das Geschäft, Meister, und wir teilen uns den Gewinn zu gleichen Teilen.»

«Welchen Gewinn?», frotzelte Seytz, «du wärst nach einem Tag bankrott.»

«Beruhigt euch», besänftigte Ambrosius. «Ich will doch nur die beste Lösung für uns alle. Lena, Meister Seytz ist ein einflussreicher Kaufmann, er kann sich gegen die Konkurrenz behaupten, und Ihr, Meister Seytz, Lena weiß das Geschäft zu führen wie kein Zweiter. Außerdem möchte ich, dass Ihr sie unter Euren Schutz stellt. Es soll ihr nichts Schlimmes widerfahren. Gebt ihr ein Heim und ein Auskommen, und sie wird es Euch treulich danken. Wenn Ihr mir das versprecht, können wir morgen zum Notar gehen.»

«Niemals!» Lieber würde Lena von der Brücke springen als diesem Halunken zu Diensten sein.

«Ihr müsst euch entscheiden», schlichtete Ambrosius. «Ich habe nicht mehr viel Zeit. Das Loch ist schon ausgehoben und der Teufel hockt auf meinem Grabstein.»

Der Streit eskalierte. Weder Lena noch Seytz waren mit den

Bedingungen von Ambrosius einverstanden, sodass er drohte, seinen Stand an einen Dritten zu verkaufen.

«Aber, Meister», flehte Lena ihn an, «was habe ich Euch getan, dass Ihr mich so straft?»

Er winkte sie heran, flüsterte ihr ins Ohr. «Ich habe deinem Samuel seinerzeit versprechen müssen, dir ein Dach über dem Kopf zu geben, dich zu beschützen und für euren Sohn zu sorgen. Daran bin ich immer noch gebunden. Ich werde nicht mit einem gebrochenen Schwur von dieser Welt gehen.»

Seytz interessierte das Getuschel nicht, er würde sich weder dem Willen des sturen Alten unterwerfen, noch mit dem Weibsbild arbeiten.

«Wenn ich das Geschäft in Eurem Sinne weiterführen soll», verkündete er, «dann muss ich frei sein in meinen Entscheidungen. Dem Weibsbild ist nicht zu trauen, sie wird mich betrügen und Euer Vermächtnis beschmutzen.»

Ambrosius seufzte. «Meister Seytz, ich weiß um Eure Macht und Euer Geld, ich weiß aber auch, in wessen Haus Ihr wohnt und wem Ihr Euren Wohlstand zu verdanken habt. Es ist an der Zeit, alte Schulden abzutragen. Zeit, sich zu versöhnen.»

***

Tage und Wochen vergingen, ohne dass eine Einigung erzielt wurde. Ambrosius wurde unterdessen immer schwächer, er war nicht mehr ansprechbar, sein Ende nahte. Ein Bieterwettstreit um den begehrten Platz würde folgen, was Seytz eigentlich in die Karten spielte, er wusste aber auch, dass er dann das Vielfache würde zahlen müssen. Wenn nur dieses vermaledeite Weibsbild nicht wäre.

Da Ambrosius weder Verwandte hatte noch ein Testament

auffindbar war, ging der Streit vor Gericht. Der Schultheiß sollte Recht sprechen, was in dieser Allerweltssache außergewöhnlich war, aber auf die Intervention von Seytz zurückging – die beiden kannten sich gut, er versprach sich Vorteile dadurch.

Schauplatz war der Grafeneckart, das Rathaus der Stadt. Seit dem kaiserlichen Urteil war das Gebäude verwaist, der Rat aufgelöst, viele Amtsmänner entlassen oder anderweitig eingesetzt. Man war unter sich, und das kam Seytz gelegen. Er hatte die besseren Karten in dieser Scharade. Es sollte alles schnell und reibungslos gehen, das war sein Plan, und der einträgliche Verkaufsstand sollte ihm noch heute zugesprochen werden.

Der Schultheiß nahm seinen Platz im weiten Rund des kahlen Saals ein, und zwar auf einem erhöhten Richterstuhl mit den Insignien der bischöflichen Gewalt im Rücken. Ihm zur Seite stand ein Schreiber, Schöffen sollte es für diese Bagatelle nicht brauchen. Lena und Seytz traten vor den Richter.

«Nun denn», begann der Schultheiß, wenig begeistert über die unnütze Veranstaltung, «was habt Ihr vorzutragen?»

Der Schreiber wagte eine Korrektur anzubringen. «Wer ist heute vor dem Gericht erschienen? Stellt Euch vor.»

Der Schultheiß seufzte, erteilte Seytz das Wort.

«Meister Seytz, Kaufmann und am Rigol ansässig. Ich bin –»

«Schon gut», unterbrach der Schultheiß, «wir alle kennen Euch. Nun zu dir, Weib. Wer bist du?»

Lena räusperte sich eingeschüchtert. Sich vor Gericht zu präsentieren, gehörte nicht zu ihren Stärken, zumal sie um ihren Nachteil in dieser Sache wusste. Sie war eine unbedeutende Frau, die es mit einem einflussreichen und angesehenen Kaufmann aufnahm, der viele Steuern zahlte.

«Magdalena ist mein Name, ich arbeite –»

«Wo wohnst du?», fragte sie der Schreiber.

«Im Haus von Meister Ambrosius.»

«Das genügt», entschied der Schultheiß. «Weiter. Was ist deine Profession?»

«Ich führe den Verkaufsstand von Meister Ambrosius auf der Mainbrücke.»

«Das stimmt nicht», ging Seytz dazwischen, «sie hilft ihm nur beim Verkauf, und das mehr schlecht als recht.»

«Wie kommt Ihr darauf?», fragte der Schultheiß.

«Letztens habe ich einen Apfel von ihr erworben. Er war faul und wurmstichig.»

«Lüge», widersprach Lena, «er hat ihn weder gekauft, noch war der Apfel schlecht. Er hat ihn sich einfach genommen, ohne zu bezahlen.»

«Genug», schritt der Schultheiß ein. «Du hilfst also Meister Ambrosius beim Verkauf.»

«Nein, Euer Ehren. Meister Ambrosius beschafft nur noch die Waren, doch ich verkaufe sie eigenverantwortlich.»

«Lüge!», kam es von Seytz. «Sie ist nicht mehr als eine Magd.»

«Wie dem auch sei ... Was führt Euch hierher?» Er erteilte Seytz das Wort.

«Ich möchte von diesem hohen Gericht die Erlaubnis erhalten, den Stand, der bisher Meister Ambrosius zugesprochen war, weiterzuführen. Er hat ihn mir versprochen.»

«Nur, wenn ich daran teilhabe», widersprach Lena.

«Niemals!»

«Das waren seine Worte.»

«Genug!», ging der Schultheiß dazwischen. «Und was trägst du vor?» Er richtete sich an Lena.

«Ich will den Verkaufsstand. Das ist Meister Ambrosius' Wille.»

Der Schultheiß kraulte sich den Bart, betrachtete Lena lange. «Was glaubst du, was dich dazu befähigt?»

«Ich bin seit Jahren die Vertraute von Meister Ambrosius. Ich arbeite gut und erfolgreich. Ohne mich würde es das Geschäft längst nicht mehr geben.»

«Ha! Eine Giftmischerin bist du, nichts weiter.»

Der Schultheiß wandte sich an seinen Schreiber. «Wie lange läuft der Vertrag mit Meister Ambrosius noch?»

«Bis zum Ende des Jahres. Danach wird neu verhandelt.»

«So lange will ich aber nicht warten», warf Seytz ein, eine Neuverhandlung würde teuer für ihn werden, «Meister Ambrosius liegt krank zu Bett, während die Hexe seine Gutmütigkeit ausnützt und alles zerstört.»

«Ich zerstöre nichts», wehrte sich Lena, «die Steuern, die Meister Ambrosius die letzten Jahre gezahlt hat, stammen allesamt aus meiner Arbeit.»

«Ich kenne dich nicht», erwiderte der Schultheiß, «wieso sollte ich dir glauben?»

«Weil ich die Wahrheit spreche. Meister Ambrosius kann es bezeugen.»

«Aber Ambrosius ist heute nicht hier», hielt ihr der Schultheiß entgegen, und das war die Krux an dieser Sache, der er so gar nichts abgewinnen konnte. Seytz hatte ihm eine schnelle Abwicklung in Aussicht gestellt, aber das Weibsbild war zäh und Ambrosius nicht irgendjemand. Außerdem würde das Gezeter unter Seytz' Konkurrenten groß sein, wenn er Ambrosius einfach überging. Nein, das war ihm zu heikel.

«Solange Meister Ambrosius lebt und der Vertrag mit ihm gilt, gibt es keinen Grund, ihn vorzeitig aufzulösen ...» Er hob mahnend den Finger. «... sofern die Steuern rechtzeitig und in vollem Umfang gezahlt werden.»

«Ich verspreche es!», platzte es aus Lena heraus.

«Das kann nicht sein!», protestierte Seytz.

Doch der Schultheiß hatte entschieden. «Schreiber, notiere. Meister Ambrosius darf seinen Verkaufsstand weiterführen oder führen lassen. Es bleibt ihm überlassen, wen er dafür auserwählt. Wenn der Vertrag ausläuft, wird die Sache neu verhandelt.»

«Das ist nicht rechtens», skandierte Seytz, aber Lena strahlte über das ganze Gesicht. Sie hatte gewonnen, und was noch wichtiger war: Das Urteil hatte ihr Zeit verschafft, Ambrosius doch noch von ihrem Vorschlag zu überzeugen.

«Woher stammst du?», fragte der Schreiber Lena. «Wer ist dein Mann, wer deine Eltern? Ich muss das festhalten.»

Das Hochgefühl des Siegs wich Entsetzen. «Was meint Ihr?»

«Ich kann nicht einfach deinen Namen ins Urteil schreiben, es gehört auch dazu, dass du Bürgerin der Stadt bist, und somit eine Familie oder einen Mann hast.»

Um Himmels willen, Lena lief es kalt über den Rücken. Was sollte sie sagen? Sie konnte doch nicht Samuel angeben…

«Ich bin die Tochter des Hans Dornheimer aus Bamberg, Mainschiffer von Beruf.»

«Ist er Bürger von Wirzburg?»

«Nein, er ist gestorben, als wir herkamen.»

«Und dein Mann?»

«Ich habe keinen.»

«Wie?» Der Schreiber schaute fragend zum Schultheiß, der nicht weniger überrascht war.

«Du lebst ohne Mann und Familie hier?», fragte der Schultheiß.

«Meister Ambrosius hat mich aufgenommen, als …» Sie biss sich auf die Zunge. Fast wäre es ihr herausgerutscht.

«Als was?», hakte der Schultheiß nach.

«Als mein Mann gestorben ist», antwortete Lena.

«Wer war dein Mann? Wer seine Familie?»

Seytz war nicht weniger erstaunt über die unverhoffte Wendung. Warum gab sie ihren Mann und ihre Familie nicht preis? Da fiel ihm das Getuschel von Ambrosius mit dem Weibsbild wieder ein und was er ihm danach gesagt hatte.

Ich weiß aber auch, in wessen Haus Ihr wohnt und wem Ihr Euren Wohlstand zu verdanken habt. Es ist an der Zeit, alte Schulden abzutragen. Zeit, sich zu versöhnen.

Jetzt machte diese seltsame Bitte endlich Sinn, er hatte es sich bis heute nicht erklären können, wieso der alte Narr unbedingt wollte, dass er sich um sie kümmerte. Das Weibsbild war ein…

«Judenweib!», platzte es aus Seytz heraus. «Darum wollte Ambrosius, dass du unter meinem Schutz stehst.»

«Ein Judenweib?!» Der Schultheiß war nicht minder überrascht. «Stimmt das?»

Lena antwortete nicht.

«Kein Jude darf ohne das Wissen und die Erlaubnis des Bischofs hier sein», führte der Schultheiß aus.

Und viel wichtiger: Jeder Jude hatte Judensteuer zu zahlen und durfte ohne die Erlaubnis des Bischofs nicht arbeiten. Wenn sie also zugab, zu ihrer Hochzeit mit Samuel den jüdischen Glauben angenommen zu haben, dann hatte sie nicht nur gegen das Gesetz verstoßen, sondern schuldete dem Bischof Steuern rückwirkend für viele Jahre. Das Geld hatte sie nicht, außerdem würde sie den Verkaufsstand verlieren, auf der Brücke durften nur Bürger der Stadt arbeiten.

«Sprich, Weib: Bist du eine Jüdin?»

Es wurde ihr schwarz vor Augen, zumindest empfand sie es

so. So kurz vor dem Ziel, und jetzt das. Niemand hatte sie bisher danach gefragt, sie gehörte zum Haus von Ambrosius, einem frommen Christen, und bei den vielen Kirchen in der Stadt fiel es keinem auf, dass er sie nie in einer gesehen hatte.

Durfte sie Samuel und Elias verraten?

«Ich warte. Erklär dich endlich.»

Andererseits hatte sie eine Verpflichtung gegenüber Elias. Was würde aus ihm, wenn sie im Kerker landete? Wie einen Hund würden sie ihn prügeln, aus der Stadt werfen oder gleich im Main ersäufen. Sie musste Elias vor diesem Schicksal bewahren, auch wenn sie dafür Samuel verriet.

Sie nahm all ihren Mut zusammen, wenngleich es ihr in der Seele brannte. «Ich wurde als Magdalena Dornheimer in Bamberg geboren, als gehorsame Tochter eines frommen Christen, und das bin ich auch. Nach dem Tod meines Mannes, auch er war Schiffer und kam nicht von einer Fahrt zurück, hat mich Meister Ambrosius unter seinem Dach aufgenommen, barmherzig wie es sich für einen wahren Christenmenschen gebührt.»

«Ha!», ging Seytz dazwischen. «Sie lügt. Ich wette, sie kann noch nicht einmal das Glaubensbekenntnis sprechen.»

«Ein guter Einwand», pflichtete der Schultheiß ihm bei. «Sprich unser Glaubensbekenntnis oder du wirst es im Kerker lernen.»

Das christliche Glaubensbekenntnis ... Wie ging es wieder? Wie lauteten die Worte, die sie als Kind vor der Mutter und dem Pfarrer ständig wiederholen musste, für die sie Schläge und Vorwürfe hatte einstecken müssen, wenn sie sie nicht jederzeit fehlerfrei aufsagen konnte. Seit dem Kentern des Floßes war sie nur unter Juden gewesen, hatte die Tora studiert, den Talmud von Samuel gehört.

Ich glaube ... Himmelherrgott! Woran glaubten die Christen noch mal? Die Worte lagen ihr auf der Zunge wie Blei. Ruhig, du kannst es. Dann, endlich, lösten sie sich.

«Ich glaube an Gott, den Vater, den Allmächtigen, den Schöpfer des Himmels und der Erde, und an Jesus Christus, seinen eingeborenen Sohn, unsern Herrn ...»

Damit blieb alles wie bisher: Ambrosius war Inhaber und Lena verkaufte seine Waren.

Seytz schäumte vor Wut auf den Schultheiß. Der berief sich auf die unruhigen Zeiten, in denen er nicht Öl ins Feuer gießen wollte. Nach der Auflösung des Rats und dem Verbot der Zünfte gärte es im Volk, es wäre unklug gewesen, einen gültigen Vertrag zugunsten eines wohlhabenden und dem Bischof nahestehenden Kaufmanns zu lösen.

Seytz gab sich nicht damit zufrieden, sein Stolz war verletzt, der Zorn regierte über den Verstand. Er schüchterte die Bauern ein, die an Ambrosius Gemüse und Obst verkauften, die Fischer, die Winzer, die Bäcker und Fleischer. Jeder, der bisher an Ambrosius geliefert hatte, stellte die Zusammenarbeit ein, sodass sich Lena bald mit einer weiteren Herausforderung konfrontiert sah – der Beschaffung von Waren.

Auf die Hilfe von Ambrosius konnte sie dabei nur noch bedingt zählen, der alte Mann wurde täglich schwächer und verließ das Bett nicht mehr. Er trat in das Zwischenreich von Leben und Tod, wo er von Erlebnissen aus der Kindheit phantasierte und von alltäglichen Nichtigkeiten mit seiner verstorbenen Frau. Nur noch selten war er bei klarem Verstand, und anstatt ihr aus der Misere zu helfen, pochte er stur auf eine Zusammenarbeit mit Seytz. Nur er würde das wirtschaftliche Überleben seines Geschäfts sichern und für Lena und ihr Kind sorgen können.

So reagierte Lena auf die Umstände, wie sie es bei Ambrosius, aber auch im Fernhandel mit Samuel gelernt hatte: Sie stellte das Geschäft auf Waren um, die sie nicht von ansässigen Erzeugern, sondern von Händlern aus aller Welt erhielt, die im Hafen ankerten. Es fing mit Gewürzen und Früchten aus dem Süden an, dann kamen Pelze, Leder und Stoffe aus dem Norden dazu, Schmuck und Edelsteine, Seide und Goldfäden, die sich die edlen Damen in die Haare flechten ließen.

Die Umstellung ließ sich nur sperrig an, solche Waren wurden eigentlich nur auf dem Markt vor den Domtreppen gehandelt, wenn überhaupt, aber Lena hatte den besseren Verkaufsort und den Mut, Neues auszuprobieren, sodass Fremde wie Ansässige Gefallen an ihrem Sortiment fanden. Das ging nicht ohne Reibereien ab. Seytz deckte sie mit einer Beschwerde nach der anderen ein, neue Konkurrenten kamen hinzu, andere pochten auf die Gesetze und Erlasse, die es ihr nicht gestatteten, derlei Waren auf der Brücke zu verkaufen, aber die Abwanderung vieler Handwerker und Kaufleute in andere Städte war besorgniserregend, sodass der Schultheiß ein Auge zudrückte.

Vielleicht lag es auch ein gutes Stück daran, dass die Frau des Schultheißen eine dankbare Kundin war, sie wurde von Lena mit venezianischem Glas versorgt, Geschmeide aus Florenz, Tuch aus Mailand. Lena hatte ein Händchen für die richtige Ware, die sich hier verkaufen ließ, nicht irgendeine, wie sie auf den anderen Märkten feilgeboten wurde, sondern das, was die zahlungskräftigen und vor allem einflussreichen Städter und der Landadel wollten.

***

Das Jahr ging zu Ende und mit ihm Ambrosius' Vertrag. Lena hatte sich darauf vorbereitet, klug gewirtschaftet, und ihre Kasse war für den Bieterwettstreit um den Verkaufsstand auf der Brücke gefüllt. Sie war guter Dinge, denn sie hatte das Bürgerrecht neu beantragt und teuer erhalten. Zwei Nachbarn von Ambrosius hatten für sie gebürgt, außerdem des Schultheißen Frau.

Ambrosius lag inzwischen unansprechbar im Bett, wartete nur noch auf die letzte Stunde. Täglich war damit zu rechnen.

Seytz war zwischenzeitlich nicht untätig gewesen, hatte er doch mit ansehen müssen, dass ihm mit Lena eine ernstzunehmende Konkurrentin erwachsen war. Seine Versuche, ihre neuen Handelspartner einzuschüchtern, scheiterten, er hatte einfach keine Handhabe gegen sie. Aber einen Erfolg konnte er verbuchen: Er hatte einen Händler ausfindig gemacht, der mit dem Juden und Kaufmann Samuel Geschäfte getrieben hatte.

Dann war es so weit. Die Vergabe der Verkaufslizenz stand an, und Lena und Seytz erschienen vor dem Schultheiß.

«Meister Ambrosius wird nicht teilnehmen?», fragte der Schultheiß.

«Er liegt zu Bett, Euer Gnaden», antwortete Lena, «und vermutlich wird er es auch nicht mehr verlassen. Es geht zu Ende mit ihm.»

«Kein Wunder», giftete Seytz, «das Weibsbild wird alles darangesetzt haben, dass er ihr nicht in die Quere kommt.»

«Unverschämtheit!», erwiderte Lena. «Seit Wochen und Monaten pflege ich ihn, er wäre schon längst gestorben ohne meine Hilfe.»

«Er musste bis heute leben», setzte Seytz nach, «damit die Lizenz nicht verloren geht. Ich wette, er wird bald sterben.»

«Wie kommt Ihr darauf?», fragte der Schultheiß.

«Weil er ihr nicht länger von Nutzen ist.»

«Euer Gnaden», verteidigte sich Lena, «Meister Seytz setzt alles daran, mich und mein Geschäft schlechtzumachen. Bitte glaubt ihm nicht, aus ihm sprechen Lüge und Hass.»

«Warum sollte ich dich hassen?», erwiderte Seytz. «Weil du eine hinterhältige Lügnerin bist?»

«Wann hat sie gelogen?», wollte der Schultheiß wissen.

«Beim letzten Mal, als wir hier zusammengekommen sind», antwortete Seytz, «und sie hat niemand Geringeren belogen als Euch, werter Schultheiß.»

«Lüge!», schimpfte Lena.

«Das Gericht und damit den Schultheiß zu belügen ist eine ernste Angelegenheit.»

«Euer Gnaden, bei meiner Ehre: Ich habe Euch nicht belogen.»

«Schwöre es», provozierte Seytz.

«Ja, schwöre es», wiederholte der Schultheiß, «aber bevor du das tust, bedenke: Ein falscher Schwur könnte dich den Kopf kosten.»

Für einen Moment hielt Lena inne. Was wollte Seytz damit erreichen? Es gab nichts, was sie ...

«Nun schwöre oder bezieh Stellung zur Anschuldigung von Meister Seytz», drängte der Schultheiß.

Er hieß sie zum Schreiber zu gehen, auf dessen Pult stand ein schmuckloses, hölzernes Schwurkreuz, das aber seinen Zweck erfüllte. Sie hatte die Schwurfinger darauf zu legen und im Namen Gottes zu bezeugen, dass sie die Wahrheit sprach.

«Ich schwöre», sagte Lena schließlich.

«Nun, Meister Seytz», sprach der Schultheiß, «ein Schwur steht Eurer Anschuldigung entgegen. Was habt Ihr darauf zu erwidern?»

Es mochte der glücklichste Moment der letzten Monate für

Seytz sein, er strahlte breit übers Gesicht. «Euer Gnaden, ich möchte Euch Meister Wenzel vorstellen, und seine Begleitung kennt Ihr sicherlich.» Er ging zur Tür, zwei Männer traten ein. Den einen kannte sie nicht, der andere war Meister Anton, ein angesehener Bürger und ebenfalls Kaufmann.

Als Lena den Fremden sah, schwante ihr nichts Gutes. Hatte ihn Samuel nicht einmal mit nach Hause gebracht, Verträge besprochen, Geschäfte abgewickelt?

«Meister Wenzel», fragte ihn Seytz, «erkennt Ihr diese Frau?»

«Es ist die Frau vom Juden Samuel», antwortete der, «ich war in seinem Haus zu Gast, als wir Händel besprochen haben.»

Lena traf die Aussage wie Blitz und Donner. In dem Moment, als er es aussprach, fiel es ihr wieder ein. Ja, das war der Händler aus Prag. Kein Zweifel, er war ihr Todesbote.

«Ich kenne Euch nicht», zweifelte der Schultheiß, «und das ist ein schwerer Vorwurf, den Ihr erhebt. Seit Jahren lebt kein Jude mehr in der Stadt, und wenn, müssten es der Bischof und ich wissen.»

«Ich kann es beschwören», sagte Wenzel, und so tat er es.

«Als weiterer Beweis für die Wahrheit», fuhr Seytz fort, «habe ich Meister Anton gebeten, die Redlichkeit und Ehrlichkeit Meister Wenzels zu beschwören.»

«Wollt Ihr das?», fragte der Schultheiß an Anton gewandt, und der stimmte zu.

Zwei Schwüre gegen den einen einer Frau wogen schwer. Der Schultheiß hatte keine andere Wahl.

«Werft sie ins Stockhaus, das elende Weib. Dort soll sie bis zum Gerichtstag kauern.»

***

Das Brückengericht war die oberste Instanz für Strafsachen in der Stadt und den angrenzenden Gemeinden. Vor ihm mussten auch Edle erscheinen, und es gab keine Möglichkeit auf Berufung. Was das Brückengericht urteilte, war unumstößlich, daher war es auch bei den Einflussreichen und dem Adel gefürchtet. Nur der Kaiser oder der Bischof hätten eingreifen können. Für eine überführte Jüdin, die einen Meineid geschworen und das Gericht belogen hatte, war eine Begnadigung ausgeschlossen, zumal sich durch ihre Entlarvung weitere Gesetzesverstöße ergaben – unberechtigter Aufenthalt einer Jüdin in der Stadt, verbotener Handel und der Betrug am Bischof, da jahrelang keine Judensteuer gezahlt worden war.

All das wäre mit dem Verlust des Bürgerrechts, Kerkerhaft und Prügel, dem Abhacken der Schwurhand oder dem Herausreißen der Lügenzunge zu ahnden gewesen, doch der eigentlich nicht überraschende Tod von Ambrosius, verbunden mit dem Bekanntwerden, dass jahrelang eine Brunnenvergifterin unter seinem Dach gelebt hatte, ließ die Empörung und damit den Ruf nach Vergeltung laut und aggressiv werden. Nichts anderes als einen qualvollen Tod hatte das Weib verdient. Der gute und rüstige Ambrosius war von ihr vergiftet worden, damit sie an sein Geschäft kam, jetzt wurde die Sache für jeden offensichtlich. Zeuge um Zeuge meldete sich, der in letzter Zeit verdächtige Dinge in Zusammenhang mit Ambrosius' Tod beobachtet haben wollte. Hätte man es nur früher geahnt, man wäre eingeschritten und hätte das Giftmensch an Ort und Stelle umgebracht.

Die allgemeine Verdammung Lenas mochte auch durch die Handwerker und Bauern befördert worden sein, die Lena auf Druck von Seytz nicht länger belieferten, dann aber neidisch feststellen mussten, dass sie auch ohne ihre Waren Erfolg hatte. So etwas vergaß man nicht.

Neben der rechtsmainischen Rampe zur Brücke, seitlich vom Grafeneckart, befand sich das Stockhaus – ein Gefängnis für Schwerverbrecher. Dort lag Lena in Eisen, an einem Holzstock festgemacht. Sie war erschöpft und ausgezehrt, die Peiniger hatten bis zum Gerichtstag ausreichend Zeit gehabt, sich mit ihr zu vergnügen. In zerrissenem Gewand, die Haare wirr und der Körper von Wunden gezeichnet, wurde sie nun zu ihrer Verhandlung gebracht. Dabei galt es ein vorgeschriebenes Prozedere zu beachten. Über die Stockhausstiege hinauf zur Brücke und bis zum Gericht musste Lenas Tat dreimal laut ausgerufen werden.

«Das schändliche Weibsbild ist des Giftmords an Meister Ambrosius angeklagt», tönte es zu Beginn der Brücke, bei den Seilern, dann ein paar Meter weiter an der kleinen Gotthardkapelle, die sich zwischen der Stadtmauer und dem Brückentor befand, und schließlich ungefähr in der Mitte der Brücke, wo inzwischen ein Zollhäuschen errichtet worden war.

Auf dem Weg dorthin stand Lena ein Gebet zu, zu dem sie rasten und ungestört sprechen durfte, was sie allerdings ausschlug. Das Einzige, was ihr durch den Kopf ging, war Elias. Was hatten sie mit ihm gemacht? War auch er in den Kerker geworfen worden? Lebte er überhaupt noch, oder hatten ihn die aufgebrachten Bürger erschlagen? Wenn er Glück hatte, war er in ein Kloster gebracht worden, wo er dem falschen, alten Glauben abzuschwören hatte und fortan im richtigen, christlichen Glauben erzogen wurde. Wenigstens hätte er überlebt.

Als Lena die Stände passierte, unterbrachen die Verkäufer kurz das Werben um ihre Waren. Die einen betrachteten sie still und vorwurfsvoll, andere spuckten sie an, wünschten ihr einen langsamen und schmerzhaften Tod, dritte fühlten Mitleid, wagten aber nicht, es zu zeigen.

Lena bekam davon nichts mit, sie schleppte sich unter den Stößen und Hieben eines Knechts voran, einzig an ihrer alten Verkaufsbude hob sie den Kopf und schaute, wer dort nun Herr war. Zu ihrer Überraschung war es nicht Seytz, sondern eine Frau, die sie nicht kannte, das Sortiment aber war das gleiche. Was auch immer Seytz mit der Bude vorgehabt hatte, er hatte seine Pläne verworfen. Wieso sollte man ein Geschäft aufgeben, wenn es so viel gutes Geld einbrachte? Ihr Lager war voll mit den edelsten Waren aus dem ganzen Reich, Seytz hatte vermutlich einen Sprung vor Freude gemacht, als er es übernommen hatte.

In der Mitte der Brücke machte sie kurz Halt und schaute den Main hinauf Richtung Süden. Die Sonne stand hoch, das Wasser glitzerte und funkelte, dass sie die Augen zusammenkneifen musste. Ein leichter Wind wehte den Geruch von frisch Gebratenem heran, er musste von den Garküchen der Fleischer kommen, die entlang des Ufers lagen. Irgendwo spielte ein Barde ein Lied, die Worte klangen fremdländisch, die Stimme war sanft und sehnsüchtig. Nur zu gerne hätte sie ihm noch ein Weilchen zugehört, da traf sie ein Stoß.

«Geh weiter, Weibsbild», trieb sie der Knecht an, «der Bader erwartet dich», und er meinte den Henker, der ihr einen letzten Schnitt verpassen würde.

Am Ende der Brücke wurde sie bereits erwartet. Neben der Rampe befand sich der Schwarze Saal, der Ort des Brückengerichts, davor ein schmaler Streifen, auf dem bei gutem Wetter die Verhandlung abzuhalten war. Nach altem fränkischen Recht hatte das Gericht unter freiem Himmel stattzufinden, damit möglichst viele daran teilhaben konnten, und dafür war die Brücke bestens geeignet. Kein Ort in der Stadt war öffentlicher, nirgends kamen mehr Menschen zusammen. So blieb das

Volk stehen und schwieg ausnahmsweise, während Lenas Tat ein weiteres Mal am Fenster des Schwarzen Saals ausgerufen wurde.

Zu Gericht saß der Schultheiß mit seinen neun Schöffen, die das Urteil zu fällen hatten. Lena war nicht die erste Angeklagte an diesem Tag und würde sicherlich auch nicht die Letzte sein, es warteten noch andere in Ketten – Räuber und Mörder, Brandstifter, Weinpanscher und Münzfälscher. Es würde ein langer Gerichtstag werden.

Als ihr Name und ihre Tat aufgerufen wurden, war Lena schon längst nicht mehr bei der Sache. Sie ließ die Anklage wie die herbeizitierten Zeugen über sich ergehen, Seytz war einer von ihnen. Sie wusste, was er ihr vorwarf, sie brauchte die falschen Worte nicht auch noch zu hören. Über ihr Schicksal war längst entschieden.

Als sie sich zu den Anklagepunkten äußern sollte, schwieg sie, was die Umstehenden erzürnte. Sie verfluchten das Judenweib, stießen Verwünschungen aus und hätten sie am liebsten an Ort und Stelle erschlagen.

Das Urteil war einstimmig und schnell gefunden: der Tod.

Gemeinhin wurden Todesurteile auf dem Richtplatz vollstreckt, bei besonders grässlichen Taten aber war das Schwert eine zu schnelle und vor allem milde Tötungsart, das Ersäufen im Main dauerte länger und die Zuschauer hatten mehr davon.

Auch Lena würde im Main einen langsamen, qualvollen Tod sterben. Der Kreis würde sich schließen. Der Main hatte sie damals für sich beansprucht, nun würde er sie endlich bekommen. Die Zeit dazwischen war nur ein Aufschub ihres Schicksals gewesen. Es schreckte sie nicht. Die vergangenen Tage im Kerker, die Beschimpfungen, die Schläge, der Hunger und Durst, die Ausweglosigkeit, die Verzweiflung, all das war schlimmer als der Tod. Besser, die Hölle hatte bald ein Ende. Einzig das Schicksal von Elias ließ sie noch am Leben festhalten.

Lena wurde zurück ins Stockhaus gebracht, die Vollstreckung der Urteile war angesichts des langen Gerichtstags verschoben worden. Mariä Himmelfahrt stand bevor, und damit die Möglichkeit einer großzügigen Amnestie der Eingekerkerten durch die Geistlichkeit des Domkapitels – eine weitere Eigenart des in Wirzburg praktizierten Rechts. Das Domkapitel nahm die jesuanische Aufforderung zur Barmherzigkeit wörtlich und schenkte mehrmals im Jahr rechtskräftig Verurteilten einen Straferlass, was bei den Schultheißen und den Geschädigten auf wenig Gegenliebe stieß. Aber diese Freiheit hatte das Domkapitel, und am Vorabend zu Mariä Himmelfahrt war es wieder so weit.

Eine Prozession setzte sich vom Dom aus in Bewegung, an der Spitze des Zuges ein Kreuz, dahinter die hohe Geistlichkeit. Am Stockhaus angekommen, schickten sie ihre Kirchner hinein, um die Auslösung der Gefangenen vom Stockmeister zu fordern.

«Das werden sie doch merken», sagte der Stockmeister zu Seytz.

«Mach dir deswegen keine Gedanken», beschwichtigte der, «ich weiß von einigen, dass sie einen Juden lieber am Grund des Mains sehen als frei auf der Straße.»

Zur Besänftigung der Zweifel drückte er dem Stockmeister ein Säckchen mit Münzen in die Hand.

«Schaff das Weibsbild weg, bevor die Kirchner kommen. Dann gibt es auch keine Probleme.»

«Aber wenn man sie ersäuft, wird man doch fragen, warum sie nicht vorher freigelassen worden ist.»

«Eben darum sollst du sie auch wegschaffen. Wer nicht da ist zur rechten Zeit, kann auch nicht freigelassen werden.»

Das Weibsbild sollte ihm kein weiteres Mal in die Quere kommen. In der hintersten Kammer, wo die Werkzeuge der Folterknechte lagerten, wurde Lena festgemacht, während die Gefangenen auf die Straße geführt wurden. Dort hatten sie die Urfehde zu leisten – ein öffentliches Versprechen, dass sie keine Rache an ihren Anklägern, Richtern, Zeugen oder an den Kerkerknechten üben würden. Danach waren sie frei, und der christlichen Barmherzigkeit war Genüge getan.

«Hoffe nicht», sagte Seytz, «dass dich irgendjemand vermisst.»

«Warum hasst Ihr mich so?», fragte Lena, kraftlos und niedergeschlagen lag sie gefesselt am Boden.

«Hast du wirklich geglaubt, gegen mich zu gewinnen?»

«Ich wollte nur eine Zukunft für mich und mein Kind.»

«Judenpack hat keinen Platz in meiner Stadt. Ihr seid eine biblische Plage wie die Heuschrecken und die Pest.»

«Wir sind das auserwählte Volk, ohne uns würde es euch nicht geben.»

«Ihr seid die Mörder unseres Heilands.»

«Er war ein Prophet. Es gab Hunderte von seiner Sorte. Sie alle sind gestorben und nicht wieder auferstanden.»

«Allein dafür verdienst du den Tod.»

«Ich fürchte ihn nicht. Du aber wirst zur Hölle fahren.»

Seytz lachte. «Unser Heiland wird sich seiner Mörder erinnern, wenn der Tag der Abrechnung kommt. Ich handle in seinem Geist.» Zum Abschied trat er ihr in die Seite. «Ich kann es kaum erwarten, dich im Main untergehen zu sehen.»

Gekrümmt vor Schmerz, sah sie ihn gehen, die Tür schloss sich hinter ihm, vollkommene Dunkelheit nahm sie ein. Es war kalt und feucht in diesem Loch, wo es nach Moder und Verzweiflung roch. Tränen fielen zu Boden. Das war also das Ende.

***

Der Tag ihres Todes war gekommen. Ein Mörder und eine Brandstifterin sollten mit Lena von der Brücke in die Fluten des Mains gestoßen werden, wo sie jämmerlich und unter dem Jubel der zahlreichen Zuschauer sterben würden. Tags zuvor hatte es heftig geregnet, der Fluss war angeschwollen, der Pegel höher als normal. Der Brückenbaumeister hatte vorsichtshalber die Pfeiler mit Holzbalken verstärken lassen, um gegen ein drohendes Hochwasser besser geschützt zu sein. Auf Booten und von der Mauerbrüstung herab hantierten seine Arbeiter mit schwerem Material, hämmerten, sägten und banden Balken und Wasserabscheider fest.

Kurzfristig war darüber nachgedacht worden, die anstehenden Hinrichtungen zu verschieben, doch wenn der Main weiter anschwoll, würde es noch schwieriger werden, die Verurteilten vom Leben in den Tod zu befördern, also wollte man es gleich tun, da noch Platz zwischen den befestigten Brückenpfeilern war.

Vor dem Brückengericht hatten sich der Schultheiß, der Zehntgraf und die Schöffen eingefunden. Nach festgelegtem Ritus wurde der Zehntgraf beauftragt, die Verurteilten zur Hinrichtungsstätte auf der Brücke zu bringen. Der ritt nun zu Pferd mit seinen Knechten zum Stockhaus, wo sich die anderen beiden Todgeweihten eingefunden hatten, gefolgt von den Klägern – im Fall von Lena war es Meister Seytz. Aus den Fesseln des Stocks gelöst, wurde Lena mit den anderen auf die Brücke getrieben.

Die Knechte bahnten ihnen einen Weg durch die geifernde Menge, die sich ein besonderes Schauspiel erhoffte. Die drei Todgeweihten mussten Hiebe und Streiche einstecken, wurden bespuckt und verhöhnt, ihre dünnen und verdreckten Büßerkleider wurden ihnen heruntergerissen, somit waren sie halbnackt.

Die Aussicht darauf, vom Wasser hinabgezogen zu werden, erfüllte Lena mit tiefer Zufriedenheit, denn das erhoffte Schauspiel würde nicht lange dauern, die Zuschauer wären enttäuscht über den schnellen Tod. Den Blick nach unten gerichtet stolperte sie ihren beiden Leidensgenossen hinterher, erduldete die Häme, den Spott, die Schläge, sprach ein Kaddisch, ein Gebet zur Lobpreisung Gottes, wenn es sonst niemand tat.

An den drei zu beschreienden Orten reckte der Zehntgraf den Gerichtsstab in die Höhe und gebot Ruhe.

«Waffnet hie über unsern und des Lands schändlichen Mann, Weib und Mörder! Mordio!» Danach ging es weiter.

Da hörte Lena eine Stimme an ihrem Ohr. «Wehr dich nicht. Ich werde da sein.» Sie blickte auf. Fratzen grölten, Spucke kam ihr entgegen, ein Schlag traf sie ins Gesicht. Für einen Moment glaubte sie ein vertrautes Gesicht erkannt zu haben, dann war es wieder verschwunden.

Wehr dich nicht. Ich werde da sein.

Hatte Gott zu ihr gesprochen? Erwartete er sie in seinem Reich? Nur zu, ich bin gleich bei dir.

Der Gedanke verschaffte ihr Erleichterung auf dem Weg zur Hinrichtungsstätte, in der Mitte der Brücke gelegen, wo der Henker stand. Wider Erwarten war es keiner von diesen Kerlen, bei deren Anblick man vor Ehrfurcht erzitterte, er war eher klein und beleibt, also gut im Geschäft. Einer seiner Helfer hielt die johlenden Zuschauer im Halbkreis auf Abstand, der Verkehr stockte für die kurze Unterbrechung, man blieb gerne und interessiert stehen. Wann bekam man auf seiner Reise schon eine Hinrichtung geboten?

Als Erste sollte die schändliche Brandstifterin sterben, die das Haus ihres Liebhabers mit Frau und Kindern darin angezündet hatte. Die Hände auf den Rücken gebunden, stieg sie über einen Klotz zur Brüstung hoch, der Henker band ihr die Füße zusammen, überprüfte den festen Sitz, und nach einem Moment der Besinnung stieß er sie nach unten.

Ein Aufheulen und Jubel erhob sich, wer einen Platz an der Brüstung ergattert hatte, hoffte auf einen langen und unterhaltsamen Todeskampf. Der Körper verschwand im Wasser, trieb dann durch die Brückenbögen auf die andere Seite, wo er einen Steinwurf entfernt wieder nach oben kam, das Hemdchen mit Luft aufgebläht, ein wildes Ankämpfen gegen die Fesseln und das Wasser in der Lunge, doch dann erstarb alles, und die Strömung trug die Armselige davon.

Verhaltener Jubel brandete auf, man hatte einen erquickenderen Todeskampf erwartet.

Es folgte der Mörder, auch hier das gleiche Prozedere – fesseln, von der Brücke stoßen, untertauchen, bis er eine ganze Strecke weiter wieder an die Oberfläche kam. Er hatte mehr Kraft, es dauerte etwas länger.

«Nun du, Weib», sagte der Henker.

Seine Stimme klang weder borstig noch aggressiv, eher freundlich einladend. Ein wahrer Todesengel.

Lena stieg die Stufe hoch, ein letzter Blick nach Süden, von wo sie einst mit ihrem Vater in die Stadt gekommen war. Damals war es bereits ein Todeskampf gewesen, nun sollte er sich wiederholen. War das der himmlische Plan? Ein Leben voller Pein, Verlust und Verrat? So sei es, sie würde bald Samuel wiedersehen. Ihr letzter Gedanke galt Elias. Mochte er zu einem guten

Menschen werden, auch wenn er das Kreuz der Christen um den Hals trug.

Dann spürte sie den Stoß im Rücken, den Sturz und das Eintauchen in das erstaunlich warme Wasser. Auch wenn sie sich vorgenommen hatte, die Augen geschlossen zu halten, so öffneten sie sich ganz ohne ihr Zutun. Braungrün war alles um sie herum, von oben etwas Licht, das nach unten ins Schwarze erlosch.

Der Drang, nach Luft zu schnappen, die aufkommende Panik, als es nicht gelang, der völlig abstruse Versuch, die Luft so lange anzuhalten wie nur möglich, bis der Tod sie küsste, es würde schnell gehen, sie würde sanft hinübergleiten ...

Aber nein, es war viel schlimmer, als sie es sich ausgemalt hatte. Das Ersticken war erbärmlich und schmerzhaft. Ihre Lungen drängten kraftvoll nach Entfaltung, dass es ihr den Hals zu sprengen drohte, die Augen weit aufgerissen, gegen die Fesseln ankämpfend, ihr Kopf drohte zu zerbersten ... da tauchte plötzlich ein Gesicht vor ihr auf.

War es die Brandstifterin, der Mörder? Wirre, schnelle Gedanken, aber nein, dieses Gesicht lebte. Etwas packte sie und zog sie nach oben. Kurz vor dem Auftauchen wurde ihr schwarz vor Augen, ihre Lungen atmeten Luft, es brannte wie Feuer.

Sie hörte eine Stimme, ihr Hall konnte nur aus dem Jenseits stammen.

«Wehr dich nicht. Ich bin da.»

Jemand schnitt ihr die Fesseln durch, riss an ihrem Hemd, rollte sie hinüber, dann wieder zurück, zog ihr das Hemd über die Beine aus, steckte etwas hinein, sodass es Auftrieb bekam, und warf es in die Strömung.

Sie sah das Licht an der Brückenwölbung über sich, wie es verspielt schillerte, als vollführten silberne Schmetterlinge dort ein Ringelreihen.

Kurzer Jubel hallte unter dem Brückenbogen, dann, als er verebbte, das Kommando des Henkers.

«Geht weiter, Leute. Es gibt nichts mehr zu sehen.»

«Wo bin ich?», stammelte sie.

Mit triefenden Haaren beugte sich das Gesicht des Schusterknechts über sie, der einst seinen Verkaufstand dem ihren gegenüber hatte.

«Still», sagte er und legte den Finger auf die Lippen.

«Was ...?»

Er antwortete nicht, stattdessen streifte er ihr ein Hemd über, eine Hose und schließlich eine Mütze.

«Komm, beeil dich. Die Arbeiter kommen gleich zurück.»

Sie wusste nicht, wie ihr geschah. Er half ihr in ein bereitstehendes Fischerboot mit einem Haufen Netzen darin, das an der Verstrebung festgemacht war.

«Bleib unten», sagte er, während er es losmachte und die Riemen in die Hand nahm. «Wir sind bald außer Sichtweite.»

Nach ein paar Schlägen wagte sie es, den Kopf zu heben. Die Stadtmauer endete zur einen Seite, der Fluss machte einen Knick zur anderen.

«Geht es dir gut?», fragte der Schusterknecht.

Noch immer wusste Lena nicht so recht, wie ihr geschehen war.

«Woher bist du so plötzlich gekommen? Ich dachte, du wolltest mit deinem Meister nach Nürnberg.»

«Wollte ich auch. Als ich aber hörte, dass dich dieser Halunke Seytz am Wickel hat, konnte ich nicht gehen.»

«Aber ...»

«Wir passen aufeinander auf. Das waren deine Worte auf der Brücke. Erinnerst du dich nicht?»

Ja, sicher, das tat sie.

«Mach dir deswegen keine Gedanken», fuhr er fort, «die Prügel meines Meisters für die gestohlenen Schuhe hätten mehr geschmerzt, als die paar Tage auf dich zu warten. Er ist ein Halsabschneider, wie alle Meister es sind. Ich bin froh, dass ich ihn los bin.»

«Und was hast du jetzt vor?»

«Wir fahren nach Frankfurt. Dort gibt es für einen guten Schuster und eine gute Verkäuferin bestimmt einiges zu verdienen.»

«Du bist verrückt.»

«Du etwa nicht? Wer anders hätte sich schon für einen armen Schusterlehrling eingesetzt, wenn nicht eine noch verrücktere Jüdin.»

Das mochte stimmen. Wer den ganzen Tag nur Prügel und Undank gewohnt war ...

«Halt!», sagte sie plötzlich. «Elias. Ich kann nicht ohne ihn gehen.»

«Er ist in guten Händen. Wenn sich niemand mehr an dein Gesicht erinnert, kommst du zurück und holst ihn nach.»

Es stach ihr ins Herz, aber für den Moment schien es die beste Lösung zu sein. Sie blickte über die Schulter zurück. Die Brücke entfernte sich mit jedem Ruderschlag ein Stück weiter. Den Vater und einen guten Beschützer ließ sie zurück, Elias würde noch vor Anbruch des Winters wieder in ihren Armen liegen.

«Bis bald», sagte sie leise und schaute nach vorn.

15. Jahrhundert
Volksaufstand gegen die Herren

Es war ein Kreuz mit den Bischöfen, und die Bürger von Würzburg kamen aus Sicht der Bischöfe einer biblischen Plage gleich.

Wie die zwei Ufer eines Flusses gehörten sie untrennbar zusammen, doch das eine Ufer war Sumpf, das andere Feuer. Die Brücke über den Main, die einst die beiden Ufer miteinander verbinden sollte, war mittlerweile zu einer Grenzeinrichtung geworden – links der fürstbischöfliche Landesherr, rechts seine aufsässigen und nach Freiheit strebenden Untertanen.

Der Schaden, der durch den andauernden Zwist entstand, war für die Stadt und den Bischof tiefgreifend und nachhaltig. Die ehemalige Handelsmacht, die noch zu Zeiten Friedrich Barbarossas Waren und Güter in ganz Europa umsetzte, hatte längst an Stärke eingebüßt, die Abwanderung vieler Kaufleute und Handwerker in andere Städte hatte zu einer Lähmung der Wirtschaft geführt. Nicht ganz unschuldig daran waren in den Augen der Bürger die gierigen Bischöfe, die die Stadt mit Steuern, Abgaben und Verboten auspressten.

Im Januar des Jahres 1400 kam es nahe dem Dorf Bergtheim zu einer Schlacht, die entscheiden sollte, wer zukünftig das Sagen im Maintal haben würde. Truppen des Bischofs standen einem Heer aufständischer Bürger und Bauern aus Würzburg und anderen Orten gegenüber.

Hintergrund war der Zusammenschluss der Stadt Würzburg mit zehn weiteren Orten zum Elfstädtebund. Gemeinsam strebte man die vollkommene Loslösung vom fürstbischöflichen Diktat an, weil unter anderem die hohe Besteuerung als ungerecht angesehen wurde. Der Elfstädtebund konnte mit der Unterstützung durch König Wenzel rechnen, woraufhin der Reichsadler an die Stadttore geschlagen und ein vergoldetes Wappenpaar auf den Giebel des Rathauses gesetzt wurde. Doch die Begeisterung währte nicht lange. König Wenzel war fern des Maintals, seine Zusage ein Lippenbekenntnis, er ließ die Würzburger im Stich.

Am Ende des Blutbads bei Bergtheim lagen über tausend erschlagene Bürger und Bauern auf den Feldern und Auen, vierhundert wurden gefangen genommen, darunter einige Dutzend Adelige. Die Rache des Bischofs war grausam und folgte auf dem Fuß. Die Hauptleute und Anführer wurden enthauptet oder ertränkt, vier Patrizier zur Abschreckung an den Stadttoren aufgehängt, ihr Besitz eingezogen. Als Wiedergutmachung hatten die Unterlegenen auf Jahre hinaus dem Bischof Entschädigung zu zahlen, Zünfte und jedweder Zusammenschluss von Bürgern oder Bauern waren strengstens untersagt.

Der ohnehin dünne Faden zwischen Bischof und Stadt war damit endgültig gerissen, jedes Vertrauen getilgt. In der Folge wanderten noch mehr aus der Stadt ab und hinterließen ein ausgezehrtes und hoch verschuldetes Land. Die verbliebenen Bürger versuchten, sich mit der absoluten Herrschaft der Fürstbischöfe zu arrangieren. Doch Unzufriedenheit, Steuerlast und Übergriffe des Bischofs und seiner Helfer waren ein steter Quell für Vergeltung. Die Stadt wollte einfach nicht zur Ruhe kommen. Nicht schuldlos war daran so mancher Bischof, der einen aufwendigen Lebenswandel pflegte und sittliche Grenzen überschritt. Bischof von Brunns eigenes Domkapitel ging auf einem Konzil gegen ihn vor und klagte auf dessen Absetzung. Ausgerechnet mit der Frau eines Stadtrats hatte er mehrere Kinder gezeugt.

Die Gründung der ersten Universität in Würzburg im Jahr 1402 als der fünften in deutschen Landen ging in den Ereignissen nahezu unter, sie bestand auch nicht lange, denn ihr Gründer – der ehemalige Feldherr Egloffstein, der die bischöflichen Truppen bei Bergtheim angeführt hatte und kurz darauf zum Bischof geweiht worden war – wurde vergiftet, der Rektor von einem Gehilfen ermordet und die Universität wenig später geschlossen.

Weitaus nachhaltiger war der Bau der Marienkapelle als eine Bürgerkirche und damit als Gegengewicht zu den vielen Stifts- und Klosterkirchen. Ausgerechnet am Ort der ehemaligen Synagoge am Rigol wurde die Kirche erbaut, als weithin sichtbares Zeichen des Bürgerstolzes über jedwede Bevormundung seitens des Bischofs hinweg.

Die einzige Gemeinsamkeit zwischen Bischof und Stadt, das letzte Band, das Burg und Stadt noch zusammenhielt, war über all die Jahre des Streits, des gegenseitigen Bekriegens, der Herrschaft und des Aufruhrs, die Mainbrücke geblieben. Sie war die Lebensader, die die Stadt und den Bischofsstuhl gleichermaßen nährte.

Am 21. Juli 1442, auf den Tag genau einhundert Jahre nach der ersten Zerstörung, schwemmte ein weiteres Hochwasser sie hinweg, mit all den schönen Bögen, den Aufbauten und den Verkaufsständen. Wieder blieben nur die Brückenpfeiler erhalten, allerdings waren sie in einem besorgniserregenden Zustand. Über ein Provisorium kam man nicht hinaus, das im Nachgang enorme Gelder verschlang. Mit der Zeit wurde die behelfsmäßige Brücke so baufällig, dass schwere Fuhrwerke nur noch einzeln passieren konnten. Das war keine gute Werbung, die Fernreisenden von Regensburg zum Niederrhein drohten auf andere Brücken auszuweichen, die mittlerweile in Aschaffenburg und Frankfurt entstanden waren. So konnte es nicht weitergehen, es musste eine Lösung her.

Bürgerschaft, Domkapitel und Bischof beratschlagten daraufhin in seltener Einigkeit, wie es mit der Brücke weitergehen sollte. Schnell erkannte man, dass ein Neubau das Beste wäre, und zwar breiter als zuvor, denn seit dem ersten Bau der Brücke war der Verkehrsstrom stetig gewachsen. Ebenso schnell zeigte sich aber auch, dass ein Neubau Unsummen verschlingen würde, die weder Bischof noch Domkapitel oder Stadt aufbringen konnten. So wurde die Entscheidung vertagt, was den Unfrieden unter den ohnehin zerstrittenen Parteien beförderte.

Es brauchte einen weitsichtigen und mutigen Mann, um Stadt und Land aus der Lethargie der hohen Schuldenlast zu befreien und neue Impulse für die Genesung zu liefern. Eigenschaften, über die der herrschende Fürstbischof Johann III. von Grumbach nicht verfügte. Er pflegte im Gegenteil einen großzügigen Lebensstil und eine nicht minder aggressive Politik gegenüber den lokalen Adelsgeschlechtern und den Nachbarn, darunter die stolzen und mächtigen Markgrafen von Brandenburg aus dem Haus der Hohenzollern, insbesondere der fehdenfreudige Albrecht Achilles. Grumbach tauschte den bischöflichen Krummstab mit dem neu in Auftrag gegebenen fränkischen Herzogsschwert, und in diesem Stil regierte er auch seine Würzburger.

Rebellion

Die Gassen und Straßen des nächtlichen Würzburg waren verwaist. Es hieß, Hase gehe um. Wenn man ihn traf, war mit allem zu rechnen – eine Tracht Prügel, das Kerkerloch oder schlimmer: Folter aus nichtigem Grund, weil ihm gerade danach war. Er tat, was und wie es ihm beliebte. Niemand konnte gegen ihn vorgehen, denn er stand unter dem Schutz des Bischofs von Grumbach, und den fürchtete mancher noch mehr als seinen willfährigen Büttel, einen allseits gefürchteten Grobian, einen Bürger namens Hase.

Die Regentschaft des Bischofs Grumbach war ins elfte Jahr gegangen, und von Jahr zu Jahr war es schlimmer mit ihm geworden. Er erhob eine Steuer nach der anderen und setzte sie brutal durch. Wer aufmuckte, musste mit dem Schlimmsten rechnen, und das bedeutete oft einen qualvollen Tod und für die Hinterbliebenen die Knechtschaft, bis Schuld und Zinsen abgetragen waren. Selbst die Alten konnten sich nicht erinnern, wann es je so schlimm gewesen war. Grumbach hielt die Stadt in unerbittlicher Umklammerung, sodass man kaum atmen, geschweige denn dagegen protestieren konnte.

Vor diesem düsteren und erpresserischen Hintergrund

gedieh ein abgrundtief böser Charakter, wie Hase einer war, prächtig. Man meinte, die zwei seien der Hölle entsprungen und ließen die Würzburger für die Sünden ihrer Väter bei Bergtheim büßen. Sie wähnten sich in einem ewig andauernden Fegefeuer, aus dem es kein Entrinnen gab.

«Womit haben wir das verdient?», fragte Jörg den ihm gegenübersitzenden Casper.

Nach einem anstrengenden Arbeitstag an den Pfeilern waren sie in eine kleine Gastwirtschaft gleich neben der Brücke eingekehrt. Obwohl in ihren Taschen nur wenige Münzen klimperten, waren sie bereits beim zweiten Weinkrug angelangt. Die Plörre enthielt mehr Wasser als der Main und schmeckte nach Essig. Eigentlich hätte ihnen der Wirt noch etwas dafür zahlen müssen.

Casper schob den Becher angewidert weg. «Ich kann das Zeug nicht länger trinken. Wo ist nur all der gute Wein hingekommen?»

Es war noch nicht spät, der Nachtwächter hatte erst zur neunten Stunde gerufen, und doch wirkte die Gastwirtschaft wie ausgestorben. Der Wirt saß schnarchend auf einem Fass an die Wand gelehnt, im schummrigen Licht der Talgkerzen wartete eine Dirne vergebens auf Kundschaft, mit den beiden Hungerleidern war eh kein Geschäft zu machen. Sie ersäufte die Trostlosigkeit mit dem dünnen Wein, der auch ihr keine Erleichterung verschaffte.

«Geht endlich nach Hause», maulte sie herüber, «eure Weiber und Kinder warten auf euch.»

Casper und Jörg schenkten ihr keine Aufmerksamkeit. Jeder hatte sein Kreuz zu tragen.

«Wie lange hat hier schon kein Musikant mehr gespielt?», fragte Jörg.

Casper hob müde die Schultern. «Warum auch? Es gibt nichts zu feiern.»

Die Zeit zum nächsten stummen Prosit zog sich bleiern, es gab nicht viel zu sagen, ihr Schicksal als unterbezahlte Maurer in einer finsteren Stadt war ohnehin besiegelt, lediglich Jörg hatte noch einen Funken Hoffnung.

«Wir sollten nach Frankfurt gehen.»

«Was ist dort anders als hier?»

«Kein Bischof.»

«Dafür ist die Konkurrenz größer, Maurer gibt es wie Sand im Main.»

«Die Löhne sind besser.»

«Sagt wer?»

«Hab ich gehört.»

Casper winkte ab. «Das sagt man allerorten, doch bist du erst mal dort, hungerst du genauso wie hier.»

«Wir sollten es zumindest versuchen, gleich morgen.»

Die Tür ging knarrend auf, herein kamen zwei Stadtknechte, gefolgt von ihrem Kommandanten Hase – ein eher unscheinbarer Kerl im dunklen Mantel und einem breitkrempigen Hut auf dem Kopf. Er führte außer einem kleinen Dolch am Gürtel keine Waffen mit sich, was seltsam war, schließlich war er der Handlanger des Bischofs und der Vollstrecker von Haftbefehlen und Urteilen. Wenn er in Erscheinung trat, folgte eine Auseinandersetzung auf dem Fuß, meist endete sie unerbittlich und blutig. Dafür hatte er zwei Knechte zur Seite, stämmige Rabauken mit losen Fäusten und einer schnellen Klinge.

«Ausgerechnet», seufzte Casper und duckte sich. «Bei allen Gasthäusern in der Stadt, warum muss er gerade hierher kommen?»

«Still», flüsterte Jörg, «wir sollten gehen.»

Möglichst unauffällig erhoben sie sich, wandten sich der Tür zu, doch Hase wäre nicht der rechte Arm seines Bischofs gewesen, wenn er sie nicht bemerkt hätte.

«Wohin des Weges?», fragte er mit dünner, gespielt überraschter Stimme. «Und dann noch so eilig. Hab ich euch vertrieben? Fühlt ihr euch unwohl in meiner Gegenwart?»

«Keinesfalls, Meister Hase», erwiderte Jörg eilfertig, wissend, dass ein falsches Wort ihm den Kerker einbringen konnte. «Der Krug ist leer, der Bauch voll. Es ist Zeit, nach Hause zu gehen. Morgen zum Frühgebet müssen wir wieder auf der Brücke sein.»

«Brückenarbeiter ... Verdient man mittlerweile so gut, dass man seinen Lohn in die Gasthäuser trägt?» Er setzte sich neben die Dirne, die wenig begeistert von ihm abrückte, doch einer der Knechte versperrte ihr den Weg.

«Es war ein langer und harter Tag», antwortete Casper, der sich auf keine weitere Unterhaltung mit dem finsteren Kerl einlassen wollte, «ich wünsch Euch noch eine gute Nacht.» Er hatte die Tür bereits in der Hand.

«Stehen geblieben!» Hase kam näher, schaute den beiden direkt ins Gesicht. Er war gut einen Kopf kleiner als die beiden Maurerburschen. «Kann es sein, dass ihr etwas vor mir verbergt?»

Jörg lächelte gequält. «Wer könnte vor Euch schon etwas verbergen?»

«Ich spüre, wenn mich jemand belügt. Ein seltsames Kribbeln in den Fingern, fast schon ein Zipperlein. Es ist wahrlich unangenehm. Seht.» Er hob seine Hand, die dünnen Finger waren ruhig, keine Bewegung war an ihnen abzulesen.

«Mir scheint, Ihr seid die Ruhe selbst», entgegnete Casper.

«Es erschließt sich nicht sofort dem Auge. Man muss genau hinsehen. Doch dann, wenn man es erblickt, ist es untrüglich.»

Casper und Jörg konnten mit den seltsamen Worten nichts anfangen. Es war besser, schnell zu verschwinden.

«Nun denn», sagte Casper schließlich, «gehabt Euch wohl. Es ist spät.»

Ohne Hases Zustimmung abzuwarten, wandte er sich um.

«Habe ich euch erlaubt zu gehen?!»

«Habt ein Einsehen», bat Casper, «es ist spät ...», doch Jörg nutzte die Gelegenheit und schlüpfte hinaus.

«Fasst ihn!», rief Hase seinen Knechten zu. Der eine stürmte zur Hintertür hinaus, der andere heftete sich an seine Fersen, und so war Jörg schnell gefasst.

«Ins Loch mit ihm», befahl Hase, dann wandte er sich wieder an Casper. «Und du wirst mir nun etwas über deinen Vorarbeiter erzählen.»

«Wen meint Ihr?»

«Schenk, den Steinmetz.»

«Was ist mit ihm?»

«Man sagt, er verdiene gut an den Brückenarbeiten. Sehr gut sogar, überraschend gut.»

Über Meister Schenk, der für die Beschaffung der Steine aus dem Steinbruch verantwortlich war, rankten sich Gerüchte, oft basierten sie nur auf übler Nachrede seiner Konkurrenten, die bei Hase aber auf offene Ohren stießen. Wieder einmal sollte er mehr Steine abgerechnet haben, als tatsächlich geliefert oder verbaut wurden. Casper konnte nichts dazu beitragen, er vermauerte, was ihm vor die Füße gelegt wurde.

«Ich kann Euch wirklich nichts dazu sagen», beteuerte Casper, «beim Baumeister seid Ihr damit besser aufgehoben.»

«Wir werden sehen», beschied Hase und winkte seine Gehilfen heran. «Abführen.»

Am Tag nach der Festnahme von Casper und Jörg fehlte Meister Schenk auf der Brückenbaustelle. Es hieß, Hase habe ihn mitten in der Nacht aus dem Bett geholt, unter dem Klagen und Weinen von Frau und Kindern verprügeln und in den Kerker werfen lassen. Dort werde er von Hase und seinen Folterknechten zu den erhobenen Vorwürfen befragt.

Über den Verbleib von Casper und Jörg machte man sich weniger Gedanken. Sie waren einfach nicht erschienen, und damit hatten zwei andere Maurer aus der Menge der Arbeitssuchenden, die am Ufer des Mains kampierten und auf eine Beschäftigung hofften, eine Chance bekommen.

Die Brücke war an den Pfeilern, den Bögen und der Brüstung mit Holzplanken und Latten verschalt, eine Spur der Fahrbahn gesperrt, wo Zimmerleute mächtige Joche mit Hebezügen aufbrachten – die alten waren vermodert und hielten allzu schweren Fuhrwerken nicht länger stand. Mittlerweile machte es den Eindruck, dass mehr Arbeiter auf der altersschwachen Brücke unterwegs waren als Bürger. Fuhrwerkskutscher forderten auf der löchrigen Fahrbahn das Schicksal heraus, an der Brüstung und den Pfeilern bröselte der Sand, Steine fehlten, eine große Erschütterung, und der Karren kippte mitsamt der wertvollen Fracht in den Main.

Die Brücke hätte gesperrt, abgerissen und von Grund auf neu erbaut werden müssen, während sich der Verkehr zu beiden Seiten bis in die hintersten Gassen staute und Flöße eingesetzt werden mussten, um die Situation zu entschärfen.

Der Ärger darüber war groß und das Lamentieren laut. Es ging nur noch im Schneckentempo voran. Die Waren auf den Ladeflächen drohten zu verderben, die versprochenen Lieferzeiten wurden längst nicht mehr eingehalten. Warum hatte man nicht auf den Rat der anderen gehört, die Würzburger Brücke zu meiden und den Main an einer anderen, wenngleich ferneren Stelle zu überqueren?

Die Anwohner wussten ein eigenes Lied über das Gezeter und den Lärm zu singen. Seit Wochen ging das nun schon so, dass sie kaum das Haus verlassen konnten, ohne in einen Streit zwischen den Kutschern zu geraten, bestohlen oder von überdrüssigen Reisenden angepöbelt oder gar verprügelt zu werden. Einbrüche und Diebstähle hatten zugenommen, lediglich die ansässigen Händler und die Gasthäuser machten gute Geschäfte.

Die Knechte des Bischofs waren heillos überfordert oder anderweitig eingesetzt – beim Eintreiben von Steuern und dem Aufspüren und der Verfolgung widerspenstiger Untertanen, die sich nicht länger mit der Bevormundung durch den Bischof und seine Schergen abfinden wollten. Allerorten wurde Unmut geäußert, mittlerweile unverhohlen zum Widerstand aufgerufen oder gleich zum Sturm auf die Burg. Doch die Erinnerung und die Erzählungen an die Schlacht von Bergtheim und die nachfolgende Vergeltung waren bei den Alten noch präsent. Sie mahnten zur Mäßigung, der Bischof würde nicht ewig leben, es käme ein neuer, einer, der hoffentlich besser und klüger war als der Grumbacher.

Die Jungen aber, die nicht so lange warten wollten oder deren Brüder und Väter in den vielen Gefängnissen auf ihre Befreiung hofften, drängten zum Aufstand gegen den verhassten Bischof und seinen willfährigen Vollstrecker Hase, der ungeniert und folgenlos schalten und walten konnte, wie es ihm beliebte. Niemand wagte ihn anzugreifen, selbst der Schultheiß und die Bürgermeister nicht. Hase unterstand nur dem Bischof und war damit tabu.

«Ich frage dich ein letztes Mal», sagte Hase. «Wo ist das Geld, um das du uns betrogen hast?»

Vor ihm saß Meister Schenk im Folterstuhl, die Daumen in der Presse, die Füße blutig, das Gesicht von den Schlägen geschwollen.

«So glaubt mir doch», stöhnte er, «es hat alles seine Ordnung. Kein Stein ist zu viel abgerechnet worden ...»

«Lüge! Laut deiner Liste sollten es acht Quader sein, es fehlen aber zwei. Wo sind sie?»

«Zu Bruch gegangen», flehte Schenk, «beim Transport. Ich habe es Euch schon hundert Mal gesagt.»

«Lüge!»

«So fragt die Kutscher ... Sie haben das Unglück verbrochen.»

«Ich lasse bereits nach ihnen suchen», erwiderte Hase. «Aber warum flüchten sie?»

«Sie haben Angst.»

Und die war gerechtfertigt. Niemand begab sich freiwillig in die Hände von Hase, selbst dann nicht, wenn er unschuldig war oder nur ein Allerweltsunglück zu verantworten hatte.

«Zieh an», befahl Hase dem Folterknecht, und Schenks Aufschrei folgte auf dem Fuß. «Ich gebe dir eine Stunde Bedenkzeit. Wenn du dann immer noch nicht geständig bist, wartet die Bank auf dich.»

Gemeint war die Streckbank, die mit einer spitzen und blutverkrusteten Nagelrolle bestückt war, auf welcher der Delinquent lag, während ihm Arme und Beine gestreckt wurden – eine grässliche Foltermethode, die bisher immer ein Geständnis erwirkt hatte.

«Gnade ...»

Hase lachte und verließ den Folterraum. Nebenan war ein weiterer, und auch dort konnten sich die Knechte nicht über zu wenig Arbeit beschweren. Jörg hing mit nacktem und blutigem Oberkörper gefesselt an einem Strick, an seiner Seite ein Folterknecht mit der Peitsche in der Hand.

«Und», fragte Hase, «redet er?»

«Sprudelt wie eine Quelle», antwortete der Knecht. «Er gesteht alles, was ich ihm vorhalte.»

«Alles?» Hase kam näher und schaute in Jörgs halb geschlossene, erschöpfte Augen. «Du gibst also zu, Meister Schenk geholfen zu haben?»

«Ja.»

«Ihr habt die Quader weiterverkauft?»

«Ja.»

«Zu welchem Preis? An wen?»

«Ja.»

Hase seufzte. Mit dem Kerl war nichts mehr anzufangen. «Mach ihn los. Wenn seine Familie ihn wiederhaben will ...», er dachte kurz nach, «... einen Viertel Gulden als Entschädigung für seine Ergreifung und eure Arbeit.»

Der Folterknecht führte den Befehl aus und schleifte Jörg aus dem Keller nach oben, wenngleich dort niemand auf ihn warten, geschweige denn für seine Freilassung den astronomischen Preis von einem Viertel Gulden zahlen würde. Stattdessen würde er eine Woche am Pranger stehen müssen. Wenn er es überlebte, gut, wenn nicht, auch nicht schade um ihn.

«Nun zu dir», sagte Hase zu Casper, der gekrümmt von den Schlägen am Boden lag, Blut rann ihm aus Nase und Mund, mit der gebrochenen Hand würde er so schnell keinen Stein mehr in eine Mauer setzen können. «Gestehe, dass du mit Meister Schenk gemeinsame Sache gemacht hast.»

«Ihr irrt Euch», stöhnte Casper, «ich bin ein einfacher Maurer. Für den Steinbruch ist alleine Meister Schenk zuständig.»

«Willst du etwa in diesem Loch verrotten?»

«Nein, Herr, ich bin unschuldig.»

«Niemand ist unschuldig.»

«Es gibt keinen Beweis für das, was Ihr mir vorwerft.»

Hase lachte. «Die Beweise gestehst du mir schon noch.»

«Das ist nicht rechtens.»

«Was Recht ist, entscheidet unser Bischof, und ich bin seine rechte Hand. Genügt dir das?»

«Ihr habt aus unserer Stadt eine Hölle gemacht ... Der Zorn des Allmächtigen wird Euch treffen.»

«Fürchte du lieber meinen Zorn. Ich bin noch lange nicht mit dir fertig.» Zum Folterknecht: «Pack ihn auf die Streckbank. Mal sehen, ob ihm dann seine großen Töne vergehen.»

Kaum hatte er Casper hochgezogen, als eilends der andere Knecht die Treppe herunterkam.

«Meister Hase», keuchte er, «etwas Furchtbares ist geschehen.»

«Was ist?!», bellte er ihn an.

«Der Bischof ist ... tot!»

Die Nachricht lief wie eine Welle durch die Stadt.

Der Schurke ist tot!

Dem Himmel sei Dank!

Es gibt noch Gerechtigkeit auf dieser Welt.

Ein befreites Aufatmen allerorten. Der Druck, unter dem die Stadt und ihre Bürger so lange hatten leben müssen, war mit einem Mal dahin. Handwerker und Arbeiter ließen ihre Werkzeuge fallen, Händler ließen zur Feier des Tages auch mal fünf gerade sein, alle strömten in die Gasthäuser. Man fiel sich in die Arme, lachte und trank, so mancher stimmte ein Schmählied auf den Verblichenen an, möge er nun dem Teufel die Hölle heißmachen, sie hatten ihn ein für alle Mal los.

In den Kerkern und Gefängnissen öffneten sich die Türen, wer nicht rechtskräftig verurteilt und im Zuge der Allherrlichkeit Hases verhaftet worden war, kam frei. Nach dem ersten Glückstaumel jedoch wurde die Forderung laut, den Schinder und Schurkesschurken Hase zu fassen und ihn am nächsten Baum aufzuhängen. Ein Urteil des Schultheißen brauchte man dafür nicht, die aufgebrachte Menge nahm das selbst in die Hand.

Doch Hase war nicht zu Hause, als die Menge dort eintraf, er hatte sich gleich nach Bekanntwerden von Grumbachs Tod mit all seinen ergaunerten Reichtümern unter den Schutz des Domkapitels gestellt. Von den hohen Herren forderte er Asyl hinter den starken und unbezwingbaren Mauern der Burg. Dem stimmte man eilends zu, bevor man sich noch mit den aufgebrachten Bürgern auseinandersetzen musste. Hase erhielt Geleitschutz auf dem steilen Weg zur Burg, was die Bürgermeister nur unter Protest akzeptierten. Er müsse sich wie jeder andere Bürger vor dem Gericht verantworten, wo er einen gerechten Prozess erwarten durfte – und das war weit mehr, als Hase seinen Opfern zugestanden hatte.

Das Vertrauen der Bürger in die Rechtschaffenheit der Herren war in den vergangenen Jahren ohnehin gering gewesen, so sah man die Rettung Hases vor dem Bürgerzorn als weiteren Beweis für ihre Unredlichkeit. Widerstand formierte sich, ein Aufstand gegen das Domkapitel und jeden, der sich ihnen in den Weg stellte, rückte in bedrohliche Nähe.

Als Casper von Hases Rückzug auf die Burg hörte, war er außer sich. «Das dürfen wir uns nicht gefallen lassen. Ich sage: Stürmen wir die Burg.»

«Du stürmst erst mal gar nichts», beruhigte ihn Ludwig, der

ein Badehaus führte und die Behandlung von Wunden und Eiterbeulen durchführte und auch den einen oder anderen Zahn zog. «Die Hand ist gebrochen, sei froh, wenn du mit ihr überhaupt noch mal einen Becher greifen kannst.» Er hatte sie mit Binden und Holzstäben fixiert, gegen die Schmerzen schenkte er Casper Wein ein. «Und jetzt trink.» Dazu bedurfte es keiner zweiten Aufforderung. Casper trank den Becher in einem Zug leer. «Als Lohn für meine Arbeit wirst du mir zwei neue Mauern einziehen. Einverstanden?»

Casper nickte. «Mach dir deswegen keine Gedanken. Ich begleiche meine Schulden, und so soll es auch mit dem Schurken Hase geschehen. Er muss bezahlen. Komme, was da wolle.»

«Die feinen Herren des Domkapitels haben ihn unter ihre Fittiche genommen, dagegen kommst du nicht an.»

«Das werden wir noch sehen.» Er stand auf und ergriff mit der linken, noch intakten Hand ein Messer.

«Was hast du vor?», fragte Ludwig.

«Den feinen Pfaffen zu verstehen geben, dass die Jagd eröffnet ist. Der Hase wird sterben, darauf gebe ich dir mein Wort.»

Er stürmte zum Badehaus hinaus in die Abenddämmerung, wild entschlossen, die knappe Zeit zu nutzen, bevor man den Hasen auch noch außer Landes schaffte. Geld hatte er sich genug ergaunert, es würden sich bestimmt ein Kutscher und ein paar ehrlose Knechte finden, die ihm Geleitschutz gaben. Es musste also schnell geschehen.

Vor dem Grafeneckart erkannte er, dass sich auch andere um den Verbleib von Hase Sorgen machten. Die halbe Stadt schien auf den Beinen, das Brückentor war überraschend geöffnet, aus dem Mainviertel strömten Männer und Frauen herüber mit Sicheln und Knüppeln in den Händen, auf den Lippen die Forderung nach Gerechtigkeit und Bestrafung des Schurken.

Im Fenster des Grafeneckarts stand der Schultheiß Christoph Fuchs – warum hatten die alle nur solch seltsame Namen, dachte Casper – und versuchte die aufgebrachte Menge zu beruhigen.

«Ich verstehe euren Zorn», rief er über die vielen Köpfe hinweg, «aber ich kann euch beruhigen. Der Büttel ist gefangen genommen.»

Jubel brach los, dann fragte einer: «Wo ist er?!»

«Auf der Burg», lautete die Antwort des Schultheißen.

Der Jubel verebbte schlagartig, der alte Unmut kehrte zurück.

«Verrat!», tönte es aus zahlreichen Kehlen.

«Er muss zurück in die Stadt!»

«Holen wir ihn uns!»

«Ihr könnt es nicht erzwingen», beschwichtigte der Schultheiß, «er steht unter dem Schutz des Domkapitels. Solange kein neuer Bischof gewählt ist, bestimmen die Domherren –»

Pfiffe schnitten ihm das Wort ab, erste Gegenstände flogen.

«Betrug!»

«Verrat!»

«Gebt uns den Hasen!»

«Sein Fell gehört uns!»

«So habt doch ein Einsehen», setzte sich der Schultheiß zur Wehr. «Gesetz ist Gesetz!»

«Der Hase hat sich einen Dreck ums Gesetz geschert», rief Casper ihm entgegen. «Gebt ihn heraus, oder wir holen ihn uns.» Er erntete viel Beifall und Zustimmung. «Ein tollwütiger Hund ist er, und so wollen wir ihn auch behandeln.»

«Richtig! Schlagt ihn tot!»

Der aufgeheizten Menge war so nicht beizukommen. Der

Schultheiß trat vom Fenster zurück, wenig später kam er mit den Ratsherren aus dem Grafeneckart und bahnte sich den Weg vorbei an zu allem entschlossenen Bürgern und grimmigen Gesichtern.

«Tretet zur Seite», sagte Fuchs.

«Wo wollt Ihr hin?»

«Zum Dom ... mit den Domherren sprechen.»

«Herausgeben sollen sie ihn, noch heute, oder wir brennen ihnen die feinen Höfe herunter!»

Der Schultheiß erwiderte darauf nichts, stattdessen zogen sie gemeinsam zum Dom, wo sie bereits erwartet wurden. Der Lärm und die Proteste waren über die Dommauern gedrungen, man wusste, was auf dem Spiel stand.

«Was wollt Ihr?», fragte einer der Domherren, im Angesicht der vielen waffentragenden Bürger sichtlich nervös.

«Wir müssen beratschlagen», antwortete der Schultheiß, «jetzt, ich kann sie nicht länger zügeln.»

«Nun gut, kommt herein.» Aber so leicht ließ sich die Menge nicht mehr vorführen. Sie stellte Forderungen.

«Wir wollen dabei sein!»

«Ohne uns gibt es keinen Beschluss.»

«Sie werden uns verraten, wie sie es immer schon getan haben.»

Casper trat vor. «Lasst mich mitgehen. Ich werde für uns alle sprechen.»

Die Waffen in die Höhe gereckt, stimmten sie zu, und sowohl der Schultheiß und die Räte als auch die Domherren waren gut beraten, die Forderung zu erfüllen.

Man traf sich mit den restlichen Domherren im Kreuzgang zu einer eilends zusammengerufenen Besprechung. Das einzige Thema: Wie sollte es mit dem Büttel Hase weitergehen?

«Der Büttel steht unter unserem Schutz», sagte einer der hohen Herren. «Wir können ihn nicht einfach ausliefern.»

«Gesetz ist Gesetz», stimmten die anderen zu.

«Hase hat das Gesetz gebrochen», widersprach Casper, und zum Beweis hob er seine gebrochene Hand. «Er verdient die gleiche Wertschätzung.»

«Wer bist du?», fragte ein Domherr.

«Ich bin Casper, ein einfacher Maurer und Bürger dieser Stadt. Hase hat mich ohne Grund gefoltert, nur aus Vergnügen. Unzähligen anderen ist es ebenso ergangen. Er ist ein Teufel und ein Schurke, wie es keinen Zweiten gibt. Lasst ihm und uns Gerechtigkeit widerfahren, gebt ihn frei, und ich schwöre Euch, dass er eine ordentliche Verhandlung bekommt.»

«Wer erlaubt dir so zu reden?»

«Das Gesetz, werter Domherr.»

«Was meint Ihr, werter Schultheiß, und Ihr, die Räte?», sagte der Domherr. «Was sollen wir mit dem bedauernswerten Büttel tun?»

Schultheiß und Räte schauten sich schweigend an, eigentlich gab es keine Alternative. Der Büttel war schuldig, und das wusste jeder. Es drohte ein Blutbad. War der Schurke wirklich so viel Ungemach wert?

«Der Aufruhr wird nicht enden», begann der Schultheiß, «solange der Büttel auf der Burg ist. Er muss sich meinem Gericht stellen, und das liegt hier in der Stadt.»

«Könnt Ihr eine gerechte Verhandlung garantieren?»

«Er wird ordentlich befragt wie jeder andere auch, außerdem soll er unter der Folter alle seine Untaten gestehen. Das verspreche ich Euch.»

Die Domherren fanden sich zu einem kurzen vertraulichen Gespräch zusammen. So wie es Casper deutete, lag den feinen

Herren nichts an einem Aufstand, genauso wenig wie an dem schändlichen Büttel, dafür aber an einer befriedeten Bürgerschaft. Wer wusste schon, wann sie sich auf einen neuen Bischof würden einigen können? Das konnte Jahre dauern. Bis dahin galt es, die Stadt, das Land und ihre Bürger zu regieren. Wie sollte das gehen, wenn man wegen dieses Unholds in dauerndem Streit lag? Die Entscheidung war damit schnell und vor allem einstimmig gefällt.

«Bringt den Büttel zurück in die Stadt», bestimmte der Domherr, «er soll sich vor dem Gericht des Schultheißen verantworten. So ist das Gesetz, es ist nur gerecht.»

Ausgerechnet die Knechte, die jahrelang unter Hases Befehl gestanden hatten, wurden beauftragt, ihren ehemaligen Kommandanten von der Burg in die Stadt zu führen.

Die Entscheidung kam nicht bei allen gut an, man misstraute den finsteren Kerlen, und so gesellten sich Casper und ein Dutzend bewaffneter Bürger dazu. Einlass in die Burg erhielten sie aber nicht, sie hatten vor den Toren zu warten. Dort erhielten sie einen guten Eindruck dessen, was es hieß, diese Burg stürmen zu wollen. Die Mauern waren hoch, die Tore fest und schwer. So oft wie in den vergangenen Jahren darüber nachgedacht, von manchem lauthals gefordert worden war, den Bischof aus seiner Burg zu vertreiben, hier, vor Ort, sah man sich einem unüberwindbaren Bollwerk gegenüber. Das sollte ihnen eine Lehre sein, wenn sie in die Stadt zurückkamen und die Krakeeler das Wort an sich rissen. Wer diese Mauern überwinden wollte, musste einen hohen Blutzoll zahlen.

Auf den Zinnen wachten die bischöflichen Soldaten über sie, die Nervosität war ihnen anzusehen, hatten sie doch die Vorgänge in der Stadt beobachtet, die vielen hundert Bürger, die

durch die Straßen gezogen waren und sich vor dem Grafeneckart versammelt hatten. Ihre Rufe nach Vergeltung waren den
steilen Marienberg heraufgedrungen, hatten den Burgkommandanten und seine Soldaten alarmiert. Jeden Augenblick hätte es
losgehen können, die Feuer zum Erhitzen des Pechs und des
Wassers waren entzündet, die Bogenschützen in Position, mehrere Dutzend Reiter in Rüstung und Waffen, das Fußvolk mit
Spießen und Schwertern ausgestattet.

Es dauerte, bis endlich das Burgtor geöffnet wurde. Vor-
neweg ging ein Knecht mit Spieß, ihm folgten zwei weitere, in
ihrer Mitte Hase, die Hände gebunden, ängstlich, verwirrt und
ungläubig, was da gerade mit ihm geschah.

«Ich stehe unter dem Schutz der Domherren», sagte er ein
ums andere Mal.

Als Casper und seine Leute ihn erkannten, fielen die Zweifel und der Druck von ihnen ab, hatten sie doch bis zum letzten
Moment gezittert, ob sie dem Wort eines Domherrn Glauben
schenken konnten. Ein Dutzend Fäuste reckte sich in den abend-
lichen Himmel, Siegesgebrüll erhob sich.

«Da ist er!»

«Der Halunke!»

Casper eilte auf ihn zu. «Hase, freu dich auf die Rückkehr in
die Stadt. Alle erwarten dich schon. Es wird ein Fest.»

«Geh zur Seite!», herrschte ihn ein Knecht an und drängte
ihn zurück.

Einen ersten Vorgeschmack erhielt der Eingeschüchterte, als
sie zur Brücke kamen. Sie war nicht verlassen, wie es um diese
Uhrzeit zu erwarten gewesen wäre, sondern voller Menschen.
Nur dieses Mal wollte niemand die Brücke überqueren, alle
standen sie dort, redeten, diskutierten und fieberten der Rückkehr von Casper und dem gefangenen Hase entgegen.

Als er sich dann zeigte, brach Jubel aus, dass es Casper tatsächlich geschafft hatte, den Schurken von der Burg zu holen. Und Häme für den ehemals so gefürchteten Büttel, der sich durch eine schmale Gasse quälen musste, die die Knechte auf der Brücke für ihn freidrängten. Der Ansturm auf den verhassten Büttel war groß, er steckte Schläge und Tritte ein, und nicht wenige seiner früheren Gefangenen ließen sich die Gelegenheit nicht nehmen, ihm einen Teil dessen zurückzuzahlen, was er ihnen angetan hatte.

Hases Leidensweg war lang und schmerzhaft. Nach der Brücke ging es quer durch die Stadt zum Veielsturm am Zwinger, einem Wehrturm in der Stadtmauer, wo er für den anstehenden Prozess peinlich befragt werden sollte, und das bedeutete nichts anderes als Folter.

Hase gab jede Hoffnung auf, als er seinen früheren Folterknechten in die Augen sah. Nun würden sie an ihm verrichten, was er ihnen in elf Jahren Schreckensherrschaft beigebracht hatte. Umso erstaunlicher war die Reaktion eines Folterknechts auf die Rufe, die von der Straße in den Turm hinauf schallten. Er forderte die wachsamen Bürger und Hases rachsüchtige ehemalige Gefangene auf, zu dessen Haus zu gehen und sich an seinen ergaunerten Reichtümern gütlich zu tun.

Zwei ganze Tage sollte es dauern, bis das letzte Fass Wein geleert und die letzte Schublade durchsucht war.

Unter der Folter gestand Hase alle seine Verfehlungen und noch ein paar mehr, für die er nicht die Verantwortung trug, allein damit die Schmerzen endlich aufhörten. Der Prozess gegen den ehemaligen Büttel gestaltete sich daher problemlos und schnell. Das Urteil lautete: Tod durch Ertränken.

Hases letzten Auftritt wollte niemand verpassen, die Brücke

war zum Bersten voll. Der Todeskandidat zeigte Reue, er bat um Vergebung seiner Missetaten, vergaß aber nicht, in wessen Namen und Auftrag er tätig gewesen war.

«Dem Bischof war ich zu Diensten, und dies ist nun mein Lohn.»

Dann stieß ihn der Henker an Armen und Beinen gefesselt von der Brücke. Geschwächt von der Folter, dauerte der Todeskampf nur kurz. Hase versank in den Fluten des Mains und gesellte sich zu den Rittern des Bischofs, die einst auf der Brücke in einen Hinterhalt gelockt worden waren.

Der Jubel der Bürger war laut und ausdauernd, die Gasthäuser füllten sich bei Lautenspiel und Gesang. Casper wurde nicht müde, ein Fräulein nach dem anderen zum Tanz zu bitten und mit ihnen die Wiedergeburt der Stadt zu feiern, den Beginn einer neuen Zeit.

«Nie wieder einen Bischof dulden», rief er laut, «nie wieder in Knechtschaft leben!», und hundertfach stimmten sie mit ein. «Das soll unser einziges Gesetz von heute an sein.»

«Freiheit! Gleichheit! Gerechtigkeit!»

Die kurze Episode über den Büttel Hase und den Brückenmaurer Casper wäre nicht sonderlich erwähnenswert, stünde sie nicht auch für einen Bewusstseinswandel, als Paradebeispiel für die wachsende Kritik an der vermeintlich gottbefohlenen Weltordnung, an deren Spitze die Geistlichkeit stand («Du bete demütig!»), gefolgt vom Adel («Du beschütze!») und schließlich dem Volk («Und du arbeitest!»).

Während Bischöfe und Fürsten die Tage mit Wein, Weib und Gesang in den Badehäusern verbrachten, schufteten sich Bauern und Tagelöhner für das Wohl ihrer Herren zu Tode. Die existenzielle Not der Unterständigen gründete nicht mehr allein auf einen einzelnen Landesherrn, gleich ob bischöflich oder weltlich, sondern auf die gesamte Ständeordnung, in der Fürsten prassten und Bauern die Friedhöfe füllten. Hilfe oder Trost für die Leidgeplagten war auch nicht länger in den Gotteshäusern zu finden, ihre Seelsorger gaben Dirnen und Wein den Vorzug, anstatt Erlösung aus dem irdischen Jammertal mit dem Versprechen auf himmlisches Seelenheil zu verkünden.

Auf die Verzweiflung folgte Hass und Widerstand. In anderen Städten und Ländern sah man eine ähnliche Entwicklung zur Aufmüpfigkeit. *Als Adam grub und Eva spann, wo war denn da der Edelmann?*, polterte ein englischer Prediger im Zuge einer Bauernrevolte.

Man stand an der Schwelle zu etwas Neuem, das sich aus dem italienischen Wort *Rinascimento* für Wiedergeburt herleitete und die Rückbesinnung auf die ursprünglichen und unverfälschten

Errungenschaften der griechischen und römischen Antike meinte – ein geistiges Erwachen aus dem Irrweg der vergangenen Zeit. Zurück zur Natur, zum Ursprünglichen und Unverfälschten, war das Credo vieler Künstler wie Leonardo da Vinci oder Albrecht Dürer, Tilman Riemenschneider und Matthias Grünewald.

Der Humanismus sollte die Menschen befähigen, ihre wahre Bestimmung zu erkennen und darin zu erblühen. Erasmus von Rotterdam lehrte Moral und Selbstreflexion, und die Erfindung des Buchdrucks mit beweglichen Lettern durch Johannes Gutenberg katapultierte all das neue Denken in die Welt hinaus.

Doch bevor das Neue kommen konnte, musste das Alte weichen, wenngleich die einfachen Menschen keine Vorstellung von der Philosophie der Antike hatten, sie verspürten allenfalls die Notwendigkeit für Veränderung. Im Volk rumorte es, ein unbändiger Zorn auf die Herren verschaffte sich in Person eines Analphabeten, Schafhirten und Musikanten Gehör – Hans Behem, der Pfeifer von Niklashausen aus dem Taubertal. Dem gelang es binnen weniger Wochen, das ganze Reich mit seinen aufrührerischen Reden gegen die Herrschaft und vor allem gegen die verdorbene Geistlichkeit aufzuschrecken. Zehntausende, vorwiegend leibeigene Bauern und arme Leute, pilgerten 1476 in das kleine Dorf im Taubertal und verwandelten es in den größten Wallfahrtsort seiner Zeit.

Behems Botschaft: Schlagt die Pfaffen tot, alle, ohne Ausnahme, ohne sie sei man besser dran. Der Aufruf schallte tausendfach durch die Städte und Dörfer.

Der betagte Würzburger Bischof Rudolf II. von Scherenberg, sich durchaus des Sittenverfalls und der Großmannssucht seiner hohen, fürstlichen Geistlichen bewusst, rief sie zur Mäßigung, während er den gefeierten neuen Messias gefangen nehmen und auf dem Scheiterhaufen verbrennen ließ.

Damit war zwar das erste Aufflackern revolutionärer Tendenzen gegen die herrschende Ordnung erstickt, aber die Saat war gelegt. Ein Augustinermönch namens Martin Luther trat später in die Fußstapfen Behems und entfachte einen Flächenbrand, der die Kirche in zwei Teile spaltete – in die katholische und die von Rom abgefallene evangelische.

Bis es dazu kam, hatte Bischof Scherenberg noch vieles in Ordnung zu bringen, was im Maintal die letzten Jahre schiefgelaufen war. Er war alles andere als ein Hitzkopf und ständiger Unruheherd wie sein Vorgänger Grumbach, eher ein besonnener und kühler Kopf, der zum Rechenstab griff statt zum Schwert. Wortkarg und zurückhaltend, wandte er sich nach seinem Regierungsantritt 1466 dem Schuldenabbau zu, versöhnte sich mit den Nachbarn – allen voran mit dem Bamberger Amtskollegen – und holte verloren gegangenen Besitz wieder zurück. Nur einer wollte dem Wiedererstarken des Maintals nicht tatenlos zusehen: der ansbachische Markgraf Albrecht Achill, mit dem der friedliebende Scherenberg und sein Bamberger Amtsbruder in Auseinandersetzungen verwickelt blieben.

Mit an erster Stelle der Reformen Scherenbergs stand die altersschwache, eigentlich nicht mehr zu gebrauchende Mainbrücke. Die Flickschusterei an den Pfeilern und der Fahrbahn war auf Dauer nicht nur kostspielig, sondern rausgeworfenes Geld und gefährlich für Leib und Leben. Wo ein Loch geschlossen war, tauchten anderswo zwei neue auf. So ging es nicht weiter, man musste die Brücke von Grund auf neu bauen.

Insofern bestand wieder einmal Einvernehmen zwischen Bischof, Domkapitel und Stadt. Doch die alte Frage blieb: Woher sollte das viele Geld kommen? Weder Bischof noch Domkapitel dachten daran, die geschätzte Summe von 10 000 Gulden zu tragen, schließlich, so behaupteten sie, profitierten die Stadt und ihre

Bürger am meisten davon, was aber nicht stimmte. Die Klöster und Stifte produzierten und handelten mit selbst erzeugten Waren, die darüber hinaus steuerfrei gehandelt wurden, was den städtischen Produzenten zum Nachteil gereichte, besonders den Weinbauern, die ihre Preise dem der Kloster- und Stiftswaren anpassen, jedoch Steuern zahlen mussten.

Es bedurfte also einer kreativen Lösung für das Schlamassel.

Scherenberg war der richtige Mann dafür. Er brachte eine Abgabe auf Lebensmittel ins Spiel, besonders auf Wein und Getreide, und nannte sie den *Tatz* (eigentlich bestand der Tatz schon die ganze Zeit und wurde nach Absprache mit dem Bischof verlängert oder ausgesetzt). Die Idee, mit Hilfe einer Verbrauchssteuer Löcher im Staatshaushalt zu stopfen, war nicht neu, der erste Grumbach-Bischof hatte sie schon angewandt, immer nur für ein paar Jahre, denn sie wurde hauptsächlich durch die Bürger finanziert, die Ausschüttung jedoch ging zur Hälfte an den Bischof und zu je einem Viertel an das Domkapitel und die Stadt. Die Einnahmen summierten sich auf mehrere tausend Gulden jährlich.

Scherenberg war bereit, aus seinem Anteil zweihundert Gulden im Jahr für die Brücke bereitzustellen, Kapitel und Stadt je einhundert. Nach Meinung der Baumeister war aber leicht das Doppelte nötig, um ernsthaft einen Neubau in Erwägung zu ziehen. So wurde viel diskutiert, geschachert und gehandelt, ohne eine Einigung zu erzielen. Das Vorhaben wurde auf die lange Bank geschoben, bis sich die Klagen über die Baufälligkeit und die damit verbundenen Gefahren abermals laut erhoben.

Widerwillig erhöhte man die Anteile, aber es reichte noch immer nicht, sodass eine Baukommission gegründet wurde, die nach Lösungen suchen sollte. Auch das brauchte Zeit, der Winter kam und die Brücke geriet durch die Witterung und kleinere Hochwasser in arge Bedrängnis. Sie verfügte längst nicht mehr über die steinernen Bögen, die sie einst so berühmt gemacht hatten, die Fahrbahn war zum größten Teil aus Holz, verwittert, verfault, jederzeit einsturzgefährdet.

Nach Jahren des Lavierens war man endlich so weit. Die Finanzierung war für den Anfang sichergestellt, zwei Baumeister – ein Steinmetz und ein Zimmermann – wurden unter Vertrag genommen, es konnte 1476 losgehen.

Der Bau zog sich hin. Immer wieder galt es, Finanzierungslücken zu stopfen, Streit, Hochwasser und Unglücke unterbrachen die Bauarbeiten, letztendlich aber konnte die Brücke nach zwölf Jahren Bauzeit 1488 größtenteils fertiggestellt werden. Die Verbreiterung der Fahrbahn und die Vergrößerung der Pfeiler brachte eine Neuerung mit sich: Zu beiden Seiten der Fahrbahn entstanden Ausbuchtungen, sodass die Fuhrwerke einander besser ausweichen konnten.

Scherenberg setzte noch ein weiteres Vorhaben um. Er ließ die Burg weiter ausbauen und festigen – eine weise Voraussicht, wie sich später zeigte. Auch beim Neubau der Brücke ließ er Vorsicht walten. Nicht alle neuen Brückenbögen sollten aus festem Stein errichtet werden, zwei von ihnen wurden in Holz gefasst, darauf starke, hölzerne Joche, die bei einem Angriff auf die Burg schnell abgetragen werden konnten, um Angreifern die Überquerung des Mains unmöglich zu machen.

Scherenberg war nicht nur ein eifriger Reformer, er kannte die wechselhafte Geschichte der Stadt und der Burg und wusste um andere Zeiten, die sich jederzeit wiederholen konnten.

1479 kam ein junger Mann als Malerknecht nach Würzburg, sein Name: Tilman Riemenschneider. Er stammte aus dem Harz und hatte in Würzburg einen Onkel, der ihm bei seiner Karriere behilflich sein sollte. Seine Heirat mit einer Meisterwitwe katapultierte ihn in höhere Handwerkerkreise und beflügelte ihn, sein Schaffen auf die

Bildschnitzerei und Steinbildhauerei auszuweiten. Er hatte Erfolg, seine Werkstatt florierte durch die vielen Aufträge aus Klöstern, Stiften und der Stadt. Riemenschneiders Ansehen wuchs, und schließlich wurde er sogar Bürgermeister.

Wer weiß, was noch aus ihm geworden wäre, wenn nicht Martin Luther (unbeabsichtigt), Thomas Müntzer (gewollt) und andere mitgeholfen hätten, die erste große Sozialrevolution in deutschen Landen einzuleiten – die Bauernaufstände.

Nach der Hinrichtung Hans Behems, des Pfeifers von Niklashausen, war es im Maintal für ein paar Jahre ruhig geblieben. Scherenberg hatte die alte Ordnung wiederhergestellt, ein Sturm auf die bischöfliche Festung war am Zögern der Würzburger gescheitert. Doch der Docht glomm lange und fing nun von Süden aus neu Feuer.

Eine Bewegung formierte sich, die so überraschend wie gefährlich für die Herren in den Burgen als auch in den Kirchen und Klöstern wurde. An die Spitze der Bauernhaufen, die sich bald zu Bauernheeren vereinten und immer mehr Zulauf bekamen, stellten sich schlacht- und verhandlungserfahrene Männer wie der Giebelstädter Ritter Florian Geyer und der weithin bekannte und gefürchtete Götz von Berlichingen aus Jagsthausen.

Nach gewonnenen Schlachten gegen die Truppen der Fürsten zogen 1525 drei Bauernheere gen Würzburg, genauer: gegen die Burg des Bischofs Konrad von Thüngen. Sie war von entscheidender Bedeutung für den Erfolg der Sache. Nahm man sie ein, würde sie nichts mehr aufhalten können.

Wie immer, wenn sich die Bauernführer zu einer Besprechung trafen, hängte man an den Erker des Gressenhofs einen Stachel – einen Morgenstern.

In der Wirtsstube des Gressenhofs saßen die Bauernführer bei schummriger Beleuchtung um einen Tisch, darauf Weinkrüge, Brot, Wurst und Braten. Nach Essen war keinem zumute, dafür brannte die Kehle vom anstrengenden Disput.

«Warum sollten wir die Burg nicht stürmen?», blaffte Hans Bermeter den Götz von Berlichingen an.

Bermeter, ein Hetzer und Aufwiegler der Straße, war in Würzburg und im Umland jedem bekannt. Wenn es nach ihm ginge, würde man nicht länger über das weitere Vorgehen debattieren, sondern die Burg sofort stürmen. Die anderen Hauptleute waren auf seiner Seite, sie stimmten für einen sofortigen Angriff. Man war der langen Verhandlungen mit dem Burgkommandanten müde, die sie kein Stück weitergebracht hatten – im Gegenteil: Sie hatten den anrückenden Truppen der Fürsten Zeit verschafft. Wenn man jetzt nicht zuschlug, dann nimmermehr.

Bermeter und seinen Unterstützern saßen Götz und Florian Geyer gegenüber, die beiden anderen Kommandanten, und an ihrer Seite Tilman Riemenschneider. Auch er befürwortete eine neue Ordnung, doch zog er Verhandlungen dem Blutvergießen vor.

Götz war wegen des unverschämten Tons Bermeters nicht begeistert, sein Temperament war hitzig wie seine Zunge derb. Die eiserne Hand krachte auf den Tisch.

«Weil es unnütz ist, du Hundsfott!»

Er gehörte der Reichsritterschaft an und besaß Lehen des Würzburger Bischofs, er kämpfte also gegen seinen Lehnsherrn – allerdings nicht ganz freiwillig oder gar aus Überzeugung. Der Druck der Bauern auf Götz, sich ihrer christlichen Vereinigung anzuschließen, war groß gewesen. Andernfalls hätten die Aufständischen seine eigene Burg ins Visier genommen.

So hatte er sich schließlich zu einem befristeten Vertrag mit ihnen entschlossen, nach dessen Ablauf er wieder frei wäre und tun konnte, was ihm beliebte.

Für den Fall aber, dass der Aufstand scheiterte und er sich seinem Bischof gegenüber rechtfertigen musste, hielt er sich ein Hintertürchen offen. Er hatte einen Brief an den Bischof verfasst, in dem er darlegte, dass er sich den Bauern nur gezwungenermaßen anschlösse.

Bis dahin sah er seine Aufgabe darin, die Macht des Bischofs auf ein verträgliches Maß zu stutzen und sich aus der Vorherrschaft des bischöflichen Diktats zu befreien, ohne sich allzu weit aus dem Fenster zu lehnen. Mit Hilfe militärischer Mittel würde das ohnehin kaum gelingen, waren die Bauern doch hitzköpfige, unorganisierte und trunksüchtige Horden, die in der Kunst der Kriegsführung nicht geschult waren. Beim ersten Kanonenschuss liefen sie wie aufgeregte Hühner davon, und den Befehl ihres Kommandanten empfanden sie als eine freche Zurechtweisung ihres Drangs nach Freiheit. Nein, nur ein Verrückter würde mit diesen Tölpeln den Sturm auf eine stark befestigte und waffenstrotzende Burg wagen. So sah es auch sein Ritterkollege Florian Geyer.

«Ohne die Unterstützung starker Kanonen wird viel und unnötig Blut vergossen», pflichtete er ihm bei. «Wo sind die Geschütze, die diese Mauern zum Einsturz bringen?»

Geyer hatte noch weniger Lust, den Kopf zu riskieren, hatte er doch gerade erfahren, dass sein Schloss von marodierenden Bauern niedergerissen und sein Besitz geplündert worden war. Eigentlich müsste er nach Giebelstadt zurück und die Wirrköpfe mit dem Schwert richten, aber für den Moment hatte er keine andere Wahl, als hier zu sitzen und das Schlimmste zu verhindern.

«Wir haben nach ihnen geschickt», erwiderte Bermeter kleinlaut, «sie müssen jeden Tag eintreffen.»

«Jeden Tag», äffte Götz ihn nach, «jeden Tag rücken die Truppen der Fürsten näher. Das sollte dir und den anderen Hohlköpfen mehr Sorgen bereiten, als eine Burg stürmen zu wollen, wofür es Gottes Beistand und zehntausend Fässer Pulver bedarf.»

Bermeter und die Bauernhauptleute sprangen auf, die Hand ging zur Waffe.

«Hüte dein freches Maul», keifte ihn Bermeter an, «wenn du nicht auch deine andere Hand verlieren willst.»

«Beruhigt euch», ging Tilman Riemenschneider dazwischen. «Wir müssen zusammenstehen.» Mit Blick zu Götz: «Das gilt auch für Euch.»

Der lachte aber nur höhnisch, griff zum Krug und nahm einen tiefen Schluck. Die anderen setzten sich wieder.

«Was schlagt Ihr dann vor?», fragte Tilman Riemenschneider.

Er genoss als ehemaliger Bürgermeister und einflussreiches Ratsmitglied großes Ansehen in der Stadt, viele bewunderten ihn für seine Kunst und den Wohlstand, den er sich dadurch erworben hatte. Gleichwohl war er nicht mehr der Jüngste, er ging auf die siebzig Jahre zu, stand den Anliegen der Bauern wohlwollend gegenüber, war aber kein Plärrer und Aufwiegler, eher ein überlegter Ratsherr, der Schaden von der Stadt und den Bürgern abzuhalten suchte. Er wusste um die Folgen eines Übertritts in das Lager der Bauern und bei einer Niederlage um die bischöfliche Antwort: Zerstörung der Stadt, blutiges Strafgericht und der Verlust der städtischen Freiheiten, die man den Bischöfen seit der vernichtenden Schlacht von Bergtheim in zähen Auseinandersetzungen abgerungen hatte.

«Ohne starke Kanonen werden unsere Leute an den Mauern verbluten», antwortete Geyer bestimmt. «Es muss weiter verhandelt werden.»

Der Protest kam postwendend.

«Auf keinen Fall!»

«Es reicht!»

«Wir stürmen die Burg. Koste es, was es wolle.»

Bermeter und die Bauernhauptleute hatten die Nase voll von Verhandlungen. Die Vorräte gingen zur Neige, und die ersten Bauern liefen bereits nach Hause. Es musste etwas geschehen, jetzt oder nie!

«Was seid ihr von Nutzen», ereiferte sich Bermeter, «wenn ihr nicht mehr als reden und saufen könnt? Angsthasen seid ihr, Waschweiber und Hosenscheißer. Hättet ihr nur einen Funken Ehre im Leib, dann wären wir längst auf der Burg.» Seine Fraktion unterstützte die Schelte lauthals. «Ohne euch wären wir besser dran. Habe ich nicht recht?» Beifall und Schmährufe hallten durch den Raum. «Oder ist es so, dass ihr die Burg und den Bischof gar nicht stürzen wollt? Habt ihr euch etwa hinter unserem Rücken mit ihm verbündet? Was zahlt euch der Bischof dafür?» Er spuckte angewidert aus. «Verräter seid ihr. Hinterlistige Schlangenbrut! Am besten, wir hängen euch am nächsten Baum auf.»

Fäuste reckten sich in die Höhe, die Situation wurde für Götz, Geyer und auch für Riemenschneider brenzlig. Sie waren in der Unterzahl.

«Beruhigt euch», schlichtete Riemenschneider. «Niemand hat sich gegen euch verbündet. Aber was nützt uns ein sinnloser Sturm? Besser, wir warten auf die starken Kanonen.»

***

Der letzte Versuch einer kampflosen Übergabe der Burg bei freiem Geleit für die Burgbesatzung scheiterte an einer überzogenen Geldforderung von hunderttausend Gulden, die der Burgkommandant auch dann nicht gezahlt hätte, wenn er die riesige Summe zur Verfügung gehabt hätte. Er sah sich hinter seinen dicken Mauern und den mächtigen Geschützen bestens für einen Angriff gerüstet.

Vermutlich war es nur ein Vorwand von Bermeter und den Bauernhauptleuten gewesen, endlich zum Sturm auf die Burg aufrufen zu können und die zögernden Götz, Geyer und Riemenschneider mundtot zu machen, denn jetzt war es für jeden offensichtlich: Die Burgbesatzung war keinem Argument mehr zugänglich.

So traf man Vorbereitungen für die Erstürmung. Rund zwanzigtausend schlecht ausgebildete und mit Mistgabeln, Spießen und leichten Schusswaffen ausgerüstete Bauern standen knapp vierhundert bischöflichen Soldaten hinter unüberwindbar scheinenden Burgmauern gegenüber.

Auf der anderen Mainseite, am Glesberg, wurden die vorhandenen Kanonengeschütze in Stellung gebracht, des Weiteren am Deutschhaus, dem Pleidenturm und bei den Augustinern im Stadtteil Sand.

Um vier Uhr morgens fiel der erste Schuss, und schon da bewahrheiteten sich die Zweifel von Götz und Geyer. Die Geschütze waren zu schwach, sie konnten die Entfernung von vier- bis neunhundert Metern nicht überwinden, und wenn doch, richteten sie nur kleinere Schäden an und veranlassten die Burgbesatzung zu Schmähliedern auf die Angreifer.

Um sechs Uhr schoss man aus weitreichenden Kanonen zurück – allerdings nicht auf die bemitleidenswerten Stellungen der Angreifer, sondern auf ihr Nest: die Stadt.

Dort brach ein heilloses Durcheinander aus, denn so hatte man sich den Verlauf der Schlacht nicht vorgestellt, im Gegenteil. Von Bermeters hetzerischen Reden aufgestachelt, hatte man Hammer und Schaufel bereitgelegt, um nach einer schnellen Erstürmung die Burg dem Erdboden gleichzumachen. Niemals mehr sollte ein Bischof über sie herrschen, niemals mehr sollte ein Bischof dort oben auf seinem Thron sitzen können. Man würde die Mauern und Türme schleifen...

Welch ein Irrtum, welch maßlose Selbstüberschätzung. Der Beschuss, der Haus für Haus, Werkstätten und Höfe in Schutt und Asche legte, alles, wofür man so lange und entbehrungsreich gearbeitet hatte, unwiederbringlich zerstörte, beförderte die Panik unter den Bürgern. Das musste sofort aufhören. Die Ersten rotteten sich zusammen, wild entschlossen, den Berg nur mit einfachen Waffen zu stürmen. Die Hauptleute stellten sich ihnen entgegen, auch Götz und Geyer riefen sie zurück, sie würden geradewegs ins Verderben laufen.

Anders die auswärtigen Bauern, die nur wenig Begeisterung für eine blutige Schlacht bei kargem Sold aufbrachten. Wenn sie nicht mehr Geld bekamen, wäre ihre Revolution hiermit zu Ende. Was interessierte sie schon das Schicksal der Würzburger? Zu Hause verwilderten die Felder, die Frauen und Kinder hungerten, während sie hier ihr Leben aufs Spiel setzten. Mehr Sold, oder die Hauptleute mussten auf sie verzichten.

In der Stadt war nicht mehr viel zu holen, sie war geplündert worden, so wie die Klöster und Kirchen, bald würde hier kein Stein mehr auf dem anderen stehen.

Einzig die Mainbrücke widerstand dem wütenden Treiben beider Seiten. Sie lag zwischen den Fronten von Stadt und Burg, sie war Niemandsland – eine groteske Vorstellung, denn zu allen Zeiten war sie Lebensader und Puls zweier ungleicher Organe gewesen. Wo sich früher das Leben im Maintal abgespielt hatte, herrschte nun Leere. Wer sie überqueren wollte, musste mit dem Schlimmsten rechnen. Kugeln surrten durch die Luft, Armbrustbolzen regneten auf die Unvorsichtigen und Wahnsinnigen herab, es war ein Grenzgang mit tödlichem Ausgang.

Doch Fronten verschieben sich in Kriegszeiten, und nachdem die Bürger und Bauern vor dem Beschuss aus der Stadt flohen, suchten sie Schutz in der nächstgelegenen Deckung, und das war unter den Brückenbögen. Hier war man vorerst sicher. Die Kanonenkugeln pfiffen über sie hinweg und krachten mit großem Getöse in die Stadt.

Zu Anfang hörte man noch Schreie, doch Schuss um Schuss verebbten sie, bis nur noch zu hören war, wie Mauern und Dächer brachen und krachend einstürzten. Wer sich jetzt noch in der Stadt aufhielt oder in einem Keller, hatte den Verstand verloren, war verletzt oder verschüttet.

Wenn es so weiterging, war von der einst so prächtigen Stadt mit ihren stolzen Bürgerhäusern, feinen Herrenhöfen und himmelstrebenden Kirchen bald nichts mehr übrig. In eine Trümmerwüste würden die Überlebenden zurückkehren, Arm wie Reich, da machten die Kanonenkugeln keinen Unterschied. Es traf einen jeden, gleich ob er zum Bischof stand oder ihn zum Teufel wünschte, er würde vor den zerschossenen Resten seiner Existenz stehen und klagen, warum es so weit hatte kommen müssen. Hätte man sich nicht früher einigen können?

Unter den Brückenbögen harrten die geflüchteten Bürger aus, teils bis zum Kinn im kühlen Wasser gegen die Strömung ankämpfend, teils in Booten, andere krallten sich an den Quadern der Brückenpfeiler fest. Ein Klagen und Bangen umgab die

Brücke wie ein immer wiederkehrender Kanon, während die Schwachen und Alten unter der Wasseroberfläche für immer verschwanden, die Verletzten nach Hilfe riefen und die Starken ihren Halt auch mit Gewalt verteidigten.

Bald würde die Nacht hereinbrechen und der Beschuss von der Burg enden, da man nicht mehr genau erkennen konnte, wo die Treffer lagen, sicher nicht, weil den Verteidigern das Pulver und die Kugeln ausgingen, dafür hatten der Bischof und sein Burgkommandant rechtzeitig gesorgt. In den Wochen der sich hinziehenden Verhandlungen hatten sie Vorräte und Munition für Monate angehäuft.

Während die Bauernhauptleute noch über eine erfolgversprechende Vorgehensweise debattierten, richtete sich die Burg auf eine Belagerung ein. Für ein freies Schuss- und Sichtfeld hatte der Burgkommandant an den Hängen Bäume fällen und Sträucher herausreißen lassen, die äußeren Burgmauern am Graben eingerissen, damit die Angreifer nicht dahinter Schutz suchen konnten. Zäune waren errichtet, Zwinger, Tore, Türme, Wehre verstärkt und Schießscharten in die Mauern gebrochen worden. Und das unter den Augen der Bürger und mit Hilfe von Handwerkern und Arbeitern.

* * *

«Heute Abend geht es los», sagte Veit, der Sohn Caspers, der wie sein Vater zu den aktivsten Bürgern gehörte, die die Vorherrschaft des Bischofs zu brechen versuchten. Er lebte in einem schummrigen kleinen Stall, der in die rechtsmainische Rampe gebaut worden war, gleich neben der Stockstiege. Tiere gab es hier keine mehr. Als der Bischof nach Heidelberg geflohen war, hatte sich jeder genommen, was er haben wollte. Veit hatte sich nicht dagegen gewehrt, er war froh, nun ganz Herr über die kleine Behausung zu sein.

Niedrig war es aber hier drin, über ihm die starken Quader der Rampe, denen keine Kanonenkugel Schaden zufügen konnte. Dort hauste er mehr schlecht als recht als einfacher Maurer, der für die Überlassung des Wohnraums immer wieder zu Fronarbeiten an der Brücke und den Schanzen der Burg herangezogen worden war. Er kannte jeden Stein und jede Fuge in der weitläufigen Burganlage.

«Endlich!», erwiderte Hans, sein Freund und Leidensgenosse bei den unbezahlten Arbeitern, ein kleiner, runder Kerl mit großem Durst und roten Wangen. «Der Schandfleck des Pfaffen wird am Morgen nur noch eine Ruine sein.» Er nahm einen Schluck vom Wein, den er erbeutet hatte, als die Kanonenkugeln in den Winzerhof schlugen und alles um sich herum verwüsteten.

«Was macht dich so sicher?» Veit brach das Brot, das er in den Ruinen gefunden hatte, und biss hungrig hinein. «Sie werden uns mit ihren Kanonen und Büchsen die Köpfe spalten. Ein Blutbad wird das, nichts anderes.»

Hans schaute ihn scheel an. «Du willst mich foppen, oder?»

Veit schüttelte den Kopf. «Es ist mein blutiger Ernst. Niemand wird die Burg stürmen, schon gar nicht zwanzigtausend tölpelhafte Bauern. Die können fein säuberlich eine Reihe pflügen, aber wenn ihnen Kugeln um die Ohren fliegen, rennen sie wie die Hühner davon. Keine Ordnung, keine Disziplin, wenn es hart auf hart kommt.»

«Aber es sind doch nur ein paar Hundert auf der Burg. Und wie ich hörte, führt ein Advokat sie an, kein richtiger Hauptmann.» Er lachte laut. «Wir werden sie überrennen. So einfach ist das.»

«Den Berg hinauf?» Jetzt lachte auch Veit. «Bis du deinen dicken Wanst zum ersten Graben getragen hast, stecken bereits zehn Bolzen in deinem Kopf. Ich sage dir: Die Hauptleute kennen die Burg nicht. Sie müssen einen steilen Berg hinauf und gegen eisenbeschlagene Tore ankämpfen. Jedes Kind in Würzburg sagt dir, dass es der kürzeste Weg in die Hölle ist.»

«Aber der Götz und der Geyer kämpfen doch auf unserer Seite.»

«Aus dem Bauernrat habe ich gehört, dass die beiden lieber weiterziehen wollen, als sich an unserer Burg aufzureiben.»

«Niemals! Mit ihnen an der Spitze –»

«Blödsinn! Sie setzen Kopf und Kragen aufs Spiel, nicht ganz freiwillig, man hat ihnen das Messer an die Kehle gesetzt. Wenn wir die Schlacht verlieren, werden sie als Erste am Ast baumeln.»

Hans stellte den Becher zur Seite, es war ihm überhaupt nicht recht, wie sein Freund redete. «Willst du etwa kneifen?»

«Natürlich nicht, aber ich finde, dass wir einen falschen Weg gehen. Wir sollten die Burg anders angreifen.»

«Und zwar?»

«An ihren schwächsten Punkten.»

«Jetzt mach nicht so ein Geheimnis draus.»

«Wir sollten auf der ganzen Länge der Burgmauern angreifen, die sie mit ihren vierhundert Mann nur schwer oder gar nicht verteidigen können.»

«Bist du verrückt?! Wie sollen wir diese Mauern denn bezwingen? Wir haben keine Kanonen, um sie zu brechen. Wir müssen durch die Tore, das ist unsere einzige Chance.»

Veit antwortete nicht darauf. Er hatte anderes im Sinn als Kanonen. Er dachte an Leitern, die man leicht den Berg hinaufschaffen konnte.

«Lass uns noch eine Stunde schlafen, bevor es losgeht», lenkte Veit ein. «Wir werden alle Kraft brauchen.»

Missmutig stimmte Hans zu, er hätte gerne noch weiter debattiert und dabei das Weinfass geleert. Wer wusste schon, ob er morgen noch lebte?

Veit löschte die Flamme und legte sich auf sein Strohlager, Hans ging in die andere Ecke und machte es sich dort bequem. Es dauerte nicht lange, bis Hans schnarchte, der Wein war ein guter Geselle für einen tiefen Schlaf. Veit hingegen tat kein Auge zu. Ein ums andere Mal drängten sich Bilder von Bauern vor sein Auge, die gegen die schweren Burgtore anrannten, surrende Bolzen, krachende Schüsse, und wenn es doch einer bis an den Graben oder in den Vorhof der Burg schaffte, dann ergossen sich kochendes Pech und Wasser über ihn. Die Gräben würden ihre Gräber sein. Hunderte, wenn nicht Tausende würden sich darin türmen.

Es musste noch einen anderen Weg in die Burg geben, einen, an den noch niemand gedacht hatte. In seine Gedanken mischten sich die Rufe und das Gegröle von der Straße, betrunkene Kerle, die sich Mut antranken für die kommende Schlacht. Ja, sauft und singt, bevor ihr euren Schöpfer trefft, sagte sich Veit, er würde nicht so dumm sein. Er brauchte einen klaren Kopf.

Irgendwann verstummte der Krach auf der Straße, und Ruhe trat ein.

Veit hatte kein Auge zugetan, als die Abenddämmerung einsetzte. Er hörte die Rufe der Hauptleute, die ihre Kämpfer um sich versammelten. Im Schutz der Dunkelheit wollten sie die Brücke überqueren und danach zusammen mit den Bauern auf der anderen Seite des Mains den steilen Aufstieg wagen.

Veit weckte seinen noch immer schnarchenden Freund Hans.

«Es ist so weit. Wach auf!»

Der stöhnte schlaftrunken. «Lass mich. Ich will schlafen.»

«Komm jetzt. Sie sammeln sich.»

«Wer?»

«Die Bischöflichen!»

Mit einem Mal war Hans hellwach. «Maria und Josef ...» Er sprang auf.

«Die Soldaten des Bischofs wirst du noch früh genug sehen. Hast du deine Waffe?»

Der raunte ein Schimpfwort für die Fopperei, tastete im Dunkeln nach einem kurzen, handlichen Pickel und einem Streitkolben, dessen bauchigen Kopf er selbst mit Nägeln bestückt hatte. Veit holte einen Spieß hervor, auf die Hälfte der Länge gestutzt, damit er handlicher war. Das Messer steckte im Gürtel, sie waren bereit.

Auf der Straße rotteten sie sich zusammen, nicht so viele, wie er eigentlich gedacht hatte. Er schaute sich um. Wo waren all die beseelten Kämpfer vom Vortag? Wo der Todesmut, die brennende Überzeugung, dass sie nichts und niemand aufhalten konnte? Das waren hundert, vielleicht zweihundert Mann, einige betrunken, viele alles andere als kampflustig.

Am Aufgang zur Brücke sammelten sie sich. Hans ging mutig voran.

«Haltet keine Maulaffen feil. Es geht los.»

Veit folgte ihm, unschlüssig, was hier geschah. Sie waren viel zu wenige. Wenn nicht auf der anderen Seite des Mains noch Tausende zu ihnen stießen ... Er wollte gar nicht daran denken.

Im Schutz der Dunkelheit fand man sich auf der Rampe zusammen. Ein Hauptmann sprach zu ihnen, Veit kannte ihn nicht, hatte ihn nie zuvor gesehen. Wieder schaute er sich um.

«Wo ist der Götz, wo der Geyer?»

«Die kommen schon noch», erwiderte Hans. «Wahrscheinlich sind sie schon drüben.»

Das leuchtete Veit ein. Die kampferprobten Ritter würden sie im Mainviertel erwarten, mit ihnen Hunderte erfahrene Landsknechte, die sich den Bauern mittlerweile angeschlossen hatten, und noch Tausende bis an die Zähne bewaffnete Kämpfer mehr. Nur, wo und wie würden sie angreifen? Götz und Geyer würden es wissen, sie wären nicht so dumm, die Tore und den Vorhof als Ziel zu wählen.

«Hinauf zur Burg!», rief der Hauptmann ihnen zu und reckte einen Morgenstern in die Höhe. «Reißt sie nieder!»

In der Dunkelheit zog der Haufen los. Ab jetzt galt es. Es gab keine Deckung. Wenn man sie von der Burg aus entdeckte, dann gnade ihnen Gott. Die Kanonen würden sie in Stücke reißen. Die in den Verstecken am Ufer postierten Grenzläufer würden sie ins Visier ihrer Armbrüste und Handrohre nehmen. Unmöglich, sie auszumachen, sie waren ständig in Bewegung und schlüpften an den Wachposten vorbei, die das Mainviertel gegen Überraschungsangriffe schützten. Aber Schutz und Sicherheit waren eine Illusion. Wer konnte schon Feind von Freund unterscheiden, Uniformen gab es keine, und wer aus dem Hinterhalt agierte, gab sich natürlich nicht zu erkennen. Zum anderen war noch immer genug erbeuteter Wein in Umlauf, ein Krug besänftigte die Todesangst und die Sehnsucht nach Frau und Kind.

Der Himmel war bereits dunkelblau, fast schwarz. Keine Sterne, kein Mond, sie steckten hinter den Wolken fest, und immer noch konnte man nur bis zur Hälfte der Brücke sehen. Nicht gut, gar nicht gut. Veit duckte sich, suchte den schnellsten Weg, blieb aber in der Menschentraube um ihn herum. Wenn er in Bewegung blieb, hätten die Schützen kein festes Ziel, das könnte ihm den Kopf retten.

Doch der Beschuss der Stadt hatte auch die Brücke getroffen, hier und da klafften Löcher in der Fahrbahn und in der Mauerbrüstung. Er musste höllisch aufpassen, damit er sich nicht den Fuß brach oder steckenblieb. Die Nachfolgenden würden keine Rücksicht auf ihn nehmen, eine achtlos mitgeführte Hacke, ein Spieß, ein Schwert oder eine nagelbesetzte Keule könnten ihn ernsthaft verletzen, noch bevor sie auf den ersten Bischöflichen trafen.

Noch ein Hindernis erschwerte eine schnelle Überquerung: Die vielen toten Körper. Wer sie waren, spielte keine Rolle mehr, warum sie auf der Brücke den Tod gefunden hatten, auch nicht, noch weniger, dass ein toter oder verletzter Kamerad mit Rücksicht rechnen konnte, sie lagen einfach nur im Weg.

Wer in Todesgefahr schwebte, machte sich keine Gedanken um Anstand und Moral, man trat auf sie, auch wenn man glaubte zu hören, dass in dem einen oder anderen noch Leben steckte. Ihr Leben war verwirkt, kein Arzt würde kommen, die Pfaffen ohnehin nicht, die waren alle geflohen. Die Letzte Ölung würden sie im Kreis ihrer toten Kameraden erhalten oder wenn die ausgehungerten Hunde und Krähen kämen und sich über die Wehrlosen hermachten. Mit dem vielen Blut war die Fährte gelegt, kein noch so greiser Fleischfresser würde sie verfehlen.

Veit hielt sich auf der rechten Seite, lief entlang der Brüstung. Wenn der erste Bolzen surrte oder eine Kanonenkugel pfiff, würde er ins Wasser springen, der Main war zwar noch bitterkalt und die Strömung voller Tücken, aber sei's drum: Er würde nicht wie ein angeschossener Hund im Niemandsland krepieren, dann schon lieber im Main ersaufen.

Wo war Hans? In dem Gedränge konnte er ihn nicht ausmachen, jeder schaute, dass er so schnell wie möglich das freie

Schussfeld verließ, man nutzte jede Lücke, verschaffte sich Platz, drückte und wurde gestoßen. Ein Keuchen vom anstrengenden, schnellen Laufen mit den schweren Stiefeln und den Waffen hüllte ihn ein, rufen würde nichts nutzen, keiner würde darauf achten. Da stürzte einer, die Folgenden stiegen über ihn hinweg, die Schritte erwischten ihn am Kopf, er schrie vor Schmerzen auf.

«Leise!», rief der Hauptmann mit unterdrückter Stimme, «ihr weckt die Wachen.»

Darauf hörte keiner, sollten sie sie doch bemerken, Hauptsache man kam von der Brücke runter. Die Hälfte war geschafft, die zurückliegende Stadt in der Dunkelheit versunken, das vor ihnen liegende Mainviertel nur in Schemen erkennbar. Bis sie den ersten Wachposten der Bauern erreichten, konnte alles geschehen.

Schutzlos und vom rettenden Ufer hundert Schritte entfernt, den hinterlistigen, immer in Bewegung befindlichen Heckenschützen ausgesetzt, rannten sie schneller, die Angst hatte sie im Griff. Wieder stürzte einer, dann ein Zweiter, gottlob, sie schrien nicht. Veit schickte ein Stoßgebet zum Himmel, Herr im Himmel, lass mich nicht stürzen. Doch als der erste Bolzen an seinem Kopf vorbeisurrte, wusste er, warum sie nicht schrien: Sie waren tödlich getroffen worden.

Gleich würde der erste Schuss krachen und sie in tausend Fetzen sprengen. Irgendwo am steilen Hang standen kleine, bewegliche Geschütze, um die Brückengrenze zu schützen, auch wenn am Deutschhaus und im Mainviertel die Bauern waren, bis auf den Fluss gab es keine klare und dauerhafte Grenzziehung. Die galt es zu verteidigen, aber auch als Gelegenheit zu nutzen, wenn einer der wenigen erfahrenen Bauernhauptleute zwischen den Lagern wechselte und damit ein wertvolles Ziel bot. Tötete man einen von ihnen, waren die betroffenen Bauernhaufen ohne Führung und militärischen Verstand.

«Veit?!», hörte er Hans rufen, irgendwo hinter ihm im Getümmel der Panischen und Getriebenen.

Er machte Halt und drehte sich um. «Hier bin ich, an der Brüstung!»

Da erwischte ihn ein Stoß aus der Menge, er taumelte, drohte über den niedrigen Grat zu stürzen, als plötzlich Hans vor ihm auftauchte und ihn festhielt. Sie sanken auf die Knie.

«Dem Herrn sei Dank», keuchte der, «ich dachte schon, du seist getroffen worden.»

Veit fehlte die Luft für eine Antwort, ohnehin war keine Zeit für lange Debatten, sie mussten endlich von der Brücke runter, eine Deckung finden, sich ins Lager der Bauern retten. Die Letzten des Haufens hasteten an ihnen vorbei, außer Atem und mit dem Schrecken im Gesicht, ihre Waffen hatten sie aus der Hand gegeben, so kamen sie schneller voran. Dass dies die richtige Entscheidung gewesen war, zeigte sich einen Augenblick später. Ein Pfeifen und Zischen zerschnitt die Luft, dann krachte eine Kanonenkugel auf die Brücke und riss ein Loch in die Brüstung. Scharfkantige Steinsplitter schwirrten umher, kleine, aber tödliche Geschosse, die Harnische und Schilder durchdringen konnten.

War es Glück oder Schicksal, Veit und Hans blieben verschont, die Splitterwolke fand ein anderes Ziel. Der Herr hielt seine schützende Hand über sie.

«Los, jetzt!», rief Hans und half Veit auf die Beine. «Es ist nicht mehr weit. Noch ein paar Schritte, dann haben wir es geschafft.»

Zusammen rannten sie an den beiden zerschossenen Zollhäuschen vorbei, dahinter tauchte das nur noch aus seinen

Grundmauern bestehende Brückentor auf. Es war kein Bauernposten zu finden, er musste weiter oben, am Deutschhaus sein, bei dem Geschütz, mit dem sie die Burg zu ihrer Linken beschossen. Die Häuser entlang der Anhöhe waren teilweise beschädigt, allerdings nicht so schlimm wie die auf der anderen Seite. Der Beschuss der Burgverteidiger galt nach wie vor hauptsächlich der Stadt, auch wenn sich im und um das Mainviertel herum Bauernheere befanden. Eine seltsame Strategie war das, sagte sich Veit. Womöglich verstand der Burgkommandant, der ein Advokat sein sollte, tatsächlich nichts von Kriegsführung. Das schenkte ihm ein Stück Hoffnung, die allerdings nicht lange währte.

Am Deutschhaus hatte sich ein Haufen von vielleicht zweihundert Kämpfern eingefunden, mit denen sie über die Brücke gegangen waren, die meisten wirkten erschöpft, ein paar waren von Bolzen getroffen worden und stöhnten vor Schmerzen. An ihrer Seite befanden sich die anderen Bauern, mit denen sie die Burg erstürmen wollten. Sie waren ausgeruht, überraschend gut bewaffnet und scharten sich um ihren Anführer, einen Mann zu Pferd in der Kleidung eines Landsknechts. Im Schein der wenigen Fackeln sah man sein zerfurchtes und von Narben gezeichnetes Gesicht. Am Sattel hing ein Morgenstern, ein Schwert im Gürtel, in der Hand führte er einen langen Spieß. Das war zweifellos ein erfahrener Kämpfer, der viele Schlachten geschlagen hatte. Doch wo waren der Götz und der Geyer?

Veit versuchte in den flackernden Schatten etwas zu erkennen. Wo waren die beiden Ritter, die ihre Bauernheere bisher so erfolgreich angeführt hatten? Die glorreichen Helden ihrer gerechten, christlichen Sache? Die Stürmer und Eroberer, an deren Seite sie die stärkste und mächtigste Burg im Frankenland einzunehmen gedachten? Wo, verflucht, waren sie?!

«Sammelt euch!», rief der Landsknecht von seinem Pferd den vielleicht vierhundert Männern zu, die zum Kämpfen noch taugten.

Irgendetwas stimmte hier nicht.

«Warte», sagte Veit zu Hans, der dem Befehl des Landsknechts gedankenlos folgte.

«Was ist?»

«Geh nicht.»

«Warum?»

«Ja, siehst du denn nicht, was hier los ist? Das ist nicht der Angriff aller Bauernheere. Wo sind der Götz, der Geyer und alle anderen Hauptleute, die uns anführen sollen?»

Hans schaute sich um. Von den Hauptleuten war nichts zu sehen, auch hatten sich ihnen nicht so viele angeschlossen, wie er anfänglich vermutet hatte.

«Ich schätze, sie erwarten uns am Vorhof oder greifen von der anderen Seite aus an. Es wird schon einen Grund geben. Komm jetzt.»

«Bist du von allen guten Geistern verlassen? Mit diesem lächerlichen Haufen kommen wir noch nicht einmal in die Nähe der Burg, egal, ob auf der anderen Seite noch ein Angriff stattfindet. Das ist Selbstmord.»

Hans wägte die Worte seines Freundes ab, dann blickte er hinüber zu diesem furchtlos scheinenden Landsknecht, der einem Berserker glich, und zu den Bauern, die sich um ihn versammelten.

«Ich bin sicher, wir sind nicht die Einzigen. Von Höchberg her kommen die Truppen des Götz mit ihm an der Spitze, der Geyer greift von Süden her an, und wir stürmen die Burg von dieser Seite aus. Klingt für mich nach einem guten Plan.»

«Du irrst dich.»

«Woher willst du das wissen?»

«Ich ...» Veit rieb sich die Stirn, er wusste keine Antwort darauf. Ja, vielleicht hatte Hans recht, und er irrte sich. Dieser Landsknecht konnte doch nicht so dumm sein.

«Wir ziehen los!»

Der Landsknecht gab die Richtung vor. Er wies geradewegs hinüber zur Burg, die man im Dunkeln nicht sah. Dennoch wusste er genau, dass die Burgbesatzung sie mit Feuer und Schwert erwartete. Zwei Unterführer riefen ihre Kämpfer herbei. Die eine Gruppe sollte über die Tellsteige gehen, die andere ein Stück weiter nördlich. Die Bauern folgten ihren Anführern, einige führten sogar Leitern mit sich, andere Fahnen, Flöten und Trommeln. Herrgott, wollten sie wirklich mit Musikinstrumenten den steilen Berg hinauf? Das musste vom Landsknecht angeordnet worden sein. Der war es gewohnt, mit Musik in den Kampf zu ziehen. Aber das hier waren keine Landsknechte, das waren Bauern.

«Hey, ihr zwei. Kommt mit mir!»

Ein Unterführer winkte sie heran.

«Los jetzt», sagte Hans, «es ist so weit. Wir werden die verdammte Burg heute Nacht niederreißen.» Er reckte die Faust in die Höhe. «Freiheit! Gleichheit! Gerechtigkeit! In Gottes Namen.»

Veit war hin- und hergerissen. Konnte er seinen einzigen Freund alleine in die Schlacht ziehen lassen?

«Ja, ja, schon gut», antwortete er, und bevor er mit Hans ins Verderben rannte, warf er einen Blick zurück auf die Stadt, die einem Friedhof gleich im Dunkeln lag.

Einzig die Mainbrücke zeigte schwach ihre Silhouette. Morgen früh, wenn er siegreich zurückkehrte, würde er den Stall unter der Rampe ausräumen und ihn zu einer kleinen, aber lauschigen Stube umbauen. Er hatte ein Auge auf die Tochter des Büttners geworfen, und sie auf ihn. Sie würden sich dort wohlfühlen, und wenn er dann Vater geworden war, würde er mit den Kindern ans Grab seines Vaters Casper gehen und ihnen erzählen, wie schon der Großvater gegen den Bischof und seinen Büttel, den bösen Hasen, gekämpft hatte. So wie er heute Nacht die Burg stürmen und die Fahne der Freiheit auf den Ruinen pflanzen würde.

Nie wieder einen Bischof dulden, nie wieder in Knechtschaft leben. Das sollte ihr Familiengesetz sein. Das würden sie ihm schwören müssen.

1525
Das blutige Ende der Bauernaufstände

Vergebens liefen die Bauern gegen die Mauern und die Tore der Burg an, zu Hunderten fanden sie den Tod. Ihre Leichen wurden zur Abschreckung vom Henker zerhackt und in den Burggraben geworfen.

Weder Götz von Berlichingen noch der erfahrene Ritter Florian Geyer waren in jener Nacht zu dem Haufen gestoßen. Man sagte, sie seien im Nachthemd vom nicht abgesprochenen Vorstoß eines übermütigen und offenbar betrunkenen Landsknechts überrascht worden. Das Ergebnis war der eindeutige Beweis, dass die mächtige Burg ohne militärische Disziplin und Absprachen unter den Hauptleuten nicht zu bezwingen war, auch wenn sie von nur vierhundert Kämpfern gehalten wurde.

Der Misserfolg hatte einige Anführer auf eine wahnwitzige Idee gebracht. Ein Stollen wurde ausgehoben, um die östliche Geschützplattform von unten zu sprengen. Doch schon bald stießen Pickel und Schaufel der erschöpften Gräber auf den unnachgiebigen Stein des Marienbergs, der jede Mühe vergebens machte. Der Burg war einfach nicht beizukommen, ihr Ruf, uneinnehmbar zu sein, hatte sich ein weiteres Mal bestätigt.

Götz von Berlichingen zog mit seinem gesamten Odenwälder Haufen ab. Manche warfen ihm Feigheit vor, andere meinten, er wolle nur sein heimatliches Weinsberg gegen die fürstlichen Truppen unterstützen. Auf jeden Fall teilte sich das große Bauernheer und wurde dadurch für das Fürstenheer leichter angreifbar.

Was folgte, waren zwei historische Schlachten, in denen die

Bauern den fürstlichen Reitern und der weitaus überlegenen Waffentechnik nichts entgegenzusetzen hatten. Innerhalb weniger Stunden fielen achttausend von ihnen bei Königshofen, in der zweiten Schlacht bei Giebelstadt noch einmal fünftausend. Die Aufständischen wurden regelrecht abgeschlachtet und aufgerieben, ihrem Streben nach Freiheit und Gerechtigkeit ein jähes Ende bereitet.

Nur wenigen gelang die Flucht, unter ihnen Florian Geyer, der sich noch um Friedensverhandlungen bemüht hatte. Doch wurde er kurz darauf von zwei Knechten seines Schwagers Wilhelm von Grumbach im Gramschatzer Wald überfallen und erstochen.

Der umsichtigere Götz von Berlichingen stellte sich der Anklage der Fürsten auf einem Reichstag und verteidigte sich mit Verweis auf seine erzwungene Teilnahme. Er überlebte dieses Gericht, wie auch weitere, musste in Haft, kam aber mit einem Friedensschwur wieder frei, bis er nach weiteren Kämpfen an der Seite des Kaisers 1562 als achtzigjähriger Ritter verstarb.

Weniger glimpflich kam Tilman Riemenschneider davon. Er wurde mit hundert weiteren Aufständischen eingekerkert. Nach neun Wochen Hunger, Durst und Tortur kam er als gebrochener Mann wieder frei. Große Aufträge als Bildschnitzer bekam er nicht mehr, ein paar kleinere noch, die er mit Hilfe seines Sohnes erledigte, bald darauf verstarb er. Zurück blieben viele Zeugnisse seines großen Schaffens und die Erinnerung an einen respektierten Streiter für die gute Sache.

Apokalypse

Nachdem Bischof Konrad von Thüngen aus seinem Zufluchtsort in Heidelberg und von den Schlachtfeldern ins Maintal zurückgekehrt war, führte ihn sein erster Weg auf die Burg, wo er der tapferen Besatzung dankte.

Danach besichtigte er die Mauern, Tore und Gräben der Burg. Sie hatten den Ansturm nicht schadlos überstanden, es gab viel zu richten und neu aufzubauen. Die teuren Weinhänge waren verwüstet und von Leichen übersät, so auch die Burggräben, Wege und Zufahrten. Tausende hatten hier ihr Leben verloren. Unter der Junisonne stank es nach Verwesung, dass dem Bischof der Atem stockte. Andererseits war es ein Paradies für die ewig hungrigen Hunde, Katzen, Krähen und Ratten.

In Scharen bevölkerte das Getier den Schicksalsberg, ein infernalisches Bild bischöflicher Überlegenheit, in dem seine Voraussicht, die kluge Verhandlungsführung und das tapfere Zusammenstehen seiner Getreuen über das Zaudern, den Dilettantismus und die Uneinigkeit der Aufständischen gesiegt hatten. Sollten sie dieses Bild ruhig noch eine Zeit lang vor Augen haben, es würde sie lehren, dass ein Aufbegehren gegen seine Herrschaft nur im Jüngsten Gericht enden konnte.

Die Tage der Abrechnung waren aber noch lange nicht vorüber. Wer überlebt hatte, würde sich ihm nun verantworten müssen. Wo würde er das Strafgericht halten? Sein Blick glitt über die Stadt. Etliche Häuser und Höfe waren zerstört, wenngleich nicht so viele, wie es das aufständische Pack verdient gehabt hätte. Die Domherrenhöfe um Neumünster und der Dom schienen intakt, vermutlich aber geplündert, so auch Kirchen, Stifte und Klöster. Diesen Frevel würden sie teuer büßen. An der östlichen Stadtmauer lag der Hof zum Katzenwicker, der Lieblingshof Kaiser Barbarossas. Ja, das war der ideale Ort, um Gerechtigkeit walten zu lassen.

Noch immer im Harnisch eines Kriegers, bestieg er sein Pferd. Vorbei an Leichenfeldern und gierigen Aasfressern ritt er im Schutz einer Eskorte hinunter in die Stadt. Die Bewohner des Mainviertels warfen sich vor ihm in den Staub, flehten um Gnade, beschworen den Zwang, den die mörderischen Bauern auf sie ausgeübt hätten, sie seien niemals auf die Seite der Aufständischen gewechselt, wären immer zu ihrem Herrn und Bischof gestanden, hätten für seine baldige Rückkehr gebetet, sie regelrecht herbeigefiebert ... Manche wollten sich gar den Bauern entgegengestellt, sie beim Sturm auf die Burg bekämpft haben.

Konrad von Thüngen nahm das Gewinsel um Gnade nicht zur Kenntnis, viel mehr interessierten ihn die Zerstörungen und Verwüstungen, die die Bauernhorden und der Beschuss der Burg hinterlassen hatten. Vor allem einem Bauwerk galt sein Interesse.

Schon von weitem konnte er die Brücke sehen. Das Brückentor als Bollwerk gegen Angreifer wurde seinem Namen nicht länger gerecht. Es war aufgerissen, niedergerungen, durchlöchert und brüchig. Das mochten einzelne Treffer von der Burg angerichtet haben oder zerstörungswütige Bauern, vielleicht auch Bürger in ihrem Wahn, alles Herrschaftliche niederzureißen.

Die Reparatur dieser wichtigen Grenzeinrichtung zwischen ihm und den Verrätern auf der anderen Mainseite war eine der vordringlichsten Aufgaben. Das Tor musste schnell wieder seine Aufgabe erfüllen, wie auch die zerstörten Stadttore, Mauern und Türme. Noch immer konnten sich Horden aufmüpfiger Bauern im Land herumtreiben oder sich neue Aufständische aus den Ruinen der Stadt erheben. Voraussicht hatte ihm den Sieg beschert, Voraussicht würde seine Macht erhalten.

Die Brücke war ein Bild des Elends. Das Herz schlug Konrad bis zum Hals, als er über herausgesprengte Steine und an kratergleichen Löchern vorbeiritt, an geborstenen Balken und den Ruinen der Zollhäuschen. Die zerschmetterten Körper und das schmatzende Aasgetier konnten ihm kaum Genugtuung verschaffen.

Wie lange, fragte er sich, würde es dauern, bis die Brücke wieder für schwere Fuhrwerke und die vielen Händler aus aller Welt nutzbar war? Wann würde sie wieder Geld in seine leeren Taschen spülen, das er für Truppen und die Rückeroberung seines Landes hatte ausgeben müssen? Wann würde in seiner Stadt und in den nicht weniger mitgenommenen Kirchen und Klöstern endlich wieder Leben einkehren? Und wann würden wieder Steuern, Abgaben und Zölle gezahlt, Waren produziert und gehandelt, brach liegende Felder und verwüstete Weinberge Erträge bringen?

Alles, was in seinem Reich erwirtschaftet und gehandelt wurde, hing in irgendeiner Form von der Brücke ab – und dem Hafen, der aber nutzlos war, wenn über die Brücke keine Fuhrwerke fahren konnten. Musste wieder der quälend langsame und gefährliche Fährbetrieb mit Flößen, Booten und Schelchen aufgenommen werden?

Konrad von Thüngen seufzte. Die Instandsetzung würde dauern, so viel war sicher, und er dachte nicht daran, das alleine zu schultern. Dieses aufsässige Volk würde dafür zahlen, und nicht zu knapp. Ein Drittel ihres Besitzes und des erwirtschafteten Werts ihrer Waren schwebte ihm vor, eine schmerzhafte und langfristige Wiedergutmachung für ihren Verrat, und zwar so lange, bis alles wieder beim Alten war. Ihre Klagen und das Flehen um Erleichterung der Bürde würden auf taube Ohren stoßen. Und sollte er in seinem Entschluss wanken, musste er sich nur an die Schäden und Verwüstungen erinnern, die er bei der Rückkehr in seine Stadt vorgefunden hatte, und die verlorene oder zumindest magere Ernte, die Zerstörung der Weinhänge und den Verlust vieler Fässer, die er nun nicht mehr verkaufen konnte.

Die Gedanken begleiteten ihn über die Brücke in die Stadt hinein, vorbei am rechtsmainischen Brückentor, das keine Spur besser aussah als sein Gegenüber. Die Kanonenkugeln hatten ihm ordentlich zugesetzt. In den Mauern klafften Löcher groß wie Weinfässer, auf den herausgesprengten Steinen klebte das Blut der Aufständischen.

Er folgte der Rampe hinunter in die lange Straße zum Dom. Zu beiden Seiten die einst so stolzen Bürgerhäuser mit ihren Werkstätten und Geschäften, durch Plünderung und Kampf in Mitleidenschaft gezogen.

Kaum erkannten ihn seine Untertanen, warfen sie sich ihm zu Füßen. Ihr Flehen um Gnade und Nachsicht beim bevorstehenden Gericht waren bedeutungslos, hier war das Nest der Aufwiegler und ihrer Sympathisanten. Sollten sie hungern, dürsten und seine Rache fürchten, sie hatten nichts anderes verdient.

Einzig dem Zustand von Dom, Neumünster und den Höfen im Kirchenbezirk schenkte er noch Aufmerksamkeit. Von außen betrachtet, hielten sich die Zerstörungen an den Fassaden und Türmen in Grenzen, jedoch fürchtete er den Raub der gold- und silberverzierten Kreuze und Tabernakel, herausgerissene und zerbrochene Bildnisse der Ahnen und Heiligen, zerschlagenes Gestühl und die Schändung der Altäre. Er mochte gar nicht daran denken, was gottlose Raserei seinen Kirchen noch alles angetan hatte, so wie es ihm aus den Stiften, Klöstern und den luxuriösen Stadtpalästen seines Domkapitels berichtet worden war.

Alles in ihm schrie nach Genugtuung, das christliche Gebot von Vergebung und Barmherzigkeit war ausgesetzt. Er hatte als Kriegsfürst die Stadt des heiligen Kilian zurückerobert, die auswärtigen Sünder verjagt und erschlagen, nun würde er als Kriegsfürst auch den nächsten Schritt gehen: die gerechte und blutige Bestrafung des städtischen Kommandantenpacks, der Aufwiegler und Krakeeler, jedes Einzelnen, der sich bei der Revolte gegen ihn hervorgetan hatte. Ihre Köpfe sollten rollen, ihr Blut die Felder düngen, ihre Leiber den Schweinen zur Mast dienen, damit sie gute Preise erzielten.

1543–1617
Julius Echter

Nach dem Trauma der verlorenen Schlacht von 1400 bei Bergtheim war die Zerschlagung der Bauernbewegung 1525 der zweite, lang nachwirkende Dämpfer für die nach Freiheit und mehr Gerechtigkeit strebenden Bürger. Sie verloren jedwede Rechte, die sie sich über Jahrzehnte von den Fürstbischöfen erstritten hatten. Von nun an gingen sie an der kurzen Leine des Burgherrn, ächzten unter der Last der hohen Reparationszahlungen (sie wurden später von einem Drittel auf ein Zehntel heruntergesetzt, was aber immer noch als zu hoch empfunden wurde) und durften doch nicht zu laut klagen, um nicht erneut den Zorn ihres Herrn heraufzubeschwören.

Auf Herrschaftsseite hatte sich die Überzeugung verfestigt, dass dem Volk einfach nicht zu trauen war, jede Form von Freiheit oder Rechtsüberlassung würde letztendlich als Schwäche des Regenten ausgelegt. Der Vorsatz bröckelte jedoch bald, der Aufwand für die Verwaltung einer Stadt ließ sich auf Dauer nicht durch die Kanzlei des Bischofs bewältigen. Er musste Macht und Kontrolle abgeben und nach und nach wieder Räte einsetzen. Nicht zuletzt, weil sich an den Landesgrenzen neue kriegerische Auseinandersetzungen anbahnten.

Starke, weitsichtige Herrscher waren in den folgenden Jahren gefragt, die neben der politischen Führung eine gefährlich um sich greifende Plage auszurotten hatten: den Protestantismus, der seit Luther – und durch die Bauernkriege befördert – Dörfer, Städte und selbst lokale Fürsten befallen hatte. Das waren schwelende Unruheherde, oft in direkter Nachbarschaft zu den katholischen Gemeinden, die den zweiten, elementaren Pfeiler im absoluten Machtanspruch des Fürstbischofs – Herr in allen Glaubensangelegenheiten zu sein – offen ablehnten.

Höchste Zeit, zum Gegenschlag auszuholen. Der junge und ambitionierte Julius Echter von Mespelbrunn, Fürstbischof von Würzburg seit 1573, machte sich daran, das brodelnde Gift der Ketzerei abzuwehren, Stadt und Land wieder zu einem Wehrturm des einzig wahren Christentums zu machen. Protestanten hatten zu gehen oder wurden vertrieben, so wie auch die Juden, die sich wieder hierher getraut hatten und nun abermals verjagt wurden.

Neben schnöder Gewaltanwendung beherrschte der talentierte Echter auch die subtileren Formen der Machtausübung, der Willensbildung und der Förderung des Katholischen. Unter ihm wurde die Universität 1582 neu gegründet. Wer hier studieren wollte, hatte den richtigen Glauben mitzubringen und wurde von katholischen Lehrern unterrichtet – ein starker Hebel gegen die Protestanten, wenn man aus seinem Leben etwas machen wollte.

Und dass sich der weise Fürst auch um die ärmeren Schichten kümmerte, wo der Irrglaube nicht minder um sich griff, bewies er mit dem Bau des Juliusspitals 1576, dem zu damaliger Zeit vielleicht größten Krankenhaus auf dem Kontinent, einem Ort der Barmherzigkeit für die Schwachen und Geplagten, die Mittellosen und Ausgestoßenen. Es mochte auf die Idee des bereits 1317 errichteten, aber von der Stadt betriebenen «Bürgerspitals zum Heiligen Geist» zurückgehen, einer sozialen Einrichtung zur Pflege und Unterstützung von armen, alten und gebrechlichen Menschen. Wahrer christlicher Glaube hatte damit einen starken Ausdruck gefunden, insbesondere wenn der Bischof höchstpersönlich an die Betten der Kranken trat, ihnen Mut und Zuversicht zusprach, sie mit Hirsebrei fütterte und am Gründonnerstag in Gedenken an Jesus Christus zwölf Auserwählten die Füße wusch. Welcher Protestant konnte da schon mithalten?

Zimperlichkeit gehörte nicht zu Echters Eigenschaften. Er ließ sein Spital ausgerechnet auf dem großen Friedhof der Juden errichten, die sich beim Kaiser über das Sakrileg bitter beschwerten, was aber nichts nützte, da Echter jedwede Einmischung von außen überging, so wie er jedes Abweichen von der verordneten Staatsreligion oder deren Gefährdung vehement bekämpfte. Da schlich sich nämlich ein noch viel schlimmeres Gift in die Herzen und Köpfe seiner Untertanen als das ohnehin schon grassierende Ketzertum: der Teufel höchstpersönlich und seine willfährigen Helferinnen, die Hexen.

Zuerst gerieten alte und mittellose Frauen in Verdacht, ein Unwetter angezettelt zu haben, das die Ernte zerstört oder eine Überschwemmung ausgelöst hatte. Um in der Hysterie endlich einen Schuldigen für ein unerklärliches Unheil gefunden zu haben, wurden Frauen beschuldigt, für den Tod von Kindern, für Seuchen und die Pest verantwortlich zu sein. Sie hätten Kühe verhext, die keine Milch mehr gaben, ihr böser Blick habe Männern die (Mannes-)Kraft geraubt und viele Dinge mehr.

Aber da nicht allein gehässige und rachsüchtige Frauen für all das Unheil verantwortlich sein konnten, das nun von allen Seiten und urplötzlich auf sie einprasselte, erstreckte sich der Verdacht alsbald auf die Nachbarn, die Flüche gegen sie ausgesprochen hätten, auf Bekannte und Freunde, die von Unglück verschont blieben, selbst Kinder gerieten unter Verdacht – ihnen fehle die seelische Festigkeit, um den überall lauernden Avancen des Höllenfürsten zu widerstehen.

Angst und Unsicherheit griffen um sich, genährt von den gewaltigen Veränderungen und Umwälzungen einer bedrohlichen Welt, die aus den Händen zu gleiten drohte. Da hörte man von einem neuen

Land jenseits des Ozeans, das eigentlich nicht existieren durfte. Erste Manufakturen entstanden, die bezahlte Arbeit jenseits von Hof und Feld versprachen, aber letztlich nur eine andere Form von Armut und Abhängigkeit hervorbrachten, Bücher und Flugblätter wurden gedruckt, die eine nie dagewesene Ausbreitung von Wissen, aber auch maßlose Propaganda, Hetze und Angstmacherei beförderten. Und schließlich war da noch der blutig ausgetragene Kampf um den rechten Glauben – protestantisch oder katholisch – die letzte Bastion von Gewissheit.

Wer konnte diese Welt, den göttlichen Plan und die eigene Existenz noch länger verstehen, jetzt, da alles im Wandel und Umbruch begriffen war, die Hölle ihre Pforten geöffnet hatte und zum Angriff auf die Seelen blies, der Anfang vom Ende der Welt zu befürchten stand?

Bischof Echter, jesuitisch geprägt, charakterfest und Herr seines Verstands, glaubte zwar auch an die endzeitlichen Prophezeiungen der Offenbarung und damit an das Wirken des Teufels unter den Menschen sowie an die christliche Notwendigkeit, dagegen vorzugehen, aber er stand der allgemeinen Eiferung zögernd gegenüber.

Gleichwohl kam eine Welle von Prozessen ins Rollen, die er von studierten Juristen durchführen und überwachen ließ. Gab es berechtigte Zweifel an der Anklage oder an der Schuld des Angeklagten, kam er frei, schlimmstenfalls wurde er des Landes verwiesen – was anfänglich die Regel war.

Problematisch waren einzelne ländliche Zehntgerichte, wo die Kontrolle über die Verfahren weniger gut funktionierte als in der Stadt, wo profilierungssüchtige Amtmänner und Zehntgrafen agierten, wo Hexenwahn und Hexenschuld tief im Bewusstsein der bäuerlichen und von den Launen der Natur unmittelbar betroffenen

Bevölkerung verankert waren und wo durch die Hetze des Volks die Regierenden unter Druck gesetzt wurden.

In den Randgemeinden an der Grenze zum Mainzer Bistum setzten die Verfolgungswellen früh ein und legten einen Flächenbrand, der sich Echters Kontrolle über die Jahre entzog. Am Ende seiner Regierungszeit war dem furchtbaren Treiben kaum noch etwas entgegenzusetzen, alle Dämme brachen, niemand blieb mehr von den Diffamierungen verschont.

Wenngleich Echter nicht zu den aktivsten Hexenjägern seiner Zeit gehörte, so trug er doch die Verantwortung für das Morden, Brennen und Foltern in seinem Land – den Beginn einer finsteren Zeit, einer von Menschenhand gemachten Hölle auf Erden.

Ein wunderbarer Sonntagmorgen war das, wie gemacht, um sich zu verlieben. Die Sonne schien warm an einem makellos blauen Himmel, an den Hängen und im Tal stand die Natur in voller Blüte, Bienen summten trunken vom süßen Nektar. Die neue Orgel und die Glocken des Doms waren verklungen, die Männer hatten die Gasthäuser zum Frühschoppen aufgesucht und die Frauen waren in ihre Küchen zurückgekehrt.

Theresa konnte gar nicht genug von diesem Frühsommertag bekommen. Sie musste draußen sein an der frischen Luft, wo die Singvögel jubilierten und die Schwäne kokettierten. Von Weihrauch hatte sie seit dem Gottesdienst erst mal genug, obwohl sich ihre Erwartungen an die Wirkung ihres neuen Sonntagskleids auf die Männer erfüllt hatten. Die lüsternen Blicke, ein verheißungsvolles Lächeln, mitunter ein schamloses Zwinkern … Ihr Vater, der Brückenkommandant, wusste es mit grimmiger Miene zu unterbinden, nur im Rücken hatte er zum Glück keine Augen.

Die Aufforderung dieses Kerls mit den schwarzen Locken und den vollen Lippen war eindeutig gewesen: *Nach dem Gottesdienst. Auf der Brücke.* Sie hatte entrüstet die Augen niedergeschlagen. Nein, sie war gerade mal sechzehn Jahre alt und wusste, was sich gehörte. Dennoch: Der Mann zeigte Interesse an ihr. Das war es doch, was sie sich wünschte: nicht länger Kind, sondern Frau zu sein. Sie spürte es seit Wochen, dass sie diese Grenze überschritten hatte, die zarten Brüste waren voller geworden, die Hüften runder. Sie sah sich zunehmend den besorgten Blicken des Vaters ausgesetzt und hatte ständig das Gefühl, etwas ausgefressen zu haben. Dabei hatte sie überhaupt nichts verbrochen, außer dass sie nicht länger sie selbst war. Aber vielleicht irrte sie sich auch, missverstand den Vater in seinem rätselhaften Verhalten.

Was sie jetzt brauchte, war die Bestätigung eines Dritten, eines fremden Mannes, ob er in ihr die heranwachsende, begehrenswerte Frau sah und nicht länger ein hübsches Kind mit blonden Haaren, grünen Augen und einem bezaubernden Lachen.

Seit der Frühling ins Maintal gekommen war und dieses unbekannte Gefühl sie im Sturm genommen hatte, war sie eine andere geworden. Die hübschen Handwerkertöchter sah sie nicht länger als dumme, gackernde Hennen, sondern wollte wissen, worüber sie tuschelten, während sie einem stolzen Junker zu Pferd nachblickten, ihnen süße Worte zugeworfen wurden, sie sich herausputzten, als sei jeder Tag ein Feiertag.

Gleichwohl wusste sie um die Gefahren. Erst letzte Woche waren zwei Jungfrauen auf dem Scheiterhaufen in Gerolzhofen verbrannt worden. Ihre Vergehen waren Stadtgespräch gewesen, ihre Geständnisse von eigens entsandten Advokaten des Bischofs überprüft und die Todesurteile als rechtens erkannt worden: Sie hätten ehrenwerten Männern die Sinne verhext, sodass die nicht länger sie selbst gewesen seien. Die Männer hätten sinnlos Geld verprasst, nicht mehr arbeiten wollen und damit die Familien ins Unglück gestürzt. Ein anderer konnte sich nicht mehr zu seinem Eheweib legen, hieß es, die heimtückischen Hexen hätten ihm eine rätselhafte Krankheit angezaubert. Er sei nun nutzlos wie ein kastrierter Bulle.

Der Vater hatte Theresa eingeschärft, nichts zu unternehmen, was jemanden herausfordern könnte, sei es der Nachbar, ein Bekannter, Freund oder Frau – insbesondere eifersüchtige und rachsüchtige Frauen. Auch wenn in Würzburg noch nichts passiert war, es war nur eine Frage der Zeit. Auf dem Land brannte fast täglich irgendwo ein Scheiterhaufen. Zauberer, Teufelsanbeter und Hexen allerorten. Ketzerische Protestanten obendrein. Ihr Gift hüllten sie in fromme Worte vom rechten

Glauben, hießen den Papst den Antichrist, die Bischöfe und Priester seine nimmersatten Teufel. Dabei waren sie es doch, die die Heilige Schrift entehrten und jeden frommen Christenmenschen mit ihren Lügen ins Höllenfeuer führten.

Ihr Vater meinte, Bischof Echter täte gut daran, die Satansbrut aus dem Land zu jagen, sie mit Schwert und Flamme zu töten, wo immer er ihrer habhaft wurde. Hexer und Ketzer, alles ein und derselbe Teufel.

Darum, Kind, versprich mir beim Andenken deiner Mutter: Sei bescheiden, wahrhaft und treu. Und vor allem: Hüte dich vor den Ketzern!

Sie hatte es ihm am Grab der Mutter schwören müssen. Doch nun lagen die Dinge anders. Dieser Mann war kein Ketzer, er hatte das Evangelium und die Predigt mit ihnen im Dom gehört, hatte gesungen und gebetet ...

Das Herz hatte ihr bis zum Hals geschlagen. Sie hatte einen scheuen Blick gewagt, und ja, er hatte sie noch immer angeschaut. *Auf der Brücke!*

Das war vor knapp einer Stunde gewesen, die Sonnenuhr an der nördlichen Brüstung schien über sie zu spotten.

Dummes Kind! Hast du ernsthaft geglaubt, ein Mann würde sich für dich interessieren?

Sie ging abermals über die Brücke und hielt Ausschau nach ihrem Verehrer. Es herrschte wenig Betrieb in der Zeit vor dem Sonntagsmahl – ein paar heimkehrende Kirchgänger, Küchenmägde mit Körben im Arm, Fischer lieferten Nachschub für die Gasthäuser –, alles ging heute ein gutes Stück langsamer zu. Am Büchsenschmiedhaus, wo früher das alte Zollhaus war, daneben jetzt das neue, standen ein paar Männer zusammen und debattierten über die Predigt, die sich auch um die Geschehnisse auf dem Land gedreht hatte.

«Schon dreihundert Hexen verbrannt», raunte einer, «da soll noch einer sagen, der Bischof würde nichts gegen die Plage unternehmen.»

«Alles Augenwischerei», widersprach ein anderer. «Er will uns nur in Sicherheit wiegen. Tausende müssten es sein, nicht ein paar hundert. Ich bin letztens durch Mergentheim, Lauda und über die Berge und Täler gekommen, überall ein Jammern und Klagen, selbst in den kleinsten Dörfern bleibt niemand verschont, wenn die Brut nachts ausfliegt. Das Vieh und das Wasser sind verhext, der Wein sauer, in den Krippen erbleichen die Kinder ... So viel Hexenleut hätt es seit Menschengedenken nicht gegeben, sagen die Alten. Wenn da der Bischof nicht bald mit aller Gewalt dazwischenhaut, ist's auch um uns geschehen.»

«Nach Würzburg traut sich keine Hex und kein Zauberer», hielt ein Dritter dagegen, und zum Beweis seiner kühnen Rede kramte er eine verknitterte Flugschrift hervor. «Hier steht's schwarz auf weiß, wie der Bischof das Ungeziefer im ganzen Frankenland ausrottet. Seinen Kommissaren gibt er vor, jeden Dienstag mindestens fünfzehn Hexen verbrennen zu lassen. Listen werden geführt –»

«Das ist Gerolzhofen! Da macht er ja alles richtig. Nur in Würzburg eben nicht. Warum brennt kein einziges Hexenmensch in unserer Stadt? Da stimmt doch was nicht.»

«Weil uns der heilige Kilian beschützt, und an seiner Seite kämpft der Bischof. Dagegen kommt keine Hexe und kein Zauberer an.»

Einige stimmten zu, die anderen schüttelten den Kopf.

«Es wird zu wenig gebrannt, und Würzburg werden die Teufel nicht verschonen. Vermutlich sind sie längst oben auf der Burg und haben dem Alten die Sinne vernebelt, um uns in aller Ruh zu vergiften.»

«Richtig, der Bischof schaut nicht gut aus. Ganz krank und elend scheint ihm zu sein. War er nicht gestern erst in seinem Spital? Ich wette, die Ärzte kämpfen um sein Leben.»

«Und um seine Seele.»

«Seinen Verstand muss er wiederfinden. Wer nicht blind oder verrückt ist, sieht, was um uns herum geschieht. Nur eben der alte Bischof nicht.»

«Wenn er doch nur wieder so wäre wie früher mit den Protestanten. Da ist ihm keiner entkommen.»

«Kein Einziger, und genau deswegen sollten wir uns mal die Räte und Bürgermeister vorknöpfen. Es muss jetzt endlich was geschehen, bevor die Hölle über uns hereinbricht.»

Theresa kannte die Reden zur Genüge. Tagein, tagaus wurden sie auf der Brücke, in den Gasthäusern und Straßen geführt, längst nicht mehr hinter vorgehaltener Hand. Der Unmut über die Untätigkeit des Bischofs in ihrer Stadt wuchs, er war Grund zur Sorge, insbesondere, wenn er wieder mal eine angeklagte Hexe vom Folterstuhl befreite.

War er denn von allen guten Geistern verlassen? Hatte man endlich ein Hexenmensch erwischt, ihr den Scheiterhaufen bereitet und die Flamme entzündet, fiel ihm nichts Dümmeres ein, als die Flamme wieder auszublasen und sie mit ihrem höhnischen Gelächter über so viel Einfalt in die Nacht entspringen zu lassen. Die Gerolzhöfer schüttelten darüber die Köpfe, mit ihnen die Lohrer und Kitzinger, ach, das ganze Frankenland. Das musste aufhören. Wann endlich brannte der erste Scheiterhaufen auch in Würzburg?

Misstrauische Blicke streiften Theresa, es war ihr nicht wohl dabei. Sie ahnte, was sich diese rechtschaffenen und sich ereifernden Bürger wieder zusammenspannen. Überall nur Hexenleut und Ketzergift. Wem konnte man noch trauen, wer war bereits infiziert? Besser, sie zeigte sich gottesfürchtig. Am steinernen Kreuz, wo sonst die Angeklagten des Brückengerichts um die Vergebung ihrer Sünden flehten, kniete sie nieder und sprach ein Gebet. Im Augenwinkel behielt sie die zornigen Bürger, bis sie endlich von der hellen Glocke der Deutschhauskirche erlöst wurde. Es ging auf Mittag zu, das Essen stand auf dem Tisch, die Ansammlung löste sich auf.

Auch für Theresa wurde es Zeit. Der Vater würde bald aus dem Gasthaus zurückkehren, wo er gegessen und hoffentlich nicht zu viel getrunken hatte. Bevor er sich daran machte, die Torwachen zu inspizieren, würde er sich eine Stunde hinlegen, während sie ihm aus der Heiligen Schrift vorlesen musste – weniger wegen seinem, sondern ihrem Seelenheil. Denn das Weib war von Natur aus schwach, der Teufel hatte leichtes Spiel, wenn sie sich nicht täglich mit den Worten des Erlösers stärkte.

Die Enttäuschung über die geplatzte Verabredung wog schwer. Hatte sie sich geirrt, hatte dieser schwarzgelockte Schönling womöglich eine andere gemeint? Oder hatte er nur mit ihr gespielt, sich über sie lustig gemacht? Sie seufzte, eine dumme Gans war sie. Wie hatte sie nur glauben können …

Doch halt! Da vorne am Brückentor kam jemand auf sie zu. Er stand nicht mehr ganz sicher auf den Beinen, in der Hand einen Weinkrug, ein Lied auf den Lippen.

«Komm, schöne Maid, mein Herz will ich dir schenken …»

Er war es, und vor Erleichterung glaubte Theresa ihm zuwinken zu müssen, damit er sie nicht übersah. Sie ging ihm entgegen, das Herz prall vor Glück und Erwartung.

«Wohin des Weges, schönes Kind? Haben wir uns nicht in der Kirche schon gesehen?»

Sie nickte, Worte blieben ihr versagt. In seinen Augen glaubte sie sich zu verlieren, sein aufforderndes Lächeln, mit ihm zu gehen, ließ sie alle Warnungen vergessen…

* * *

Alle Glocken in Stadt und Land hatten zum Tod Julius Echters von Mespelbrunn geschlagen. Eine wahrhaft infernale Symphonie des Schreckens und der Trauer war es gewesen. Der von vielen, wenngleich nicht von allen Untertanen verehrte Landesfürst und Bischof war mit zweiundsiebzig Jahren auf seiner Burg verstorben. Der Schock war allerorten zu spüren, und mancher hielt es in knappen Worten fest, ein Flehen, eine fiebrige Fürbitte: *Gott gib uns Gnade und schenk uns wieder so einen Vater und Haushalter!*

Wie sollte es nun weitergehen? Wer würde einen wie Echter ersetzen können? Keiner! Und damit folgte Unsicherheit auf den Schock.

Der nächste Bischof von Würzburg wurde von den hohen Herren des Domkapitels ausgesucht und dem Papst zur Entscheidung vorgeschlagen. War einer unter ihnen, der es mit Echter und den Erwartungen der Bürger in Stadt und Land aufnehmen konnte? Nein. Dann schon eher ein Kandidat von außerhalb.

O Herr, gib den Domherren klaren Verstand, den Mut und die Weitsicht, den Richtigen zu wählen, nämlich einen, der die erfolgreiche Arbeit Echters nahtlos fortführte, einen, der Stadt und Land aus den Wirren aufkommender Kriege heraushielt, und vor allem einen, der diese unkontrollierbare Hexenplage endlich in den Griff bekam. Die Domherren zogen sich zu Beratungen zurück…

An Echters Todestag hatte sich Theresa das erste Mal übergeben müssen. Es ging ihr schon länger nicht gut, was sie sich nicht erklären konnte. Noch nie in ihrem Leben war sie krank gewesen. Eine Übelkeit folgte auf die andere, unbändiger Appetit überkam sie, Schwindel und Hitze schüttelten sie, die Kleider wurden ihr allmählich zu eng, die Hüften breiter, die Brüste größer ...

Anfangs schwieg ihr Vater noch, wartete ab und beobachtete, ob sich seine Befürchtungen zerstreuen würden. Schließlich, als die Veränderungen unübersehbar wurden, stellte er sie zur Rede. Unter Tränen stritt sie alles ab, doch die herbeigeholte Hebamme stellte klar: Theresa erwartete ein Kind.

In Drei Teufels Namen! Wer war der Schurke, der ihr Gewalt angetan hatte? Die Hand ging zum Schwert.

«Nein, Vater, nicht!»

«Sag, wer ist es?»

Sie vergrub das Gesicht in den Händen, weinte und flehte, dem Vater ihres Kindes nichts zu tun. Er sei ein Lehrer der Universität, rechtschaffen, fest im Glauben ...

«Warum ist er dann nicht hier an deiner Seite?!»

Die freudige Nachricht habe ihn verschreckt, er wisse nicht, könne nicht, letztlich bestreite er, der Vater zu sein. Aber schon bald, versicherte sie, würden sie sich wiedersehen, dann auch wieder verstehen. Man müsse ihm Zeit geben ... Alles würde gut.

Allmählich begriff ihr Vater. Er sank auf den Stuhl, wortlos, niedergeschlagen. Sie streckte ihre Hand aus, er schlug sie weg.

«Hure!»

Theresa stand nun über die Brüstung der Brücke gebeugt, unter ihr der Main mit allerlei Abfall und Unrat verschmutzt, hinter ihr der ohrenbetäubende Lärm der Karren und Fuhrwerke, die

Kommandos der Kutscher und das Schimpfen der Fußgänger. Sie glaubte, der Kopf würde ihr zerspringen, während sich ihr der Magen umdrehte.

«Eine Schande bist du», schimpfte ihr Vater. «Dem Herrn im Himmel sei es gedankt, dass deine Mutter das nicht mehr erleben muss. Der Schlag würd sie treffen.» Er warf ihr einen stinkenden Eimer hin, dazu eine Schaufel. «Das mittlere Gemäch ist verstopft. Los, mach dich an die Arbeit.»

Die windschiefen, hölzernen Toilettenhäuschen waren unweit der Brücke am Mainufer entstanden, um der allseits praktizierten und schamlosen Verunreinigung von Brücke, Straßen und Stadt mit Urin und Exkrementen zu begegnen.

Die Notdurft wurde allerorten ungeniert verrichtet, wie Unrat und Abfall ebenso hemmungslos auf der Brücke entsorgt und in den Main geworfen wurden, sodass der Gestank und der Dreck das vertretbare Maß überstiegen. Der Stadtrat sah sich veranlasst, mit einem Verbot und bei Zuwiderhandlung mit einer Geldstrafe dagegen vorzugehen. Für die Einhaltung der Verordnung waren die Torwachen verantwortlich, die Reinigung und Pflege der Toilettenhäuschen erledigten für gewöhnlich bettelarme Frauen oder Mädchen. Im Falle Theresas war der Dienst an den Gemächen erzieherischer Natur, eine Strafe für ihre Hurerei.

Betäubt von Schwindel und Übelkeit, nahm sie Eimer und Schaufel und schleppte sich zum Mainufer. Zwei Gemäche standen auf Stegen, ein Stück weit aufs Wasser gebaut – eine verhältnismäßig saubere Lösung. Ganz anders sah es bei den Gemächen aus, die auf Gruben am Ufer standen. Ein beißender Gestank umgab sie, vermutlich war etwas verstopft, gebrochen oder lag quer. Theresa mochte gar nicht daran denken, was es dieses Mal war.

Was hatte sie diesem Schlund nicht schon alles entrissen? Kleidung, Töpfe, verendete Tiere, Knochen und nicht selten ein unerwünschtes Neugeborenes, den abgeschlagenen Kopf eines Hingerichteten, Arme und Beine einer verschwundenen Ehebrecherin, ein kostbares Kreuz aus dem Dom, die Hand eines Diebs ... nichts, was es in der Hölle nicht auch gab.

Ihr war schwummrig vor Augen, der Rücken schmerzte und sie fühlte sich kraftlos. Das Gezeter um sie herum, wann das Gemäch endlich wieder zu benutzen sei, nahm sie kaum wahr, die immer gleichen Vorhaltungen über ihre Trägheit prasselten auf sie ein.

Was für ein unnützes Ding! Holt die Torwache, damit sie ihr Beine macht.

Und tatsächlich ließ die nicht lange auf sich warten.

«Was ist hier los?»

«Die Scheißhausfegerin ist zur Salzsäure erstarrt», spottete einer. Ein anderer: «Kreidebleich ist sie, als hätt' sie den Teufel gesehen.» Ein Dritter, in Eile: «Geht zur Seite!»

«Jetzt mach dich endlich an die Arbeit», befahl ihr die Torwache, «sonst muss ich den Kommandanten holen.»

Die Warnung hatte sie ihrem Vater zu verdanken, andernfalls wäre sie längst mit Schlägen in den widerlichen Holzverschlag getrieben worden.

Da ging im nächstgelegenen Gemäch die Tür auf, heraus kam ein schwarzgelockter Mann und knöpfte sich den Latz zu. Als Theresa ihn erkannte, traf es sie wie ein Blitz. Er war es, kein Zweifel, und er war zu ihr gekommen! Seit Tagen hatte sie ihn vergeblich gesucht, er war weder in der Universität noch in der Herberge, wo sie damals das Lager geteilt hatten. Sie ließ Eimer und Schaufel fallen und rannte auf ihn zu. Die Torwache rief ihr vergebens nach, keine zehn Pferde hätten sie aufhalten können.

«Mathäs!», rief sie, «Mathäs.»

Das Herz drohte ihr vor Glück zu zerspringen. Die Suche nach dem Liebsten war endlich vorbei, dieser schreckliche und demütigende Dienst an den Gemächen damit auch. Mathäs würde sie zu sich nehmen, dem grausamen Vater entreißen, gemeinsam mit ihr unter einem Dach leben … ihrem wundervollen Kind all die Liebe geben, die ihr verwehrt geblieben war.

Bei Theresas Anblick schreckte Mathäs zurück. Er schlug die Hand vor Nase und Mund, die andere erhob er zur Abwehr.

«Geh weg!», schrie er sie an.

«Mathäs. Ich bin es, Theresa.»

«Ich weiß, wer du bist. Geh weg, fass mich nicht an.» Er drehte sich um, suchte sein Heil in der Flucht.

«Wo warst du so lange?», rief sie und folgte ihm nach. Die schnellen, unüberlegten Schritte waren nichts für ihren Bauch, der Schmerz schnitt in den Körper, dass sie glaubte, die Besinnung zu verlieren. «So warte doch.»

Am Maintor machte er endlich Halt, Gott sei es gedankt, aber er war nicht allein. Da war eine Frau in schönen Kleidern, das Haar strahlend blond und lang, sie blickte herüber, während er sie mit sich zog.

«Mathäs», keuchte Theresa, «warte, ich kann nicht mehr.» Sie fiel auf die Knie, hielt sich den schmerzenden Bauch.

Die blonde Frau ließ sich von Mathäs nicht widerstandslos fortführen, sie wand sich aus seinem Griff und eilte zu Theresa.

«Was ist mit dir?», fragte sie.

Theresa spürte eine Hand auf ihrer Schulter, sah blondes, herabhängendes Haar und roch einen Duft, wie sie ihn nur von sommerlichen Wiesen her kannte.

«Mathäs», stöhnte sie unter Schmerzen, «Mathäs soll kommen.»

Die Fremde rief ihn herbei, zweimal, dreimal, dann endlich kam er.

«Lass uns gehen, schnell», sagte er und klang nervös.

«Mathäs ...» Theresa streckte die Hand nach ihm aus. «Hilf mir.»

«Kennst du das Mädchen?», fragte die Blonde.

«Ein Toilettenweib? Bist du von Sinnen?»

«Aber sie kennt deinen Namen.»

«Unsinn ... Sie muss mich verwechseln. Komm jetzt.»

«Wir können sie doch nicht einfach liegen lassen!»

«Sie ist eine stinkende und verlauste Scheißhausratte», gab er scharf zurück. «Willst du dir etwa eine Krankheit holen?!»

«Mathäs, bitte ...» Theresas Hand sank zu Boden, ihr wurde schwarz vor Augen.

***

Bunte Blätter stoben auf, eine Tollerei des Herbstwindes, der bereits in der vergangenen Nacht um die Ecken des weitläufigen Juliusspitals gestrichen war und sich nun einen Spaß mit dem Laub im Kräutergarten machte. Hin und her, ein Wogen der Farben, nicht nur Gelb, Braun und Rot, auch Blau war darunter. Es musste vom Blumenbeet kommen, das an der Mauer lag.

Daneben kniete diese Frau, deren Schönheit und Anmut selbst auf die Entfernung nicht verblasste. Ihr blondes Haar wehte im Wind gleich den goldenen Bannern auf der Burg des Bischofs. Sie pflückte Kräuter und Blumen, riss das Unkraut aus, jätete und grub die Erde um, dass man ihr zurufen wollte: Tu es nicht, schone deine zarten Hände, die weiße Haut, du wirst bittere Tränen vergießen, wenn sie reißt.

Doch Theresa schwieg, kein Wort kam über ihre schmalen

Lippen, die das pulsierende Rot einer Sommerliebe verloren hatten. Nun waren sie fahl geworden in einem ebenso bleichen Gesicht. Über ihrem Kopf tanzten auch keine bunten Blätter, stattdessen füllte Stöhnen und Klagen den weiten Saal, wo Bett an Bett stand, Ärzte und ihre Helfer Wunden versorgten, Geschwüre aufschnitten, Brüche richteten und den Alten ein Sterben in Würde ermöglichten.

«Lass uns sehen, ob wir dich heute nach Hause schicken können», sagte unvermittelt eine Stimme hinter ihr.

Es war Colman oder Colmar, sie vergaß den Namen fortlaufend, ein Arzt und Professor, der vom Rhein stammte und an die Universität berufen worden war. Er sprach einen seltsamen, mitunter belustigenden Akzent, was gut zu dem rundlichen und redseligen Mann passte – ein wahrer Bacchus mit sonnigem Gemüt, der gerne viel plauderte, anstatt vorher nachzudenken oder gleich zu schweigen. Er war ein ahnungsloser und gutmütiger Fremder, sie aber war auf der Brücke groß geworden, wo sie die Schwächen ihrer Gegner schnell herausfinden musste, um gegen sie zu bestehen.

«Wer ist die schöne Frau dort unten im Garten?», fragte sie, obwohl sie die Antwort kannte.

«Das ist Felicitas, meine Tochter.»

«Was macht sie da mit all den Pflanzen?»

«Sie züchtet sie und stellt aus ihnen Heilmittel her, andere verarbeitet sie zu Parfüm.»

«Parfüm? Was ist das?»

Er schüttelte lächelnd den Kopf. «Parfüm ist der Extrakt aus duftenden Blumen. Man tupft es auf die Haut und, trara, riecht man nach einer herrlichen Sommerwiese. Oder nach einem Rosengarten. Was auch immer die Natur für Wohlgerüche bereithält, Felicitas kann sie dir schenken.»

Sie erinnerte sich, da war dieser Geruch gewesen, als sich die Frau über sie gebeugt hatte.

«Parfüm», sinnierte Theresa, «ist das ein Zaubermittel?»

Colman lachte. «Exakt. Es macht aus einem stinkenden Eber einen duftenden Paradiesengel. Die Männer sind ganz verrückt danach.»

«Du meinst, sie sind verzaubert?»

Wieder lachte er, doch dann besann er sich. «Nicht so wie du denkst. Die Verwandlung ist spielerischer Natur, so wie die Liebe. Du verstehst?»

Oh ja, das tat sie. Nur zu gut.

«Komm jetzt», sagte er, «lass uns nach deinem Bauch sehen.»

Er führte sie vom Fenster zum Bett, ließ sie hinlegen. «Wie geht es dir heute? Haben die Schmerzen nachgelassen?»

Sie nickte beiläufig, ihre Gedanken waren ganz woanders.

«Könnte auch ich mit Parfüm einen Mann verzaubern?»

«Besser, wir reden nicht mehr darüber.» Seine Stimme klang ernst, während er ihren Bauch abtastete, keine Spur mehr von gedankenloser Heiterkeit. «Tut es hier weh?»

Sie verneinte, was gelogen war. Der Schmerz des verlorenen Kinds stach tief und anhaltend, aber noch größer war der Schmerz über den Verlust des Liebsten. Den Betrug. Den Zauber.

«Wo kann man Parfüm kaufen? Würde Felicitas mir etwas davon geben?»

«Parfüm wird mit Gold aufgewogen. Noch nicht mal ich kann mir das leisten.»

Wieder drückte er auf die eine Stelle, und Theresa wollte aufschreien. Doch sie biss sich auf die Lippen und legte den Kopf zur Seite, damit er es nicht sah. Diesen Schmerz galt es auszuhalten, um einen größeren zu bekämpfen. Ihr Blick fiel auf eine Frau, sie war letzte Nacht erst hergebracht worden, die Haare verschwitzt, das Gesicht ausgezehrt, in ihren Armen hielt sie ein Neugeborenes. Irgendetwas stimmte nicht mit dem Kind. Seine Haut war feuerrot, der Körper aufgedunsen, als sei es ins heiße Wasser gelegt worden, überraschend viele Haare hatte es auf dem Kopf, sie schimmerten schwarz. Theresa schreckte zurück … wahrlich, ein kleiner Teufel war das.

«Mutter und Kind werden den Tag nicht überleben», flüsterte der aufmerksame Colman. «Aber mach dir deswegen keine Gedanken. Ich sehe keinen Grund, warum du nicht wieder ein Kind bekommen solltest.» Er stand auf. «Ich lasse dir von Felicitas einen Kräutertrank mit wärmenden Gewürzen zubereiten. Er wird dir Kraft geben, und morgen kannst du wieder nach Hause gehen. Ich hoffe, du freust dich schon darauf.»

Einen Teufel tat sie. Ihr Vater hatte sie nicht besucht, und das konnte nur eines bedeuten: Er hatte die Hure verstoßen, die im Dreck der Gemäche einen unehelichen Bastard ausgespien hatte. Welches weiteren Beweises für ihr liederliches, gottloses Tun hätte es noch bedurft? Der Teufel entsprang der Sünde der Menschen und gedieh in ihrer Kloake.

Welch eine Schande das sein musste für den ehrenwerten und stolzen Torkommandanten mit der Bibel auf dem Tisch. Letztlich war sie eine Gefahr und eine Bedrohung für ihn geworden, jetzt, da der Bischof verstorben war und keiner wusste, wann der nächste kam, und vor allem, wie der es mit den Hexen und Zauberern hielt.

Theresa erhob sich. «Wird der Kräutertrank auch so mächtig sein wie Parfüm?»

«Das will ich hoffen», antwortete Colman. «Felicitas hat ihr Handwerk von den Besten ihres Fachs gelernt. Sie wird aus eurem Würzburg noch eine Stadt der Kräuter und Gewürze machen, ein wahres Herbipolis», er lachte kurz bei dem Gedanken, «weithin berühmt für seine Kräuter- und Heilkunst.»

«Dann ist Eure Felicitas nicht nur schön, sondern auch reich?»

Er winkte ab. «Ach, statt schöner Kleider und Schmuck kauft sie lieber Kolben und Röhren für ihr Laboratorium.» Er nahm ihre nicht mehr ganz so blonden und ungepflegten Haare zwischen die Finger. «Aber gräme dich nicht länger, auch du bist schön. Ein Bad mit Seife und ich wette, alle Junker der Stadt wünschen sich mit dir Hand in Hand zu gehen.»

Bei Gott und allen seinen verfluchten Engeln, noch nicht mal ein Schusterknecht würde sie jetzt noch anschauen, geschweige denn mit ihr über die Brücke gehen und beim Vater um ihre Hand anhalten. Sie war und blieb die dreckige Toilettenhure mit einem leblosen Bastard.

«Wie kam ich eigentlich ins Spital?», fragte sie.

«Du hattest großes Glück, dass Felicitas und Mathäs dich schnell hergebracht haben, sonst wärst du verblutet.»

«Felicitas ... Mathäs?»

«Die beiden waren spazieren am Main, sie wollten in Ruhe ihre Vermählung besprechen.»

Es traf sie wie ein Schlag, der größer war als all das bisherige Leid und der Schmerz. Und wieder musste sie an sich halten, um nicht lauthals zu schreien.

«Vermählung? Wie schön», lächelte sie mit zittrigen Lippen. «Wann ist es denn so weit?»

«In ein paar Wochen.»

«Und wie lange kennen sie sich schon?»

Er musste nachdenken. «Seit dem Frühling, kurz, nachdem wir an die Universität berufen worden sind. Es war Verzückung auf den ersten Blick, sagt Mathäs.»

Ja, so war es auch bei ihr gewesen. Verfluchter Dreckskerl, dann hatte er das Kräuterweib schon gekannt, als sie sich in der Kirche das erste Mal gesehen hatten.

«Und wie ist Mathäs so?»

«Ach, frag nicht», winkte er ab, ein eindeutiges Zeichen, dass er sich aus der Unterhaltung verabschieden wollte, doch Theresa schenkte ihm ein aufmunterndes und interessiertes Lächeln, das er nicht unerwidert lassen konnte. «Ich bin vor ihm gewarnt worden. Er sei ein Schürzenjäger und Erbschleicher, stets auf seinen Vorteil bedacht.»

«Wirklich? Und was hat Euch umgestimmt?»

«Ich habe ihn zur Rede gestellt, und er hat es wahrlich zugegeben, sank auf die Knie und gelobte, sein altes, sittenloses Leben aufzugeben, jetzt, da er endlich die Frau seiner Träume gefunden hatte. Es fiel mir schwer ihm zu glauben, aber er ließ nicht locker. Kein Tag verging ohne sein Flehen und Bitten, bis Felicitas für ihn Wort ergriff. Er habe zur Buße dem Kloster Himmelspforten einen stattlichen Betrag gespendet ...»

Ausgerechnet ein Frauenkloster, dachte Theresa.

«... ging für Tage in Klausur und bereute. Seither trinkt und spielt er nicht mehr, geht einmal in der Woche zur Beichte, sitzt beim Gottesdienst in der ersten Bank ... Ich kann mich wahrlich nicht über ihn beschweren. Aus einem Schürzenjäger ist ein ehrenhafter und glaubensstarker Mann erwachsen.»

Ehrenhaft ... Das Wort brannte wie heißes Pech auf ihrem Herzen.

«Welch Wunder die Verzückung und ein starker Glauben bewirken können», sagte Theresa anerkennend und schlug das Kreuzzeichen. «Gelobt sei Jesus Christus. Ich wünsche den beiden eine kinderreiche Ehe», und in diesem Moment wusste sie, wie sie es anstellen würde.

Glück gehört zum Erfolg jedes Vorhabens, aber auch Menschenkenntnis, Geduld und Mut.

Theresa hatte ausreichend davon, um ihren Plan in die Tat umzusetzen. Sie wartete auf ihrem Bett, bis der Zeitpunkt gekommen war. Der Alte im fünften Bett neben ihr verschied am späten Nachmittag, als die Sonne bereits untergegangen und das Abendbrot gegessen war. Niemand bekam es mit, es war ein ruhiger und sanfter Tod, er hörte einfach auf zu atmen.

Anders die Frau mit dem aufgedunsenen Kind. Es war ein langes, zähes Röcheln, das alle im Saal erschaudern ließ. War ihre Krankheit ansteckend? Sie gingen auf Abstand zu ihr und beteten für ein schnelles Ende. Theresa ließ sie nicht aus den Augen, sie ging sogar zu ihr hin und schaute, wie viel Leben noch in den beiden steckte. Das Kind sah im fahlen Kerzenlicht furchterregend aus, dass es ihr grauste. Sie wagte kaum, es anzufassen. Die geschwollenen Wangen waren kühl und leblos. Die Mutter bekam kaum noch Luft.

Dann endlich kehrte Ruhe ein. Theresa verließ den Saal und informierte die Ärzte über den Tod der drei armen Seelen. Als die Knechte die Leichen in Tücher gepackt in den Hof schafften, um sie am nächsten Morgen vom Totengräber abholen zu lassen, nutzte Theresa die Chance.

Wenig später stand sie im Kräutergarten, hinten in der Ecke, wo Felicitas ihre Beete beharkt hatte, und hob ein Loch aus. Vor Entdeckung musste sie sich nicht fürchten, es war tief in der Nacht, alle schliefen. Über ihr ein zweigeteilter Himmel – Sterne mit einem abnehmenden Mond auf der einen Seite, von der anderen schoben sich kräftige Wolken heran. Noch vor Morgengrauen würden sie sich ihrer Last entledigen und die Spuren von Theresas Arbeit verwischen.

Während sie mit bloßen Händen grub, ging sie in Gedanken

noch mal ihr Vorhaben durch. Hatte sie an alles gedacht und in die Wege geleitet, bevor sie ins Rathaus, nein, gleich in die bischöfliche Kanzlei laufen und dem arglosen Schreiber von ihrer Beobachtung berichten würde? Dass sich nachts bei den Gemächen am Mainufer ein Mann herumtrieb und gar sonderliche Dinge anstellte?

Was für sonderliche Dinge?, würde er fragen.

Sie würde stottern und vor Angst zittern müssen, wenn sie ihm erzählte, dass dieser Mann etwas Lebloses mit Armen und Beinen in den Schlund der Toiletten geworfen und dabei schockierende Worte in einer furchteinflößenden Art geraunt habe, Worte, die so schrecklich seien ... Sie würde schluchzen.

Was für Worte? Beruhige dich, mein Kind.

Nachdem sie die Tränen getrocknet und sich beruhigt hätte, würde sie versuchen sich zu erinnern und ungelenk, aber verständlich die Worte *Hexenbrut* und *Fahret auf!* sagen. Und wenn das noch immer nicht ausreichte, um ihn aufzuscheuchen und seinen Amtmann herbeizuholen, würde sie erzählen, wie aus den Gemächen gar hässliches Weibervolk gekommen wäre, um sich auf den Rücken von Ziegenböcken in die Nacht zu erheben, keifend und grässlich jaulend, während dieser schwarze Mann mit höhnischem Gelächter davonhumpelte ...

Das wäre dann die Gelegenheit, wie Espenlaub zu zittern, nach der heiligen Mutter Maria zu rufen, ihren Beistand zu erflehen und falls nötig die Besinnung zu verlieren.

Aber so weit würde es nicht kommen. Sie wusste von dem, was auf der Brücke erzählt wurde, und den Gesprächen ihres Vaters mit Amtleuten aus Gerolzhofen, wie man auf derartige Berichte reagierte. Man würde die Knechte losschicken, um einen ersten Beweis für die Behauptung zu sichern, und wenn sie ihn fanden, ging alles seinen vorausbestimmten Weg.

Dieser erste Beweis musste sorgsam ausgewählt und platziert sein, und wer könnte das leichter vollbringen als Theresa? Niemand wusste besser als sie, was die Leute alles unbemerkt verschwinden lassen wollten. Sie suchten nach einem sicheren Grab für ihre Geheimnisse, Lügen und Verbrechen. Zu Theresas Glück gingen die meisten dabei nicht sonderlich phantasievoll vor, sie glaubten, ein Fluss würde nicht mehr preisgeben, was er einst empfangen hatte, ein Grab auf immer verschlossen bleiben.

Ein Blick in die Gruben der Gemäche hätte sie eines Besseren belehrt. Dort würde Theresa schnell finden, was für einen ersten Beweis ausreichte.

Darauf würde die entscheidende Frage kommen: Wer war der schwarze Mann, den sie beobachtet hatte?

Sie würde herumdrucksen, nicht vorschnell einen ehrenhaften Mann beschuldigen wollen, der an der Universität arbeitete, regelmäßig den Gottesdienst besuchte, beichtete und sein ehemals liederliches Leben gegen ein wahrhaft bußfertiges und streng gläubiges eingetauscht hatte. Und dann, wenn sie sich nicht länger dem Drängen des Hexenkommissars erwehren konnte, würde sie den Namen aussprechen: Mathäs.

Der Name würde Zweifel aufkommen lassen: Mathäs? Er war ein Lehrer an der angesehenen Universität des verstorbenen Bischofs, war das glaubhaft? Bischof Echter hatte sie ermahnt, stets kritisch zu sein, genau hinzusehen.

Der andere jedoch, der von Mathäs' zweitem Leben erfahren hatte, würde still nicken. Der Schürzenjäger, der Trunkenbold und Spieler. Kein Weibsbild war vor ihm sicher, ihre gehörnten Männer versanken in Scham, während er die schändliche Tat mit seinen Kumpanen in den Gasthäusern feierte. Die Gerüchte über ihn hätten sich damit bestätigt.

So oder so: Es würden Zeugen gefordert, die Theresas Anschuldigung belegen mussten.

Wer sollte der erste Zeuge für ihre Anklage sein? Die Torwache? Sie hatte Mathäs seinerzeit bei den Gemächen gesehen. Nein, das war zu dürftig, die halbe Stadt war schon dort gewesen, es musste einen besseren Zeugen geben, einen, der unstrittig war, eine Respektsperson, fest im Glauben, der die Fähigkeit besaß, lichtscheues Gesindel und Trunkenbolde von einem wahren Teufel zu unterscheiden, weil es seine verdammte Aufgabe war, die Stadt und ihre Bürger zu beschützen.

Natürlich! Dieser Zeuge konnte niemand anderes als der Torkommandant sein, ihr Vater. Er würde auf der Stelle aus der Haut fahren, Gift und Galle spucken, dass ihn seine Tochter als Zeugen vor dem Hexengericht benannt hatte. Vehement würde er die Zeugenschaft von sich weisen, sein missratenes Kind als Lügnerin beschimpfen, eine Hure, die mit dem Schürzenjäger Mathäs das Lager geteilt und einen Bastard gezeugt hatte. Als Strafe hatte er sie mit dem Wechselbalg im Bauch zu den Gemächen befohlen, wo sie lernen sollte, was wahre Demut und Anstand waren.

Wo sie aber auch von einer Torwache mit diesem Mathäs gesehen worden war, wo sie lauthals nach ihm gerufen hatte, als würden sie sich kennen ... Dabei hatte ihr Vater doch alles unternommen, um die Schande geheim zu halten.

Und genau in diesem Moment würde ihm aufgehen, was es bedeutete, vor ein Hexengericht zu treten, und welche Folgen es für ihn haben könnte. Seine Tochter war eine Anklägerin, er ein von ihr berufener Zeuge. Er wusste, wie solche Prozesse in Gerolzhofen abgelaufen waren, niemand wurde verschont, die Raserei war blindwütig, stieß Freund und Feind ins Feuer. Nicht anders würde es in Würzburg sein, jetzt, da Echter nicht mehr lebte und seine Kommissare freie Hand hatten, die Rufe nach einer stärkeren Hexenjagd in den Gassen hallten.

Die Hexenkommissare würden Nachforschungen auch über sie anstellen, so wie sie es seit Jahren auf Geheiß Echters getan hatten, das eine oder andere Gerücht über sie hören, sicher auch, dass sie von ihrem zürnenden Vater zum Dienst an den Gemächern verdonnert worden war.

Warum?, würde man fragen. Kein Vater tat seinem Kind so etwas Grauenhaftes an, sofern er nicht einen triftigen Grund dafür hatte. Und dann würde sich eine Hebamme melden ... Es würde ihrem Vater kalt den Rücken hinunterlaufen, denn er selbst hatte die Hebamme beauftragt.

Der Bastard lag nun im Dreck des Mainufers, was gut war, und die Hebamme wusste nichts von Mathäs, dem angeblichen Vater des Kindes. Aber konnte der Torkommandant sicher sein, dass es auch so bliebe? Was, wenn der Schürzenjäger Mathäs seinen Triumph mit der Tochter des angesehenen Torkommandanten in den Gasthäusern lauthals verkündet hatte?

Himmel! Diese Zeugin musste schweigen, für immer, und die Kumpane dieses Teufels Mathäs gleich mit.

Es durfte nicht der Hauch eines Zweifels an Theresa haften, und Mathäs durfte nichts anderes als ein verlogener Teufel sein, wenn der sie der Buhlschaft bezichtigte, denn sonst wäre sie seine Dirne und er der Vater einer Hexe.

Theresa lächelte zufrieden. Wie leicht doch die Fäden ineinanderliefen ...

Ein weiterer Zeuge würde gefordert, einer, der nichts mit ihr zu tun hatte, jemand, der sie nicht beschützen wollte wie ein Vater sein Kind.

Sie musste nachdenken. Mathäs rief man also einen Schürzenjäger, der nur auf seinen Vorteil bedacht war. Wo ein Schürzenjäger sein Unwesen trieb, gab es sicherlich auch erlegte Schürzen – rachsüchtige Töchter einflussreicher Väter, die glaubwürdig waren und denen er das Herz gebrochen hatte, die ihn mit aller Macht zum Teufel wünschten, gerade jetzt, wenn er die schöne Felicitas zum Altar führen wollte. Doch würden sie sich in aller Öffentlichkeit die Blöße geben? Ziel des Spotts werden? Eher nicht, sie würden sich auf die Lippen beißen, damit nichts davon bekannt wurde.

Was würde aber geschehen, wenn nicht sie, sondern Mathäs selbst ihre Namen preisgab? Nicht freiwillig, natürlich, aber Hexenkommissare pflegten zur Wahrheitsfindung auf die Dienste von Folterknechten zurückzugreifen. Nach allem, was Theresa auf der Brücke und in den Gesprächen ihres Vaters mitbekommen hatte, redeten Gefolterte früher oder später wie ein Wasserfall, sie erfanden sogar Geschichten, damit der Schmerz endlich aufhörte. Da wurden aus Unbeteiligten und Unbescholtenen plötzlich Zauberer, Hexen und Kobolde, die den Gefolterten zur Tat überhaupt erst verführt hatten.

Die schändlich betrogenen Schürzen würden, nein, sie mussten sich mit aller Gewalt von Mathäs distanzieren, am besten noch vor Beginn des Prozesses, damit sie nicht selbst in den Fokus der Hexenkommissare gerieten. Mathäs hätte versucht, sie zu verführen, würden sie sagen, aber sie hätten ihm widerstanden. Und je mehr Namen er preisgab, die seine Unschuld bezeugen sollten, desto mehr würden ihn besagen.

Perfekt. Eine Welle von Anschuldigungen würde über ihn hereinbrechen, seine Glaubwürdigkeit wäre zerstört.

Und sollte das wider Erwarten noch immer nicht für eine Verurteilung reichen, dann würden die Hexenkommissare auf dieses bedauernswerte Kind stoßen, schwarzhaarig wie Mathäs, rot aufgedunsen, ein wahrer Teufel. Aber, was machte es hier im Heilkräutergarten der schönen Felicitas, und was hatte Mathäs damit zu tun?

Die Antwort war ebenso schlicht wie überzeugend: Jeder wusste, dass Teufelswerk nur mit Hilfe von Zauberkräutern und Zauberkräften gelingen konnte. Wer, wenn nicht die kräuterkundige Felicitas, würde das überhaupt bewerkstelligen können? Dafür war eine umfangreiche Ausbildung erforderlich, die die Fremde sicherlich nicht in Würzburg erhalten hatte, sondern weit weg von hier, wo Hexen und Zauberer gejagt und verbrannt wurden.

Der ganze Garten war voll von zwielichtigen Kräutern und Wurzeln, und hinter den Mauern des ehrwürdigen Juliusspitals gab es obendrein ein Laboratorium, in dem es geheimnisvoll blubberte und gurgelte. Dort würden sie diesen kleinen Teufel zum Leben erwecken, ihm giftiges Parfüm einflößen, das die Sinne vernebelte und ahnungslose Christenmenschen zu willfährigen Hexen und Teufelsanbetern machte.

Mathäs und Felicitas waren ein Paar, noch nicht einmal die beiden selbst würden das bestreiten. Ihre Hochzeit stand bevor ... eine Vermählung von Teufel und Hexe, tausendfach auf Flugblättern abgebildet, ein Sabbat des Bösen.

Theresa seufzte zufrieden. Ja, das war ein guter Plan.

Es war Zeit, die Wolken verdunkelten den Mond, gleich würde es regnen. Theresa legte das kleine Bündel ins Loch, und bevor sie es zuschüttete, hielt sie inne und gedachte einer Stelle aus der Bibel, die sie ihrem Vater ein ums andere Mal hatte vorlesen müssen. Sie sollte ihr Warnung sein, nun sprach sie es als Totengebet für ein bedauernswertes Kind, gleichwohl als Fluch gegen die Stadt.

«Ich bin der Weinstock, ihr seid die Reben. Wer in mir bleibt und in wem ich bleibe, der bringt reiche Frucht; denn getrennt von mir könnt ihr nichts vollbringen. Wer nicht in mir bleibt, wird wie die Rebe weggeworfen und verdorrt. Man wirft sie ins Feuer und sie verbrennt.»

Um 1630
Hexenzauber und Schwedenzeit

Überraschend schnell hatte sich das Domkapitel auf einen Nachfolger Echters geeinigt. Die Wahl fiel 1617 auf den amtierenden Bischof von Bamberg, Johann Gottfried von Aschhausen, der nun über zwei große und wichtige Bistümer herrschte. Er führte entschieden die Echter'sche Protestantenpolitik fort und holte noch mehr Jesuiten an die Schulen und die Universität, um den Katholizismus zu stärken.

In einem Punkt lag er aber ganz und gar nicht auf Linie mit seinem Vorgänger – dem zögerlichen Aufspüren und der Verurteilung von Personen, die als Hexen und Teufel besagt wurden. Von nun an füllten sich die Kerker der Stadt, Hexenkommissare erhielten bislang ungewohnte Freiheiten und die Folterknechte reichlich Arbeit. Die Scheiterhaufen loderten, dass man kaum mit dem Holz hinterherkam. In Gerolzhofen begegnete man der Knappheit mit einer kruden technischen Neuerung – einem Verbrennungsofen.

Ein Klagen, Jammern und Schreien überzog bald das Frankenland, der Himmel verdunkelte sich von den vielen Feuern entlang des Mains, die vermeintlichen Hexen, Teufeln und auch so manchen Protestanten das Leben kostete – weil er nicht zum rechten Glauben zurückfinden wollte oder nicht schnell genug sein Heil in der Flucht gesucht hatte. Dabei machte der Hexenwahn keineswegs einen Bogen um die verbliebenen protestantischen Gemeinden, auch hier wurde beschuldigt, prozessiert und verbrannt, was aus katholischer Sicht niemanden wunderte: Die Protestanten waren ohnehin vom Glauben abgefallen, hießen den Papst einen Teufel und sahen in ihm den vorausgesagten Antichrist der Offenbarung gekommen, um den Anfang vom Ende aller Zeiten einzuläuten – die Apokalypse, die durch eine Panik schaffende Erscheinung am Himmel bevorstand. Ein außergewöhnlich heller Komet ging über sie hinweg, der Teufel war auf dem Weg.

Und je verbissener Katholiken und Protestanten gegen die Hexenplage anrannten, sie partout nicht bezwingen konnten, desto größer wurde die Angst vor dem Verlust des Seelenheils. Ohne dieses gab es kein Himmelreich, nur ewige Verdammnis.

Nachdem Bischof Aschhausen 1622 verstorben war, nahm Philipp Adolf von Ehrenberg, ein Neffe Julius Echters, in dieser hysterischen und vom Weltuntergang geprägten Zeit den Bischofsstuhl ein. Er verdiente sich schnell den Beinamen Hexenbischof. Unter seiner Herrschaft brachen alle Dämme. Misstrauen, Verrat, Hass und Rache vergifteten jedes friedliche und vertrauensvolle Miteinander. Aus der einst blühenden und prosperierenden Stadt am Main wurde ein Vorhof zur Hölle.

Wie hatte es nur so weit kommen können?

Ein Hexenprozess nach dem anderen und die vielen Todesurteile schafften es nicht, der vermeintlichen Plage auch nur annähernd beizukommen. Statt weniger Hexen und Teufel wurden es immer mehr. Unter der Folter sprudelten die Namen und Beschuldigungen. Niemand zweifelte solche erpressten Geständnisse an, solange er nicht selbst besagt und auf den Folterstuhl gebunden wurde. Kinder von fünf, sechs Jahren wurden plötzlich der Hexerei beschuldigt, selbst wenn sie nur spielten oder vorgaben, Schmetterlinge oder Mäuse zaubern zu können. Spielen war verdächtig und Zauberei Teufelszeug, insbesondere wenn Kinder eine Gerichtsverhandlung als Bühne für ihre *teuflischen Darstellungskünste* missverstanden. Sie wurden reihenweise verurteilt und hingerichtet.

Ehemalige Ankläger, Ratsherren und Bürgermeister, Adelige

und mächtige Geschäftsleute, die früher als unantastbar galten, folgten ihnen nach. Sie alle gerieten in den Sog von Denunziation und Teufelslogik, die nur Schuldige kannte und kein Erbarmen oder Vernunft.

Als man glaubte, es könne nicht mehr schlimmer kommen, geriet der erste Priester unter Verdacht und Anklage, mit ihm weitere Glaubensbrüder.

All das Köpfen und Brennen hatte nichts genutzt. Das Ende stand unmittelbar bevor – allerdings anders als in der Apokalypse und den Foltergeständnissen beschrieben. Der Fürst der Finsternis, der mit seiner Höllenbrut im Gefolge zu ihnen ins Maintal geritten kam, hatte weder Hörner auf dem Kopf noch einen Pferdefuß, auch ein übelriechender Schwanz fehlte ihm, genauso wie der Ziegenbock, auf dem er rückwärts ritt.

Stattdessen blickte da ein gut frisierter Reiter in herrschaftlicher Uniform und aus königlichem Haus stammend in die Bischofsstadt. Sein Name: Gustav Adolf II. von Schweden, Kriegsherr, Eroberer und Rächer seiner protestantischen Glaubensbrüder, Schlächter der Katholiken.

Der Fenstersturz eines katholischen Statthalters durch aufgebrachte Protestanten im böhmischen Prag im Jahr 1618 hatte einen Krieg ausgelöst, so groß, grausam und unvorstellbare dreißig Jahre lang, dass er mit menschlichen Maßstäben nicht zu begreifen war. Protestanten und Katholiken lieferten sich länderübergreifend ein unerbittliches Gemetzel um die konfessionelle und politische Vorherrschaft im Reich und auf dem Kontinent. Verwüstete, menschenleere Landstriche blieben zurück, ausgeplündert, verbrannt und mit Millionen Toten übersät, und letztlich die Einsicht, dass es wahrlich keines Teufels und keiner Hexen bedurfte, um sich die Hölle auf Erden zu bereiten.

Alles umsonst gewesen, der ganze Hexenzauber und Kampf

um den rechten Glauben. Protestanten lagen blutüberströmt neben Katholiken in der Asche ihres selbst entfachten Höllenfeuers. Der anfängliche Streit in der Prager Hofkanzlei um die Benachteiligung von Protestanten gegenüber Katholiken entwickelte sich zu einem machtpolitischen Territorialkonflikt, hinter dem die konfessionelle Überzeugung verblasste. Das katholische Frankreich fand sich nun auf Seiten der Protestanten wieder.

Einer der mächtigsten Kriegsteufel war Gustav Adolf. Seit er 1630 mit seinen Armeen auf den Kontinent übergesetzt war, um seine politischen Interessen mit Konfessionseifer zu verknüpfen, focht er erbitterte und verlustreiche Schlachten mit seinem katholischen Gegenüber Albrecht von Wallenstein, ein ebenso skrupelloser Kriegsfürst. Man begegnete sich auf Augenhöhe.

Krieg zu führen war immer eine kostspielige Angelegenheit. Gustav Adolf übernahm das von Wallenstein eingeführte System der Kontributionen, wonach die Bevölkerung zur Kasse gebeten wurde, wenn die Armeen durch ihre Gebiete marschierten – egal, ob das Gebiet katholisch, evangelisch, kaiserfreundlich oder -feindlich war, es musste gezahlt werden, und wenn kein Geld mehr vorhanden war, dann eben in Naturalien.

Nachdem die Schwedenarmee die katholischen Truppen Tillys bei Königshofen geschlagen hatte, war der Weg nach Süden offen. In Panik rafften die Menschen zusammen, was sie in die Hände bekamen, und flohen.

Kurz darauf standen die Schweden vor den Toren Würzburgs. Ernstzunehmende Gegenwehr drohte Gustav Adolf nur von der knapp siebenhundert Seelen zählenden Burgbesatzung, die von ihrem Herrn und Bischof Franz von Hatzfeld, entgegen seiner Ankündigung, noch am selben Tag im Stich gelassen worden war. Im Gepäck hatte der Bischof beträchtliche Geldmittel und versuchte in Frankfurt Unterstützung zu finden, was ihm misslang, sodass er nach Köln weiterzog, wo er die Ereignisse aus sicherer Entfernung verfolgen konnte.

Gustav Adolf forderte die Stadt zur Öffnung der Tore auf, was verwehrt wurde: man könne die Stadt nicht ohne bischöfliche Zustimmung aus der Hand geben. Der Schwede antwortete mit der Sprengung des äußeren Stadttors und drang mit seinen Kämpfern ein, bis er von einem weiteren Tor kurzzeitig gestoppt wurde, es überrannte und mit den Truppen am inneren Mauerring stand. Die Vorstädte Pleich, Haug und Rennweg waren verloren. Damit fiel die letzte Verteidigungslinie.

Rat und Bürgermeister mussten angesichts der Übermacht bedingungslos kapitulieren, Gustav Adolf übernahm mit seinem über zwanzigtausend Mann starken Heer die Stadt bis zum Main. Jenseits davon bereitete sich der Burgkommandant auf die Schlacht vor. Er ließ die zwei hölzernen Joche der Mainbrücke abtragen, die beim letzten Brückenbau als Schutzmaßnahme eingefügt worden waren.

Obwohl die Brücke für die schwedischen Truppen erst mal unpassierbar war – hinter dem linksmainischen Brückentor stand zudem ein Palisadenzaun –, setzten sie mit Kähnen über, wurden in Kämpfe verwickelt, siegten schließlich und nahmen das Mainviertel in Besitz. Die Brückenlücke wurde mit Brettern und Türen notdürftig geflickt, nun konnte der Belagerungsring um die Burg gezogen, Geschütze in Position gebracht und Sturmtruppen gesammelt werden.

Eine Aufforderung zur kampflosen Übergabe der Burg wurde zurückgewiesen, worauf die ersten Kugeln flogen. Als auch die zweite Aufforderung ignoriert wurde, fiel die Entscheidung zur Erstürmung der Burg. Die Kampfhandlungen zogen sich in die Länge, und es wäre wohl noch eine ganze Weile so weitergegangen, wenn nicht ausgerechnet die Last toter Burgverteidiger das Hochziehen einer Zugbrücke verhindert hätte. Durch dieses Nadelöhr stürmten schwedische Soldaten und sprengten das Echtertor. Damit war der Weg in die Burg frei, und die Rache für die von katholischen Truppen zuvor niedergeworfene Stadt Magdeburg brach sich Bahn. Dem Blutbad fiel nicht nur die Burgbesatzung zum Opfer, sondern auch Geistliche und Bürger, die hierher geflüchtet waren.

Als Gustav Adolf sich durch die vielen Lagerräume, Kammern und verwinkelten Gänge führen ließ, staunte er nicht schlecht. Die Burgbesatzung hatte sich auf eine lange Belagerung eingerichtet, die Vorräte und Waffen füllten die erlittenen Verluste bei weitem auf, mit den reichen Beständen des Zeughauses konnten gar neue Regimenter aufgestellt werden. Die wertvolle Bibliothek Julius Echters ließ er in seine Universität ins schwedische Uppsala schaffen.

Der Nimbus der Unbezwingbarkeit der hoch gerüsteten Burg war dahin, doch sie blieb von strategischer Bedeutung für den weiteren Feldzug. Gustav Adolf gab Order, sie nicht nur rasch wieder instand zu setzen, sondern sie bis zum Fluss hinab auszubauen. Dafür sollten St. Burkard und die Häuser im Mainviertel weichen.

Würzburg und Bamberg wurden schwedische Erblehen, die dem verdienten General Bernhard von Sachsen-Weimar als neuem Herzog von Franken zugesprochen wurden. Der hatte ehrgeizige Pläne, wie einst Echter, nur unter entgegengesetzten Vorzeichen. Alles Katholische sollte dem Protestantischen weichen, Echters Prestigeprojekt, seine durch und durch katholische, von Jesuiten geführte Universität, erhielt eine neue Konfession, in den Pfarreien verfuhr man nach einer anderen Liturgie. Und das, obwohl Gustav Adolf in einem Schutzversprechen freie Religionsausübung zugesichert hatte, darüber hinaus Schutz des Eigentums und den ungestörten Fortgang von Justiz und Verwaltung.

Mit der Umsetzung haperte es allerdings, ein sozial verträgliches Nebeneinander zweier verfeindeter Konfessionen ließ sich schon bei der gemeinsamen Nutzung des Kiliansdoms nicht dauerhaft bewerkstelligen. Die neue Gottesdienstrangfolge lautete: Zuerst die Protestanten, dann die Katholiken. Die Katholischen wichen zähneknirschend in die Marienkapelle aus.

Die Stadt ächzte unter der Last hoher Kontributionszahlungen zur Finanzierung des schwedischen Feldzugs. Nachflutende Söldnerheere kamen in die Garnisonsstadt, mit ihnen Plünderungen, Ausschreitungen und Gräueltaten, denen rund die Hälfte der Bürger zum Opfer fiel. Das Schutzversprechen Gustav Adolfs verkam zu einem wertlosen Stück Papier.

In dieser Zeit wurde ein Mann mit untrüglichem Instinkt für Lügen und verborgene Schätze in das Amt eines Steuerfahnders eingesetzt.

Sein Name: Abraham de la Faye.

Titel und Rang: General Commissariats Leutnant.

Sein Auftrag: Steuergelder eintreiben, das Plündern und Beiseiteschaffen von Wertgegenständen verfolgen und bestrafen. Keine Rücksichtnahme auf Person, Stand oder Rang. Ausnahmslos.

Wer etwas zurückhielt, betrog den König, und darauf stand der Tod.

Auf der Brüstung der Mainbrücke standen vier Männer und eine Frau. Ihre Hände waren mit Stricken auf den Rücken gebunden, um die Hälse lagen blutgetränkte Schlingen. Drei der Männer trugen zerrissene Kleidung, die Schuhe waren verbeult und löchrig, mit denen war nichts mehr anzufangen. Anders die Kleidung der Frau. Ein überraschend feiner Stoff, von meisterlicher Hand gewebt und vernäht, bei genauerem Hinsehen aber nur noch Mottenfraß. Auch die ledernen Schuhe hatten früher einmal etwas hergemacht und waren sicher nicht billig gewesen. Laut Liste war sie die Frau eines Münzmeisters, der entsprungen war, mit all seinem Vermögen unauffindbar blieb. Leider hatte die Frau die Füße eines Kindes … Also wieder nichts für die Kleiderkammer.

Der Letzte stand mit schmutzigen und geschundenen Füßen vom langen Marschieren auf dem kalten Stein. Die Uniform eines schwedischen Infanteristen hatte er ablegen müssen, ein speckiger Fetzen Stoff verhüllte seine Scham. Er brabbelte unverständliches Zeugs, Finnisch vielleicht, das bärtige Gesicht war geschwollen und blutig geschlagen, noch immer stank er nach Wein. Im Rausch hatte er ein Katholikenweib vergewaltigt und erwürgt. Keine große Sache eigentlich, aber der Bürgerzorn war laut und kaum zu bändigen gewesen, der Offizier wollte in Ruhe Karten spielen.

Dieser Reihe des Elends stand Abraham de la Faye gegenüber, ein zackiger Offizier der Kavallerie. Sein Waffenrock saß tadellos und war gepflegt, die ausladenden, knieschützenden Reiterstiefel glänzten, kein Fleck darauf, nicht einmal eine Ahnung von Schmutz. Quer über die Schulter lief ein breiter Gurt, an dem ein Säbel mit goldenem Handschutz baumelte, ein breitkrempiger Hut mit bauschiger Feder bedeckte das hellbraune, rotstichige Haar.

Abrahams Alter ließ sich schwer schätzen, gemessen an der Farbe und Kraft seines Zwirbelbarts, dessen spitze Enden den strengen Blick etwas milderten, mochte er im besten Mannesalter sein. Eine dünne Narbe zog sich über die blasse Wange, die Mahnung seines Fechtlehrers, stets die Aufmerksamkeit hochzuhalten, keinen Gegner zu unterschätzen, egal wie schwach er sich gab oder schien.

Ihm zur Seite stand ein untersetzter Soldat mit schmierigen Haaren, das aufgeschwemmte Gesicht unrasiert und ungewaschen, die Hände fleischig wie Würste, Bauch und krumme Haltung in eine schlabberige und verdreckte Uniform gesteckt. Abraham mochte gar nicht länger hinsehen, um nicht gleich wieder aus der Haut zu fahren, weil dieser Schandfleck mit einem Weinkrug in der Hand einem Offizier der königlich-schwedischen Armee gegenüberstand.

«Bist du sicher, dass das hält?», fragte Abraham und prüfte mit dem Fuß, ob der Holzstamm am Boden der Brüstung sich bewegen ließ. Die Stricke der fünf waren darum geschlungen.

«Hat heut schon drei Mal gehalten», erwiderte der Soldat, leidlich Haltung bewahrend, einen Rülpser konnte er dennoch nicht unterdrücken.

Abraham überging es. Sein zweifelnder Blick fand rund ein Dutzend Kerben, die sich auf dem Grat der steinernen Brüstung befanden. Er zog den Handschuh nicht aus, fuhr mit dem Finger in eine dieser Kerben, rieb den feinen Steinstaub zwischen den Fingern, bis er wusste, was das zu bedeuten hatte. Dann, mit einem einzigen kräftigen Pusten, fegte er die Körner von seinem Handschuh, damit es keinen Anlass für einen Tadel gab.

Es war Zeit für seine erste Exekution in dieser Stadt. Die Liste der Diebe und Betrüger war lang, sie umfasste mehrere Blätter, die auf einer hölzernen Kladde befestigt waren. Sein

Adjutant, ein aufmerksamer Bursche mit dem Gemüt eines Chorknaben, hatte sie zusammengestellt. All die Namen, die sich darauf befanden, seien säumige Steuerzahler, überwiegend kleine bis mittlere Fische, mehrfach aufgefordert, die Schuld zu begleichen, dann abgeholt, befragt, verprügelt, bis die Mühe den Lohn nicht mehr rechtfertigte. Jetzt war der Zeitpunkt für den Bescheid gekommen. Unter dem Doppelstrich stand eine nicht eintreibbare Steuerschuld, und das hieß: Hinrichtung.

Einen letzten Versuch wollte Abraham noch unternehmen, auch wenn ihm sein Adjutant davon abgeraten hatte. Bevor das Katholikenpack nur einen Taler herausrückte, nahm es ihn mit in die Hölle, um den Teufel zu bestechen. Er wisse, wovon er spreche, er sei Protestant aus einer Gemeinde am Steigerwald, wo die flüchtenden Katholiken ihr Hab und Gut in Kellern und Wäldern vergruben. Kein Protestant sollte je einen Pfennig in die Hand bekommen, und wenn es ihr Leben kostete.

Mit der Kladde in der Hand ging Abraham die Reihe ab. «Glaubt nicht, dass ihr unserem Heiland Jesus Christus gegenübertreten werdet, wenn ihr länger schweigt. Hexenbrenner und Teufelsanbeter sind ihm verhasst. Bekennt eure Sünden, gebt dem König, was des Königs ist, und Gnade wird euch gewährt. Zum letzten Mal: Wo ist das Geld?»

Er blickte hinauf in die schmutzigen Gesichter, die verfaulten Mäuler dieser gottlosen Lügner, Betrüger und Diebe. Niemand ergriff das Wort. Also verkündete er das Urteil: «Du sollst nicht lügen, nicht betrügen und nicht stehlen, so spricht der Herr. Wer meine Gesetze nicht ehrt, der ist verloren auf ewig, er wird das Himmelreich nicht schauen.»

Das war sein Richterspruch als auch sein Marschbefehl für ihre anschließende Höllenfahrt. Er nickte dem Schandfleck von einem Gehilfen auffordernd zu, der sich sogleich in Bewegung setzte und einen nach dem anderen von der Brüstung stieß. Die Seile gerieten unter Spannung, knarrten in den Kerben und rieben dabei feinen Steinstaub heraus.

«Lass sie hängen», ordnete Abraham an, «damit sie gesehen werden.»

«Aber, Herr», wagte der Kerl zu widersprechen, «da drüben warten die Nächsten.»

Er zeigte auf eine Gruppe heruntergekommener Gestalten, die vor dem Brückentor zur Stadt kauerten. Die Torwachen befehligten sie, vermutlich waren es Mörder, Räuber und Deserteure, niemand von seiner Liste.

Es war ihm gar nicht recht. «Dann schneid sie ab.»

Steuerdiebe sollten stets vor Augen haben, was sie erwartete. Und welcher Ort wäre besser dafür geeignet gewesen als diese weite Brücke, die die beiden Stadtteile miteinander verband. Jetzt, da sie nach der Eroberungsschlacht repariert worden war, lief wieder der gesamte Verkehr über sie, die Fuhrwerke mit Baumaterial für die Schanzarbeiten an der Burg und für die Reparatur der Häuser auf beiden Seiten, das schwere Kriegsgerät, die Karren der Händler, Handwerker und Bauern, die Kutschen der neuen Herren, die nicht weniger stolzen Reiter, die ständig kommenden und gehenden Truppenverbände, das normale Stadt- und Landvolk …

Diese Brücke war das Zentrum, die Lebens- und Verkehrsader von Stadt und Land. Man konnte sie nicht umgehen, man musste sie nutzen, gerade wenn man schwere und auch wertvolle Fracht transportierte.

Abraham nahm den Gedanken mit hinüber zu dem steinernen und überdachten Kreuz, das durch wundersame Hand von den Kämpfen verschont geblieben war. Den beiden kleinen Häusern an der Südseite der Brücke, vermutlich Zollhäuschen, war nicht mehr zu helfen, es waren Ruinen, in denen man seine Notdurft verrichtete.

In seinem Rücken hörte er einen Körper nach dem anderen aufs Wasser klatschen, die nächsten Delinquenten wurden herangetrieben, ein kurzer Blick, es kümmerte ihn nicht. Dafür das Panorama des Tals und das Orchester der Brückenarbeiter umso mehr.

An den vielen Baustellen wurde gehämmert und gesägt, Kommandos der Offiziere gellten und verloren sich im Rattern der Fuhrwerke, dem Wiehern von Pferden und dem Maulen der Zugochsen, dazwischen Geplapper, Schluchzen und Klagen.

Abraham schnappte hier und da Worte auf, *erschlagen*, *verprügelt* und *ausgeraubt*. Teufel seien die Schweden, eine schlimmere Höllenbrut hätte es nicht mal unter Echter und Ehrenberg gegeben. Warum, Herr im Himmel, strafst du uns so streng? Alles sei verloren – Glaube, Haus und Besitz. Gott sei Dank habe man noch rechtzeitig Vorkehrungen getroffen ... und dann, als sie gewahr wurden, dass da ein Schwede stand, verstummten sie.

Abraham merkte sich jedes Wort, das er aufschnappen konnte, und sicher hätte er innerhalb von einer Stunde auf der Brücke mehr über diese Leute und ihre Geheimnisse erfahren als in den Wochen zuvor, in denen er mit seinem Adjutanten die Liste der Steuerschuldner in der städtischen Amtsstube erstellt hatte.

Dieses Verzeichnis war zwingend, auf seiner Basis verfasste er die regelmäßigen Berichte an den Reichskanzler, aber es war auch nicht der Weisheit letzter Schluss. All die Namen mit Berufen, Einkünften und Besitz waren offizielle Angaben, die er aus dem Rathaus erhielt. Die neuen, protestantischen Bürgermeister, Räte und Kämmerer hatten sicherlich die Liste frisiert, bevorzugt Katholiken, Feinde und Konkurrenten darauf gesetzt, sich selbst und die eigenen Leute aber ärmer dargestellt, als sie in Wahrheit waren.

Als Abraham den Auftrag erhalten und sich auf den Weg gemacht hatte, wusste er um die Geschichte der Stadt, die Reichtümer ihrer fleißigen Handwerker und Händler, die Klöster, Kirchen und Stifte, die Adeligen und Domherren, nicht zuletzt die Schätze der Bischöfe mit all den Häusern und Grundstücken, dem Gold, Silber und den Edelsteinen, die sie nicht allein ihrem klugen Wirtschaften verdankten, sondern auch den schändlichen Hexenprozessen. Mit jedem Scheiterhaufen war der Besitz des Verurteilten in die Kasse der Täter geflossen. Unter den Opfern seien wohlhabende Ratsherren, Geschäftsleute, Witwen und auch Priester mit sprudelnden Pfründen gewesen. Nicht zu vergessen jene Bedauernswerten, die von seinen protestantischen Glaubensbrüdern erschlagen und verbrannt worden waren.

Wo waren diese Reichtümer geblieben? Sie konnten sich doch nicht in Luft aufgelöst haben oder allesamt bei den ersten Plünderungen verschwunden sein, bevor die Offiziere eingegriffen hatten. Andererseits war ihm berichtet worden, dass nach dem Fall Königshofens vieles beiseitegeschafft worden war. Nur, wohin? Nicht alles konnte aus der Stadt gebracht worden sein. Wer hätte es sicher und geheim verwahren können, wenn am folgenden Tag die schwedischen Truppen auch bei ihm einmarschiert waren?

Nein, sein Adjutant hatte recht. Die Schätze waren irgendwo hier vergraben. Um diese großen Fische musste Abraham sich kümmern und seine Zeit nicht mit Kleinvieh oder den Listen aus dem Rathaus verplempern. Das konnte sein Adjutant erledigen, Abraham musste sich um die Namen kümmern, die eben nicht auf den Listen vermerkt waren.

Nur, wie sollte er das anstellen? Er kannte diese Leute nicht, wusste wenig über mögliche Verstecke. Der Ertrag der Verhöre hielt sich in Grenzen. Zwei, drei eingemauerte Schatullen mit Familienschmuck, ein paar Säckchen mit Münzen im Brunnen versenkt, ein mit Edelsteinen besetzter Becher und im Familiengrab verbuddeltes Silberbesteck. Eine goldene Monstranz war in einen stinkenden Abort geworfen worden, keine schlechte Idee, nur musste er auch irgendwann mal abgeschöpft werden. Was dann?

Ansonsten war der Verratene bereits geplündert, getürmt oder tot, mit ihm verschwand sein Wissen über andere, die er hätte verraten können, ihre Schätze und ihre mühsam verborgenen Geheimnisse.

Da trat jemand vor ihn hin. Er blickte von seiner nutzlosen Liste auf in das Gesicht einer Frau. Sie war nicht mehr die Jüngste, aber auch nicht alt zu nennen, ihre strahlend grünen Augen fingen ihn ein. So was sah man nicht oft, schon gar nicht in dieser Gegend. Irgendwie wurde ihm …

«Entschuldigen Sie, Herr Offizier», sagte sie höflich, gepaart mit einer wohldosierten Schüchternheit, die man auch als angemessene Zurückhaltung deuten konnte, wenn man nicht aus der Gegend kam und die Gepflogenheiten auf der Brücke nicht kannte, «haben Sie sich verirrt, wissen nicht, wohin?»

Im ersten Moment war er verwirrt. «Wie kommen Sie darauf?»

«Ich habe Sie mit Blick auf Ihre Karte zweifeln sehen.»

«Das ist keine Karte, nur eine Liste. Aber danke für Ihre Aufmerksamkeit. Ich weiß, wo ich mich befinde und wohin ich will.» Er bemühte ein Lächeln, das Weibsbild kam ihm gerade überhaupt nicht gelegen, er musste nachdenken, konnte keine Ablenkung gebrauchen. Jetzt lächelte sie auch noch zurück. Herrgott, diese Augen konnten einem binnen Sekunden die Sinne verdrehen. Dazu ihr Mund, die blonden Haare. Genug!

«Gehabt Euch wohl», sagte er und trat den Rückweg in seine Stube an.

Sie aber ließ nicht locker und rief ihm nach. «Wenn Sie jemals Hilfe brauchen, dann finden Sie mich hier. Ich weiß gut Bescheid.»

Eine seltsame Person, dachte er, als er an diesem Schandfleck von Soldaten vorbeiging, der die Stricke durchschnitt, worauf die Körper aufs Wasser klatschten. Spricht einfach einen fremden Soldaten an. Weiß sie denn nicht, was sich gehört? Man könnte es falsch verstehen ... Was auch immer, er hatte andere Dinge zu tun, als sich Gedanken um diese merkwürdigen Leute zu machen. Er musste jemanden finden, der die Stadt und ihre Bürger gut kannte, ihre Geheimnisse ...

Was hatte die Frau eben gesagt? Sie wisse gut Bescheid?

Er blickte zurück. Sie hatte sich auf die Brüstung gelehnt und schaute den Kähnen und Booten nach, die Waren und Kriegsgerät am Ufer gelöscht hatten und nun die Heimreise antraten.

Sollte er es wagen? Es war absolut widersinnig. Eine Frau, die fremde Männer ansprach, konnte eigentlich nur eine Dirne sein. Sie sah zwar nicht nach einer aus – sie war gut und sauber gekleidet, nicht auffällig, eher dezent –, aber Dirnen kannten Geheimnisse, mitunter waren sie sogar selbst das Geheimnis. Warum nicht, einen Versuch war es wert.

«Verzeihen Sie», sagte er, und nun war sie es, die überrascht war, für einen winzigen Moment, dann lächelte sie, als sei sie erleichtert. «Sie sagten, Sie wüssten gut Bescheid. Worüber genau?»

«Über alles und jeden», erwiderte sie. «Ich bin hier geboren und aufgewachsen, habe die letzten, furchtbaren Jahre nur mit Not und Glück überlebt. Sie können sich nicht vorstellen, wie erleichtert ich war, als Seine Majestät Gustav Adolf dieses Mörderpack aus der Stadt vertrieben hat. Ich wünschte nur, er hätte den Bischof und all seine Teufel in den Priestergewändern in die Finger bekommen.»

Eine Protestantin demnach. Nicht optimal, aber für den Anfang ausreichend. Wie hatte sie es nur geschafft, in einer Bischofsstadt zu überleben?

Tränen traten ihr unvermittelt in die Augen, sie hielt die Hand vor den Mund, damit niemand ihre Schmach hören konnte. Eine Strähne des blonden Haares fiel ihr ins Gesicht. «Wir mussten unseren Glauben verleugnen ...»

«Wir?»

«Mein Vater und ich, der ehemalige Torkommandant. Es gab keinen gutmütigeren und aufrechteren Christenmenschen als ihn. Täglich hat er mir aus Luthers Heiliger Schrift vorgelesen ... doch dann ist er verraten worden, wir wurden beim gemeinsamen Gebet belauscht. Seine Asche liegt nun auf dem Grund des Mains.»

«Und Sie? Wie –»

«Ich konnte flüchten. Hab mich in einem Kellerloch versteckt, bis Seine Majestät mich von diesen Teufeln befreit hat. Aber der Hunger und der Durst, ich hatte ja nichts anderes als den Abfall ...» Sie weinte hemmungslos.

Er zögerte. Sie war eine Fremde, aber er hatte kein Herz aus Stein. Er legte ihr tröstend die Hand auf die Schulter. «Nun ist es ja vorbei.»

«Nichts ist vorbei!» Von einer Sekunde auf die andere hatte sie sich gewandelt, und Abraham schreckte zurück. «Und nichts ist vergessen! Ich kenne all ihre Lügen und Geheimnisse, ihre geheimen Verstecke und Schätze.»

Wie das? Woher?

«Das Kellerloch war nicht irgendeines, es liegt in der Kanzlei, dem Ort, wo alle, und ich meine wirklich alle Geheimnisse über jeden Einzelnen in dieser Stadt unter der Folter ans Licht gebracht und von fleißigen Schreibern protokolliert wurden. Und glaubt mir, jeder hat gesprochen, wenn die Knochen brachen.» Wieder flossen Tränen. «Auch die meines seligen Vaters.»

Er reichte ihr sein Taschentuch, es war frisch gewaschen und eckgenau gefaltet, ein Tropfen Parfüm darauf, das den Sinnen schmeichelte. Ein kleiner Luxus, von dem niemand wusste außer dieser Fremden jetzt, die für einen Augenblick stockte, er sah es genau, als sie das Tuch an Nase und Augen führte.

Konnte es stimmen, was die Frau da behauptete? Wie lange konnte man in einem Kellerloch ausharren, ohne entdeckt zu werden, und das in einer Kanzlei, wo ein gutes Dutzend Sekretäre und Notare arbeiteten? Es konnten höchstens die letzten Wochen gewesen sein, bevor Gustav Adolf in Würzburg einmarschiert war und alle Beamten, Kommissare und Schreiber Reißaus genommen hatten.

Doch am erstaunlichsten war, dass er genau diese eine Person gefunden hatte, nach der er erst seit wenigen Minuten Ausschau hielt. Er glaubte nicht an Zufälle. Alles hatte einen Grund.

«Ihr traut mir nicht», sagte sie, als könne sie Gedanken lesen, «und Ihr habt recht. Ich habe Euch nicht zufällig angesprochen, erst heute fand ich den Mut dazu. Vorhin, bei der Hinrichtung. Da wusste ich, Ihr meint es ernst.»

«Ernst womit?» Die Frau steckte voller Überraschungen.

«Das eine Weibsbild war die Frau von Bechthold, dem Münzmeister.»

Ja, das war Abraham bekannt.

«Und Bechthold ist mit einer Wagenladung Geld geflüchtet.»

Auch das stimmte.

«Ihr sucht ihn vergebens. Sein Weibsbild hat eisern geschwiegen.»

Leider, ja. Er seufzte.

«Was Ihr aber nicht wisst, ist, dass sie die Schwägerin von Lothar war.»

«Lothar?»

«Einer der neuen Ratsherrn.»

Die waren doch alle Protestanten. Da sollte gerade das Weibsbild des Münzmeisters eine Katholikin gewesen sein?

Sie nickte. «Bei so viel Geld spielt der Glauben keine Rolle mehr. Sie war bereits tot, als ihr die Schlinge um den Hals gelegt wurde. Hätte sie nur ein Wort über Bechthold und das Geld verraten, dann wäre auch ihre Tochter gestorben, die der feine Ratsherr Lothar mitsamt den Kisten voller Geld auf seiner Burg im Steigerwald versteckt hält. Versteht Ihr?»

Abraham holte Luft. «Was sagt Ihr da?» Seine Gedanken überschlugen sich. So viele Zufälle konnte es nicht geben. Was führte das Weibsbild im Schilde?

«Ich traue niemandem und schon gar nicht diesen hinterhältigen Ratsherren, die auf arm tun, aber in ihren Kellern haufenweise Gold horten. Und die Offiziere sind nicht besser. Sie arbeiten Hand in Hand mit ihnen, schaffen beiseite, dass sie Scheunen damit füllen.»

Potzblitz! Das waren genau seine Überlegungen. Unter dem Schutz der Offiziere waren all die Reichtümer der Stadt und der Bischöfe natürlich nicht auffindbar. Sie würden sie sogar bewachen lassen, bis die Schiffe Ladungen voller Gold und Silber aus dem Land schafften. Niemand würde sie aufhalten und kontrollieren, wenn an Bord ein schwedischer Offizier war.

«Erst als ich davon hörte», sprach sie weiter, «dass der Reichskanzler einen unbestechlichen Mann schicken würde, der nur ihm allein verantwortlich sei, den man nicht, ohne Konsequenzen fürchten zu müssen, einfach im Main ersäufen könnte, an diesem Tag schöpfte ich Hoffnung. Endlich Gerechtigkeit! Endlich werden diese Verbrecher für ihre Taten büßen.»

Alle Last schien von ihr abzufallen, sie seufzte zufrieden.

«Ich habe Euch vom ersten Tag an beobachtet, gehofft und gebangt, ob Ihr dieser Mann auch wirklich seid. Heute habt Ihr es bewiesen und das Weib des Münzmeisters gehängt. Jetzt kann es losgehen.»

Sie reichte ihm das Taschentuch mit einem Lächeln. «Das ist Parfüm, richtig?»

***

Bericht des obersten schwedischen Steuerfahnders, General Commissariats Leutnant Abraham de la Faye, an den Reichskanzler, Ihre Durchlaucht Graf Axel Gustafsson Oxenstierna.

Was verdunkelt und verrückt gewesen, aber durch meinen Fleiß wieder beigebracht worden ist.

1. Im Rathaus zu Würzburg haben sich unerwartet 22 000 Reichstaler gefunden, die der ehemalige Bischof dort deponiert hatte. Sie werden auf die 80 000 Reichstaler angerechnet, die die Stadt für ihre Verschonung zu zahlen hat.

2. Nach Aussage des Rats der Stadt habe man in einer anderen kleinen Kanzlei des Bischofs 4000 Reichstaler entdeckt. Auch sie werden auf die 80 000 angerechnet.

3. Aus dem Vermögen eines entsprungenen Kanonikers wurden von mir 1399 Reichstaler, 230 Dukaten, 100 Goldgulden und 300 Königstaler sichergestellt. Der Rat wollte dies auf die 80 000 angerechnet wissen, was ich abgelehnt habe. Das Vermögen des Kanonikers ist nicht der Stadt zuzurechnen, sondern meinem Fleiß.

4. Gegen etliche entsprungene Bürger, darunter reiche Domherren, habe ich Strafgelder verhängen lassen, wenn sie sich nicht rechtzeitig einfinden, um ihre Steuerschuld zu begleichen. Darunter: Domherr Liechtenstein (10 000 Taler), Doctor Ganzhorn (2000 Taler). Für andere nicht auffindbare Personen hat die Stadt einzustehen. Bisher ist mir aufs Haus Silberbesteck gebracht worden, dessen Wert noch geschätzt werden muss. Darunter auch silberne und goldene Münzen, 2052 Reichstaler, 10 Batzen, einiges an Groschen und noch zu schätzende Schillinge.

5. In den Archiven der ehemaligen bischöflichen Kanzlei wurden von mir Hinweise auf ein verschwundenes Vermögen von 150 und etliche tausend Reichstaler gefunden. Ich bin guten Mutes, den Dieb bald zu fassen.

6. Wie uns bekannt, hat der Bischof viele Leute unter Hexenanklage gestellt und ihr Vermögen eingezogen. Mit größtem Fleiß habe ich Hexen-Strafgelder von 30 459 Gulden ausfindig gemacht. Zudem sind den Jesuiten 10 000 Gulden geliehen worden. Noch ist der Verbleib verdunkelt, aber ich habe bereits eine Spur.

7. Was ansonsten niedere und hohe Offiziere unrechtmäßig an sich genommen haben, untersuche ich noch. Ich will versprechen, dass ich größten, untertänigsten Fleiß darauf verwenden will.

Summa summarum sind durch meinen Fleiß mehr als 200 000 Reichstaler ermittelt und größtenteils sichergestellt worden. Ein Ende ist nicht in Sicht, viele Reichtümer sind noch in Stadt und Land begraben. Ich werde nicht nachlassen, sie ans Licht zu bringen. Gezeichnet, Euer untertänigster Diener, Abraham de la Faye.

Postskriptum: Hochwohlgeborene Durchlaucht, gestattet mir ein geheimes Wort. Noch darf nichts davon nach außen dringen, da hohe Offiziere in den größten Raub an Seiner Majestät verwickelt scheinen. Ein Weibsbild hat sich mir anvertraut und hat ungeheuerliche Vorwürfe gegen einige Ratsherren erhoben. Ihr könnt versichert sein, dass ich – wie bei jedem Weibe, das gebietet die Natur und der gesunde Menschenverstand – äußerste Vorsicht habe walten lassen, zudem große Bedenken hatte, ob das alles stimmen möchte, was sie mir unter dem Siegel der Verschwiegenheit verriet.

Um Eure Geduld nicht zu strapazieren, fasse ich mich kurz: Das Weibsbild hat sich tatsächlich, wie sie es vorgab, wochenlang in einem Kellerloch einer Kanzlei versteckt gehalten und dabei die geheimsten und niederträchtigsten Dinge, die man sich nur vorstellen kann, erfahren. Ich war selbst dort und habe es mir angesehen. Dabei fielen mir zurückgelassene Akten, Briefe und auch jene schändlichen und zutiefst widerwärtigen Protokolle der Hexenkommissare in die Hände.

Man kann sich als zivilisierter und rechtgläubiger Christenmensch nicht vorstellen, was diese Teufel – man kann sie nicht anders nennen – aus diesen bedauernswerten Männern, Weibern und auch Kindern (!) herausgefoltert haben. Jedes noch so gehütete Geheimnis wurde offenbart: Wer mit wem Unzucht trieb, wessen Kind ein Kuckucksbalg ist, wie man den Großvater vergiftet hat, um an Haus und Hof zu kommen … aber auch, und damit komme ich zum entscheidenden Punkt, wo sie ihr Geld versteckt haben.

Ich will allen Fleiß darauf verwenden, es herbeizuschaffen, auch wenn viel davon in andere Hände gelangt ist. Das Weibsbild ist mir dabei eine wertvolle Hilfe, sie kennt die Lügner, Betrüger und Diebe, wie diesen verräterischen Ratsherrn Lothar, der in seiner Burg den Schatz eines Münzmeisters versteckt hielt. Leider war die konfiszierte Summe nicht annähernd so hoch, wie es mir das

Weibsbild avisiert hatte, aber es war ein weiterer Beweis ihrer Aufrichtigkeit. Lothar stritt alles ab, es sei das Geld seiner Familie und sie die hinterhältigste Denunziantin, die die Stadt je gesehen habe. Dutzende habe sie auf die Scheiterhaufen gebracht, selbst ihren eigenen Vater nicht verschont und tausend schlimme Dinge mehr. Im Angesicht des Galgens sind diese Vorwürfe nachvollziehbar, keineswegs überraschend.

Ich habe das Todesurteil gegen sie und ihren Vater gelesen, darin die fürchterlichsten Auswüchse menschlicher Verzweiflung: Der Vater hat sein Kind bis hinein ins Foltermartyrium als das ehrlichste, redlichste und gläubigste Wesen beschrieben, erst als die Knechte ihm jeden Knochen im Leib gebrochen hatten, hieß er sie eine Lügnerin und Hexe. Damit ist bewiesen, dass die Folter keine Wahrheit kennt. Ich will keinen weiteren Vorwürfen Glauben schenken. Sie ist eine sprudelnde Quelle, die nur mit Gold aufgewogen werden kann. Insbesondere, weil ich nur mit ihrer Hilfe diesen verbrecherischen Offizier zu fassen bekomme, der Scheunen voller Reichtümer hortet. Er ist die Hydra in diesem Moloch aus Lügen, Schwindel und Täuschung. Schon bald werde ich den unumstößlichen Beweis seiner Schuld Euch vorlegen können.

Nun muss ich schließen. Das Pferd des Kuriers ist gesattelt. Reite wie der Wind, mein treuer Bote, und bring meinem durchlauchtesten Fürsten die frohe Kunde.

Eilbrief des obersten schwedischen Steuerfahnders, General Commissariats Leutnant Abraham de la Faye, an den Reichskanzler, Ihre Durchlaucht Graf Axel Gustafsson Oxenstierna.

Heureka! Vergebt mir, mein durchlauchtester Fürst, die ungebührliche Sprache. Der Triumph raubt mir die Sinne. Es ist vollbracht. Endlich! Der Kopf der Hydra ist entblößt, nun ist es an Euch, ihn

abzuschlagen. Lasst mich Euch berichten, wie meine fleißigen,
nimmermüden Untersuchungen zum größten aller bisherigen
Erfolge geführt haben.
Vom betrügerischen Stadtherrn Lothar hatte ich Euch bereits
berichtet. Noch am Galgen beteuerte er seine Unschuld, hieß meine
scharfsinnige Assistentin Theresa einen Lügenteufel und mich einen
dummen Ochsen, der am Nasenring zur Schlachtbank geführt werde.
Die Frechheit war noch nicht verklungen, da stieß Theresa ihn von
der Brüstung.
Neben ihm stand Walther, sein Vetter, ein ebenso verdorbenes Subjekt,
der die Weinfässer der zwei größten Weinhändler der Stadt beiseite
geschafft und damit der Kasse unterschlagen hatte. Auch er fiel von
der Hand Theresas. Wie der folgende, ein französischer Dragoner
namens Claude, er hatte den Ort eines vergrabenen Domherrn-
Schatzes beim Würfelspiel gewonnen und nicht gemeldet …

«Vergiss Bärwald nicht», rief Theresa ihm zu. Sie lag nackt im
Kerzenschein auf dem Bett und trank aus einem silbernen
Becher besten Wein vom Stein. Um ihren Hals hing eine edel-
steinbesetzte Kette von Ludwigs Frau, einem der Richter in den
Hexenprozessen.

Abraham griff den Einwurf auf, seine Feder tanzte beschwingt
übers Papier. Bärwald zählte fünf große Kähne sein Eigen, mit
denen er das Diebesgut von Traugott, einem Arzt vom Juliusspital, aus der Stadt schaffen sollte, dazu die verborgenen Schätze
von Neumünster, das viele Kupfer für das Dach der Neubau-
kirche, die Pelze im Keller von …

«Wie hieß der Kürschnermeister noch mal?»

«Oswald», antwortete sie. Der Name schien ihr wie Öl die
Kehle hinunterzulaufen. «Er hat damals seine gesamte Konkurrenz mit einem einzigen Gerücht erledigt.»

«Welches Gerücht?» Abraham nahm gierig einen tiefen Schluck Wein, seine Kehle war ausgetrocknet, der Leib erschöpft. Das Weibsbild kostete ihn noch alle Kraft. Der feine Rebensaft lief ihm über das unrasierte Kinn und tropfte auf den Brief an seinen Fürsten.

«Dass die anderen Kürschner verhexte Pelze fertigten.»

«Und das hat tatsächlich jemand geglaubt?»

«Hast du eine Ahnung, was die Leute glauben, wenn sie unbedingt wollen.»

Oswald, schrieb Abraham weiter, und Ulrich, eigentlich ein unbedeutendes Nichts von einem Fischer, der einen Ordensbruder aus dem Deutschhaus beim eiligen Verladen von Kisten, goldenen Bechern und rubinbesetzten Kreuzen beobachtet, die Gunst des Moments auf dem einsamen Innenhof erkannt und sie eiskalt genutzt hatte. Mit dem plötzlichen Reichtum hätte er allerdings wissen müssen umzugehen, um nicht die Neugier anderer auf sich zu ziehen. So war auch dieser Schatz in Abrahams Lager gelandet.

Seit Wochen hoben sie ein Versteck nach dem anderen aus. Woher wusste sie nur so viel? Das war erschreckend.

Weg mit den Bedenken, sagte sich Abraham und leerte den Becher vollends. Zweifel hielten ihn nur auf, der Brief an den Kanzler musste geschrieben werden. Der Kurier würde noch in dieser Nacht reiten.

Es seien drei Weinhänge und fünf Häuser in bester Lage *kaduk* geworden – der königlichen Kasse zugefallen, weil ihre Eigentümer geflohen waren –, schrieb er weiter, so wie viele Wein-, Obst-, Gemüse- und Getreideernten auf dem Land keinen Herrn mehr hatten, der über sie verfügen konnte. Oft handelte es sich um Pfründe geflohener Geistlicher, ein schier unerschöpflicher Quell an Einnahmen. Dazu kamen die Fische in den Flüssen und Seen, das Wild im Wald, das Holz ... Fiebrig heiß war ihm, noch ein Schluck zur Abkühlung. Verdammt, der Krug war schon wieder leer.

«Trink nicht zu viel», mahnte Theresa, «dein Fürst wird dir kein Wort glauben.»

«Ich kann es selbst nicht glauben.» Er lachte, als seien alle Sterne vom Himmel in seine Hände gefallen und dabei zu Edelsteinen geworden. «Holst du uns noch einen Krug?» Er hielt das Gefäß hoch, ohne den Blick vom Papier und der nervösen Hand zu nehmen, die fiebrig Zeile um Zeile hinwarf.

Sie seufzte, stand auf und blickte ihm über die Schulter. «Schreib deutlicher. Wie will dein Fürst erkennen, dass du den Brief geschrieben hast und nicht ein anderer?»

«Nicht die Schönheit meiner Schrift soll ihn erröten lassen, sondern ihr Inhalt.»

«Solange man deine Unterschrift erkennen kann, soll es mir recht sein.» Sie nahm den leeren Krug und verließ das Zimmer.

Wenn jemand noch versessener darauf war, all die verschwundenen und versteckten Schätze zu bergen als er, dann war es zweifellos Theresa. Warum tat sie das? Alles floss in die Kasse Seiner Majestät – außer ein paar Armreifen, Halsketten und Münzen, die von den vollen Körben zu Boden kullerten. Er seufzte. Egal, das war im Moment nicht wichtig. Der Briefbogen füllte sich, und noch immer hatte er seinem größten Fang keinen Namen gegeben.

Höchste Zeit, es nachzuholen.

Euer Durchlaucht, ich habe lange geforscht, jeden Zweifel in Erwägung gezogen und letztlich verwerfen müssen. Es ist eindeutig: Generalmajor Claes Dietrich ist die räuberische Schlange. Unter seinem Befehl und Schutz lässt er verwaiste Domberrenhöfe und reiche Bürgerhäuser bis in die Keller und hinauf zu den Dachböden ausräumen. Goldkelche, Silberbesteck, feinste Gewänder und Stoffe, edelsteinbesetzte Kreuze, Kunsthandwerk, Teppiche, Mobiliar, ganze Bibliotheken … alles, was die entsprungenen Herren in der Eile nicht haben mitnehmen können, fällt ihm und seinen betrügerischen Handlangern zum Opfer. In den Wäldern gibt es ein Lager, wohin er die Reichtümer schaffen lässt, bis er sie auf Kähne verlädt und auf den Märkten am Rhein feilbietet.

Ich habe nach vertrauenswürdigen Männern von außerhalb schicken lassen, um ihn festzusetzen. Euch, durchlauchtester Fürst, fällt nun die ehrenwerte Aufgabe zu, das Urteil über den niederträchtigsten Dieb und Betrüger am Eigentum Seiner Majestät zu fällen. Es kann bei der Monstrosität seiner Verbrechen und seines durch und durch verfaulten Charakters nur auf den Tod lauten.

Damit beende ich, gnädigster Herr und strengster Richter, meinen Bericht. Ich hoffe auf rasche Antwort, die Zeit drängt. Wie mir zu Ohren gekommen ist, ahnt der Dieb schon etwas und bereitet die Räumung seiner Schatzhöhle vor.

Mit Stolz und tiefster Befriedigung über den Erfolg meiner fleißigen Arbeit sendet Euer gnädigster Diener, Abraham de la Faye, seine ergebensten Grüße.

Ein kühler Hauch wehte ins Zimmer. Theresa kam mit dem gefüllten Krug zurück. Gerade richtig, der Triumph musste gefeiert werden. Er faltete den Brief und hielt das Siegelwachs an die Flamme …

«Nicht so eilig, mein Liebster», mahnte Theresa, «lass mich sehen, ob du wirklich alle Namen der Verbrecher und Diebe aufgeschrieben hast.» Ihr aufforderndes Lächeln verhieß süßen Lohn.

«Nun gut», lenkte Abraham ein und legte sich zu ihr. «Aber rasch, der Kurier wartet.»

Ihre Augen flogen über die Zeilen, sie suchte eigentlich nur einen einzigen Namen, den wichtigsten. Als sie ihn gefunden hatte, seufzte sie zufrieden. «Perfekt, mein fleißiger Kommissar. Dein Lohn wird fürstlich sein.»

«Nichts weniger als ein Sitz im königlichen Rat wäre angemessen.» Er küsste ihre nackte Schulter.

«Was ist das eigentlich für eine Narbe auf deiner Wange?», fragte sie.

«Nichts weiter. Nur eine Mahnung ...»

Seine Stimme versagte. Ein tiefer Schmerz nahm ihm den Atem, in seinem Herzen steckte ein goldener Dolch, Blut quoll hervor. Abrahams letzter Gedanke galt der Frage, wie wertvoll er wohl war. Dann kippte er zur Seite, Blut floss in die weißen Laken.

Mit dem Brief ging Theresa zum Schreibtisch. Die Tinte würde sich noch nicht dauerhaft mit dem Papier verbunden haben. Sie kratzte die oberste Schicht des Namens mit dem Fingernagel ab, deckte den blassen Rest mit etwas Weiß und griff zur Feder. In ihrem Rücken wehte kühler Abendwind herein, ein Mann mit schweren Stiefeln näherte sich ihr.

«Es bleibt dabei?», fragte sie, ohne aufzublicken.

Er bestätigte es.

Abrahams hastige Handschrift stellte keine Herausforderung für sie dar, und die Lücke reichte für den neuen Namen, der Rang war ohnehin der gleiche. «Damit wirst du alleiniger Kommandant in der Stadt, und seine Schätze fallen dir auch zu.» Keinen Gedanken verschwendete sie an den armen Teufel, dessen Name nun im Brief stand.

«Das ist mein Plan.»

«Unser Plan», korrigierte sie ihn. Im Kerzenschein prüfte sie ihre Arbeit, der Mann tat es ihr gleich, und er war zufrieden. Die Fälschung war kaum zu erkennen.

«Wann brechen wir nach Frankreich auf?», fragte sie, während Wachs den Brief verschloss und das Siegel des königlichen Steuerfahnders sich darin abbildete.

«Wenn sich alles beruhigt hat.» Er nahm ihr den Brief aus der Hand und steckte ihn in die Armkrempe seiner Uniform.

Sie stand auf. «Die Männer von außerhalb, nach denen Abraham geschickt hat ... Sie werden nur auf seinen Befehl hören.»

«Ich sagte doch: Lass das meine Sorge sein.» Er küsste sie, dann warf er sie aufs Bett.

«Nicht so stürmisch», protestierte sie angesichts der plötzlichen Leidenschaft. Doch als er seinen Säbel zog und die Klinge in ihre Brust drückte, wusste sie, dass sie Frankreich niemals sehen würde.

Mit dem blutigen Säbel in der Hand ging er die Treppe hinunter in den Hof, wo zwei Wachsoldaten im Gespräch mit dem Kurier waren.

«Wachen! Schnell hinauf! Der ehrwürdige Steuerfahnder Seiner Majestät ist einer heimtückischen Hure zum Opfer gefallen.»

Dem Kurier reichte er den Brief. «Reite wie der Wind zu unserer Durchlaucht, dem Reichskanzler. Sag ihm, sein treuer Soldat, Generalmajor Claes Dietrich, erbittet seine Gnade und Barmherzigkeit. Er konnte den feigen Anschlag nicht mehr verhindern. Das gedungene Mörderweib ist aber durch meine Hand gerichtet worden.»

Der Kurier versprach es, saß auf und gab dem Pferd eine in

die Seiten. Wenn Abrahams Männer in die Stadt kamen, würden sie von Claes die letzten Worte des Sterbenden erfahren – den Namen der Hydra.

17. und 18. Jahrhundert
Die Schönborns

Nachdem die schwedischen Truppen 1634 bei Nördlingen von den Kaiserlichen vernichtend geschlagen worden waren, flüchteten die Überlebenden nach Würzburg. Der Verdruss um die verlorene Schlacht war groß, sie fielen in die Häuser ein, zerschlugen bei ihrer Suche nach Geld und Silber, was ihnen im Weg stand, folterten, quälten, schändeten und rächten sich für die erlittene Schmach, bis sie weiterzogen und das nächste hilflose Dorf überfielen.

Kurz darauf kehrte der geschlagene Herzog Bernhard von Sachsen-Weimar in die Stadt zurück, und auch er hatte nichts Eiligeres zu tun, als 10 000 Taler zu erpressen, andernfalls würden die Bürger seine Ungnade zu spüren bekommen. Mit Mühe brachte man 7000 Taler zusammen, Bernhard nahm sie und verschwand. Gerade noch rechtzeitig, bevor kaiserliche Kroaten die Mainpforte sprengten und die Stadt nach kurzen Scharmützeln einnahmen. Einzig auf der Burg waren ein paar hundert schwedische Besatzer zurückgeblieben.

Der einst geflohene Bischof Franz von Hatzfeld betrat im aufziehenden Winter wieder heimischen Boden. Ein stiller und wenig glamouröser Auftritt war es, seine Burg war noch von den Schweden besetzt und die Bürgerschaft konnte ihm noch nicht einmal fünfzig Gulden als Begrüßungsgeschenk überreichen, so ausgeplündert war sie. Ein Tischlein und ein Fässchen welschen Weins mussten genügen, und dennoch, der Bischof war gerührt.

Wer nun glaubte, das Jammertal wäre durchquert, hatte sich verrechnet: Auf eine schlechte Ernte folgte eine Hungersnot und schließlich die kaiserlichen Truppen, welche die Würzburger von den verhassten Schweden und ihren maßlosen Plünderungen befreiten.

Für zwei lange und entbehrungsreiche Winterquartiere machten sie sich in der Stadt breit und schlossen nahtlos an die schwedische Terrorherrschaft an. Sie erpressten, raubten und plünderten, schändeten und erschlugen … Alles wie gehabt. Niemand wollte mit leeren Händen in die Heimat zurückkehren, und schon gar nicht die Schweden, die unvermittelt am Greinberg wieder auftauchten, nachdem sie Lengfeld und Versbach mitsamt den wichtigen Mühlen niedergebrannt hatten.

So ging es hin und her: Schweden, Kaiserliche, Schweden und wieder Kaiserliche … Stadt und Land waren ausgeblutet und lagen brach. Bischof Hatzfeld verschied 1642 verarmt und mutlos. Für sein Begräbnis musste Geld aus Nürnberg geliehen werden. Zwei Domherren standen als Bürgen dafür gerade.

Im Brustpanzer eines Reiteroffiziers nahm ein junger, talentierter und auch in der Kriegsführung bestens ausgebildeter Domkapitular an der Wahlversammlung für den neuen Bischof teil. Sein Name: Johann Philipp von Schönborn.

Man mochte in ihm einen ebenso brillanten Geist und zupackenden Staatsmann erkannt haben, wie es seinerzeit Julius Echter war, auch wenn es bei allen Gemeinsamkeiten einige gravierende Unterschiede gab – unter anderem, dass einige aus dem Geschlecht der Schönborns ins protestantische Lager gewechselt waren. Manche behaupteten gar, Johann Philipp sei protestantisch getauft, von der Mutter aber im katholischen Glauben erzogen worden.

Letztendlich sollte sich seine Nähe zum Protestantismus für seine Aufbau- und Befriedungspolitik als vorteilhaft erweisen, wie auch das Gedankengut des Jesuitenpaters Friedrich Spee – ein entschiedener Gegner der Hexenverfolgung –, den er im Kölner Exil kennengelernt hatte, wohin nahezu die gesamte katholisch-geistliche Elite des Reiches geflüchtet war.

Ausgerechnet ihn, den Sohn eines kleinadeligen kurmainzischen Amtmannes, machte das Domkapitel zum Bischof von Würzburg, was keineswegs ein beneidenswerter Posten im kriegsgebeutelten und darniederliegenden Hochstift war. Denn die Kämpfe dauerten unvermindert an, stets forderten durchreisende Kriegsherren, gleich welcher Couleur, ihren Tribut.

Lösungen mussten gefunden und Bündnisse geschlossen werden, um das Kriegsgeschehen fernzuhalten. Zudem hatte Schönborn mit dem auszukommen, was ihm zur Verfügung stand, und das war nicht viel. Seine Mittel waren nicht immer lauter, er erwies sich aber als kluger und zupackender Retter seines Reichs. Bittschriften und so manche Bestechung gehörten zu seinem Instrumentarium, wie die Verpflichtung jeder verfügbaren Hand zur Aufrüstung der Burg und Befestigung der Stadt. Wer nicht konnte oder wollte, hatte Ersatz oder Geld für einen Arbeiter zu leisten, kein Ächzen und Stöhnen der ausgehungerten, bis auf die Hälfte dezimierten Bevölkerung wurde akzeptiert. Wer überleben, eine Zukunft für sich und den Nachwuchs haben wollte, musste an der gemeinsamen Sache mitarbeiten oder andernfalls woanders sein Glück suchen.

Die gesicherte Versorgung mit Mehl war entscheidend für die Arbeitskraft der Bevölkerung, was nur innerhalb der Stadtmauern zu leisten war. Die bereits unter Bischof Scherenberg errichtete Mühle bei St. Burkard wurde mit mehreren Mahlwerken ausgestattet, sodass sie neben Mehl auch Gips mahlen, als Öl-, Papier- und Pfeffermühle dienen konnte und sogar ein Sägewerk beförderte. Zum Antrieb der vier großen Wasserräder wurde in den Main ein abschüssiges, querlaufendes Gerinne gebaut, ein Streichwehr, was der Schifffahrt allerdings Probleme bereitete. Die Lösung war ein

Umgehungskanal, eine mit Schleusen ausgestattete schmale Wasserstraße, die durchs Burkarder Viertel verlief.

Rechtsmainisch wurde eine zweite Mühle von Grund auf neu gebaut, mit einem Wehr, das den Main ausreichend stauen konnte, dafür musste aber die Ufermauer zurückgesetzt werden. Die Mühle wurde in unmittelbarer Nähe zur Brücke und damit zur Stadt errichtet, das Wehr gleich daneben. Um die Staustufe überwinden zu können, fand ein Nadelwehr Anwendung, eine komplizierte und mühsame Sisyphusarbeit für den Lochfischer, der die vielen Nadeln (dünne Holzstämme) immer wieder einsammeln musste.

Man konnte Johann Philipp eine regelrechte Bauwut attestieren, so umfassend ließ er die niedergeworfene, oft geschleifte Stadt neu aus den Trümmern des Kriegs entstehen, verlieh ihr und der Burg einen gewaltigen Kranz von Bastionen und Mauern. Ihm zur Seite stand der italienische Baumeister Antonio Petrini, der sich für viele Bauwerke verantwortlich zeigte, unter ihnen der kolossale Neubau von Stift Haug, das an alter Stelle den Befestigungsarbeiten im Wege gestanden hatte.

Johann Philipp unterband die bereits unter schwedischer Herrschaft eingestellten Hexenprozesse nun endgültig, wie er auch die Vertreibung der Protestanten untersagte, ihnen Gottesdienste auf seinem Territorium erlaubte, mit ihnen Umgang pflegte, die Annäherung der beiden Bekenntnisse für möglich hielt und sie im Briefwechsel mit dem jungen Philosophen Leibniz erörterte. Einzig die Juden wollte er wie Echter nicht in seinem Land wissen, für viele Jahrzehnte sollte der Bann bestehen.

Er kaufte sich von erneuter schwedischer Bedrohung frei, verscheuchte einmarschierende Franzosen, suchte Verbündete und schloss Kompromisse, taktierte, diskutierte und nahm vor allem erste Friedensgespräche mit den Kriegsparteien auf.

1647 wurde er zum Erzbischof von Mainz gewählt, und damit zu einem Kurfürsten, womit sein Wort schwer wog in den zehrenden, lang andauernden Verhandlungen mit Kaiser, Königen und Fürsten. Für Würzburg und das Umland war er der Begründer einer goldenen Zeit, wie es sie seit Kaiser Barbarossa nicht mehr gegeben hatte. Der erfolgreiche Abschluss des Westfälischen Friedens 1648 und damit die Beendigung aller Kriegshandlungen war zum großen Teil sein Verdienst.

Mit seiner weltoffenen Politik und der Berufung Antonio Petrinis zum Hofbaumeister leitete er eine Ära der künstlerischen Blüte ein, die Würzburg für viele Jahrzehnte zu einem Zentrum für Kunst und Kultur machte, zu einem Magneten für junge Talente wie auch arrivierte Meister ihres Fachs.

Johann Philipp war nur der Erste in einer Reihe von Schönborns. Sein bedeutendster Nachfahre war sein Neffe Lothar Franz von Schönborn, seit 1693 Fürstbischof von Bamberg und seit 1695 Erzbischof von Mainz. Als Reichserzkanzler und Kurfürst trug er zum Erhalt des Reiches und dessen Verteidigung bei, traute und krönte Kaiser Karl VI.

Während Lothar Franz also in Bamberg und Mainz herrschte, sollte Franz Lothars Neffe Johann Philipp Franz in Würzburg den Einfluss der Familie erweitern und festigen. Nur verlieh der Name Schönborn allein einem Mann noch keine Visionen oder Entschlusskraft. Und so war die Zeit von Johann Philipp Franz auf dem Würzburger Bischofsstuhl lediglich von Bedeutung, weil er einen Bau in Angriff nahm, dessen Vollendung viele damit verbundene Namen berühmt machen sollte, außer dem seinen.

Der mächtige Onkel Lothar Franz gedachte der Schönborn'-schen Herrscher-Dynastie ein immerwährendes Schloss zu bauen. Den Wunsch griff Johann Philipp Franz auf und spann ihn zu einer Residenz in Glanz und Bedeutung von Versailles weiter.

Die mittelalterliche Burg auf dem Marienberg war längst nicht mehr repräsentativ für einen barocken Fürsten, außerdem kalt und zugig, in der befriedeten Stadt hatten die Fürstbischöfe im Rosenbachpalais eine bescheidene, aber nicht länger akzeptable Bleibe gefunden. Das sollte sich nun grundlegend ändern.

Nur, wer sollte so ein gigantisches Bauwerk bezahlen? Die Verurteilung eines betrügerischen Hofkammerdirektors brachte Johann Philipp Franz die riesige Summe von 500 000 Gulden ein, was immerhin ein Anfang war. Den Baumeister bestimmte Onkel Lothar Franz, und er wählte einen ansässigen, in Bauvorhaben solcher Größe völlig unerfahrenen Mann, der obendrein noch nicht mal ein gelernter Architekt war: Balthasar Neumann, ehemaliger Glocken- und Kanonengießer, verdienter Obrist in der Türkenschlacht bei Belgrad, Erbauer bescheidener Bürgerhäuser, aber zweifellos talentiert.

Die Entscheidung brachte den Neffen ins Schwitzen. Er schickte Neumann mitsamt seinen Plänen zu den Baumeistern Boffrand und de Cotte nach Paris, die überarbeiteten Pläne zu Hildebrandt nach Wien, auch Welsch, ein weiterer Stararchitekt, wurde befragt und noch einige andere mehr. Jeder machte Änderungen, im Familienkreis wurde heftigst darüber debattiert, ein Debakel drohte.

Letztendlich gab Johann Philipp Franz den Befehl für den Spatenstich, während er zum Verdruss der Würzburger die Steuern erhöhte und zum Jagen ging.

War es ein Unfall oder doch Gift, das den allseits ungeliebten Bischof unerwartet das Leben kostete?

Die Antwort interessierte niemanden sonderlich, entscheidend war, dass Lothar Franz seinen Lieblingsneffen, den Reichsvizekanzler Friedrich Carl als neuen Bischof und Bauherrn der Residenz sehen wollte. Doch die Stimmung in der Stadt war schlecht, dem Größenwahn dieser Schönborns musste mit allen Mitteln Einhalt geboten werden. Kurz: Das Domkapitel verschmähte Friedrich Carl und wählte als neuen Bischof 1724 den vergleichsweise bescheidenen Kleriker Christoph Franz von Hutten, der sich fromm und volksnah gab.

Hutten ließ die notwendigsten Arbeiten am Rohbau noch vollenden und beschäftigte den Schönborn-Günstling Neumann mit anderen Projekten, schützte den Ruf des Frankenweins mit der Erfindung des Bocksbeutels und stutzte die Künste und Wissenschaften auf ein verträgliches Maß, sodass sich das Heer der für den Residenzbau aus ganz Europa angereisten Künstler urplötzlich die Existenzfrage stellte: Bleiben und hoffen oder abreisen und eine neue Herausforderung suchen? Nur wohin?

Hutten verfolgte eigene Pläne, und diese konzentrierten sich auf eine glaubensgestützte Gegenposition zu den vom Absolutismus geprägten Schönborns.

Verrat

Er darf jetzt eintreten.»

Bischof Christoph Franz von Hutten stand am Fenster seines Empfangszimmers im Rosenbachpalais, die unruhigen Hände waren hinter dem Rücken verschränkt. Was er auf der weitläufigen Baustelle da draußen argwöhnisch verfolgte, ließ ihn frösteln.

Gleich einem Ameisenstock kreuzten Hunderte Arbeiter die Wege, schwere Eimer mit Sand und Wasser in den Händen, über den Schultern Joche, andere mit Gestellen auf dem Buckel, sie schafften Steine und Bauholz heran, die Maurer und Zimmerleute warteten ungeduldig. Ein Rufen, Krakeelen und Kommandieren in verschiedenen Sprachen und Dialekten drang zu ihm herein, das sich gegen den Lärm der Fuhrwerke, das Maulen der Zugochsen und das Getöse von Steinlieferungen zu behaupten suchte.

War da nicht gerade ein muselmanisches Wort gefallen? Spanisch, Böhmisch, Kroatisch? Mit Spionen aus aller Welt rechnete Hutten ohnehin, sie würden jede Einzelheit über den Fortgang der Bauarbeiten an ihre Herren berichten und diesen glorreichen Palast preisen, von dem man allenthalben im ganzen Reich und darüber hinaus gehört hatte. Die vortrefflichsten Künstler aus allen Landen sollen sich in Würzburg aufhalten, hieß es, und weitere würden folgen. Ihm schauderte bei dem Gedanken.

Die besten Sandsteinblöcke, die es für Geld zu kaufen gab, standen ein Stück weiter aufgetürmt wie goldene Steine in der Schatzkammer eines Sultans. Winden, Aufzüge und Kräne beförderten sie auf diese himmelsstürmenden Gerüste hinauf, wo sie von Maurern in Empfang genommen wurden. Zimmerleute konkurrierten mit ihnen um die Kräne, die schweren Holzbalken für den Dachstuhl mussten her: *Vite-vite! Szybko! Presto!* Der Wetterumschwung verhieß nichts Gutes.

Hutten legte den Kopf schief und suchte hinter den Gerüsten und Verschalungen zu erkennen, was für ein riesiger Klotz von einem Schlossflügel bereits entstanden war ...

Oh Himmel!, und ein weiterer sollte ja noch folgen, dazwischen der Mittelteil, und wenn es stimmte, was die Pläne dieses Neumann vorsahen, würde dort ein nie gesehenes Treppenhaus entstehen, darüber ein Plafond ohne eine einzige Stütze oder Säule, so groß und ...

Hutten seufzte, das Vorhaben war wahnsinnig, dass es ihm schwindelig wurde. Dieses Schloss der Schlösser war ein Millionengrab, ein fiebriger Auswurf Schönborn'scher Großmachtphantasien, ein goldener Tempel der vom rechten Glauben Abgefallenen. Hätten sie es nicht mit der geplanten Familiengruft am Dom gut sein lassen können? Natürlich nicht, sie mussten noch vom Grab aus auf ihr Schloss blicken können, als sei dort der Himmel zu finden.

Jemand räusperte sich. An der Tür erwartete ein Mann mit einer Truhe in den Händen, von seinem neuen Herrn empfangen zu werden. Er war tadellos gekleidet, nicht aufdringlich oder geckenhaft, sondern dezent und zurückhaltend. Die schwarzen

Halbschuhe glänzten matt und trugen keine Spange, der Rock begnügte sich mit einem dunklen Taubenblau, einzig kleine Verzierungen an den Ärmeln und am Kragen störten die angenehm unauffällige Erscheinung. Sein Blick war demütig gesenkt, den Kopf bedeckte eine nicht mehr ganz weiße Perücke, an den Schläfen war das Kunsthaar zu zwei Röllchen aufgedreht.

«Eure Eminenz», sagte er, «ich bin Wolfram, Euer Leibdiener.»

«Noch einer?» Hutten seufzte.

«Ich bin der Erste, und wenn Ihr mir die kühne Antwort gestattet, alle anderen ...»

«Schon gut.» Er hatte andere Dinge im Kopf, als sich um den aufgeblasenen Dienstbotenkörper seines Vorgängers zu kümmern. Später, wenn er sich beruhigt hatte, würde er seinem Sekretär auftragen, die Hälfte der Domestiken zu entlassen. Er brauchte sie nicht. Aber wie verhielt es sich mit diesem? Er war alt und anders als die anderen, die seit dem Morgen um ihn herumsprangen – die Haut blass und faltig, die Augen müde, die Haltung von einem langen Leben gebeugt.

«Was ist das?», fragte Hutten mit Verweis auf die Schatulle in seinen dürren Händen. Zwei stabile Metallbänder fassten das schmucklose Stück Holz sicher in einem Schloss.

«Das Innerste, Eure Eminenz», antwortete Wolfram.

«Das *Innerste*?»

«Vergebt mir, Eure Eminenz, ich kann Euch nichts zum Inhalt sagen. Die Einsicht ist dem Fürsten vorbehalten. Zu meinen Pflichten gehört es, Euch die Schatulle mit dem Schlüssel zu überreichen.»

«Stell sie ... dorthin.» Er zeigte hinüber zu einem kleinen Tisch. «Ich werde es mir anschließend ansehen.»

«Wie Ihr beliebt.»

Wolfram kam dem Befehl nach, kehrte aber wieder an seine alte Position zurück, was Hutten mitleidig beobachtete. Der Alte hatte schwer an seinem Dasein zu tragen, er hinkte unübersehbar und mühte sich für die kurze Strecke. Wie um alles in der Welt wollte der ihm je in seine Gewänder helfen?

«Ist noch was?», fragte Hutten, als sich der Methusalem partout nicht verabschieden wollte. Hätte er ihm wenigstens Hörner und Trompeten mitgebracht, um diese Mauern von Jericho zum Einsturz zu bringen, dann wäre er nützlich gewesen. So aber erregte er nur Huttens Mitleid.

«Zu meinen Pflichten gehört», setzte Wolfram beflissen fort, «Eure Eminenz von den Glückwünschen und Geschenken zu berichten, die aus allen Teilen des Reichs …»

Hutten hörte nicht hin, Glückwünsche und Geschenke interessierten ihn nicht sonderlich. Stattdessen richtete er seine Aufmerksamkeit wieder auf die Baustelle mit den vielen Arbeitern, den Löhnen, die er ihnen zu zahlen hatte, dem guten Holz, das der Schönborn aus den bischöflichen Wäldern geraubt hatte, den wertvollen Quadern der geplünderten Steinbrüche und … War das nicht der Neumann? Was hatte der feiste Kerl hier noch zu suchen, umringt von einem Dutzend Handwerker? Sammelten sie sich, um ihm ihre Aufwartung zu machen? Sollten sie nur kommen, er würde sie würdig empfangen und ihnen seine erste Amtshandlung verkünden: dem Klotz von einem Schlossflügel, so wie er ist, ein Dach verpassen, und dann war Schluss mit der Geldverschwendung und der Gotteslästerung.

Wer dann noch bleiben wollte, konnte sich um andere, weitaus wichtigere Dinge bemühen. Sauberes Wasser war ein Problem, neue Brunnen mussten gegraben werden, die Festungsburg brauchte weitere Verstärkung, einen großen, wehrhaften

Turm, außerdem eine neue Kaserne für die Soldaten, mehr Platz für die Schule der Jesuiten und zig andere Projekte mehr, die angegangen werden mussten, aber sicher kein protziges Schloss, das selbst einen französischen König erblassen ließe. Diese Schönborns, eitle Gecken waren sie!

«Es hat lange gedauert, den großen Nachlass Ihrer verstorbenen Eminenz zu sichten und zu inventarisieren», sprach Wolfram unterdessen weiter, völlig unbeeindruckt vom offensichtlichen Desinteresse seines neuen Herrn, «die privatesten Briefe und Dokumente, persönliche Aufzeichnungen geheimer Absprachen, die niemals nach außen dringen dürfen. Alte Pläne über vertrauliche und höchst verschwiegene Gänge und Räume...»

Hutten ließ ihn reden, im Moment interessierten ihn allein der Neumann und die Speichellecker, die über dessen Plänen gebeugt standen, dabei immer wieder hinaufzeigten, welche Arbeiten als nächste anstanden – für die sie aber seine Erlaubnis und vor allem sein Geld benötigten. Er grinste verschlagen. Kommt nur. Auf harten Stühlen lasse ich euch vor meiner Tür kauern, bis euch die Flausen vergehen.

Dieser Turmbau zu Babel würde ein schnelles Ende finden. Daran gab es nichts zu deuten. Rasch, zerstreut euch in alle Winde und bereut euer gotteslästerliches Tun.

«... erlaube ich mir, mich nun zu entfernen. Ein Läuten mit dem Glöckchen genügt, und Euer ergebenster Diener wird Euch zu Befehl sein.»

Hutten gestattete es ihm wortlos, er hörte das Einschnappen des Türschlosses. Der Alte hatte wie eine Schar Waschweiber gequasselt. Endlich kehrte Ruhe ein.

Der Schönborn-Klotz war nicht mehr wegzubringen, ohne ihn komplett abreißen zu lassen. So viel stand fest. Das viele

Geld, das er gekostet hatte, war für immer verloren. Vielleicht ließe sich mit dem hohlen Gemäuer noch etwas Sinnvolles und Nützliches anstellen. Ein weiteres Stift oder ein Spital? Hinter einer Schlossfassade? Das Lachen erstarb ihm im Hals.

Andererseits würden die Nachfragen, wann es mit dem Bau endlich weiterginge, nicht abreißen. Was würde er dem Kaiser, den Königen und Königinnen, den Fürsten und Bischöfen antworten, wenn sie in seine Stadt kämen? Natürlich würde er auf die Unsummen verweisen, die der Wahn der Schönborns bereits gekostet hatte und noch kosten würde. Stattdessen würde er die vielen anderen, weitaus wichtigeren Projekte hervorheben – die neuen Brunnen, weniger Krankheiten und dadurch ein gesundes Volk und viele Kinder, die nicht beim ersten Schluck giftigen Wassers verstarben ...

Er rieb sich die Stirn. Ach, das würde die Fürsten einen feuchten Kehricht interessieren. Sie wollten Pracht und Gloria sehen. Brunnen hatten sie in ihren Städten selbst, und wen interessierte schon die Gesundheit der Untertanen?

Er wäre ständig in der Verteidigung, müsste sich erklären, die Weitsichtigkeit und das göttliche Wohlwollen ertragen, mit dem die Schönborns gesegnet seien. Nein, es musste anders gehen. Er brauchte ein Gegengewicht zu all dem fürstlichen Glanz, etwas, das niemand anzweifeln konnte, etwas, das alle Nörgler verstummen ließ, etwas, das ihn als Erbauer ins rechte Licht setzte, das die Maßlosigkeit der Fürsten anprangerte.

Da kam ihm eine Idee. Jeder, der vom Norden in den Süden und vom Rhein an die Donau wollte, musste durch Würzburg und dabei die Mainbrücke überqueren. Wieso benutzte er die Brücke nicht als eine Galerie der Helden, nicht irgendwelcher, sondern Märtyrer des Glaubens, die jedem bekannt waren und von allen verehrt wurden? Eine Straße der Heiligen, eine *via sacra*, die jedem in Erinnerung rief, dass wahrer Glanz dem Martyrium und dem Glauben entsprang und nicht einem eitlen Schloss hochtrabender Pharisäer.

Wenn die angehenden Kaiser zur Krönung nach Frankfurt reisten, würden Heiligenfiguren sie daran erinnern, besser, ermahnen, dass der Glaube der Ursprung allen Seins und Werdens war, nicht selbstgefälliges, fürstliches Weltengetue. Kurz: Das Evangelium des irischen Mönchs Kilian sollte über das Schwert eines Pippin oder Karls des Großen triumphieren, beide Karolingerfürsten, in deren Nachfolge sich die Fürsten so gerne sahen.

Hutten stellte sich die vielen Gemälde und Zeichnungen vor, die von der Brücke mit ihren Figuren gemacht würden, und die damit verbundene, weit ins Reich strahlende Botschaft. Es wäre eine Ohrfeige für die mächtigen Schönborns in Mainz und Wien, und er wäre der Arm, der die Hand führte. Wo war der unnütze Diener? Das Glöckchen? Er sollte nach einem Maler schicken, Zeichnungen von Heiligen mussten erstellt werden.

Kaum hatte er das Glöckchen betätigt, stand der Leibdiener auch schon in der Tür.

«Schick nach dem Maler», sagte Hutten aufgeregt, «dem Lünenschloß.»

«Sehr wohl, Eure Eminenz», und noch bevor Wolfram die Tür schließen konnte, stand ein anderer Diener darin.

«Der Hofarchitekt Balthasar Neumann lässt untertänigst fragen –»

«Keine Zeit», erwiderte Hutten forsch, «soll er sich mit seinen Handwerksburschen gedulden.» Er hatte andere Sorgen.

Wer wäre passend für seine Straße der Heiligen? Kilian und seine zwei Gefährten Kolonat und Totnan waren gesetzt, Burkard natürlich, der erste Bischof im Maintal, Bruno, der Erbauer des Doms, ein strahlender Leuchtturm des Glaubens, die heilige Mutter Maria, die Patronin des Frankenlands ... Wer noch? Es waren so viele, die in seinem Kopf nach Aufmerksamkeit riefen. Wer passte hierher, wer ... der heilige Aquilin, ein Würzburger und Märtyrer, der in Italien verehrt wurde und von dem Reliquien in seine Heimatstadt gebracht worden waren.

Einen Heiligen noch, einen, den selbst die Ungläubigsten als ein göttliches Wunder betrachten mussten, einen, der weder Teufel noch Feuer fürchtete. Feuer und Unglaube ... Bischof Arno! Er hatte den Salvatordom wieder aufgebaut, nachdem ein Feuer ihn niedergebrannt hatte, und Arno war es auch gewesen, an dessen Ort des Martyriums die ungläubigen Slawen leuchtende Sterne am Himmel gesehen hatten – die Seelen der Märtyrer.

***

Fünf Jahre später war von Schönborn'scher Machtpolitik nichts mehr zu spüren, Hutten zeigte sich volksnah und war beliebt. Viele Handwerker und Künstler, die am Schlossbau mitgewirkt hatten, hatten Würzburg den Rücken gekehrt oder mussten sich anderweitig durchschlagen, so wie der Baumeister Neumann, der sich unter anderem mit der weitläufigen Fortifikation von Burg und Stadt begnügen musste.

Dabei war er auf etwas gestoßen, das er besser mit dem Bischof unter vier Augen besprach. Doch schon im Vorzimmer traf er auf Widerstand, ein Sekretär wollte ihn nicht vorlassen, der Bischof sei erkrankt. Neumann insistierte: Oben auf der Festung, im weitverzweigten, unterirdischen Labyrinth von Gewölben, Gängen, Schächten und Kasematten sei eine Mauer, wo laut den alten Plänen keine sein durfte.

Na und? Dann lasse er sie stehen oder reiße sie ein, antwortete der Sekretär.

Letzteres habe er bereits getan und dahinter einen ebenso unerwarteten Gang vorgefunden, der seit Jahrhunderten sicherlich nicht mehr begangen worden sei. Überall Spinnweben, tote Fledermäuse und Gerippe von …

Herrgott! Dann nehme er einen Besen in die Hand.

Am Ende dieses seltsamen Ganges sei er auf eine außerordentlich schwere, eisenbeschlagene Eichentür gestoßen, die sich nicht ohne weiteres öffnen ließe.

Einen Schlosser werde er doch noch finden. Schließlich grabe er die ganze Stadt für seine Kanalisation und Wasserleitungen um. Eine verschlossene Tür sei wahrlich kein Grund, die Eminenz aus dem Mittagsschlaf zu holen.

Neumann hatte nicht aufgegeben.

Der Schlosser habe vergeblich versucht, die Tür zu öffnen. Es sei zwar ein altes, aber nicht weniger raffiniertes Schloss. Und da weder Gang noch Tür auf irgendwelchen Plänen verzeichnet seien und man nie wisse, worauf man im alten Herrschaftssitz der Fürsten stieße, sei es besser, die Entscheidung Ihrer Eminenz anzuvertrauen.

Der Disput war nicht unbemerkt geblieben. Wolfram, der alte Leibdiener des Bischofs, hatte aufmerksam zugehört, dann den Herrn Architekten um etwas Geduld gebeten. Er werde die Eminenz über den Fund informieren.

Nun saßen der Bischof und Wolfram in einer Kutsche, Neumann ritt zu Pferd voraus. Hutten wollte ihn nicht an seiner Seite haben, wie er auch über das drängende Begehr seines Leibdieners verärgert war, diesem Unsinn Folge zu leisten. Er war verschnupft, sein Leibarzt hatte eine leichte Sommergrippe diagnostiziert und ein paar Tage Bettruhe verordnet, bittere Heilkräutergetränke aus dem Juliusspital obendrein. Neumann hätte die Tür genauso gut sprengen lassen und ihm über seinen Fund berichten können. Was gab es in dem verlausten Gewirr von Gängen und Schächten schon anderes zu finden als den geheimen Abort eines ehemaligen Burgkommandanten?

Andererseits blickte die Burganlage auf eine lange Geschichte zurück, um die sich viele Gerüchte rankten. Von verborgenen Gängen und geheimen Räumen war die Rede, Schätze aus dem Heiligen Land sollten dort versteckt sein, die die Kreuzritter mitgebracht hatten – die Bundeslade, die heilige Speerspitze, das blutgetränkte Gewand Jesu Christi ... Alles Unsinn. Dummes Volksgeschwätz.

Mit Sicherheit wusste man, dass sich bereits zu Bischof Burkards Zeiten ein Frauenkloster auf dem zugigen Berg befunden hatte, beim Bau der Marienkirche heidnischer Gold- und Silberschmuck gefunden worden war, die zahlreichen Befestigungsarbeiten immer wieder Unerwartetes zutage förderten, das meistens genauso schnell wieder verschwand wie es ausgegraben wurde. Letzten Endes gab die Burg nichts mehr preis, was vielleicht in ihr versteckt worden war.

Das Ganze war eine Schnapsidee, dessen war sich Hutten sicher. Dieser Berg war voll wirrer Geschichten. Wenn es überhaupt etwas gab, über das man staunen und rätseln konnte, dann war es seine Geschichte als Wehrburg gegen die Heiden und aufständische Bürger, später auch Regierungssitz der Bischöfe, darunter wichtige und interessante Persönlichkeiten.

Neben Echter musste er sogleich an Bischof Querfurt denken. Der hatte die Stauferkönige im engsten Kreis beraten und im Heiligen Land mit den Tapfersten für den Glauben gefochten, um schließlich von seinem engsten Vertrauten Heinrich von Kalden hintergangen zu werden. Kalden, die züngelnde Schlange im Rücken Barbarossas, Heinrichs VI. und Philipps von Schwaben, neben Querfurt möglicherweise die einflussreichste Figur im Reich. Ja, das waren die Schätze, die dort oben gefunden werden konnten, nicht irgendwelche versteckten Mauern oder Gänge.

«Eure Medizin», sagte Wolfram und reichte ihm einen kleinen, silbernen Becher, dessen Inhalt er vor den Erschütterungen zu bewahren suchte. Die Fahrt verlief vom Rosenbachpalais holprig über die aufgerissenen Straßen am Dom vorbei in die Domstraße. Es war, als gedachte der Neumann die gesamte Stadt umzugraben, und das für ein paar Kanäle und Wasserleitungen.

«Muss das sein?», gab Hutten angewidert zurück.

«Ich fürchte, ja.»

Kein anderer Domestik durfte so mit ihm sprechen, nur dieser eine, das hatte er in den letzten Jahren gelernt. Denn der greise und unscheinbare Wolfram war nicht irgendein Diener, sondern der unauffällige Vertraute zahlreicher Fürsten vor ihm gewesen. Er gehörte einer weit zurückreichenden Dynastie von Leibdienern an, stets präsent, zurückhaltend und vor allem verschwiegen. Er hatte seine Augen und Ohren überall, ohne dass man es bemerkte. Wenn jemand wusste, was im Rathaus, in der Kanzlei oder im Rosenbachpalais hinter vorgehaltener Hand getuschelt wurde, dann war es Wolfram. All die Geheimnisse, Treueschwüre und Beichten der hohen und niedrigen Beamten, der Diplomaten, Fürsten, Könige und Kaiser, die je in Würzburg Station gemacht und bei zu viel Wein oder Kummer ihr Herz dem Bettkissen oder dem Liebhaber ausgeschüttet hatten – Wolfram kannte sie, und er gab sie nur preis, wenn er einen guten Grund dafür sah.

Auch wenn Hutten die stille Arroganz seines Leibdieners

zuwider war, er sie gerne mit zwanzig Peitschenhieben beantwortet hätte, er konnte nicht auf ihn verzichten. Das fuchste ihn ungemein.

«Ich rate vom Besuch der Werkstatt ab», sagte Wolfram. «Eure Eminenz sind angehalten, mit den Kräften zu sparen.»

«Zum Teufel damit», protestierte Hutten verschnupft. «Wenn ich schon auf diesen Berg hinauf muss, dann will ich wenigstens bei meinen Bildhauern vorbeisehen. Die Auswahl für die nächste Heiligengruppe muss getroffen werden.»

«Wie es Eurer Eminenz beliebt.» Schon wieder dieser herablassende Ton, dem nichts entgegenzusetzen war.

«Warum hast du überhaupt die Schatulle mitgeschleppt?»

Es war dieselbe Schatulle, die er einst bei seinem Amtsantritt von Wolfram erhalten hatte. Darin war nichts Aufregendes zu finden gewesen – einige muffige Papiere und Kleinkram, anzügliche Korrespondenz in leicht zu enträtselnden Chiffren, minder interessante, weil längst nicht mehr aktuelle Geheimabsprachen, ein steinbesetzter Ring Barbarossas, das Siegel des Salierkaisers Konrad II., ein schwerer alter Messingschlüssel mit kompliziert verschlungenem Bart, ein Vorschlag Bischof Adalberos an den Papst zu Heinrichs Gang nach Canossa –, sodass er sich gefragt hatte, warum die ganze Geheimnistuerei? Er hatte schließlich die Schatulle in einer Ecke seiner Bibliothek verstaut, wo sie seitdem Staub ansetzte.

«Sie könnte sich als nützlich erweisen.»

«Ich denke, du kennst den Inhalt nicht?»

Wolfram schwieg, und wenn er das tat, obwohl ihn sein Herr gefragt hatte, dann war es von Bedeutung. Er würde die Frage erst beantworten, wenn die Notwendigkeit dafür bestand. Und da war sie wieder, diese unstillbare Lust nach Bestrafung.

Endlich erreichte die Kutsche die Rampe zur Mainbrücke, die unruhige Fahrt ging zu Ende. Einst hatten hier bis auf die Brücke Häuschen eng an eng gestanden, nun waren sie verschwunden und die Rampe war verbreitert worden. Auch das Brückentor war nicht mehr vorhanden, Neumann hatte es abreißen lassen, um einen unverstellten Blick auf die andere Mainseite zu gewinnen. Einen militärischen Zweck hatte das baufällige und in seinen letzten Jahren als Gefängnis genutzte Tor ohnehin nicht mehr erfüllt. Die Stadt war mittlerweile von starken, sternförmigen Bastionen umgeben, und das war etwas, das Hutten an Neumann durchaus zu schätzen wusste. Befestigungen konnte er wie kein Zweiter bauen.

Die Fahrt ging vorbei an der ehemaligen Gotthard-Kapelle, in der sich längst kein Bischof mehr für seine Amtseinführung umkleidete, um im Büßergewand und barfuß zum Dom zu gehen. Die Fenster waren vermauert, ins Gewölbe war die Stadtwache eingezogen. Kommandos hallten, die Kutsche des Bischofs hatte Vorrang. Das Volk grüßte ehrerbietig, Hutten grüßte wohlwollend zurück. Vereinzelte Vivat-Rufe verloren sich im Getöse des Wehrs an der Mainmühle, die zuverlässig das Getreide mahlte und die eine sichere Versorgungsquelle darstellte.

Dann endlich zogen die ersten Brückenheiligen am linken Fenster der Kutsche vorbei, für Hutten jedes Mal ein zutiefst beglückendes Erlebnis. Aus dem hellen Gegenlicht traten die mächtigen, auf nahezu mannshohen Sockeln thronenden und über vier Meter großen Statuen hervor – Urgewalten, die den staunenden Betrachter in Schatten und Demut hüllten. Als Erster Totnan, der das Wort Gottes zu den abergläubischen Franken getragen hatte. Diese Anmut, die Beseeltheit, das entschiedene Vorangehen … Hutten hatte gut daran getan, den Auftrag nicht den Schönborn-Günstlingen Auwera und Curé zu geben, sondern den Becker-Brüdern, die er aus der Rhön herbeigerufen hatte.

Der heilige Kilian folgte mit erhobenem Finger, den man durchaus als Mahnung und Auftrag an die hochfürstlichen und kaiserlichen Reisenden verstehen sollte. Dort oben im Himmelreich war alle Macht und Gewalt gebündelt. Mäßigt euch in eurem irdischen Tun und Streben nach Glanz, schien er zu rufen, erkennt, wessen bescheidene Diener ihr zu sein habt.

Und schließlich die Gottesmutter in aufopferungsvoller Manier einer leidgeprüften Patrona Franconiae. Das Licht brach sich glitzernd in den vielen kleinen Kristallen, als strahlte der Stein an sich schon ein Wunder aus.

«Der Kutscher soll anhalten», befahl Hutten, und Wolfram zog am Glockenband, wie er es jedes Mal tat, wenn sie diese Stelle erreichten.

Der Blick der Frankonia war hingebungsvoll zum Himmel gerichtet, der Löwe unter ihren Füßen wand sich und konnte ihr nicht entkommen. Welch beeindruckende Symbolik. Der Löwe, das Wappentier der Schönborns, erniedrigt und gefügig gemacht. Darüber sprach das halbe Land.

«Warum halten wir?», hörte er Neumann den Kutscher fragen.

Keine Sekunde Ruhe, grummelte er, und bevor dieser unverschämte Domestik ihn abermals ermahnte, gab er das Zeichen zur Weiterfahrt. Peitschenhiebe hätten es sein sollen.

Aus dem Umgehungskanal fuhren Kähne auf den Main zurück, Flößer kämpften gegen das tosende Gefälle, am rechten Mainufer löschte ein Kran Fässer und Kisten der weitgereisten Schiffe, alles in einer emsigen und friedlichen Umgebung. Die Stadt hatte wieder zur Normalität gefunden, mehr noch, sie war aus den Trümmern des fürchterlichen Kriegs neu entstanden, stärker, schöner und malerischer, wie es ein Künstler nicht besser auf eine Leinwand hätte bringen können.

Zugegeben, vieles war dem ersten Schönborn zu verdanken, einiges seinen Nachfolgern, aber diese Brücke gedachte Hutten für sich in Anspruch zu nehmen. Die beiden Holzjoche, die zur Schwedenzeit noch Angreifer aufhielten, waren nun ganz in Stein ausgeführt, die Ruinen der Zollhäuschen abgebaut und auch das Nestlerkreuz, vor dem so mancher Übeltäter ein Geständnis hatte ablegen müssen, verschwunden.

Einzig dieses protzige Brückentor mit seinen griechischrömischen Figuren an der Seite und dem Wappen seines Auftraggebers darüber störten das Bild. Bischof Greiffenclau hatte es in guter alter Fürstenart errichten lassen. Wer von der Stadt kam, wurde durch Pallas Athene und Minerva an die Wehrhaftigkeit der Burg erinnert, wer aus dem Mainviertel hinüber in die Stadt wollte, auf den schauten die Göttinnen des Maßes und des Handwerks herab.

Hutten schenkte dem Tor keine Aufmerksamkeit, die Werkstatt seiner Künstler lag nahe, das zählte.

Die bischöfliche Kutsche sorgte für Aufsehen. Aus den Gassen und den Fischerhütten strömten die Neugierigen herbei und umringten den Tross, sodass Neumann bereits zur Gerte griff. Aber es war ohnehin umsonst, die Kutsche bog hinter ihm in einen abschüssig gelegenen Hof ein.

Ein Ruf gellte: «Der Bischof! Holt die Meister. Schnell!»

Der Kutscher klappte den Fußtritt herunter, Wolfram öffnete die Tür und trat vor seinem Bischof hinaus, und ebenso überrascht wie gänzlich mit Staub bedeckt eilten die beiden Becker-Brüder aus der Werkstatt herbei.

Eine tiefe Verbeugung. «Welch unerwarteter Besuch, Eure

Eminenz», und mit Verweis auf den Staub, der sie von Kopf bis Fuß einhüllte: «Vergebt unseren Aufzug. Hätten wir gewusst…»

«Kümmert euch nicht», beschied Hutten großzügig. «Ich bin nicht hier, um eure Kleiderordnung zu tadeln. Vielmehr will ich sehen, was meine Heiligenfiguren machen.»

Er schritt ungeduldig voran, die Künstler-Brüder folgten, während Neumann in den Hof eingeritten kam und den wartenden Wolfram verständnislos anblickte.

«Es wird nicht lange dauern», sagte Wolfram, «dessen bin ich mir sicher.»

Wo noch eine Minute zuvor eifrig gemeißelt, geschliffen und gefräst worden war, herrschte nun reglose Stille. Kohlegeschwärzten Bergarbeitern gleich standen Steinmetze und Lehrlinge gebeugt mit Hämmern, Meißeln und Feilen neben den Steinblöcken, einige davon waren unbehauen, andere nahmen bereits Form an. Die eine Seite des Dachs stand von Stützen gehalten offen und ließ großzügig Licht herein, was aber nichts daran änderte, dass der ganze Raum mit feinem Sandsteinstaub vernebelt war.

Hutten führte das Taschentuch an die Nase. «Nun denn, wo sind sie?» Es war kaum etwas zu erkennen, außer unförmige Steinblöcke in diesem staubigen Verhau, wo sich das Sonnenlicht glitzernd in den schwebenden Körnern brach. Außerdem juckte es in Hals und Nase.

Einer der beiden Becker-Brüder wies ihm den Weg. «Hier entlang, Eure Eminenz. Wenn ich Euch bitten darf?»

An der Wand hingen die Entwürfe, sechs Zeichnungen für die sechs Statuen, die bald die Nordseite der Brücke schmücken sollten. Davor auf Sockeln die dafür bestimmten Steinquader aus Sandstein. Zwei waren bereits behauen, aber noch lange nicht fertig.

«Der heilige Aquilin», sagte der eine Becker, der andere verwies auf Bischof Arno, ebenfalls in einem frühen Stadium.

Hutten näherte sich der kolossalen Figur Aquilins mit Respekt. Seine Hand fuhr den steinernen Faltenwurf seines Gewands entlang, hinauf bis zur Kniescheibe des mächtigen Beins, weiter kam er nicht. Oberkörper und Kopf waren in Ansätzen zu erkennen, Kreidestriche befanden sich darauf, wo der Künstler seine Arbeit fortsetzen wollte.

Gleich dahinter an der Wand die Zeichnungen, denen Hutten bereits zugestimmt hatte – Bischof Arno, der heilige Christophorus und Josef. Es blieben die angedachten Karolinger Pippin und sein Sohn Karl noch zu entscheiden, zwei weltliche Fürsten, die sich um den Glauben im Frankenland besonders verdient gemacht hatten. Ohne die Unterstützung der Karolinger wären Bischof Burkard und seine Nachfolger nicht so erfolgreich gewesen, von daher hatten sie es verdient, in die Reihe der Heiligen aufgenommen zu werden. Es war ein Kompromiss aus weltlicher Macht und dem Primat des Glaubens, der Hutten nicht recht schmeckte. Doch das wollte er später entscheiden, im Moment war er gefangen vom heiligen Aquilin.

Er atmete tief und zufrieden, dieser zweiten Galerie der Heiligen würde niemand widerstehen können, genauso wenig wie der ersten. Zusammen würden sie eine Phalanx des Glaubens bilden, eine Allee des rechten Wegs, der sich jeder Betrachter stellen und sich fragen lassen musste, ob er sein weltliches Streben nicht besser ... Die Begeisterung hatte seinen Preis. Dieser unerträgliche Staub, der ihm in Hals und Nase steckte. Er räusperte sich und schluckte, ein Niesen und Husten folgte, erneutes Einatmen – ein teuflischer Kreislauf.

«Einen Fächer», rief jemand.

Er winkte ab, es würde schon gehen, aber das tat es nicht.

Raus an die frische Luft war die einzige Lösung, im Rücken die Becker-Brüder. «Vergebt uns, Eure Eminenz ...»

«Heilige Mutter Maria ...» Seine Stimme war belegt, im Hals ein widerspenstiger Reiz. «Medizin ...»

Wolfram war vorbereitet, er reichte ihm den kleinen silbernen Becher und hatte auch schon die Kleiderbürste parat.

«Ihr gestattet?»

Hutten nickte und trank, während ihn sein Leibdiener vom Staub befreite. Die ehemals weiße Perücke benötigte hingegen mehr Aufmerksamkeit. Das lohnte nicht, denn gleich würden sie in staubige, modrige Gänge hinabsteigen.

«Kutscher!», rief Neumann, noch immer zu Pferd. «Wir fahren.»

Wenn er nur eine Stimme gehabt hätte ... Was erlaubte sich der Kerl hier zu befehlen? Und auch sein Leibdiener hielt schon die Kutschtür auf.

«Wie sollen wir nun fortfahren, Eure Eminenz?», fragte einer der Becker-Brüder, er wagte seinem Herrn nicht in die Augen zu schauen.

«Später», krächzte Hutten und räusperte sich, «später.»

Dann stieg er in die Kutsche, und sein Leibdiener setzte sich ihm wieder gegenüber. Sah er in dessen Gesicht etwa Genugtuung?

«Übertreib es nicht.»

Wolfram antwortete nicht, verzog noch nicht einmal eine Miene, gerade mal ein kurzer Augenaufschlag. Das war alles. Er wirkte sonderbar angespannt, aber Hutten überging es.

Die Kutsche zog an. Kein Wort wurde mehr gewechselt, bis sie nach einer steilen Fahrt endlich den Burghof erreichten. Berge von Baumaterial, Hunderte Arbeiter und zig Fuhrwerke hatten sie dabei passiert, und auch im Hof mühten sich Mörtelmischer, Schubkarren kreuzten und Zimmerleute trugen schwere Balken zu den vielen Türen, die tief hinein ins unterirdische Gedärm der Burganlage führten. Der Fußtritt klappte auf, Wolfram stieg aus, Hutten folgte ihm ebenso missgelaunt wie widerwillig.

«Hier entlang, Eure Eminenz», wies Neumann ihm den Weg.

Hutten grollte. «Wenn ich mir in dem verseuchten Gemäuer die Pestilenz hole, werdet Ihr mir dafür einstehen.»

Neumann ließ es unbeantwortet, was sicherlich besser für ihn war. Von der Unersetzbarkeit Wolframs konnte er nur träumen. Die Tür öffnete zum Schlossflügel mit den ehemaligen Fürstengemächern, und auch hier waren staubige Arbeiten im Gange, bis eine nahe Tür auf glitschigen Stufen hinunter in die von Fackeln erleuchteten Gewölbe führte. Hutten war bei all dem nicht wohl, es wurde zunehmend kühler und muffiger, vor ihm der ungeliebte Neumann mit nur einer Fackel, hinter ihm sein Leibdiener, von dem er mittlerweile nicht mehr wusste, ob er ihm Gutes oder Schlechtes wollte.

Auf die Gewölbe folgte ein Durchbruch in einen niedrigen Gang, der nach wenigen Metern zur Seite steil abfiel, und just an dieser Stelle lagen herausgebrochene Steine und alter Mörtel am Boden. Das musste die unerwartete Mauer gewesen sein. Neumann reichte ihm die Hand, er schlug sie aus. Noch war er nicht altersschwach, die paar Steine konnte er ohne Hilfe überwinden.

Doch kaum betraten sie den modrigen Schacht, stieg ihm ein beißender Gestank in die Nase, dass er glaubte die Besinnung zu verlieren. Er suchte Halt an der Mauer, griff aber nur Spinnweben, unter seinen Füßen knackten dünne Knochen, da spürte er die stützende Hand Wolframs.

«Habt Acht, Eure Eminenz.» Die andere Hand reichte ihm ein Taschentuch. «Haltet das vor Nase und Mund. Es wird Euch Kraft geben.»

Grimmig tat er es, aber tatsächlich, mit dem ersten tiefen Atemzug strömten Kräuterdämpfe in seine Lungen und in den Kopf, die dem schwindelerregenden Gestank widerstanden. Er konnte wieder befreit aufatmen.

Der Schlund führte tief in den Berg, knickte ab und stieg an, bis sie endlich die geheimnisvolle Tür erreichten.

«Hier ist sie», keuchte Neumann, und zum Beweis seiner vergeblichen Anstrengungen fuhr er mit der Fackel um sie herum. Kerben waren in das schwarz schimmernde Holz geschlagen worden, die dicken Metallbänder hatten den wütenden Hämmern und Äxten getrotzt, selbst ein Aushebeln war an den in Stein versenkten Angeln gescheitert.

Was auch immer sich hinter dieser Tür verbarg, es war sicherlich nicht der Abort eines Burgkommandanten. Daran gab es keinen Zweifel mehr.

«Was schlagt Ihr vor?»

«Der Schacht ist für den Rammbock und ein Dutzend starker Männer zu eng. Ich könnte sie natürlich sprengen lassen ... aber wer weiß, ob die Mauern das aushalten.»

«Womöglich könnte dies behilflich sein.» Ins flackernde Licht trat Wolfram, die Schatulle in Händen. Sah er bei Tageslicht schon blass und eingefallen aus, so wirkte er nun wie ein spinnwebenbefangener Toter, der das Tor zum Hades bewachte.

«Was sollte uns das staubige Ding schon helfen?», lästerte Hutten.

Wolfram reichte ihm den kleinen Schlüssel, der das Schloss der Schatulle öffnen würde.

Widerspruch brannte ihm auf der Zunge, doch er besann sich und nahm den kleinen Schlüssel.

Wie erwartet, das gleiche nutzlose Zeugs wie damals – anzügliche Korrespondenz, der steinerne Ring Barbarossas, das Siegel Konrads ... Halt! Da war etwas Schweres, Kantiges. Er nahm es heraus ins Licht.

Der Schlüssel besaß einen erstaunlich großen Bart mit vielen Windungen und Zähnen.

«Gestattet Ihr?» Hutten war bereits geneigt, der Bitte zu entsprechen, als Wolfram klar und unmissverständlich Einspruch erhob, nicht mit Worten, sondern mit einem Räuspern.

«Was ist?», fragte Hutten.

«Der Inhalt der Schatulle ist nur für den Fürsten bestimmt.»

«Es ist doch nur ein Schlüssel, und wir wissen noch nicht einmal, ob er die Tür überhaupt öffnet.»

Wolfram antwortete nicht, aber seine Miene ließ keinen Widerspruch zu.

«Lassen wir es den Neumann versuchen», sagte Hutten, «er ist kräftig...»

Zum allerersten Mal in seinem Leben, womöglich in all den Leben seiner Vorfahren als treue und demütige Leibdiener ihrer Herren, widersprach Wolfram, und das in Anwesenheit eines Dritten.

«Vergebt mir, Eure Eminenz. Ich muss darauf bestehen.»

Noch bevor Hutten die Ungeheuerlichkeit quittieren konnte, ergriff Neumann das Wort.

«Was erlaubst du dir?!»

Die scharfen Worte hallten in den langen, dunklen Schacht hinein. Seine Hand ging zum Gürtel, wo sich in Kriegszeiten sein Schwert, in Friedenszeiten eine schwere Saufeder befand. Bei Schacht- und Schanzarbeiten diente das schwere Messer als

Waffe gegen widerspenstiges Vieh, aber auch als Handwerkszeug.

Hutten hielt ihn zurück. «Beruhigt Euch, mein Leibdiener muss in diesen schimmelverseuchten Gängen den Verstand verloren haben.» Ein giftiger Blick traf den regungslosen Wolfram. Damit wirst du mir nicht davonkommen ... dieses Mal nicht.

Dennoch nahm er den Schlüssel und führte ihn ins Schloss der Eichentür. Neumann hielt die Fackel heran. Der Bart glitt in das Loch, alles andere als geschmeidig, eher mit Mühe und Gestochere gegen die Ablagerungen im Schloss. Dann war es so weit, Kralle und Ring waren erreicht, jetzt würde sich zeigen, ob der Schlüssel wirklich diese Tür öffnen würde. Hutten drehte ihn ... ein kleines Stück, weiter kam er nicht. Noch ein Versuch, ein dritter, ein vierter, bis er aufgab und seufzte.

«Viel Lärm um nichts. Der Schlüssel passt nicht.»

«Soll ich es versuchen, Eure Eminenz?», fragte Neumann, und Huttens mahnender Blick traf Wolfram. Wehe dir!

Hutten trat zurück, Neumann legte kräftig Hand an. Er drehte den Schlüssel ein Stück weiter, noch ein Stück, immer wieder. «Es ist der richtige Schlüssel», keuchte er, «der Rost bremst ...»

Da knackte es, der Riegel bewegte sich und schlug satt an. Die Eichentür öffnete sich einen Spalt, nicht weiter als einen Daumen breit. Staub rieselte herunter, ein kühlfeuchter, abgestandener Mief drang heraus.

«Bravo, Neumann!» Es war wohl das erste Mal, dass Hutten seinen ungeliebten Hofarchitekten so vorbehaltlos lobte.

Der, nicht weniger überrascht und dadurch ermutigt, schob die Tür auf und hielt die Fackel hinein.

«Eure Eminenz!»

Wolfram war außer sich. Verschwunden die sonst ausdruckslose Miene, vorbei die Rätselhaftigkeit seines Handelns, beendet das Versteckspiel. Er stellte sich Neumann in den Weg. «Ich bitte Euch inständig: Niemand anders als der Fürst darf diesen Raum betreten. Schlagt mir den Kopf ab, reißt mir die Zunge heraus ... Ich will es untertänigst ertragen. Nur: Heiligt das Innerste!»

Das Innerste?

Noch nie hatte Hutten seinen Leibdiener derart aufgewühlt erlebt. Die Lippen bebten, die Hände zitterten. Was war an diesem ... *Innersten* so geheimnisvoll, dass er die Fassung verlor? Was war das überhaupt, das Innerste? Irgendetwas stimmte hier nicht.

«Neumann», sprach er, «lasst uns einen Moment allein.»

Der lehnte die Fackel an die Wand und verlor sich einige Schritte weiter im Dunkel.

Hutten seufzte, darauf setzte es eine messerscharfe Drohung. «Ich weiß, der Tod schreckt dich nicht. Aber wenn du mir nicht sofort sagst, was es mit diesem Innersten auf sich hat, werde ich Neumann hineinschicken. Er wird mir dann berichten, was er vorgefunden hat. Sei versichert: Ich werde es tun.»

Wolfram holte tief Luft und setzte zu einer Erklärung an.

«Wie mein Vater und mein Großvater», begann er flüsternd, damit die Offenbarung nur das Ohr seines Herrn fand, «dessen Vater und all die Ahnen davor, begleiten wir unsere Herren und Fürsten als treue und verschwiegene Diener durch die wechselhaften Zeiten ihrer Regentschaft, ihres Lebens bis hin zum Sterbebett. Wir sind an ihrer Seite, wenn Krieg, Krankheit, Verrat oder Sünde sie in tiefste Verzweiflung stürzen. Wir sind Berater und treue Freunde, die Hüter der letzten Geheimnisse, aber auch ihr Kurier, wenn der alte Fürst stirbt und ein neuer den Thron einnimmt.

Es ist uns nicht erlaubt, den Inhalt der Schatulle zu kennen, wenngleich es sich über die Jahrhunderte nicht hat vermeiden lassen. Manch neuer Fürst wusste nichts damit anzufangen, stellte uns zur Rede, zeigte uns die alten Pergamente, die geheime Korrespondenz, den Schlüssel...»

«Was ist nun damit?», warf Hutten ungeduldig ein.

«Lasst mich kurz erklären. Nicht immer verlaufen die Dinge, wie sie sollten. Ein Fürst fällt unversehens in der Schlacht oder trinkt vom Schierlingsbecher, bevor er sein Wissen weitergeben kann, und auch wir fallen einer plötzlichen Krankheit oder einem Hinterhalt zum Opfer, bevor wir die letzten Geheimnisse unseren Nachfolgern übergeben können. Viel Wissen ging so über die Jahrhunderte verloren, aber etwas blieb erhalten: das Innerste. Schütze es mit deinem Leben und deiner Seele. Das ist deine oberste Pflicht!»

«Und wenn ein Leibdiener überraschend stirbt, ohne sein Wissen an den Nachfolger weitergegeben zu haben?»

«Dafür gibt es ein geheimes Dokument mit Handlungsanweisungen, das ein Vertrauter dem nächsten Leibdiener übergibt.

Wir kennen den Inhalt des Innersten nicht, denn nur der Fürst und niemand anders darf darüber Bescheid wissen. Mein Vater verriet mir erst auf dem Sterbebett, dass das Innerste die Säulen der Welt erschüttern würde, wenn man es freigäbe. Um was es sich dabei handelt, konnte er nicht sagen, auch nicht, wo die Kammer liegt und ob der Schlüssel sie wirklich öffnet. Nach dem Tod Bischof Querfurts habe kein anderer Fürst mehr das Innerste betreten, die Kenntnis von seiner Existenz ging verloren ... bis auf die Leibdiener. Sie trugen das Geheimnis fort.»

Wolfram seufzte, es war heraus. Eine Last fiel von ihm ab, er hatte seine Pflicht erfüllt. Nun musste sein Fürst entscheiden, wie damit umzugehen war.

Hutten ließ die Worte auf sich wirken. Was hatte ausgerechnet Bischof Querfurt damit zu tun?

In die Stille des gemeinsamen Schweigens knackte die Flamme der Fackel, die Eichentür stand offen, Neumann wartete sicherlich ungeduldig im Dunkel. Er würde sie beobachten und sich fragen, was sie besprachen.

«Komm mit», sagte Hutten und ergriff die Fackel.

Wolfram schreckte zurück. «Es ist nur Euch bestimmt …»

«Ich kann auch Neumann befehlen.»

Ungeachtet seiner Antwort drückte Hutten die schwere Tür auf. Es war nicht einfach, es knarrte und knarzte in den Angeln, und er hörte schon die Stiefel Neumanns näher kommen. «Wartet dort», rief er Neumann zu. «Niemand kommt über diese Schwelle. Euch eingeschlossen.»

Der Fackelschein erhellte ein Gewölbe, rundum mit festen Steinen gebaut, die auffallend feucht waren – ein naher Wasserlauf, ein Brunnen? Der Raum war kaum größer als ein Dienstbotenzimmer.

An einer Wand befand sich eine große und mächtige Truhe, daneben ein ehemals herrschaftlicher Stuhl, wenngleich ihm jede Verzierung fehlte, Beine, Lehne und Armstützen aus starkem, schwärzlichem Holz wie die Eichentür. Seitlich darüber zwei Fackelhalter, am Boden eine Kiste. Hutten öffnete sie. Ein gutes halbes Dutzend Fackeln befanden sich darin. Er nahm eine heraus, prüfte mit der brennenden, ob sie sich entfachen ließe. Es knisterte und glomm, dann endlich die erhoffte Flamme. Er streckte sich nach dem Fackelhalter, als eine blasse, alte Hand ihm zu Hilfe kam.

«Lasst mich das für Euch tun», sagte Wolfram, und Hutten lächelte.

Der Deckel der Truhe an der Wand war gewölbt und mit

Metallbeschlägen versehen, die in einem Schloss an der Vorderseite zusammenliefen. Hutten rüttelte daran, der Bogen war rostig und es bröselte in seiner Hand, aber es hielt seinem Bemühen stand.

«Wo ist der Schlüssel?», fragte er.

Wolfram hob die Schultern. «Ich weiß von keinem weiteren.»

Hutten lachte auf. «Jetzt sind wir so weit gekommen ... Geh zum Neumann, er soll einen Hammer besorgen.»

Wolfram zwängte sich durch den Türspalt, seine Schritte hallten dünn, ein kurzes Gespräch, dann kam er zurück.

«Tretet gnädigst zur Seite, Eure Eminenz.»

Mit der monströsen Saufeder Neumanns holte er aus. Ein Schlag, ein zweiter, das Gewölbe warf das dumpfe Geräusch mehrfach zurück, bis es endlich gelang. Der rostige Bogen des Schlosses war durchschlagen.

«Nun denn», seufzte Hutten im Bewusstsein einer möglichen Erschütterung der Welt, «wollen wir sehen, was uns hinterlassen worden ist.» Wolfram war bereits im Begriff, sich zurückzuziehen. «Du bleibst hier!»

Zögernd folgte der dem Befehl. In banger Erwartung, was sie vorfinden würden, hoben sie gemeinsam den schweren Deckel an.

Innen war die Truhe wächsern ausgekleidet und noch nicht einmal bis zur Hälfte gefüllt. Vergilbte Schriftrollen lagen obenauf, teilweise eingerissen und löchrig mit braunschwarzen Rändern.

«Pergamente?», fragte Hutten, in seiner Stimme schwang Enttäuschung mit. Nach der bedeutungsschwangeren Beichte Wolframs hatte er Erquickenderes erwartet.

Er nahm das augenscheinlich besterhaltene heraus, setzte

sich vorsichtig auf den Stuhl – gottlob, er hielt seinem Gewicht stand – und zog im züngelnden Fackellicht die Rolle auf. Wolfram kam unbemerkt näher, gerade so weit, dass er nicht aufdringlich wirkte, aber einen Blick auf den Inhalt werfen konnte.

Die Schrift war klein, auf dem verfärbten Untergrund gerade noch erkennbar, wenngleich mit aufgewühltem Herzen und zittriger Hand verfasst. Viele dieser seltsamen Minuskeln waren unsauber geschrieben, manches Wort durchgestrichen, am Rand des langen Textes standen Hinweise, Tintenkleckse zeugten von Unachtsamkeit und Hektik … Dieses Dokument hätte niemals ein Skriptorium oder den Schreibtisch des Autors verlassen dürfen, so unsauber war es verfasst. Ganz unten eine krakelige Unterschrift, daneben ein in Wachs aufgedrücktes, leider gebrochenes Siegel. Bei näherer Betrachtung konnten das drei übereinanderstehende Winkel sein, wie Giebel eines Dachs.

Hutten konnte den Text nicht entziffern, und das sollte etwas heißen, schließlich war er ein belesener und gebildeter Mann, der im Zuge seiner Ausbildung alte Schriften studiert hatte. Vielleicht musste er die Buchstaben nur größer und schärfer sehen. Er griff an seine Rocktasche. Wo waren die Augengläser? Da fiel es ihm ein: Sie lagen auf dem Schränkchen neben seinem Bett, das er wegen seines penetranten Leibdieners überstürzt verlassen hatte. Mürrisch reichte er Wolfram das Pergament.

«Kannst du das lesen?»

Die Zeit der pflichtbewussten Zurückhaltung war vorbei, nun, da sie zusammen dem Geheimnis auf der Spur waren. Doch obwohl Wolfram alte Dokumente selbst zur Genüge kannte, sie für seine Fürsten beschaffen und ihnen mitunter daraus vorlesen musste, konnte auch er mit dieser Schrift nichts anfangen.

«Es gibt da einen alten Gelehrten», schlug er vor, «Christophis, Ihr kennt ihn vielleicht noch.»

Hutten überlegte. «Wer soll das sein?»

«Ein alter Jesuit, der die Handschriften gesichtet hat, die Ihr noch als Dekan auf dem Dachboden des Doms gefunden habt. Er war mir schon in der einen oder anderen Sache behilflich. Wenn jemand diese Schrift enträtseln kann, dann er.»

Jetzt war es Hutten, der Einwände hatte. «Aber es soll doch geheim bleiben?»

«Christophis ist verschwiegen, sonst wäre er nicht mehr am Leben.»

Damit war die Entscheidung gefallen. Wolfram ging wieder vor die Tür und beauftragte Neumann im Namen des Bischofs, den alten Schriftgelehrten und Geheimkundler schnellstens herbeizuschaffen. Er sei in den Bibliotheken vom Neumünsterstift oder der Domschule zu finden, oder gleich bei den Jesuiten.

Als Wolfram in die Kammer zurückkam, fand er Hutten über die Truhe gebeugt vor. Der hatte die anderen Pergamente, die noch älter schienen, beiseite geschafft, denn am Boden der Truhe befanden sich interessante Gegenstände. Da war ein schlichtes Holzkreuz von der Größe einer Hand, am Kopf ein Loch für ein Band, das Zentrum aber wurde von einem hölzernen Ring umfasst.

«Ein irisches Kreuz», sagte Hutten, und seine Stimme klang erneut brüchig, dieses Mal aber nicht vom Staub verursacht, sondern von einer aufsteigenden Euphorie. Ein irisches Kreuz in einer versteckten Truhe? Könnte es von den drei iroschottischen Missionaren stammen? Das wäre nichts weniger als ein Wunder.

Eine schmale Holzkiste war der nächste rätselhafte Fund, gerade mal so lang und schmal wie ein Degenkasten. An der Seite befand sich ein kleiner Haken. Hutten öffnete ihn und der Boden fiel heraus, mit ihm eine wunderliche Konstruktion und ein paar lose Fragmente eines Dokuments. Wolfram hob es auf und hielt es ins Licht. Das konnte mal das Spielzeug eines Herzogskinds gewesen sein. Wenn man die Einzelteile richtig zueinander hielt ...

«Eine Brücke?», sagte er, während Wolfram die Fragmente des Schriftstücks ordnete, erfolglos, es war zu viel verloren gegangen. Die verblasste Skizze einer Statue war mit Mühe zu erkennen ... auf dem anderen Teil die Buchstaben E-N-Z-E-L ... dann ein schwarzer Rand.

Es sagte ihnen nichts, so legten sie es behutsam zur Seite. Als Nächstes eine auf Holz gemalte Zeichnung einer Kirche, die Farben teils abgesplittert und verblasst, immerhin konnte man Flammen erkennen und ein paar Buchstaben. G-O-Z-...D. Damit war nichts mehr anzufangen oder daraus zu lesen, was der Urheber festhalten wollte. Sicherlich eine Katastrophe, der eine Kirche zum Opfer gefallen war. Nur welche, blieb unbekannt.

Schließlich ein silbernes Kästchen von der Größe eines Buchs, die Oberfläche war rundum mit Ornamenten verziert, aber scheinbar ohne Verschluss. Hutten schüttelte es, und ganz leise hörte er ein Klimpern. Nur, wie konnte man es öffnen? Mit einem Messer vielleicht, nur stießen die beiden Hälften überraschend passgenau aufeinander.

«Wenn Ihr erlaubt», bat Wolfram um Prüfung des geheimnisvollen Objekts.

In der Zeit als Leibdiener und engster Vertrauter seiner Fürsten hatte er oft mit derlei Behältnissen zu tun gehabt, die etwas aufbewahren, aber nicht jedermann zugänglich sein sollten. Im Fackelschein unterzog er es einer ausgiebigen Prüfung. Es war eine feine und meisterhaft ausgeführte Handwerksarbeit mit eingravierten, geschwungenen Linien, die einen Rosenbusch darstellten, darin ein Singvogel, das Gesicht einer Frau und eine Harfe. Je länger man es betrachtete, desto klarer wurde das Bild, und der Betrachter verlor sich darin.

«Könnte es aus der Zeit unseres Walther stammen?», fragte Hutten, der ihm über die Schulter schaute und Gefallen an dem Kästchen fand.

«Möglich», antwortete Wolfram, «aber das scheint mir nur der erste Zweck zu sein.»

«Was meinst du?»

«Eine Ablenkung, Eure Eminenz.» Er drehte das Silberding um. Auf dem Boden waren nach längerer Betrachtung zwei winzige halbe Rechtecke zwischen den Ranken des Rosenbuschs erkennbar, an deren Spitzen jeweils ein Punkt. Er merkte sich Ausrichtung und Position und kehrte es wieder um.

Den einen Finger legte er oben links an, den zweiten gegenüber unten, eine Diagonale, quer durch das Behältnis laufend. Ein leichter Druck, und er spürte Bewegung in dem scheinbar starren Silbermantel. Doch nichts geschah. Ein zweiter Versuch, ein dritter. Das Behältnis gab seine wertvolle Ladung einfach nicht frei, was Wolfram zunehmend verärgerte und Hutten ein Grinsen abverlangte.

«Manche Geheimnisse bleiben eben auf ewig verschlossen.»

Die Häme ließ Wolfram kalt, mehr wurmte es ihn, dass er das Rätsel nicht lösen konnte. Die Idee hinter derlei Behältnissen hatte sich in den Jahrhunderten nicht groß gewandelt, sie hieß Hinwendung zum Offensichtlichen und Ablenkung vom Verborgenen. Erneut drehte er das Kästchen auf den Kopf und prüfte die halben in den Ranken versteckten Rechtecke ausgiebig.

Während Hutten sich wieder über die große Truhe hermachte, verbiss sich Wolfram in das Rätsel. Es dauerte, vielleicht war es auch dem schlechten Licht geschuldet, da glaubte er zu erkennen, dass sich eins der Rechtecke in seiner Form von den anderen unterschied. Der Winkel war nicht so breit, etwas spitzer, spitz wie ein ... Er drehte das Kästchen erneut. Der eine Finger an die rechte Ecke, und der andere auf den Schnabel des Singvogels. Ein kurzer, fester Druck, und das Behältnis klappte auf.

«Ich habe es gelöst», seufzte Wolfram über seinen Erfolg.

Hutten kam herbei. «Und, was ist darin?»

Vorsichtig öffnete Wolfram den Deckel. Auf blauem, samtenem Grund lagen eine Münze und ein kleines Kreuz. Beide mit Patina überzogen, vereinzelt traten auf den Erhebungen silberne oder beim Kreuz kupferfarbene Erhebungen hervor. Das konnten alte Schriftzeichen sein oder Symbole. Auf den ersten Blick war der Fund eine Enttäuschung. So viel Aufwand für so wenig Ertrag?

Hutten nahm das Kreuz, Wolfram die Münze, und sie unterzogen beide einer eingehenden Prüfung. Die Schriftzeichen der Münzen waren nicht zu entziffern, und auf dem Kreuz waren unleserliche Einkerbungen vorgenommen worden. Wenn Hutten nur seine Augengläser zur Hand gehabt hätte ... so aber konnte er sie nur leidlich mit den Fingerspitzen fühlen.

Vom Gang drangen Geräusche herein. «Gleich haben wir es geschafft.»

Wolfram eilte zur Tür, es war Neumann mit Christophis, der schnaufte, als hätte er die Schwindsucht.

«Alter Freund», hieß er ihn willkommen und bedankte sich flüchtig bei Neumann für die schnelle Hilfe. Er könne nun nach oben gehen, er würde hier nicht länger gebraucht. Neumann quittierte es mit einem giftigen Blick, trat aber den Rückzug an. «Setz dich ... Vorsichtig, fall mir nicht um. So, jetzt, schnauf erst mal durch.» Er stellte das silberne Kästchen auf den Boden, wo es nicht störte.

In seiner schwarzbraunen Kutte, die am Bauch mit einer ebenso einfachen Kordel gehalten war, wirkte Christophis wie ein betagter Johannes der Täufer oder auf den zweiten Blick wie ein gebeugter Christophorus, der sich an einem knorrigen Stock festhielt. Was der ergraute Bart und die buschigen Augenbrauen nicht bedeckten, war kantig und eingefallen. Der Alte gefiel Hutten. So könnte auch die Statue seines Namenspatrons aussehen...

«Ihr seid Christophis, der Schriftgelehrte? Ein gesegnetes Alter habt Ihr.»

Der nickte, und allmählich beruhigte sich sein Herz. «Eure Eminenz ... Womit kann ich Euch zu Diensten sein?»

Wolfram nahm die Pergamentrolle. «Du musst diesen Text entschlüsseln. Alles andere wie früher: Kein Wort verlässt deine Lippen oder findet sich niedergeschrieben. Du nimmst dein Wissen mit ins Grab.»

Ein kurzes Nicken besiegelte den Vertrag. Dann rollte Wolfram das Pergament auf. Christophis kramte in einem kleinen Beutel, der an der Kordel hing, und förderte Augengläser zutage. Damit gefiel er Hutten noch ein Stück besser.

«Dann lass mal sehen, was du wieder ergaunert hast.»

Wolfram antwortete mit einem unerwarteten, leicht verlegenen Lächeln. «Immer nur im Auftrag meines Fürsten», und er meinte damit geraubte oder *entliehene* Schriftstücke fremder Herren, deren Inhalt für seinen Herrn wichtig waren.

Die Gläser vergrößerten Christophis' Augen auf das Doppelte. Anfänglich suchten sie zu erkennen, womit sie es hier zu tun hatten, sie sprangen zurück, dann wieder vor, stürzten zum Ende des Dokuments, wo sich die Unterschrift und das stückhafte Siegel befanden, und wieder hoch ... ein übermütiges Springen und Hüpfen zweier Kinder zu Frühlingsbeginn.

Es dauerte, und Hutten schaute Wolfram fragend an, ob er mit seinem Lob nicht voreilig gewesen war. Doch Wolfram war zuversichtlich, noch nie hatte Christophis ...

«Eure Eminenz», fragte er unvermittelt und ließ das Pergament mit zittrigen Händen auf seinen Schoß sinken, «darf ich erfahren, woher das Dokument stammt?»

Wer es in diese Kammer geschafft hatte, vor dem brauchte man sich nicht länger zu verstecken. «Aus der Truhe neben Euch», antwortete Hutten.

«Mein treuer Freund», sorgte sich Wolfram mit Blick auf dessen Hände, «ist es dir kalt hier unten? Soll ich dir ...»

«Es ist nicht die Kälte», seufzte Christophis, «es sind die Worte.»

«Dann hast du sie verstanden?»

Ein Nicken, aus dem keine Genugtuung sprach.

«Lest es vor», bestimmte Hutten, «damit wir endlich wissen, wovor wir uns zu fürchten haben.»

«Ich muss Euch warnen», erwiderte Christophis, «die Worte werden Euch nicht gefallen.»

«Dafür ist es jetzt zu spät.»

Christophis seufzte. «Wie Ihr wünscht ... Es scheint ein Schriftstück aus der Hand unseres seligen Bischofs Konrad von Querfurt zu sein, auch wenn seine Unterschrift kaum zu erkennen und das Siegel gebrochen ist. Der Inhalt verweist aber eindeutig auf ihn.»

Querfurt, dachte Hutten, schon wieder. Echter oder Lobdeburg hätte er erwartet, die die Burg aufgerüstet hatten und dabei tief in den Berg vorgestoßen waren. Aber warum gerade Querfurt? Was sollte er Wichtiges hier unten versteckt haben?

«Offenbar hat er geahnt», fuhr Christophis fort, «dass ihm jemand nach dem Leben trachtete ... und damit seine Nachricht nur die verstehen konnten, die es auch betraf, hat er eine Geheimschrift verwendet, wie sie früher nur wenigen bekannt war.» Er nahm das Pergament hoch, hielt sich die Gläser vor die Augen und las die Übersetzung vor:

«Ich bekenne Gott, dem Allmächtigen ... Ich vermag die heiligen Worte nicht zu sprechen, so schwer ist mir die Seele und das Wissen um die größte Schuld, die je ein Mensch auf sich geladen hat. Es ist das Schweigen, das Verheimlichen und Unterdrücken der Wahrheit, das letzte Wissen, das über das der Kaiser und Könige, denen ich zeit meines Lebens treu gedient habe, hinausgeht und mich nun dazu drängt, Zeugnis vor meinem Herrn und Schöpfer abzulegen. Denn ich weiß, der Tag des Jüngsten Gerichts ist nahe und er wird das Lügengebilde zum Einsturz bringen, es in seinen Grundfesten erschüttern, auf dass dieser falsche Tempel niedergerissen wird und wir alle, die an seinem Bau beteiligt waren, das ewige Höllenfeuer schmecken werden.»

«Was meint er damit?», warf Hutten ein. Das klang arg theatralisch, überhaupt nicht nach dem berühmten Denker und wagemutigen Kreuzfahrer, der er war. War Querfurt im Fieber gelegen, als er die Zeilen geschrieben hatte?

Christophis fuhr fort: «Als die Staufer und Welfen um die Macht im Reich kämpften und ich in weiser Voraussicht auf die kommenden Kriege meine Burg befestigte, stieß ich auf alte, unbekannte Dokumente. Sie gehen auf die Tage von Bischof Burkard zurück, in denen ein Weltreich seinen Anfang nahm, jenes, das auf Karl Martell und seinem Sohn Pippin gründete, danach durch den großen Karl verfestigt wurde und wiederum den heiligen Vätern in Rom Grundlage für ihr späteres Tun und Werden war.»

«Burkard?», fiel Hutten erneut ein. «Was will er mit ihm?» Unwille brach sich Bahn. An Bischof Burkard gab es nichts, aber auch gar nichts auszusetzen, ohne ihn wäre das Evangelium in Würzburg nie verkündet worden. Er zügelte eine aufsteigende Erregung. «Macht weiter.»

«Wer nicht mehr weiß, was sich auf der Reise von Abt Fulrad und Burkard nach Rom zugetragen hat, soll wissen, dass in jener Zeit der Merowinger Childerich König war und die aus dem Geschlecht der Pippinen seine Vertrauten. Aber die Merowinger waren schwach und die Karolinger verschlagen und machthungrig. Sie nahmen Childerich zum Gefangenen und erbaten die päpstliche Zustimmung für ihr schändliches Handeln. So taten sie sich mit Abt Fulrad und Bischof Burkard zusammen, die selbst einen starken König suchten, um das Evangelium in die Welt zu tragen. Die Antwort des Heiligen Vaters Zacharias lautete: *Derjenige solle König genannt werden, der die Ausübung der Königswürde innehabe.*

«Ja, eben», ging Hutten dazwischen, «Pippin war König», auch wenn ihm das nicht gefiel. Es war die Krux, nein, ein Fluch, dass sich seine Vorgänger eher in der Nachfolge der Karolinger sahen als in der von Kilian und seinen Gefährten – friedliebenden, allein dem Wort Gottes verantwortlichen Aposteln, die keinen Wert auf Gold und Macht legten. Und auch Burkard hatte nichts auf Reichtum gegeben. Er war mittellos in einem Kloster gestorben, so wie es sich für einen Diener Gottes gehörte.

«Damit war Childerich gemeint», erwiderte Christophis, der ständigen Unterbrechungen müde, «denn er war der König zu jenem Zeitpunkt.» Er las weiter. «Doch was taten die Karolinger? Sie missachteten den päpstlichen Befehl, nahmen Childerichs Thron und nannten sich fortan Könige und Kaiser von päpstlichen Gnaden. Was für eine hinterlistige Lüge, was für ein schändlicher Betrug an Papst und Welt, und dies mit Unterstützung von Abt Fulrad und Bischof Burkard ...»

«Hat er den Verstand verloren?!»

Huttens scharfe Worte hallten im kargen Raum wider. Das Blut war ihm vor Zorn in den Kopf geschossen, die Lippen spitz. «Das ist eine Fälschung!»

«Wie ich bereits sagte», hielt Christophis ruhig dagegen, «es weist alles auf Querfurt hin. Er ist der Verfasser dieses Dokuments.»

«Niemals! Er war einer der klügsten Köpfe, die das Reich je gesehen hat. Wenn nicht der Klügste überhaupt. Er hat Kaisern eingeflüstert, was sie zu tun haben, war im Heiligen Land, hat ... ach, er hätte unter keinen Umständen so einen Unsinn geschrieben.»

«Laut Datum hat er es am Vorabend seiner Ermordung verfasst.»

Hutten grübelte. «Habt Ihr eine Vorstellung, was das bedeutet?»

Christophis nickte, er brauchte einen Atemzug, um die Konsequenz zu benennen. «Es wäre ein Betrug an Gott und dem Papst ... an der ganzen Christenheit. Die Reiche der Karolinger, Ottonen, Salier und Staufer hätte es nicht gegeben, es hätte sie nach diesem Vorwurf nie geben dürfen, denn sie gründeten sich auf Lüge und Betrug. Sie waren gestohlen.»

«Schweigt! Es muss eine hinterlistige Fälschung sein, anders ist es nicht zu erklären.»

Huttens Blick ging zu Wolfram. Der zeigte sich unbewegt,

was im Grunde genommen keine Überraschung war. Wolfram war immer unbeeindruckt. Aber in dieser Sache musste er doch etwas zu sagen haben, schließlich war er es, der ihm die Schatulle mit dem Schlüssel angetragen hatte.

«Was sagst du dazu?!», fuhr er ihn an. «Ist das eine grausame Fopperei der Leibdiener? Wollt Ihr mich zu Grabe tragen?»

Von Wolfram kam ein schwaches, aber dennoch eindeutiges Kopfschütteln. «Das würden wir uns niemals erlauben, Eure Eminenz.»

«Aber du hast mich doch hierher geführt. Sprich endlich!»

Wolfram reagierte nicht auf die Anschuldigung. Äußerlich stoisch und ausdruckslos, war er im Innern enttäuscht und ein gutes Stück beleidigt.

«Ich glaube es nicht», kam Christophis ihm zu Hilfe. «Es lag niemals im Interesse eines Leibdieners, seinem Herrn zu schaden, wenn er nicht gerade wie ein Hund von ihm behandelt wird. Außerdem war die Geheimsprache zu Bischof Querfurts Zeiten nur wenigen Sekretären und Gelehrten bekannt. Ein Leibdiener hätte ein langes Studium darauf verwenden müssen, um sie zu erlernen.»

«Aber heißt es nicht, dass die Leibdiener die engsten Vertrauten ihrer Bischöfe sind und waren?»

Christophis nickte. «Sicher, ja, nur hätte er hierbei neben Griechisch und Mathematik auch grundlegende Techniken der Kabbala kennen müssen.»

«Die will Querfurt gekannt haben?»

«Er war in Akko, im Heiligen Land und hatte sicherlich auch Kontakt zu den dortigen Schriftgelehrten.»

Dem musste Hutten zustimmen. Er atmete tief und rang um Ruhe.

«Bischof Burkard und Abt Fulrad wären demnach dreiste

Lügner und Betrüger gewesen, Helfershelfer hinterlistiger Schurken ...» Er schüttelte den Kopf, seufzte schwer und wandte sich ab. «Heilige Mutter Maria ... Alles eine Lüge, woran wir seit Jahrhunderten glauben? Das kann nicht sein.»

«Noch ist nichts bewiesen», beruhigte Christophis. «Es ist bisher nur ein Vorwurf. Nichts weiter.»

«Wir sollten Christophis weiterlesen lassen», schlug Wolfram vor. Er war bedeutend ruhiger als sein Bischof, wenngleich nicht weniger konsterniert, auch wenn man es ihm nicht ansah. «Mitunter stellen sich die Dinge anders dar ...»

«Anders?!» Hutten zeigte ihm die bloßen Hände. «Jeder Papst, Bischof und selbst der einfachste Priester wäre damit der Verkünder einer Lüge. Das eine baut auf dem anderen auf. Die Karolinger und die ersten Bischöfe, sie arbeiteten Hand in Hand. Nur war bisher niemals von einem Betrug die Rede, von einer hinterlistigen Täuschung des Papstes. Wir wären die Nachlassverwalter einer Bande von Schurken. Unser Würzburg ein Sodom und Gomorrha, wo die Lüge geboren und in die Welt hinausgetragen wurde. Einzig Kilian, Kolonat und Totnan blieben uns noch ...»

«Nicht ganz», warf Christophis ein.

«Was meinst du?» Eine schlimme Ahnung trieb ihm das Blut aus dem Gesicht.

«Ich schlage vor, den Text zu Ende zu lesen.»

Hutten seufzte und gab ihm die Erlaubnis.

«Als Bischof Burkard aus Rom zurückkehrte», fuhr Christophis fort, «widersetzte sich Pippin dem Protest des Papstes und nahm Childerichs Thron. Jetzt war er König, und damit war dem Befehl des Heiligen Vaters Genüge getan ...»

Und warum hatte Burkard nichts dagegen unternommen?

Weil Childerich schwach und Pippin stark gewesen war – so

einfach und bestürzend war das gewesen. Abt Fulrad, Burkard und Pippin hatten einen Pakt geschlossen, der jedem das gab, was er benötigte: dem einen Macht durch päpstliche Zustimmung, wenngleich sie hinterlistig erschlichen war, dem anderen Schutz und Einfluss durch ein aufstrebendes Königs- und später Kaiserhaus.

Was darauf folgte, war jedermann bekannt: der unfassbare Aufstieg Würzburgs zu einem Zentrum des Reichs als auch des Glaubens, Gotteshäuser, wie sie nur Kaiser und Päpste hätten erbauen können, weithin berühmte Klöster und Stifte, die sagenumwobene steinerne Brücke – zu jener Zeit ein Weltwunder – und schließlich die für Jahrhunderte anhaltende und kaum fassbare Nähe der Würzburger Bischöfe zu Kaisern und Päpsten. Ausgerechnet Querfurt war einer von ihnen gewesen, der vielleicht einflussreichste überhaupt. Hier oben auf dieser Burg flüsterte er ihnen ein, was sie zu tun oder zu lassen hatten. Und Henneberg? Burkard? Hatte er damit begonnen? Und was war mit Querfurt? Warum hatte er die Lüge nicht ans Licht gebracht?

«Beweise», warf Hutten ein, «wo sind die Beweise für diese haltlosen Anschuldigungen? Querfurt muss völlig den Verstand verloren haben, anders ist es nicht zu erklären.»

Christophis wies zur Truhe. «Schaut hinein. Bischof Querfurt hätte ohne einen zweifelsfreien Beweis so etwas sicher nicht geschrieben.»

Wolfram nahm die übrigen Pergamentrollen heraus, Christophis zog die erste vorsichtig auf. Es war ein stark vergilbtes, mit braunschwarzen Flecken gezeichnetes Dokument, auf dem die Schrift kaum noch zu erkennen war. Hinter den Augengläsern flogen Christophis Augen erneut über die Zeilen. Es war eine persönliche Aufzeichnung Querfurts, ein Gesprächsprotokoll über eine Zusammenkunft mit von Kalden. Das war äußerst interessant, aber für den Moment nicht wichtig.

Die nächste. Wieder das aufgeregte Suchen nach Anhaltspunkten. Es war die Beschreibung und der Lageplan einer geheimen Bibliothek in einer Burg, irgendwo außerhalb von Akko. Er glaubte seinen Augen nicht zu trauen. Da war sie endlich: die verschwundene Bibliothek Johannes', des Byzantiners, in der sich die Schätze des halben Orients befanden. Wie lange hatte er nach ihr gesucht, sie niemals gefunden? Jetzt lag sie vor ihm.

«Ist sie es?», fragte Hutten ungeduldig.

Der seufzte und verneinte.

Die nächste. «Eine Abschrift eines unbekannten Kopisten über Immina», las Christophis, «die Tochter Hetans II., die auf dem Marienberg das erste Frauenkloster errichtet und es später an Burkard verkauft hatte.» Er gab die Rolle Wolfram zurück und nahm die letzte.

Querfurt schilderte darin seine Befürchtungen über einen drohenden Mordanschlag auf ihn. Nicht der Ravensburger bereitete ihm Sorgen, die Gefahr kam aus einer anderen, nicht ganz unerwarteten Richtung: Philipp von Schwaben sah sich in höchster Not, wenn Konrad ins Lager von Otto von Poitou wechseln würde. Das wäre Philipps Ende gewesen ...

«Es sind keine weiteren Dokumente mehr da», sagte Wolfram in die lähmende Stille.

«Das kann nicht sein», widersprach Christophis, «es muss einen Beweis geben. Irgendwo.»

Doch so oft Wolfram die Truhe auch durchsuchte, sie auf Geheimfächer hin abklopfte, unter der Truhe selbst nachsah, die Wände auf ein Fach oder eine Lücke absuchte, Tisch, Stuhl und Tür überprüfte, die Suche verlief ergebnislos. Erleichterung machte sich bei Hutten breit. Nicht auszudenken, was passiert wäre …

«Da ist etwas», sagte Christophis mit Blick auf das Dokument Querfurts. Da waren seltsame Zeichen unten in der Ecke, sodass man an Schmutz oder eine Beschädigung denken konnte. Doch je länger sie Christophis mit seinen dicken Augengläsern untersuchte, desto stärker schien sich ein Muster abzuzeichnen. «Das könnte ein Buchstabe sein …»

Hutten und Wolfram kamen näher, suchten zu erkennen, um was es sich handelte. Auf den ersten Blick war es wirklich nichts anderes als Schmutz oder Wurmfraß, aber das wachsame und für Geheimzeichen geübte Auge Wolframs erinnerte sich an etwas, das er erst vor kurzem in der Hand gehalten hatte. Aus der dunklen Ecke holte er das silberne Kästchen hervor und stellte es auf den Tisch. Der Deckel stand noch offen, auf blauem Grund die speckige Münze und das nicht minder mitgenommene Kreuz.

«Hier», sagte er und legte die Münze auf dessen Hand.

Christophis' Riesenaugen flogen über die Erhebungen hinweg, die mehr ungelenken Schreibversuchen glichen als einem korrekten Buchstaben. Aber ja, mit etwas Phantasie konnte es das Zeichen sein, nur, was war mit ihm anzufangen? Er drehte die Münze um, dort konnte man die lateinischen Buchstaben R und P erahnen.

«Das Kreuz», forderte Christophis, ohne die Augengläser abzusetzen, und Wolfram reichte es ihm. Die gleiche Prozedur, hier und da eine Erhebung, die unter der Schmutzschicht hervorschaute, aber nichts klar Erkennbares. Wenn er nur seine Hilfsmittel aus der Werkstatt dabei gehabt hätte, die feinen Bürsten, etwas Natron, um den Schmutz schadlos entfernen zu können.

Währenddessen unterzog Hutten das silberne Kästchen einer genaueren Prüfung. Er drehte es nach allen Seiten, zog hier, drückte da, klopfte und schüttelte es, schließlich nestelte er mit dem Fingernagel am Samt herum, ob sich darunter etwas verbarg.

«Seid vorsichtig, Eure Eminenz», erlaubte sich Wolfram gegen die voreiligen und ungeschickten Versuche Huttens einzuwenden, «Geheimfächer tragen nicht selten eine Vorrichtung in sich, die den Inhalt vor unerlaubtem Zugriff schützen, als letztes Mittel gar zerstören.»

Zu spät. Ein Teil des Belags war abgekratzt, darunter schimmerte es kupfern und auch ein paar auffällige Erhebungen schauten hervor, gleich erstarrten, kleinen Tropfen, die vermutlich beim Gießen des Metalls in eine Form entstanden waren. Das war auffallend, dachte Wolfram, so eine feine und ausgeklügelte Arbeit, und doch hatte der Meister Spuren seiner Unachtsamkeit hinterlassen? Er stellte das Kästchen auf den Tisch und hielt die Fackel daran, Christophis spuckte derweil auf Münze und Kreuz und rieb sie an seiner Kutte sauber. Erfolgreich, denn aus dem Schmutz traten verborgene Zeichen hervor, die unter den dicken Augengläsern Antworten lieferten.

«Za ...», entzifferte Christophis die ersten beiden griechischen Buchstaben, «Za ... Ζαχαρίας. Der Heilige Vater Zacharias.» Er seufzte. «Kann das wahr sein?»

Hutten kam herbei und nahm das kleine Kreuz in Augenschein, Wolfram allerdings war mit dem vorsichtigen Ablösen des Samts am Boden des Kästchen beschäftigt, und wie sich zeigte, hatte der Handwerksmeister noch mehr geschlampt, der ganze Boden war mit winzigen Tropfnasen bedeckt. Das konnte keine Unachtsamkeit oder Schlamperei sein ...

«Und das ist eine frühe Münzprägung König Pippins», stellte

Christophis fest, jetzt, da der Schmutz leidlich entfernt war. Auf der Vorderseite die zwei lateinischen Buchstaben R und P, Rex Pippinus, auf der anderen vermutlich alte karolingische Minuskeln. Allerdings war die Münze nicht schadfrei erhalten geblieben. Vier kleine Löcher befanden sich darin, die nun klar zu erkennen waren.

«Auch im Kreuz des Heiligen Vaters sind Löcher», trug Hutten bei, sie befanden sich an den vier Enden des Kreuzes.

«Das ist kein Zufall», sagte Wolfram erfahrungsgemäß, «eher ein Schlüssel.»

«Wofür?», erwiderte Hutten.

«Ich weiß es noch nicht.» Er erbat das Kreuz und die Münze, vor ihm der nun freigelegte Boden des Silberkästchens, der mit auffallend vielen kleinen Tropfnasen übersät war, einem Sternenhimmel gleich.

Beim Lösen von Rätseln half es mitunter, dem Offensichtlichen keine Beachtung zu schenken, die Perspektive zu ändern oder einfach nur Abstand zu nehmen. Wolfram trat zwei Schritte zurück, und je weiter er sich entfernte, desto mehr verschmolzen die vielen kleinen Sterne zu einem einzigen unansehnlichen Gemenge, aber es offenbarten sich darin auch zwei Freiräume, die zunehmend einem Kreis und einem Kreuz ähnelten.

Das war es. Wolfram kam wieder näher und legte die Münze in den Kreis. Vorsichtig drehte er sie um ihre Achse, bis drei Tropfen in die Löcher der Münze passten. Das Gleiche tat er mit dem Kreuz. Hutten beobachtete das Vorgehen mit Staunen, Christophis mit einem wissenden Lächeln.

«Du bist immer wieder für eine Überraschung gut, alter Freund», sagte er, und Hutten fragte, was nun damit gewonnen sei.

«Einen kleinen Augenblick noch, Eure Eminenz», erwiderte Wolfram. Er brauchte noch etwas, das er in zwei dünnen Spreißeln des zerbrochenen Brückenmodells fand. Er steckte sie in die freien Löcher von Münze und Kreuz, ein kurzer Druck, und etwas knirschte, Bewegung kam auf und gab die Bodenplatte des Kästchens frei.

«Vorsicht», warnte Christophis, als Wolfram Hand anlegte, und tatsächlich war Vorsicht angebracht, denn unter der Platte mit seiner raffinierten Mechanik befand sich ein Behältnis von der Größe eines Taubeneis und in dessen unmittelbarer Nähe ein spitzer Dorn. Brachiale Gewalt, so war sich Christophis sicher, hätte eine Flüssigkeit freigesetzt, die die beiden Dokumente in der flachen Kammer zerstört hätte.

«Was um alles in der Welt ist das?», staunte Hutten.

«Ein Geheimfach, Eure Eminenz», erwiderte Wolfram scheinbar emotionslos, aber in seinem Inneren jauchzte und jubilierte er.

«Die weitaus interessantere Frage ist», warf Christophis ein, «wer der Meister dieses Kunstwerks ist. Ich habe schon einiges gesehen, von Jerusalem über Konstantinopel, Venedig und Paris, aber so etwas noch nicht.»

«Genug damit.» In der geheimen Kammer dieses wundersamen Kästchens lag etwas, und genau das bereitete Hutten Kopfschmerzen. «Holt es endlich heraus.»

Wolframs Blick ging zu Christophis, doch der verwies auf seine zittrigen Finger. So war es an ihm, das wohlgehütete Geheimnis ans Licht zu bringen. Mit den zwei Spreißeln hob er es an, stets darauf bedacht, nicht einen weiteren Mechanismus in Gang zu setzen, der alles zerstören würde.

Es waren zwei gefaltete Dokumente, graubraun und bereits vom Zerfall gezeichnet, doch überraschenderweise schimmerten sie an der Oberfläche, als wären sie mit etwas bestrichen worden, das den Fackelschein reflektierte. Christophis' neugierige Augen suchten nach einer Antwort.

«Kein Harz», murmelte er in seinen Bart, «auch kein Öl», und da sich keine befriedigende Erklärung einstellte, wagte er es, das erste Dokument vorsichtig zu entfalten. Es knackte an den Bruchkanten, aber sie gingen nicht entzwei, hier war etwas geklebt, dort ein Fragment befestigt worden. Wie und vor allem wer das auf so wunderliche Weise vollbracht hatte, dem würde er später nachgehen – auf jeden Fall war das nicht irgendein Kopist aus den frühen Skriptorien gewesen, dieser Könner kannte sich mit Balsamierung aus.

«Nun lest endlich», grollte Hutten, der das ganze Getue um ein altes, verrottetes Dokument nicht länger ertragen konnte, «was steht geschrieben?»

Christophis' Aufmerksamkeit richtete sich sofort auf die Unterschrift. Er brauchte nicht lange, um sie zu erkennen: Es war ein von Burkard verfasstes und unterzeichnetes Dokument, er hatte dergleichen in Bibliotheken gesehen und studiert, und dies war sein Bericht von der Fahrt nach Rom zu Papst Zacharias.

«... der Heilige Vater wies empört unsere Bitte zurück. Derjenige solle König genannt werden, der die Königswürde innehat.»

Die wenigen Worte trafen Hutten unvermittelt und schwer, jetzt, da Burkard Querfurts Lügenbericht zu bestätigen schien. Er rang nach Luft, suchte Halt. Wolfram eilte ihm zu Hilfe, stützte ihn und führte ihn zur Truhe, an die er sich lehnen konnte. «Fahrt fort», keuchte er, und Christophis tat es.

Sie hörten aus seinem Mund die Beichte des ersten und vielleicht wichtigsten Bischofs im Maintal, dessen Gewissensbisse, Vorwürfe und Seelenpein, aber auch dessen letztendliche Entscheidung, Stillschweigen über das päpstliche Urteil zu bewahren und sich auf die Seite Pippins zu stellen. «Allmächtiger Herr im Himmel, vergib mir den Verrat an dir und dem Heiligen Vater in Rom. Ich tat es zu deiner Herrlichkeit und zum Wohle deiner Kirche.»

Ein langes, bedrücktes Schweigen nahm sich ihrer an, einzig durch das schwere Atmen Huttens unterbrochen. Er wollte die Ungeheuerlichkeit hinausbrüllen, allein die fehlende Kraft hielt ihn davon ab.

Das zweite Dokument lag noch ungeöffnet da. Für einen Augenblick zögerte Christophis, doch dann nahm er es in die spitzen Finger und öffnete es. Das Monogramm, die Unterschrift und das Siegel, alles war da, und er brauchte nicht lange zu rätseln, wer der Verfasser war. Die lateinischen Buchstaben waren fein und schwungvoll gezeichnet, kein Patzer, kein Ausrutscher, alles auf Linie. Dieses Dokument war hochwertiger, und auf den ersten Blick gab es nichts zu beanstanden. Wenn das eine Fälschung war, dann war sie meisterhaft ausgeführt – zusammen mit dem Brief Querfurts und dem Bericht Burkards aber schwerlich anzuzweifeln. Das war das päpstliche Original. Er las nur den einen entscheidenden Satz vor:

«Derjenige solle König genannt werden...»

Ein langes Seufzen, Christophis gab das päpstliche Schreiben aus der Hand. «Es besteht kein Anlass für Zweifel», sagte er ruhig, und nun, da der Beweis angetreten war, fiel die Anspannung von ihm ab, Leere schaffte sich Raum.

«Aber ... warum nur?», fragte Hutten mit dünner Stimme. Hätte Wolfram ihn nicht gestützt, er läge niedergeworfen am Boden.

Die Frage blieb unbeantwortet. Stattdessen erinnerte Christophis an einen Vorfahr Huttens. «Wenn Ihr mir erlaubt, auf Euren Ahnen Ulrich zu verweisen ... den Reichsritter und Dichter.»

Der Verweis war alles andere als willkommen. «Was ist mit ihm?»

«Ihr erinnert Euch der Konstantinischen Schenkung, die er offen angezweifelt hat?»

Hutten fuhr auf, der Schmerz in der Brust zwang ihn zurück. «Herrgott, hör auf damit. Auch wenn die Urkunde eine Fälschung gewesen sein sollte, hat Kaiser Konstantin die Schenkung gewiss vorgenommen.»

Wolfram wusste, worüber sie sprachen. In der auf das vierte Jahrhundert zurückdatierten Schenkung wurde Papst Silvester I. und all seinen Nachfolgern die geistliche und faktisch auch weltliche Oberherrschaft über Rom, Italien und die Westhälfte des Römischen Reichs übertragen. Damit sicherten sich die Päpste die Vormachtstellung über alle weltlichen Regenten, und bevor ein Kaiser sich in Frankfurt zum Kaiser wählen lassen konnte, hatte er vorher die Zustimmung Roms einzuholen. Das war eine schier unbegreifliche Macht. Kein Kaiser würde einem Papst befehlen können.

«Es spricht einiges dafür», sagte Christophis und riss Wolfram aus seinen Gedanken, «dass die Urkunde zu Zeiten der Karolinger erstellt, also gefälscht wurde.»

«Selbst wenn, dann hat es nichts mit dieser Sache zu tun», beharrte Hutten.

«Und die Pippinische Schenkung? Seine Krönung ...?»

«Genug!»

«Eure Eminenz, ich wollte damit nur zum Ausdruck bringen, dass auch eine Lüge Gutes bewirken kann, sofern sie etwas Gutes zum Ziel hat. Burkard hat sich die Entscheidung nicht leicht gemacht, er wird sein Handeln vor unserem allmächtigen

Herrn rechtfertigen müssen. Doch sollten wir nicht über ihn richten...»

Hutten wollte nichts mehr davon hören. Er ließ den Alten plappern, während Ärger und Zorn mit dem Schmerz in seiner Brust konkurrierten. Wie hatte das nur so lange geheim bleiben können?

Alle seine Vorgänger hatten zu den Enthüllungen geschwiegen, sofern sie den Schlüssel zu dieser Kammer hatten zuordnen können. Andernfalls hatten sie genauso reagiert wie er, als sich Wolfram mit der kleinen Schatulle ihnen vorgestellt hatte – mit einem Achselzucken. Ab in die Schuhkammer damit. In beiden Fällen war nichts über das Innerste und seinen Inhalt bekannt geworden.

Sollte es so bleiben? Sollte er die Dokumente in die Truhe zurücklegen, Tür und Gang verschließen und im Dom die nächste Messe feiern, als sei nichts gewesen?

Dieser alte Schriftgelehrte würde nicht mehr lange leben und das Geheimnis mit ins Grab nehmen, notfalls würde er ihn unter Bewachung stellen. Wolfram war verschwiegen, daran gab es keinen Zweifel. Wenn der ihn mit seinem Stillschweigen über das Innerste nicht so gepiesackt hätte, wäre Neumann zum Mitwisser geworden. Himmel, ein Schönborn-Günstling als Bewahrer des innersten Wissens! Er hätte die Macht gehabt, die Säulen dieser Welt zum Einsturz zu bringen ... oder das zu tun, was vermutlich seine Vorgänger getan hatten: die Truhe verschließen, den Ort geheim halten und bei passender Gelegenheit Kaiser und Papst den Schwindel Pippins und Burkards unter die Nase reiben. Was hätten die anderes tun können, als den Bischof von Würzburg an ihrer Seite zu halten? Um jeden Preis.

«Wenn Ihr mich nicht länger braucht», warf Christophis ein, «es ist kalt, meine alten Knochen verlangen nach Wärme.»

Für einen Moment zögerte Hutten. Sollte er ihn einfach gehen lassen? Was wäre, wenn er sein Wissen doch aufschrieb oder seinem Beichtvater anvertraute?

«Du hast recht», erwiderte Hutten, «die Kälte ist auch mir in die Knochen gefahren und verdüstert meine Gedanken.»

Er gab Wolfram Anweisung, alle Dokumente wieder in die Truhe zu legen. In aller Ruhe wollte er darüber nachdenken, was nun zu tun war. Doch würde er überhaupt noch Ruhe finden, jetzt, da der Boden unter seinen Füßen ins Wanken geraten, sein Glauben an die Rechtschaffenheit von Burkard und seinen Nachfolgern erschüttert war? Heilige Dreifaltigkeit, hätte er nur niemals diesen Raum betreten und die Truhe geöffnet. So viel Leid und Pein wäre ihm erspart geblieben.

Querfurt. Ein ums andere Mal schoss ihm der Name quer. Warum hatte ausgerechnet er den lügnerischen Fürsten gedient, das unumstößliche Wort des Heiligen Vaters in den Staub getreten? War er ein verräterischer Judas Ischariot gewesen? Was sein Lohn? War er in selbstmörderischer Verzweiflung der meuchelnden Hand erlegen? Oder hatte man ihn getötet, um seine Offenbarung zu verhindern?

Hutten schwirrte der Kopf, auf der Brust lag eine Last, die das Atmen erschwerte. Raus hier. Diese Enge brachte ihn noch um.

Neumann hatte im düsteren Gang gewartet. Seinem fragenden Blick wich er aus, dafür befahl er ihm, den Gang mit noch kräftigeren Steinen zu vermauern und den Plan mit den Gängen der Festung zu verbrennen, andernfalls wollte er ihm höchstpersönlich den Prozess machen.

Die Kutschfahrt verlief wortlos. Der alte Christophis hielt die Augen geschlossen und ließ sich von den Löchern in der Fahrbahn nicht aus der Ruhe bringen. Wolfram hielt die Schatulle mit dem Schlüssel auf dem Schoß fest umschlungen, sein Blick war leer und richtungslos wie immer, nur dieses Mal wusste Hutten, was in dessen Kopf vor sich ging – haargenau das Gleiche wie in seinem: Was tun mit dem Wissen?

Die Brückenheiligen zogen an ihnen vorbei, längst nicht mehr im Glanz der Sonne. Es war früher Abend geworden, der Himmel in Rot getaucht, als würde er am Kreuz bluten. Zuerst passierten sie Bischof Bruno – weise und überlegt in Glauben und Handeln, in ein Buch vertieft –, er repräsentierte den Aufstieg von Stadt und Bistum zu gleichen Teilen. Hutten seufzte. Gott sei es gedankt, dass nichts über ihn in den Schriften zu finden gewesen war. Aber hatte Bruno vom Innersten gewusst? Wieso der Blick in ein Buch, das genauso eine Sammlung geheimer Dokumente sein konnte? Hatte Hutten nicht selbst den Entwurf des Künstlers abgesegnet, der Bruno mit ernster Miene und Fingerzeig auf das Geschriebene darstellte? Damals fand er es noch passend, jetzt kam es ihm unheimlich vor.

Darauf folgte Burkard mit dem Schwert in der Hand. War es das Schwert eines Fürsten? Sicher, Burkard hatte mit dem Machtsymbol eines weltlichen Fürsten den Glauben ins Maintal gebracht. Jedermann war stolz darauf. Burkard und die Karolinger, eine fruchtbare Allianz auf Gegenseitigkeit ... nur hatte sie jetzt einen völlig anderen Hintergrund bekommen.

Das Pathos des zum Martyrium bereiten Kolonat nahm er gar nicht mehr wahr, genauso wenig wie die triumphierende Heilige Mutter mit dem Löwen unter ihren Füßen. Dabei war er so stolz auf die Darstellung gewesen und auf sein Wappen, das auf der Figur prangte. Es hatte die Schönborns lehren sollen, dass der Glaube über allem stand ... und doch war es nicht länger so.

Der heilige Kilian, erneut mit einem Schwert in der Hand, mahnte ihn mit erhobenem Schwurfinger, er solle, wie sein

Nachbar Totnan, das wahre Wort Gottes zu den Franken bringen. Nur darin war das Seelenheil zu finden.

Als die bischöfliche Kutsche endlich am Rosenbachpalais zum Stehen kam, Wolfram den alten Christophis auf den Heimweg geschickt hatte, dann seinem Bischof beim Aussteigen behilflich war, meldete sich der Schmerz zurück.

«Hol den Arzt», stöhnte er auf und griff sich ans Herz.

***

Die Lungenentzündung verlief kurz und tödlich. Manche behaupteten, er sei an seinem gebrochenen Gemüt verstorben. In den Tagen des Fiebers war Wolfram an der Seite seines Bischofs, als treuer Begleiter und letztlich auch als Freund. Er wachte die Nächte hindurch, wenn sich Hutten schweißgebadet und stöhnend im Bett wälzte, tagsüber konferierte er mit dem Kanzler und der Kanzlei. Niemand zweifelte seine Befugnisse an, auch wenn sie ihm offiziell nicht zustanden. Wolfram war und blieb bis in die Todesstunde der engste Vertraute seines Bischofs. Als es zu Ende ging, beugte er sich auf ein Zeichen seines Herrn zu ihm hinab und hörte seine letzten Geheimnisse.

Der Tod Huttens traf die Würzburger ebenso plötzlich wie schwer. Für vier lange Wochen kam das Leben und Wirtschaften in Stadt und Land zum Erliegen. Die Trauer war groß, Gottesdienste und Fürbitten fanden regen Zuspruch, Gebete wurden gesprochen, darunter nicht eines, das dem liebgewonnenen Bischof nicht eine gute Aufnahme ins Himmelreich wünschte. Währenddessen traten die hohen Herren des Domkapitels zusammen, es musste alsbald ein Nachfolger gefunden werden. Wer sollte es werden? Jemand aus ihrem Kreis? Jemand aus einem benachbarten Bistum? Ein Schönborn etwa?!

Nachrichten von Glück und Unglück reisen schnell, und auch der weite Weg nach Wien änderte nichts daran, zumal Friedrich Carl von Schönborn dem Würzburger Domkapitel angehörte und schon deswegen an der Wahlversammlung teilnehmen musste. Außerdem war er ein halbes Jahr zuvor zum Bischof von Bamberg gewählt worden, nachdem sein Onkel, der Reichserzkanzler Lothar Franz, gestorben war.

Ein weiteres Mal würde sich der Reichsvizekanzler Friedrich Carl in Diensten Kaiser Karls VI. nicht demütigen lassen. Die Order war klar und unmissverständlich: Der Würzburger Bischofsstuhl würde nur mit einem besetzt werden, und das war er. Friedrich Carls ausgezeichnete Verbindungen zu Kaiser und Papst, die er im Spanischen Erbfolgekrieg unter Beweis gestellt hatte, taten ein Übriges.

Ein unüberschaubar großer Tross bewegte sich zum Kiliansdom, wo Friedrich Carl unter Beifall und Jubel der Würzburger als neuer Bischof inthronisiert wurde. Mit ihm kam ein wahrlich Großer der Reichspolitik auf den Würzburger Bischofsstuhl, der mit Kaisern, Königen, Prinzen, Kurfürsten und Päpsten am Verhandlungstisch gesessen hatte und auch weiterhin mit ihnen konferierte, denn Friedrich Carl war die ersten Jahre vom Wiener Hof unabkömmlich, wo er unter anderem die Reichskanzlei leitete – größer hätte der Unterschied zu Hutten nicht sein können.

So tat es auch nicht Wunder, dass er die Politik seines Vorgängers auf den Kopf stellte. Von nun an hieß es klotzen statt kleckern, der Residenzbau musste schnellstens fortgeführt werden, Neumann und die vielen anderen Handwerker erhielten wieder große Aufträge und weitere Künstler aus nah und fern wurden nach Würzburg geholt, die sich an der Residenz und anderen Bauten beweisen konnten.

Stadt und Land erlebten einen unerwarteten Aufschwung, die Hutten-Günstlinge hingegen hatten sich zu begnügen oder verließen gleich die neu aufstrebende Machtmetropole am Main. Ab jetzt regierte hier wieder ein Schönborn, ein Machtmensch und Förderer der Künste zugleich, der im Glauben groß, im Herrschen aber übermächtig geworden war.

Für einen hohen Reichsbeamten war das bescheidene Rosenbachpalais nicht akzeptabel, schon bald wollte er in den Nordflügel der Residenz einziehen.

Friedrich Carl stand am Fenster des Empfangszimmers im Rosenbachpalais und blickte auf den weiten Schlossplatz hinaus, der wie zu Huttens Amtsantritt eine brodelnde Baustelle war.

«Er darf jetzt eintreten.»

Dieser vermaledeite Hutten, grollte Friedrich Carl. Ganze fünf Jahre hatte er durch dessen Kleingeistigkeit verloren. Gottlob war der Nordflügel wenigstens mit einem Dach versorgt worden, sodass sich die Verputzer, Maler und Einrichter endlich an die Arbeit machen konnten. Zum Winter hin sollten die Öfen im Empfangszimmer und in den Schlafräumen für eine behagliche Wärme sorgen, die Schreiner die Bibliothek und den Schreibtisch gebaut und die Archivare alle wichtigen Dokumente und Bücher einsortiert haben. Die Gästezimmer mussten bis zum Frühjahr warten. Nichtsdestotrotz gedachte er, seinen ersten Empfang um die Weihnachtszeit zu geben – nichts Großes, nur die hiesigen Ehrenträger, dann aber, im Sommer, würde er die ersten neugierigen Besucher aus Wien, Frankfurt und Nürnberg empfangen, bevor die wirklich wichtigen Gäste aus Paris kamen …

Ein Räuspern. Er drehte sich um. An der Tür stand ein Mann,

klapprig in der Erscheinung und auf dünnen Beinen, auf dem Kopf eine weiße Perücke. Die schwarzen Halbschuhe glänzten matt und waren ohne jede Verzierung, der Rock ein altmodisches Taubenblau, lediglich die kleinen Ausschmückungen an den Ärmeln und am Kragen gaben noch etwas Hoffnung, dass die Mode der letzten hundert Jahre nicht spurlos an dem Greis vorübergegangen waren. Sein Blick war demütig gesenkt, an den Schläfen war das Kunsthaar zu zwei Röllchen aufgedreht, er hielt eine Schatulle in den Händen.

«Eure Eminenz», sagte Wolfram, «gestattet mir meine Aufwartung zu machen. Ich bin Wolfram, Euer untergebenster Leibdiener.»

Auch das noch, ein Methusalem, der glaubte, seinen Wiener Leibdiener ersetzen zu können – einen Absolventen der Sorbonne, der die vier wichtigsten Sprachen fließend sprach, mit den Sekretären des Kaisers und der Könige in Paris und Madrid konferierte, den Schneidern in Mailand vorgab, welche Farbe und Schnitt der Robe seine Exzellenz für das kommende Frühjahr bevorzugte, ein wahrer Meister der diplomatischen Finesse, ein Schlitzohr und Kenner des höfischen Lebens ...

«Soll er sich gedulden», erwiderte Friedrich Carl überdrüssig, «ich habe nachzudenken.»

«Sehr wohl, Eure Eminenz», antwortete Wolfram, verneigte sich und verließ das Empfangszimmer so leise und unmerklich, wie er gekommen war.

Der Blick ging wieder hinaus auf die Baustelle, wo Schubkarren kreuzten, Steine und Mörtel herbeigeschafft wurden, Maurer und Steinmetze um die Fuhren konkurrierten, Kräne und Aufzüge unter der Last ächzten. Das Stimmengewirr der vielen Arbeiter war Musik in seinen Ohren. Die Italiener, Franzosen, Belgier und Österreicher würden das Projekt rasch vorantreiben, sein Baumeisterfreund Hildebrandt aus Wien hatte ihm einige mitgegeben, andere auf seine Empfehlung hin engagiert, damit dieses Schloss der Schlösser auch das wurde, was es von Anfang an hätte sein sollen – ein Versailles und ein Belvedere, von dem man auf der ganzen Welt sprach.

Und da kam auch der Neumann, unter dem Arm die Pläne, die sie noch vor ein paar Tagen besprochen hatten. Morgen würde er ihn nach Wien schicken, wo Hildebrandt dem Bau den noch fehlenden Schliff verleihen würde. Insoweit musste sich Friedrich Carl also keine Sorgen machen. Der Bau würde zügig voranschreiten.

Anders sah es auf einer anderen Baustelle aus – auf der Mainbrücke. Diese verdammten Hutten'schen Statuen sahen in Wirklichkeit noch fulminanter aus als auf den Flugblättern abgedruckt. Heute Morgen hatte er sich selbst ein Bild davon gemacht. Diese Krämerseele, keinen Gulden für einen standesgemäßen Regierungssitz übrig, aber die Bildhauer mit Heiligenfiguren reich machen. Dabei waren noch nicht einmal alle heiliggesprochen. Das Volk und die Pilger störte das nicht. Es genügte zu wissen, dass sie sich um die Stadt und den Glauben verdient gemacht hatten. Und die heilige Mutter Maria mit dem Löwen unter ihren Füßen … Er hätte sie am liebsten mit eigenen Händen niedergerissen. Einzig die Verehrung, die ihr und den anderen Figuren zuteilwurde, hielt ihn davon ab.

Obwohl dieser Hutten mit seinem Intellekt nicht über das Maintal hinausgekommen war, hatte er ein starkes Ensemble geschaffen, das ihm Ruhm und Ehre eingebracht hatte. Friedrich Carl wäre schlecht beraten gewesen, etwas dagegen zu unternehmen und damit den Unmut des Volkes und der vielen Reisenden auf sich zu ziehen. Stattdessen galt es, dem Vorhandenen etwas entgegenzusetzen. Er ging zurück an den Schreibtisch, auf dem sich die Pläne für die nächsten sechs Heiligenfiguren befanden. Der heilige Aquilin war bereits so gut wie fertiggestellt, Arno zur Hälfte. Doch was Friedrich Carl am meisten aufstieß, war, dass Hutten offenbar kurz vor seinem Tod den beiden Becker-Brüdern Order gegeben hatte, Pippin und Karl den Großen von der Liste zu streichen.

Ausgerechnet Pippin, Schöpfer des Karolinger-Reichs, und Karl, erster Kaiser des Heiligen Römischen Reichs? Hatte dieser Provinzpfaffe völlig den Verstand verloren?! Ohne Pippin und Karl und ihre Treue zum Heiligen Stuhl hätte es das Christentum in jedem noch so unbedeutenden Winkel des Reichs niemals gegeben.

Kein Wunder, dass die beiden Bildhauer gleich nach den Feierlichkeiten im Dom vorstellig geworden waren. Sie hatten es sich selbst nicht erklären können, da Hutten wenige Tage vor seinem Tod noch in ihrer Werkstatt gewesen war und die Fortschritte an den Figuren gelobt hatte.

Nein, auf gar keinen Fall, Pippin und Karl blieben. Sie waren die Säulen des Reichs, der Anfang einer glorreichen Geschichte. Er würde sie an Anfang und Ende der Brücke positionieren, zwei Türmen gleich, die den anderen Figuren in ihrer Mitte Schutz und Stütze waren. An der rechtsmainischen Seite würde er Pippin verorten, allerdings fehlte dem Entwurf etwas. Die Figur wirkte irgendwie leer und ohne Bezug zu ihrer geschichtlichen Dimension. Man müsste ihr etwas mitgeben, damit klar wurde ... ja, das war es. Pippin würde die päpstliche Ernennungsurkunde in der Hand halten. Das war ein starkes Zeichen, gleichwohl dezent platziert und nicht zu aufdringlich.

Friedrich Carl nahm eine Schreibfeder zur Hand und zeichnete eine kleine Rolle in dessen linke Hand, auch an der Erhabenheit der Figur machte er Verbesserungen. Sie sollte entrückter erscheinen, den Blick in die Zukunft des aufstrebenden Reichs gerichtet.

Karl der Große kam auf die linksmainische Seite, und er nahm ihm das Schwert, wenngleich Karl alles andere als ein friedliebender Fürst gewesen war. Er hatte die Sachsen abgeschlachtet und viele andere Heiden unter dem Schwert zum rechten Glauben geführt. Karl war aber mehr als profane Gewalt gewesen, er hatte das Reich Pippins noch einmal vergrößert und eng mit dem Heiligen Stuhl verknüpft, Karl war ... der Vater Europas, der Welt schlechthin. Er verdiente, den Reichsapfel und das Zepter zu tragen, das Schwert musste weichen, auch wenn die Figur schon halbwegs fertiggestellt war. Sein Blick würde sich nicht im Irgendwo verlieren, sondern hinübergehen zu seinem Vater Pippin, der die Geste dankbar aufnahm und zurückgab. Ja, das war das Fundament – die Karolinger zu beiden Seiten der Brücke als Pfeiler im Weltgefüge.

Wenn die äußeren Figuren bestimmt waren, wer würde dann das Zentrum bilden? Sicher nicht der heilige Christophorus, Huttens Namenspatron, und schon gar nicht Aquilin oder Arno. Friedrich Carl nahm sie mit einem Federstrich aus den Entwürfen. Statt ihrer setzte er seine Namenspatrone ein – Fridericus und Carolus Borromäus, außerdem seinen Lieblingsheiligen Johannes Nepomuk. Somit blieb eine Figur übrig: Josef, der Mann der Heiligen Mutter und Ziehvater des Heilands Jesus Christus. Die Idee Huttens, Josef in den Kreis der Brückenheiligen aufzunehmen, war nicht schlecht, nur passte ihm die Position nicht, genauso wenig wie dessen ärmliche Erscheinung als Zimmermann.

Josef hatte mehr verdient als das, und vor allem war er der Hüter und Beschützer der Familie, die Hand Gottes. Friedrich Carl rückte ihn in die Mitte, genau gegenüber von Maria – sie als die Dame und er als der König. Nur, während sie über den Löwen zu ihren Füßen triumphierte, kam Josef mit bloßen Händen daher. Das konnte nicht sein. Josef brauchte etwas, das seinem Gegenüber zumindest ebenbürtig war. Ein Zimmermann gab außer Hobel und Säge nicht viel her ... aber als Mann stand er über dem Weib. Er bot Schutz und Erziehung für das Jesuskind, und damit das auch für die ganze Welt taugte, die der gottgewollten Ordnung zu folgen hatte, kam ein Reichsapfel dazu. Das war es. Josef, ein tatkräftiger Beschützer des Himmlischen, die Hand Gottes.

Er seufzte zufrieden, lehnte sich zurück und sah sich die Aufstellung aus der Entfernung an. Dort die Hutten'schen Glaubenspatrone, hier, auf seiner Seite, die Glaubensfürsten. Eine formidable Antwort auf die Frechheiten des Hutten. Er würde Wetten eingehen, welcher Formation mehr Bewunderung geschenkt wurde.

Die Becker-Brüder warteten noch auf Antwort, er würde sich als gerechter Fürst erweisen und sie zwei der bereits angefangenen Figuren fertigstellen lassen, die anderen würde Curé übernehmen.

Er läutete das Glöckchen, ein Diener öffnete die Tür.

«Schick nach dem Bildhauer Curé», befahl er, «ich habe mit ihm über einen neuen Auftrag zu sprechen.»

«Sehr wohl, Eure Eminenz.»

Im Rücken des Dieners tauchte Wolfram auf, in den Händen die Schatulle.

«Gestattet mir ...»

Nicht schon wieder dieser penetrante Kerl. «Hab ich ihm nicht gesagt, er soll sich gedulden?! Und außerdem habe ich keine Verwendung für ihn. Soll er sich in Ruhe und Bescheidenheit zurückziehen. Mein Segen sei ihm gewiss.»

«Aber die Schatulle?»

«Stell er sie dort in die Ecke. Irgendwohin, wo sie nicht stört.»

Wolfram tat es, dann verneigte er sich, bevor er sich für den Rest seiner Tage aus der Verpflichtung eines bischöflichen Leibdieners verabschiedete.

«So war es immer, Eure Eminenz.»

Rien ne vas plus

Durch eine Ritze im Fensterladen zwängte sich die Sonne ins abgedunkelte Schlafzimmer. Das gleißende Licht schmerzte, doch diese eine, vielleicht letzte Minute seines Lebens wollte Balthasar Neumann den Glanz noch einmal spüren. Vor der Tür hörte er den Arzt murmeln und sein Weib schluchzen, an ihrer Seite sein Sohn Franz Ignaz, der nicht verstand, warum sein Vater diesen Tag nicht überleben würde.

Sorgt euch nicht, weint nicht um mich, es ist genug mit diesem Leben.

Sich beklagen hatte nie zu seinen Tugenden gehört, Beharrlichkeit, Disziplin und unerschütterliches Selbstvertrauen schon eher. Fünf Bischöfen hatte er gedient – zwei Schönborns, einem Hutten, einem Ingelheim und zum Schluss noch einem Greiffenclau. Alles in allem: knapp fünfzig Jahre treuer und aufopfernder, niemals aufsässiger oder rebellierender Arbeit, obwohl er immer wieder reichlich Grund gehabt hätte, sein untertänigstes Befremden über die Entscheidungen seiner Herren zum Ausdruck zu bringen.

Zu Beginn der Bauarbeiten an der Residenz hatte Johann Philipp ihm nicht eine gerade Linie auf dem Zeichenbrett zugetraut, Hutten entzog ihm das Vertrauen von Anfang an, obwohl Neumann so viel für ihn gebaut hatte – den Maschikuliturm etwa und die Rohrleitungen quer durch die Stadt, die inzwischen fünf Brunnen mit sauberem Wasser versorgten, eine Sensation, die noch immer weit über die Grenzen des Landes hinaus bewundert wurde. Wie auch ein Netz unterirdischer Abwasserkanäle, was das eigentliche Revolutionäre war, denn sie ermöglichten eine bisher nicht gekannte Hygiene in der Stadt.

Friedrich Carl ließ ihn keinen Stein an der Residenz setzen, ohne dass es sein Wiener Favorit, der Hofarchitekt Lucas von Hildebrandt, nicht abgesegnet hätte, von den Franzosen de Cotte und Boffrand ganz zu schweigen, deren einfallslose Entwürfe nichts anderes als ein zweites, nur kleineres Versailles vorsahen. Nach ihrer Ansicht durfte außerhalb Frankreichs kein Schloss prächtiger sein als das vor den Toren von Paris. Verlogene Kleingeister.

Schließlich Ingelheim: Herr im Himmel, was für eine rätselhafte und verstörende Gestalt ... Unter ihm hatte er alle Titel und Positionen verloren, war davongejagt, verschmäht und zu einem Bittsteller und Hungerleider verkommen, der heute nicht wusste, was morgen sein würde. Sein Lebenswerk war in Gefahr geraten, insbesondere als in den weitläufigen Gemächern der Residenz Feuer ausbrach und auf das gesamte Schloss überzugreifen drohte. Die schnell aufgenommenen Löscharbeiten hatten eine Katastrophe verhindert, der Schaden hielt sich in Grenzen.

Der Ingelheim'sche Spuk war gottlob schnell vorübergegangen, danach übernahm Carl Philipp von Greiffenclau den frei gewordenen Bischofsstuhl. Mit ihm blühte die alte Pracht herrschaftlichen Lebens in der Stadt wieder auf, die zuvor vertriebenen Künstler kehrten zurück, und mit ihnen ging ein neuer Stern über Würzburg auf, der selbst den Schönborns zur Ehre gereicht hätte: der venezianische Freskenmaler Giovanni Battista Tiepolo. Um ihn und seine Kunstfertigkeit buhlten die Königshäuser halb Europas, allen sagte er ab, damit er sich in der Residenz und vor allem an seinem sagenumwobenen Plafond im Treppenhaus verewigen konnte.

Noch in der Stunde des Todes erzeugte der Gedanke ein wohltuendes Frösteln. *Tiepolo hatte sich für ihn und sein Treppenhaus entschieden.* Was für eine Genugtuung, welch ein Triumph über die Neider, Konkurrenten und zweifelnden Herren. Der Maestro kam zu ihm, und nur zu ihm. Vorbei die demütigenden Jahre der fürstlichen Besserwisserei und der dilettantischen Vorschläge, ab jetzt regierte nur noch die Kunst.

Doch so süß der Gedanke auch war, er barg eine bittere Einsicht in sich. Tiepolo war nicht der kompromisslose Künstler, für den Balthasar ihn anfänglich gehalten hatte. Der Venezianer brachte neben seiner beneidenswerten Kunst auch die Erfahrung im Umgang mit einer zahlungskräftigen Kundschaft mit. Er blieb zeit seines Aufenthalts verschlossen und hielt sich aus dem höfischen Leben heraus, suchte in der Einsamkeit die Inspiration jenseits des zuvorkommenden Lächelns und des überschwänglichen Lobs, sodass man nie sicher sein konnte, ob er die fürstliche Gesellschaft verachtete oder ob er an neuen Entwürfen arbeitete. Seinen Platz an der Fürstentafel überließ er seinem engsten Mitarbeiter und Sohn Domenico.

Gerne wäre Neumann mit dem Maestro zusammengesessen und hätte Ideen für die Gestaltung und Ausschmückung des *weiten Raums* diskutiert, aber Tiepolo verweigerte sich auch ihm. Er war der unumstrittene Künstler, er brauchte keinen Disput, sein Werk sprach für sich, wie seine Forderungen auch. Tiepolo verdiente in der kurzen Zeit gut das Dreizehnfache dessen, was Neumann für seine Gesamtbauleitung einstrich. Im ersten Moment schmerzte die Benachteiligung, später erkannte er ihren Preis: Tiepolo hatte für sein Werk die Wahrheit geopfert, Neumann hingegen war sich treu geblieben und hatte die selbstverliebten Ideen seiner Konkurrenten ausgesessen oder sie geschickt miteinander verzahnt, dass sie in sein Gesamtgebilde einflossen. Einer nach dem anderen war verstummt, hatte sich zurückgezogen oder war verstorben, bis nur noch er übrig geblieben war. Dieses Schloss aller Schlösser würde auf ewig mit seinem Namen verbunden sein – die Hildebrandts, de Cottes und Boffrands ... fortan mussten sie sich an ihm ausrichten.

Und Tiepolo? Der hatte getan, was sein eitler Auftraggeber von ihm verlangt hatte – der Lüge zum Weltruhm verholfen. Das eine Fresko im Kaisersaal – *Die Trauung Kaiser Barbarossas und Beatrix' von Burgund durch den Würzburger Fürstbischof Henneberg aus dem Jahr 1156* – zeigte nämlich nicht den Henneberger, sondern Greiffenclau, genau wie auf dem gegenüberliegenden Fresko, auf dem Greiffenclau das Herzogsschwert und die Güldene Freiheit aus den Händen Barbarossas erhielt und nicht Bischof Herold.

Das Ganze war eine dreiste Anmaßung, nichts weniger als eine Verdrehung der Tatsachen, die die Leistungen Hennebergs und Herolds zunichtemachten und Greiffenclau mit falschen Federn schmückten. Tiepolo hatte die Fälschung ohne erkennbares Murren ausgeführt, denn sein Meisterwerk – weswegen er überhaupt nach Würzburg gekommen war – hatte er ja noch nicht begonnen: die Bemalung des riesigen, knapp 600 Quadratmeter großen Plafonds im Treppenhaus.

Daraufhin hatte er Greiffenclau als den Förderer von Künsten und Wissenschaften ins hoch aufragende Zentrum seines nicht zu übertreffenden Meisterwerks gesetzt, umgeben von vier weiblichen Allegorien der vier Erdteile, die dem Bischof huldigten, und das in einer Maßlosigkeit, dass man nicht länger sicher sein konnte, ob es sich um die Verehrung des hochgeschätzten Fürsten handelte oder um dessen Karikatur. *Greiffenclau im Götterhimmel.*

Ein dünnes Grinsen legte sich auf Neumanns Lippen. Friedrich Carl hätte die Pracht geliebt, Lothar Franz, sein mächtiger und nicht weniger erhabener Onkel und Erzfürst sich selbst in den Vordergrund gedrängt, damit der Glanz allein auf ihn fällt.

Die Schönborns ... *Der Sonne entgegen, griechische und römische Götter zu Dienstboten machen. Selbst die Sonne, ein Gott sein.*

Hutten hätte die ketzerische Selbstverherrlichung niemals geduldet, Ingelheim sie mit Zauberern und mythischem Geistervolk durchdrungen.

Ja, so waren seine Fürsten gewesen. Ein jeder nach seiner Fasson, und Neumann hatte sich danach zu richten, was er auch getan hatte, so wie jeder andere, der unter seinem Herrn bestehen wollte.

Wo war sein Platz unter dem erhabenen Himmelsvolk? Der Maestro hatte ihn überraschenderweise in die zentrale Position gesetzt, gleich hinter dem Ende des Treppenaufgangs, noch bevor man sich den Kopf nach dem Fürsten am weiten Plafond verrenken musste. Warum hatte er das getan? Weil auch Neumann letztlich zu einem Gott geworden war? So wie Tiepolo? Er hatte nie die Gelegenheit gefunden, ihn danach zu fragen.

Eine Wolke schob sich vors Fenster, die Sonne verblasste, und Neumann schloss die Augen. Es war gut so, er hatte alles erreicht, auch wenn man es ihm nie leicht gemacht hatte, seine Kunst unter Beweis zu stellen. Seine letzten Geheimnisse über die Fürsten und Tiepolo würde er mit ins Grab nehmen, sie hatten in der Welt nichts verloren.

Die letzten Geheimnisse ... Waren das nicht die Worte des alten Leibdieners von Huttens gewesen, der unter Friedrich Carl keine Anstellung mehr gefunden hatte und im Juliusspital verstorben war? Kurz bevor ein Brand ausgebrochen war, das Jahr, in dem Kaiser Franz und Königin Maria Theresia in die Stadt gekommen waren und Neumann ein großes Feuerwerk abgebrannt hatte?

Wie war sein Name gewesen? So viele Namen und Gesichter in all den Jahren ... ein dünner, alter Kerl, der Hutten niemals von der Seite gewichen war und bereits Johann Philipp gedient hatte. Wolfram, ja, das war sein Name gewesen. Ausgerechnet Neumann hatte er an sein Sterbebett rufen lassen, den Schönborn-Günstling, die Stimme schwach und brüchig.

Die Schatulle ... der Schlüssel zur Tür im Berg ...

Wolfram hätte sie öffnen und das Geheimnis offenbaren sollen, das sei der letzte Auftrag Huttens gewesen. Er hatte es nicht vollbringen können. Nun sei es an Neumann.

Versprecht es mir, sonst finde ich keine Ruhe.

Wo ist die Schatulle mit dem Schlüssel zu finden?, hatte Neumann gefragt.

Käppele.

Wo genau? Wer hat sie?

K ...

Die Stimme brach, der alte Wolfram atmete nicht mehr.

Die Wallfahrtskirche Mariä Heimsuchung – volkssprachlich Käppele genannt – war nach seinen Plänen auf dem Nikolausberg gebaut worden. Sie ersetzte eine kleine Holzkirche, die an der Stelle eines Bildstocks hundert Jahre zuvor errichtet worden war. Das Käppele lag auf derselben Mainseite dem Festungsberg gegenüber, von dort aus bot sich dem Betrachter sowohl ein beeindruckender Blick über die Stadt und ins Maintal als auch auf den Felsen, auf dem seit Jahrhunderten die alte Burg thronte. Irgendwo dort im harten Stein gab es einen geheimen Gang und eine Tür zu einer noch geheimnisvolleren Kammer ...

Auf der Suche nach der Schatulle hatte er sich an jenen Tag erinnert, als er mit Hutten und Wolfram, später mit dem alten Jesuiten, tief in den Berg vorgestoßen war. Der verborgene Gang, die nicht zu öffnende Tür, das verschwiegene Getuschel und letztlich der unmissverständliche Befehl Huttens, kein Wort darüber zu verlieren. Er hatte sich all die Jahre daran gehalten, der Gang war längst vermauert und unauffindbar geworden, die Pläne vernichtet. Selbst wenn er die Schatulle gefunden und den Gang wiederentdeckt hätte, warum hätte er gegen die Anweisung Huttens verstoßen sollen? Was hätte es ihm gebracht? Wie hätte Friedrich Carl darauf reagiert?

So hatte er es bleiben und Wolfram ein anständiges Grab ausheben lassen. Wenn er nun den Schritt hinüber machte, würde er ihn um Verzeihung bitten und fragen, was denn in der geheimnisvollen Kammer versteckt gehalten wurde. Wenn Wolfram ihm gnädig gesinnt war, würde er es ihm verraten. Vielleicht.

Noch ein Atemzug, der Schmerz wich, und ein letztes Mal stach die Sonne in Neumanns Augen. Im Glanz dieses unermesslich schönen und warmen Lichts tat sich eine Brücke auf, die er mit einem befreienden Seufzen beschritt.

Herr, in deine Hände befehle ich meinen Geist.

19. Jahrhundert
Niedergang

Unter dem bischöflichen Krummstab ließ es sich gut leben, und als Bürger der hochfürstlichen Residenzstadt konnte man stolz auf das Erreichte sein, die Stadt stand der Herrlichkeit ihres Fürsten kaum nach, so gelungen und geschichtsträchtig war sie geworden.

Im Jahr 1790 machte Wolfgang Amadeus Mozart auf seiner Reise nach Frankfurt in der Bischofsstadt Station. Eine «schöne und prächtige Stadt» sei Würzburg. Auch der am Theater beschäftigte Richard Wagner verliebte sich 1834 in die Stadt und vor allem in den Wein, den er reichlich genoss, Goethe wollte keinen anderen mehr als den vom *Stein* trinken, und der anfänglich mit der Stadt hadernde Heinrich von Kleist erfuhr im Jahr 1800 auf der Brücke einen Sinneswandel und wurde zum Dichter.

Sie alle mochten sich am überschwänglichen Lob Gottfried von Viterbos erinnert haben: «Ins Tal eingeschnitten liegt die Stadt wie ein irdisches Paradies. Darf ich auf weiteres Leben hoffen, werde ich mich alsbald dort ansiedeln.»

Die Verklärung fand ihre Grenzen, als sich von Westen her ein unerwartet lauter Knall im Maintal verfing und Franz Ludwig von Erthal, Fürstbischof von Würzburg seit 1779, genauso wie seine nichts ahnenden Untertanen in helle Aufregung versetzte.

Das jahrzehntelang von Hunger und hohen Lasten geknechtete Volk Frankreichs hatte sich 1789 gegen seinen König Ludwig XVI. erhoben, ihn aus seinem Versailler Palast verjagt und vier Jahre später mitsamt seiner Gattin Marie Antoinette – der Schwester des österreichischen Kaisers – kurzerhand aufs Schafott gebracht. Der

Adel und der Klerus wurden ihrer Besitztümer, Vorrechte und ihres Lebens beraubt, an die Stelle eines absoluten Herrschers trat des Volkes Wille, unabdingbare Menschenrechte sollten Grundlage allen Handelns und Denkens sein.

Aufwieglerische Rufe nach Freiheit, Gleichheit und Brüderlichkeit gellten fortan durch jede Straße und Gasse des Königreichs, und sie sollten jenseits der Landesgrenzen nicht ungehört bleiben.

Fürstbischof Erthal war dem aufklärerischen Gedankengut anfänglich sogar zugeneigt, er regierte seine beiden Bistümer Würzburg und Bamberg bereits vor der Revolution nach dem Grundsatz *Alles für die Untertanen, aber alles durch den Fürsten.*

Im besten Hutten'schen Sinne verschmähte er jedweden Prunk, setzte der glanzvollen Hofhaltung in der prächtig ausgestatteten Residenz ein jähes Ende, so wie den beliebten Jagdgesellschaften und Opernaufführungen auch, errichtete stattdessen in Bamberg das erste moderne Krankenhaus und führte eine öffentliche Sozialversicherung ein. Die Universitäten in seinen Bistumsstädten erblühten, dem kaiserlichen Haus Habsburg-Lothringen stand er loyal gegenüber, und den neu gekrönten Kaiser Franz II. empfing er auf der Rückreise nach Wien in seinem treu-katholischen Bistum, einige Tage später auch den preußischen König und dessen Sohn Friedrich Wilhelm III.

Eigentlich drohte keine Gefahr, die ersten Koalitionskriege zur Niederschlagung der «französischen Pest» fanden unter Teilnahme fast aller europäischen Staaten in der Ferne statt. Erthal wurde geschätzt und geliebt, die wirren Revolutionsideen fielen im Maintal auf kargen Boden. Würzburg fand sich fortan als Dreh- und Angelpunkt umherreisender Kaiser, Könige und Feldherren in einem sich selbst zerfleischenden Weltreich wieder, das den gemeinsamen Gegner aus dem Auge verlor und eigensinnige, nationale Interessen verfolgte.

Die alte, seit Jahrhunderten gültige Staatenordnung löste sich zunehmend in Pulverdampf auf. Vereinbarungen wurden gebrochen, ein wildes Angreifen und Inbesitznehmen, ein rücksichtsloses Ausscheren aus Koalitionen griff um sich, eigenständige und vor allem eigennützige Friedensverträge – die nichts anderes als Nichtangriffspakte waren – wurden mit dem ehemals gemeinsamen Feind Frankreich geschlossen, wehrlose Länder untereinander aufgeteilt. Von nun an lauerte der Räuber nicht mehr am Rhein, sondern an der nächsten Hausecke. Preußen, Russland und das österreichische Kaiserhaus hatte die Gier gepackt, es galt, Beute zu machen. Den Franzosen war es gedankt.

Da erlag Erthal, nicht ganz unerwartet, im Jahr 1795 einem langen Leiden. Ein Nachfolger musste rasch gefunden werden, der den Herausforderungen gewachsen war. Es stand viel auf dem Spiel. Die Säkularisation war ein neuer Begriff für die altbekannte Finanzierung von Kriegszügen, nur dass dieses Mal kirchlicher Besitz und weltliche Vorrechte dafür herangezogen wurden. Ein Fürstbischof verlor damit seinen fürstlichen Herrschaftstitel und wurde auf einen geistlichen Hirten, einen Bischof, zurechtgestutzt, seine Ländereien, Kirchen, Klöster und Vermögen enteignet und dem Staat einverleibt. Aus kirchlicher Sicht war das nichts weniger als die Apokalypse, der Einfluss auf Kaiser und Könige ging verloren, und die Koalition in der Weltherrschaft war mit einem Paukenschlag beendet. Einzig der Beichtstuhl blieb, ein Reich von der Größe eines Aborts.

Die Wahl fiel auf Georg Karl von Fechenbach als neuen Fürstbischof von Würzburg und später Bamberg. Er sah sich übermächtigen Gegnern ausgesetzt, und dazu gehörte nicht allein die anrückende Franzosenarmee, sondern auch Verbündete wie Preußen und das habsburgische Kaiserhaus. Wie Gustav Adolf im Dreißigjährigen Krieg von seinem Gegner Wallenstein die Kontributionszahlungen übernommen hatte, machten sich nun Preußen und im

Geheimen auch der Kaiser als Beschützer der Kirche im Heiligen Römischen Reich daran, die Säkularisation für ihre Kriegskasse zu nutzen.

Wem konnte der Fürstbischof noch trauen? Fechenbach zog Johann Michael Seuffert hinzu, einen bereits unter Erthal hoch angesehenen Staatsrechtler. Er sollte auf diplomatischem Weg die existenziellen Interessen des Fürstbistums, dessen Unantastbarkeit und damit Fortbestand in den aufreibenden Friedensverhandlungen sichern, während Ihre hochfürstliche Gnaden sich 1800 ins Exil begab, um dem Zugriff der Franzosen zu entgehen.

Pfeifend zog das Geschoss über das Dach hinweg, irgendwo am Festungsberg schlug es dumpf ein und versetzte die Fensterscheiben und das feine Service in der Vitrine in bedrohliche Schwingungen. Johann Michael Seuffert, des Fürstbischofs engster Vertrauter und Verhandlungsführer, ließ sich nicht davon beeindrucken. Er stand am Fenster seines abgedunkelten, notdürftig erhellten und ungewohnt karg eingerichteten Arbeitszimmers und las die liegengebliebene Korrespondenz der letzten Tage.

«Das Herannahen eines französischen Heeres zwingt Uns, auf eine Zeitlang Unsere fürstliche Residenzstadt zu verlassen, um Unsere getreuen Untertanen nicht in den Fall zu setzen, bei Unserer etwaigen Gefangennahme Unsere Freiheit mit zu drückenden Kosten zu erkaufen.»

Warum war diese uralte Bekanntmachung wieder auf seinem Schreibtisch gelandet? Eine Ahnung drängte sich ihm auf. Magda, die Köchin, Zofe und Putzfrau in einem, sie warf einfach nichts weg.

Das Schreiben erinnerte ihn an den Beginn der Panik, als bekannt geworden war, dass General Dumonceau mit seiner Armee gegen Franken, speziell gegen Würzburg marschierte. In Scharen hatten die Bürger die Stadt verlassen, und wer nicht flüchten konnte oder wollte, vermauerte seinen Besitz oder vergrub ihn im Garten. Die Töchter schickte man zum Schutz ins Kloster ... als ob ein Kloster in diesen Tagen noch jemanden schützen konnte.

Wenige Tage nach der Bekanntmachung war der Fürstbischof bereits in seinem Schloss südlich von Meiningen eingetroffen. Die Kutsche musste bei den miserablen Straßenverhältnissen wie der Wind über die vielen Löcher und Pfützen geflogen sein, dachte Seuffert, sonst wäre das nicht zu schaffen gewesen. Oder

der Bischof war bei der Veröffentlichung seines Fluchtbriefes schon längst nicht mehr in der Stadt, was wahrscheinlicher war als ein Parforceritt über klaffende Schlaglöcher.

Seuffert ließ den Brief zu Boden trudeln, als sei er bedeutungslos. Er war zwar alles andere als das, aber was nützte es, jetzt noch zu lamentieren…

Die nächste Nachricht. Der Regen oder die Feuchtigkeit der Kuriertasche hatten den Zeilen zugesetzt.

«Es ist verständlich, dass Ihre Gnaden an dem engen, mittelalterlichen Schloss inmitten der feuchten Wiesen und herbstlichen Talnebel keine rechte Freude haben. Daher entschloss sie sich für den Umzug in die nahe herzogliche Residenz.»

Der Fürstbischof wusste demnach noch nichts von den gescheiterten Friedensverhandlungen in Lunéville und dass Napoleon den Waffenstillstand aufgekündigt hatte, ansonsten hätte er wohl nicht … ach, auch das war es nicht wert, einen Gedanken daran zu verschwenden. Die Franzosen standen im Schneetreiben den österreichisch-bayerischen Truppen bei München gegenüber. Nach den letzten Meldungen sah es nicht gut für die Kaiserlichen aus. Wenn die Schlacht verloren ging, gab es für die Franzosen kein Hindernis mehr auf dem Weg nach Wien.

Das Schicksal Würzburgs war hingegen nach schnell aufgenommenen Verhandlungen geklärt, so war es ihm auf der Herfahrt berichtet worden. Der rechtsmainische Teil der Stadt kapitulierte im Angesicht des feindlichen Truppenaufgebots, das sich aus französischen und batavischen Soldaten speiste, alles andere wäre glatter Selbstmord gewesen. Die verbliebenen Truppen und Bürgermilizen unter Befehl des Festungskommandanten Vincenz Dall'Aglio zogen sich auf die linksmainische Seite zurück, von wo aus sie das Mainviertel und den Kirchenstaat verteidigten.

Wieder krachte es, eine ganze Batterie wurde abgefeuert, und wieder zischten die Geschosse über ihn hinweg. Das Ziel war eindeutig die hochgelegene Festungsburg mit ihren Verteidigern. Seuffert konnte beruhigt nach dem Opernglas greifen, in Ufernähe und unweit vom Burkarder Tor drohte ihm vorerst keine Gefahr.

Im Blitzgewitter der Mündungsfeuer erkannte er emsig agierende französische Kanoniere, die augenscheinlich ihr Handwerk beherrschten, so schnell wie sie die Höllenrohre nachluden und wieder abfeuerten. Das waren Eroberungstruppen, kein Zweifel. Ein reiterloses Pferd kam vor die Linse, das, durch die infernalen Detonationen und zuckenden Feuerstöße aufgeschreckt, direkt vor den Kanonen vorbeigaloppierte. Es war ein schönes, edles Tier, selbst auf die Entfernung hin und bei schlechtem Licht noch zu erkennen. Die kräftige Muskulatur, der nach vorne gestreckte Hals, die raumgreifenden Sprünge, es wäre schade um das Tier ... Noch ein paar Meter, feuerte Seuffert es an, die Brücke ist nicht mehr weit.

Zum Teufel! Die Brücke!

Sie lag nahezu komplett im Dunkeln und wurde immer nur kurz von den Pulverblitzen erhellt, mit ihr die Heiligenfiguren, die erstarrten Kriegern gleich dem Höllenspektakel beiwohnten. Wer nicht wusste, dass die Brücke dort stand, übersah sie gegen den verhangenen Abendhimmel. Doch Seuffert wusste um ihre Existenz, genauso wie der französische General Dumonceau und dessen Offiziere. Warum hatte er sie mit seinen Reitern nicht schon längst überquert? Ein Kinderspiel, es waren nicht einmal zweihundert Meter.

Ach ja, es fiel ihm wieder ein, die Brücke sollte verschont und für die Versorgung erhalten bleiben. Doch würden sich die Franzosen daran halten? Sie hatten auch auf der gegenüberliegenden

Stadtseite nichts verloren. War ein übermütiger Kommandant am Werk?

Diese verflucht wunderbare Brücke ... Sollte sie nach den vielen Jahrhunderten, in denen sie der Stadt Wohlstand und Bedeutung geschenkt, Kaisern, Königen und dem Volk als Ruhmesallee gedient hatte, nun zu einem Einfallstor für den Feind werden? Dall'Aglio, du blinder Torwächter, schick endlich einen Sprengmeister herunter und stopfe diesen Höllenschlund!

Da donnerte es ohrenbetäubend auf seiner Seite vom Berg herab. Die Geschosse pfiffen vorüber und schlugen entlang des jenseitigen Stadtufers ein. Ein, zwei Wassertreffer waren darunter, ein Boot und eine Geschützstellung mit Material und Mannschaft zerbarsten in abertausende Teile, und auch das Pferd wurde durch die Luft gewirbelt. Sein lebloser, zersprengter Körper klatschte in Teilen auf die Wasseroberfläche. Ein paar Schreie wehte der frostige Dezemberwind noch herüber, dann wurde es still.

Bald würde es auch im Maintal schneien, dachte Seuffert mit einem Anflug des Bedauerns für das Tier, wenn der Ostwind kam und Feuchtigkeit mit sich führte. Diese Soldaten, wenn sie nicht gerade aus den Bergen stammten, mochten keine Kälte, sie waren eine Gutwetterarmee, nur ungenügend auf die alles durchdringende Nässe und den Schnee vorbereitet, geschweige denn dafür ausgerüstet. Allmächtiger, schick uns Schnee, Eis und Regenstürme. Fege sie hinweg, wie einst Moses das Meer über die Ägypter hereinbrechen ließ ... Ein Soldat hatte Feuer gefangen und irrte orientierungslos am Ufer entlang, es fehlte ihm ein Arm, die Uniform war blutgetränkt und rußgeschwärzt. Ein unbedachter Schritt, und er stürzte in die eisigen Fluten.

Seuffert seufzte und stellte das Opernglas zurück. Hungrig war er nach der langen Fahrt. Die Dienerschaft, wenn sie nicht schon längst geflohen war, würde sich in irgendeiner Kellerecke versteckt halten, ihn nicht rufen hören, schon gar nicht bei dem Grollen der Kanonen. So tastete er sich zur Tür und schaffte den kurzen Gang über knarzende Dielen bis in die Küche, ohne sich das Bein an den herumstehenden Möbeln zu stoßen.

Der Herd verströmte eine wohlige Wärme, durch die Ritzen der Klappe fiel Feuerschein gegen den Tisch und die Wand.

«Magda», rief er, «Johann! Wo seid ihr?»

Es dauerte einen Moment, doch dann knarrte die Tür zur Speisekammer. «Herr, seid Ihr es?», fragte Johann.

«Wer sonst, du Hasenfuß. Wäre ich ein Franzmann, würde ich dich nicht rufen, sondern gleich in die Speisekammer einbrechen. Komm heraus, ich bin hungrig.»

Eine zweite Stimme gesellte sich dazu, Magda, wie immer würde sie Johann vor einem Unglück bewahren wollen.

«Und wenn es doch ein Franzos ist?», hörte er sie flüstern. «Ein Preuß oder gar ein Bayer? Man kann niemand mehr trauen.»

«Magda», drohte ihr Seuffert besänftigend, «wenn du mir nicht gleich ein Abendessen bereitest, schick ich dich ins Kloster. Du weißt, was dich dort erwartet.» Das sollte genügen.

«Jessas und heilige Mutter Maria, es ist wirklich der Herr.»

Zuerst tauchte der Kopf von Johann im Flackerlicht auf, die Nase krumm und groß, ein Kranz aus weißen, langen Haaren hing ihm über die Ohren, das Haupt war blank.

«Verzeiht, Herr», stammelte er, «wir dachten...»

«Los, geh schon weiter», stieß ihn Magda in den Rücken, sie war gut zwei Köpfe kleiner und ein Menschenalter jünger, im Grunde genommen ein sich dem Erwachsenwerden widersetzendes Kind mit Sommersprossen auf der hellen Haut, Pausbacken und listigen Knopfaugen. Ihre Haare waren wie immer akkurat unter einer Haube gefasst, sodass sich keine einzige rote Strähne lösen konnte.

«Verzeiht, Herr», sagte auch sie mit einem Knicks, «wir haben Euch nicht so früh zurückerwartet.»

«Früh?», erwiderte Seuffert belustigt. «Ich war tagelang unterwegs. Nun schnell, verschafft mir Essen und Trinken.» Er hielt die klammen Hände über die Herdplatte und rieb sie aneinander, während Johann Kerzen entzündete und Magda Schinken, Käse, Brot und Wein auf den Tisch stellte. «Was könnt ihr mir berichten? Was ist in der Stadt alles passiert?»

«Die Franzosen, Herr», sprudelte es aus Johann heraus, wurde aber von Seuffert sogleich unterbrochen.

«Außer den Franzosen. Die sind ja kaum zu übersehen.»

Zur Unterstreichung schlug in der Nähe ein Geschoss ein, ein dumpfer Aufprall, der den Sand fingerbreit aus der alten Zimmerdecke herabrieseln und die Möbel erzittern ließ. Magda warf sich zu Boden, Johann zu ihrem Schutz über sie, und auch Seuffert taumelte in eine Ecke, unsicher, ob nicht gleich das Haus über ihnen einstürzen würde. Die weiße Perücke rutschte ihm ins Gesicht.

«Heilige Mutter Maria, hilf», ratterte Magda ihre Fürbitte herunter, «beschütz uns vor Franzosen, Pest und Hagelschlag.»

Auch Johann murmelte etwas, vermutlich bezog es sich wieder auf sein zänkisches Eheweib, der er den Treffer schon seit Jahren wünschte, was aber nie gelang.

«Himmel», gab Seuffert nun weniger verwegen zu, «geht das schon lange so?» Mit staubigen Händen rückte er die Perücke zurecht, straffte den Frack und räusperte sich. «Los, kommt endlich wieder auf die Beine.»

Zögernd erhob sich ein Kopf nach dem anderen. «Sie schießen Burg und Berg noch kurz und klein», sagte Johann, «an die zehntausend Schuss hab ich schon gezählt.»

«Und Dall'Aglio», fragte Seuffert, «kann er sich halten?»

«Dem Herrn sei für diesen Österreicher gedankt», erwiderte Magda mit einem Kreuzzeichen, allerdings war ihre Haube verrutscht und das rote Haar schaute hervor. Johann wies sie mit einem Stups darauf hin, worauf sie sich ertappt abwandte und das Malheur behob. Der letzte Hexenprozess in deutschen Landen war gerade mal fünfzig Jahre her und hatte die Subpriorin des Klosters Unterzell auf den Scheiterhaufen gebracht. Noch immer jagte das Ereignis Magda einen Heidenschreck ein, selbst wenn sie nur aus Erzählungen davon wusste, genauso wie von der biblischen Heuschreckenplage kurz darauf; die schlimmen Hochwasser, die Protestanten, die Juden ... Ihr Dasein war tausend Gefahren ausgesetzt.

«An ihm wird sich der Franzos die Zähne ausbeißen», sagte Johann stolz, «auch wenn unser Fürstbischof nicht –»

Ein Stoß in die Seite ließ ihn verstummen, Magda führte den Satz für ihn weiter. «Habt Ihr denn von unserer gnädigsten Durchlaucht etwas gehört?»

Seuffert wollte nicht darauf eingehen und setzte sich unter erneut aufflammendem Kanonendonner an den Tisch. Er seufzte und faltete die Hände. Die beiden taten es ihm gleich. «O Gott, von dem wir alles haben –»

Ein lautes, energisches Pochen an der Tür unterbrach.

«Herrgott!», fuhr Seuffert auf. «Kann man nicht eine Minute Ruhe haben.»

«Ich geh schon», besänftigte Johann und eilte zur Haustür. «Wer da?»

Eine raue Stimme antwortete. «Dringende Nachricht für Ihre Gnaden, den Geheimrat bei Hofe.»

Der Riegel ging auf, eine Depesche wurde ausgehändigt, und schwere Reiterstiefel polterten wieder die Treppe hinunter. Johann reichte die Nachricht wortlos seinem Herrn. Ein kurzer, prüfender Blick auf das fürstbischöfliche Siegel. Dann brach er es und flog mit fiebrigen Augen über die Zeilen.

***

Seuffert war an der langen Schlange der Wartenden vorbeigehastet. Er war spät dran, hatte einen Termin.

Zu Monsieur Talleyrand. Johann Michael Seuffert sei sein Name, Geheimrat und Gesandter Ihrer hochfürstlichen Gnaden, des Fürstbischofs von Würzburg und Bamberg ...

Monsieur Talleyrand, le Secrétaire d'État, sei nicht zu sprechen, tönte der Sekretär, der die Tür zu Talleyrands Amtszimmer eisern bewachte. Monsieur Talleyrand hielte sich noch nicht einmal in Paris auf. Es tue ihm leid.

Aber er sei angekündigt, hatte Seuffert insistiert, der Termin fest vereinbart.

Mais oui, so sei das Leben, der Herr Gesandte aus Deutschland möge in einem Monat wiederkommen, vielleicht –

Dann sei es zu spät. Jetzt müsse er ...

Pardon. Der Nächste, bitte.

So schnell ließ sich Seuffert nicht abspeisen. Wo könne er Monsieur Talleyrand finden?

Das sei ihm nicht bekannt. Der Nächste.

Jemand drängte ihn zur Seite, dem Akzent nach ein Holländer. Verzeihen Sie, Monsieur, nun sei wohl er an der Reihe.

Mit wem könne er dann sprechen?, rief er dem Sekretär zu. Es sei eine Angelegenheit von größter Brisanz und enormer politischer Tragweite.

Monsieur La Roche. Den Gang hinunter, die dritte Tür rechts.

Habe Monsieur La Roche überhaupt die Befugnis, staatstragende Angelegenheiten dieser Dimension zu besprechen?

Ein kurzer, giftiger Blick des Sekretärs, dann: Der Nächste, bitte.

Seuffert zwängte sich aus dem Pulk der Wartenden zurück auf den weiten Gang, der von Militärs, Unternehmern und anderen Diplomaten bevölkert wurde. Jeder wünschte den Außenminister zu sprechen. Herrgott, was war hier los? Hatte er während der langen und zehrenden Kutschfahrt etwas verpasst? Nur wenn es unumgänglich gewesen war, hatte er eine Rast eingelegt, die abgehetzten Gäule durch frische ersetzt, wie auch die erschöpften Kutscher und drei gebrochene Räder, die ihn jedes Mal Stunden in irgendeiner verfluchten Einöde gekostet hatten, bis er endlich in den Morgenstunden in Paris angekommen war und die erstbeste Herberge in der Nähe aufgesucht hatte.

Für eine ausgiebige und vor allem ansprechende Toilette war wenig Zeit geblieben. Talleyrand erwartete ihn. Die Perücke war leidlich frisiert, der Frack notdürftig gebügelt und die Schuhe nur aufpoliert statt frisch gewichst. Das musste genügen.

Er wünsche Monsieur La Roche zu sprechen, sagte er zum Sekretär, der seinen Tisch vor dem Zimmer postiert hatte.

In welcher Angelegenheit?

Das sei geheim und nur für die Ohren –

Habe er einen Termin?

Nein, doch, ja, mit Monsieur Talleyrand.

Dann gehe er den Gang zurück, die erste Tür links.

Da komme er gerade her.

Pardon, Monsieur, dann könne er ihm nicht weiterhelfen. Monsieur La Roche sei mit dringenden Staatsgeschäften beschäftigt.

Herrgott! Das darf doch nicht wahr sein.

Kein Grund, Monsieur, die Contenance zu verlieren.

Seuffert sammelte die verbliebene Kraft.

Pardon, Monsieur, er habe eine anstrengende Reise hinter sich und noch nicht gefrühstückt. Ein zweiter Versuch folgte: Wenn Monsieur Talleyrand und auch Monsieur La Roche nicht zu sprechen seien, mit wem –

Monsieur Carrefour könne ihm unter Umständen behilflich sein. Die Treppe hinunter, den langen Gang entlang und dort warten.

Merci, Monsieur, und Seuffert ging los.

Die Treppe war von einer russischen Delegation belagert, und soweit er im Vorbeigehen erkennen konnte, waren es hohe und mittelrangige Militärs und auch Diplomaten. Sie unterhielten sich mit gedämpfter Stimme, das Umfeld stets im Auge. Weiter unten hörte er Englisch, Spanisch, Italienisch und sogar ein paar Brocken Deutsch, ein rheinländischer Dialekt, wie er glaubte. Später, nachdem er diesen Monsieur ... Carrefour? gesprochen hatte, würde er sich unter die Wartenden mischen und versuchen zu erfahren, was in den anderen Landen geschehen war, während er in den vergangenen Tagen von jeder Informationsquelle abgeschnitten gewesen war.

Zu Monsieur Carrefour, bitte.

Wen könne er melden?, fragte der Sekretär, ein kleiner, runder Kerl mit speckigem Kragen und schmutzigen Schuhen. Das konnte sich der offensichtlich erlauben, denn die anderen, die vor dem Amtszimmer herumlungerten, sahen keinen Deut besser aus.

Den Geheimrat und Gesandten Seuffert Ihrer hochfürstlichen Gnaden –

Habe er einen Termin?

Seuffert seufzte. Er komme von Monsieur La Roche.

Dann sei er hier falsch. Er müsse hinauf in den dritten Stock zu Monsieur Otard. Monsieur Carrefour behandle nur Eingaben zu gesunkenen Schiffen vor der ostafrikanischen Küste oder auf dem Weg dorthin.

Seuffert schäumte vor Wut. Diese Behandlung sei absolut indiskutabel!

Auf Monsieur Carrefour folgten noch weitere Monsieurs und Stockwerke, bis Seuffert in einem überraschend leeren Gang des weitläufigen Gebäudes vor dem Zimmer von Monsieur Berrats strandete, der zu seiner Überraschung einen Adelstitel trug. Der Comte des Berrats sei ressortübergreifend für Belange jenseits des Rheins zuständig, so hatte man es ihm versichert. Er solle dort warten, bis er vorgelassen würde. Es könne jedoch dauern, der Comte sei ein beschäftigter, gleichwohl hilfsbereiter Mann, der sich Zeit für sein Anliegen nehmen würde.

Könne er denn Verhandlungen auf hoher, zwischenstaatlicher Ebene führen?

Sicher, sicher.

Das war vor über zwei Stunden gewesen, nun stand Seuffert erschöpft und hungrig einem seltsam weibisch gepuderten Domestiken gegenüber, der die doppelflüglige Tür zu Berrats' Amtszimmer bewachte. Er saß an einem Schreibtisch und blätterte in Dokumenten, in denen er hin und wieder Anmerkungen machte, während er sich unaufhörlich ein parfümgetränktes Spitzentaschentuch um die Nase wedelte. Sein gelegentlicher Blick strafte Seuffert mit Verachtung, jedes Mal wenn der sich räusperte, um auf die lange Wartezeit zu verweisen.

«Verzeiht meine Ungeduld, Monsieur», sagte Seuffert mit aller Selbstbeherrschung, die er noch aufbringen konnte, «ist der Comte des Berrats –»

«Er weiß um Euch», unterbrach der Geck, ohne ihn auch nur eines Blickes zu würdigen.

«Es sind zwei Stunden vergangen.»

«Und es werden noch zwei weitere vergehen, wenn Ihr Euch nicht geduldet.»

«Wie bitte?!»

Die Flügeltür öffnete sich. «Monsieur des Berrats ist nun so weit, Euch zu empfangen.»

Seuffert atmete erleichtert auf und folgte der Einladung.

Unter einem Bild, das General Bonaparte inmitten jubelnder und zur Tat wild entschlossener Mitstreiter zeigte, saß ein Mann an einem Schreibtisch, vertieft in einen Brief. Er blickte nicht auf, während der Sekretär Seuffert einen wenig bequemen Stuhl zuwies. Aber Seuffert blieb stehen. Solange ihm nicht die gebührende Höflichkeit einer standesgemäßen Begrüßung zuteilwurde, würde er sich nicht setzen.

Was er heute hatte erleben müssen, war ihm in seiner langen Karriere als Rechtsgelehrter einer weithin berühmten Universität, geschätzter Berater und Gesandter eines einflussreichen und mächtigen deutschen Fürsten noch nicht passiert. Himmel, was war nur aus diesem Land geworden, das Diplomaten behandelte wie dumme Esel?

Es dauerte, bis der Comte mit einem kaum vernehmbaren Seufzen das Dokument beiseitelegte.

«Herr Seuffert», begrüßte er ihn freundlich, wobei er sich

kaum Mühe gab, den Namen korrekt auszusprechen. Aus seinem Mund klangen ein Ö und ein noch schlimmeres, langgezogenes Ä, dass man meinen konnte, er hätte ihn als Säufer bezeichnet. «Habt Nachsehen mit mir, dass ich Euch so lange habe warten lassen. Setzt Euch doch. Ihr scheint mir erhitzt. Kann ich Euch einen Calvados anbieten? Er stammt aus einem Dorf ganz in der Nähe von Domfront. Die Äpfel und die Birnen, mon Dieu, was für ein Aroma ... oder doch einen Wermut? Verzeiht, ich bin nicht mehr auf dem Laufenden, was man bei Euch trinkt.»

«Monsieur le Comte», begann Seuffert.

«Streicht den Comte. Der Monsieur genügt vollauf. Womit kann ich Euch behilflich sein?»

Gut, dann eben ohne Titel, aber nach einem Revolutionär – nein, er musste sich nach Bonapartes Staatsstreich aus dem letzten Jahr korrigieren – nach einem *Putschisten* sah dieser gut gekleidete und frisierte Adelige wahrlich nicht aus, eher nach einem wohlsituierten Minister im Kabinett eines Ludwig XVI. «Monsieur des Berrats, ich danke Euch, dass Ihr mich empfangt. Ich reise im offiziellen Auftrag meines Fürsten, Ihrer gnädigsten Durchlaucht –»

«Wirklich keinen Calvados?», unterbrach Berrats abermals. «Er bewirkt wahre Wunder nach einer so langen Reise, besänftigt das Gemüt und stärkt die Aufmerksamkeit. Ihr könnt mir vertrauen. Vor jeder Entscheidung genehmige ich mir ein Glas.» Ein kurzer Blick zur Seite, und der Sekretär setzte sich in Bewegung. Seuffert musste sich gedulden, bis er das Glas endlich in der Hand hielt, auf das Wohl des Monsieur le Comte anhob und den durchaus mundenden, wenngleich etwas zu süßen Apfelbranntwein mit Birnenzusatz hinunterstürzte.

«Oh, là, là», ließ sich Berrats zu einem Schmunzeln hinreißen, «es sieht aus, als ob Ihr den Calvados wirklich nötig hattet. Was speziell führt Euch zu mir?»

Endlich.

Seuffert konnte nun ungestört die Nachricht seines Fürstbischofs überbringen, während Berrats aufmerksam zuhörte, ohne auch nur eine winzige Veränderung der Miene, aus der man seine Reaktion hätte ablesen können. Im Grunde war es gar keine Nachricht, sondern ein Vorschlag, nein, noch nicht einmal das. Es war eine Bitte, und wenn man präzise sein wollte, ein Bittgesuch, schlussendlich ein Flehen, das Seuffert jedoch geschickt als Verhandlungsangebot offerierte. «… schlägt Ihre Durchlaucht vor, Beratungen zu einem Sonderfrieden aufzunehmen, der von den übrigen Verhandlungen der involvierten Kriegsparteien abgetrennt sein soll. Ein exklusiver Friedensvertrag zwischen Frankreich und den Fürstentümern Würzburg und Bamberg.» Er seufzte am Ende seines langen Vortrags. «Nun, Monsieur des Berrats, könntet Ihr freundlicherweise dafür Sorge tragen, dass Monsieur Talleyrand in aller den Umständen nach gebotenen Eile vom Angebot meines Fürsten in Kenntnis gesetzt wird? Ich wäre Euch sehr verbunden.»

Das Gesicht Berrats' blieb eine nicht zu entziffernde Chiffre. Er zeigte keinerlei Regung und sorgte mit seinem anhaltenden Schweigen für eine beunruhigende Stille, bis er sich endlich aus seinem bequemen Stuhl nach vorne beugte.

«Herr Seuffert», begann er mit ruhiger Stimme, «ich nehme an, die Fahrt nach Paris hat Euch viele Tage gekostet.»

Diese Antwort hatte Seuffert nicht erwartet. Für einen Moment irritiert, lenkte er aber freundlich ein. «Wie recht Ihr habt, Monsieur Berrats. Es war eine ungewöhnlich lange und anstrengende Reise.»

«Dann kennt Ihr offensichtlich noch nicht die Entscheidungen, die kürzlich in Lunéville getroffen wurden?»

Lunéville? Die Verhandlungen waren doch von Bonaparte aufgekündigt worden, und seine Truppen waren bei München den österreichisch-bayerischen gegenübergestanden. Eine schreckliche Ahnung drängte sich ihm auf.

«Verzeiht, Monsieur», sagte Seuffert mit bebender Lippe, «was wurde in Lunéville beschlossen?», und Berrats berichtete ihm vom Friedensschluss zwischen Frankreich und Österreich, der auf Betreiben des Kaisers zustande gekommen war, nachdem die entscheidende Schlacht bei München verloren und damit der Weg nach Wien frei geworden war. Um den Vorstoß französischer Truppen in die Kaiserstadt zu verhindern, hatte der Kaiser Zugeständnisse an den Sieger machen müssen, und Seuffert wusste mit einem Mal, dass es sich auch um die eine Sache handelte, wegen der er nach Paris gekommen war: kirchlichen Besitz und kirchliches Herrschaftsrecht aus den Kriegsentschädigungen herauszuhalten, andernfalls drohte die Zerschlagung der Fürstbistümer. Wenn im neuerlichen Frieden von Lunéville nun eben doch davon die Rede war, dann war es der Anfang vom Ende. Diese Raubzüge würden niemals mehr vom Verhandlungstisch verschwinden.

«Herr Seuffert», hörte er Berrats fragen, «geht es Euch nicht gut? Ihr seid blass geworden. Einen Calvados vielleicht?»

Der Schock saß tief, und er nahm an Intensität zu, je deutlicher ihm wurde, wer den Friedensschluss unterzeichnet hatte: Es war niemand Geringerer als der Kaiser selbst, dessen erste und vornehmlichste Pflicht seit der Krönung Karls des Großen darin bestand, die heilige katholische Kirche bis zum Letzten zu beschützen und für alle Zeiten zu bewahren. Allein durch diesen Auftrag waren Könige zu Kaisern geworden. Hätte es ihn nicht gegeben, hätte es auch nie einen Kaiser von Gottes Gnaden gegeben. Die Unterzeichnung des Friedensschlusses war demnach nicht nur ein schändlicher Verrat an Kirche, Papst und allen Gläubigen, sondern auch ein hinterhältiger Dolchstoß gegen die Bischöfe, Äbte, Klöster und Stifte … Sie wurden mit einem Federstrich den Löwen zum Fraß vorgeworfen, und bei Gott, die Löwen waren hungrig.

«Hier, trinkt», sagte Berrats und schenkte ihm einen Calvados ein.

Es brauchte keine zweite Aufforderung. Seuffert stürzte den Gnadentrunk hinunter, der trotz aller Süße nach Essig schmeckte.

In einem unbedachten Augenblick, der der maßlosen Erregung und Verwirrung geschuldet war, ließ sich der Diplomat Seuffert zu einer unüberlegten Äußerung hinreißen.

«Der Kaiser hat uns schändlich verraten.»

Monsieur Berrats sah es ihm tröstend nach. Er hatte die Wirren der Revolution, die Denunziationen, Verfolgungen und Hinrichtungen als Adeliger überlebt und jetzt unter dem Befehl des launischen Generals und Putschisten Bonaparte eine Aufgabe erhalten, die ihn schützte und auch ein Stück weit ernährte. «Ach, mein lieber Herr, glaubt mir: Verrat ist nur eine Frage des Datums.»

9. Februar 1801
Der Friede von Lunéville

Die Kriegsschäden in Würzburg waren mit dem Friedensvertrag von Lunéville und dem schnellen Abzug der französischen Truppen in einem verträglichen Rahmen geblieben. Die Reparationszahlungen an Frankreich beliefen sich dennoch auf circa fünf Millionen Gulden, die aus der Staatskasse zu zahlen waren. Die Geistlichkeit wurde mit dem zehnten Pfennig an der Tilgung beteiligt, nicht ahnend, dass sie dem Löwen, der bald über sie herfallen würde, auch noch auf die Beine half.

Mit den umfangreichen linksrheinischen Gebietsverlusten an Frankreich wollten sich viele deutsche Fürsten – darunter befand sich auch kirchlicher Besitz der Erzstifte Köln und Trier – nicht abfinden, während Österreich nur das italienische Modena und die Toskana abgeben musste.

Manche sprachen von einer Schande, andere vom ersten Schritt zum Untergang des Heiligen Römischen Reichs Deutscher Nation, was seine Berechtigung hatte, denn die Koalition gegen das unter Napoleon Bonaparte wiedererstarkte Frankreich war zerrissen, und der neidische Blick richtete sich auf die umfangreichen Besitztümer der Kirche.

Doch die Apokalypse ließ auf sich warten. Zur Ausarbeitung der Friedensbestimmungen wurde eine außerordentliche Reichsdeputation eingesetzt, die darüber entscheiden sollte, wer womit entschädigt wurde, und darin sahen Fürstbischof Fechenbach und sein treuer Seuffert eine Chance, Würzburg und Bamberg vor der Zerschlagung zu retten. Es galt, die Aufmerksamkeit von sich ab- und auf andere zu lenken – auf das mächtige Erzbistum Mainz zum Beispiel, das über Jahrhunderte hinweg großen Einfluss auf das Reich ausgeübt hatte, andererseits aber mit Würzburg und Bamberg aufs Engste verbunden war. Schließlich hatte man sich in der gemeinsamen, über tausendjährigen Geschichte die Bischöfe, Kanzler und Kaiserberater gegenseitig zugeschoben, kolossale Schloss- und Kirchenbauten errichtet und, ja, auch zusammen Weltgeschichte geschrieben.

Durfte man diesen Brudermord tatsächlich begehen?

Man durfte, denn die Mainzer kannten derlei Skrupel nicht. Sie warfen all ihren Einfluss in Wien und beim Immerwährenden Reichstag in Regensburg in die Waagschale, während die kleineren und weniger mächtigen Bistümer der drohenden Zerschlagung entgegensahen. In diesem Zuge hatte man sich auf den allseits akzeptierten und durch seine Streitschriften gegen die ruinöse Entschädigungspolitik des Friedensvertrags von Lunéville berühmten Rechtsgelehrten Seuffert geeinigt. Er sollte ihr Fürsprecher und das Gegengewicht zu den Mainzern sein – eine schier unlösbare Herkulesaufgabe.

Der geheime Hofrat Seuffert suchte kurz vor seiner Abreise nach Wien Zerstreuung und Einkehr auf der Mainbrücke. Sein Gemüt war schwer, denn die in ihn gesetzten Erwartungen waren groß. Zu seiner Linken befand sich Burkard, der erste Bischof von Würzburg, in der Hand das Schwert, zu seiner Rechten Bruno in ein Buch vertieft, unter ihm der Main, der bald zu Eis erstarren würde. Ein frostiger Dezemberwind fuhr ihm durch den dicken Mantel in die Knochen. Nicht allein der Kälte wegen schauderte ihm. Noch vor einem Jahr hatte er beim Anblick der französischen Kanonen diese wunderbare Brücke in die Luft sprengen wollen, damit sie die Stadt nicht ins Unglück stürzte. Nun war alles anders gekommen, und doch wieder nicht. Noch immer war man in Gefahr, mehr denn je, aber die Brücke trug daran keine Schuld.

Der wahre Feind stand in seinem eigenen Lager, und er allein sollte sich ihm stellen. Konnte das überhaupt gelingen? Gab es auch nur einen Funken Hoffnung? Eigentlich nicht, denn er würde einem Rudel Wölfe gegenüberstehen, die sich als Brüder in der Sache als auch im Geiste gaben, während sie hinterrücks über ihn herfielen – auch und gerade die Mainzer, die sich längst vor seiner Ankunft am Kaiserhof in Stellung gebracht und sich mit Versprechen, Geschenken und Geld die notwendige Unterstützung erkauft hatten.

Das war legitim, daran gab es nichts auszusetzen, auch er hatte im Auftrag des Fürstbischofs zwei Millionen Gulden aus der Staatskasse in Paris investiert, um die Zustimmung für den Separatfrieden zu erreichen. Genutzt hatte es nichts, der Kaiser hatte für sein Überleben ein größeres Angebot gemacht – die linksrheinischen Gebiete und seine schutzbefohlene Kirche.

Welchen Einsatz konnte er im Wiener Roulette jetzt noch bringen, wenn es immer einen gab, der über eine größere Börse verfügte als er? Sollte er stattdessen ihr Herz und ihren Verstand mit flammender Rede erobern, dass mit der Zerschlagung der Fürstbistümer auch das Reich zu Grabe getragen würde, sie sich schutzlos einem gottlosen Usurpator auslieferten?

Guter Rat war teuer, nachdem der russische Zarenhof und das englische Königshaus ihre Unterstützung beim Erhalt der alten Ordnung versagt, Preußen bei seiner Expansionslust in Franken aber wenigstens in die Schranken verwiesen hatten. Damit spielten sie den hinterlistigen Bayern in die Karten, die mit Frankreich inzwischen ein eigenes Abkommen ausgehandelt hatten, das ihnen den Rücken freihielt, wenn sie nach Verlust der rheinisch-pfälzischen Gebiete wieder auf Raubzug gingen.

Am Main lockten die reichen Fürstbistümer Würzburg und Bamberg. Bayern konnte bei den zähen Verhandlungen in Regensburg wenigstens auf einen Teil der fetten fränkischen Beute hoffen, oder es konnte gleich Fakten schaffen. Wer wollte sich ihnen entgegenstellen, begangenes Unrecht sühnen?

Seufferts Blick ging hinauf zu den überlebensgroßen Figuren. *Heiliger Burkard, furchtloser Eroberer des Frankenlandes, und du, Bruno, mit dir erhob sich die Stadt aus dem Morast zu ungeahnter Blüte, sprecht zu mir, gebt mir ein Zeichen. Wie kann ich die Wölfe von unserer Stadt fernhalten?*

Doch Burkard und Bruno waren zu einer stummen Erinnerung an eine glorreiche Zeit erstarrt, die es bald so nicht mehr geben würde, wenn nicht ein Wunder geschah.

«Herr, das Wetter schlägt um», hörte er seinen Kutscher im aufkommenden Schneetreiben mahnen, «wir sollten fahren.»

Seuffert zog den Kragen seines Mantels hoch. Es war so weit, jetzt galt es.

***

Erster Eilbrief an Ihre hochfürstlichen Gnaden Franz Georg von Fechenbach über den Fortgang der Verhandlungen am kaiserlichen Hof zu Wien.

Euer Durchlaucht wissen, dass es nicht meine Art ist, in Dingen, welche zwei Seiten haben, die schwärzeste hervorzuheben. Ich gebe vielmehr nicht leicht etwas verloren, doch das Schicksal der geistlichen Staaten scheint mir in bedenklichster Lage zu sein.

Obwohl man mich mit aller Zuvorkommenheit empfangen hat und behandelt, zeigt man sich gegen jedwedes Argument, das ich nach tausendjährigem Recht für den Erhalt der geistlichen Staaten vorbringe, taub. Es ist, als hätten all die hochwohlgeborenen Fürsten, die seinerzeit die vortrefflichsten Universitäten besucht haben, plötzlich ihr Wissen, gar die Geschichte ihrer eigenen Familien vergessen.

So musste ich sie daran erinnern, dass die heutigen Häupter der Häuser Habsburg und Zollern nichts anderes als die Nachfahren von Bischöfen mit Gutsbesitz seien oder mit Reichsbesitz belohnte kaiserliche Beamte. Ihre mittels großer Treue und Mühsal erworbenen Rechtstitel sind bis heute voll gültig und durch nichts zu bestreiten. Warum also wollen sie dasselbe Recht den anderen geistlich-weltlichen Fürsten in Abrede stellen?

Und, nein, die Vereinigung der höchsten geistlichen und weltlichen Gewalt in einer Person sei weder unnatürlich, wie sie mir vorhalten, noch zweckwidrig. Im Gegenteil, sie trage dazu bei, die Herrschaft der geistlichen Staaten zu einer wahrhaft väterlichen zu machen, da in dieser einzigartigen Vereinigung die geistliche als auch die weltliche Führung zu finden sei. Welch anderer Fürst könne das schon von sich behaupten?

Letzter Eilbrief an Ihre hochfürstlichen Gnaden.

Erhabenster Fürst. Ihr lest von mir am Ende meiner Kraft und Hoffnung, unser geliebtes Vaterland vor der Wolfsbrut noch beschützen zu können. Denn sie wollen weder hören noch verstehen, eine unfassbare Gier hat sie ergriffen. Selbst Erzherzog Karl, bekanntlich ein großer Gönner und Beschützer unseres angestammten, durch nichts anzuzweifelnden Rechts, hält einen Sieg mittlerweile nicht mehr für möglich …

Ich will es nicht verhehlen: Unsere über die Jahrhunderte aufs Engste miteinander verbundenen Mainzer Brüder haben Kaiser und Fürsten mit ihrem Geschrei gefügig gemacht wie einst die Sirenen die Männer des wackeren Odysseus. Das Mainzer Erzbistum sei das vortrefflichste und verdienteste im ganzen Reich, trompeten sie. Wer daran Hand anlege, versündige sich gegen Gott und die Welt. Dabei ist doch Würzburg reicher an Menschen und Ertrag – all das ginge dem Reich verloren, wenn uns der Judaskuss ereilt.

Für die anderen Bistümer, für die ich hier stellvertretend kämpfe, sehe ich noch weniger Hoffnung. Ihr Schicksal ist besiegelt, das Fell längst aufgeteilt, wie es einst Euer hochverdienter Vorgänger Fürstbischof Erthal, mein gnädigster Herr aus früheren Tagen, bei der ersten unglücklichen Wendung des Krieges prophezeit hatte: Wir werden das Stück Tuch abgeben müssen, aus welchem man für Freund und Feind Entschädigungen zurechtschneiden wird.

* * *

Noch war Seuffert aus Wien nicht zurückgekehrt, da trieb sich schon der pfalz-bayerische Major Ribaupierre – offiziell inkognito – in Würzburg herum. Sein Auftrag: Erkundigungen über die Lage und Stimmung in der fürstbischöflichen Stadt einholen.

Es lag nahe, dass er von den Wiener Gesprächen wusste, bevor sie bei der bevorstehenden und alles entscheidenden Zusammenkunft der Reichsfürsten in Regensburg öffentlich diskutiert wurden.

Nach ausgiebiger Recherche ließ er seine Befehlshaber in München wissen: «Was nicht direkt zum Fürsten gehört, hängt an der nährenden und belebenden Residenzstadt ... Die bürgerlichen Kreise, die Handwerker und Gewerbetreibenden werden sich mit dem Regierungswechsel schnell abfinden. Da habe ich keine Sorge. Die eitlen Domherren jedoch sehen eine Trennung von ihrem Besitz und ihren Vorrechten so unmöglich an wie einen Ritt zum Mond.»

Mochte eine Mondreise unvorstellbar sein, die Zerschlagung deutscher Lande und damit Europas stand konkret bevor. Ein von Preußen, Frankreich und Russland eingebrachter Entschädigungsplan sah die Auflösung aller deutschen Fürstbistümer vor – mit Ausnahme vom Erzstift Mainz. Das Würzburger Hochstift hingegen sollte in seinen Hauptteilen an Kurpfalz-Bayern fallen, kleinere südwestliche Teile an andere Herren.

Der Schock war mit dem Sturz des Mondes auf die Erde vergleichbar – unvorstellbar groß und alles vernichtend. Hatten der Fürstbischof und seine Kollegen bei der Wahl Seufferts als Fürsprecher etwa auf das falsche Pferd gesetzt?

Sicher nicht. Seuffert war der leidenschaftlichste Prediger für die gemeinsame Sache gewesen, den man sich nur wünschen konnte, während sich andere stumm und willig ihrem drohenden Schicksal ergaben. Andere hielten im Geheimen Konferenzen ab, in denen sie zwar den Erhalt des Fürstbistums als erstes Ziel benannten, im zweiten Schritt aber den Bischof durch einen der Ihren ersetzen wollten.

Ein allerletzter Rettungsversuch sollte unternommen werden: Nur ging dieses Mal nicht ein Bischof Burkard zu seinem Papst, sondern ein Untertan zu seinem Kaiser, um dessen Veto gegen den Vernichtungsplan zu erflehen.

Kaum in Regensburg angekommen, musste Seuffert erkennen, dass der Kaiser den Schafspelz endgültig abgestreift hatte: Österreichische Truppen hatten das fürstbischöfliche Passau besetzt und damit Fakten geschaffen, bevor es überhaupt zu einer Abstimmung gekommen war. Mit dem Kaiser ließ sich nicht länger verhandeln, und schlimmer: Andere Wölfe würden sich durch sein Beispiel ermutigt fühlen.

Es war der Dolchstoß für Seufferts unermüdliches Ringen, als er Nachricht erhielt, dass pfalz-bayerische Truppen unter dem Befehl von Graf Ysenburg und Freiherr von Wrede in den kommenden Tagen in Würzburg einmarschieren würden. Er wusste, da die eigentliche Schutzmacht – das österreichische Kaiserhaus – derlei militärische Okkupationen selbst vorgenommen hatte, brauchte Bayern außer einer formellen Protestnote nichts zu fürchten, genauso wenig wie den Widerstand der Würzburger. Das Militär blieb zur Vermeidung unnützen Blutvergießens in der Kaserne, das gemeine Volk reagierte abwartend, die gebildete Schicht, darunter auch Geistliche, zeigte unverhohlen Sympathie, und auch Fechenbachs Beamtenapparat rutschte auf Knien den neuen Machthabern entgegen.

Es war schon schwieriger gewesen, sich ein Land einzuverleiben.

Brief des Fürstbischofs Fechenbach an seinen Gesandten, den Hofrat Johann Michael Seuffert.

Ich kann nicht genug zum Ausdruck bringen, wie dankbar ich für die erwiesene Treue und Eure aufopfernden Dienste bin. Wenn

*Freundschaft in der Welt Entschädigung für alles Unglück ist, was
kann man bei einem Mann mit Euren Qualitäten noch erhoffen?
Schon bald wird unsere Vernichtung unwiderruflich beschlossen sein,
und das Land kostet mich Tränen. Über mein persönliches Schicksal
werde ich, dank Eurer Bemühungen, nicht zu klagen haben, denn
am Ende meines Regentenlebens brauche ich mir keine Vorwürfe zu
machen.*

* * *

Der alte Gaul hatte Mühe, den Karren die kurze und steile Rampe
hinaufzuziehen. Seuffert folgte dem Karren, wie immer in ein
Bündel seiner Korrespondenz vertieft. Die mit Akten gepackten
Kisten wogen schwer, sodass Johann mitanpacken musste und
von hinten schob, während Magda dem Pferd gut zuredete.

«Komm, mein Alter. Nur noch durchs Tor auf die Brücke.
Dann hast du's geschafft.»

«Als würd der Gaul dich versteh'n», ächzte Johann.

«Mehr als ein Mensch», konterte Magda. Sie ließ nicht nach,
dem klapprigen Pferd frisches Heu, saftige Rüben und ausgiebiges Striegeln zu versprechen, und tatsächlich, der alte Klepper
zog noch mal an.

Sie durchquerten den Bogen des Brückentors, wo noch die
Einschüsse der Österreicher zu sehen waren, die vor Jahren
den französischen Besatzungstruppen gegolten hatten. Der
Hufschlag klang hohl im hohen Rund und vermischte sich mit
dem Geschnatter der Passanten, dem Widerhall schwerer Fuhrwerksräder und auch mit dem nicht enden wollenden Geplärre
der vielen Ausrufer von Auktionen.

«Hört alle her! Heute zur zweiten Stund nach dem Mittagsläuten wird der Hof Conti versteigert. Haus und Ställe im besten

Zustand. Pferde und Vieh gesund, Silberbesteck und Möbel für wenig Geld ...»

Seuffert hörte schon gar nicht mehr hin, es waren so viele Versteigerungen und Verkäufe, die seit der Inbesitznahme Würzburgs durch das bayerische Generalkommissariat stattfanden, dass er sie gar nicht mehr zählen, geschweige denn selbst daran teilnehmen konnte, um sich das eine oder andere gute und nicht selten wertvolle Stück zu sichern. Dann würde es zumindest für Würzburg erhalten bleiben und nicht anderweitig verscherbelt und zerschlagen werden oder unauffindbar verschwinden, wenn der große Ausverkauf zum Wohl der nimmersatten bayerischen Kriegskasse – manche nannten es Plünderung, Raub oder Brandschatzung – so weiterging. Angefangen hatte es mit der Beschlagnahmung allen Eigentums des Hochstifts und des Fürstbischofs, darunter war auch das symbolträchtige Herzogsschwert zu finden, das den fürstbischöflichen Anspruch aus der von Kaiser Barbarossa gewährten Güldenen Freiheit repräsentierte.

Nach über sechshundert Jahren herzoglicher Allgewalt in fränkischen Landen war das Schwert nun auf dem Weg ins räuberische München. Welch eine Schmach! Nicht nur das Land hatte man ihnen geraubt, Stolz, Ehre und Würde, nun entriss man ihnen auch noch das geschichtsträchtige Herzogsschwert mit all den ruhmreichen Erinnerungen. Vorbei die Zeit, als eine der vortrefflichsten Städte im ganzen Reich, als bevorzugte Kaiserpfalz Barbarossas, vorbei die Strahlkraft einer unvergleichlichen Schlossresidenz, die Zeit als Zentrum der Künste und der Wissenschaften. Und schließlich war Würzburg – ja, gerade jetzt, da all die Klöster, Kirchen und Stifte ausgeraubt, geschändet und eingerissen wurden, musste man sich daran erinnern – auch die Stadt des heiligen Kilian und Bischof Burkards, die das Licht der christlichen Botschaft zu den Heiden gebracht hatten. Sie waren die ersten Apostel der Deutschen gewesen. Schande über dich, du gottloses Bayern.

«Hört her! Versteigerung von Hof Maßbach ...»

Noch einer der Domherrenhöfe. Wenn das so weiterging, würde man herrschaftliche Häuser in bester Lage für den Gegenwert einer Fuhre Wein bekommen. Zu schnell wurden zu viele Häuser zur Versteigerung feilgeboten, das drückte die Preise, von den zum Teil windigen Käufern ganz zu schweigen. Aber der bayerische Befehl war eindeutig: Verkaufen!, und meinte damit doch nur Verschleudern. Gottlob waren einige der weitläufigen Höfe in der Unterhaltung so teuer, dass man vorerst die Finger davon ließ.

Dafür unterlagen Gold- und Silbergefäße keinen großen Schwankungen, besonders dann nicht, wenn sie, als Kunst verschmäht, im Schmelzofen landeten. Gedankenlos wurden sie aus Vitrinen genommen und mit dem Ziel München in Kisten und Säcke verpackt. Ganze Wagenladungen verließen auf diese Weise das Maintal.

«Kirchengestühl! Bilder! Orgeln! Billig zu haben.»

Die altehrwürdigen Klöster, Kirchen und Stifte hatten unter dem Raubzug am meisten zu leiden. Nichts war vor den gierigen Augen der Liquidatoren sicher. Was von Wert schien, wurde herausgerissen und höchstbietend verhökert. Manch klamme Dorfkirche kam so zu einem prunkvollen Altar oder einem Heiligenbild, einem Beichtstuhl, kunstvoll bestickten Ornaten ... Klöster durften keine neuen Novizen mehr aufnehmen, wenn sie nicht gleich geschlossen wurden, wie es die Nonnen von Kloster Himmelpforten schon bald erleben mussten, deren Zuhause beschlagnahmt wurde und deren Besitz unter den Hammer kam.

«Versteigerung in Bamberg! Häuser und Besitz günstig.»

Den Bambergern erging es nicht besser, und Seuffert rührte es ans Herz. Der Domschatz, die einzigartigen Reliquien ... alles verloren. Was den Transport nach München überstand, würde in den Hausschatz mancher Adelsfamilie übergehen, anderes, dessen Bedeutung und Geschichte man nicht einordnen konnte, dem Schmelzofen zugeführt.

Es grauste ihm – das fränkische Herzogsland löste sich vor seinen Augen auf. Geschichte, Kultur und Kunst fielen den bayerischen Heuschrecken zum Opfer. Keine Katastrophe kam dieser gleich. Selbst die Schweden hatten den Franken ihre Identität gelassen. Von nun an würde man von Würzburg nur noch als einer bayerischen Stadt sprechen, irgendwo in der nördlichen Provinz in einem fruchtbaren Tal gelegen, wo Kaiser, Könige und mächtige Bischöfe einst residiert und die Geschicke der Welt bestimmt hatten. Der Kiliansdom, die mächtige Festung ...

Da rempelte ihn jemand an, etwas fiel zu Boden.

«Herrschaftszeiten! Passen's doch auf.»

Ein Offizier grollte da, sein Schnauzbart war hochgezwirbelt, der kostbare Schnupftabak klebte daran und nicht in seiner Nase.

«Verzeihen Sie», erwiderte Seuffert, und er bückte sich nach einem silbernen Kästchen, das ihm zu Füßen lag, «ich war in Gedanken.»

Es war eine überraschend feine Arbeit. Geschwungene Ranken und bei näherer Betrachtung ein Gesicht, ein Vogel ... Sollte das zu Ehren Walthers von der Vogelweide gefertigt worden sein? Durfte es dann die Stadt verlassen, die letzte Ruhestätte des berühmtesten aller Minnesänger?

Wenn Seuffert es aus der Hand gab, würde er Walther ein

467

weiteres Mal heimatlos machen. Nein, das konnte er nicht zulassen.

Aber dem Grobian war nicht an einer Entschuldigung gelegen. «Gedanken? Pah! Schauen'S, dass' weiterkemma und geben'S mir mei Kisterl zruck.»

«Darf ich fragen, woher Sie das Kästchen haben?»

«Des braucht Sie net zu interessier'n. Her damit!» Er streckte ihm fordernd die Hand hin.

«Vielleicht aus dem Nachlass Michael de Leones?»

«Leone, so wie Löwe?»

Das war ungeschickt.

«Unwichtig», schob Seuffert nach, «ich biete Ihnen», er griff in die Rocktasche nach Geld und wusste gleich, dass er nie viel mit sich trug. «Zwei Gulden und ...» Der Rest war nicht der Rede wert, und dennoch schien das wenige den Soldaten zum Nachdenken zu bringen. Ein gutes Zeichen, aber der Offizier geriet ins Grübeln.

«Wissn'S etwa, was da in dem Kisterl drin is?»

Nein, darüber hatte er überhaupt noch nicht nachgedacht. Er zuckte die Schultern.

«Warum bietn'S dann so vui Geld?»

«Mir ... gefiel die Gravur», stotterte er. «Was beinhaltet das Kästchen denn?»

Der Soldat entriss es ihm. «Ihr Frankn-Halunken! Verlogner als Franzosn, Russn und Preißn zsamm. Aber, i kimm euch scho no dahinter», und meinte den Säbel an seinem Gürtel.

«Ich könnte Ihnen behilflich sein, es zu öffnen», bot sich Seuffert an, «ohne es zerstören zu müssen.»

«Nix da!», und der Kerl ging seines Weges, mit sich und der Welt hadernd, warum er dieses vermaledeite Ding nicht aufbekam.

Pech gehabt, seufzte Seuffert. Nur zu gerne hätte er das Silberkästchen für sich gewonnen, allein, damit es nicht in die falschen Hände geriet oder gar in den Schmelztiegel kam.

So eilte er seinem Umzugskarren hinterher, die Augen nicht länger auf die Dokumente, Abschriften und Briefe in den Händen gerichtet – die er dennoch bald neu ordnen, irgendwie systematisieren und manches auch archivieren musste, damit er jederzeit darauf zugreifen konnte, wenn es die wechselhaften Umstände erforderten –, sondern auf das Getümmel vor sich.

Nur wollte es ihm nicht recht gelingen. Er befand sich mitten auf der Brücke, umringt von den Heiligenstatuen, zu seiner Rechten die Frankonia, zur Linken Josef, vor ihm die Domstraße mit dem Bürgerstolz des Grafeneckart, gegenüber der Vierröhrenbrunnen und ganz weit vorne der hochaufragende Kiliansdom, dem Neumünster zur Seite stand. Sollte das nun wirklich alles zu Ende gehen? All die Pracht, all die Geschichte und ihre herausragenden Protagonisten?

Sicher, es war nicht alles Gold gewesen, viel Unrecht, Schmach und Pein hatte die Stadt hervorgebracht, ein Sündenbabel war sie gewesen, ein Scheiterhaufen und Höllenschlund, die nun als späte Sühne ihr Sodom erfuhr, gerädert, geschleift und geviertelt wurde. Ja, all das konnte man als gerecht erachten, und doch drängte sich ihm Wehmut auf, dass er den Stab nicht über sie brechen wollte, es gar nicht konnte. Das war seine Heimat, seine Stadt und seine Erde. Er konnte sie nicht verstoßen, selbst wenn er's gewollt hätte. Sie hatte ihn hervorgebracht, aufgezogen und genährt, ihm hin und wieder den Hosenboden versohlt und ihn an den Ohren gezogen, aber auch in den Armen gewiegt und Trost gespendet, angespornt und mit höchsten Ehren belohnt. Sie hatte ihn zu dem gemacht, der er war – ein stolzer und dankbarer Sohn der Stadt.

Warum, um alles in der Welt, sollte er sich nun gegen sie erheben und sich in den Dienst der bayerischen Herren stellen? Im neu gebildeten Generalkommissariat, einer Art Übergangsregierung, war ihm eine Aufgabe übertragen worden, ausgerechnet ihm, dem treuesten Verfechter fürstbischöflicher Herrschaft, der nun den Regierungswechsel mitgestalten sollte – die Liquidation des Fürstbistums. Es gebe dafür keinen geeigneteren Mann als ihn. Ihn!

Was hätte widersinniger sein können? Noch in Regensburg hatte er gegen die Königsmörder und falschen Freunde gepoltert, die seinen Herrn umgaben, dass jedermann den Fürsten verlasse und sich auf die bayerische Seite schlug. Vaterlandslose Gesellen seien sie, Speichellecker und Duckmäuser ihres neuen Herrn. Judasse.

Und nun reihte er sich bei ihnen ein. Ein letzter Rest von Ehre und Stolz sollte ihm die Kraft geben, sich von der Brücke zu werfen ... Aber nein, nicht einmal das.

«So pass doch auf, Kruzitürken!»

Es war Johanns unverkennbare Stimme, Seuffert erkannte sie sofort. Die Räder eines entgegenkommenden Fuhrwerks hatten sich in die seines Karrens verhakt und drohten seine wertvolle Fracht zu kippen.

«Himmel, nein!»

Er stürzte ihm entgegen, um zu retten, was nicht mehr zu retten war. Der Karren neigte sich, und mit ihm gingen die Kisten zu Boden, die randvoll mit Dokumenten und so manch heikler Korrespondenz gepackt waren. Hunderte, tausende Blätter fielen ihm zu Füßen, sodass sein ganzes Leben für jedermann offenbar wurde. Was nicht unter die Hufe der Pferde und Zugochsen geriet oder unter die Füße der Passanten und Räder der Karren, wurde davongetragen, über die Brüstung hinaus in den Main.

Ein Schriftstück jedoch blieb am erhobenen Schwert des heiligen Kilian hängen. Seuffert nahm es herunter und las. Es war die harsche Kritik des Wiener Nuntius Severoli an der Zurückhaltung der übrigen Geistlichkeit, während sich Seuffert leidenschaftlich gegen die Feinde der Kirche erhoben hatte.

Stumme Hunde sind sie, die nicht bellen können, sie liegen und japsen und schlafen gerne. Aber es sind gierige Hunde, die nie satt werden. Das sind die Hirten, die keinen Verstand haben; ein jeder sieht auf seinen Weg, alle sind nur auf ihren Gewinn aus und sagen: Komm her, ich will Wein holen, wir wollen uns betrinken, bis der Morgen graut und alles noch viel herrlicher sein wird als heute!

Schlussgebet
Nun wird es bald anders gehen, sprach der Schurke wohlgemut, wenn wir nicht mehr Fürsten sehen, nicht mehr pfaffisch sind. Blickst du etwa auf frohe Zeiten? O, du Schurke, siehst du nicht die ungeheure Dunkelheit? Tyrannei, Verfolgung blitzt. Hinweg, fort, rett dich an einen andren Ort!

19. und 20. Jahrhundert
Der lange Weg in die Katastrophe

Es war nicht alles schlecht gewesen, was sich unter der ersten bayerischen Herrschaft verändert hatte. Einzig die Geschwindigkeit und der Umfang der tiefgreifenden Maßnahmen machten viele schwindelig, zunehmend aggressiv und schürten antibayerische Stimmung. Es fehlte an Einfühlungsvermögen und Gespür für einen über tausend Jahre gewachsenen, erzkatholischen Volkscharakter, der sich nun über Nacht zu einem braven, bürgerlich-konservativen wandeln sollte. Verwaltung, Rechtspflege und Wirtschaft wurden neu ausgerichtet, das öffentliche Leben erhielt ungewohnte Freiheiten, wie eine erste politische Zeitung, ein Theater, eine Lesegesellschaft und eine Musikakademie, aber schlussendlich war der fränkische Sturkopf härter als die bayerische Faust.

Da kam es einem Befreiungsschlag gleich, als 1805 der ungeliebte bayerische Okkupator aus dem Land gefegt und die Stadt Erzherzog Ferdinand von Österreich als Entschädigung für den Verlust seiner geliebten Toskana zugesprochen wurde. Grenzenloser Jubel brach sich Bahn, bayerische Fahnen und Wappen landeten im Dreck, doch der eigentliche Grund für die Begeisterung war, dass Würzburg wieder zu einem Kur-, später zum Großherzogtum emporstieg. Welch eine Wiedergeburt! Das Vaterland war gerettet, gleichwohl nicht unabhängig, denn der Beitritt Würzburgs zum Rheinbund brachte 1806 den alten Feind Frankreich in die Stadt zurück, und das in Gestalt keines geringeren als des glänzenden Siegers von Austerlitz – Napoleon Bonaparte.

Würzburger Truppen zogen nun unter französischem Befehl in den Kampf, zehrende Kriegslasten und durchmarschierende Franzosen machten den Bürgern das Leben zur Qual. Der Ende 1812 in Russland geschlagene Napoleon kam unter falschem Namen ein letztes Mal in die Stadt, um Vorbereitungen gegen die anrückende bayerisch-österreichische Armee zu treffen – das Gefecht endete in einem Fiasko für die hungerleidenden Menschen im Mainviertel wie auch für die unter Beschuss geratene rechtsmainische Stadt. Der Main wurde zur Demarkationslinie, die Brücke zum Niemandsland, und entlang des Mainufers bekriegten sich Franzosen und Bayern ungeachtet des Leids um sie herum.

Als in Paris endlich ein Friedensvertrag unterzeichnet worden war, keimte Hoffnung auf: Würde Würzburg großherzoglich bleiben? Jeder, der sich noch an den Geheimrat zu Hofe Johann Michael Seuffert erinnern konnte, ahnte Schlimmes. Der bayerische Löwe holte sich 1814 seine Provinz zurück, und dieses Mal endgültig.

Bald darauf besuchte das bayerische Königspaar seine nördlichste Provinz und gab den Würzburgern damit die lang ersehnte Geltung zurück. Kronprinz Ludwig, später König, wählte die Residenz als Wohnsitz und Geburtsort von vieren seiner neun Kinder, eines davon, Luitpold, würde Prinzregent werden. Was wollte man in dem wiederauferstandenen, jetzt gar zu einer königlichen Residenz erhobenen Würzburg mehr? Endlich hatte der Löwe verstanden.

Zwangsehen können gütlich und produktiv verlaufen, wenn man sich zum gemeinsamen Wohl miteinander arrangiert und überbordende Liebesgefühle von vornherein außen vor lässt. Das gelingt nicht immer, wie im Fall des Rechtsprofessors und Bürgermeisters Wilhelm Joseph Behr, der von den Idealen der Französischen Revolution durchdrungen war und in aufrührerischen Reden die Volksherrschaft forderte. *Behr, sei du unser Frankenkönig!*, sollen Tausende ihm zugerufen haben, was der geschmähte König Ludwig mit langer Gefängnishaft für Majestätsbeleidigung und Hochverrat ahndete.

Im Grunde wollten die Würzburger aber nichts von Aufruhr und Souveränität wissen, die letzten Kriege steckten ihnen noch in den Knochen. Zerstreuung fand man bei ausgedehnten Spaziergängen vor den Stadttoren, entlang des Mains und auf der Brücke, Amüsement beim neuen gesellschaftlichen Treffpunkt, dem Theater, wo der junge Chorrepetitor Richard Wagner noch keine Beachtung fand, erst später sollte er Herz und Gesinnung in einem aufkommenden Nationalbewusstsein beflügeln. Nach großen Opern und Künstlern von Weltruhm stand der Sinn, und tatsächlich folgten der Teufelsgeiger Niccolò Paganini und der Klaviervirtuose Franz Liszt dem Ruf.

Die Märzrevolution von 1848 beendete das lukullisch-kunstsinnige Treiben. Der Ruf nach einer Neuordnung auf Basis demokratischer Grundwerte hallte wieder einmal durch die Straßen, doch er sollte bald verstummen. Die Zeit war nicht reif für einen grundlegenden Wandel, es gab Dringenderes zu erledigen. Die Stadt steckte noch immer in der engen Rüstung kolossaler sternförmiger Wehrbefestigungen, die jede städtebauliche Expansion und technischen Fortschritt unterbanden. Nach langem Gezerre fielen die Mauern, angrenzende Stadtteile fanden Anschluss und ein erster Bahnhof entstand, wofür 1853 eines der geschichtsträchtigsten Bauwerke geopfert werden musste – Barbarossas legendärer Hof zum Katzenwicker.

Entlang des ehemaligen Bastionskranzes entstand eine heftig umstrittene Parkanlage nach englischem Vorbild, der Ringpark, der seinen Gestalter Jöns Person Lindahl letztendlich in den Freitod trieb.

Modernisierungen erfuhren auch Main und Brücke. Qualmende

Dampfschiffe eroberten die Wasserstraßen, das Flussbett musste vertieft und neue, größere Schleusen und Wehre gebaut werden, um im Takt einer atemlosen Industrialisierung und eines schnellen Warenaustausches zu bleiben. Trotz Ausbau und Eisenbahn war kaum Erleichterung für die Mainbrücke zu spüren, das linksmainische, zu eng gewordene Brückentor störte den Verkehr und musste ihm schließlich weichen. Echte Entspannung trat erst durch den Bau zweier neuer Brücken ein, im Süden die Ludwigsbrücke, aufgrund der bronzenen Löwenstatuen an der Auffahrt auch Löwenbrücke genannt, und im Norden die Luitpoldbrücke.

Rechtsmainisch erhielt die jetzt Alte Mainbrücke 1875 die Silberstiege, eine Steintreppe, die so genannt wurde, weil sie doppelt so viel Silber gekostet hatte wie geplant. Die Mainmühle, die über viele Jahre hin die städtische Versorgung mit Getreide sichergestellt hatte, wurde im weiteren Verlauf zur Gewinnung einer völlig neuen Form von Energie umfunktioniert – Elektrizität.

Der Fortschritt war unaufhaltsam und veränderte die Stadt abermals. Die Universität, die seit ihrer zweiten Gründung durch Julius Echter wechselvolle Zeiten durchlebt hatte, blühte auf, die Studentenzahlen stiegen Jahr für Jahr – was nicht jeden Würzburger freute, denn die rebellischen Studenten waren in Burschenschaften organisiert und wegen ihrer Streit- und Trinklust gefürchtet, andererseits waren gerade sie es, die am lautesten und energischsten die nationale Einheit forderten –, und es gab Sternstunden der Wissenschaft: Wilhelm Conrad Röntgen stieß hier 1895 auf seltsame X-Strahlen, die ihm den ersten Nobelpreis in Physik einbrachten.

Der seit der Märzrevolution nicht mehr verstummte Ruf nach nationaler Einheit und Identität war unter der Führung Preußens 1871 nun endlich im Deutschen Kaiserreich Wirklichkeit geworden. Das Alte Reich war durch ein neues wiederauferstanden, das im Nachgang des Ersten Weltkriegs, der auch von Würzburg einen hohen Blutzoll forderte, wieder zerfiel. Das lang ersehnte «Neue Reich» war nach noch nicht einmal fünfzig Jahren bereits wieder Geschichte.

Eine Weltwirtschaftskrise beförderte die ohnehin schon große Not hin zur Verzweiflung und trug zum Ende der jungen Demokratie der Weimarer Republik bei. Die mit Füßen getretene Ehre als auch ein nicht zu bändigender Nationalstolz verlangten nach Vergeltung; das Land der Dichter und Denker, der Erfinder und vielleicht größten Komponisten und Musiker, verlor Kopf und Seele. Adolf Hitler führte sein Volk in die größte Katastrophe, die Deutschland und Europa je erlebt hatten.

Liebe

Die Geschichte einer kleinen großen Liebe begann am 16. März 1945 gegen 21 Uhr 35 in einem luftschutzuntauglichen Keller eines Mietshauses. Innerhalb von zwanzig Minuten warf die königlich-englische Luftwaffe Hunderttausende Spreng- und Brandbomben über der historischen Altstadt von Würzburg ab und katapultierte sie damit in die Zeitlosigkeit – wahrhaft eine Stunde Null, in der ihre Vergangenheit von gewaltigen Feuerstürmen bis zu zweitausend Grad Celsius verzehrt wurde und eine Zukunft angesichts der öden Trümmerwüste nicht mehr vorstellbar war.

Die Altstadt wurde ausradiert, von der Landkarte, aus Büchern, Bildern, Liedern und Gedichten genommen, als hätte es sie niemals gegeben. Einen Beweis für ihre ehemalige Existenz würde man schuldig bleiben, es gab nichts mehr, woran man einen Beweis hätte knüpfen können. Asche kannte kein Bild, Namen oder Zeugnis. Asche kannte noch nicht einmal sich selbst.

Der Begriff Hölle kam dem Grad der Zerstörung am nächsten, sofern man sie als ewig und ortsunbekannt verstand, wo nichts mehr war oder je sein würde außer Feuer und Verdammnis.

Die ungeheure Wucht des Einschlags warf Emilia quer durch den kleinen Kellerraum an die Wand zum Nachbarhaus. Dort fiel sie zu Boden und blieb regungslos liegen. Ihr Bewusstsein schwand, ebenso die Verbindung zu ihrem Körper, sie spürte keinen Schmerz und hatte keinen Gedanken, es war, als befände sie sich zwischen den Welten.

Sie konnte sich auch nicht daran erinnern, dass sie den beiden Alten noch eine Sekunde zuvor aus Voltaires eingebildetem Kranken vorgelesen hatte, nicht auf Deutsch, sondern im Original. Natürlich hatten die kein Wort verstanden, aber sie liebten den Klang ihrer Stimme, wenn sie Französisch sprach. Die charmante Notlüge hatte sie mit einem sanften Lächeln quittiert, wusste sie doch um deren Scham, sich vor einer Sechzehnjährigen zu blamieren. Gerade ihr Opa, der alte Frontkämpfer, hätte ihr jede Lüge untergejubelt und dabei alle Prinzipien aufgegeben, denn dessen Angst vor den herabfallenden Bomben war mit Händen zu greifen gewesen, während sie ihre hinter Voltaire versteckte.

Die Explosion hatte eine enorme Druckwelle ausgesandt, wie man sie sich kaum vorstellen konnte, am ehesten war sie mit den betäubenden Schwingungen einer großen Glocke in unmittelbarer Nähe vergleichbar, und eben dieses Bild stellte sich bei Emilia ein.

«Man hörte keinen Laut; Luft und Häuser zitterten, denn die dreißig Kirchenglocken von Würzburg läuteten dröhnend zusammen zum Samstagabendgottesdienst. Und aus allen heraus tönte gewaltig und weittragend die große Glocke des Doms, behauptete sich bis zuletzt und verklang.»

Lehrer Mager, Winnetou, Rote Wolke und all die anderen aus der Anfangsszene von Leonhard Franks *Räuberbande* gesellten sich dazu, es war, als sei sie mitten unter ihnen. Ein wohliges

Gefühl breitete sich aus und verband sich mit jener glückseligen Erinnerung an einen Weihnachtsabend auf Nagashima.

William hatte den Weihnachtsbaum organisiert, Claudette den Schmuck und Giulio der Gans das Leben geschenkt – dafür würde sie ihn ein Leben lang lieben. Alle waren gekommen, und jeder hatte ein Geschenk für den anderen mitgebracht. Papa bekam endlich seine blaugelb gestreifte Krawatte, Mama ihre Satsuma-Teekanne und sie ... sie konnte ihr Glück kaum fassen: Leonhard Franks *Räuberbande*.

Vor Freude kreischend war sie durchs Haus gerannt, hinaus ans Meer, den Strand hinauf und hinunter und erst nach dem vierten Kapitel zurückgekehrt. Da saß Papa bereits am Klavier und Mama sang *Es ist ein Ros' entsprungen*. Sie sangen die ganze heilige Nacht hindurch, sie lachten, feierten und schworen sich beim Morgengrauen, was immer da im fernen Europa vor sich ging, nichts würde ihrer Freundschaft etwas anhaben können.

Das ferne Bild sprang entzwei, die Lieder verklangen, und Emilia öffnete die Augen. Über ihr geborstene Balken, die lichterloh brannten. Sie bäumte sich auf und gierte nach Luft, ein stechender Schmerz in Brust und Rücken befahl sie wieder auf den Boden. Sie schrie auf, was noch mehr schmerzte, suchte etwas zu greifen, an dem sie sich aufrichten konnte. Was sie zu fassen bekam, schmerzte umso mehr, denn ihr Herz und ihre Seele standen in Flammen.

«Meine Bücher!» Die Stimme brach heiser, und bittere Tränen traten hervor. *Meine Bücher* ... Ihr ganzer Schatz verbrannte vor ihren Augen, und sie war unfähig, sich zu erheben und sie dem Feuer zu entreißen. Darunter befanden sich auch die Tagebücher, die sie seit der Kindheit akribisch und leidenschaftlich führte. Kein Tag und kein Ereignis in ihrem Leben war seitdem verloren gegangen, wie sie ihre Freundin Yoko kennengelernt hatte, der erste Schultag in Okayama mit einem Bild von ihr auf dem roten Fahrrad, und auch der Reisebericht der Eltern war darin festgehalten, wie sie einst zu einem Konzert nach Moskau aufgebrochen waren, der unerwartet große Erfolg sie nach St. Petersburg weitertrug, nach Budapest, Wien, Istanbul ... immer weiter, immer mutiger bis Hongkong, Peking und schließlich Tokyo und Okayama, dem Ort ihrer Kindheit und Jugend, ihre Heimat ...

Eine Mauer krachte unter Getöse zusammen, und es war nicht Gott, der da mit Hammer und einem Eisen in den Händen hereinkam, um Mund und Nase ein schmutziges Tuch gebunden. Er machte auch keinerlei Anstalten, ihr Flehen zu erhören, stattdessen beugte er sich über die blutüberströmten Alten, die verrenkt in der Ecke lagen, und stöberte in deren Taschen.

«Hilfe.» Ein dünnes Krächzen kam über Emilias Lippen, zu wenig, der schlaksige Kerl in den zerrissenen Hosen und im verbrannten Hemd hörte sie nicht. Die Kisten und die Schachteln fanden dafür sein Interesse, was nicht brannte oder schon zu Asche geworden war, trennte er hastig mit dem Eisen.

«Merde!»

Merde? Ein Franzose?

Sie schluckte trocken, sammelte die verbliebene Kraft und Stimme. «Aidez-moi ...» Er reagierte nicht. Noch einmal mit aller Anstrengung. «Aidez-moi!» Die Kehle brannte, die Lunge stach wie von tausend Nadeln malträtiert, und sie hustete, was sie schier wahnsinnig machte.

Der Unbekannte fuhr herum. Aus rußgeschwärztem Gesicht suchten zwei Augen nach der Quelle des unvermuteten Hilferufs, Hammer und Eisen gingen in Angriffsposition, die Balken knackten und spuckten Flammen.

«Wer da?»

Ein ersticktes Röcheln. «Hier!» Es sollte genügen.

Aufgebracht kam er heran und holte mit dem Eisen aus.

«Wer bist du?»

«Emilia ...»

«Was machst du hier?»

«Helfen Sie mir, bitte.» Im Angesicht des Verrückten mit dem Eisen in der Hand überschlugen sich ihre Gedanken, wie auch ihre Antwort. «Je vous supplie ... bitte, aidez-moi!»

Das mochten die Zauberworte gewesen sein, Überraschung und Sorge zugleich. «Tu es française?»

Wenn es denn so sein musste. «Oui, je suis française.»

Hammer und Eisen flogen zur Seite, er beugte sich zu ihr herab und nahm sie behutsam in die Arme.

«Grand-père et ...», krächzte sie, und ihre Hand wies in die Ecke.

«Ils sont morts.» *Sie sind tot.*

Es war nicht leicht, dem Feuer zu entkommen. Wohin Patrice blickte, er sah nur Flammen. Ganze Häuserreihen brannten links wie rechts, Bäume loderten, und auf den Straßen irrten Menschen umher, deren Haare und Kleidung Feuer gefangen hatten. Einige humpelten und stürzten, nur wenige kamen wieder auf die Beine. In der heißen Luft lag beißender Qualm, der Gestank von Benzin überall.

Mit Emilia im Arm, die hustete und weinte, seit sie aus dem Kellerloch gestiegen waren, musste er immer wieder Pausen einlegen, in der auch er Kraft schöpfen und seinen brennenden Augen Erholung gönnen konnte. Nicht allzu lange, die Flammen fanden stets neue Nahrung und die Luft kochte, dass es eine Qual war zu atmen. Feuerwinde bildeten sich, die funkensprühend durch die Straßen jaulten und dabei Mensch, Tier und Haus entzündeten.

Sie mussten dringend hier verschwinden, das Feuer und der Funkenwind kamen näher. Nur wohin? Ringsum quollen Feuerwalzen aus den Fenstern, Dachstühle stürzten krachend in die Tiefe, gefolgt von Häuserwänden, die Umherirrende unter sich begruben.

Der Weg in die Stadt war eindeutig die falsche Wahl gewesen. Sie mussten zur Seite ausweichen oder gleich den ansteigenden Weg hinauf ins Frauenland nehmen, doch Emilia hatte von Anfang an dagegen protestiert. Über den Main, forderte sie stets, hinüber auf die andere Seite. Dort erwartete sie die Mutter, die vor Sorge ohnehin schon nicht mehr ein noch aus wusste. Widerspruch war zwecklos gewesen.

Damit liefen sie dem Feuer in die Arme. Nein, es musste einen anderen Weg geben. Wenn sie es zu den Bahngleisen schafften … Er blickte sich um und suchte mit tränenden Augen die Bresche zwischen den Häuserreihen zu finden, die ihnen Schutz vor den Flammen und Funkenwinden bot, wo sie Wasser finden würden, um die Kleidung zu befeuchten, und etwas trinken und ausruhen konnten. Denn der Main war ein gutes Stück weit entfernt, und dieses Mädchen Emilia, so dünn und leicht sie anfangs schien, wurde mit jedem Schritt schwerer.

Wieder krachte ein Haus auf die Straße, mit ihm brennende Balken, Mobiliar, Teppiche, Vorhänge, Bettzeug und alles, was sich in diesen Wohnungen befand – auch Menschen, die nicht in die Luftschutzkeller gegangen waren und ihre karge Habe vor Plünderern schützen wollten.

Eine Fontäne aus purem Feuer schoss aus dem Trümmerkrater hervor, und in diesem Moment wusste Patrice, dass die Zeit des Nachdenkens und Abwägens vorüber war. Weitere

Gasleitungen würden brechen ... ein unaufhaltsames Inferno brach sich Bahn.

«Ferme les yeux!», schrie er – Augen zu! – und rannte mit Emilia in den Armen auf den einzigen dunklen Fleck zu, den er im Flammenmeer und den Rauchschwaden noch erkennen konnte.

Fortuna war auf seiner Seite, der dunkle Fleck erwies sich als lange Mauer, die die Hausreihe gegen einen Platz hin trennte. In deren Schutz rannte er um ihrer beider Leben, während sich in seinem Rücken die Hölle auftat.

***

«Durch mich geht's ein zur Stadt der Qualerkorenen / Durch mich geht's ein zum ew'gen Weheschlund / Durch mich geht's ein zum Volke der Verlorenen.»

Die Künstlerenklave «Neue Welt» hatte nach der Beschlagnahmung ihres Gutsofes für Ausgebombte und Flüchtlinge eine provisorische Bleibe nicht weit entfernt gefunden, eine kleine am Waldrand gelegene Hütte, wo sie von Gestapo und neugierigen Nachbarn ungestört waren. Dieser wunderbare, sonnengetränkte Frühlingstag hatte zu einem spontanen Liederabend mit Lesebeiträgen geführt, zum Schluss sollte Emilia, der Star des Abends, ein japanisches Lied vortragen.

Nun standen sie mit einem nassen Tuch vor Mund und Nase gegen den allpräsenten Rauch und blickten aus entzündeten Augen ins Maintal. Die vielen einzelnen Brandherde waren um Mitternacht zu einem einzigen Großbrand zusammengewachsen, der sich von Grombühl über die Altstadt und das Frauenland bis hinüber in die Sanderau erstreckte. Auch auf ihrer Seite, vom Mainviertel bis hinunter nach Heidingsfeld, brannte und rauchte es, die Festung loderte wie eine Fackel. Doch am meisten verwunderte die Hitze, die selbst hier oben auf der Haut zu spüren war. Welche Temperaturen mussten erst in der Stadt oder am Main herrschen? Noch bevor man das Ufer erreichte, wäre man im Backofen verschmort. Hatte je jemand so eine Hitze erlebt?

Es gab keine Erklärung, warum ausgerechnet sie verschont geblieben, andere um sie herum der ungeheuren Sprenggewalt und dem Feuer zum Opfer gefallen waren.

Das Ende dieser bleiernen Zeit stand bevor, sie konnten wieder auf ein freies Leben und vor allem auf Engagements hoffen. Nur noch ein paar Tage durchhalten ... bis das ohrenbetäubende Brummen der Bomber sie in die Jetztzeit zurückholte.

«Lasst, die ihr eingeht, jede Hoffnung fahren», rezitierte Frieda aus der *Göttlichen Komödie* Dante Alighieris nicht ganz werkgetreu, denn die Rolle, die die arbeitslose Theaterschauspielerin tagsüber spielte – eine unberechenbare Psychopathin, die besser keine Granaten für Hitler polieren sollte –, nahm sie in den Abend und die Nacht mit. Ihrer Interpretation des Höllentors konnte man Gehässigkeit vorwerfen.

Dennoch: Es gab nichts mehr, worauf man hätte hoffen können, wenn man nicht Pyromane oder der Teufel war. Dort unten im Tal lag wirklich der Eingang, wenn nicht die Hölle selbst. Aus enthaupteten Häusern schraubten sich Flammenwirbel in den Himmel, der ein paar Stunden zuvor mit den prächtigsten Sternbildern geschmückt gewesen war, jetzt nur noch ein verkokeltes Leichentuch für die Toten bereithielt.

Im wallenden Meer aus Feuer und Zerstörung schillerten für den Landschaftsmaler Carl, der seinem Idol Caspar David Friedrich nacheiferte, die wunderbarsten, zugleich verstörendsten Farben – die Straßen glichen feuerroten Lavaströmen und die jungen Flammen weißen Zungen, darüber, die einst so funkelnde Unendlichkeit, jetzt ein schwarzer Sargdeckel. Das war die Komposition der alten deutschen Flagge, bevor sie Hitler mit seinem Hakenkreuz verschandelt hatte.

Neben ihm stand gedankenverloren Herrmann. Der speckgraue Anzug war dem kleinen, schwächlichen Mann zwei Nummern zu groß, das viel zu lange Haar hing ihm schütter bis auf die eingefallenen Wangen herunter. Er war ein feinsinniger und sensibler Geist, ein Dichter und Romancier, dessen Schriften als zu weich und verspielt abgetan wurden – an der Ostfront hätte er mehr für die deutsche Sache tun können, hatte man ihm gesagt. Dass es bislang nicht dazu gekommen war, hatte er seinem Vater zu verdanken – Träger des Eisernen Kreuzes, niedrige NSDAP-Parteinummer und SA-Kampferfahrung aus frühen Münchner Jahren –, der seine schützende Hand über den ungeliebten Sohn aus der gescheiterten Ehe hielt.

Mit Blick auf das Inferno stellten sich die ersten Gedanken ein: *Stolz und Eitelkeit liegen in Trümmern … Beichtstühle zu Asche verfallen, das letzte Gebet verhallt … Auf Höllenwinden reiten Teufel und Hexen dem Untergang entgegen …*

Die Metaphern waren gar nicht so weit hergeholt. Dort unten pfiffen sie funkenstiebend um die Ecken und entfachten alles zu Feuer, was sich ihnen entgegenstellte. Dem sonst still dahinfließenden Main befahlen sie meterhohen Wellengang, ein bisher nie gesehenes Phänomen, das ihre Kraft unter Beweis stellte, und vielen, die sich in den Main gerettet hatten, drohte das Ertrinken. Was für ein Irrsinn! Nur wenige konnten sich an den Brückenpfeilern festhalten und sich nach oben retten.

Der nächste Wahnsinn: Die Stadt war völlig zerstört, nichts war heilgeblieben – außer die Mainbrücken! Hatten die Bomberstaffeln so gut oder so schlecht gezielt? Allerdings war die Alte Brücke wegen den nah gebauten, jetzt brennenden und eingestürzten Häusern nicht zu betreten. Anders sah es auf der Löwenbrücke aus. Dort standen die Häuser weit weg, die Straßenbahn brauchte Platz, und genau das machten sich viele zunutze. Hier waren sie vor den Flammen geschützt, der unfassbaren Hitze, bis sie von orkanhaften Feuerwinden weitergetrieben wurden.

Am Ende der Reihe befand sich Gudrun, Emilias Mutter. Auch sie starrte in den Abgrund, und mittlerweile schien es ihr, als grinste er bösartig zurück. *Wo ist Emilia?* Bei dieser Katastrophe würde ihr armseliger Keller keinerlei Schutz bieten. Hinunter in die Stadt mussten sie, zum Kriegerdenkmal oder zum Residenzwall. Wenn sie das nicht geschafft hatten ...

«Mach dir keine Sorgen», tröstete sie Ludwig, der Violinist, dessen Augen tränten, «sie weiß, was zu tun ist.»

Sie nickte selbstversichernd. Emilia war für ihre sechzehn Jahre erstaunlich erwachsen.

«Bei Vollalarm ist sie mit Franz in den Luftschutzkeller am Kriegerdenkmal gegangen», fügte Frieda hinzu. «Dort sind sie sicher.»

Gudrun glaubte nicht, dass sich Emilia weit von ihren geliebten Büchern entfernen würde.

«Wie ich das sehe», sagte Carl mit ausgestrecktem Arm, sein Zeigefinger folgte dem Bergverlauf, als nähme er für sein nächstes Werk bereits Maß, «reicht das Feuer gar nicht so weit hinauf.»

Da rief jemand aus dem Feuerschatten hinter ihnen. «Mama!»

Asche wirbelte auf und legte glimmende Baumstümpfe frei, gestützt auf einen ebenso aschgrauen und hageren Mann, humpelte Emilia ins Licht. Die Kleidung verschlissen und angebrannt, Gesicht und Hände schwarz, die Haare mit Asche verdeckt, krächzte sie mit trockener Kehle.

«Maman…»

Niemand war schneller bei ihr als Gudrun. Die Umarmung war fest und befreiend zugleich. «Dem Himmel sei Dank!»

«Ich habe es nicht schneller geschafft.»

Die anderen kamen herbei und drückten beide, Patrice trottete noch ein paar Schritte weiter, bis er erschöpft auf einen Stein sank. Er hatte sich völlig verausgabt, war am Ende seiner Kräfte. «De l'eau, s'il vous plaît.» Niemand schenkte ihm Aufmerksamkeit. Alle hatten nur Augen für Emilia.

«Du hast uns einen Heidenschreck eingejagt.»

«Wie der Phoenix aus der Asche.»

«Ein Wunder!»

«Ich hätte niemals gedacht…»

Gudrun wischte sich die Freudentränen aus dem Gesicht. «Wo bist du so lange gewesen?» Ihr Blick fiel in den dunklen, verbrannten Wald. «Wo ist Vater?»

Aus dem Pulk löste sich Herrmann. «Ja, wo ist Vater?»

Emilia seufzte. Wie würde sie es ihnen beibringen?

«Opa ist tot.»

«Red keinen Unsinn!», fuhr Gudrun sie an. «Wo ist Vater?»

Auch wenn Gudruns Augen im Dunkel lagen, Emilia spürte ihren bohrenden Blick, der nur eine einzige Antwort zuließ: *Vater geht es gut.* Tränen flossen aus entzündeten Augen. «Eine Bombe hat das Nachbarhaus getroffen, als wir im Keller saßen…»

«Was?!»

«Unmöglich.»

«Ihr wart nicht im Luftschutzbunker?!»

Emilia schüttelte den Kopf.

«Wo ist Vater?!», schrie Herrmann sie unerwartet an. «Nach dem Vollalarm hattet ihr doch genügend Zeit...»

«Was ist passiert?», ging Gudrun dazwischen, und Emilia berichtete schluchzend vom Hergang der Tragödie, dass Opa die Durchsagen im Radio verfolgt hätte, von einem Angriff auf Nürnberg die Rede gewesen sei und dass die anderen Bomber an Würzburg vorbeifliegen würden und, und, und...

Während Gudrun erstarrte, verlor Herrmann die Beherrschung. «Du lügst», schrie er, «du lügst!»

Die anderen versuchten ihn zu beruhigen, doch niemand ahnte, was der Tod seines Vaters, der Verlust seines Beschützers für ihn bedeutete.

«Was wird jetzt aus mir?!» Er riss sich los. «Was?»

Keiner antwortete ihm.

«Komm, setz dich», sagte Gudrun versöhnlich und führte Emilia zu ihrem unbekannten Begleiter. Der schüttelte Asche und Ruß aus den angebrannten Haaren. «Willst du mir nicht deinen Begleiter vorstellen?»

Emilia schniefte, schöpfte neue Kraft und legte ihm die Hand auf die Schulter.

«Das ist Patrice, mein Retter», und noch bevor Gudrun ihm danken konnte, platzte es aus ihm heraus.

«J'ai soif, bon sang!» *Ich habe Durst! Verdammt noch mal.* «De l'eau, s'il vous plaît. De l'eau!»

Alle außer Emilia erschraken. Ein Franzose? Himmel, wo kam der mitten in der Nacht her? Ein Kriegsgefangener, ein Zwangsarbeiter? Die SS würde nach ihm suchen. Wenn sie ihn hier fanden, wären sie geliefert. Auf ein Zeichen Gudruns ging Frieda Wasser holen, die anderen waren unsicher. Gudrun schickte sie in die Hütte zurück.

«Sprechen Sie Deutsch?», fragte sie ihn.

Er grummelte. «Oui, leider.»

«Er spricht sehr gut», pflichtete Emilia bei, «und versteht alles.»

«Ich möchte Ihnen aufrichtig und aus ganzem Herzen danken», setzte Gudrun an, doch da war Frieda mit dem Wasser zurück und reichte es ihm. Hastig nahm er es und trank ebenso schnell die Flasche leer. Dann stand er auf.

«Ich muss gehen.»

«Warum?» Gudrun und Emilia schauten verblüfft. «Wohin? Die ganze Stadt brennt.»

«Ein Freund wartet auf mich.»

* * *

Samstag, 17. März 1945, kurz nach 6 Uhr

Liebes Tagebuch,
soeben geht die Sonne auf, und doch wieder nicht. Über der Stadt hängt Rauch, er verdunkelt den neuen Tag wie unsere Seelen. Wir können nicht verstehen, was geschehen ist. Es ist unbegreiflich. Noch gestern Abend kündete eine warme Sonne vom Ende dieser schrecklichen Zeit, die uns allen in der Neuen Welt das Liebste und Teuerste geraubt hat, und nun das…

Ich habe keine Worte dafür, nur die Phantasie. Der Sensenmann hat die Ähren geschnitten und das Stroh entzündet. Bis zum Horizont ziehen die Fahnen, ersticken und erwürgen, wen die Feuersbrunst vergessen. Die Stadt ist ein in Trümmern liegendes, gerodetes Feld, wo nichts mehr gedeihen kann außer Grabhügel und Totenlieder. Asche zu Asche, Staub zu Staub. Die Leichenzüge wollen kein Ende nehmen, ihr Ziel unbekannt. Wohin nur, wohin? Die Heimat ist verloren.

Ach, und noch immer haben wir nichts von Paps gehört. Es heißt, es gebe keine Feldpost im Osten mehr. Was mag das bedeuten? Steht es so schlimm? Allmächtiger, hör mein Flehen: Bring Papa wieder nach Hause! Er fehlt mir, er fehlt uns allen so sehr...

Und nimm Opa in deinen gnadenreichen Schoß auf. Verzeih ihm die Sünden, die er begangen hat, den Frevel seiner Freunde an dir und deiner Kirche. Er hatte es nie leicht gehabt. Die Kriege, der Hunger und die Schmach mit seiner ersten Frau, das war der Mühlstein für seine Verbitterung, sein Scheitern, der Streit mit Mama und Papa. Wir alle wollten ihn nach unserer Rückkehr aus Japan wieder für die gute Sache gewinnen, aber wir kamen zu spät. Und jetzt Herrmann. Er war so böse zu mir. Gab mir die Schuld. Ich bin so unendlich traurig ... Dabei liebe ich ihn doch so sehr, den kleinen unscheinbaren Onkel in Blut und Geist. Seine Gedichte geben meinem Herzen Flügel und meinem Dasein Stolz.

Mama und ich werden gleich zum Haus gehen. Sie will es einfach nicht wahrhaben, solange sie es nicht mit eigenen Augen gesehen hat. Mir graust davor.

Und wenn man vom Teufel spricht, da kommt sie schon. Noch schnell zum Abschluss, wie immer, ein guter, ermutigender Gedanke. Ich bin aufgewühlt! Ein Ritter Tristan hat mich aus höchster Not gerettet. Er heißt Patrice!

***

Von Süden her drang ein vertrautes, gleichwohl alarmierendes Geräusch an Patrice' Ohr. Wer es einmal gehört hatte und gesehen hatte, welches Leid die Tiefflieger brachten, würde es nie wieder vergessen. Jetzt gab es keine Sekunde zu verlieren oder einen Gedanken an Viktor und Paul zu verschwenden.

Wo war der nächste Unterschlupf?

Rechts der Main, links der ansteigende Berg, davor ein Graben. Das musste genügen, und er sprang hinein. Keinen Augenblick zu spät, da schlugen schon die ersten Kugeln in Doppelreihe ein. Er musste nicht hinsehen, um zu wissen, was das Höllenfeuer unter den Geflüchteten, Verletzten, Frauen, Alten und Kindern anrichten würde. Feind hin oder her, und trotz aller unverzeihlichen Gräueltaten, die die Deutschen begangen hatten: Das war nichts weiter als ein Abschlachten. Damit stellte man sich mit ihnen auf eine Stufe. Er presste den Kopf gegen den Boden, hielt schützend seine Hände darüber, während die Salven näherkamen.

Natürlich war Paul nicht am verabredeten Ort gewesen, auch nicht sein polnischer Freund Viktor mit den SS-Uniformen und dem Fahrzeug, das sie sicher aus dieser verfluchten Stadt an den Rhein hätte bringen sollen. Alles war schiefgelaufen, von Anfang an. Und dann auch noch dieses Mädchen, Emilia. Warum hatte er sie nicht einfach dort liegen und sterben lassen, sich mit dem bisschen Geld und den erbeuteten Pässen auf und davon gemacht? Einen Versuch wäre es wert gewesen …

Grollend zog das englische Jagdflugzeug über ihn hinweg. Gottlob, er war unverletzt geblieben, schaute aus der Deckung hervor und wurde in seiner Befürchtung bestätigt – ein Schlachtfeld –, nur würde sich der englische Pilot damit nicht zufriedengeben, noch gab es Leben hier. Er zog eine Schleife und griff erneut an, dieses Mal kam er über den Berg und hob damit den Schutz des Grabens auf. Patrice sprang auf und rannte los. Wo würde er Deckung finden? Es blieb nur noch der Main, und während er um sein Leben rannte, das Stakkato des MGs aufflammte, sah er inmitten der blutüberströmten Toten und der schreienden Verletzten jemanden stehen, der … vor Freude strahlte?

Himmel, war das Paul? Haare und Kleidung waren verbrannt, das Gesicht verschmiert, aber dieses Lächeln ... niemand lächelte so wie er. Jemand kam auf ihn zu, der die drohende Gefahr ebenfalls nicht wahrzunehmen schien. Das konnte doch nicht, nein, das war nicht Viktor. Auf keinen Fall.

«Paul!», schrie er. «Lauf weg!»

Er schaute herüber, ein Anflug des Wiedererkennens, und schon schlugen die Kugeln um sie herum ein. Patrice stürzte ins Wasser, sein Bein schmerzte wie Feuer. Die Strömung nahm sich seiner an und brachte ihn auf direktem Weg zurück in die Stadt.

**

Sonntag, 18. März 1945

Auf der Festungsmauer steht immer noch in riesengroßen Lettern *Heil Hitler.*

Alles ist kaputt und tot, niemand hat je so etwas gesehen. In den Straßen türmen sich Leichenberge, sagt man, es stinke nach Verwesung und verbranntem Fleisch. Ich will das gar nicht wissen, geschweige denn sehen. Ich bleibe hier auf meinem Berg. Doch das Klagen und Weinen dringt zu mir herauf, es ersetzt die geschmolzenen Kirchenglocken, ein bitteres Sonntagsgeläut. Adieu, Winnetou und Rote Wolke, Lehrer Mager und alle aus der *Räuberbande*, und auch ich habe einen großen Verlust zu beweinen.

Gestern waren Mama und ich auf Umwegen bei unserem Haus, genauer: an der Stelle, an der es einmal gestanden hat, denn dort ist nichts mehr. Was nicht durch die Bombenwucht fortgerissen wurde, hat das Feuer zerstört. Alles, was wir vorfanden, war ein riesiger Krater mit glühenden Steinen darin. Am

Rand kniete Herrmann. Er weinte hemmungslos und schluchzte, dass Opa aus seinem Grab doch auferstehen möge. Wer würde sich denn jetzt um ihn kümmern, wenn er nicht mehr da war?

So sehr ich mit ihm gefühlt habe, es hat mich erstaunt: Opa hat Herrmann nie gut behandelt, und das ist vorsichtig umschrieben. Ich habe schon Straßenhunde gesehen, denen es besser ging.

Ich kümmerte mich dann um Mama, sie war der Ohnmacht nah.

Niemand fragt, wie es mir eigentlich geht. Auch ich habe mein ganzes Leben verloren. Die Bücher und Tagebücher, die Bilder und Zeichnungen, Gedichte und Geschichten…

Dann kamen Soldaten und nahmen Herrmann mit, er sei jetzt beim Volkssturm. Herrmann wehrte sich und schrie nach seinem Vater, dass es mir ganz anders wurde, aber es war vergebens.

«Emilia!»

Sie schaute von ihrem Tagebuch auf. Mama? Sie wollte doch erst in einer Stunde zurück sein.

«Emilia! Schnell!»

Sie legte Stift und Heft zur Seite und eilte hinaus. Über den aschgrauen Trampelpfad mit den verbrannten Büschen und Bäumen kam ihre Mutter herauf, die Rockschöße in der einen Hand, den Korb in der anderen.

«In den Wald! In den Wald!», keuchte sie.

Da hörte sie es, zuerst ein leises Summen von irgendwoher, dann stiegen Jagdflugzeuge hinter der enthaupteten Festung auf.

«Komm!»

Ihre Mutter ergriff ihre Hand, ließ die Hütte liegen und

rannte mit ihr den Hang entlang. Asche wirbelte auf und verkohlte Äste knackten unter ihren Füßen. Wo war der verfluchte Graben? Er würde zumindest ein wenig Schutz bieten. Das Summen der Jagdflugzeuge schwang sich zu einem Dröhnen auf, MG-Feuer hämmerte. Runter!

«Heilige Mutter Maria, hilf!», flehte Gudrun, während die Maschinen zornig über sie hinwegdonnerten, danach einen weiten Schwenk machten und erneut Tod und Verzweiflung in die Zellerau trugen. «Bist du verletzt? Geht es dir gut?»

Ihre Worte klangen hohl und fern, das Getöse der Jagdflieger wummerte noch immer in Emilias Ohren.

«Alles gut», hörte sie sich blechern antworten. «Die Asche im Gesicht steht dir gut, kleine Geisha», sagte Gudrun beruhigend.

Aber Emilia wollte nichts davon wissen. «Warum sind wir überhaupt nach Würzburg gekommen?»

«Das weißt du doch. Opa konnte nicht mehr alleine im Haus ...»

Ein Stöhnen und Raunen unterbrach, es musste aus unmittelbarer Nähe kommen. Sie hoben die aschgrauen Köpfe. «Ist da wer?»

Aus dem Graben unter ihnen stöhnte jemand. «Helfen Sie mir ... bitte.»

«Wer ... wo sind Sie?»

Aus der Asche erhob sich ein Arm. «Ici. Aidez-moi!»

***

Die Wunde war leidlich gesäubert und mit einem abgekochten Stück Bettwäsche verbunden. Die Schmerzen blieben die alten. Patrice stöhnte auf, als er sich wieder auf den Rücken drehte.

Noch immer war er sich nicht sicher, was es mit diesen zwei seltsamen Frauen auf sich hatte. Konnte man ihnen trauen? Letztlich waren sie seine einzige Zuflucht gewesen.

«Merci.»

«Gern geschehen», antwortete Gudrun, ging zur Spüle und rieb sich die Hände mit Seife ein. «Sie brauchen dringend Penicillin, die Wunde wird sich entzünden.»

«In der ganzen Stadt wird es kein Penicillin mehr geben», widersprach Emilia, während sie die blutigen Tücher vom Boden aufklaubte.

«Was uns zur entscheidenden Frage führt: hier bleiben und an Wundbrand sterben oder …»

«Rausgehen und erschossen werden?», führte Emilia Gudruns Satz zu Ende. «Er bleibt.»

«Bei Anbruch der Nacht werde ich gehen», widersprach Patrice. «Nur noch ein wenig ausruhen.»

«Mama, ohne Penicillin wird er sterben.»

«Und wenn er rausgeht auch.»

«Aufhören, bitte!», ging Patrice dazwischen. «Ich entscheide selbst, was ich tue.»

Der unerwartet forsche Einwand zeigte Wirkung. Gudrun trocknete sich wortlos die Hände und ging vor die Tür, Emilia verräumte die Verbandsmaterialien, leerte die Waschschüssel und sammelte die schmutzigen Handtücher ein.

Emilia hatte Patrice bisher nie sauber und frisiert gesehen. Man konnte ihn durchaus als gutaussehend bezeichnen, musste dafür aber über den abgemagerten Körper und die prägnanten Wangenknochen hinwegsehen.

«Es tut mir leid», schob Patrice endlich nach, «aber ich kann nicht bleiben.»

«Warum nicht?»

«Wenn man mich hier findet, kommt ihr ins Gefängnis.»

«Hast du etwas verbrochen?»

«Ich bin Franzose. Das reicht.»

«Mir können sie nichts, ich bin Japanerin.»

Er schaute sie scheel an. «Danach siehst du nicht aus.»

«1929 in Osaka geboren. Ehrenwort.»

«Vorgestern warst du noch Französin.»

«Das war eine Notlüge.»

«Warum?»

«Weil du mich sonst nicht mitgenommen hättest.» Sie funkelte ihn böse an, er mied den Augenkontakt. «Warum warst du eigentlich dort?»

Er schüttelte den Kopf, seufzte. «Ich kam von einer Theaterprobe...»

Sie war wie von Donner gerührt. «Du spielst Theater?!»

«Ich helfe einer unfähigen Regisseurin und ihren untalentierten Schauspielern.»

«Sprich weiter. Erzähl mehr.» Sie nahm einen Stuhl, setzte sich und stützte Arme und Kinn auf die Lehne.

«Mein Freund Paul ist Musiker, er kennt viele wichtige Leute. Er arbeitet auch für einen hohen SS-Offizier ... Er wurde gefragt, ob er einen Schauspieler für die erste Aufführung einer jungen Regisseurin kenne, einen richtigen Franzosen.» Mehr brauchte sie nicht zu wissen, auch nicht dass Paul Jude war und sie in der Bombennacht zusammen mit dem Zwangsarbeiter Viktor ihre Flucht geplant hatten. Zum Teufel! Alles, wirklich alles war schiefgelaufen. Wenn Paul nun tot war, wo war dann Viktor mit den SS-Uniformen, den Pässen und dem Fluchtauto? Er musste ihn schnellstens finden.

«Halt!», widersprach Emilia. «Du musst dein Bein schonen. Die Wunde ist –»

«Dafür ist keine Zeit.» Er zwang sich auf die Beine, und der Schmerz stach ihm jäh in den Oberschenkel, dass er schreiend zurück aufs Bett fiel.

«Ich hab's dir doch gesagt!» Emilia kam ihm zu Hilfe, der frische Verband sog sich mit Blut voll. «Da hast du's: Die Wunde ist wieder auf. Herrgott!»

Viel mehr als die Wunde machten Patrice die Schmerzen zu schaffen, sie strahlten in den Rücken und paralysierten ihn. «Merde», schrie er, «gib mir was gegen die Schmerzen!»

Die Medikamente waren längst verbraucht, das Einzige, das noch helfen konnte, war eine Flasche selbstgebrannter Schnaps von Carl. Niemand hatte ihn bisher trinken wollen, zu groß war die Gefahr einer Vergiftung, aber zum Desinfizieren gab es nichts Besseres.

«Hier», sagte Emilia und reichte ihm die Flasche. «Aber langsam, es ist –»

Zu spät. Patrice trank einem Verdurstenden gleich, und bevor der Husten gegen das scharfe Destillat protestierte, hatte er mehr intus, als gut für ihn war.

«Mon Dieu! Was ist das?»

«Pflaumenschnaps. Hilft er?»

Die Schmerzen in seinem Bein waren das kleinere Problem, der hochprozentige Alkohol fuhr ihm in die Sinne und, gottlob, benebelte auch bald die Nervenstränge.

«Das tut gut.»

«Du hast eine schöne Nase», sagte sie.

«Sie ist krumm wie ein Adlerschnabel», antwortete Patrice in einer aufsteigenden und zutiefst entspannenden Leichtigkeit. Der Schmerz verlor sich, und er seufzte zufrieden. «Das war guter Schnaps.»

«Wir reinigen Wunden damit.»

«Dann ist es genau richtig für mich. Ich bin eine einzige Wunde.»

Emilia traute sich etwas, das sie sonst niemals getan hätte – sie legte sich zu ihm aufs Bett. Nasenspitze an Nasenspitze lagen sie so eine Ewigkeit. Keiner sprach ein Wort, nur ihre Augen verloren sich ineinander.

***

Als Gudrun in die Hütte zurückgekommen war, hatte sie die beiden friedlich schlafend vorgefunden, sich dann mit einer Decke in die Ecke zurückgezogen. Ihre kleine Emilia wurde nun zu einer Frau. Sie lächelte unsicher und nahm diesen schönen wie auch unangenehmen Gedanken mit in den Schlaf.

Gepolter weckte sie bei Sonnenaufgang.

«Sacré bonhomme!», fluchte Patrice und hielt sich den Kopf. Schwindelig war ihm und übel, er suchte Halt an der Stuhllehne. «Was ist das für ein Zeug gewesen?» Er sah nicht gut aus, die Haut fahl und die Augen halb geschlossen. Vor dem Bett lag die leere Schnapsflasche.

Gleich nach ihm kroch Emilia aus dem Bett, auch sie war unsicher auf den Beinen und hielt sich den Magen.

«Habt ihr etwa den ganzen Schnaps ausgetrunken?», schimpfte Gudrun. Sie nahm die beiden in Augenschein, wobei Sehen gar nicht nötig war, sie stanken nach Schnaps und waren außerdem halbnackt. «Emilia! Was hast du getan?» Ach, diesen Filou sollte sie tadeln, der ihre Tochter betrunken gemacht und verführt hatte. «Patrice, du verdammter Schweinehund! Sie ist noch ein Kind.» Es setzte eine Ohrfeige, die anderen Schläge verloren sich in blinder Raserei.

«Mama!», ging Emilia dazwischen «Hör auf! Nichts ist

geschehen. Er hat mich nicht angefasst. Wir haben nur getrunken und geredet.» Die Rettung war nobel, aber zu viel, Emilia stürzte in die Ecke und übergab sich.

«Ich schwöre dir», fauchte Gudrun den verstörten Patrice an, «wenn du sie angefasst hast, erwürge ich dich mit meinen eigenen Händen.»

«Mais non, Madame», versicherte er, «nur getrunken und geredet. Ich schwöre es, bei meiner Seele Mutter.»

Er schaute sie aus treuen Augen an und hob die Hand zum Schwur. Diese dünnen Arme, der ausgemergelte Körper, das aufgezwungene, wenngleich ehrlich scheinende Lächeln besänftigten sie für den Augenblick. Mit der Wunde am Bein hätte er ohnehin nicht die Kraft aufgebracht.

«Bei meiner Mutter Seele heißt es», korrigierte sie ihn, dann ging sie zu Emilia, legte beruhigend die Hand auf ihren Rücken. «Alles draußen?»

Ein Nicken. «Oui, ja ... gib mir noch einen Moment.»

Sie gewährte ihn. Derweil suchte Patrice Hose, Hemd und Jacke zusammen. «Was hast du vor?», fragte sie.

«Ich gehe, Madame. Ich war schon viel zu lange hier.»

«Mit der Wunde kommst du nicht weit. Es wäre besser, wenn du noch ein paar Tage wartest.»

«Keine Zeit. Ich muss Viktor finden.» Er schlüpfte in die Hose, was schmerzhaft und umständlich war.

«Wer ist Viktor?»

«Sein Freund», antwortete Emilia, die sich erholt hatte und mit kleinen Schritten herankam. «Sie wollen zusammen fliehen. Ich werde Patrice helfen.»

«Auf gar keinen Fall!»

Fertig angekleidet, erhob sich Patrice. Er sah in der zerrissenen Kluft noch erbärmlicher aus als in Unterwäsche. Fetzen hingen ihm von Armen und Beinen, die Jacke löchrig und verbrannt wie die Stadt im Tal.

«Keine Sorge, Madame. Ich gehe alleine.»

«Tust du nicht», widersprach Emilia. Ihr Kleid war zerknittert und staubig, aber das machte nichts.

«Ich habe es Emilia schon erklärt», sagte er und band einen alten Gürtel um seine viel zu schmale Taille. «Es ist gefährlich und ich kann nicht auf sie aufpassen.»

«Das kann ich selbst!»

Eine leichte Verbeugung. «Merci, Madame, für alles. Es tut gut zu wissen, dass nicht alle Deutschen so sind wie –»

Die Tür sprang auf, Frieda, die Schauspielerin, stürzte herein. «Sie kommen! Schnell, versteckt euch.»

«Wer?», fragte Gudrun.

«Gestapo.»

Die Kerle hatten einen Tipp bekommen, anders war es nicht zu erklären, warum sie ausgerechnet in der kleinen Hütte nach einem entsprungenen Kriegsgefangenen suchten. Patrice und Emilia konnten gerade noch nach hinten ausbüxen, bis es die zwei Schlapphüte den Berg herauf geschafft hatten. Auf dem Tisch fanden sie eine leere Schnapsflasche vor, Gudrun war schluchzend darüber gebeugt, und Frieda tröstete sie über den ungeklärten Verbleib von Emilia hinweg.

Die Löwenbrücke wäre der nächstgelegene Übergang auf die andere Stadtseite gewesen, die weiter nördliche Luitpoldbrücke die beste Wahl, um schnell zum Schalksberg zu gelangen, wo mitten am Hang die Nervenklinik lag und das daran angeschlossene Gefängnis für die Kriegsgefangenen und Zwangsarbeiter. Dort würde Viktor zu finden sein, sofern er nicht im Strom der Flüchtlinge untergetaucht war und die Stadt längst verlassen hatte. Andernfalls war er im Arbeitseinsatz, die vielen Leichen mussten unter Trümmern und aus Kellern geborgen, auf Ladeflächen verladen und zum Friedhof gebracht werden, wo sie in einem Massengrab bestattet wurden.

Patrice und Emilia wählten die Alte Mainbrücke, dort tauchten sie im Strom der vielen Rückkehrer, Auswärtigen und vom Unglück Verschonten unter, die in der ausgebombten Stadt nach Angehörigen, Freunden oder Nachbarn suchten, aber auch nach verbliebener Habe in den Kellern, die von der Feuersbrunst verschont geblieben waren. Unter den Gebeugten, Klagenden, Weinenden und Zerlumpten fiel Patrice nicht weiter auf. Polizisten und Soldaten kümmerten sich nicht um die Passanten, sie wurden an anderer Stelle benötigt.

Feuerwehren löschten die rauchenden Ruinen, Schutt wurde zur Seite geräumt, hier und da stürzte etwas ein. In die rauchschwangere Luft mischte sich nun Verwesung. Wohin man blickte, wurden verschüttete Körper oder gänzlich zerrissene und verkohlte Körperteile geborgen und auf die Lastwagen geworfen. Unter denen, die diese furchtbare Arbeit verrichten mussten, waren auch Zwangsarbeiter.

«Viktor ist ein dünner und großer Mann», raunte Patrice ihr zu, der sich alle Mühe gab, schwach zu wirken, damit er nicht vom erstbesten Polizisten zur Mithilfe verpflichtet wurde. «Schwarze Haare, spitze Nase.»

Mit der Beschreibung war nicht viel anzufangen, jeder Dritte war dünn und irgendwie schwarz, allein durch den Ruß und den Schmutz, aber Emilia war ohnehin nicht in der Lage, sich auf einen bestimmten Mann zu konzentrieren. Bereits auf dem Weg zur Brücke war sie mit dem Ausmaß der Zerstörung, dem Leid und den Klagen, den vielen Leichen und dem Verwesungsgestank konfrontiert worden, dass es ihr schwindelig wurde, und je näher sie der Stadt kam, desto schlimmer und unfassbarer wurde es. Tränen liefen ihr über die Wangen, sie schluchzte.

«Ich kann nicht weiter ... ich kann nicht. Lass uns zurückgehen, bitte.»

«Das geht nicht, komm, wir müssen Viktor finden.» Er nahm ihre Hand und zog sie an den Verstummten und innerlich Verstorbenen vorbei, die sich aus der Stadt kommend über die Brücke schleppten.

Wandelnde Tote, Klagegeheul, einstürzende Mauern, Feuer, Rauch und Todesgeruch ... Es war alles zu viel für Emilias zartes Gemüt. Sie sank mitten auf der Brücke zu Boden. «Ich kann nicht mehr.»

Patrice beugte sich zu ihr hinunter und redete ihr gut zu, obwohl er wusste, dass die wahre Hölle noch vor ihnen lag. «Wir müssen weg, wir fallen auf.»

Sie schluchzte.

Es war ein Fehler gewesen, Emilia überhaupt mitgenommen zu haben. «Ruh dich aus, dann geh zurück. Ich gehe alleine weiter.» Zum Abschied gab er ihr einen Kuss auf die Wange. «Du bist ein sehr tapferes Mädchen. Au revoir.»

Humpelnd sah sie ihn unter den vielen anderen verschwinden, und es war ihr, als ginge ein Teil von ihr mit ihm. Der andere versank hilflos in Tränen.

***

23. März 1945

Wie hilflos und vereinsamt ich mich fühle / lässt Du mich wieder einmal hier allein! / Bekümmert streich ich durch die Abendkühle / und wünsche nur, Dir wieder nah zu sein.

Der Obernazi trompetet im Radio: «Der Feind ist von Westen her mit Panzern in unser schönes Mainfranken eingedrungen. Die Lage ist ernst, aber nicht hoffnungslos. Die Stunde unserer Bewährung ist gekommen! Wer nur eine Sekunde seine Pflicht vergisst, ist Verräter an der Sache des Volkes, Feiglinge sind rücksichtslos zu beseitigen. In unseren Herzen darf nur noch der Hass und der Wille zu entschlossenem Widerstand Platz haben. Heil Hitler!»

So viel Hass, so viel Borniertheit ... Haben sie den Menschen nicht schon mehr als genug Leid angetan? Ihren Nachbarn und Freunden, ach, der ganzen Welt?

Und ich frage mich: Ist dies mein Land, mein eignes Land? Ich schäme mich, zu ihnen zu gehören.

***

Am Horizont flammten stumme Artillerieblitze auf.

Die Gebete im Käppele waren längst verklungen, die Dunkelheit hereingebrochen. Die Stadt lag finster und erschlagen im Tal. Kein Licht brannte, nur der Mond spendete fahlen Totenschein, in dem die Alte Mainbrücke schemenhaft zu erkennen war. Nichts regte sich, nichts bewegte sich. Eine gespenstische Stille. Niemand beklagte sich darüber, im Gegenteil: Endlich ein Tag ohne Zerstörung, Tod und Elend. Feindliche Jagdbomber hatten in den vergangenen Tagen die von der Bombennacht verschonten Stadtteile heimgesucht, um ihr teuflisches Werk zu vollenden. Hunderte ohnehin schon traumatisierte und hungernde Menschen waren verletzt und obdachlos geworden oder hatten den Tod gefunden. Hatte es je eines Gebets bedurft, heute, am Tag der Kreuzigung, konnte man es ungestört sprechen.

Mit einer Decke um die Schultern saß Emilia am Hang vor der Hütte, in den klammen Fingern einen Stift, auf dem Schoß ihr Tagebuch. Der Eintrag für Karfreitag, den 30. März, lautete auf ein einziges Wort: AUFHÖREN! Ein Dutzend Mal wiederholt, bis die Seite keinen Platz mehr geboten hatte.

Ihr Blick lag auf der Alten Mainbrücke, an der Stelle, wo Patrice sie verlassen hatte und alleine in die Stadt gegangen war. Er blieb verschwunden, und sie hatte sich seitdem nicht mehr vom Berg getraut, die Tage im Bett verbracht und sich von Gudrun trösten lassen. Liebeskummer nannte sie es, der anfänglich schmerzhaft war, doch sich bald wieder legen würde.

Der Schmerz war groß. Warum, um alles in der Welt, hatte sie nicht den Mut und die Stärke aufgebracht, Patrice in die Stadt zu folgen? Tausend und abertausend Male hallte die Frage wider: Warum nicht?!

Aus der Dunkelheit näherten sich Schritte, die Frage kam zaghaft und ängstlich. «Darf ich dich stören?» Es war Herrmann, ihr Onkel, der vor einer Woche reumütig in die Hütte eingezogen war und sich täglich hundert Mal für seine Vorwürfe entschuldigte.

Sie nickte, und er setzte sich neben sie.

«Woran denkst du?», fragte er.

Sie zuckte nur mit den Schultern.

«Du kannst ihn noch immer nicht vergessen?»

Sie seufzte, schüttelte den Kopf.

«Gräme dich nicht länger. Liebe ist der Zustand, wo der Mensch die Dinge am meisten so sieht, wie sie nicht sind.»

Sie schaute ihn verdutzt an. «Was kommst du mir mit Nietzsche?»

«Es kann das beste Herz in dunklen Stunden fehlen.»

Einem zarten Lächeln konnte sie sich nicht erwehren. «Goethe.»

Gemeinsam lachten sie, für den Moment schien alles Unglück und Ungemach, das ihnen auf der Seele lag, verschwunden.

«Es tut mir leid», sagte Herrmann, als der Reiz erloschen war, «dass ich so böse zu dir war.»

Das sollte es, dachte sie, es hatte wehgetan. «Schon vergessen.»

«Ehrlich?»

«Ja, sicher. Wie könnte ich dir lange gram sein. Du bist mein Onkel.»

«Halbonkel.»

«Auch das, aber noch viel mehr. Du bist mein Gefährte. Du hast das Herz und die Seele, die anderen nur ihren Verstand.»

Das Kompliment traf Herrmann unvorbereitet. Im ersten Moment wusste er nicht, was er darauf antworten sollte, er wusste noch nicht einmal, was er davon halten sollte. Erst im zweiten Moment ging ihm auf, dass es eine Liebeserklärung war. Jemand liebte ihn, den hässlichen geprügelten Hund, und wenn es nur seine Nichte war.

Emilia erhob sich. «Es ist spät. Zeit fürs Bett.»

Er nickte beiläufig, rief ihr dann nach: «Emilia?»

«Ja?»

«Willst du einmal für mich singen?»

«Was meinst du?»

«Nur für mich, ganz alleine. Im Kimono. Als Aiko.»

Sie wurde aus der Bitte nicht schlau. «Wirklich?»

«Ja, von Herzen gern.»

***

505

In einem Keller ein paar Hundert Meter entfernt, prüfte Thorwald, ein Arzt aus der Nervenklinik, Patrice' Wunde. Er hatte ihn an der Gefängnistür zu den Zwangsarbeitern gefunden, doch statt ihn dem Wärter zu übergeben, hatte er ihn in Sicherheit gebracht.

«Das war knapp», sagte Thorwald, «du hättest früher zu mir kommen sollen.» Er packte das übrige Verbandsmaterial ein, warf Spritze und Ampulle in einen Eimer.

«Merci», sagte Patrice kurz und zog die Hose hoch. «Werde ich es bis zum Rhein schaffen?»

Thorwalds Blick ging zu Richard, ein stämmiger Kerl in den Vierzigern, früheres SPD-Mitglied, jetzt leitender Kopf der Gruppe Edelweiß – eine kleine und unauffällig agierende Widerstandsbewegung gegen die Nazis, die eigentlich schon längst nicht mehr existierte. Nun aber stand eine überlebensnotwendige Aktion an, und keiner der übrig gebliebenen Unterstützer brachte den Mut dafür auf.

«Du kannst gehen», beschied Richard, «du kannst aber auch bleiben.»

«Jamais!», lehnte Patrice brüsk ab, es gab keinen Grund mehr. Viktor war im Fluchtauto mit den Uniformen und den Pässen beim Bombenangriff verbrannt. Er würde es nun auf eigene Faust versuchen. «Keine Sekunde länger bleibe ich in eurer verfluchten Nazi-Stadt.»

«Die Amis sind morgen hier.»

«Ich verlasse mich nicht darauf, schon gar nicht, wenn dann die Kugeln fliegen.»

«Um das zu verhindern, brauchen wir dich.»

Er lachte grell. «Ihr habt mir die besten Jahre meines Lebens gestohlen. Warum sollte ausgerechnet ich euch helfen?»

«Weil wir dich gerettet haben.»

«Non! Thorwald hat mich gerettet, nicht ihr.»

«Richard hat dich versteckt und gepflegt», korrigierte Thorwald, «ohne ihn wärst du längst tot, oder die Nazis hätten dich an die Wand gestellt. Vergiss das nicht.»

Der Rüffel zeigte Wirkung. Patrice kämpfte mit sich, dann seufzte er. «Alors, mach schnell. Was wollt ihr von mir?»

«Nichts, was du nicht schon längst tun wolltest.»

* * *

Der Kampf um Würzburg hatte begonnen. Seit dem frühen Samstagmorgen flogen amerikanische Flugzeuge Angriffe gegen Zell und die Zellerau. Maschinengewehre ratterten unentwegt, Bombeneinschläge brachten Häuser zum Einsturz und Menschen zu Tode. Vom Festungsberg und dem Mainviertel aus feuerte man zurück – ein letztes, verzweifeltes Aufbäumen gegen das Unvermeidliche. Die Amerikaner waren nicht mehr aufzuhalten.

Gudrun und Emilia kauerten in der kleinen Hütte eng an eng. Sie hatten den Zeitpunkt verpasst, rechtzeitig aufs Land zu flüchten. Um sie herum krachte und donnerte es, es schien nur eine Frage der Zeit zu sein, bis die Maschinengewehrsalven der amerikanischen Jagdflieger oder eine Bombe ihre kleine Hütte in tausend Stücke riss. Gudrun betete unablässig, während Emilia sich in ihre Arme schmiegte, zitterte, schluchzte und nach ihrem Vater rief, sie aus der Hölle zu retten.

Es wurde Abend, als das Getöse endlich verstummte, eine trügerische Ruhe kehrte ein. War es wirklich vorbei? Gudrun wartete, bis das letzte Tageslicht erloschen war, erst dann wagte sie sich unter dem Tisch hervor, der ihnen in den vergangenen zehn Stunden Schutz geboten hatte – in ihren Armen die erschöpfte Emilia.

«Komm», sagte sie.

Emilia antwortete nicht.

«Emilia, komm endlich. Wir müssen verschwinden.»

Eine zittrige Stimme antwortete: «Ich kann nicht.»

«Natürlich kannst du. Es ist vorbei.»

«Es ist überall nass.»

Auch das noch. Gudrun seufzte. «Gut, bleib dort. Ich mache Licht.»

«Kein Licht! Sie können uns sehen.»

«Nur eine Kerze, Liebling. Beruhige dich. Bei Nacht können sie nicht schießen.»

Eine Kerze in diesem finsteren Chaos zu finden, war leichter gesagt als getan. Regale waren umgestürzt, Schränke standen offen, ihr Inhalt über den Boden verstreut. Aber der Holzofen stand noch. Gott sei Dank. Dort fand sie Streichhölzer und einen Span. Eine kleine Flamme entzündete sich, die das ganze Durcheinander im engen Schein erahnen ließ. Wo waren Handtücher, Kleider, Socken und Schuhe? Unmöglich, hier noch etwas zu finden. Sie machte sich auf die Suche.

Zusammengekauert harrte Emilia unter dem Tisch aus. Tränen hatte sie keine mehr, die sie über das Malheur hätte vergießen können, sie empfand nur noch Scham, eingebettet in einer endlos großen Leere. Wie viele Tode war sie in den vergangenen Stunden gestorben? Wie viele Gebete hatte sie gegen das Tosen der Flugzeuge, gegen die Schüsse und Bomben geschrien? Keine Sekunde war vergangen, in der sie nicht gestorben und verschont geblieben war. Ein ewiges Auf und Ab zwischen Leben und Tod, Hoffen und Bangen, Verzweiflung und Erleichterung.

«Hier ist etwas», sagte Gudrun. Sie kam mit einer Kiste in der Hand zurück und stellte sie auf den Tisch. Eine Kerze stellte sie daneben. «Schau, was ich gefunden habe.»

«Was?»

«Deinen Kimono.»

Der Kerzenschein fiel auf den roten Seidenstoff, der ein weißes Kirschblütenmuster trug. «Wann hast du ihn zuletzt getragen?», fragte Gudrun, und ihre Stimme klang melancholisch.

«An Weihnachten, so wie immer.»

Es war Weihnachten vor zwei Jahren gewesen, als sie zum letzten Mal zusammen gefeiert, getanzt und *Bei mir bistu schein* gesungen hatten. Lange nicht mehr so ausgelassen wie in jenen Tagen am Strand von Nagashima mit William an der Trompete, Claudette mit der Geige, Giulio mit der Klarinette und ihrem Mann am Akkordeon. Die Einberufung zur Ostfront hatte sie just an Heiligabend erreicht – was für ein niederträchtiges Weihnachtsgeschenk.

«Was ist jetzt mit dem Kimono?», fragte Emilia.

Sie seufzte. «Geh dich waschen und dann zieh ihn an, bis ich etwas Anständiges für dich gefunden habe.»

«Geh raus», sagte Emilia. «Ich schäme mich.»

Nun gut, dann konnte sie draußen die Lage prüfen. Sie zog die Vorhänge zu und schloss die Tür hinter sich. Der Himmel über der Festung schien rot und hell, im Mainviertel loderten die Flammen, und dazwischen war Bewegung. Feuerwehren spritzten Wasser in den Qualm, vom Festungsberg kamen Fahrzeuge herunter, ihre Scheinwerfer waren abgedeckt, aber noch gut zu erkennen.

Militärfahrzeuge bahnten sich einen Weg an den Ruinen und Löschwagen vorbei geradewegs auf die Alte Mainbrücke zu. Und kaum war das erste Fahrzeug auf die dunkle Brücke gekommen, stach ein heller Blitz in die Nacht, der kurz darauf das Tal und den Nikolausberg erschütterte.

Die Wucht der Explosion oder der Schreck warfen Gudrun

zu Boden. Heilige Dreifaltigkeit, was war das? Ein Bombeneinschlag? Aber nirgends war ein Flugzeug zu hören gewesen. Eine Bombe mit Zeitzünder?

«Mama?!», schrie Emilia hinter ihr. «Wo bist du?»

«Bleib drinnen!», schrie sie. Was auch immer das war, es könnte jederzeit wieder geschehen. Auf allen vieren krabbelte sie in die kleine Hütte zurück, wo sie Emilia im roten Kimono bereits erwartete.

Der Schreck stand ihr ins Gesicht geschrieben. «Was war das?»

«Ich weiß es nicht», antwortete Gudrun. «Sind alle Vorhänge zu?»

Ein schneller Blick ringsum. Alles dicht, nur die Kerze spendete fahles Licht. Davon würde nichts bis nach draußen dringen.

«Irgendetwas ist explodiert. Ein Munitions-LKW oder ein Spätzünder.»

«Sind die Amis schon hier?», fragte Emilia mit klopfendem Herzen. «Lass uns gehen. Schnell!»

Gute Idee, Gudrun hatte nichts dagegen einzuwenden. Den Nikolausberg hinauf und dann über die Felder und durch die Wälder…

Da fielen Schüsse, Kommandos gellten, und sie kamen näher.

«Licht aus!», rief Gudrun ihr zu, und sie hastete zur Tür. Kein Schlüssel, verdammt. Sie griff um sich, eine Kiste, ein Stuhl, das musste vorerst genügen. «Still jetzt! Versteck dich.»

So harrten sie wortlos aus und lauschten in die Dunkelheit. Wieder Schüsse und Rufe, auf Deutsch, wenn Gudrun sie recht deutete, also keine Amerikaner. Und noch etwas sorgte für Entspannung: Der Radau entfernte sich, verebbte, bis nichts mehr zu hören war.

«Sind sie weg?», flüsterte Emilia aus der Ecke.

Eine Antwort blieb aus. Erst als keine Gefahr mehr zu drohen schien, atmete sie auf. «Ja, sie sind weg.»

«Dann lass uns endlich gehen», flehte Emilia, «ich halte es keine Sekunde länger hier aus.»

«Pack das Nötigste zusammen», antwortete Gudrun. «Schuhe, Socken, warme Unterwäsche ...»

Ein Schlag gegen die Tür ließ sie verstummen.

«Lasst mich rein», rief jemand von draußen.

***

Ostersonntag, 1. April 1945

Liebes Tagebuch,

während draußen die Welt untergeht, könnte ich glücklicher nicht sein. Patrice ist zurück! Ich weine Tränen vor Freude, und Mama denkt, ich sei nun völlig am Ende meiner Nerven. Um uns herum tobt die Schlacht, Schüsse fallen, Granaten, Flugzeugmotoren grollen. Am Tag von Jesu Auferstehung bringen sich Christen gegenseitig um, anstatt Frieden zu schließen und seine Wiedergeburt zu feiern. Kann mir jemand diesen Irrsinn erklären?

Ich bin meinem Herrn und Schöpfer dankbar, dass er mich gerettet hat. Hundert Tode bin ich beim Bombardement gestern gestorben und hundert Mal bin ich wieder zum Leben erwacht. Durch seine Gnade und Barmherzigkeit durfte ich den Lohn für mein Gottvertrauen noch in der Nacht erhalten: Patrice.

Nur Mutter war nicht begeistert. Sie hat ihn mit tausend Fragen gelöchert: Wie er die Verwundung überlebt hat, wo er die ganze Zeit gewesen ist, und wieso er ausgerechnet zu uns in die Hütte zurückgekehrt ist. Hat es etwa mit der Explosion bei der Brücke zu tun? Wenn er ihr nicht auf der Stelle die Wahrheit sagt, wirft sie ihn raus oder verrät ihn gleich an die Nazis.

Ja, sie habe mit allem recht, hat er schließlich zugegeben. Das Attentat auf den Nazi-Kommandanten war der Preis für sein Überleben gewesen. Leider war es fehlgeschlagen, nun würden die verfluchten Nazis noch mehr Menschen bei der aussichtslosen Verteidigung der Stadt in den Tod schicken. Er habe eine gute Tat vollbringen wollen, Leben retten, statt Leben zu opfern. Wolle sie ihm das vorwerfen?

Nun sitzen wir da und schweigen uns an. Um uns herum tobt die Hölle, aber ich habe keine Angst mehr zu sterben. Ich bin es gestern, und ich bin wieder auferstanden.

O mein Gott, da fällt mir ein: Wo ist Herrmann? Er wollte letzte Nacht noch vorbeikommen, um nach uns zu sehen. Mein Herz blutet, wenn ich ihn mir in der Uniform des Volkssturms vorstelle. Könnte es einen größeren Irrsinn und Widerspruch geben? Herrmanns einzige Waffe ist die Feder, mit der er die Seele zum Leben, ach, zu ungeahnten Höhenflügen erweckt. Er ist ein wahrer Poet, vielleicht der größte, den dieses verfluchte Land in den letzten Jahrzehnten hervorgebracht hat.

Er hat mir im Vertrauen seine neuesten Gedichte gezeigt, und sie haben mir die Luft zum Atmen genommen, so kraftvoll und unermesslich schön sind sie. Er wird mal ein ganz, ganz großer Dichterfürst, da bin ich mir absolut sicher. Und ich glaube, er ist auch ein wenig verliebt in mich…

«Emilia», fuhr Gudrun sie an, «leg den Stift endlich beiseite und denk mit, was wir nun tun können.»

Sie tat es widerwillig. «Was wollen wir tun, Mutter? Wenn wir rausgehen, sterben wir.»

Patrice seufzte. «Sie hat recht. Auch wenn wir hier wie die Hasen in der Falle sitzen, die Amis und die Nazis schießen auf alles, was sich bewegt. Wir sollten die Hütte ba ... barri ...»

«Verbarrikadieren», kam ihm Emilia zu Hilfe, «und eine weiße Fahne raushängen.»

Der Vorschlag fand Patrice' Zustimmung, Gudrun zögerte, doch letztendlich hatte sie nichts Besseres zu bieten. So gingen sie daran, Fenster und Türen mit Kisten, Töpfen und Decken zu verrammeln, dass keine verirrte Kugel, aber auch kein Lichtstrahl mehr eindringen konnte. Einzig ein kleiner Durchgang, die Hundeklappe an der Hangseite, blieb offen, um die Mausefalle bei Gefahr oder Feuer verlassen zu können. Gudrun wagte sich mit einer weißen Fahne an einem Besenstiel hinaus und kam bald mit atemberaubenden Neuigkeiten zurück.

«Bei Heidingsfeld und Randersacker blitzt Geschützfeuer auf. Das müssen die Amerikaner sein. Ich wette, es befindet sich kein einziger deutscher Soldat mehr zwischen uns und ihnen.»

«Sehr gut», pflichtete Patrice ihr bei, «dann wird es nicht mehr lange dauern, bis sie hier sind.»

«Sehr schlecht», widersprach Gudrun, «sie schießen auch auf unseren Berg. Entweder wir verschwinden sofort oder ...»

«Oder?», fragte Emilia.

«Jemand geht ihnen mit einer weißen Fahne entgegen.»

«Bist du verrückt? Wofür soll das gut sein?»

«Den Amis sagen, dass an unserem Berg keine Soldaten mehr sind, dafür aber Zivilisten, die sich ergeben.»

Patrice stöhnte auf. «Das ist sehr, sehr gefährlich. Ich weiß nicht, ob ich das schaffe.»

«Darum gehe auch ich», sagte Gudrun.

«Bist du verrückt geworden?!», blaffte Emilia sie an. «Du bleibst hier. Niemand geht hinaus.»

Doch Gudrun hatte die Entscheidung gefällt, nahm ein weißes Laken und riss es entzwei. «Ich bin eine Frau. Sie werden mir nichts tun. Ich werde das Leben meines Kindes nicht dem Zufall überlassen.»

«Dann gehe ich mit», widersprach sie, «und Patrice auch.»

«Auf gar keinen Fall», bestimmte Gudrun. «Drei Ziele sind auffälliger als eins. Außerdem bist du mehr Last als Hilfe.»

Sie nahm Emilia in die Arme, die sich dagegen wehrte und sie anbrüllte, aber erfolglos blieb. «Wünsch mir Glück.» Dann entwich sie durch die Hundeklappe.

Zurück blieb eine verzweifelte Emilia. Patrice nahm sie in die Arme. «Beruhige dich, sie kann es schaffen, ach, sie wird es schaffen, da bin ich mir ganz sicher. Die Amis achten die weiße Fahne, und sie schießen auch nicht auf Frauen.»

«Sie ist verrückt!», antwortete sie tränenerstickt. «Sie wird sterben.»

«Non, non. Du hast eine sehr mutige Mutter. Sie wird leben, glaub mir.»

Da Worte Emilia nicht überzeugen konnten, tröstete er sie, wie er eine Frau in seiner Heimat auch trösten würde.

«Embrasse-moi», flüsterte er, *Umarme mich*, und er begann langsam mit ihr zu tanzen und ein Lied zu singen.

«C'était une histoire d'amour ...» *Es war eine Liebesgeschichte, es war ein Tag zum Feiern* ... und während draußen die Granaten explodierten und die Schüsse pfiffen, schwand der Schmerz und ihr Widerstand, hätte es ihn je gegeben, auch.

Wie viele Stunden vergangen waren, konnte Emilia nicht sagen, als sie neben Patrice erwachte. Das Licht der Kerze lag in den letzten Zügen, zu ihren Füßen der Kimono und die Kleidung von Patrice. Für die Dauer eines Wimpernschlags erschreckte sie, dann schob ein wohliges Seufzen alle Bedenken zur Seite. Vorsichtig glitt sie ans Bettende und band den Kimono um.

«Was hast du vor?», fragte Patrice verschlafen.

Sie erschrak und sie errötete, da war sie sicher. Ihr ganzer Körper war angefüllt mit Wärme. Sie räusperte sich, wagte nicht, ihm in die Augen zu sehen. «Etwas trinken.»

«Ah, bon. Für mich auch, bitte.»

Sie zündete die restlichen Kerzen an, viele waren nicht mehr übrig, und machte sich auf die Suche nach etwas Trinkbarem. Der Wassereimer war leer, die Flaschen auch, vielleicht war noch etwas in der Kiste mit dem Verbandsmaterial zu finden.

«Hörst du das?», rief Patrice herüber.

Sie horchte. Nein, da war nichts.

«Sie haben mit dem Schießen aufgehört», sagte Patrice. «Es muss Nacht sein.»

Ja, wahrscheinlich, und Mama war noch nicht zurück. Allmächtiger Herr im Himmel, betete sie stumm, bitte, bitte …

«Gudrun wird es geschafft haben», sagte er, «sie isst wahrscheinlich gerade ein Steak oder kaut Kaugummi.»

«Woher willst du das wissen?», entgegnete sie ungehalten.

«Weil uns sonst schon längst eine Granate getroffen hätte.»

Eine dünne Erklärung war das, aber Emilia wollte sich nicht ausmalen, was ihr zugestoßen sein könnte.

Außer ein paar Verbänden und einer Schere war die Kiste leer. Aber sie fand noch einiges andere, das der Jäger, dem die Hütte gehörte, zurückgelassen hatte. Ein Messer, ein uraltes Fernglas und … ein silberner Flachmann.

Sie öffnete den Schraubverschluss, roch daran, und tatsächlich, es war Schnaps.

«Hier», sagte sie auf dem Weg zum Bett, «der Jäger hat uns etwas dagelassen.»

Patrice befand es trinkbar. «Was ist das eigentlich für ein seltsames rotes Kleid, das du trägst?»

«Das ist kein Kleid, das ist ein Kimono.»

«Kimono, ja, ich erinnere mich, in Paris habe ich das schon mal gesehen. Lustige, kleine Frauen steckten darin. Ich verstehe. Gestern Deutsche, heute Französin und morgen Japanerin.» Wieder lachte er, und der Hohn kratzte an ihrem Stolz.

«Gut, warte.»

Es dauerte, und er hörte sie schimpfen und zetern, doch dann trat sie in den Kerzenschein und es verschlug ihm die Stimme. Das war nicht mehr Emilia, mit der er noch vor einer Stunde das Bett geteilt hatte, dies war ein gänzlich unbekanntes Wesen aus einer anderen Welt.

Da stand ein Mädchen in einem roten, knöchellangen Kleid, das mit weißen Kirschblüten gemustert war. Um die schmale Taille schmiegte sich ein breiter, goldfarbener Stoffgürtel, und an den nackten Füßen trug sie kunstvoll gefertigte Sandalen. Den Blick hielt das zauberhafte Wesen schüchtern gesenkt, das Gesicht war blass geschminkt und das schwarzbraune Haar hochgesteckt, es wurde mit zwei Holzstäbchen zusammengehalten. Darin eine rosafarbene Lotusblüte.

«Mon Dieu!», staunte Patrice. «Bist du das, Emilia?»

Sie schaute schüchtern auf. «Ja, ich bin es, Patrice-san, aber mein Name lautet nun Aiko.»

«Aiko? Was soll das heißen?»

«Kind der Liebe.»

«Ein schöner Name.»

Eine kaum wahrnehmbare Verbeugung als Dank für das Kompliment. «Womit darf ich Ihnen dienen, Patrice-san?»

«Ich darf mir etwas wünschen? Très bon. Dann möchte ich eine Flasche Champagner.»

Aiko lächelte abermals freundlich zurück, aber in der Nuance konnte der aufmerksame Betrachter Bedauern lesen.

«Ich könnte Ihnen stattdessen ein Lied aus meiner Heimat singen?»

«Ein Lied? Perfekt. Sing mir ein japanisches Lied.»

Ein Lächeln, ein angedeutetes Nicken, und Aiko begann ein berühmtes Lied zu singen, ein Lied über das Mondlicht und eine Burg.

«Kōjō no Tsuki ...», und ihre Stimme erklomm Höhen, dass es Patrice schwindelig wurde.

Was für ein erstaunliches Wesen Emilia doch war.

Von den beiden unbemerkt näherte sich jemand in dunkler Nacht der Hütte. Hinter ihm rollten Militärfahrzeuge den Festungsberg hinab auf die Alte Mainbrücke zu und von dort durch die zerstörte Stadt hinauf ins Frauenland, wo der einzige bombensichere Bunker stand. Anfänglich dachte sich Herrmann noch nichts, als er die völlig verdunkelte Hütte im Mondlicht liegen sah, doch je näher er ihr kam, desto klarer wurde ein engelsgleicher Gesang. Er musste nicht lange rätseln, wer da sang. Niemand anderes als Aiko konnte das vollbringen.

Er glaubte, sein Herz würde zerspringen. Vorsichtig betätigte er die Klinke, um sie zu überraschen, doch die Tür ließ sich nicht öffnen. Auch an den Verschlägen der Fenster konnte er nichts bewirken. So ging er um die Hütte herum. Alle Fenster waren dicht, als wollten sie keinen Ton dieser wunderbaren Stimme entweichen lassen.

Er war bereits im Begriff zu klopfen, als ihm die Hundeklappe einfiel.

***

Die amerikanischen Soldaten staunten nicht schlecht, als sie am Ostermontag bei Einnahme des Nikolausbergs nicht eine Walburga im Dirndl, sondern ein Mädchen namens Aiko in einem Kimono vorfanden. Begleitet wurden sie von Gudrun, die in der Dämmerung nur knapp dem Todesschuss eines amerikanischen Scharfschützen entgangen war. Dafür konnte sie den Kommandanten überzeugen, dass der Nikolausberg feindfrei sei und sich dort nur noch Zivilisten aufhielten, die sie als Befreier begrüßen würden.

Emilia aber gab Anlass zur Sorge. Tränenüberströmt lag sie auf dem Bett, von Patrice keine Spur. War er getürmt?

«Schatz, was ist mit dir?»

Sie schluchzte, brachte kaum einen verständlichen Satz über die Lippen. «Sie haben ihn geholt.»

«Wer?»

«Die Soldaten.»

Gudrun nahm sie in den Arm. «Erzähl es mir in aller Ruhe. Was genau ist passiert?»

Und sie berichtete von der vergangenen Nacht. Plötzlich war die Tür aufgebrochen worden und drei deutsche Soldaten waren hereingestürmt. Sie wollten Patrice an Ort und Stelle erschießen, doch dann überlegten sie es sich anders und nahmen ihn mit. Emilia befahlen sie, in der Hütte zu bleiben.

«Aber wie haben sie ihn überhaupt gefunden?», fragte Gudrun.

«Ich weiß es nicht.»

Seltsam, dachte Gudrun, das war genauso unerklärlich wie zuvor, als die Gestapo sie unvermittelt aufgesucht hatte. Hatten sie einen Verräter in ihren Reihen?

Ein ohrenbetäubender Knall setzte ihren Überlegungen ein Ende, er war so unmittelbar und nah, dass das wenige in den Regalen und Schränken zu Boden fiel. Draußen erhob sich Geschrei.

«Du bleibst hier», sagte Gudrun zu ihr, «hörst du?»

Emilia nickte, und Gudrun ging vorsichtig hinaus.

Vor ihr stieg eine dunkle, qualmende Säule in den Himmel, die sich einem Pilz gleich in sich wölbte. Kommandos wurden gerufen, ein Jeep fuhr weg, ein Offizier mit zwei GIs blieb zurück. Er schaute mit einem Fernglas hinüber auf die andere Mainseite. Gudrun musste nicht fragen, was der Grund für die Explosion war, es war nicht zu übersehen: Diese verfluchten Verbrecher hatten die Löwenbrücke gesprengt. Der dritte Brückenbogen fehlte. Drüben auf der anderen Mainseite rannten ein paar Gestalten davon, suchten Schutz in den ausgebrannten Ruinen. Wenn sie es richtig erkannte, trugen mindestens zwei von ihnen keine ordentliche Soldatenuniform, sondern Straßenkleidung, es waren also Männer des Volkssturms unter ihnen.

«Sie müssen nun gehen», sagte der Offizier in gebrochenem Deutsch. «Der Kampf beginnt.»

Das musste er ihr nicht zweimal sagen, sie rannte in die Hütte zurück.

«Emilia, pack alles ein. Kleider, Schuhe, alles, was wir mit zwei Rucksäcken tragen können. Komm, beeil dich, und vergiss deine gottverdammten Bücher nicht. Wir müssen verschwinden.» Sie schaute sich um. «Emilia?»

Im engen Kimono und in den Sandalen war es ein beschwerlicher Weg den Berg hinunter, trippelnd an Bombenkratern vorbei und durch Schuttfelder. Es stank bestialisch nach Verwesung, irgendwo mussten noch Tote liegen, die bisher noch nicht geborgen worden waren. Wieder stieg die altbekannte Angst in

Emilia hoch, doch dieses Mal würde sie nicht klein beigeben. Sie hatte Patrice schon einmal verlassen, ein zweites Mal würde das nicht passieren.

Am Fuß des Nikolausbergs angekommen, sah sie die Rauchsäule der Explosion, deren unbeschreibliche Wucht sie zu Boden geworfen und am ganzen Körper hatte erzittern lassen. Und auch dieser Katastrophe würde sie ins Auge sehen, es gab nichts, was sie von ihrem Vorhaben abbringen konnte.

Sie musste weiter, immer weiter hinüber zur nächstgelegenen Brücke, die ihr einen Übergang in die Stadt ermöglichte, jetzt, da die Löwenbrücke unpassierbar geworden war. Der Kübelwagen der Soldaten hatte den gleichen Weg genommen, obwohl die Löwenbrücke näher gelegen war. In den Ruinen der Altstadt hatte sie den Wagen bis zum Dom verfolgen können, dann blieb er verschwunden. Also mussten sie Patrice irgendwo dort hingeschafft haben.

Der Weg entlang des Festungsbergs gestaltete sich nicht einfacher als vom Nikolausberg herunter, im Gegenteil. Hier waren die Bombenkrater noch größer, und Schutt von den Aufräumungsarbeiten lag herum, dass sie darüber hinwegklettern musste, stets die andere Stadtseite im Auge, ob sie nicht beobachtet wurde. Diesseits hatte sie kaum etwas zu befürchten. Die deutschen Soldaten hatten die Festung und das Mainviertel aufgegeben, sie sammelten sich nun auf den Höhen der anderen Stadtseite für die finale Schlacht.

Es dauerte, bis sie endlich wieder ebenen Untergrund unter die Füße bekam, Knöchel und Zehen schmerzten blutig aufgeschlagen. Nur noch an der nächsten Ruine vorbei, dann kam sie endlich auf die Rampe zur Brücke. Niemand war auf der Straße zu sehen, weder links noch rechts, lediglich Motorengeheul waberte vom Nikolausberg und von der anderen Stadtseite herüber. Angreifer und Verteidiger waren mit sich beschäftigt, und das verlieh ihr Zuversicht, ungesehen über die Brücke zu kommen. Sie lag einsam und verlassen da.

Beherzt machte sie den ersten Schritt aus der Deckung, da surrte und pfiff es an ihrem Kopf vorbei. Die erste Kugel schlug Splitter aus der Hausmauer, die zweite streifte sie am Arm, dass die Wucht sie zu Boden warf. Im ersten Moment spürte sie keinen Schmerz, sie lag mit dem Gesicht im Staub, sah die Brücke himmelwärts streben und die Häuserruinen auf der Seite liegen. Eine dritte und vierte Kugel strich an ihr vorüber, dann hatte der Scharfschütze offenbar ein Einsehen.

«Bist du tot?», glaubte sie jemand aus der Ferne zu hören. «Hey, sag was.»

Dann wurde ihr schwarz vor Augen.

Sie erwachte durch den Streit zweier Jungen um ihr Fernglas, das sie mitgenommen hatte. Die beiden standen auf Kisten am Oberlicht eines Kellers. Kehle und Mund waren ausgetrocknet, es brannte höllisch, und sie verlangte nach Wasser. Doch die beiden waren mit sich und dem Fernglas beschäftigt, so richtete sie sich auf, um den wahren Schmerz erst zu spüren. Ein Schrei ging ihr über die Lippen und die Hand zum verletzten Arm.

«Sie ist wach», sagte der eine, und sie hörte Schritte auf sie zukommen. Ein ungewaschenes Gesicht mit Sommersprossen über der Nase schob sich vor ihre Augen, dann ein zweites nicht weniger schmutziges.

«Wer bist du?», fragte der zweite.

«Was hast du überhaupt an?»

«Bist du eine Königin?»

«Eine Prinzessin?»

So wäre es vermutlich noch eine ganze Weile weitergegangen, wenn Emilia ihnen nicht Einhalt geboten hätte.

«Wasser! Gebt mir Wasser.»

«Wir haben kein Wasser.»

«In der ganzen Stadt gibt es kein Wasser mehr.»

«Doch, im Main.»

«Wer will das schon saufen?»

«Hört endlich auf!», krächzte sie mit letzter Kraft. «Gebt mir was zu trinken, irgendwas.»

«Kannst du haben», sagte die Sommersprosse und griff zur Seite. «Einen Müller von der Abtsleite.»

«Oder 'nen Silvaner vom Pfaffenberg.»

«Der ganze Keller ist voll davon.»

«Du hast die freie Wahl.»

Sie griff nach der Flasche und ließ den Wein die Kehle hinunterlaufen. Eine Wohltat, der Wein war kühl und besänftigte den Brand.

«Saufen kann'se.»

Als es endlich genug war, setzte sie die Flasche ab. Der verletzte Arm schmerzte noch immer, aber das würde sich bald geben.

«Wer seid ihr, und was macht ihr hier?»

«Ich bin Lukas, und das ist Moritz», sagte die Sommersprosse.

«Wir beobachten die Schlacht», sagte Moritz.

«Wie lange …» Egal, sie zwang sich auf die Beine, schwindelig war ihr, doch sie schaffte es, bis zum Oberlicht zu kommen, ohne zu stürzen. Die Brückenpfeiler taten sich auf ganzer Länge bis hinüber zur anderen Uferseite vor ihr auf. Ein Ruderboot lag vertäut im Wasser, darüber die Ruinen der Stadt. Alles ruhig, alles friedlich, so schien es auf den ersten Blick. Doch schon beim zweiten glaubte sie Bewegung zu erkennen.

«Mein Fernglas», forderte sie, «los, gebt schon her.»

«Aber dann komm ich dran», forderte Lukas und reichte es ihr.

Das alte Ding funktionierte mehr schlecht als recht, hatte einen Sprung im Glas. Es reichte aber, um zu erkennen, dass dort Soldaten mit Gewehren zugange waren, eine MG-Stellung hinter Sandsäcken lag und auch Panzerfäuste weitergereicht wurden.

«Was geht da vor?», fragte sie.

«Die Unsrigen gehen in Stellung», sagte Moritz.

«Und wo sind die Amis?»

«Hinter uns, über uns, überall», erwiderte Lukas. «Es kann nicht mehr lange dauern, bis sie losschlagen.»

«Um Himmels willen», blaffte sie die beiden an, «was macht ihr dann noch hier? Los, verschwindet.»

«Keine Sorge», antwortete Moritz, «uns kann nichts passieren.» Er zeigte auf einen Mauerdurchbruch. «Der Schacht geht hinüber zur Tellsteige, geradewegs in den Berg hinein. Dem können nicht mal Bomben was anhaben …»

Emilia hörte nicht mehr hin, dort drüben tat sich was. Hinter einer Häuserecke trat ein Mann hervor, die Hände gefesselt, das Gesicht blutig geschlagen, und als sie ihn erkannte, drohte ihr das Herz stehenzubleiben.

Geduckt und mit dem vorgehaltenen Gewehr stieß jemand Patrice voran, weiter auf die Brücke zu, bis der Mann hinter einem Steinhaufen in Deckung ging. Er legte an, brüllte etwas, und augenblicklich erkannte sie, um wen es sich handelte.

«Herrmann.» Emilia sank an der Wand zu Boden.

Lukas schnappte sich ihr Fernglas.

Sie konnte, sie wollte es nicht begreifen. Herrmann, was tust du da? Die Frage hallte wider, ein ums andere Mal, und sie wurde lauter und lauter. «Herrmann!», schrie sie, und ihre ganze heile

Welt brach mit Getöse in sich zusammen. «Herrmann!», immerfort, bis der Wahnsinn in atemlosem Schluchzen ertrank.

Lukas und Moritz schauten sich fragend an, doch schon im nächsten Moment wurde ihre Aufmerksamkeit durch etwas anderes, weitaus Spannenderes als ein hysterisch gewordenes Mädchen gefangen.

«Sie treiben ihn auf die Brücke», sagte Lukas mit dem Fernglas vor den Augen, und noch bevor Moritz das Glas einfordern konnte, riss es Emilia ihm aus der Hand.

Es stimmte. Patrice stolperte auf die Brücke, und Herrmann brüllte ihn vom Steinhaufen aus noch immer an. Aber da tauchte nun ein Dritter auf, in der Hand einen rechteckigen Kasten ... Sie schluckte. Nein! Das darf nicht sein. Nicht so, nicht er allein.

«Wie komme ich auf die Brücke?»

Die Jungs schauten sie verdutzt an.

«Schnell! Ich habe keine Zeit zu verlieren.»

Lukas zeigte auf den Mauerdurchbruch. «Nach zehn Schritten links und dann die Leiter hoch.»

Eine fahle Sonne stand über der Burgruine. Der Tag neigte sich dem Ende zu. Nicht mehr lange, und der Mond würde sich am Firmament zeigen, den letzten aller Tage zu Grabe tragen. Die vielen Rufe der amerikanischen Soldaten nahm sie nicht wahr, keiner würde aus der Deckung kommen und sie von ihrem Vorhaben abbringen wollen. Stattdessen glaubten sie ihren Augen nicht zu trauen.

Längst nicht mehr so akkurat zurechtgemacht wie in der Nacht zuvor ging sie mit kleinen Schritten auf Patrice zu. Der rote Kimono war schmutzig und zerrissen, die Haare aufgelöst und das weiße Gesichtspuder verheult. Aber all das zählte jetzt nicht mehr, es gab nur noch sie und Patrice, ihren Tanz Arm in

Arm, sein Flüstern ganz nah an ihrem Ohr und das Lied, das er ihr gesungen hatte.

C'était une histoire d'amour ... Es war eine Liebesgeschichte, es war ein Tag zum Feiern. Es war der glücklichste Augenblick ihres Lebens.

Nein, sie würde heute auf dieser Brücke nicht sterben, genau das Gegenteil würde eintreffen, sie würde ewig leben und über alle triumphieren. Sie blickte zur Seite und sah das fassungslose Gesicht Herrmanns.

Es war nicht mehr weit, es gab niemanden mehr außer ihr und Patrice. Er stand regungslos am Anfang der Brücke, wollte nicht glauben, was er da sah. Sie aber begrüßte ihn mit einem zarten Lächeln und einem schüchternen Blick.

«Ein Lied? Wie Ihr wünscht, Patrice-san.»

Und noch bevor sie die erste Zeile anstimmen konnte, zerriss ein jäher Blitz die Szenerie, und ein ohrenbetäubender Knall sprengte die Brücke entzwei.

Sechzehn Jahre später ...

+++Pressemeldung+++
Herrmann Buchwald erhält den Internationalen Buchpreis
1961 für seinen Roman «Mädchen auf der Brücke»
Jury zeichnet den Roman des Jahres aus / Preisverleihung im Frank-
furter Römer vor 300 Gästen

Aus der Begründung der Jury: «Herrmann Buchwald führt uns
mit seinem autobiographischen Roman zurück in die Zeiten
des verbrecherischen NS-Systems. In bildgewaltiger Sprache
erzählt er vom Mädchen Aiko, das er als führender Wider-
standskämpfer in Würzburg gegen die Verfolgung durch SS und
Gestapo in einer Hütte versteckt hielt, bis sie von einem französischen Zwangsarbeiter verraten wurde.

Schonungslos offen schildert Buchwald den Tod Aikos bei
der Sprengung der Alten Mainbrücke, sein heldenhaftes, aber
leider gescheitertes Einschreiten dagegen und den sinnlosen
Kampf um eine zerstörte Stadt, der tausend Menschen das
Leben kostete.

Mit «Mädchen auf der Brücke» ist Buchwald ein beeindruckender Wurf über Unmenschlichkeit, Verrat und Niedertracht
gelungen, gleichwohl ein Zeugnis für Zivilcourage und selbst-
vergessenes Auftreten gegen die NS-Bestie.»

ENDE

Nachwort & Danksagung

Ist Würzburg älter als die Ewige Stadt Rom?

Der Sage nach wurde Rom am 21. April 753 v. Chr. von Romulus gegründet, während sich archäologischen Grabungen zufolge bereits um 1000 v. Chr. auf dem Festungsberg ein stattlicher Herrschersitz befunden hat. Scherben griechischer Keramik lassen auf Wohlstand des keltischen Bergherrn und gute Handelswege schließen.

Ist die Alte Mainbrücke die älteste Steinbrücke Deutschlands?

Wenn man der Urkunde von Bischof Embricho Glauben schenken will, ja, denn 1133 war die Brücke bereits fertiggestellt, und zur Drususbrücke bei Bingen (vermutete Bauzeit Mitte des

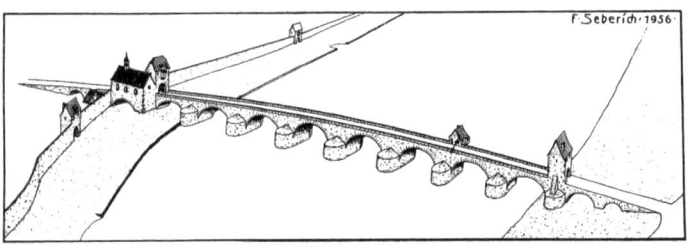

Die Brücke um 1200, Rekonstruktion. Ansicht von Norden

11. Jahrhunderts) fehlen verlässliche, vor allem nachprüfbare Quellen.

Mit diesen beiden Beispielen ist die grundsätzliche Problematik bei der Recherche und dem Verfassen von «Die Brücke über den Main» beschrieben: Viel von unserem «Wissen» über jene frühen Jahrhunderte beruht auf mündlicher Überlieferung, bewusst oder fahrlässig Verfälschtem und leider auch auf schlecht Abgeschriebenem – Letzteres reicht zu meinem Leidwesen bis in die heutige Zeit hinein.

Ich konnte mich daher glücklich schätzen, eines der wenigen antiquarischen Exemplare in die Hände zu bekommen, die es von Franz Seberichs Standardwerk «Die Alte Mainbrücke zu Würzburg» gibt. Seine fundierten Recherchen, Überlegungen und Schlussfolgerungen zur Entstehungsgeschichte der Alten Mainbrücke waren Grundlage für meine Arbeit, wenngleich ich weniger auf die technischen Aspekte beim Brückenbau eingegangen bin als auf die politischen, historischen und gesellschaftlichen, die dreitausend Jahre Würzburger Stadtgeschichte beschreiben wollen.

Ohnehin war es ein schwieriges Unterfangen. Zu groß sind der Zeitraum und die Anzahl bedeutender Ereignisse, als dass man alles aufführen könnte, was Stadt, Region und Bürger über Jahrhunderte hinweg geprägt hat. Dafür empfehle ich, eine der zahlreichen Bibliotheken und Archive aufzusuchen. Mein Anliegen war, eine gut lesbare, informative und auch unterhaltende Erzählung zu verfassen, die den kometenhaften Aufstieg Würzburgs und auch den traumatischen Niedergang bis hin zur fast völligen Zerstörung der Stadt am 16. März 1945 in Erinnerung ruft.

Meine Auswahl der Episoden richtete sich überwiegend nach historischen Ereignissen und Persönlichkeiten, die Stadt und Land in ihrer wechselhaften Geschichte geprägt haben. Mitunter habe ich mich aber auch bewusst dagegen entschieden, um eine andere Perspektive auf das damalige Geschehen zu finden. So sind Ero, Craft, Theresa und einige andere Figuren zwar fiktiv, aber in einem realen, historischen Kontext zu sehen. Wie mochten sie die Zeit und die Umstände gesehen und erlebt, vielleicht aktiv beeinflusst haben? Während sich die Geschichtsschreibung oft am Großen und Wichtigen orientiert, sind diese kleinen Zahnräder der Geschichte für einen Erzähler Ziel und Aufgabe.

Die größte Herausforderung war aber, für den Leser einen Fixpunkt zu finden, der ihm Orientierung durch die Zeit gibt. Die frühe keltische Siedlung am linksmainischen Ufer und auf dem Festungsberg bot sich an, doch letztlich machte die Alte Mainbrücke das Rennen. Sie liegt im wahrsten Sinne des Wortes im *Herzen* der Stadt, für viele ist sie das Herz Würzburgs, wie es Leonhard Frank treffend beschrieben hat: «Hierher, zuerst hierher auf die Brücke, zog die Stadt jeden, der sie verlassen hatte und wiederkehrte, und jeden Fremden, der sie zum ersten Mal besuchte.»

Der Aufstieg zu einer reichsweit wichtigen Stadt des Mittelalters ist mit der Brücke ursächlich verbunden. Über sie liefen wichtige Handelswege und brachten Wohlstand, sie war das Wunderwerk damaliger Baukunst und sorgte für Aufmerksamkeit und Bedeutung. Ohne die Brücke hätte die Stadt sicher eine andere Entwicklung genommen. Sie war von jeher ein historischer und politischer Ort, wer über sie bestimmte, konnte sich Herr des Maintals nennen, und nicht minder war sie ein Ort gesellschaftlicher Zusammenkunft. Hier wurde Recht gesprochen, getötet, gehandelt, gepriesen, rebelliert oder sich beim Spaziergehen und zu einem Rendezvous getroffen. Die Brücke

Die Fries'sche Chronik hält den Augenblick fest, da der
«böse Hase» in den Main geworfen wird.

war und ist bis heute mehr als nur ein Bauwerk, sie ist Heimat,
Fluch und Schicksal für viele geworden.

Sie trug einst zahlreiche Aufbauten, über deren Existenz und
Ort gestritten wird. Gab es schon beim ersten Bau ein Zollhaus,
später ein zweites, und wo standen sie? War die Brücke durchgehend von Verkaufsständen flankiert oder nur auf den beiden
Rampen? Eine Sonnenuhr soll einst auf der nördlichen Brüstung
gestanden haben, das Nestlerkreuz auf der südlichen, und von
der kleinen Gotthardkapelle ist heute nichts mehr zu sehen, wie
vom beeindruckenden linksmainischen Brückentor auch nicht.
Nur die alte Mainmühle steht noch und natürlich die zwölf Heiligenfiguren, deren Entstehungsgeschichte ich mit einem noch
älteren, gar nicht so fiktiven Ereignis verbunden habe.

Katastrophen, Kriege und der technische Fortschritt haben
die Brücke geschleift, mit ihnen die Zeugen der alten Zeit. Nach
der Sprengung des vierten und fünften Brückenbogens im Zweiten Weltkrieg wurde sie rasch geflickt, danach lagen sich Stadt
und Freistaat elf Jahre lang in den Haaren, wer für den Unterhalt

Inneres Brückentor und Gotthardkapelle um 1480,
Rekonstruktion

der Brücke künftig aufkommen soll. Das für die Stadt günstige
Gerichtsurteil mündete 1977 ins erste Brückenfest, das bis heute
jährlich gefeiert wird.

Der größte Feind der Brücke ist immer das Wasser gewesen,
mitunter auch Streit, Neid und Ignoranz, aber andauernde Gefahr
kam stets von den schweren Hochwassern, Eis und dem Regen,
der die Fugen ausgewaschen hat. In den letzten Jahren ist viel
dagegen unternommen und gebaut worden, der Main darf sich
nun weiträumig ausbreiten, bevor er nach Würzburg kommt.

Feiern, Flanieren und Schöppeln, das sind die drei Herausforderungen, denen sich die Brücke in diesen Tagen zu stellen hat.
Würzburger und Touristen machen reichlich davon Gebrauch.
Auf der Brücke wird musiziert und gesungen, gelacht, getanzt
und im Schatten des heiligen Kilian auch mal still sinniert. Hier

Blick durch das Äußere Brückentor auf die Domtürme

lässt sich's aushalten, will man meinen und keinen Gedanken an Sorgen und das Morgen verschwenden.

«Der Charakter Würzburgs ist ein fröhlicher», hat Karl Immermann einst geschrieben, und Horst Krüger: «Die Stadt ist frei von Neurosen. Hier will man einfach nur leben.» Recht haben sie, die Stadt und mit ihr die Brücke sind zur Ruhe gekommen.

Dieser Roman wäre ohne das Dazutun hilfreicher Geister nicht zu bewältigen gewesen. Ich möchte Prof. Dr. Rainer Leng für die wissenschaftliche Begleitung durchs Mittelalter danken, Blanka Stipetić für die Durchsicht des Skripts, Dr. Roland Flade für seinen Rat und die Vermittlung der «Geliebten Feindin» und vor allem Christoph Pitz für seine unermüdliche, motivierende und kreative Mitarbeit auf dem langen Weg von der ersten bis zur letzten Seite. Vergelt's Gott!

Hochwasser in Würzburg 1784

Wer mehr über die Entstehungsgeschichte der Alten Mainbrücke wissen will, insbesondere über die vielen technischen
Aspekte, wird mit Franz Seberichs Buch «Die Alte Mainbrücke
zu Würzburg» erschöpfende Antworten erhalten.

Für kurzweilige und interessante Touren durch die Würzburger Stadtgeschichte empfehle ich die Website mein-wuerzburg.
com. Dort finden Sie alles für einen unvergesslichen Aufenthalt
in Würzburg, der Perle am Main, mit seiner wunderbaren Alten
Mainbrücke.

Dramatis Personae

*(nach Kapiteln, nur Hauptpersonen,
historische Personen mit *)*

Untiefen

Oda – keltische Stammesfürstin, mutige Verteidigerin der
Siedlung.
Turon – Krieger eines umherstreifenden keltischen Stammes.
Unerwarteter Unterstützer in der Not.
Virdis – Odas verschollener Mann, Herr über Siedlung und
Berg. Namensgeber der späteren Stadt.
Neva – eine alte Seherin.
Car – Anführer des Stammesverbandes von Turon mit einem
Hang zu Plünderung, Schändung und Grausamkeit.

Glaube

Burkard* (altengl: Burgheard, 683–755) – angelsächsischer
Benediktinermönch und Missionar, erster Bischof von

Würzburg, Gesandter Pippins des Jüngeren am päpstlichen Hof. Erbauer von St. Andreas, St. Martin und der Grabeskirche zu Ehren des hl. Kilian.

Ero – Fährmann und Anhänger des alten Glaubens. Gegner Burkards, scheiternder Brückenbauer über den Main.

Macht

Friedrich I.*, genannt Barbarossa (1122–1190) – römisch-deutscher König und Kaiser aus dem Geschlecht der Staufer mit einer lebenslangen Liebe zu Würzburg.

Enz(e)lin* (um 1100) – Bauleiter der ersten steinernen Brücke.

Bruder Frederico – ein aus Italien stammender Mönch. Planer und Baumeister der Brücke.

Gebhard von Henneberg* (1097–1159) – aus dem Burggrafengeschlecht der Henneberger stammender, zweimaliger Bischof von Würzburg, treuer Gefolgsmann von Friedrich I. Sein *Dienst am Reich* bringt Würzburg an den Rand des Ruins.

Beatrix von Burgund* (1142–1184) – heiratet mit circa dreizehn Jahren den zwanzig Jahre älteren Friedrich I., Mutter von zwölf Kindern und feinsinnige Diplomatin.

Herold von Höchheim* (?–1171) – listiger Bischof von Würzburg, erringt die Herzogswürde (*Güldene Freiheit*) aus den Händen Friedrichs I.

Konrad I. von Querfurt* (1160–1202) – zunächst Bischof von Hildesheim, dann von Würzburg, bedeutender Kirchenfürst und Reichskanzler der Stauferkönige. Schlüsselfigur eines immerwährenden Reichsgeheimnisses.

Zwist

Craft – unschuldig verurteilter Brückenzöllner, der auf Rache
sinnt. Sein Plan stürzt zahlreiche Ritter von der Brücke in
den Tod.

Azzo – Brückenwache und Crafts Sohn. Flüchtiger Dieb des
Brückenzolls. Im Beutestreit erschlagen.

Emanuel – jüdischer Weinhändler und als Fürsprecher Crafts
zur Flucht gezwungen.

Hermann I. von Lobdeburg* (?–1254) – ungeliebter, streitsüchtiger
Bischof und Kriegsfürst. Nach einer Bürgerrevolte dauerhafte Quartiernahme auf der Festung Marienberg.

Niedertracht

Lena – Verkäuferin in einem Brückenladen, setzt sich gegen den
Händler Seytz zur Wehr.

Seytz – einflussreicher, intriganter Händler, der auf die Über-
nahme des Brückenladens aus ist.

Ambrosius – Inhaber des Brückenladens und Patron Lenas.

Konrad – ein Schusterknecht und Lenas Schutzengel.

Rebellion

Casper – mittelloser Maurer, der gegen den Büttel Hase vorgeht.

Hase* (?–1466) – hinterhältiger und brutaler Büttel des Bischofs.

Götz von Berlichingen*, genannt Eisenfaust (ca. 1480–1562) –
bereits zu Lebzeiten ein berühmter Fehderitter. Im Deutschen Bauernkrieg 1525 Anführer des Odenwälder bzw.
Weinsberger Haufens.

*Florian Geyer** (ca. 1490–1525) – adeliger Verhandlungsführer des Taubertaler Haufens im Deutschen Bauernkrieg 1525.

*Tilman Riemenschneider** (1460–1531) – Bildhauer an der Schwelle zur deutschen Renaissance. Ratsherr, Bürgermeister und im Bauernkrieg 1525 an der Seite der Bauernhaufen.

*Hans Bermeter** (?–1527) – Aufwiegler und Unruhestifter.

Veit – Caspers Sohn, der beim Sturm der Bauern auf die Burg stirbt.

Apokalypse

Theresa – Tochter des Kommandanten der Brückenwache. Zettelt intrigant Hexenprozesse an.

Mathäs – Schürzenjäger und Lehrer an der Universität.

Vater Theresas – bibeltreuer Kommandant der Brückenwache.

Felicitas – heilkräuterkundige junge Frau und Verlobte des Filous Mathäs.

Colman – gutgläubiger Arzt am Juliusspital und Vater von Felicitas.

*Abraham de la Faye** (um 1632) – schwedischer Steuereintreiber und Spielball Theresas.

Verrat

*Christoph Franz von Hutten** (1673–1729) – als Fürstbischof volksnaher Gegenentwurf zum Absolutismus der Schönborns und Greiffenclaus. Patron der südlichen Brückenheiligen. Kommt einem nicht für möglich gehaltenen Geheimnis auf die Spur, das älter als das Reich selbst ist.

Wolfram – ein gebrechlicher Leibdiener aus uralter Dynastie von Dienern der fränkischen Fürstbischöfe. Bewahrer des «Innersten».

*Balthasar Neumann** (1687–1753) – genialer Ingenieur und Baumeister des Barock. Erbauer der Würzburger Residenz sowie zahlloser weiterer wegweisender Bauwerke.

Bruder Christophis – steinalter Jesuit und versierter Schriftgelehrter.

*Friedrich Carl von Schönborn** (1674–1746) – absolutistisch regierender, aber der heraufziehenden Aufklärung zugeneigter Fürstbischof und Förderer der Künste. Patron der nördlichen Brückenheiligen.

Rien ne va plus

*Georg Karl von Fechenbach** (1749–1808) – letzter regierender Fürstbischof von Würzburg. Verliert das Rennen um die Neuverteilung der Macht, verteidigt jedoch im Zuge der Säkularisation 1802 seine geistlichen Ämter als Bischof von Würzburg und Bamberg.

*Johann Michael von Seuffert** (1765–1829) – Jurist, leitender Hofrat, Gesandter des Fürstbischofs und schließlich Staatsrat. Unternimmt eine diplomatische Odyssee zur Rettung des Fürstbistums.

Magda & Johann – Dienerschaft in Seufferts Haushalt und fränkische Originale.

Le Comte des Berrats – ehemaliger Landadeliger aus der Normandie, jetzt ein mit allen Wassern gewaschener Bürokrat im Dienste Talleyrands und der außenpolitischen Diplomatie der Französischen Revolution.

Liebe

Emilia / Aiko – ein den schönen Künsten zugeneigter Backfisch von 16 Jahren mit kulturell im fernen Japan verwurzelter Vergangenheit. Findet inmitten der dunkelsten Stunde der Stadt die Liebe, aber auch den Tod.

Patrice – junger französischer Kriegsgefangener mit Fluchtplänen.

Herrmann – Emilias junger Onkel. Eine unglückliche, den Vater verehrende Dichterseele, die Emilia heimlich liebt.

Gudrun – Emilias willensstarke Mutter. Ausgestattet mit pragmatischer Fürsorge und Wagemut.

Quellen

S. 6/7: Matthäus Merian, Stadtansicht von Würzburg um 1648. Universitätsbibliothek Würzburg, 35/A 11.25

S. 527: Franz Seberich, Rekonstruktion der ersten Mainbrücke um 1200. Museum für Franken – Staatliches Museum für Kunst- und Kulturgeschichte Würzburg

S. 530: Lynchjustiz an Hase 1466. UB Würzburg, M. ch. f. 760

S. 531: Franz Seberich, Rekonstruktion Inneres Brückentor und Gotthardkapelle um 1480. Aus: Die Stadtbefestigung Würzburgs, 1. Teil: Die mittelalterliche Befestigung mit Mauern und Türmen. Mainfränkische Hefte, Heft 39, 1962, S. 153

S. 532: Äußeres Brückentor. Sammlung Alexander Kraus

S. 533: Hochwasser in Würzburg von 1784, Augsburger Guckkastenbild. ullstein bild, Berlin